D1872690

Gegen den Strom

Werner Möllenkamp

Gegen den Strom

Aufstieg und Fall des Unternehmers Georg Ruff

Roman

Casimir Katz

CIP-Titelaufnahme
der Deutschen Bibliothek

Möllenkamp, Werner:
Gegen den Strom: Aufstieg und Fall
des Unternehmers Georg Ruff;
Roman / Werner Möllenkamp.
– Gernsbach: Katz, 1989
ISBN 3-925825-37-1

© Casimir Katz Verlag, Gernsbach 1989
Satz: Casimir Katz Verlag, Gernsbach
Druck: Clausen & Bosse, Leck
Umschlaggestaltung:
Zembsch' Werkstatt, München
ISBN: 3-925825-37-1

Für meinen Sohn Christian

Dem jungen Unternehmer, diesem Husky von Mann, der noch die Wirtschaft vom rauhen Winde als große Chance versteht, das Risiko als Salz des Lebens und dessen Sache die brave Sicherheit nicht ist.

Obwohl der Versuch, den Werdegang eines jungen Unternehmers, die Entwicklung und die Widrigkeiten seines Unternehmens zu beschreiben, die Bezeichnung „Firmenbericht" zurecht verdienen dürfte, ist dieses Buch ein Roman. Handlung und Personen sind frei erfunden.

Einen Georg Ruff hat es nicht gegeben.

Möge es ihn geben!

Und möge selbst die moderne Gesellschaft den Unternehmer als unerläßliche motorische Kraft begreifen. Für alle Zeiten.

I

Sie war außer sich. Sie konnte sich nicht erinnern, sich je so aufgeregt zu haben. Ihr Puls überschlug sich förmlich. „So ein Mistkerl!" stieß sie hervor. „Das kann doch nicht wahr sein."

Das Mädchen hastete die ausgetretenen Holzstufen hinunter, warf die ächzende Haustür hinter sich zu und lief durch den peitschenden Sommerregen über die Straße. Auf der anderen Seite angekommen, blieb sie einen Augenblick unter dem Kunststoffdach eines Textilgeschäftes stehen, rannte dann aber dicht an den Hauswänden entlang weiter. Als sie in die Nähe von *Adams Eck* gelangte, war sie schon so durchnäßt, daß sie kurzerhand beschloß, in das Wirtshaus zu gehen und dort zu warten, bis der Regen nachließ.

„Na, Madame", sagte der Wirt, „das ist kein Wetter für Verliebte, was?"

Das Mädchen, immer noch atemlos, lehnte sich für einen Augenblick an den Schanktisch. Sie blies das nasse, dunkelblonde Haar aus ihrem Gesicht, was nicht recht gelingen wollte, zog ein kleines, weißes, mehrfach gestopftes Tuch aus der Rocktasche und fuhr sich damit über das Gesicht. „Sehe ich verliebt aus", keuchte sie.

„Hab ich ja nur so gesagt, Madame."

„Schon gut."

„Kommen bei diesem Wetter viele Verliebte in die Schänke, wie Maikäfer, die bei Regen unter die Blätter kriechen. Also, was darf es sein, Madame?"

Der jugoslawische Wirt mit dem einprägsamen Namen Adam und einem unaussprechlichen Nachnamen, weshalb ihn die Leute nur Adam nannten, griff mit jeder Hand zwei leere Biergläser und stülpte sie über die Gummirosetten im Spülbecken. „Servier ich besser am Tisch. Ist nicht gut, wenn junge Mädchen hier an der Theke stehen, du verstehen?"

Ohne auf seine Bemerkung einzugehen, wandte sie sich einem Tisch zu, an dem drei Männer saßen.

„Grüß Gott, ich hoffe, ihr habt nichts gegen ein Frauenzimmer."

„Net, solang manierlich bischt", antwortete einer der Männer.

Der Mann, der ihr gegenübersaß, reichte ein kariertes Handwerkertuch über den Tisch. „Die Dauerwelle ist eh hin. Wisch dir den Kopf ab und reib dir die Haare trocken, sonst liegst morgen auf der Nase." Er hob sein halbleeres Glas. „Adam, der Rest ist schal, der ist für die Gottlosen."

Eine schlampig aussehende Frau nahm ihm das Glas ab und ging zu Adam an die Theke. „Noch ein Bier für den Ruff."

Der Mann am Tisch, den die Schlampe mit Ruff meinte, sah das Mädchen an. „Was willst du trinken?"

Die Neuangekommene begann sich langsam zu beruhigen, aber ihr Körper dampfte noch.

Der Mann ihr gegenüber schien erst jetzt zu bemerken, daß ihre gestickte Bluse durchnäßt war. Obwohl seines Gleichgewichtes nicht mehr ganz sicher, stand er auf, zog seine leichte Sportjacke aus und legte sie über ihre Schultern. „Kavalier, was?"

Das Mädchen lächelte, sah, daß der Mann schon reichlich getrunken hatte. Sie empfand zwar Angst vor betrunkenen Männern, nahm es aber hin, daß er mit der Hand über ihren Rücken fuhr, als er ihr die blaue Sportjacke überstreifte. Es störte sie nicht. Nicht diese kleinen, verstohlenen Vertraulichkeiten. Ihr war gleichgültig, was heute noch alles geschah. Schlimmeres konnte ihr ohnehin nicht mehr passieren.

Vor einigen Tagen hatte in der Zeitung gestanden, man habe eine achtundzwanzigjährige Frau aus der Mosel gefischt. Sie war jetzt 27, da blieb ihr bis zum Tod in der Mosel noch ein Jahr. Zuviel zum Traurigsein, zuwenig zum Vergnügen.

Der Mann, den die bedienende Schlampe Ruff genannt

hatte, stützte sich unbeholfen auf die hölzerne Tischplatte, dann ließ er sich ihr gegenüber auf seinen Platz fallen. „Wir sind ... wir sind hier keine ... feinen Pinkel ... wenn du eine Lady bist ... darf dich das nicht stören. Beim Adam ... da duzt sich alles, genauso wie im Paradies. Bist du auf Durchreise?" Er zündete mit zitternden Händen eine Zigarette an.

Sie zog die blaue Jacke fester um die Schultern. Sie begann, den Mann etwas gründlicher zu beobachten, sein Gesicht zu analysieren. Sie verstand etwas von Gesichtern. Sie schätzte sein Alter auf knapp 40, seine Haut ließ erkennen, daß er sich früh verbraucht hatte. Aber die Augen waren gut. Doch was bedeutete das schon. Auch ihr „Mistkerl" hatte gute Augen.

„Rauchst du?"

„Nein."

Die Schlampe stellte das Bier auf den feuchten Bierdekkel. „Was willst du trinken?"

„Einen Korn und ein Viertel Mosel, Trittenheim oder Bernkastel."

Der Mann stieß die Serviererin an, was sie gewohnt zu sein schien. Sie hatte nicht einmal die Strümpfe an ihren Beinen glattgezogen. Beim Adam spielte das keine Rolle. Hauptsache, sie erschien pünktlich zum Dienst und rechnete auf Heller und Pfennig genau ab, bevor sie selbst ziemlich betrunken in ihre Dachkammer kroch. Und das geschah selten vor zwei Uhr morgens.

Der Mann drehte sich wieder zu dem Mädchen um. „Wie heißt du denn?"

„Paula."

„Hübscher Name ... Paula. Bist nicht aus dieser Gegend ... Paula ... oder?"

„Mann, ich arbeite seit sechs Jahren in der Karthauser Elektromotorenfabrik." Sie lachte zum ersten Mal. „Und da fragst du mich, ob ich aus dieser Gegend bin." Sie trank den Korn in einem Zuge aus und spülte den scharfen Schnaps mit einem halben Glas Mosel runter. Paula spürte, wie der Korn ihren leeren Magen aufwärmte. Sie stellte das Weinglas vor sich hin und drehte den Kelch mit beiden Händen. „Auf dein Wohl, Fremder."

„He, Leute, habt ihr das gehört ... sie sagt doch tatsächlich zu Benz Ruff Fremder!"

„Das ist eine Dame. Der hast du dich noch nicht vorgestellt."

„Oh ... Entschuldigung." Was er doch für eine Mühe hatte, aufzustehen. „Mein Name ist Ruff, Benz Ruff. Nenn mich Benz. Viel taug ich nicht, aber ein guter Saufkumpan bin ich allemal ... was Leute?"

„Das bist du, alter Junge."

Paula bekoberte sich langsam. Sie sah die Männer der Reihe nach an. „Wer von euch taugt denn schon was?"

„Das geht zu weit, Benz! Wehr dich sofort deiner Haut, oder sie buttert dich unter."

„He, Benz, die will dich zureiten ...", sagte ein anderer, obwohl sie nicht Benz gemeint hatte, sondern sie alle.

Ruff klatschte seine Hand auf ihre Hand und hielt sie fest. „Von wem redest du?"

Paula trank das Weinglas leer und schenkte es gleich wieder voll. „Von meinem Studenten rede ich. Einer von diesen ganz gescheiten. Wollte mit mir nach Korsika. In Bastia sollte Hochzeit sein. Hab ihm alle Arbeiten geschrieben, bis in die Nächte hinein getippt, hab ihn abgehört, ihm die Bücher gekauft, die Miete bezahlt, ihm das Geld für den blauen Anzug gegeben ... Jetzt ist er Referendar und von Hochzeit keine Rede mehr ..."

Ein anderer mischte sich ein. „Recht hat sie, so sind die Männer."

„Du warst wohl auch so einer."

„Und wie sind die Frauen?" Benz Ruff trank den Korn aus und bestellte noch einen Klaren. „Meine war gut ... ehrlich .... und tüchtig ... und mit den Kindern, das war eine Pracht."

„Was redest du daher? Abgehauen ist sie. Und weißt, warum?"

„Halt deinen Mund!"

„Ich sag's, wie es war."

„Sag es nicht vor dieser Lady."

„Sie ist abgehauen, weil sie einen fescheren fand. Einen fescheren, jawohl." Pause. „Über die Grenze ist sie gegangen, und weg war sie, Benz. Weg war sie. Auf der anderen Seite von der Grenze, da ist das große Geld, da ist die Montanunion, Benz, da sind die feschen Beamten von der Europäischen Gemeinschaft, die nix arbeiten und immer gescheit daherreden, da kannst du als Schrotthändler nicht mithalten."

Schrotthändler. Das Wort traf Ruff jedesmal. Wenn seine Frau das Leben an seiner Seite satt hatte, sagte sie: „Du kleiner Schrotthändler."

„Verzeih, Benz, verzeih."

„Nimm's nicht krumm, Benz, der Jakob hat einen in der Krone. Nimm's ihm nicht übel."

Aber der das große Wort führte, ließ nicht locker. „Hören Sie zu, junge Frau, lassen Sie sich mit dem nicht ein, das ist ein Schrotthändler. Seine Frau hat sich auf französisch verabschiedet, mit einem dieser feschen Kavaliere. Scheiden lassen hat er sich, so auf Anhieb, und die feschen Beamten haben gesagt, den Benz, den scheiden wir auf der Stelle: Was fängt so ein Benz mit einer so feschen Frau an, solange es so fesche Beamte wie uns gibt, haben die Beamten gesagt, und wissen Sie, was passiert ist? Geschieden haben sie ihn."

Benz Ruff erhob sich. Er legte wahllos Geld auf den Tisch. Die Schlampe sagte, vergelt's Gott, und Ruff verließ schwankend *Adams Eck*.

Es hatte aufgehört zu regnen. Er lehnte sich mit dem Rücken gegen eine Hauswand und atmete tief durch. Nur langsam kam er zu sich. Warum, zum Teufel, hörte er mit dem Trinken nicht auf.

Paula war ihm gefolgt und stellte sich schweigend neben ihn. „Warum setzt du dich mit diesen Hundesöhnen zusammen an einen Tisch?"

„Weil ich als Gesellschafter nur noch Hundesöhne habe."

Sie schwiegen eine Weile. Lange. Sie standen an der Wand, als warteten sie darauf, daß das Peloton sich ordentlich vor ihnen aufbaute und ein Leutnant rief: Feuer!

In Ruffs Kopf wollten einfach keine klaren Gedanken aufkommen. Benz Ruff hatte viel Zeit, zu überlegen. Erinnerungsfetzen flimmerten auf, getrübt vom langen Alkoholgenuß, und projizierten die Stationen seiner Jugend: Flakhelfer, Panzerschütze, Kriegsgefangener, Blechnapfesser, Bettler, Lumpensammler und Schrotthändler. „Und was bist du?"

„Wie meinst du das", fragte Paula.

„Heraus mit der Sprache, wie alt bist du?"

„27."

„Und warum heiratet dein Referendar dich nicht?"

Paula dachte nach. Noch einmal machte sie sich etwas vor und sagte: „Ich bin ihm jetzt nicht mehr fein genug. Ich bin nur eine bessere Schreibkraft, die es nicht versteht, sich schön zu kleiden und sich gewählt auszudrücken ..."

„Das kannst du lernen."

„Ich wohl nicht."

„Du hast ihm alle Arbeiten geschrieben, hast ihm durch die Prüfungen geholfen ... belüg dich nicht selbst ... warum nimmt er dich nicht?"

Sie machte eine schier endlose Pause. „Im Badeanzug sehe ich ganz manierlich aus, glaube ich, aber wenn ich gehe ..."

„Was ist, wenn du gehst?"

Sie schien nachzudenken. „Ich hatte nicht die Absicht, auf diese Welt zu kommen."

„Wie kann man so was sagen."

„Im Gegenteil, ich habe mich mit Händen und Füßen gesträubt. Deshalb haben sie mich mit der Zange geholt."

„Na und?"

„Sie haben mit der Zange mein rechtes Hüftgelenk verbogen."

Ruff nahm sie bei der Hand und führte sie den Weg hinauf, wo die Häuser schon etwas zurückwichen. Nun sah er, daß sie leicht hinkte. Ihr rechtes Bein schien etwas kürzer zu sein, und wenn sie rechts auftrat, klang es fest und hart. Benz Ruff war nicht der Mann, der einer Frau bittere Wahrheiten sagt.

Er sagte nicht einmal sich selbst die Wahrheit, wenn es sich irgendwie vermeiden ließ.

„Man merkt es fast nicht", log er. „Du hast eine stramme Figur, Paula, wirklich, du könntest einen Mann schon schwach machen. Stell dich mal hin. So ist's gut. Also, wenn du nicht gerade eine Carmen werden willst oder die Primadonna in der Kameliendame, dann spielt es doch überhaupt keine Rolle."

„Das sagst du jetzt, um mich zu beruhigen."

„Ich dich beruhigen? Na hör mal, wenn man so aussieht wie du, muß man sich keinen Mann suchen, um sich beruhigen zu lassen." Wahrhaftig, er nahm den Mund immer voller, konnte das Schwadronieren nicht lassen. Wohin sollte das führen?

„Willst du damit sagen, das wäre zum Beispiel kein Grund für dich, mich nicht zu heiraten?"

„Genau das wollte ich sagen. Aber du weißt dich besser auszudrücken."

„Und warum will dann der Herr Referendar mich plötzlich nicht mehr?"

Ruff legte seine Hand auf ihre Schulter. „Vergiß den Hundesohn."

„Du bist ganz anders."

„Jeder ist auf seine Art anders. Ich würde dir Korsika gar nicht erst versprechen."

„Was verspricht du denn den Frauen?"

„Das ist so eine Sache."

„Also, was bietest du?"

Ruff lachte betrunken. „Ein warmes Bett und einen Haufen Kinder." Oh mein Gott, was hatte er nur für Ideen.

„Das hört sich gut an, Benz."

Ruff war müde. Er war froh, daß sie bald das Haus erreichten, sich ausschlafen konnten, und daß er mal wieder jemanden hatte, der ihm zuhörte und ihn wärmte.

Seit seine Frau ihn verlassen hatte und sie geschieden waren, führten sie ein unordentliches Hundeleben, und er bekam seine Tage und Jahre nicht in den Griff. „Es ist auch wirklich gut", brummte er mit tiefster Überzeugung.

Sie gingen eine Weile schweigend nebeneinander her. Dann sagte Paula: „Ich könnte mir vorstellen, deine Frau zu sein, Benz. Du wirst mich wärmen, und wir werden Kinder haben. Die Ärzte versichern mir bei jeder Untersuchung, das mit dem Hüftgelenk hätte nichts zu sagen, ich besäße die richtige Figur für Kinder. Wenn ich Geld hätte, könnte ich mich sogar operieren lassen, und dann wäre ich ganz normal." Sie machte eine Pause. „Hörst du ... dann wäre ich normal."

Sie waren jetzt am Anfang des Steinbergs. Oben auf dem Berg stand das Haus, von dem aus man die ganze Welt überblicken konnte. Er brauchte nicht nach Korsika zu fahren. Korsika sah er vom Dach seines Hauses aus. Er blickte über das Meer, und er sah Korsika und die anderen Inseln. Seine Hand lag noch immer auf ihrer Schulter, aber er ließ sich jetzt ein wenig von ihr ziehen. Mein Gott, was hatte er alles in sich hineingetrunken. Morgen war Montag, nein, der Montag mußte schon angefangen haben, und er wußte nicht, wie er die Woche bewältigen sollte.

„Ich bin nicht für diese modernen Ehen."

„Wie meinst du das?"

„Na ja", sagte sie, „erst mal zusammenziehen, sich ausprobieren, du weißt schon, erst mal gar nichts machen und dann weitersehen." Sie blieb stehen. Er zog seine Hand von ihrer Schulter, bis auch er stehenblieb und sah, daß sie wirklich eine gute Figur hatte. Soweit das Licht der Nacht dafür reichte. Jedenfalls war sie nicht rund und fett. Die Fetten mochte er nicht, nicht einmal für eine Nacht.

„Ich bin dafür, daß man sich entscheidet und dann ordentlich heiratet und was auf die Beine stellt."

Ruff legte im Augenblick großen Wert darauf, heil nach Hause zu kommen. Heute wollte er nichts mehr auf die Beine stellen. Er wollte nichts und gar nichts und absolut nichts. Aber er sagte: „Das würde mir passen. Wir machen es von Anfang an ordentlich."

So war das immer mit ihm. Er sagte etwas, was den anderen gefallen sollte. Er wollte es allen recht machen. So ein Mann war er.

„Willst du damit sagen, daß du einverstanden bist?"

„So ist es."

„Also einverstanden?"

„Ja, ich bin einverstanden."

Paula überlegte. „Aber du trägst die Verantwortung."

„Ich weiß es, ich bin ja schließlich der Mann."

In diesem Punkte irrte sich Paula. Sie trug die Verantwortung, aber noch wußte sie es nicht besser.

Sie stiegen den steilen Steinberg hinauf und kamen atemlos vor der Gartentüre an.

Sie konnte das Haus kaum erkennen, denn die nächste Straßenlaterne war 50 Meter entfernt, und rechts und links von der Straße standen Bäume, die das Morgenlicht abfingen. Sie sah aber, daß es ein großes Haus war, mit einem soliden Erdgeschoß aus Naturstein und einem Obergeschoß aus Holz, mit einem weit ausladenden Dach. Sie vermutete, daß das Haus auf einem größeren Grundstück stand, denn sie sah im Hintergrund eine halb verfallene Scheune und einen Stall oder Geräteschuppen, so genau war das in der Dämmerung nicht auszumachen. Das Dach des Hauses wies auf der Ostseite einen turmähnlichen Oberbau auf, als habe der Bauherr sich dort einen Platz gewünscht, an dem er das ganze Saar- und Moseltal überblicken konnte. Zu beiden Seiten der Turmfenster hingen schwere verwitterte Holzläden.

„Die Fenster sind zum Teil kaputt", sagte Ruff, „man müßte das mal reparieren." Wie oft hatte er sich das schon vorgenommen? Die Schale seines Schneckenhauses bestand aus Illusionen.

Er machte eine Pause und ließ Paula durch das Gartentor vorgehen. „Nach dem Kriege haben wir nichts mehr investiert."

„Was ist das für ein romantischer Turm da oben auf dem Dach?" fragte Paula.

„Das mußt du dir mal bei Tage ansehen. Wir nennen das Ding da oben die Kuppel."

Als sie die Haustür hinter sich abgeschlossen hatten, schaltete Ruff das Treppenlicht ein und ging schwerfällig in das Obergeschoß.

„Die Lampe im Wohnzimmer ist ausgebrannt, du findest auf dem Tisch einen Kerzenstumpf. Ich komme gleich wieder." Es war jetzt etwa vier Uhr dreißig. Sie wartete eine halbe Stunde, dann stieg sie die Treppe hinauf, um nach ihm zu sehen. Benz Ruff lag auf einem Holzbett und schlief. Sie deckte ihn zu, suchte für sich selbst eine Wolldecke, löschte das Licht, ging die Treppe wieder hinunter und legte sich im Wohnzimmer auf das Sofa. Sie blies das Kerzenlicht aus, froh, daß sie die Haustür abgeschlossen hatten. Die Morgendämmerung schickte gemächlich das Tageslicht an den Fenstern hoch.

Als jemand den Schlüssel im Haustürschloß mehrfach umdrehte, schreckte sie auf.

„Bleiben Sie liegen", sagte eine junge, doch schon sehr männliche Stimme. „Ich bin früh auf den Beinen, weil ich Zeitungen austrage. Ich bin um neun zurück."

„Bist du ein Ruff?"

„Machen Sie kein Licht an. Ich will Sie nicht sehen, und es ist auch nicht nötig, daß Sie mich sehen. Ich bin der ältere Sohn von Benz Ruff. Mein Bruder Benedikt schläft noch. Der hat erst um zehn Schule."

„Warte einen Augenblick. Ich werde hier wohnen bleiben ... glaube ich ... dein Vater und ich wollen heiraten, wenn ich das richtig verstanden habe."

Der Junge öffnete die Haustür und machte Anstalten zu gehen.

„Sie haben das falsch verstanden, Frau ..."

„Paula. Ich heiße Paula."

„Sie haben das falsch verstanden, Frau Paula. Mein Vater wird Sie nicht heiraten. Er schleppt jedes Wochenende irgendein Flittchen ins Haus und sagt ihr, er wird sie heiraten."

„Ich bin kein Flittchen", protestierte sie den Tränen nahe.

„Hat er Ihnen gesagt, er wird Sie umbringen, wenn Sie ihn verlassen?"

„Das hat er nicht gesagt."

„Er will einen Haufen Kinder von Ihnen haben?"

„Das hat er gesagt."

„Und Sie haben geantwortet, das sei schon recht?"

„Ja, das habe ich geantwortet."

„Wenn Sie keinen Ärger haben wollen, gehen Sie nach Hause, bevor mein Vater aufwacht. Er kann sehr grantig sein, wenn er einen Kater hat."

Sie hörte, wie der unsichtbare junge Mann die Tür zuschlug und sich seine Schritte entfernten.

Paula lag noch eine Weile wach. Ihr Referendar hatte sie fortgejagt und möglicherweise drohte ihr innerhalb von vierundzwanzig Stunden ein zweiter Rausschmiß. Aber sie wollte doch wenigstens wissen, wie sich dieser Ruff aus der Affäre zog. Vielleicht gab es unter diesem Haus eine Grube, in die er die abgelegten Wochenendliebschaften hineinwarf. Sie spürte den Geruch von Humus und Mumien in ihr aufsteigen. Spinnen mit langen Beinen und grünfluoreszierenden Facettenaugen krochen auf sie zu. Sie wollte sterben. Jetzt. Auf der Stelle. Sie zog die Decke über den Kopf. Was für ein Leben war das. Mein Gott, was für ein Leben. Dann schlief sie ein.

II

Der Junge warf den Zelttuchsack über die Schulter, ging den Steinberg ein Stück hinunter und bog dann nach rechts in Richtung Bahnhof Konz ab. Während des halbstündigen Fußmarsches ging er noch einmal seine Reisevorbereitungen durch. Er war sicher, die passende Kleidung mitgenommen zu haben und auch gegen Regen und Kälte richtig ausgerüstet zu sein. Unter dem Hemd trug er einen Lederbeutel mit dem Paß und seinen ganzen Ersparnissen.

Er hatte lange überlegt, ob er sich in der Schule abmelden sollte oder nicht. Er unterließ es.

Seine Reiseroute hatte er von langer Hand und bis ins Detail vorausgeplant. In seinem Paß war ein amerikanisches Visum eingetragen. Sein Geld reichte bis Frankreich, und wenn er sparsam lebte, bis England oder Irland.

Trotzdem war sein Ziel die Vereinigten Staaten.

Er nahm den Frühzug nach Luxemburg. Als der Personenzug gleich hinter dem Konzer Kreuz die Mosel überquerte, öffnete er den Zelttuchsack, holte verschiedene Bücher heraus und warf den *Bellum Gallicum, Ludus Latinus III, Physik und Mathematik, Faust I* und *Das Kapital* in hohem Bogen in den Fluß. Er überquerte die Mosel wie Caesar den Rubikon und marschierte zielstrebig auf sein Rom.

Sein Rom war Paris, das erste Ziel.

Georg Ruff, Erstgeborener von Benz und Agnes Ruff, die ihrem Mann durchgebrannt war, 16 Jahre alt, 1,76 groß, eine Eins in Latein und Mathematik, eine Zwei in Englisch und Französisch, eine Drei in Deutsch, Auszeichnung in Sport, hatte sein chaotisches Vaterhaus verlassen, um ein Stück von der Welt zu erobern. Nun hatte er die Schule über Bord geworfen. Nur die französischen und englischen Lexika hatte er zurückgesteckt.

In Paris angekommen, suchte er eine Telefonzelle auf,

um eine Nummer anzurufen, die als erste Anlaufstelle galt. Doch es meldete sich keiner.

Auf dem Boulevard de la Madeleine fragte er einen Polizisten in seinem mäßigen Französisch nach einem preiswerten Quartier. Der Polizist winkte eine Politesse herbei.

„Hier ein Boche, drüben vor dem Café ein dänisches Pärchen, den jungen Engländer dort nimmst du auch gleich mit. Sag ihnen, daß im Maison de la Jeunesse jede Nacht zwanzig Francs kostet, wo die Kantine ist, und daß jeder rausfliegt, der Krach macht."

„In Ordnung, Chef."

Georg Ruff versuchte, eine Unterhaltung anzuknüpfen.

„Je m'appelle Georg, ich möchte nur ein paar Tage in Paris bleiben, Versailles, St. Germain, Malmaison ..."

„Das kannst du alles der Gouvernante erzählen, nur komme ihr nicht mit dem Nachtleben, da bist du bei ihr abgemeldet."

Das Maison de la Jeunesse war ein alter Kasten mit primitiven Eisenbetten, einer Kantine, die diesen Namen nicht verdiente, ungepflegten Waschräumen und einem Zigaretten- und einem Getränkeautomaten.

Georg versuchte noch zweimal, die Kontaktnummer anzurufen, dann gab er es auf. Am nächsten Tag fuhr Georg nach St. Germain. Er setzte sich in eine Kneipe und fing an, sich mit den Leuten zu unterhalten. Er erfuhr von einer Studentenhochzeit, die vergangenen Sonntag stattfinden sollte, aber durch eine Autopanne zwischen Orléans und Paris verpatzt wurde. Die Braut mußte vierundzwanzig Stunden lang glauben, sie sei noch vor der Trauung verlassen worden, und als ihr Student schließlich am Montagvormittag auftauchte, wurde der Standesbeamte sogleich alarmiert und die Hochzeitsfeier gleich auf den heutigen Montagabend in den winzigen Hofgarten des Gentil Canard gelegt. Ob er nicht Lust hätte mitzukommen? Natürlich hatte er Lust.

Er sollte es nie bereuen. Es wartete ein ausgelassenes Fest auf ihn, voll unwiderstehlicher Lebensfreude der Pariser Jugend. Der Abend hatte aber noch eine andere unvergeßliche Überraschung für ihn: Monique.

Monique wurde für ihn zum Zaubervogel der beiden Jahre in Frankreich. Sie war fast ebenso groß wie er, sehr schlank, ihr Gesicht strahlte eine außergewöhnliche Anziehungskraft aus. Ihre schmale Nase wurde von hervorstehenden, zarten Backenknochen vorteilhaft betont, in ihren Augen ein Hauch von Schwarz, genug, um Georg zu bezaubern.

Sie war eine starke Persönlichkeit mit einem ungeheuren Schatz an Gegensätzen. Sie konnte wie eine Wildkatze herumspringen, eine Stunde später aber mit auf den Sitz hochgezogenen Beinen Sartre, Benjamin oder Christiane Rochefort lesen.

Nach einem Ballettabend mußte sie unter allen Umständen noch in eine Diskothek. Gingen sie ins Theater, las sie ihm anschließend ganze Szenen aus Molières „Der eingebildete Kranke" oder Becketts „Warten auf Godot" vor. Kaum hatte er erwähnt, daß er ein ganz guter Schwimmer sei, schleppte sie ihn in das Hallenbad und schwamm mit ihm um die Wette, wobei er Mühe hatte, sich zu behaupten. Eines ihrer Lieblingsthemen war die Selbstbehauptung und Selbstverteidigung der Frau. Selbstverständlich war sie auch eine Meisterin im Karate.

Es war natürlich unausbleiblich, daß auch er es in dieser Sportart zur Meisterschaft bringen mußte.

Als sie von ihm erfuhr, daß er nicht Tennis spielte, war sie sehr überrascht. Daraufhin meldete sie ihn kurz entschlossen in ihrem Tennis Club im Bois Guillaume an, gab ihm selbst die ersten Trainerstunden und bedrängte ihn, im ersten Winter Trainingsstunden in der Halle zu nehmen, bis er Vizemeister des Clubs und sie mit ihm Sieger im gemischten Doppel und damit zum interessantesten Paar des Clubs wurden. Sie war eine Wildkatze, voll ungeheuerem Temperament und leidenschaftlicher Liebe. Sie mußte lieben, um sich am Manne zu erschöpfen. Einmal sagte sie außer Atem: „Jetzt möchte ich sterben. Etwas Schöneres kann es nicht mehr geben." Über ihren Vater hatte sie ihm eine Praktikantenstelle im Stahlwerk von Rouen verschafft, was durchaus ein kleines Kunststück war, und ihn mit Literatur über das Eisenhüttenwesen versorgt, die ihm erlaubte, die Stahlkocherei von Grund auf zu studieren und zu lernen. Angefangen hatte es damit, daß Monique ihn danach fragte, was er in seinem Leben machen wolle, und er hatte geantwortet: „Stahl".

Als überdurchschnittlich gebildetes Mädchen wußte sie natürlich, was Stahl war, aber sie konnte sich nicht vorstellen, daß es das Lebensziel eines Mannes war, Schrott in Stahl zu verwandeln und mit Stahl Handel zu treiben. Er hatte ihr erst erklären müssen, daß zwischen Schrott und Stahl eine ganze Welt lag, und die Unfähigkeit seines Vaters, den Schrott aufzugeben und Stahl zu kochen, seinen Lebenswillen tagtäglich aufs neue brach. Er blieb einfach ein Schrotthändler.

Georg Ruff wollte jedoch produzieren, und er würde eines Tages Stahl produzieren, das stand für ihn fest.

Im zweiten Jahr hatte Monique eine Stelle als Jungsekretärin und verdiente zu dem, was ihr Vater ihr gab, soviel dazu, daß sich Georg den Luxus leisten konnte, die Abendschule zu besuchen und Physik und Hüttenchemie zu lernen.

Eines Freitagabends brachte er ihr einen Strauß roter Rosen mit.

„Hallo, Chéri, was ist passiert?"

„Stell dir vor ich habe eine ganze Schicht lang den Lichtbogenofen führen dürfen, und wir haben Stahl gemacht."

„Du bist großartig."

„Darauf muß ich Sekt mit dir trinken."

Nach dem Sekt liebten sie sich mit einer geradezu verzweifelten Intensität. Sie fühlten beide, daß sie an einer unsichtbaren Grenze angelangt waren. Entweder blieb er in Rouen bei ihr, wurde seßhaft, oder er setzte sich ab und baute sich jenseits der kleinen Horizonte in Rouen eine neue Zukunft auf. Einer war so sehr in dem anderen aufgegangen, daß sie sich verstanden, ohne darüber zu sprechen. Und wie es ihrem Temperament entsprach, wurde es ein plötzlicher Abschied.

Aber der Schmerz saß tief.

Sie brachte ihn nach Paris zum Flugplatz und gab ihm in der Halle einen flüchtigen Kuß. „Paß auf dich auf, und schreibe nicht." Sie drehte sich um und ging schwingenden Schrittes davon, ohne noch einmal den Kopf zu wenden.

Auf der Fahrt nach Paris hatte sie gesagt: „Es kann einfach keinen Menschen geben, der dich mehr liebt als ich. Und es kann keinen Menschen geben, der dir mehr Glück wünscht als ich."

Er hatte lange geschwiegen. „Ein Mann soll sein Leben planen. Ich habe das meine geplant. Aber mir fehlt einfach noch die nötige Erfahrung. Du hattest ja auch das Glück, einen völlig liebesunerfahrenen Mann kennenzulernen."

„Nun hast du sie kennengelernt."

„Ich habe sie erlebt, und wie ich sie erlebt habe. Ich habe verstanden, daß sie die Welt bewegt."

Als er sie aus den Augen verloren hatte, sagte er zu sich, fast erschrocken: „Geliebter Zaubervogel, warum lasse ich dich gehen?"

Er flog mit der Air France nach New York.

III

Irgendwo im Hause rasselte ein Wecker. Paula stand auf, machte sich frisch und zählte im Licht der ins Zimmer fallenden Sonne ihr letztes Geld. Dann ging sie nach Kommlingen und kaufte Brötchen, Butter, Marmelade, feingeschnittene Salami, Kaffee und Tee.

Sie rief in der Fabrik an, bekam ihren Chef zu sprechen und bat ihn bis mittags um Urlaub. Sie habe ein größeres Familienproblem.

Als sie das Haus wieder betrat, stand der Bub in der Küche und kramte in einer Schublade herum. In der Spüle lag ein Berg schmutzigen Geschirrs.

„Du bist der Benedikt."

„Alle sagen Bene zu mir."

„Ich bin die Paula. Setz dich hin, das Frühstück ist gleich fertig. Trinkst du Kaffee oder Tee?"

„Wenn du Tee hast, lieber Tee."

„Und was nimmst du mit in die Schule?"

„Hast du was für die Schule? Prima."

„Ich mache dir eine Schnitte mit Salami. Wir sind heute noch nicht gut sortiert."

Paula setzte Wasser auf den alten Elektroherd und spülte eine Tasse.

„Und morgen?"

Bene biß schon in das Marmeladenbrötchen. Er war neugierig und fragte: „Was heißt morgen?"

„Bist du gut in der Schule?"

„So lala", antwortete Bene.

„Morgen heißt, daß es hier morgen schon ein bißchen besser aussehen wird als heute. Heute müssen wir improvisieren."

„Da bin ich aber mal gespannt."

„Worauf?"

„Ob du morgen noch hier bist."

„Ich weiß schon, euer Vater wirft die Mädchen montags

immer raus. Das wird auch in Zukunft so sein, nur mit einem Unterschied: ich werde ihm dabei helfen."

„Das hört sich gut an."

Bene lachte. Er steckte das Brot in die Schultertasche und trank den Tee aus.

„Und dann wird eine Zeit kommen, da werden sich Mädchen hier nicht mehr sehen lassen."

„Ob du das durchstehst?"

„Hast du eine Mark zum Wetten?"

„Habe ich."

„Also, wir wetten um eine Mark, daß ich dir morgen auch noch das Frühstück mache." Sie schaute Bene fest in die Augen, worauf er etwas unsicher wurde. Schließlich entschloß er sich doch, eine Mark dagegen zu wetten.

„Für diese eine Mark, die du mir morgen schuldest, kannst du dir heute Schokolade kaufen. Ich schenke sie dir."

„Du bist ganz schön selbstbewußt."

Sie verriet natürlich nicht, daß ein Mann sie gestern schon einmal hinausgeworfen hatte und sie sich um nichts in der Welt heute schon wieder hinauswerfen lassen würde.

Sie stieg in die Kuppel hinauf, die noch geräumiger war, als sie gedacht hatte, öffnete alle Fenster und ließ frische Luft ins Haus.

Von hier oben konnte sie ganz Konz, das Saar- und das Moseltal, und auf dem linken Moselufer die in Richtung Luxemburg ansteigenden Hügel überblicken. Auf der luxemburgischen Seite konnte sie Grevenmacher erkennen.

Als sie wieder nach Konz hinunterblickte, sah sie Bene den Kommlinger Weg hinunterlaufen und übermütig die Schultasche schwenken.

Paula hörte ein Telefon klingeln. Irgendwo in diesem verkommenen Haus mußte es also ein Telefon geben. So gut es ihr Bein zuließ, rannte sie die beiden Treppen ins Erdgeschoß hinunter. Das Klingeln führte sie in einen

Raum, der hinter dem Wohnzimmer lag und den man bei großzügiger Auslegung als Büro hätte bezeichnen können.

Sie erinnerte sich nicht, je in ihrem Leben eine solche Unordnung gesehen zu haben. Hastig griff sie nach dem Hörer und meldete sich mit: „Ruff, Schrotthandel, Sie wünschen bitte?"

„Ist der Ruff im Hause?"

„Nein, der ist zur Bank gefahren."

„Wer sind Sie?"

„Ich bin Paula, die neue Sekretärin."

„Dann richten Sie Ihrem Chef aus, er kann über tausend Tonnen Stahlschrott verfügen. Er muß sie aber bis Ende der Woche abgeholt haben."

„In Ordnung. Mit wem spreche ich?"

„Mit dem Franz vom Karthauser Schrottplatz."

„Ich richte es aus."

Als sie den Hörer auflegte, sah sie Benz in der Tür stehen, und sie roch, daß er wütend war.

„Hab ich dich gestern abend aufgelesen?"

„Nein, ich habe dich aufgelesen und nach Hause gebracht."

„Mir war der Faden gerissen. Du kannst jetzt gehen", knurrte Benz.

„Du hast mir einen Antrag gemacht, und ich habe ihn angenommen. Ich bleibe."

Sie spürte, daß ihr Gesicht starr wurde. Sollte er nur kommen.

Benz blinzelte sie mit schwerem Kopf an. „Hatten wir was miteinander?"

Paula lachte lauthals los. „Du glaubst doch nicht im Ernst, daß ich mit einem so verschlampten Mannsbild ins Bett steige. Niemand verlangt von dir, eine Katze im Sack zu kaufen, aber vorher mußt du dich schon rasieren und duschen, und deinen Zähnen würde es wohltun, mal richtig mit einer Drahtbürste gescheuert zu werden." Daß sie bei alledem so unverschämt frech und fröhlich lachte, war dann doch zuviel. Benz versetzte ihr eine schallende Ohrfeige.

„Mach, daß du raus kommst, du Dahergelaufene, du!"

So kam es, daß sie sich innerhalb weniger Minuten besser kennenlernten, als andere Paare in Monaten und Jahren.

Paula, knapp 1,70, Mitglied des Konzer Sportvereins für Behinderte, kräftig, dabei leicht übergewichtig, hatte sich bis jetzt immer ihrer Haut zu wehren gewußt. Also schlug sie zurück, gleich zweimal, links und rechts. Benz torkelte gegen den Türrahmen, senkte den Kopf, gab ihr erneut eine Ohrfeige und schimpfte sie eine Hure. Er senkte seinen Kopf noch weiter nach vorn, und plötzlich sah Paula einen Faustball vor sich, den sie übers Netz schlagen mußte, und sie hieb mit beiden Händen von unten her in sein Gesicht.

Sein Kopf machte einen Satz nach oben, Paula sah ihn unendlich langsam über die Oberkante des Netzes springen. Und drüben, auf der anderen Seite des Netzes, wo die gegnerische Mannschaft hätte auf den Ball zulaufen müssen – dort sah sie keine Mannschaft, sondern nur den Türpfosten.

Der Ball knallte gegen den Pfosten, fiel zu Boden, sprang nochmals gegen das Holz und blieb anschließend zu ihren Füßen liegen.

Als Benz Ruff aus seiner kurzen Bewußtlosigkeit erwachte, sah er Paula ganz ruhig an. „Vielleicht hast du recht. Vielleicht ... sollten wir es miteinander versuchen."

„Ich stelle Bedingungen."

„Lieber Gott, auch das noch", stöhnte Benz. „Du mußt doch zugeben, daß ich im Nachteil war, da ... mit dem Türpfosten im Genick."

„Es hatte dich keiner gebeten, dich vor den Türpfosten zu stellen, als du mir eine geknallt hast."

„Ich war im Nachteil."

Er hob den Kopf und betastete die Beule auf der Rückseite des Schädels. „Du bist ziemlich gescheit, Mädchen."

Paula lachte schon wieder, und er hörte zum ersten Mal seit Jahren ein gutes Lachen in diesem Haus.

„Sprich dich aus, Benz, ich bin approbierte Psychotherapeutin."

„Welche Bedingungen stellst du?"

„Aufräumen."

„Wenn du mithilfst, bin ich sehr damit einverstanden."

„Schluß mit den Frauen."

„Sonst noch was?"

„Heiraten."

„Großer Gott im Himmel. Gestern in *Adams Eck* hab ich gedacht, das Freudenmädchen angelst du dir, die wird dich über Nacht wärmen. Jetzt stellt sich heraus, das Freudenmädchen ist eine Heiratsbesessene."

Sie ließ den Wortschwall über sich ergehen. Sollte er sich ruhig ausreden. Sie würde ihm mit der Zeit schon deutlich machen, wo es lang ging.

Er sah sie von unten an.

„Na schön, laß uns heiraten. Vielleicht wird der Himmel mir dieses Mal beistehen."

Sie dachte, auch das war für die Freudsche Katz. „Ich hoffe vor allem, daß er dir bei der Arbeit, etwas neu aufzubauen, beisteht."

Er schüttelte zweifelnd den Kopf. „Das verspreche ich nur, wenn du mitmachst. Ich allein? Der Teufel soll mich holen! Die Frauen wollen immmer nur, daß die Männer rackern. Das läuft bei mir bloß, wenn du voll einsteigst."

„Verlaß dich drauf, ich steige ein."

„Sonst noch was?"

„Ja", sagte Paula, „wasch dich, rasier dich und komm zum Frühstück."

Nach einer Pause fügte sie hinzu: „Da hat der Franz vom Karthauser Schrottplatz angerufen. Du sollst bis Freitag tausend Tonnen Stahlschrott abholen."

„Was haben wir heute für einen Tag?" fragte Benz und massierte mit beiden Händen die Kopfhaut.

„Das solltest du langsam wissen. Heute ist Montag."

„Verdammt nochmal, die Woche fängt ja gut an. Übrigens, ich habe kein Geld im Haus."

„Sag es nur gleich: nicht im Haus und nicht auf der Bank", unterbrach ihn Paula.

„Wenn du ein bißchen aushelfen könntest, da wäre ich dir echt dankbar", sagte Benz etwas kleinlaut.

„Ich kann. Ich muß aber auch erst zur Kreissparkasse."

„Schon gut. Wenn du den Coop kennst ... daneben ist ein Getränkeladen, sie sollen einen Kasten Bier hier abladen und eine Flasche Korn oder sagen wir zwei ... neben allem anderen, was fehlt."

Paula rief ihm nach: „Benz!" Sie mußte noch zweimal Benz rufen, bis er stehenblieb. Sie stand im Türrahmen des Büros, er am Fuße der Treppe am anderen Ende des Wohnzimmers. Er bemerkte, daß ihre Bluse zerrissen war, die bestickte Bluse, die ihm gestern in *Adams Eck* so gefallen hatte. Ein Stück eines weißen BHs kam zum Vorschein. Er sah durch das ganze Wohnzimmer hindurch, daß sie wirklich eine gute Figur hatte. Vielleicht war diese Eroberung tatsächlich besser als das ganze bisherige Sortiment. Er dachte, hoffentlich haben wir Nähzeug im Haus. Sie riß ihn aus seinen Gedanken.

„Benz, ich habe eine Bedingung noch nicht genannt."

„Welche Bedingung?"

„Keinen Alkohol in der Woche und am Wochenende nur ein leichter Wein."

„Gilt das nur für mich?"

„Das gilt für uns beide."

„Na schön, versuchen kann man alles. Wenn sich dann aber herausstellt, daß du auch noch lesbisch oder eine Feministin bist, dann kannst du die Hochzeit gleich in den Schornstein schreiben."

„Keine Sorge, Mann, ich bin weder das eine noch das andere."

„Den Beweis mußt du noch bringen."

„Ich bringe ihn, Benz."

Er wußte, sie war ihm überlegen, er hatte schon alles begriffen, aber es reizte ihn trotzdem, ihre Überlegenheit auf die Probe zu stellen.

„Und wann bringst du ihn?"

„Montags nie."

„Naja, der Tag wird schon noch rumgehen", meinte Benz und stieg die Treppe zum Schlafzimmer hinauf.

IV

Die Zeit in Chicago setzte ihm das Brandzeichen früher Jahre voll harter Arbeit.

Er mietete im Arbeiterviertel bei einem älteren Ehepaar ein Zimmer. Da Georg Ruff ganz von unten anfing, wenig verdiente, ein miserables Englisch sprach, sah er in seinem Zimmer in dieser Wohnung eine angemessene Unterkunft.

Er fand Schwarzarbeit auf einem Schrottplatz von Altwagen. Eine Blechpresse stampfte die Fahrzeuge zu Paketen zusammen. Im Anfang war er Handlanger, später bediente er die Presse und half als Fahrer des Kranwagens aus. Nach ungefähr sechs Monaten bekam er sein Leben in den Griff. Er sprach ein hartes, zum Teil vulgäres Amerikanisch, fing an, Geld zu sparen und schrieb sich in einer Abendschule ein, um sein Highschool-Diplom nachzumachen.

Durch Zufall gelang ihm ein Sprung nach vorn. Bill, der älteste Sohn seines Vermieters, gutmütig und patent, war Mitglied einer Basketballmannschaft, die sich, wie Bill bemerkte, im ungebremsten Abstieg befand. Bill fragte George, wie sie ihn nannten, ob er nicht mitspielen wolle, und George meinte, er sei sehr beschäftigt, aber er würde mal hinkommen.

Die Sache war nicht so einfach. Die Jungens trainierten mittwochs und sonnabends. Am Sonntag fanden die Ausscheidungs- oder Freundschaftsspiele statt. Das stahl ihm eine Menge Zeit.

Bald fand George heraus, daß sie den Sport überhaupt nicht professionell angingen. Sie hatten kein deutliches Spielkonzept, und der Kapitän war der reinste Sunnyboy. Er erklärte ihnen die Probleme, und sie sagten, er solle mal auf Probe die Mannschaft führen.

Nun gut, er begann ein hartes Training mit ihnen und verlangte von ihnen ein ungeheures Laufpensum. Er forderte sie bis zum letzten heraus, bis sie begriffen, was er wollte. Dann stellte er sie in einem engen Kreis auf, ließ sie die Arme auf die Schultern des Nachbarn legen und impfte ihnen ein: Wir sind eine Mannschaft, eine verschworene Gemeinschaft. Nun wenn wir uns opfern, werden wir siegen. Wie opfern wir uns? Wir wollen keine Stars sein, wir geben den Ball ab, wir geben den Ball an den Kumpel ab, der's am besten kann. Wer kann's am besten? Der Kumpel! Und dann mußten sie dreimal hurrah, hurrah, hurrah rufen.

Sie fühlten sich so großartig wie noch nie und gewannen ein Spiel nach dem anderen. Es kamen Spieler von anderen Mannschaften und fragten, ob sie in ihrer Mannschaft mitspielen könnten, und George sagte nein. Sie seien selbst unheimlich stark. Und das vergaßen ihm die Leute nie. Nur einmal sagte er zu einem von ihnen, er müsse sich langsam entscheiden, ob er jede Nacht bei seinem Mädchen eine große Show abziehen, oder ein großer Spieler werden wolle.

Er zog es vor, ein großer Spieler zu werden. Plötzlich war George der Größte, und sie fragten ihn, ob sie etwas für ihn tun könnten. Er verriet ihnen, daß er einen Job in einem Stahlwerk suche.

Eine Woche später hatte er den Job. Vier Jahre blieb er ihr Mannschaftskapitän.

In diesen Jahren brachten sie es dreimal zur Meisterschaft von Chicago und einmal zur Landesmeisterschaft von Illinois. Im Laufe der Zeit entstand ein richtig durchorganisierter Proficlub, der auch Siegprämien auszahlte. George nutzte seine Urlaubsansprüche für Lehrgänge und Seminare. In seinen vier Chicago-Jahren verließ er nicht einmal das Gebiet des Staates Illinois.

Als man ihn später fragte, ob er Texas, Florida oder Arizona gesehen habe, antwortete er, er kenne von den Vereinigten Staaten eigentlich nur Chicago.

Mit 20 machte George sein Highschool-Diplom, mit 21 war er bereits Schichtführer eines Stahlofens. Dann begann er, einwöchige Managementseminare zu belegen und sich in

Nachtkursen mit der industriellen Anwendung der elektronischen Datenverarbeitung zu beschäftigen. Er registrierte alles, wobei er sein Gehirn zu einem großen Speicher ausbaute und eine unglaubliche Menge von Daten und Produktionsabläufen aufnahm. Eine Zeitlang besuchte er die Chicago-Boys der Ökonomie und prägte sich die Grundbegriffe der Produktionstheorie ein. Er hörte verschiedene Vorlesungen über Volks- und Betriebswirtschaft, ohne regulär zu studieren. Doch schnell wurde ihm klar: die Technik interessierte ihn mehr. Er hatte jetzt einen ziemlich klaren Überblick über die Vorgänge auf einem nationalen Stahlmarkt. Was ihm fehlte, war eine hinreichende Einsicht in die Theorie des Kapitals. Er bestellte sich in einer Buchhandlung die englische Ausgabe von Marx' *Kapital*, das Buch, das er vor Jahren im Überschwang seines Freiheitsdranges in die Mosel geworfen hatte. Nun las er das *Kapital* erneut in englisch, doch der Stoff konnte ihm auch nicht darüber hinweghelfen, daß er jetzt zwar alles über die Stahlherstellung wußte, ihm jedoch dazu das erforderliche Kapital fehlte.

Wie beschafft man sich also Kapital? Das Thema war für ihn so griffig wie ein Kaktus in der kalifornischen Wüste. Er konnte allerdings nicht ahnen, daß das Kapital ihn bereits suchte. Noch weniger konnte er voraussehen, daß ihm das Kapital, das sich nach ihm umsah wie ein Gnom nach der Jungfrau, Bedingungen stellen würde, die alle seine ehrgeizigen Pläne zum Scheitern bringen konnten. Das einzige, was er von sich selbst wußte, war, daß er sich bisher für einen Kampf um die „produktiven Faktoren" nach besten Kräften vorbereitet hatte. Was noch fehlte, würde er sich rasch erarbeiten. Er hatte einen durchtrainierten Geist und einen in mehreren Disziplinen gestählten Körper. Das Leben konnte ruhig auf ihn zukommen. Er war bereit.

Sie hieß Vita und war Mannequin bei Nathaly's, dem großen Modehaus des amerikanischen Nordens. Wenn sie über den Laufsteg ging, dachten die Männer im Parkett, wie es wohl wäre, wenn sie diesem Mädchen einen Solitär zwischen ihre Brüste legten und sie sonst nichts weiter trug als diesen Diamanten. Vita war die Tochter eines amerikanischen Marineleutnants und einer dunkelhäutigen Schönheit aus Haiti. Eine rassige, exotische Venus von umwerfendem Charme. Nach einem ihrer Modeauftritte schleppten Freunde sie ins Basketball-Stadion, wo Georges Blue Boys den Kampf der Saison ausfochten, den Staatspokal von Illinois. Wenn sie gewännen, würde jeder von ihnen zehntausend Dollar auf die flache Hand bekommen.

Vita sah George spielen und wollte ihn haben. Er brauchte keinen Solitär, um sie zu gewinnen. Sie hörte seine harten, kurzen Kommandos, die wie Pistolenschüsse über das Spielfeld peitschten, und ihre Haut wurde taufeucht. Dies war ihr Mann. Zum Teufel mit den anderen.

Die ganze Straße rannte den Blue Boys nach, und alle sagten, sie seien die Größten.

Das war mehr als alles andere. Sie waren stolz. Sie waren wer. Das hatte es noch nicht gegeben.

Am nächsten Tag hatte Vita herausgefunden, wo er wohnte. Als er aus dem Stahlwerk kam, saß sie barfuß bis zum Hals auf dem knarrenden Schaukelstuhl, lässig wippend. „Ziemlich warm heute", sagte sie cool.

Sie sah wirklich verdammt unwiderstehlich aus. Ihre Stimme klang weich und seidig wie das Mieder einer jungen Nonne.

„Ein kleiner Überraschungsangriff, was?" sagte George.

„Dusch dich, und ich werd dir zeigen, was es ist."

Er bat sie, aus dem Kühlschrank zwei Büchsen Bier herauszuholen. Sie wand sich wie eine Schlange aus dem Schaukelstuhl, und als sie ging, sah es aus, als ob ein Reh aus dem Wald trat und zum Sprung ins Weizenfeld ansetzte.

Mitten im Feld stand der Mann.

Sie hatten eine Affäre von vulkanischen Ausmaßen. Dieser Sommer in Chicago war eine Zeit, wo man nur notgedrungen arbeiten ging, oder stundenlang unter der Dusche stand oder im Bett lag. Es sei denn, man hatte einen feudalen Palast mit vollklimatisierten Räumen und jenseits der Glastüren einen Swimming-Pool mit glasklarem Wasser über hellblauen Kacheln.

George und Vita besaßen nichts davon. Aber sie hatten sich, ein Zimmer und ein Bett, und das war viel.

Viel für einen Mann, der knapp vier Jahre hart gearbeitet und Leistungssport getrieben hatte und sonst nichts, und viel für eine Frau, die nach dem Leben hungerte und vibrierte, wenn ein solcher Mann sie nahm.

Die Luft war schwer von Verlangen und duftete wie die Nächte in Haiti, wenn das Meer blühte.

Am späten Nachmittag des dritten Tages öffnete der gutmütige Bill die Tür und ließ doch wahrhaftig die Mädchen von Nathaly's herein. Ungeniert stellten sie sich um das Bett und sangen im Chor „Please release me, let me go". Wie auf einem Schild hoben sie Vita hoch und stellten sie langsam auf die Füße. Diesen Anblick würde er nie vergessen. Sie glich einer nackten Göttin. Verzweifelt hatten sie Vita gesucht, das Team mußte in Cleveland und Philadelphia die neuesten Kollektionen vorführen. Vita schwor George noch in der Tür, sie werde am Wochenende wieder bei ihm sein. Er könne mit ihr rechnen. Und wie sehr. Während sie schwatzte, zog sie sich an. Zwischen Zimmer und Treppenflur. Er beobachtete sie, und es knisterte in der Wohnung, bis die Mädchen mit ihr verschwanden.

„In Ordnung", sagte George. Er wartete eine Weile, bis sich ihre Schritte im Treppenhaus verloren. Dann stand er auf und ging über den schmalen Korridor in das ärmliche Badezimmer. Er stellte sich in die Wanne und ließ das lauwarme Leitungswasser über die heiße Haut laufen. Er trocknete sich ab und knotete das Handtuch um die Taille. In seinem Zimmer stellte er sich vor den Schrankspiegel und sah sich prüfend an. Er hatte breite Schultern bekommen, über den Oberarmknochen wölbten sich ansehnliche Muskelpakete. Das dunkelblonde Haar und die buschigen

Augenbrauen hätten einen guten Friseur verdient. Er kniff die Augenlider zusammen und blickte verwundert auf die feingestrichenen Falten, die von den Nasenflügeln um die Mundwinkel herum zu dem hervorstehenden Kinn liefen. Die Tatsache, daß er nach einer solchen Zeit diese ersten schmalen Spuren an sich entdeckte, verwunderte ihn.

Nach drei Nächten und drei Tagen fühlte er sich immer noch wunderbar und ganz in Form. Er hatte nichts als Sex im Kopf gehabt, und jetzt vor dem Spiegel fragte er sich verwundert, wie es weitergehen sollte. Vita war schlank und in ihrer Größe ideal für ihn. Sie hatte schöne dunkle Augen voller Romantik, aber das aufregendste an ihr waren ihre festen braunhäutigen Brüste mit den großen Monden und den stehenden Warzen und ihre Hüften, die sie ihm gierig entgegenstreckte. Er sehnte sich nach ihren Händen, die während ihrer Vereinigung unablässig über seinen muskulösen Rücken glitten. Sie war wirklich eine Frau, die einen Mann von der Schiene heben konnte, und er genierte sich nicht, das Wochenende herbeizuwünschen, an dem sie wieder bei ihm sein würde. Sie sollte ihm für immer gehören.

Bill öffnete die Tür und sah grinsend herein. Im Bruchteil eines Augenblicks entzauberte er das Bild. Kalt wehte die Wirklichkeit herein. „Einer vom Stahlwerk hat angerufen. Die wollen wissen, ob du noch lebst."

„Und was hast du gesagt?"

„Ich hab gesagt, du bist zur Frühschicht wieder am Ofen."

„Danke, Bill. Dieser Sommer in Chicago war lang und schön, und es war eine herrliche Zeit hier mit euch. Und Vita ... weißt du, ich hatte mir in den Kopf gesetzt, mal selbst Stahl zu machen, mich vielleicht auch an einem kleinen Stahlwerk zu beteiligen, und nun muß ich mich entscheiden. Das Mädchen ist ganz verdammt eine phantastische Alternative ... und gerade eben ... einen Augenblick lang ... war ich verrückt nach dem einen und auch wieder verrückt nach dem anderen ... aber beides schaff ich nicht ... verstehst du, Bill ... beides ist zuviel."

„Ich versteh dich, George."

„Und was würdest du wählen, Bill?"

„Das Mädchen, George." Er grinste und zeigte mit dem gestreckten Daumen zur Decke.

Georg Ruff zögerte. Dann sagte er rasch, wie um sich selbst zu überwinden: „Und ich den Stahl, Bill."

„Der Stahl ist das schwierigere Geschäft, George."

„Ich glaub', ich weiß es."

„Weißt du auch, was ein 'lion's share' ist, George?"

„Ja ... doch, das ist der Löwenanteil."

„Richtig, George, ich wollte dir nur sagen, du wirst immer nach dem Löwenanteil Ausschau halten, da mußt du auf der Hut sein."

„Ich bin auf der Hut, Bill."

„Achte auf dich, George."

„Ich bin jung, und ich achte auf mich", sagte George mit großer Bestimmtheit. Er nahm einen Plastikkamm von dem Glasbord und versuchte, das volle störrische Haar zu kämmen. Die Nässe des Haars bildete feine Wassertröpfchen auf dem Schrankspiegel.

„Dann nimm den Stahl, George."

„Das dachte ich auch gerade", antwortete Georg Ruff. Als er mit dem Haar fertig war, packte er Bill bei den Schultern und sah ihm ernst in die Augen. „Noch etwas, Bill. Sag deinen Brüdern und Schwestern, deinen Eltern und allen Jungens von der Mannschaft: ich liebe euch alle. Ihr wart großartig, und wenn ich nicht zurückkehre, bin ich irgendwo verkommen, nur weil ich euch nicht hatte."

„So wird es wohl sein", antwortete Bill. Er wußte, daß es nicht so war.

„Wirst du es allen sagen?"

„Ich schwöre es." Er hätte noch ganz etwas anderes geschworen.

Am nächsten Morgen wartete George Ruff vor der Bank, bis die Schalter öffneten. Er hob sein ganzes Geld ab und

und fuhr mit den Greyhounds nach New York. Am Abend saß er schon in der Maschine nach Paris. In der Nacht über dem Atlantik fragte er sich, ob er alles richtig gemacht hatte, und er fand seine Entscheidung für den Stahl gut. Er hatte eine Entscheidung treffen müssen, also traf er sie. Und er erinnerte sich der Worte von Bill: du wirst immer den Löwenanteil wollen.

Vielleicht hatte Bill recht. Wenn Stahl ein Löwenanteil war, dann wollte er ihn.

V

Paula arbeitete fast noch das ganze Jahr, bis zur Geburt von Frank. Sie besprach mit Benz, ob sie später wieder arbeiten solle oder ob es besser sei, im eigenen Unternehmen Sekretärin zu werden. Sie hatten nach der Hochzeit das Haus in Ordnung gebracht, den Schrotthandel als Eisenhandel ausgebaut und die Ruff Eisenhandel GmbH gegründet. Das Gesellschaftskapital betrug 50 000 Mark. Paula hatte die Hälfte davon aus ihren Ersparnissen eingebracht und hielt nun 50 Prozent. In Wirklichkeit hielt sie 51 Prozent, das eine Prozent, das sie mehr hielt, waren ihre Tüchtigkeit, ihr Fleiß, ihre Ausdauer und ihre Fähigkeit, einen Mann mit guten Anlagen am kurzen Zügel zu halten. Benz war der Meinung, daß er sie im Geschäft dringender benötigte als im Haushalt, also kündigte sie nach der Geburt von Frank ihren Vertrag mit der Karthauser Elektromotorenfabrik und übernahm den Innendienst im eigenen Büro. Da sie für eine Sekretärin eine Fülle guter Voraussetzungen mitbrachte, sollte dies der erste Wendepunkt in der Entwicklung ihres Unternehmens sein. Wenn die Kunden bei ihnen anriefen und Paulas feste Stimme hörten, wußten sie, daß ihre Probleme an die richtige Frau gerieten.

Als Frank etwas älter als ein Jahr war, wurde Paula erneut schwanger, und die darauffolgenden Monate wurden für sie besonders hart.

Benz wünschte sich einen David. Paula wäre nach drei Jungens in der Familie eine Tochter sehr recht gewesen. Sie einigten sich auf David im Falle eines Jungen und auf Rachel im Falle eines Mädchens. In diesem dritten Jahr widmeten sie sich wiederholt dem Plan, an der Saarwiese auf dem linken Ufer in der Nähe der Könener-Konzener-Straße Grund hinzuzukaufen, den die Stadt für Gewerbezwecke billig abzugeben bereit war. Auf diesem Ufer lag auch der alte Schrottplatz, weshalb sich hier eine Erweiterung des Betriebes anbot. Jenseits der Konzer Straße arbeitete die Kläranlage, und hinter der Brunnenstraße breitete sich bis zu der geplanten Autobahntrasse das gut erschlossene Gewerbegebiet aus.

Paula plädierte für einen Zukauf, Benz, Zauderer wie immer, zögerte die Entscheidung heraus.

Aber es gab zwei Ereignisse, die dann schließlich doch zu einer Entscheidung führten.

Eines Tages kam der alte Lehmann aus Könen zu ihnen und fragte sie, ob sie den Schafstall südlich der Valentinstraße kaufen wollten, er gebe ihnen auch noch die Wiese zu einem günstigen Preis dazu, weil doch sein Bruder und der Großvater von Benz zusammen in Nordafrika als Panzerfahrer in der Rommel-Armee gefallen seien. Deshalb sollte Benz das erste Kaufrecht haben.

Der zweite Anlaß war, daß der Baumarkt zunehmendes Interesse für Baustahlmatten zeigte. Wenn sie von den großen Stahlwerken Walzdraht kauften, konnten sie die Matten mit einer Mehrfachschweißmaschine leicht selbst herstellen und den geräumigen Schafstall zu diesem Zweck umbauen. Dafür benötigten sie allerdings einen sehr viel stärkeren Anschluß vom Elektrizitätswerk, und Paula schickte Benz los, einen Antrag zu stellen. Das Elektrizitätswerk wollte aber zunächst wissen, was die Maschine verbrauchen werde, also mußten sie sich nach der Schweißmaschine umsehen. Dazu brauchten sie einige Zeit, denn es kamen nicht nur deutsche, sondern auch belgische und französische Hersteller in Frage.

Sie klapperten das ganze linksrheinische Gebiet ab, bis sie endlich in Belgien eine Maschine fanden, die in der Breite verstellbar war und mittels einer ausgeklügelten Roboterautomatik eine hohe Geschwindigkeit und große Genauigkeit erzielte. Sie hatten mit mindestens zehn bis zwölf Arbeitern gerechnet, ohne dabei an das Verladen zu denken, das man mit einem Schwenkkran bewerkstelligen konnte. Bei dieser Maschine kamen sie jedoch mit vier Mann aus.

Paula übernahm die Lohnbuchhaltung, den Einkauf und den An- und Abtransport.

Als der alte Lehmann sah, was aus seinem Schafstall geworden war, sagte er, so etwas Modernes habe er noch nie gesehen, das sollten sie sich patentieren lassen. Paula griff den Gedanken sofort auf, und so meldeten sie die Ruff-Matten zum Patent an.

Als Rachel drei Jahre nach ihrem gemeinsamen Neubeginn geboren wurde, hatten sie das Patent. Paula bestand darauf, das Kind zu Hause zur Welt zu bringen und stellte ein Bettchen in Georgs Zimmer, das sie nicht verändert hatten, aber immer sauber hielten.

Benz war verbittert über den Weggang von Georg, und wenn er sich mal ärgerte oder ein Geschäft nicht zustande kam, sagte er: „Wir könnten den Georg jetzt gut gebrauchen. Vor drei Jahren ist der Lümmel einfach abgehauen und hat sich nie wieder gemeldet."

Paula meinte, vielleicht sei er gar nicht mehr am Leben, er solle doch die Vergangenheit ruhen lassen. Doch Benz meinte: „Der lebt, der kämpft sich durch, du kennst den nicht, der ist aus einem anderen Holz geschnitzt als ich."

Weil aus diesen Worten seine Verbitterung zu erkennen war, führte Paula das Thema nicht fort, sondern sagte nur: „Kommt er, ist es gut, kommt er nicht, hat Gott es so gewollt."

Benz machte ihr ein Kompliment. „Wenn er eine Woche länger zu Hause geblieben wäre, nur eine Woche, als du hier anfingst aufzuräumen, wäre er nicht fortgegangen. Alles hing an einer Woche."

„Meinst du, er hätte sich für deinen Stahl interessiert? Vielleicht hat er sich in Amerika auf den Verkauf von Hot dogs und Speiseeis spezialisiert. Ich habe so was mal gelesen. Da ist ein Fußballspieler aus München nach Florida ausgewandert und hat ein Steak-Restaurant aufgemacht."

„Georg hatte jedenfalls kein Geld für ein Restaurant."

Benedikt wollte Zimmermann werden und anschließend

Architektur studieren. Das bekam zwar dem Haus sehr gut, und in der Kuppel richtete Bene ein wunderschönes Arbeitszimmer für sich ein, aber zu Benz' Traum vom Stahlgeschäft trug er nichts bei. Es blieb dabei: an Benz klebte immer noch das Trauma vom Schrotthändler Ruff.

Rachel und Frank gediehen prächtig.

Als Frank drei Jahre und Rachel ein Jahr alt waren, konnten sie sich schon eine zweite Schweißmaschine anschaffen und ihre Produktion um mehr als das Doppelte erhöhen, denn die zweite Maschine hatte einen wesentlich höheren Ausstoß.

Allmählich wurden die Ruff-Matten am Niederrhein und in den Zonenrandgebieten der Beneluxländer ein Begriff.

Eines Tages entschlossen sie sich zu einer Zusammenarbeit mit einem Produzenten von Baumaterialien. Diese Firma stellte aus den Ruff-Matten genormte Betonplatten für Serienbauten und Bodenbeläge her. Sie hatten eine große Tragfähigkeit und machten sich als „Konzer Bauplatten" einen Namen. Paula ließ die „Ruff-Matten" und die „Konzener Bauplatten" als Markenzeichen eintragen.

Die Ruff Eisenhandel GmbH erwies sich als durchaus investitionsfreudig, und da das Geschäft größer wurde, hatten sie natürlich alle Hände voll zu tun und nur mehr wenig Zeit für Bene, Frank und Rachel. So dankten sie dem Schicksal, als die Kirche ihnen ein tüchtiges Hausmädchen vermittelte.

Im Laufe der Zeit wurde es für Paula und Benz zur Gewohnheit, alle wichtigen Anlässe von ihrem gemeinsamen Neubeginn an zu berechnen. So sagten sie: „Drei Jahre nach unserem Anfang wurde Rachel geboren." Oder Benz rechnete abends einen Zeitplan für die Finanzierung durch und bemerkte: „Vier Jahre nach dem Anfang bestellten wir die zweite Maschine." Später sollten sie nur noch vom „fünften Jahr" oder vom „sechsten Jahr" sprechen, und eines Tages würde Benz sie darum bitten, ein Fläschchen Sekt aufzumachen. „Weißt du noch? Heute vor zehn Jahren haben wir uns geprügelt." Aber bis dahin sollte noch einiges passieren.

Im fünften Jahr zog einer ihrer besten Kunden einen größeren Auftrag zurück. Da sie den Mann gut kannten, ja sogar ein bißchen befreundet waren, setzten sie sich in ihren VW und fuhren zu der Baufirma hin.

„Was gibt es, Christiansen?"

„Wir stehen unter Druck der Firma Fortuna in Düsseldorf. Sie sagen, sie sind dabei, euer Patent zu kippen und wollen uns keinen Baustahl mehr liefern, wenn wir weiter bei euch kaufen."

Benz Ruff wußte sofort, daß das kein kleines Feuer war. Ein großer Kampf hatte begonnen. Die Firma Fortuna war ihr ehemaliger Lieferant für Walzdraht und gehörte zu dem riesigen Fortunato-Konzern, einem Multi mit Sitz in Essen. Die Fortunato hatte anfangs auch Baustahlmatten und später „Konzener Betonplatten" gekauft, dann aber ein Kaufangebot an Ruff gemacht, das Ruff ablehnte. Von da an bekam Ruff keinen Walzdraht mehr und mußte sich seinen Walz- und Stabstahl aus Luxemburg beschaffen.

Auf dem Rückweg fuhren sie zu ihrem Anwalt Dr. Vetter in Konz, der ein alter Bekannter der Familie Ruff war. Die Sekretärin sagte ihnen, der Anwalt sei den ganzen Tag nicht zu sprechen, er befinde sich als Syndikus in einer Aufsichtsratssitzung.

Benz schob die Sekretärin beiseite und betrat das Anwaltsbüro, und da saß der Mann mit den Füßen auf dem Schreibtisch und telefonierte mit einem Mädchen und verabredete sich zum Abendessen in einem Motel.

„Was geht hier vor?" fragte Benz.

„Hör zu, nicht aus der Hüfte schießen. Ich will dir alles der Reihe nach erklären."

„Du Hundesohn sitzt in einer großen Merda, das weiß ich schon, ich will nur noch wissen, wer dahintersteckt."

Paula hatte Mühe, Benz zu beruhigen und in einen der abgewetzten Ledersessel zu drücken. Sie war entsetzt und so überrascht, daß ihr der Angstschweiß ausbrach. Jahrelang hatte sie sich in Erinnerung an die „Hundesöhne" von *Adams Eck* alle Mühe gegeben, ihn zu einem besseren Menschen zu machen, ihm das Fluchen und diese ordinären Wörter abzugewöhnen, hatte ihn begleitet, wenn er sich einen neuen Anzug kaufen mußte und ihn alle vierzehn Tage zum Friseur geschickt. Jetzt, bei ihrer ersten wirtschaftlichen Krise kam der alte Benz Ruff zum Vorschein, sein wütendes Gesicht, die drohende Gebärde seiner Hände, seine Sprache, roh und grollend wie das Krachen einer Schrottpresse.

Versteinert setzte sie sich neben ihren Mann. Sie wußte noch nicht , worum es sich genau handelte, aber sie spürte, daß Feuer unterm Dach war.

Dr. Vetter nahm unbewegt die Füße vom Tisch. Jetzt sah man, wie fett er war. Sein Bauch hing über dem Gürtel wie ein schlecht aufgepumptes Schlauchboot über dem Brükkensteg, seine großporige Haut betonte sein aufgedunsenes Gesicht, und mit Sicherheit konnte man darauf tippen, daß in seinen Aktenschränken Whiskyflaschen zu finden waren.

„Du hast von der Fortuna Walzdraht gekauft und mit dem Walzdraht das gemacht, was die Fortuna auch gern gemacht hätte, nämlich Baustahlmatten. Das hat der Fortuna nicht gefallen. Ihre erste Reaktion war falsch. Sie haben aufgehört, dir Walzdraht zu liefern, der Knabe, der sich das ausgedacht hat, steht mittlerweile wieder im zweiten Glied. Ihre zweite Reaktion könnte sein, daß sie dein Patent mit dem Mehrfachschweißen umgehen, aber das ist nicht die Art von der Fortuna, Geschäftspolitik zu machen. Sie haben jetzt zwei Möglichkeiten, das Problem zu lösen ..."

„Stopp, stopp, alter Junge, für wen arbeitest du?" Benz wollte eigentlich sagen: „Für wen arbeitest du alter Hundesohn?", aber Paula hatte ihre Hand auf seine Pranke gelegt, und da ließ er den „Hundesohn" wie einen Kloß im Hals stecken.

„Als unabhängiger Anwalt arbeite ich für jeden, der mich bezahlt."

„Großartig." Benz schnaufte. „Wirklich großartig."

„Und im Augenblick", fuhr Dr. Vetter eiskalt fort, „im Augenblick bezahlt mich die Fortuna."

Jetzt hatte Paula alles verstanden.

„Wir sitzen hier also beim Anwalt einer uns nicht sehr gewogenen Gegenpartei."

„Richtig, meine Gnädigste, Sie sitzen im Augenblick bei der Opposition." Dr. Vetter betrachtete seine Fingernägel. Er fühlte sich in seiner Haut recht wohl.

„Und welche beiden Möglichkeiten sollen das sein, die die Fortuna im Auge hat?" fragte Benz.

Vetter ließ sich etwas Zeit. „Fortuna besitzt eine Liste aller eurer Kunden. Entweder bieten sie ihren Monierstahl solange unter Preis an, bis ihr pleite seid, und das geht sehr rasch, wie du ja weißt, oder ihr bietet Fortuna ein kostenloses Mitbenutzungsrecht eures Patentes an."

„Du meinst im Ernst, wir sollen Fortuna unser mühsam erworbenes Patent umsonst überlassen?"

Dr. Vetter gab sich gönnerhaft. „Im Vertrauen, ich habe Fortuna geraten, zunächst den zweiten Weg zu versuchen. Der Markt ist bei der heutigen Bausituation für euch beide groß genug, den Wettbewerb kann man ja nie ausschließen. Der Tüchtigere überlebt. Vielleicht bist du der Tüchtigere." Das war blanker Hohn. Wenn Fortuna wollte, konnte sie Baustahlmatten einige Monate lang verschenken, dann war sein, Ruff's Eisenhandel, längst bankrott.

Benz stand auf. „Wir lassen uns das durch den Kopf gehen. Du wirst Fortuna ja über dieses Gespräch informieren. Sag ihnen, daß wir uns bald zusammensetzen werden."

Wenn Benz wollte, konnte er lügen wie die Matratze eines alten Knastbruders.

Dr. Vetter hielt ihn noch einen Augenblick fest. „Ich weiß, es ist Unrecht. Aber entweder bist du imstande, Unrecht zu tun oder Unrecht zu erleiden."

„Bisher habe ich versucht, Unrecht zu vermeiden, aber

wahrscheinlich muß ich mich daran gewöhnen, Unrecht zu tun."

Als sie draußen waren, sagte Paula: „Nicht wahr, wir werden uns nicht mit ihnen zusammensetzen?"

„Nein."

„Was willst du tun?"

„Wir müssen das Patent absichern. Vielleicht müssen wir das Patent in allen Ländern der Europäischen Wirtschaftsgemeindschaft anmelden, das kostet aber eine Stange Geld."

Paula überlegte. Sie setzten sich in den Volkswagen, und eine Weile herrschte Stille. „Wenn es um Geld geht, könnten wir ein Stück Land am Saarufer verkaufen."

„Diese Entscheidung hat noch Zeit. Laß uns zuerst zum Patentingenieur Tideon fahren und mit ihm über die geographische Erweiterung des Patentschutzes sprechen."

Tideon hatte ein Büro in seinem Reihenhaus in der Robert-Koch-Straße eingerichtet.

Es war jetzt schon später Nachmittag. Seine Frau wollte sie zunächst gar nicht hereinlassen, willigte dann aber ein, daß sie sich einen Augenblick auf die Holzstühle der Terrasse setzten.

Tideon war ziemlich betrunken.

Benz Ruff hatte sich immer großartig gefühlt, wenn er betrunken war und viel Verständnis für seine und anderer Leute Probleme aufgebracht. Wie der dickleibige Pastor vor der Rotweinflasche, wenn er an die armen Seelen seiner Gemeinde dachte. Er war geneigt, auch für Tideon Verständnis aufzubringen, sagte es aber nicht, weil Paula ihn scharf ansah, und das bedeutete Alarm.

„Irgend jemand ist hinter Ihrem Patent her", stellte Tideon lakonisch mit lallender Stimme fest. „Man ist bei mir eingebrochen und hat mir die Akte gestohlen, und dann haben mir die Spaßvögel einen Scheck über 5 000 Mark auf den Tisch gelegt mit einem Zettel dazu: Keine weiteren Arbeiten an dem Ruff-Patent ... sonst knallt's."

„Das ist ja unglaublich!" Paula war fassungslos. „Und wie haben Sie reagiert, was sagt die Polizei?"

„Ich bin ein kleiner Patentingenieur, für solche heiße Sachen bin ich der verkehrte Mann."

„Also, was haben Sie nicht gemacht?" fragte Paula mit weiblicher Logik.

„Ich bin nicht zur Polizei gegangen."

„Dann haben Sie vermutlich auch den Scheck eingelöst."

„Richtig."

„Sie müssen zur Polizei, auf Einbruch und Diebstahl steht Gefängnis."

„Von wem war der Scheck ausgestellt", wollte Benz wissen.

„Keine Ahnung", meinte Tideon achselzuckend.

Sie steckten in der tiefsten Wettbewerbskrise. Und das verflixte siebente Jahr sollte sich schon voreilig im sechsten abspielen – jedenfalls soweit es den geschäftlichen Teil betraf.

Es war ein warmer Sonnabend. Sie konnten lange im Garten sitzen, und zum ersten Male seit sechs Jahren trank Benz Ruff wieder wie in alten Zeiten. Paula sah zu. Benz hatte recht. Die Welt war von Anbeginn gegen ihn gewesen. Sie war es immer noch. Er hatte gearbeitet, hatte ein kleines, aber solides Unternehmen aufgebaut, Leute eingestellt, er hatte es in den vergangenen sechs Jahren zu einigem Ansehen in Konz gebracht. Warum machten jetzt alle gegen sie Front? Sie zogen Bilanz.

Bene hatte im Frühjahr das Abitur geschafft und mit der Zimmermannslehre begonnen. Frank war vor kurzem fünf Jahre alt geworden, Rachel drei. Benz war gerade 44 Jahre alt geworden. Paula 33. Sie konnten wohl noch nicht gut am Ende sein. Es mußte etwas geschehen.

„Irgend etwas haben wir falsch gemacht – aber was?" Paula dachte nach. Sie hatte nicht die richtige Formulierung parat. Formulieren, nein, das war nicht ihre Stärke.

Stark war sie im Arbeiten. Unermüdlich. Und stark war sie im Verteidigen. Sie war ein Adlerweibchen. Und das brachte sie auf die richtige Idee. Sie mußten sich zur Wehr setzen. Sie mußten mit Klauen und Zähnen verteidigen, was sie geschaffen hatten. Sie brauchten Verbündete. Gegner hatten sie in Hülle und Fülle. Arbeiten und nicht verzweifeln. Kämpfen und nicht untergehen. Ihre Gedanken überschlugen sich. Sie blickte auf Benz. „Heute lassen wir die Pferde saufen", sagte sie. „Ab morgen herrschen hier wieder blanke Augen und ein klarer Blick."

Gut gebrüllt, Löwin.

In Wirklichkeit, das wußte sie, waren es Sprüche. Sprüche retteten sie nicht. Und Benz wurde müde. „Was meinst du?"

„Heute feiern wir das Fest von Don Quijote und Sancho Pansa. Du bist der Don Quijote, ich dein Sancho Pansa. Nach dem Fest satteln wir die Pferde und reiten gegen die Windmühlenflügel, oder?"

Benz hatte schon einen schweren Kopf.

„Ich bin glücklich, daß es dich gibt." Er wischte sich mit beiden Händen über das Gesicht, um sich frisch zu machen. Sie schwiegen eine Weile und hingen ihren Gedanken nach. Der Abend hoch über dem Mosel- und Saartal bescherte ihnen eine Luft wie Jasmin im Klostergarten. Die Welt war fern, Gott war nah, die Rosenbeete blühten, als währte der Sommer bis in alle Ewigkeit.

„Was wohl aus Georg geworden sein mag?"

„Lieber Gott im Himmel, vergiß ihn", antwortete Paula. „Sechs Jahre lang hast du nichts von ihm gehört. In den nächsten sechs Jahren wirst du ebenso wenig von ihm hören. Was soll schon geschehen sein? Der Staub der Zeit hat ihn geschluckt. Irgendein Land der unbegrenzten Möglichkeiten hat ihn gefressen. Oder er sitzt in Katmandu und träumt."

„Er war anders als ich", sagte Benz versonnen. Schade, dachte er, daß Paula die richtigen Ruffs nicht kennenlernen wird.

VI

Mit knapp einstündiger Verspätung landete die Anschlußmaschine von Paris auf dem Luxemburger Flugplatz. In diesem Sommer waren Verspätungen der Flüge fast zur Regel geworden. Die internationale Abfertigung in Washington und New York erwies sich als ebenso problematisch wie die Ankunftsabfertigung in Paris, Brüssel, Frankfurt oder Zürich, obwohl die Fluggesellschaften das Gegenteil behaupteten. Georg Ruff wäre gern mal um sechs Uhr früh im Flughafendirektorium von Paris, London oder Frankfurt erschienen, um zu erfahren, wo die verantwortlichen Herren sich herumwälzten und welche Entschuldigungen sie im Geschäftswagen zwischen Appartement ihrer Geliebten und ihrem Büro erfanden, um beim Betreten der Direktionsetage ihrer Sekretärin das richtige Stichwort zurufen zu können: Meine Güte, der Aufsichtsrat hatte ein Sitzfleisch bis Mitternacht –

Dieser Verkehr heute morgen war mörderisch, was ist nur los in dieser Stadt? –

Bitte verbinden Sie mich mit dem Minister, das geht so nicht weiter, immerhin hängt die Wirtschaft von einem perfekten Transportsystem ab –

Oder aber eben jene schnell und zärtlich hingeworfenen Worte: was für ein Jammer, Chéri, daß wir auch noch arbeiten müssen. Wie hast du es überhaupt geschafft, vor mir im Büro zu sein –

Georg Ruff hatte nach dem Abendessen in der Maschine fest geschlafen und war frisch und ausgeruht in Paris eingetroffen. Der Flug von Paris nach Luxemburg war ein Katzensprung. Die Zugreise von Luxemburg nach Konz hatte er noch seit seiner Abfahrt vor sechs Jahren in Erinnerung. Wie er feststellte, hatte sich nichts verändert.

Sechs Jahre lang hatte er kein Deutsch gesprochen. Sein Französisch war sehr gut, sein Amerikanisch fast schon besser als sein Deutsch.

Der Beamte fragte ihn bei der Paßkontrolle, wie lange er in Luxemburg zu bleiben gedenke.

„Ich reise heute noch weiter."

„Nach Deutschland?"

„Well, nach Deutschland."

Sein Zug traf kurz vor zweiundzwanzig Uhr in Konz ein. Er kam so an, wie er abgefahren war. Den Reisesack über die Schulter geworfen, den Geld- und Paßbeutel wie immer unter dem Sporthemd. Nach sechs Jahren betrat er erstmals wieder deutschen Boden.

Dieser Boden war die Bahnhofshalle des Konzer Hauptbahnhofs. Ein junges, etwas molliges, blondes Mädchen und ein fremdländisch aussehender Mann traten auf ihn zu. Das Mädchen trug einen Pony über der Stirn, das lange Haar hatte sie zu einem Pferdeschwanz hinter dem Kopf zusammengebunden.

„Sie sind Mr. Ruff?"

„Well."

„Wir begrüßen Sie im Auftrage von Mr. Harlem."

Georg Ruff überlegte. Einen Mr. Harlem kannte er nicht. Es mußte sich um eine Verwechslung handeln. „Ihren Mr. Harlem kenne ich nicht", sagte er und wollte an ihnen vorbeigehen. „Moment", sagte der Fremde, „Sie haben ein Paket für uns. Alles, was wir wollen, ist das Paket."

„Tut mir leid, ich habe kein Paket, nicht für Sie, für niemanden, nicht einmal für mich." Die Sprache des Fremden hatte sein Hirn alarmiert. Seit wann war Konz ein Teil von Chicago geworden?

Der Fremde zog ein Messer und zeigte mit der Spitze auf Ruff. Georg Ruff lächelte.

„Aber, aber", sagte Ruff und schob die Klinge des Messers ganz langsam, mit hypnotisierender Ruhe beiseite. Dann packte er den Unterarm des Fremden mit beiden Händen und stieß sein Knie nach oben. In der atemlosen Stille hörte man das dumpfe Knirschen des gebrochenen Unterarms. Das Messer war klackend auf den glatten Steinfußboden gefallen. Der Fremde hielt fassungslos seinen gebrochenen Arm. Auch das Mädchen stand, wie von plötzlicher Lähmung überrascht, schweigend neben ihm. Mit dem Fuß stieß er das Messer vor sich her und hob es schließlich auf.

Dann verließ er den Bahnhof durch das Mittelportal. Er nahm das einzige Taxi, das vor dem Bahnhof wartete und sagte im Befehlston: „Fahren Sie los."

„Wohin?"

„Fahren Sie."

Als sie das Zentrum verlassen hatten, fragte er den Taxifahrer: „Ich zahle mit Dollar, ist das in Ordnung?"

„Kein Problem."

Pause.

„Wohin soll ich Sie fahren?"

„Fahren Sie einfach durch die Stadt. Erzählen Sie mir, wo man hier vernünftig übernachten kann und fahren Sie an diesen Hotels oder Gasthöfen vorbei. Ich sagen Ihnen dann, wo Sie halten sollen, okay?"

Der Taxifahrer sah ihn etwas mißtrauisch an. „Wie Sie meinen."

Georg Ruff quartierte sich im „Weißen Hirsch" ein. Als er sich für die Nacht fertiggemacht hatte, klopfte es leise an der Tür. Er nahm das Messer vom Tisch, öffnete die Klinge und stellte sich neben den Türrahmen.

„Wer ist da?"

„Das Mädchen."

„Wo ist dein Begleiter?"

„Ich bin allein hier."

„Hast du Lust zu sterben?"

„Nein."

„Wenn du nicht allein bist, werde ich dich umbringen, hast du das verstanden?"

„Ich habe verstanden. Ich bin allein."

Er öffnete die Tür. Sie war tatsächlich allein. Er untersuchte sie nach Waffen, fand aber nichts.

„Wie heißt eure Organisation?" Er schloß die Tür und hing die Kette ein. Dann rief er den Mann von der Rezeption an und sagte, er wolle zum Teufel nochmal von niemandem gestört werden.

Das Mädchen lächelte. „Das hättest du dir sparen können, der Mann am Empfang gehört zu uns."

„Hier scheint sich einiges verändert zu haben", meinte Georg und klappte das Messer zu. „Wenn der Mann am Empfang wirklich euer Mann ist, ruf ihn an und sag ihm, er soll uns in Ruhe lassen."

Sie griff zum Telefon, wartete eine Weile und sagte: „Helena. Es ist in Ordnung." Sie hing ein.

„Willst du was trinken?"

„Nein."

„Ich meine, du hättest mir etwas zu erzählen", sagte Georg und fuhr fort, seinen Seesack auszupacken. Eine ganze Welt kam zum Vorschein. Er faßte auf den Grund und berührte mit den Fingerspitzen das Dollarpaket.

Sie ging nicht darauf ein. „Kato heißt mein Begleiter. Du hast ihn übel zugerichtet. Unsere Organisation nimmt so was nicht hin. Ich bin hier, um das aufzuklären."

Sie sah, daß er sehr jung war. Über seinem schmalen Gesicht ein borstiger Schopf dunkelblonder Haare. Sein Kinn spitz und etwas vorstehend. Er hatte einen kräftigen Brustkasten und breite Schultern. Seine Arme waren mit Muskeln bepackt. Hätte Karo ihn so gesehen, hätte er sein Messer stecken lassen. Mit diesem Mann war nicht gut Kirschen essen.

„Kato ist atypisch für unsere Organisation", sagte das Mädchen. „Wir arbeiten nicht mit dem Bizeps, sondern mit unserem Verstand. In diesem Fall haben wir Kato mitgebracht, weil es um Drogen ging, und wir sind gegen Drogen."

Er sah sie sich etwas genauer an. Unter der Ponyfrisur schmale Augenbrauen, streng blickende Augen, die ihn unablässig ansahen, eine angenehm breite Nase, ein Mund geformt aus vollen Lippen, an den Ohrläppchen rote Plastikscheiben, die auf Georg lustig wirkten.

„Ist es richtig, daß du hier schlafen möchtest?"

Sie war jünger als er, aber er konnte nicht sagen, ob es zwei, drei oder vier Jahre waren. Sie schien einen ernsten Beruf auszuüben, den sie scheinbar dennoch nicht ernst nahm. Sie selbst schien ernst genommen werden zu wollen, aber es fiel ihm schwer. Sie trug eine blaue Jeansjacke und blaue Kordhosen, dazu weiße Tennisschuhe mit blauer Spitze und Fersenkappen. Sie wirkte wie ein braves Mädchen mit skrupellosen Verdienstabsichten. Seine Spannung ließ nach. Sie war ungefährlich.

„Wie heißt du?"

„Zwei Fragen. Die Antworten der Reihe nach", antwortete sie mit gewolltem Ernst. „Ich möchte hier schlafen, ohne allerdings mit jemandem zu schlafen."

Ruff lachte. „Sehr einverstanden."

„Und zweitens nennt man mich Helena."

„Und wie heißt du wirklich?"

„Christine."

„Also Christine, womit verdient ihr euer Geld?"

„Rate."

„Mit kleinen Gangstereien, Erpressungen, vielleicht Hoteldiebstahl als Spezialfach?"

„Falsch. Deine Überlegung war emotional. Ein Mann wie du sollte nicht emotional reagieren, denke nach." Ihr Tonfall hatte auf unfreiwillig komische Weise etwas Pädagogisches.

„Schmuggel?"

„Nein."

Ruff lachte. „Ha, jetzt fällt's mir ein. Du bist hinter Männern her."

„Stimmt fast. Noch nicht ganz."

„Und wenn du sie hast, nimmst du sie aus."

„Du scheinst eine lange Latte schlechter Erfahrungen mit Frauen hinter dir zu haben."

„Ganz falsch."

„Gar keine Erfahrungen?"

„Richtig, überhaupt keine." Dabei log er ohne im geringsten rot zu werden.

Sie sah ihn abschätzend an. Dann öffnete sie das Band, das den blonden Pferdeschwanz zusammenhielt und schüttelte den Kopf, daß die Haare weit auseinanderfielen, was ihr Aussehen völlig veränderte. „Das ist auch nicht gut. Wenn ich etwas mehr Zeit habe, werde ich mich deiner annehmen."

„Danke", bemerkte Ruff trocken.

„Leg dich jetzt hin und schlafe. Unsere Organisation prüft, wo unser Mann abgeblieben ist, und wenn sie's weiß, ruft sie hier an, und du bist mich los. Bis dahin werde ich hier Wache halten."

„Bitte, wie du willst", sagte Ruff, „wenn du nichts dagegen hast, nehme ich das Bett und du dieses armselige Ding von Sofa, aber immerhin bezahle ich ja das Zimmer."

„Mach dir keine Sorgen, der Anruf kann jeden Moment kommen."

„Also gut. Aber du hast mir immer noch nicht gesagt, was eure Organisation eigentlich macht. Wie wäre es mit der Wahrheit?"

„Gib mir dein Ehrenwort, daß du mich weder anrührst, noch ausrückst, dann werde ich dir sagen, mit wem du es, ich hoffe versehentlich, zu tun hast."

„Großes Ehrenwort."

„Kein Spaß?"

„Kein Spaß", beteuerte Ruff.

„Wir sind die SOCRIM GmbH, die deutsche Tochtergesellschaft von der SOSECRIM Limited in London. Unser Geschäft ist das Soft Crime, in erster Linie Industriespionage. Wir sammeln Erfindungsgedanken, bevor sie angemeldet sind. Im weitesten Sinne beschaffen wir auf die sanfte Tour alles, was die Menschheit braucht und auf legalem Wege nicht bekommen kann. Unabhängig davon sind wir gegen Gewalt und für die Intelligenz. Du hast Gewalt angewendet und kommst bei uns auf die schwarze Liste."

„Na hör mal, euer Türke war doch wohl der erste, der mit seinem Messer meine Haut gekitzelt hat ... oder was?"

„Dafür wird er gerügt, verlaß dich drauf."

Ruff schlug die Decke auf und legte sich ins Bett. „Und was ist die schöne Helena von Beruf?"

„Jurastudentin."

„Oh la la, wie paßt die SOCRIM mit einer Jurastudentin zusammen?" fragte Georg Ruff und gähnte ganz ungeniert.

„Die passen zusammen wie das Weiße und das Gelbe im Ei. Die passen schon eine Ewigkeit zusammen."

Ruff war zu müde, um sich noch den Kopf über die Unterschiede von Weiß und Gelb zu zerbrechen.

„Du mußt nur darauf achten, daß das feine Häutchen dazwischen nicht platzt", sagte er, drehte sich auf die Seite und war in Sekunden eingeschlafen.

Sie zog die Knie unter das Kinn und dachte nach. Sie war mit ihrem Doppeldasein zufrieden. Sie hatte noch nie in ihrem Leben ein Ei aufgeschlagen, in dem die seidene Trennwand zwischen weiß und gelb zerstört war. Sie würde darauf achten, daß sie erhalten blieb, soweit sie das beeinflussen konnte. Im allgemeinen war ja das Huhn dafür verantwortlich. Der Gedanke gefiel ihr sehr. Nicht sie war dafür zuständig, sondern das Huhn. Notfalls konnte man alles auf das Huhn schieben.

Als Georg Ruff sich am Sonntagmorgen erhob, lag auf dem Tisch des Hotelzimmers ein Haufen von Dollarscheinen. Das Mädchen Helena – Christine schlief noch zusammengerollt auf dem Sofa. Ihre blonden Haare bedeckten einen Teil des Gesichtes. Die Wolldecke war von den Schultern gerutscht, was einen angenehmen Blick auf ihr Äußeres zuließ. Ruff putzte sich die Zähne, rasierte sich und duschte. Dann rief er die Küche an und bestellte ein Frühstück für zwei.

„Mit was? Ja, zweimal mit Spiegeleier. Bitte achten Sie darauf, daß die Trennwand zwischen Eigelb und Eiweiß nicht beschädigt wird, das mag meine Frau nicht."

Das Mädchen stützte sich auf den linken Ellenbogen.

„Kann ich deine Zahnbürste benutzen?"

„Du findest in meinem Kulturbeutel vier oder fünf Zahnbürsten, die blauen sind für mich, die roten für das schöne Geschlecht."

„Ich habe noch in Erinnerung, daß du sagtest, du hättest keine Erfahrungen mit Frauen."

„Stimmt. Ich bin gespannt, wann ich guten Gewissens behaupten kann, daß meine Erfahrungen ausreichen."

Das Telefon klingelte.

Ruff hob ab.

„Ja?"

Pause.

„Ein Mann will dich sprechen."

„Bitte dreh dich um."

„Ich denke nicht dran", sagte Ruff lächelnd, „Du mußt schon hierherkommen und den Hörer selbst übernehmen."

Sie stand auf und kam auf ihn zu. Nackt. Ihre Figur war bemerkenswert. Ein wenig mollig, aber wohlproportioniert.

„Rache", zischte sie neckisch, bevor sie den Hörer abnahm. Jemand klopfte an die Tür. Ruff schloß auf und nahm dem Kellner das Tablett ab. Er sah auf die Teller mit den Spiegeleiern und stellte befriedigt fest, daß bei allen vier Eiern das Eigelb unbeschädigt war. Sie kam ihm zu Hilfe. Mit einer Bewegung wischte sie den ganzen Dollarsegen vom Tisch, nahm ihm das Tablett ab, stellte es auf den Tisch und verschwand im Badezimmer. Als sie an den Tisch zurückkehrte, hatte sie ein Badetuch um die Hüften geschlungen. Der Oberkörper war zur Besichtigung freigegeben – ein wärmender Anblick.

Sie redete gleich drauflos. „Wir haben übrigens den Mann mit dem Paket gefunden. Er kam erst heute morgen mit dem Frühzug. Das Paket enthielt in mehreren Packungen als Magenpulver kaschiertes Kokain."

„Das ist ein Vermögen wert, was macht ihr damit?"

Sie sah ihn strafend an. „Wir haben das Kokain bereits der Polizei übergeben, wo denkst du hin?" Sie strich Butter und Marmelade ziemlich dick auf den Toast. „Ich esse gern. Hältst du mich für zu dick?"

Er ging auf ihre Frage nicht ein. „Ihr arbeitet also mit der Polizei zusammen?"

„Hm, mal arbeiten wir mit der Polizei zusammen, mal arbeitet die Polizei mit uns zusammen. Das kann man nicht immer so scharf abgrenzen. Die Polizei ist durch Gesetze zu sehr eingeengt, und die Gesetze geben den Banditen zuviel Luft. Da springen wir halt ein."

„Ich bin also jetzt frei", meinte Georg Ruff lächelnd.

Sie nickte und griff nach einem zweiten Toast. „Kann ich die Marmelade haben? Danke." Sie wartete erst gar nicht seine Antwort ab. „Unsere Organisation hat scheinbar einigen Respekt vor dir. Sie fragt sich immer noch, wie du Kato so rasch lahmlegen konntest. Der Ärmste wird mit seinem komplizierten Unterarmbruch mindestens vier Wochen ausfallen. Sag mal, kannst du gelegentlich für uns arbeiten?"

„Kaum. Ich habe einen stocktrockenen bürgerlichen Beruf vor mir."

„Was hast du denn vor?" Sie begann sich anzuziehen. Als letztes kam die blaue Jeansjacke an die Reihe.

„Ich werde Stahl machen."

„Du gehst in die Industrie?"

„Richtig."

Sie öffnete ihr Handtasche und entnahm ihr eine Visitenkarte. Ruff las:

SOCRIM GMBH
Gesellschaft für
das öffentliche Recht

Niederlassung der SOSECRIM Ltd. London	Helena Pedra Jesuitenstraße 72, Trier Tel.: 86453/54 Tag u. Nacht

„Was CRIM heißt, weiß ich bereits, ebenso SOCRIM. Aber was bedeutet das SOSE?"

„Soft Sex."

„Sieh mal einer an. Wie wär's denn, wenn wir beide damit mal anfingen?"

„Das ist nicht mein Ressort", antwortete sie mit Bestimmtheit. Sie hob zwei 50-Dollar-Scheine vom Boden auf, zeigte sie ihm und sagte: „Du gestattest? Du bist eine ganze Menge reicher als ich." Sie öffnete die Tür, hauchte ihm ein Tschüs zu und verschwand.

Georg Ruff hatte eine Weile zu tun, bis er das ganze Geld wieder eingesammelt und in seinem Seesack verstaut hatte. Dann griff er zum Telefonbuch und suchte die Nummer seiner Eltern heraus. Es wurde Zeit, daß er heimkehrte. Er fand die alte Adresse am Kommlinger Weg: Ruff, Benz. Eine Zeile weiter die Ruff-Eisenhandel GmbH. Dann folgte die Ruff-Baustahlmatten GmbH.

Er wählte die erste Nummer. Er mußte ziemlich lange warten. Es meldete sich eine Kinderstimme. „Hier ... ist ... die Rachel."

„Wer ist da?"

„Hier ... ist ... die ... Rachel ... Ruff, wer ist denn dort?"

Jemand nahm dem Kind den Hörer ab. „Hier Ruff. Sie wünschen bitte?"

„Ich möchte Benz Ruff sprechen."

„In welcher Angelegenheit?"

„In keiner Angelegenheit. Ich bin sein Sohn."

Er hörte den Atem der Frau.

„Dann kannst du nur Georg sein", sagte die Frauenstimme.

„Das ist richtig."

Nach einem Schweigen der Verblüffung sagte die Frauenstimme: „Lieber Gott im Himmel, ist das aufregend."

„Bitte nicht meinetwegen. Wenn ich euch störe ..."

„Stören?! Dein Vater wird außer sich sein vor Freude!"

„Und wer bist du?"

„Ich bin seine Frau, ich bin die Paula."

Also hatte sein Vater wieder geheiratet. Entweder saß er inmitten eines Chaos, oder er hatte die richtige Frau erwischt. „Habt ihr ein Zimmer für mich?"

„Willst du ein Zimmer für dich allein oder zusammen mit Bene?"

„Eins für mich allein."

„In Ordnung. Bis du hier bist, ist das Zimmer schon hergerichtet."

Das war etwas zuviel versprochen, denn Georgs Zimmer hatte sie Frank gegeben, und sie mußte Frank erst umquartieren.

Georg Ruff nahm kein Taxi. Er wollte so heimkehren, wie er ausgezogen war: zu Fuß.

Es war ein angenehmer trockener und warmer Augusttag. Und er ließ sich Zeit. Er ahnte, daß sich manches verändert hatte.

Er stieg langsam den Kommlinger Weg hinauf, den Seesack auf dem Rücken und die alte kleine Ledertasche um den Hals.

„Da bist du also. Willkommen in Konz." Benz Ruff schloß bewegt den heimgekehrten Sohn in die Arme. Lange Zeit war er vor Rührung sprachlos.

„Tag, Bene."

„Tag, Georg – fein, daß du wieder da bist."

Paula Ruff stellte sich selbst vor. „Ich bin die Paula."

Sie schob die Kinder nach vorn und sagte: „Dies ist der Frank, fünf Jahre ist er alt, und hier deine Telefonpartnerin, die Rachel, gerade drei geworden."

Georg hatte sechs Jahre lang nur Französisch und Englisch gesprochen und vermischte unentwegt sein nicht sehr gutes Deutsch mit englischen Brocken. Als er später die Ruff-Stahl Holding und die Konzer Stahlwerke GmbH gründen sollte, würden alle wissen, daß es bei Georg Ruff nie Besprechungen oder Konferenzen, sondern immer nur Meetings gab, und wenn er von irgendeiner Firma einen Verantwortlichen am Telefon verlangte, war es ein Manager. Ein Anlaß für eine Schlagzeile war ein Headline Maker, eine Geschichte war eine Story (meist eine Geschichte, die er nicht glaubte), und wenn er von Unions sprach, meinte er die Gewerkschaften. Zu jemandem, den er nicht mochte, sagte er bis in alle Ewigkeit im besten Chicagoer Slang: zur Hölle mit dem Bastard.

Sie erzählten von ihren Schwierigkeiten mit der Fortuna, daß sie einen Auftrag nach dem anderen verloren, sie sprachen über Dr. Vetter und den Patentanwalt Tideon. Schließlich verabredeten sie, sich am Montagvormittag die Werkstatt und das Gelände an der Saar anzusehen. Das Gelände war sein Hauptinteresse, denn für das Stahlwerk, von dem er träumte, brauchte er Wasser, und Wasser hatten in dieser Ecke nur die Mosel und die Saar.

Er rechnete nicht mit einer Entnahmelizenz für die Mosel, denn die Mosel war der heilige Fluß der Weinbauern.

Mittlerweile hatten sie alle schon im Wohnzimmer Platz genommen. Georg hatte noch viele Fragen.

„Kannst du mit einer Bildschirmschreibmaschine arbeiten?"

„Ich denke, das kann ich lernen." Sie zögerte einen Augenblick.

„Du hast noch was", sagte Georg.

„Ja."

„Was? Raus damit."

„Ich will das nicht ewig machen. Ich bin mit den Kindern sehr glücklich. Auf der anderen Seite weiß ich, daß eine tüchtige Sekretärin, die nicht auf die Uhr schaut, unser Budget belasten wird. Wenn ich jetzt ja sage, sitze ich in der Falle."

„Können wir ein Abkommen treffen? Du arbeitest zehn Jahre mit, dann sind wir aus dem Gröbsten raus."

Sie überlegte. Sie hatte bisher ja auch mitgearbeitet, aber immer noch Zeit für die Kinder gefunden. Sie konnte die Kinder nicht im Stich lassen. In zehn Jahren würde Frank 15 sein, Rachel 13, Bene war jetzt 18, in zehn Jahren längst ein niedergelassener Architekt. Es ging im Grunde um Frank und Rachel.

„Wo willst du denn dein Büro einrichten?"

„Oben in der Kuppel."

„Für immer?"

„Richtig. Ich arbeite mit einem ganz kleinen Stab. Für Managerallüren habe ich kein Geld."

Der Vater, hinhaltend und zögernd wie immer, wollte es beiden recht machen – natürlich war er heute mehr auf Georgs Seite.

„Versuch es. Wenn's nicht geht, müssen wir eine andere Lösung finden."

Das war der Augenblick, da Georg Ruff den ersten Pfahl in die Erde setzte. Und in diesen Pfahl waren zwei große Lettern eingraviert: GR.

Er sprach nicht laut. Aber er sprach mit dem gleichen Tonfall, mit dem er seine Mannschaft in Chicago zum Erfolg gepeitscht hatte, mit einer Stimme, die den ganzen Raum ausfüllte. Eine leise, durchdringende Stimme.

„Vater, ich sagte zehn Jahre."

Benz Ruff duckte sich.

Was hatte er all die Jahre gemeint oder erwartet, wenn er von Georg sprach? Nichts anderes als das, was sich jetzt abspielte.

„Das hast du gesagt, Georg."

Sein heimgekehrter Sohn war sieben Stunden im Haus – er wollte ihn behalten. Da lohnte es sich schon, klein beizugeben.

Paulas Situation war etwas anders, wie sie meinte. Eigenartigerweise fiel ihr jetzt wieder, verdammt nochmal, der Jurastudent ein, der sie nach Korsika eingeladen, ihr ein großes Leben versprochen und sie dann in den Sommerregen gejagt hatte.

Hier war sie glücklich geworden, hier war ihr Zuhause. Sie hatte hart gearbeitet, das Haus in Ordnung gebracht, die kleine Firma mit aufgebaut, sie wußte, heute war Zahltag. Nun gut, sie war bereit, zu zahlen. Sie sagte: „Zehn Jahre."

Georgs Stimme bekam unversehens einen weichen Schmelz. „Danke. Du wirst es nicht bereuen."

Der Vater, glücklich, einem Konflikt entronnen zu sein, fragte, ob jemand einen Whisky mit Soda oder ein Glas

Wein haben wollte. Georg lehnte entschieden ab. Also wollte niemand etwas trinken. Er ging zum Telefon und wählte die Nummer der SOCRIM. Er sagte dem Office Boy, daß er Helena Pedra sprechen wolle.

„Wer ist denn da?"

„Georg Ruff."

„Ach, mein kleiner Knochenbrecher. Das freut mich aber, daß du schon anrufst. Was hat denn meine große Liebe?"

„Auf die große Liebe komme ich noch zurück. Im Augenblick möchte ich je 50-Dollar-Schein eine Auskunft und außerdem der SOCRIM einen ersten Auftrag erteilen."

„Schieß los, Knochenbrecher, Aufträge, die am Sonntag eingehen, werden gleich am Montagfrüh erledigt."

„Was machst du da eigentlich?" Georg fragte fast schon eine Idee eifersüchtig.

„Ich lese das Repetitorium für Staatsrecht, falls du außer Stahl auch noch weißt, was Staatsrecht ist."

„Liegt das Staatsrecht im Eigelb oder im Eiweiß?"

Benz und Paula sahen ihn an, als ob er mit Außerirdischen telefonierte.

„Wohlverwahrt im Eigelb. Und die Haut ist durchaus noch unversehrt."

„Hervorragend. Dann kannst du mir ja auch unversehrte Auskünfte geben. Ich brauche in Trier einen guten Industrieanwalt. Keinen Einzelkämpfer, sondern ein Büro mit mindestens einem Assistenten, hast du das?"

„Hältst du mich für dumm?"

„Was meinst du damit?"

„Ich habe es", sagte Helena.

„Die zweite Frage: wir suchen in Trier einen ganz gewieften Patentanwalt, großes Format, mit einer gehörigen Portion Schlitzohrigkeit, hast du das?"

„Ich habe es, Knochenbrecher."

„Soweit, so umsonst", sagte Georg.

„Mach dir keine Sorgen, George, auf die Bezahlung komme ich später noch zu sprechen."

„Sag bitte nicht George zu mir."

„Sondern was?"

„Schlicht Georg."

„Also gut, schlicht Georg", echote Helena. „Jetzt müßte nach deiner Logik dein eigentlicher Auftrag kommen, oder?"

„Er kommt."

„Ich höre", sagte Helena mit nicht geringer Ironie. Was er bisher gewünscht hatte, war für die SOCRIM ein Klacks.

„Es gibt in Konz einen Patentanwalt namens Tideon. Sein Büro hat er zugleich in seinem Privathaus eingerichtet. Dieser Tideon hat für die Ruff Baustahlmatten GmbH ein Patent angemeldet für die Schweißverknotung von Baustahlmatten. Hinter diesem Patent ist die Düsseldorfer Fortuna AG hinterher wie der Teufel hinter der armen Seele. Fortuna hat Tideon mit viel Geld gekauft und aus seinem Büro unsere Patentakte gestohlen. Ich brauche also aus dem Büro von Tideon alle Ruff- und Fortuna-Akten und aus dem Fortuna-Archiv die gestohlene Patent-Akte. Ich muß den Tideon vollkommen auf Eis legen, hast du das?"

„Huiiih, das ist ja halbkriminell", meinte Helena.

„Du hast die SOCRIM als eine intelligente Organisation bezeichnet, gutgläubig, wie ich bin, habe ich dir das abgenommen. Wenn ihr euch überfordert fühlt, muß ich mich an die Konkurrenz wenden."

„Intelligenz ist gesucht. Intelligenz ist teuer. Wie wär's mit 10 000 Dollar im Erfolgsfall?"

Helena war ihm gleich. Das machte die Sache leichter und imponierte ihm.

„Und einen Kuß dazu."

„Den Kuß auf die Eischale, okay: bis zum Eiweiß oder gar Eigelb dringen solche flotten Sprüche nämlich nicht vor." Sie hing ein.

Georg wußte, sie würden den Auftrag ausführen.

Die Familie hatte Schwierigkeiten, sein Tempo mitzugehen. Er stand in der Regel um sechs Uhr morgens auf und arbeitete nicht selten bis Mitternacht. Er hatte sich eine moderne Telefon-, Telex- und Telefaxanlage in die Kuppel legen lassen und ein Sekretariat mit modernsten elektronischen Ausrüstungen eingerichtet, das Paula erst nach Wochen intensiven Trainings richtig bedienen konnte.

Wenige Tage nach seinem Auftrag kamen die ersten Informationen von SOCRIM. Ihr zukünftiger Industrieanwalt sollte ein gewisser Dr. Nosso sein, eine erste Adresse, mit dem kleinen Schönheitsfehler, daß er auch mit der SOCRIM zusammenarbeitete. Georg akzeptierte das, weil Helena ihn fairerweise sofort darauf aufmerksam machte. Der von SOCRIM empfohlene Patentanwalt war Dr. Abraham Weisenstein. Ob man ihm alle Akten übergeben sollte?

Welche Akten?

Die man auftragsgemäß bei dem Patentanwalt Tideon 'abgeholt' habe.

„Kompliment. Ja."

„Die Patentakte, die die Fortuna hat stehlen lassen, haben wir noch nicht lokalisiert."

„Sobald sie gefunden ist, auch an Dr. Weisenstein."

„In Ordnung. Weitere Aufträge?"

„Zur Zeit nicht."

Gut, man werde eine Teilrechnung schicken.

Georg Ruff sah sich mehrere Male intensiv die Fertigung der Baustahlmatten an der Konzerstraße am linken Saarufer an.

Da kam ihm eine Idee. Er lud den Lieferanten der Schweißmaschinen zu einem Meeting ein und fragte ihn, ob er eine Maschine liefern könne, die statt der Schweißverknotung eine Kunststoffverknotung erziele.

Nach vierzehn Tagen kam die Erfolgsmeldung. Georg erkundigte sich nach der Bereitschaft, das Verfahren und die dazu notwendigen Maschinen gemeinsam mit Ruff Baustahlmatten zum Patent anzumelden. Ja, man sei bereit.

An diesem Tage arbeitete Georg Ruff mit dem Maschinenlieferanten bis zwei Uhr morgens an der Patentanmeldung, um acht Uhr war Georg Ruff bei Dr. Weisenstein.

Dr. Weisenstein, mittelgroß, ein Kopf wie eine kubanische Kaffeebüchse, die klugen Augen hinter einer Nickelbrille, über deren Rand er sich den jungen Mann mit einem gewissen Erstaunen ansah, war auf seinem Gebiet eine Koryphäe und hatte das Gedächtnis eines Elefanten. Georg Ruff und Abraham Weisenstein sollten ein Leben lang zusammenarbeiten, doch Weisenstein würde nie vergessen, wie dieser junge Mann sein Büro stürmte und ihn anspitzte.

Er hörte sich alles an und sagte: „Seien Sie unbesorgt, junger Mann, ich kenne im Münchener Patentamt jede Toilette."

Gegenstand der Konsultation war die Sondierung eines Patentverkaufs für das Schweißknotenverfahren. Georg Ruff war bereit, es für fünfzehn Millionen an Fortuna zu verkaufen, wenn die Patenterteilung für das Kunststoffverfahren sichergestellt sei.

Als Dr. Weisenstein ihn zum Abschied an die Tür begleitete, legte er väterlich seine Hand auf Georgs Schulter. „Noch einen gutgemeinten Rat. Wenn Sie in Deutschland ein Ministahlwerk bauen wollen, sollten Sie das nicht unter das Volk bringen, sondern stillschweigend arbeiten und Fakten schaffen. Sie haben zwei natürliche Gegner: erstens die großen integrierten Eisenhüttenwerke wie Fortuna und Fortunato, und zweitens die Leute, die neben ihrem Wohnhaus weder ein Atomkraftwerk noch ein Ministahlwerk haben wollen."

„Ich werd's mir merken."

Dr. Weisenstein ließ seine Schulter noch nicht los. „Und geben Sie niemals zu erkennen, daß Sie auf großes Geld aus sind."

„Das fällt mir leicht. Ich bin es ja auch nicht", bemerkte Georg Ruff ohne zu zögern.

„Wirklich nicht?"

„Nein. Ich will nur Stahl machen, das ist alles."

Schon wenige Tage später lieferte die SOCRIM die dem

Patentanwalt Tideon entwendete Patentakte. Es handelte sich nicht um die Originalakte, sondern um eine Kopie. SOCRIM vermerkte auf einem kleinen Zettel, daß sich das Original auf seinem Platz in der Fortuna-Rechtsabteilung befinde. Der Kopie lag eine interne Fortuna-Notiz bei, die mehrere Alternativen für die Fortuna-Vorgehensweise skizzierte. Von Hand hatte jemand vermerkt: mit R. verhandeln. Gez. W.

Überraschend schnell signalisierte Fortuna ihre Verhandlungsbereitschaft. Nur wenige Wochen später wurde der Vertrag zwischen der Fortuna und der Ruff-Baustahlmatten GmbH unterzeichnet. Als Vertragspreis wurden 12,5 Millionen vereinbart. Nach Unterzeichnung des Vertrages wurden zwei Schecks ausgestellt. Ein Scheck zu Gunsten der Ruff-Baustahlmatten GmbH über diese 12,5 Millionen und von Georg Ruff ein Scheck über 125 000 Mark zu Gunsten des Patentanwalts Dr. Weisenstein. Der Anwalt Dr. Nosso wurde zu einem späteren Zeitpunkt abgefunden. Die 10 000 Dollar an die SOCRIM zahlte Ruff aus seinen Ersparnissen ohne Rechnung und ohne Quittung.

Indessen, das alles war nicht das, was Georg Ruff wollte. Er hatte es Dr. Weisenstein zu erklären versucht, und der Patentanwalt hatte es richtig verstanden. Es war nicht Georgs Absicht, kleine Schachzüge gegen einen Koloß namens Fortuna zu gewinnen. Was ihm vorschwebte, war, selbst Stahlproduzent zu werden und einen kleinen Konzern aufzubauen. Georg Ruff wollte Stahlunternehmer sein. Dr. Weisenstein hatte das nicht nur richtig erkannt, er hatte das Kind auch beim Namen genannt: es konnte nur ein Ministahlwerk sein. Wenn es gelang, vielleicht auch Ministahlwerke. Es wäre für ihn vermessen gewesen, ein integriertes Eisenhüttenwerk zu planen oder zu bauen, sein Zuschnitt war die mittelständische Industrie, die schon so oft zur Überwindung von Krisen und zum Wohlstand von Regionen beigetragen hatte.

Während die Großindustrie häufig in Schwierigkeiten geriet und dann nach dem Staat als dem Alleshelfer schrie, blieben die mittelständische Industrie, der Handel, das Gewerbe die eigentlichen tragenden Kräfte der Volkswirtschaft durch ihre hohe Flexibilität, die ihr bei Krisen half, sich selbst aus der Patsche zu helfen, denn der Staat schenkte ihnen bei ihrer Größenordnung nur geringe Aufmerksamkeit. Der schwäbische Ministerpräsident hatte es richtig formuliert: Staatsmänner mögen in großen Dimensionen denken, das Wohlergeben des Volkes erwächst jedoch aus dem Mittelstand.

Georg Ruff, und diese Erfahrung vergaß er sein Leben lang nicht, hätte sein Ziel nicht erreicht, wäre er nicht, Zufall hin, Zufall her, zwei Männern begegnet, die sich seine Visionen zu eigen machten und die technische Basis für ihre Realisierung schufen.

Der eine war ein Ingenieur namens Alfred Lynn. Dr. Weisenstein empfahl ihn als Fachmann für kleine Stahlwerke mit elektrischen Lichtbogenöfen.

Ruff und Lynn trafen sich im *Breidenbacher Hof* in Düsseldorf, und Ruff fragte ihn, ob er für ihn arbeiten wolle. Lynn steckte mit seinem Minikonzept bereits in Schwierigkeiten, weil die Großkunden der Firma, bei der er angestellt war, Front machten gegen die „Knallfrösche", die auch gern mal Stahl machen wollten. Da ihn die Aufgabe in Konz sehr reizte, sagte er zu.

Der zweite Mann hieß Markus Didone. Sein Vater hatte nach dem Kriege in Berlin Musik studiert, dort geheiratet und wurde später Professor für moderne Musik an der Mailänder Universität. Sein Sohn Markus absolvierte ein Einserexamen in höherer Mathematik und trieb sich zu dieser Zeit in Europa herum, um herauszufinden, ob er in die Forschung für Mathematik und Informatik oder in die angewandte Mathematik gehen sollte. Markus Didone, der Italienisch, Deutsch und Englisch sprach, besaß eine hohe, aber ungezügelte Intelligenz. Die alles überwuchernde Wissenschaft unseres Jahrhunderts, die Psychoanalyse, würde ihn als einen hochbegabten jungen Mann bezeichnen, der noch mit seinen Dämonen kämpfte.

Zum Zeitpunkt ihres Kennenlernens war Georg Ruff mit einem Taxi unterwegs nach Frankfurt gewesen. Er hatte bis in den späten Abend hinein in der Kuppel gearbeitet. Morgens um drei unterbrach der Fahrer an einer Autobahnraststätte in der Nähe von St. Ingbert die Reise, um einen Waschraum aufzusuchen. Ruff schälte sich aus seinem Plaid und setzte sich mit einer Tasse Tee in das Restaurant. Der Fahrer kehrte zurück, warf nur einen flüchtigen Blick in den Wagenfond und fuhr in Richtung Frankfurt weiter.

Ruff trug einen Trainingsanzug und hatte weder Geld, um den Tee zu bezahlen, noch um zu telefonieren und einen anderen Wagen anzufordern. Er fragte die Verkäuferin, ob sie ihm etwas Geld leihen könnte. Sie lehnte ab. „Es sind zu viele, die mich anbetteln", sagte sie. Nun gut, er bestellte einen zweiten Tee und setzte sich an einen Tisch, an dem nur ein junger Mann saß und begann ein Gespräch. Der Mann war per Anhalter unterwegs nach Paris und Madrid. Georg Ruff und Markus Didone hatten drei Stunden Zeit, sich über die Welt und ihre Pläne zu unterhalten, dann erst kam nämlich der Taxifahrer zurück und entschuldigte sich, daß er erst kurz vor Frankfurt bemerkt habe, ihn in St. Ingbert zurückgelassen zu haben.

Ruff nahm schließlich Didone mit und verpflichtete ihn, das „Konzer Modell" zu entwickeln.

VII

Zwei Jahre nach Georg Ruffs Rückkehr aus den Vereinigten Staaten, er war 24, konnte er das fertige Projekt präsentieren. Die Behörden hatten das Projekt gebilligt, und der Stadtrat stellte auf dem linken Saarufer im Anschluß an die Baustahlmatten-Werkstatt ein größeres Gelände zur Verfügung. Georg Ruff gründete jetzt zwei Gesellschaften: die Ruff-Stahl Holding als Dachorganisation für dieses und alle weiteren Projekte und die Konzer Stahlwerke GmbH, die Gesellschaft also, die das Stahlwerk bauen sollte.

Benz und Paula sträubten sich, ihre Ruff Eisenhandel GmbH in die Holding einzubringen, und so vereinbarten sie, ihre Interessen voneinander zu trennen. Paula war froh, daß diese Übereinkunft ohne Streit unter den Männern zustande kam.

Das Projekt sah zwei Hochleistungs-Lichtbogenöfen mit je 50 Tonnen und zwei Stranggießanlagen vor, zwei gleichstarke Krane für die Blechkettenschürzenkörbe zum Beschicken der Öfen mit Schrott, ein Walzstahlwerk für Stabstahl und ein Walzwerk für Baumattendraht. Der Rohstoff sollte Stahlschrott sein, die Endprodukte eine schmale Palette von Massenstählen. Die Jahresproduktion würde etwa 300 000 Tonnen betragen.

Der Schmelzvorgang in den Öfen sollte durch Schmelzrechner optimiert werden, später könnte ein Stahlwerkscomputer den ganzen Arbeitsablauf kontrollieren und verbessern. Der Computer hätte auch die Materialwirtschaft zu stützen.

Wie stand es um den Umweltschutz? Die Hochleistungsöfen würden eine Menge Qualm in die Luft blasen. Konz sei bisher ein Juwel sauberen Wassers und sauberer Luft. Ruff sagte, er würde die Rauchgase aus den Öfen absaugen und durch eine Rauchgaswaschanlage schicken und forderte Lynn auf, diesen Komplex im einzelnen zu klären.

Nun, was fehlte, war die gesicherte Finanzierung. Das war allerdings viel, wenn nicht fast alles.

Alfred Lynn und Markus Didone hatten ganz wesentlich dazu beigetragen, daß die Präsentation des Projektes sehr beeindruckend ausfiel.

In einer Mehrzahl von Sondierungsgesprächen lotete Georg Ruff drei Finanzierungsinstitute aus. Die schwächste Bank, aber zuverlässigster Verfechter des Projektes, war die Konzer Vereinsbank, die eine mündliche Zusage schon erteilt hatte, unter der Voraussetzung, daß noch mindestens zwei Großbanken mitmachten.

Das zweite Institut war die Interbank, eine Bankengruppe aus lokalen und Benelux-Banken, mit Sitz in Luxemburg, und als stärkster Finanzier schließlich die Deutsche Bankenvereinigung AG (Debag). Die Debag hatte bisher überhaupt noch keine Stellung bezogen. Die Interbank war sowohl an dem Ministahlwerk als auch an dem „Konzer Modell" interessiert, weil zumindest das Ministahlwerk für die strukturschwachen Regionen der Beneluxländer interessant sein konnte.

Diesen drei Instituten schickte Georg Ruff je fünf Exemplare der Präsentation, fünf Exemplare erhielt der Konzer Bürgermeister, weitere Exemplare gingen an die Industrie- und Handelskammern in Konz und Trier sowie an die drei Parteien. Die Unions wurden nicht eingeladen.

Die Debag erhielt noch zusätzlich ein freundlich gehaltenes Schreiben, in dem Georg Ruff verschiedene Termine für eine mündliche Präsentation vorschlug und um den Gefallen bat, die Präsentation im großen Konferenzraum der Debag in Trier vornehmen zu dürfen.

Als sie das komplette Informationsmaterial zur Post und zum Bürgermeisteramt gebracht hatten, fuhren sie anschließend nach Tier, um sich den Ratsherrensaal dort anzusehen, um für eine Absage von der Debag gewappnet zu sein und eine Alternative zu haben. Und so kam es auch: die Debag sagte ab, und Georg Ruff mietete den Ratsherrensaal für Mittwoch, den 19. September, und wiederholte seine schriftliche Einladung an alle ausgewählten Adressen.

Das Meeting begann um zehn Uhr und sollte erst am späten Nachmittag enden.

Zu seiner Überraschung sah er auch einige Damen im Saal. Gehörten sie zu den Banken oder hatte sich die Presse eingeschlichen?

Es wurde der Tag des Georg Ruff.

Er begann mit der Darstellung des technischen Projektes, zeigte Dias, erläuterte metallurgische Prozeßabläufe und nannte Produktionsdaten und Qualitätswerte des Stahls und hielt sich strikt an sein Konzept.

Nach einer kurzen Kaffeepause kam als zweites Thema der betriebswirtschaftliche Teil. Er stellte ein höfliches Kompliment an den Anfang.

„Sie alle sind Fachleute der Volks- und Betriebswirtschaft, weitaus beschlagener als wir Stahlkocher, erlauben Sie mir trotzdem bitte, Ihre Zeit für einen kurzen Augenblick mit trockener Mathematik in Anspruch zu nehmen. Die herkömmliche Produktionstheorie besagt, daß sich in einer einfachen Formel die Produktion aus den sogenannten produktiven Faktoren ableiten läßt. Diese Faktoren sind die Technologie, die Energie, die Arbeit, das Kapital und die Rohstoffe. Die Technologie eines modernen Ministahlwerkes habe ich soeben beschrieben. Wenn das Werk erstellt ist, läßt sich die Technologie im Prinzip nicht mehr wesentlich ändern. Deshalb können wir, so glaube ich, die Technologie als einen festen produktiven Faktor außer Betracht lassen."

Der Vertreter der Interbank unterbrach ihn auf Französisch. „Was verstehen Sie unter einem festen produktiven Faktor?" Georg Ruff antwortete auf Französisch: „Ein solcher Faktor ist ein Produktionsfaktor, der über der Zeitachse konstant bleibt."

„Und welche Faktoren sind variabel?"

„Alle anderen."

„Danke."

Er machte einen Pause und fuhr dann, da kein weiterer Zwischenruf kam, fort: „Die anderen produktiven Faktoren bleiben also über der Zeitachse variabel. Das ist das Hauptprinzip des „Konzer Modells", das dritte Thema, auf das ich noch ausführlich zu sprechen komme. In der Betriebswirtschaft, über die wir jetzt sprechen, werden wir alle Kosten, die sich, gleich auf welche Weise, verändern lassen, kontinuierlich minimieren, um einen optimalen Deckungsbeitrag zu erzielen. Hauptansatz des Konzepterfolgs ist Leistungsmotivierung durch ergebnisabhängige Lohndynamisierung bei gleichzeitiger Maximierung der Arbeitsplatzsicherung."

„Die Sicherheit der Arbeit hängt doch nicht von Ihrer Betriebswirtschaft ab, sondern vom Interesse des Marktes an Ihren Produkten", warf jemand ein.

„Sind Sie mit mir darin einig, daß der Markt unsere geringe Produktion aufnehmen kann, grenzüberschreitend sogar in den schlechtesten Zeiten, solange die Qualität der Produktionn gut ist und die Preise der jeweiligen Marktsituation angepaßt werden können?"

„Dem stimme ich zu. Aber wie wollen Sie Ihre Preise der jeweiligen Marktsituation anpassen?"

„Indem ich die Kosten der ganzen Produktionskette vom Stahlschrott bis zum Stahl mit der Marktsituation in Einklang bringe."

Derselbe Fragesteller blieb stehen und wurde deutlich. „Das heißt doch nichts anderes, als daß Sie bei rückgängiger Nachfrage den Rohstoff, den Schrott, billiger einkaufen und die Löhne senken müssen, sofern Sie nicht entlassen wollen."

Georg Ruff zog das Mikrophon etwas näher an sich heran.

„Das heißt noch mehr. Das heißt, auch die Energie muß dann billiger werden und ebenso das Kapital."

Einer der Direktoren der Debag sprang auf: „Das sagen Sie mal dem Kapital!"

„Ich sagte es soeben dem Kapital", bemerkte Ruff lächelnd, obwohl seine Nerven bis zum äußersten angespannt waren.

„Wie alt sind Sie eigentlich", faßte der Debag-Direktor in unverkennbarer Ironie nach.

„24."

„Da haben Sie noch viel Zeit, etwas dazuzulernen."

„Das will ich meinen", sagte Georg Ruff höflich. Mit seiner äußeren Gelassenheit und seinem konzentrierten Vortrag erzielte er einen ersten Teilerfolg.

Georg Ruff glaubte, eine zunehmende Aufmerksamkeit unter den Zuhörern zu spüren. Als er seinen Vortrag fortsetzte, merkte er, daß die erste große lastende Spannung gewichen war. „Wir gehen mit den Politikern durchaus von den gleichen Voraussetzungen aus. Wir gehen davon aus, daß wir es mit mündigen Arbeitern zu tun haben. Also werden wir tagtäglich das Betriebsergebnis in einem digitalen Ausdruck transparent machen. Diese Audit-Tafel wird an der Stirnseite der Ofenhalle angebracht. Das hierfür notwendige Programm hat unser Mitarbeiter Markus Didone entwickelt." Er zeigte auf Didone und merkte an, daß Didone am Ende des dritten Themas für spezielle Fragen zur Verfügung stehen werde. „Der digitale Ausdruck zeigt die Zahlen, die nicht geändert werden können, sowie die Zahlen, die sich automatisch mit dem Auftragseingang und dem erzielten Preis ändern. Nehmen wir ein Beispiel: der Leiter des Werkes hat bei der Ausgangsposition der Produktion ein Einkommen von 100 000 gleich 100. Verbessert sich der Marktpreis, wird für ihn wie für alle anderen das Ergebnis über den Monat gemessen und proportional entsprechend ausgezahlt. Verschlechtern sich die Verkaufspreise, wird analog gegenläufig verfahren. Das heißt natürlich auch, daß der Fiskus im gleichen Monat eine geringere Lohnsteuer erhält und die Gemeinde Konz eine geringere Gewerbesteuer ... aber, ich wiederhole, wir garantieren den Arbeitsplatz."

Ein anderer Teilnehmer des Meetings meldete sich zu

Wort: „Am einfachsten ist immer die Betrachtung von Grenzfällen. Ein Grenzfall wäre, daß der Stahlpreis auf 50 fällt, dann gehen die Löhne ebenfalls auf 50, das heißt auf die Hälfte zurück, ist das so gemeint?"

„Dieser Grenzfall ist durchaus denkbar", antwortete Georg Ruff.

„Dann haben Sie aber Feuer unterm Dach, junger Mann." Der Fragesteller setzte sich wieder.

„Fänden Sie es denn besser, wenn ich meinen Leuten erklärte, wir sind am Ende, wir machen dicht? Finden Sie das besser? Wir haben einen ersten Anstellungsvertrag entworfen, indem wir jedem, der zu uns kommt, genau sagen, was ihn erwartet. Jeder Mitarbeiter kann zu jedem Zeitpunkt kündigen. Wir werden nicht kündigen, solange er die Betriebsordnung beachtet und die Politik vor dem Werkstor aufhört."

Ein Zwischenruf: „Das ist nicht mehr und nicht weniger als die Verteilung des Risikos auf alle Schultern."

„Dem stimme ich zu. Aber als vierundzwanzigjähriger Unternehmer bin ich nicht reich genug, um alle Risiken selbst zu tragen, dafür schaffe ich Arbeitsplätze."

Einer, der nicht aufstand, sagte lachend: „Sie sollten aber reich sein."

„Nehmen wir an, ich wäre sehr reich ... wie lange könnte ich alle Risiken tragen?"

„Sie haben recht", brüllte ein junger Mann im Saal.

„Ja, er hat recht."

Die Diskussion drehte sich nun im wesentlichen um Erläuterungen und Details, der betriebswirtschaftliche Ansatz war jedenfalls verstanden worden.

„Ich möchte Sie jetzt zu einem kleinen Lunch einladen. Daran anschließend würde ich gern auf das Hauptthema 'Das Kapital und die Finanzierung im Konzer Modell' zu sprechen kommen. Ich danke Ihne für Ihre bisherige Geduld."

Er spürte eine starke Spannung im Saal, und die Temperatur würde gleich noch etwas ansteigen. Er wechselte ein paar Worte mit dem Bürgermeister von Konz und einem Delegierten der Interbank, dann zog er sich in ein reserviertes Zimmer zurück und beriet sich mit Lynn und Didone.

Didone meinte: „Sie werden dich in jedem Fall wegen des Eigenkapitals anrempeln. Sag am besten, daß dich das Projekt eine Milion gekostet hat und das Grundstück acht Millionen, du das aber nicht ein zweites Mal aufbringen kannst."

Lynn war äußerst skeptisch. Er hatte am Anfang des rechten Tisches, neben der Delegation der Debag, gesessen und nur negative Kommentare gehört. „Sie sind den Leuten von der Debag zu jung. Jugend ist bei diesen alten Hasen gleichbedeutend mit Risiko. Sagen Sie ja nicht noch einmal, daß Sie erst vierundzwanzig sind, das kommt bei denen nicht an."

Zum ersten Mal spürte er, daß er allein war, und das machte ihn störrisch. Die Debag war schließlich nicht der Nabel der Finanzwirtschaft. Es gab noch andere Banken zur Förderung des Mittelstandes.

Er würde auf alle Fälle kämpfen.

Er würde das Konzer Stahlwerk bauen – das stand für ihn unerschütterlich fest. Er hatte den Grund und Boden und die Genehmigungserrichtung der Behörden. Das Schicksal seines Vaters, sein Leben lang Schrotthändler zu bleiben, würde er niemals teilen wollen.

Als er in den Saal zurückkehrte, hatten einige Banker schon ihr Jackett ausgezogen, was ihn animierte, es ihnen gleichzutun. Er trat ans Mikrophon.

„Die Anpassung der Kosten an das Marktgeschehen kann vor dem Kapital nicht haltmachen. Das 'Konzer Modell' geht davon aus, daß selbst für den Fall fehlenden Eigenkapitals auch die Fremdfinanzierung dynamisiert werden müßte, da das Kapital als wichtiger produktiver Faktor den gleichen Bedingungen unterliegt wie die anderen produktiven Faktoren auch."

Er machte eine Pause, aber niemand meldete sich zu Wort.

„Wir rechnen mit einer Bauzeit von 24 Monaten. Unser Finanzierungsantrag lautet folglich: zwei Jahre keine Zinsen und keine Tilgung, ab Produktionsbeginn Tilgung über die technische Lebenszeit des Werkes von 25 Jahren und einen Regelzins von sieben Prozent, in guten Zeiten mehr, in schlechten Zeiten weniger oder in allerschlechtesten Zeiten Null-Zinsen, ermittelt von dem gleichen Computermodell, das auch den Zugewinn oder die Einbußen der anderen produktiven Faktoren errechnet. Als Sprecher der Familie Ruff erlaube ich mir einen solchen Finanzierungsantrag an die hier anwesenden Finanzierungsinstitute

Deutsche Bankenvereinigungs-AG
Interbank und
Konzer Vereinsbank

zu richten. Wir würden es selbstverständlich sehr begrüßen, wenn Sie sich zu einer solchen Finanzierung bereitfinden und am Ende dieser Präsentation uns schon Quoten-Vorstellungen nennen könnten."

Georg Ruff trat einen Schritt zurück. Er wußte, der erste Kommentar, der jetzt kam, entschied über die weitere Debatte. Der Sprecher der Deutschen Bankenvereinigung erhob sich, ging auf Georg Ruff zu und gab ihm die Hand.

„Das war einer der interessantesten Tage der letzten Zeit, mein Kompliment."

Dann ging der Sprecher ans Mikrophon. „Meine Damen und Herren, wir sind hier selbstverständlich nicht in der Lage, zu dem vorgeschlagenen Stahlwerksprojekt einen verbindlichen Kommentar abzugeben, das wird wohl auch niemand erwartet haben. Unabhängig von dieser Einschränkung ist die Deutsche Bankenvereinigung AG an jeder unternehmerischen Initiative interessiert, die auf sichere Arbeitsplätze abzielt. Die Wirtschaft unseres Landes hatte im vergangenen Jahre mehr als 12 000 Konkurse zu beklagen, es gibt doch wohl keinen Zweifel darüber, daß diese Konkurse die deutschen Banken Milliarden gekostet haben. Ein Unternehmer, der zum Konkursrichter gehen muß, hinterläßt auf allen Seiten abgebrannte Dächer, dabei regnet es dann auch in die Banken hinein. Ich könnte mir daher vorstellen, daß wir das Konzer Stahlwerk mitfinanzieren."

Von den hinteren Plätzen erhoben sich zwei Männer und rannten zur Tür. Der Sprecher der Deutschen Bankenvereinigung wartete, bis die Saaltür mit großem Lärm ins Schloß fiel. „Über die Einzelheiten werden die drei eingeladenen Banken noch nachdenken müssen. Zu dieser vorsichtigen Stellungnahme trägt unsere Neugierde bei, wie ein Unternehmer 250 Facharbeiter zusammentrommeln will, denen er außer harter Arbeit nur Löhne anbieten kann, die ebenso schwanken wie das ganze internationale Stahlgeschäft. Da das Projekt nicht sehr groß ist, sehen wir der Antwort gelassen entgegen." Er konnte sich ein ironisches Lächeln nicht verkneifen. Er ging zu seinem Platz zurück und nahm das Jackett von der Stuhllehne.

Der Bürgermeister stand schon bereit. Er nahm als erfahrener Debattenkämpe das Mikrophon aus der Halterung und tönte markig in den Saal.

„Ich danke den Banken im Namen der Stadt Konz. Wer sich zusammentrommeln läßt, vermag kein Weiser im Lande zu sagen. Herr Ruff kann aber sicher sein, daß ich mittrommeln werde." Dieser letzte Satz machte am nächsten Tag in Konz die Runde, und die Konzer fingen selbst an zu trommeln. Einer, der in Konz ein Stahlwerk baute und damit 250 bis 300 neue direkte Arbeitsplätze schuf, sollte sich wohl auf die Konzer verlassen können.

Das „Konzer Modell" war wochenlang das Hauptthema in den Weinstuben diesseits und jenseits der Saar und Mosel. Die Menge der Verbündeten wuchs von Tag zu Tag, darunter eine nicht geringe Zahl von Frauen; sie würden ihren Männern sehr bald sagen können, so Arbeit zu finden war.

Georg Ruff blieb kühl, der Erfolg machte ihn eher skeptisch. Das erste, was er entschied, war, daß er mit seinem Büro im Haus, oder richtiger gesagt, am Haus blieb. Er ließ die alte Scheune abreißen und eine vorgefertigte Baracke als Büro aufstellen. Er selbst blieb mit der kompletten Elektronik in der Kuppel, richtete sich aber neu ein. Ein kleines Arbeitszimmer für sich, davor ein Sekretariat und quer dazu ein einfaches Konferenzzimmer, der Meeting Room, von seinen Mitarbeitern „Die Kuppel" genannt. Ein richtiges Bürogebäude, einen Ruff-Komplex, konnte er später immer noch bauen.

Alfred Lynn übertrug er die gesamte technische Leitung des Baus. Da Lynn dies alles allein nicht schaffen konnte, schickte er ihn zu einem Koblenzer Ingenieurbüro, das froh war, für zwei bis drei Jahre mehrere Ingenieure nach Konz entsenden zu können.

Markus Didone erhielt den Auftrag, die Mathematik der produktiven Faktoren betriebswirtschaftlich zu untermauern, den Audit-Ausdruck zu entwerfen und von einer Fachfirma stahlwerksgerecht bauen zu lassen. Den Auftrag selbst erteilte Georg Ruff nach einem langwierigen Ausschreibungsverfahren den Bremer Olympic-Werken. Den Ausschlag hierbei gab letzlich, daß die Olympic-Werke bereit waren, gemeinsam mit der Ruff-Stahl Holding eine ganze Reihe von Patenten anzumelden.

Dr. Weisenstein hatte von da an alle Hände voll zu tun, die hereinrauschenden Erfindungsgedanken zu formulieren und in München anzumelden.

Die drei Banken einigten sich sehr bald über ihre Beteiligung an dem Projekt. Die Deutsche Bankenvereinigung übernahm 50 Prozent, die Interbank 30 Prozent, die Konzer Vereinsbank die verbleibenden 20 Prozent. Georg Ruff geriet mit seinem Projekt in einen Käufermarkt und konnte günstige Zahlungsbedingungen aushandeln. Die Banken ihrerseits erklärten sich bereit, den Zins- und Tilgungsdienst erst mit dem Anlaufen der Produktion beginnen zu lassen.

Was Georg Ruff jetzt noch fehlte, war ein Top-Verkäufer. Er konsultierte die ihm empfohlene Frankfurter Verkaufsleiterakademie und bat, ihm drei erstklassige Adressen zu nennen. Anforderungsprofil: jung, ehrgeizig, verläßlich, überdurchschnittlich intelligent und faul. Das hatte seinen Grund. Georg Ruff hielt sich selbst für ausgesprochen ehrgeizig, intelligent und superfleißig, was unbedingt den Tatsachen entsprach. Aber er selbst fand diese Kombination unausstehlich. Wenn er sich schon sehr intelligente Mitarbeiter wünschte, dann sollten sie nicht auch noch wie er selbst bienenfleißig sein. Ein Mann ausgenommen: Alfred Lynn. Er hielt ihn für ein Genie. Er hätte ihm alles verziehen. Doch es gab nichts zu verzeihen. Er war perfekt. Und anständig dazu. Lynn war sein bester Mann.

Lynn revanchierte sich. Er baute ihm das modernste Elektrostahlwerk der Welt. Er hätte ihn gern zum Freund gehabt, nur: Lynn brauchte keine Freunde. Er ging völlig in seiner Familie auf, das reichte ihm. Lynn war eine Ausnahme. Ein Glückstreffer. Die Scheibe hatte als Maximum die zwölf. Eine 13 gab es nicht. Hätte es eine 13 gegeben, wäre Lynn sein Freund geworden. Georg Ruff lernte, zwölfen zu schießen und keine 13.

Georg Ruff nahm sich vor, den endgültigen Anstellungsgrundvertrag für alle seine Mitarbeiter selbst zu formulieren. Es sollte ein Standardvertrag sein. Take it or leave it. Keine Ausnahmen. Diesen Vertrag wollte er mit jedem Bewerber persönlich durchsprechen. Als er den fünften oder sechsten Entwurf fertig hatte, fuhr er zu Dr. Nosso und ging den Vertrag Paragraph um Paragraph durch. Er stritt sich mit Dr. Nosso in mehreren Meetings um den Kündigungsparagraphen. Schließlich einigten sie sich auf einen Mittelweg. Das Kündigungsrecht des Unternehmers sollte schwach sein und begrenzt auf Fälle mangelnder Pflichterfüllung, dagegen würde der Mitarbeiter ein starkes Kündigungsrecht insbesondere dann haben, wenn er das „Konzer Modell" für die Dauer nicht akzeptabel fand, und das Modell somit im juristischen Sinne die Voraussetzungen der Unzumutbarkeit erfüllte. Ruff fühlte sich in dieser Hinsicht fast persönlich verletzt, und Dr. Nosso hatte Mühe, ihn zu beschwichtigen. Sie kamen überein, eine Hintertür einzubauen. Sei die Zusammenarbeit, aus welchen Gründen auch immer, nicht mehr sinnvoll, könne die Auflösung des Anstellungsvertrages einvernehmlich vereinbart werden. Darüber hinaus erklärte sich Dr. Nosso bereit, als Syndikus in die Ruff-Stahl Holding einzutreten und das Aufgabengebiet eines vorläufigen internen Schiedsgerichts zu übernehmen.

Georg Ruff wäre gern noch weitergegangen, hätte gern die Interessen seiner Mitarbeiter stärker herausgestellt, wenn sie sich schon am Risiko beteiligten. Er ließ sich aber von Dr. Nosso davon überzeugen, daß die beiderseitigen Kündigungsrechte im Prinzip wenig mit dem „Konzer Modell" zu tun hatten. Sein Hauptmerkmal war schließlich die Sicherheit des Arbeitsplatzes gegen gleitendes Entgelt. „Die Regelarbeitszeit beträgt 40 Stunden", sagte er mit ziemlicher Bestimmtheit, „und der bezahlte Jahresurlaub 15 Arbeitstage."

Dr. Nosso wollte etwas bemerken, unterließ es dann aber.

Georg Ruffs Aufgabenstellung an Alfred Lynn und Markus Didone bestand darin, das Stahl- und Walzwerk so weitgehend zu automatisieren, daß sie, Werksunterhaltung und Reparaturdienst eingeschlossen, mit 250 Mann auskamen. Lynn nannte die Zahl „absolutistisch", worauf Georg Ruff ihn fragte, ob er ihn denn für einen aufstrebenden Stahlwerksmonarchen halte.

„Mag sein", erwiderte Lynn lachend. Ruff sah ihn an und meinte: „In den Vereinigten Staaten fühlte ich mich jedenfalls als Stahlwerksleibeigener, das hat abgefärbt."

Lynn war Idealist, Humanist, alles durfte geschehen, nur nicht die Seele des Menschen verletzt werden. Die Verletzung des Menschen, das war der Grenzstein.

„Lieber Gott im Himmel, das Wichtigste ist doch, daß der Mensch satt wird. Ich weiß nicht, ob Sie gestern in der Frankfurter Allgemeine den Bericht über Brasilien gelesen haben."

„Nein."

„Da hat ein arbeitsloser Vater von vier Kindern einen Lebensmittelhändler erschossen, um ein Kilo Reis stehlen zu können. Was quält also einen Vater? Wenn er seine Frau und seine Kinder nicht sättigen kann. Konsequenz für mich: gib ihnen Geld, daß sie satt werden."

Lynn nickte mit dem Kopf. „So gesehen, gebe ich Ihnen recht. Aber wenn sie dann satt sind, schauen sie sich um. Sie schauen sich nach dem um, was wir Lebensstandard nennen, und der Lebensstandard hat für jeden ein anderes Gesicht."

„Zum Teufel mit dem Lebensstandard! Fangen wir an, uns mit dem Sattwerden zu beschäftigen."

Lynn sah ihn mit den traurigen Augen eines Negers an, der den Sarg für sein Neugeborenes nicht bezahlen kann. „Wir sind doch satt", antwortete er. „Unglücklicherweise wollen wir fortwährend mehr, und wir haben niemanden, der uns sagt, wo Schluß ist."

„Wissen wir genau, was die Menschen wollen?"

„Nein", sagte Lynn.

„Wieviele Menschen, denken Sie, werden sich um die 250 Arbeitsplätze bemühen?"

„Weiß nicht", meinte Lynn, „vielleicht zehn zu eins."

„Bei 2 500 Bewerbern werden wir wissen, was Menschen wollen, oder?" Ruff sah ihn fragend an.

Lynn zögerte. Nach einer Weile sagte er: „Das Problem besteht darin, daß viele Menschen hören wollen, was sie meinen sollen, und das nennen die Analytiker dann die Macht der Medien."

„Glauben Sie an die Macht der Medien?"

„Ja", sagte der ehrliche Lynn.

„Dann sollten wir uns dieser Macht bedienen."

Lynn schüttelte den Kopf. „Das schaffen Sie nicht."

„Warum nicht?"

„Sie schaffen es nicht", wiederholte Lynn.

„Haben Sie für diese Behauptung ein Beispiel?"

„Puh, da stellen Sie vielleicht eine Frage. Lassen Sie mich nachdenken." Lynn kramte in seinem Gedächtnis herum. „Als die große Armee schon geschlagen war und Napoleon das Desaster der Beresina hinter sich hatte, gab er das 29. Bulletin heraus. Die Gesundheit seiner Majestät des Kaisers war nie besser. Er hoffte, die Monarchen und die Medien zu beeindrucken. Sie können's im *Aviso* oder in der *Straßburger Relation* nachlesen. Niemanden hat es beeindruckt. Die Politiker probten den Aufstand, und die Journalisten rissen Witze. Aus jener Zeit stammen sehr ulkige Karikaturen über Napoleon."

Ruff kannte die Geschichte. „Ach, Sie mit Ihrem Napoleon", sagte er abfällig. Scheinbar wollte er sowas nicht hören.

Die Frankfurter Verkaufsleiter-Akademie riet ihm, er möge sich mit Hans Kluge aus Köln in Verbindung setzen. Er rief ihn an und verabredete mit ihm einen Termin in Konz. Hans Kluge, der während seiner gesamten Betriebszugehörigkeit zur Konzer Stahlwerke GmbH nur der „Kluge Hans" genannt werden sollte, hatte drei Lieblingsaufenthaltsorte: Das Bett, das Auto und gute Restaurants. Was den ersten Lieblingsplatz anbetraf, so hatte seine Frau, eine dralle Anfangdreißigerin, äußerste Mühe, ihre Schwangerschaften auf fünf zu begrenzen.

Das Auto des klugen Hans war das erste Auto der verschiedenen Ruff-Firmen, das mit Telefon ausgestattet wurde (das zweite Autotelefon übernahm Georg Ruff später selbst). Kluge telefonierte auch ständig von unterwegs und gab durch, wo er mit welchem Kunden das Essen einnehmen werde. Das Verhandeln bei Tisch führte zu den sogenannten „Serviettenverträgen", von denen Kluge nicht abzubringen war. Also mußte sich Ruff an diese Eigenart gewöhnen. Kluge schrieb die Stahlarten und Mengen, die Preise und die Lieferzeiten auf eine Serviette und ließ den Käufer sofort unterschreiben. Handelte es sich um größere Aufträge, brachte er in der Regel auch schon einen Scheck mit und bat stehenden Fußes um die Gutschrift seines Anteils. Ruff hatte mit ihm einen Vertrag mit knappem Gehalt und hoher Provision ausgehandelt, was Kluge recht war, schließlich war er ein Verkaufs-As. Also würde er viel Geld verdienen.

Das schwierigste Geschäft des Anfangsjahres bedeutete für das Stahlwerk der Energieliefervertrag. Das hing mit der Monopolposition des zuständigen Energieversorgungsunternehmens zusammen. Flexible Tarife waren unbekannt und wurden nicht akzeptiert. Ruff mußte sich einen Maulwurf im Energieministerium zulegen, um die Energieversorgungsgesellschaften in Bewegung zu bringen. Ruff verlangte einen Sondertarif. Die Verhandlungen zogen sich fast über ein Jahr hin. Ruff war mit dem Ergebnis nicht zufrieden. Mit diesem Handikap mußte er leben. Zunächst blieb er bei seiner Politik, die Lichtbogenöfen mit hoher elektrischer Leistung zu fahren, um damit kurze Schmelzzeiten zu erzielen. Die Zukunft würde zeigen, ob man die Leistung tagsüber etwas zurücknehmen mußte, um nur nachts mit dem günstigeren Nachttarif volle Leistung aufzunehmen. Sein Maulwurf im Ministerium gab ihm einige Monate später einen wertvollen Tip. Das Elektrizitätsversorgungsunternehmen baute im Mosel-Rhein-Dreieck ein großes Kernkraftwerk, dessen erster Block in zwei Jahren ans Netz gehen würde. Das moderne Kraftwerk würde den Strom zu einem Preis von zweikommavier Pfennig produzieren können, also noch etwas billiger, als die Franzosen ihn auf der anderen Seite erzeugten. Möglicherweise bot sich da eine Gelegenheit, der Elektrostahl- und Aluminium-Industrie zu helfen. Bei beiden Produkten hingen die Herstellungskosten ganz wesentlich von den Stromkosten ab. Der Maulwurf fügte hinzu, die Regierung sei sich darüber im klaren, daß die Standortattraktivität der Bundesrepublik von billiger Energie abhänge. Ruff würde zu gegebener Zeit hierauf zurückkommen.

Benz Ruffs Aufgabe war es, den Stahlschrott in ausreichenden Mengen preisgünstig einzukaufen. Als das Stahlwerk einschaltbereit war, hatten sie bereits für sechs Monate Schrott auf dem Platz und Stahlaufträge für fast vier Monate. Sie hatten eingeplant, die Arbeiter 14 Tage lang mit allen Anlagen vertraut zu machen und nach drei Monaten die volle Produktion zu fahren. Sie waren aber schon nach zwei Monaten so weit. Dabei stellte sich heraus, daß sie bei konsequenter und zügiger Fahrweise eine höhere Jahresproduktion als 300 000 Tonnen erreichen konnten. Es gab also noch genug Reserven. Allerdings gab es einige Schwierigkeiten, die Leute an den hohen Automatisierungsgrad zu gewöhnen. Die Olympic-Werke hatten die Schwierigkeiten mit dem Audit-Ausdruck unterschätzt. Deshalb mußten sie die ersten vier Wochen ohne den Ausdruck der kapitalisierten „Produktivität" arbeiten. Und als die „Produktivität" mit allen Einzelheiten zum ersten Mal an der Stirnwand der Ofenhalle abzulesen war, ruhte für einige Minuten der Betrieb. Jeder wollte wissen, wo seine Zahl war. Am Ende des ersten Monats lag die Lohnzahl bei 86. Ruff erklärte den Leuten, daß eine realistische Zahl erst nach sechs Monaten zu erwarten sei, weil noch die üblichen Anfangsschwierigkeiten zu überwinden seien. Er machte sie darüber hinaus darauf aufmerksam, daß sie die Lohnzahl immer auch im Zusammenhang mit der Werksauslastungszahl zu sehen hätten, eine gute Lohnzahl war nur möglich bei einer guten Werksauslastung. Die Werksauslastung war mit 300 000 Tonnen gleich 100 einprogrammiert, aber es war auch möglich, daß sie unter günstigen Bedingungen 345 000 Tonnen erreichten, was dann naturgemäß zu einer höheren Lohnzahl führte.

Wenn Georg Ruff nicht im Werk zu tun hatte oder sich mit dem „klugen Hans" über den Stahlverkauf in den Benelux-Ländern unterhielt, saß er in seinem Büro in der Kuppel und wälzte neue Pläne in seinem Kopf. Paula sagte dazu: „Er legt ein neues Ei."

Benz Ruff war auf seinen Sohn jedenfalls sehr stolz. Georg bereitete für den 19. Dezember eine Weihnachtsfeier im kleinen Verwaltungsgebäude vor, zu der er den Bürgermeister, Mitglieder der Benelux-Regierungen, der Kommunalverwaltungen, die drei Banken und die beiden Kirchen einlud. Er besprach mit dem Betriebsrat, ob sie das

Werk für einige Stunden stillsetzen sollten, aber der Betriebsrat winkte ab: er hatte von den Leuten schon gehört, daß sie lieber durcharbeiten wollten, die Weihnachtsfeier sollte an ihnen vorbeilaufen. Der Druck hatte Ende November 107 angezeigt, und sie wollten, zum Teufel nochmal, bis zum Jahresende auf 108 kommen.

Bei dieser Gelegenheit stießen sie auf ein anderes Problem. Die Kantine erwies sich als zu klein. Die Kantinenküche arbeitete nicht schnell genug, und es gab eine Menge Leute, die sich über die Preise beklagten. Viele verheiratete Arbeiter brachten ihr Essen mit, die Ledigen aber waren darauf angewiesen, sich am Arbeitsplatz etwas kaufen zu können. Als Ruff die Baustelle einrichten ließ, gestattete er, daß einige Imbißverkäufer auf dem Werksgelände Wagen aufstellten und an den Baustrom und die Baustellenwasserleitung anschlossen. Ein Pächter bot an, die Kantine zu übernehmen und die Wagen so aufzustellen, daß sie die Kantine ergänzten und das Angebot vergrößerten. Eine andere Möglichkeit war, an der Längsseite des Verwaltungsgebäudes eine neue Kantine, größere Waschräume und zusätzliche Toiletten zu errichten. Dies würde allerdings eine größere Investition bedeuten, die die kapitalisierte Produktivität belasten würde. Ruff beriet sich mit dem Betriebsrat, und sie kamen überein, zunächst einmal dem Pächter freie Hand für seine „billige Lösung" zu lassen.

Die Weihnachtsfeier war zwar recht kurz, aber dennoch nicht ohne Wirkung. Die Würdenträger der Kirche gaben dem Werk schließlich noch den Segen, der Bürgermeister lobte ein weiteres Mal die Initiative der Familie Ruff – in diesen unseren Mauern – und die Unterstützung, die die Stadtverwaltung dem Projekt von Anfang an gewährt hatte. Hier fiel allerdings auch ins Gewicht, daß die Konzer Handwerkskammer von dem Projekt sehr angetan war. Die Handwerker hatten überraschend viel zu tun bekommen. Sogar die Konzer Hotellerie zeigte sich erfreut über das neue Kommen und Gehen in der Stadt. Die Vertreter der drei Banken sahen sich lange die Produktivitätstafel an und waren zufrieden, daß ihr Zinssatz zur Zeit über der Hundert-Marke lag. „Nur so weiter, mein lieber Ruff."

Georg Ruff machte sich nichts vor. Eine Bewährungsprobe des „Konzer Modells" hatte überhaupt noch nicht stattgefunden.

Zum Jahresende zeichnete sich ab, daß die „Produktivität" tatsächlich 108 erreichen würde.

Am letzten Sonntag des Jahres rief Georg Ruff Markus Didone in die Kuppel und bat ihn um die Ausrechnung verschiedener Analyse-Szenarien.

„Ich mache das", sagte Didone, „wenn du willst, mach ich das."

„Ich hätte es gern." Ruff wirkte fast ernst.

„Das wäre gut."

„Wofür braucht du die Szenarien eigentlich?"

„Ich weiß nicht, ob unser System irgendwo einen Fehler hat. Wir sind auf 108 mit steigender Tendenz. Was bedeutet das?"

„Das war doch deine Idee. Du wolltest doch alles flexibel haben. Flexibel heißt, heute himmelhoch jauchzend, morgen zu Tode betrübt. Heute 108, morgen 67."

„Was heißt 67?"

Didone sah Georg Ruff an, als hätte ihn ein Krodokil nach seiner Verdauung gefragt. „Wenn der Markt zu irgendeinem Zeitpunkt deinen Stahl nur mit 67 bezahlen will, dann rutscht freilich auch der Lohn auf 67 runter. Das Didone-Rechenmodell hat eine knochenharte Logik, die kann keiner von euch verbiegen. Ich habe die ganze Mathematik deines Werkes in Richtung Sicherheit der Arbeit optimiert, damit mußt du jetzt leben."

Am Montag, als Georg Ruff im Werk war, rief er den Betriebsrat zu sich. „Wir schließen das Jahr mit 108 ab, das ist erfreulich."

„Ja, es haben alle gut gearbeitet, und das Werk tut, was wir wollen."

Ruff sah die Männer an. „Nur der Markt tut nicht, was wir wollen. Ich möchte euch bitten, macht die Jungens immer wieder darauf aufmerksam, daß das dahintersteckende Didone-Modell", er wiederholte fast wörtlich, was Didone ihm gesagt hatte, „daß das Didone-Modell eine knochenharte Logik hat, die keiner von uns verbiegen kann. Ich möchte nicht, wenn es mal umgekehrt kommt, lange Gesichter sehen."

„Machen Sie sich keine Sorgen, alle haben das verstanden."

„Dann wollen wir uns mal zum Jahreswechsel viel Glück wünschen."

Die Ruhe und der Erfolg machten ihn nervös. Er fragte sich, was passiert, wenn mal der umgekehrte Fall einträte. „Und was dann?" Manchmal hielt er inne und wiederholte die Frage.

Er hatte seit zwölf Jahren nicht einen Tag Urlaub genommen und häufig 70 bis 80 Stunden in der Woche gearbeitet. Er würde sich ins Auto setzen und mal für eine Woche in den Schwarzwald fahren.

Aber dann kam der „kluge Hans" noch mit einer Neuigkeit. Kluge war zu diesem Zeitpunkt 38 Jahre alt. Er wog bei einer Größe von einsachtzig etwas über 100 Kilo. Der Speck hatte sein Gesicht rund und faltenfrei gemacht, was ihm ein ständiges Grinsen verlieh. Bevor sein Hemd die Schultern erreichte, hing der Kragen auf dem Specknakken wie der Ledersattel auf dem Kamelhöcker. Er trug stets eine dezente Krawatte, von der man nur wußte, wo sie aufhörte, wo sie anfing, blieb ein verborgenes Geheimnis unter dem Kinn. Wegen seines ansehnlichen Bauchumfanges trug er modische, meist blau geblümte Hosenträger, was ihn allerdings in keiner Weise genierte.

Seine Unterhaltungen pflegte er mit einem oder zwei guten Witzen zu beginnen. Bei Georg Ruff blieb seine Witzelei jedoch stumm. Ruff mochte die Witzeerzählerei nicht und hatte es ihm gesagt. Kluge war intelligent genug, sein Witzrepertoire bei Georg Ruff aus dem Spiel zu lassen und sich ansonsten, was den Verkauf von Stahl betraf, an seine Anweisungen zu halten. Außerhalb des Büros lebte er freilich drauflos, wie er wollte. Im Bett, im Auto, im Restaurant.

Er lachte auch ganz gern über seine eigenen Witze. Und wenn er lachte, lachte er mit seinen ganzen 100 Kilo, die seine nähere Umgebung in Erschütterung versetzten. Er war eigentlich ein in jeder Beziehung barocker Mensch. Caesar hätte ihn mitgenommen zu seinen gallischen Feldzügen. Kluge hatte an jeder Straßenecke einen Freund. Obwohl die Bundeshauptstadt nicht viele Straßenecken hat, wimmelte es in Bonn von Kluges Freunden. Schließlich hatte er dort schon jahrelang für die Fortuna gearbeitet.

Besaßen seine Freunde ein Sekretariat, kannte er die Sekretärin meist bei ihrem Vornamen, gab ihr ein Küßchen auf die Wange, manchmal auch auf die Hand, verschenkte Konfekt und Komplimente. Er erschien nie unvorbereitet, nie unangemeldet. Nach Möglichkeit richtete er es so ein, daß eine Sekretärin ihn telefonisch an die nächste weiterreichte, wenn nicht, telefonierte er selbst. „Ich bin hier bei Herrn Ministerialdirigent ..., haben Sie in zehn Minuten etwas Zeit für mich?" Das gab ihm das Ambiente des Insiders. Politisch war er durchaus interessiert und auch beschlagen. Georg hatte ihn in Verdacht, mindestens drei Parteibücher zu besitzen – jedenfalls hatte er immer das richtige „parat".

Kluge hatte am Vortage einem Bad Godesberger Baukonzern eine größere Menge Baustahlmatten verkauft und hierzu die Konkurrenz unterbieten müssen, aber dieser Preis war für das Konzer Werk immer noch gut. Ihre Herstellungkosten lagen gegenüber dem Wettbewerb sehr viel niedriger. Benz war auf die Idee gekommen, sich den Schrott aus dem Süden Belgiens zu holen und hierzu ein Luxemburger Fuhrunternehmen einzuschalten. Da sie sofort bei Kauf bar zahlten, kam der Rohstoff sehr kostengünstig.

Von Bad Godesberg aus war Kluge nach Bonn gefahren, um alten Freunden die Hand zu schütteln. Einer seiner Verbindungsleute kam gerade aus einer Krisensitzung des Kabinetts mit dem Regierenden Bürgermeister von Bremen. Bei den Bremern war Feuer im Frack. Bremen hatte jahrelang, größtenteils mit Rückendeckung der Regierung, riesige Beträge in die Werften gesteckt, also in eine ihrer wichtigsten Industrien. Trotzdem war das Werftprogramm unverkäuflich geworden, wegen der übermächtigen Konkurrenz aus Japan und Südkorea. Inzwischen kamen sogar Qualitätsschiffe aus Südkorea. Die deutschen Werften dürften sich auf Dauer nicht mehr halten lassen, selbst nicht mit hohen Subventionen des Staates. Wann immer ein neuer Schiffsauftrag einging, zahlte das Wirtschaftsministerium dazu. Vor dem sich abzeichnenden Werftenkrach machten die Werften Angst- und Notverkäufe. In diesem Jahr hatte erstklassiger Hafengrundbesitz den Eigentümer gewechselt. Einer der Käufer waren die Olympic-Werke. Die Olympic verlor mit dem Werftengeschäft allerdings nur einen Teil ihres Programms, nämlich die Schiffselektronik. Die anderen Bereiche, industrielle Elektronik, Kommunikationselektronik, Informatik-Computer, Raumfahrt- und Satelliten-Elektronik, Roboter (ihr bekanntester Slogan hieß Olympic Robots = Marathon Robots) brachten hohe Umsätze und Überschüsse. Nun suchte Olympic für weitere Geländekäufe noch flüssige Partner. „Wäre das nicht was für uns?" erkundigte sich Kluge bei Georg Ruff via Telefon.

„Wir sind nicht flüssig."

„Die Bremer wollen jetzt den ganzen Hafen wachrütteln. Wollen die Kaianlagen modernisieren, Bremen als europäischem Hafen wieder Weltgeltung verschaffen. Wenn wir da ein Ministahlwerk hinstellen, haben wir mit Sicherheit die Banken hinter uns. Und Bremen wird uns helfen. Einmal, weil wir investieren, zum anderen, weil wir sichere Arbeitsplätze schaffen. Sie können sich nicht vorstellen, wie oft ich in Bonn höre: Mensch, euer Konzer Modell, das ist doch Klasse."

„Hat Ihnen das schon mal einer von den Unions gesagt?"

„Aber ich bitte Sie, wer kann denn ernsthaft bei anderthalb Millionen Arbeitsplätzen etwas dagegen haben, wenn ein Unternehmer Arbeitsplätze schafft?"

Georg Ruff überlegte. Bevor er sich mit dem Vorstand der Olympic zusammensetzte, brauchte er Informationen aus der Bremer Regierung. Würde Bremen im Hafen ein Stahlwerk akzeptieren, und welches war die beste Bauzeit? Wann mußte das Werk fertig sein? Fragen über Fragen.

„Können Sie zu der Bremer Regierung einen vertraulichen Kontakt herstellen, und wenn ja, gleich Anfang des Jahres in Bremen sein und ein erstes Gespräch für mich führen?"

„Wenn Sie wollen, bin ich morgen früh in Bremen. Den Kontakt stelle ich noch heute her. Das kostet mich nur ein paar Telefongespräche."

Er drückte auf einen Knopf, und Paula meldete sich aus dem Lautsprecher. „Ja?"

„Hol mir doch bitte mal den Lynn an den Apparat."

„Mach ich."

Es fing wieder alles von vorne an. Er brauchte Informationen. Mit Konz hatte er Glück gehabt. Er durfte nichts verderben.

Ein rotes Licht flimmerte. Er schaltete Mikrophon und Lautsprecher ein. Paulas Stimme: „Lynn ist bei den Öfen. Er wird geholt. Ich verbinde dich in fünf Minuten."

Als Lynn sich meldete, sagte Ruff: „Lynn, hören Sie. Wir haben für das technische Konzept von Konz ein Jahr benötigt, mit allen Vorbereitungen wurden es zwei, die Bauzeit betrug ebenfalls zwei, macht vier Jahre. Könnte man das bei einem neuen Projekt auf zweieinhalb Jahre abkürzen?"

Lynn schoß niemals aus der Hüfte. Also wartete Ruff geduldig. Nach einer Weile kam die Antwort: „Das können wir. Unter zwei Voraussetzungen: erstens, das Projekt muß in drei Monaten genehmigt sein, und zweitens, wir bauen wieder am Wasser, und zwar absolut zeichnungsgleich, das heißt nach dem Konvoi-Prinzip."

„Danke, Lynn, das war's. Sie sind im Betrieb? Ist alles okay?"

„Na ja, es gibt immer was zu tun, aber im Prinzip läuft es gut."

„Danke, Lynn, ich schalte aus."

„Okay."

„Sie haben mitgehört, Kluge. Die Zusatzfrage lautet also: bekommt man unter den gegebenen Umständen, das heißt bei dem augenblicklichen politischen Druck, eine Baugenehmigung innerhalb von drei Monaten? Wenn das für die Bremer interessant ist, bringen Sie einen Politiker mit, der kann sich das Werk ja mal ansehen."

„Wie lange kann ich Sie heute abend erreichen?"

„Ich gehe heute nicht mehr aus dem Haus. Sie können mich die ganze Nacht erreichen."

Als Kluge gegangen war, wählte er, ohne Paula in Anspruch zu nehmen, die Nummer der SOCRIM in Trier.

„Helena bitte."

„Moment bitte, ich muß nachsehen, ob sie da ist."

Pause.

„Ja, ich verbinde."

„Helena am Aparat."

„Hier ist Georg."

„Himmel noch mal, George, lebst du auch noch?"

„Du sollst nicht George zu mir sagen."

„Also gut, Knochenbrecher, wo steckst du?"

„In meinem Büro in Konz."

„Und was möchtest du?"

„Ich habe einen Auftrag für euch."

„Ach, das ist aber eine Enttäuschung für mich. Ich hatte schon gehofft, du wolltest mir einen Heiratsantrag machen."

„Bist du denn an einem Heiratsantrag interessiert?"

„Ja sehr, und du gehörst zu meinen wenigen letzten Hoffnungen." Er hörte sie kichern.

„Ich möchte mal ausspannen. Ich habe zwölf Jahre lang keinen Urlaub gehabt. Wie wär's mit dem Schwarzwald?"

„Die Masche kenne ich. Warte eine Sekunde, ich habe hier eine Liste von 27 Männern, da trag ich dich als 28. ein.

Die Romantiker laden mich in die Berge oder in den Schwarzwald ein. Der jüngste Kandidat ist 22, der älteste, mit großem Vermögen allerdings, ist 65. Wie alt bist du?"

„28."

„28, das ist genau das richtige Alter. So, jetzt ist die Liste komplett. Alles vergnügungssüchtige Männer, teils verheiratet, und wenn, dann natürlich ganz unglücklich. Die Scheidung steht bereits ins Haus. Falls unverheiratet, dann soll's mal ein bißchen was für's Wochenende sein."

„Wie kommt man denn bei dir in den engsten Kreis der Kandidaten?"

„Ganz einfach", antwortete Helena, „ich streiche vor deinem Namen die 28 und schreibe eine eins davor, nun liegst du auf Platz eins."

Sie machte mit ihrem Lippenstift noch einen roten Kreis um die eins.

„Ich kann heute das Haus nicht verlassen. Bist du morgen frei für ein Abendbrot?"

„Knochenbrecher, für dich lasse ich alle anderen Termine platzen. Ich verspüre sofort Hunger, wenn du sagst, du lädst mich ein."

„Bist du um sieben noch im Büro?"

„Ich warte hier auf dich."

„Bitte nicht einhängen. Ich muß meinen Auftrag noch loswerden. Es gibt in Bremen eine Firma Olympic ..."

„Ganz bekannt."

„Die Olympic kauft im Hafen von Bremen, also in Bremerhaven, Gelände auf. Sie braucht dazu Geld und sucht Partner, hast du das?"

Klick. Sie hatte den Hörer aufgeworfen. Zum Teufel noch mal, war das ein störrisches Weib! Er wählte die gleiche Nummer noch einmal. Die Telefonistin meldete sich. „Bitte Helena." Stille.

Er wartete.

„Ja, hier Helena. Ich wußte, du würdest nochmal anrufen. Wenn du mir etwas erklärst und ich schreibe mit und schneide das Gespräch außerdem noch auf Band mit und wenn du mich dann in deiner Stakkato-Sprechweise fragst, 'hast du das?', dann habe ich das Gefühl, du würdest in mir eine Fontäne in Gang setzen und alle Wasserstrahlen träfen genau in mein Gehirn. Ich bin wirklich naß wie ein Fisch, wenn ich aufhöre mit dir zu telefonieren."

„Entschuldige, ich sage das nicht absichtlich, das gehört einfach zu meiner Art, mich mit meinen Leuten zu unterhalten."

„Ich bin nicht 'deine Leute', versteh das bitte." Sie bekam sich nicht in den Griff. Wenn er einhing, würde sie wieder heulen und sich unausstehlich finden.

„Kann ich fortfahren?"

„Bitte."

Sie versuchte, sich zusammenzunehmen.

„Ich sagte, die Olympic sucht Partner. Wir sind daran interessiert, Partner von Olympic zu werden. Vorausgesetzt, wir finden ein günstiges Gelände für ein Stahlwerk. Diese Frage richten wir allerdings an die Politiker, das ist nicht euer Auftrag. Euer Auftrag lautet:

1. Wie sieht die Bilanz der Olympic-Werke Ende dieses Jahres aus? Sind sie wirklich so gut im Ergebnis?
2. Wo liegt der Grundbesitz der Olympic, und was haben sie in letzter Zeit dazugekauft? Dazu brauchen wir Grundbuchauszüge und eine Karte des Hafens und des Geländes; außerdem
3. eine Kopie der Olympic-Akte über uns. Ich möchte natürlich wissen, wie uns die Olympic im Hinblick auf eine Partnerschaft beurteilt.

Bist du noch am Apparat?"

„Natürlich."

„Gut, hast du alles?"

Es war schon ausgesprochen, er konnte es nicht mehr zurückholen. Diesmal hing sie nicht ein.

„Was macht übrigens dein Studium?"

„Fertig. Ich hocke über der Doktorarbeit."

„Du willst promovieren?"

„Natürlich."

„Über welches Thema?"

„Die Entwicklung des Finanzrechts in der Europäischen Wirtschaftsunion. Ich stecke da ziemlich tief in der Tinte, weil ich während des Studiums das Finanzrecht mit der linken Hand gemacht habe."

„Brauchst du Hilfe?"

„Vielleicht. Bis morgen". Sie hing ein.

Er fragte Benz und Paula, ob sie ihm ein Restaurant in Trier empfehlen könnten. Nein. Das konnten sie nicht. Ob er nicht an die Mosel fahren wolle?

„Nein", antwortete er, „es ist nur ein Abendessen. Ich bin am späten Abend wieder zurück."

VIII

Bevor Ruff sich in den Wagen setzte, rief Kluge aus Bremen an. Er schnaufte am Telefonhörer, als habe er gerade einen ganzen Truthahn in sich hineingestopft und mit einem Liter Châteauneuf-du-Pape hinuntergespült. Er hatte irgendeinen hohen Beamten am Wickel, der ihm klarmachte, daß die Idee, im Hafen von Bremen zu investieren und ein Stahlwerk zu bauen, geradezu ideal sei und die Beschaffung des Geländes überhaupt kein Problem darstelle, wenn nicht mit Olympic, dann über die Stadt, die ihrerseits über genügend Möglichkeiten verfügte. Es seien keine Schwierigkeiten mit einer Schiffsanlegestelle, noch mit einem Gleisanschluß zu erwarten. Herr Lynn müsse jedoch prüfen, ob das Konzer Stahlwerksmodell auch mit Brackwasser arbeiten könne, denn je weiter man nach Norden gehe, desto mehr steige der Salzgehalt. Unabhängig davon sei ein Zusammengehen mit Olympic schon ein großer Vorteil, denn die Finanzierung sei in Bremen durchaus ein Problem, da jeder greifbare Kredit bereits in Anspruch genommen wurde. Die Lage des Stadtstaates wirke auf ihn desolat.

Das wäre im Moment alles. Er sei im Hotel Kurfürst zu erreichen und bleibe noch zwei Tage in der Stadt, da noch weitere Gespräche anstünden.

Also mußte Ruff noch Alfred Lynn anrufen und ihn fragen, ob Brackwasser ein Hindernis bedeute. Lynn konnte die Frage nicht für alle Systeme beantworten, für die Entstaubungsanlage spielte ein geringer Salzgehalt wahrscheinlich keine Rolle. Mit den Lichtbogenöfen und Stranggießanlagen sei das schon anders. Nötigenfalls müsse man Wärmetauscher einbauen und die Kühlkreise voneinander trennen. Er werde das untersuchen. Lynn sah die Sache auf Anhieb positiv, und das tat gut, denn im Augenblick wußte er noch nicht, wie er das Projekt angehen sollte.

Er wählte Helenas Nummer in Trier und ließ sich mit ihr verbinden.

„Tut mir leid, ich komme noch nicht weg. Habe noch zwei Telefongespräche vor mir."

„Ich freue mich, daß du kommst", sagte sie und hing ein.

Es ärgerte ihn, daß sie es war, die einhing. Er fühlte sich auf den Arm genommen. Verdammt nochmal, wollte sie die Herzensbrecherin spielen? Er nahm sich fest vor, der SOCRIM mal bei Tage einen Besuch abzustatten. Aber dann wählte er die Nummer vom Rathaus, erfuhr, daß der Bürgermeister in irgendeiner Aufsichtsratssitzung festgehalten wurde und notierte sich die Nummer des Sitzungszimmers.

Schließlich bekam er den Bürgermeister doch noch an den Apparat. Der Mann war überhaupt nicht ungehalten. Georg Ruff könne ihn notfalls aus dem Bett klingeln. Kein schlechtes Kompliment.

Der Bürgermeister meinte: „Warum das so ist, kann ich Ihnen nicht sagen. Alle behaupten, in den Straßen von Konz hinge die linde Luft des Aufschwungs. Die Hotels und Pensionen haben Hochbetrieb, die Schiffsanlegestelle weiß nicht, wohin mit den Leuten, der Kunstausschuß der Stadt hat einen – halten Sie sich fest – europäischen Wettbewerb eröffnet für eine Plastik mit dem Namen *Der sichere Arbeitsplatz*. Zu allem Unglück haben mich die Leute zum Schirmherr des Wettbewerbs gewählt, und wissen Sie, wo die Plastik hin soll? Das können Sie nicht raten. Auf den Kommlinger Berg. *Der sichere Arbeitsplatz* soll weit über das Land schauen und für Konz werben. Ich sage Ihnen, Ruff, Sie werden noch Ehrenbürger von Konz."

„Wer hat den Preis gestiftet?"

„Die Konzer Winzergenossenschaft."

„In welcher Höhe?"

„100 000 der Preis, dazu das Fundament und die Gartenanlage. Es soll eine Plastik werden, die immissionsfest ist. 500 Jahre soll sie halten, egal, wer uns die schöne Moselluft verdirbt. Aber darauf werden wir selbstverständlich selbst aufpassen. Ihre Entstaubungsanlage geht da ja mit gutem Beispiel voran."

„Eine Frage."

„Fragen Sie, was Sie wollen."

„Bremen ist in Not. Das Werftenkonzept ist zusammengebrochen. Wir überlegen, das Konzer Modell nach Bremerhaven zu exportieren und dort ebenfalls ein Ministahlwerk zu bauen."

„Das finde ich großartig. Bevor Sie das bauen, werden die Leute nach Konz kommen und sich ansehen wollen, wie wir hier angefangen haben. Ganz klein und ein bißchen skeptisch – mich ausgenommen: ich habe von Anfang an gesagt, das ist die Idee. Da kann ich nur sagen: kommt Leute, kommt, seht euch den sicheren Arbeitsplatz von Konz an."

„Wir würden ja für Bremen auch wieder eine Finanzierung brauchen. Glauben Sie, die Konzer Volksbank macht da mit?"

Ein leises Schnaufen.

„Können Sie mir nicht eine leichtere Frage stellen?"

„Ich brauche nicht mehr als eine Vorinformation. Kann ich die Finanzierung von hier aufbauen, oder muß ich in Bremen damit anfangen?"

„Dazu brauche ich zwei Tage."

„In Ordnung." Er mußte nicht alle Fragen der Spieleröffnung sofort klären. Er versuchte seiner Ungeduld Zügel anzulegen. Wie immer fiel ihm gerade das schwer. Seit seiner Flucht nach Frankreich hatte er in puncto Geduld und Gelassenheit nichts hinzugelernt, und das war jetzt mehr als zwölf Jahre her.

Er hielt den Hörer einen Augenblick über dem Apparat, dann ließ er ihn auf die Gabel fallen. Im gleichen Augenblick klingelte das Telefon.

„Letzter Anruf", sagte Kluge, „wirklich der letzte. Ich hatte gerade noch einen Mann von der Bremer Bank für Handel und Industrie neben mir an der Bar." Ruff dachte, wo sonst könnte Kluge auch einen Bankmenschen getroffen haben. „Der Mann heißt Bensen, Heinz Bensen. Ist Abteilungsleiter bei der Bank und versichert, daß man im Senat davon gesprochen habe, Sie zu einem Gespräch über ein Ministahlwerk in Bremerhaven einzuladen. Der Hintergrund ist, daß die Schwerindustrie, die großen Konzerne und Multis schon abgewunken haben. Die Elefanten wollen von den Spatzen nichts wissen. Jetzt wird an einem Mittelstands- und Kleingewerbeprogramm gearbeitet. Dazu ein irrsinniges Bauprogramm. Das war's. Mit mehr kann ich nicht dienen."

Ruff dachte einen Augenblick nach. Man mußte die Sache jetzt von selbst reif werden lassen. „Bei welcher Sorte Wein sind Sie gerade?"

„Châteauneuf-du-Pape."

„Die zweite Flasche spendiere ich", sagte Ruff.

„Die erste Flasche haben Sie auch schon spendiert."

„Wieso?"

„Ich hatte in Ihrem Auftrag Heinz Bensen eingeladen", sagte Kluge. Er hörte ihn lachen, sah in Gedanken seine ganzen 100 Kilo zittern. Unwillkürlich mußte er an einen Wackelpudding denken. 100-Kilo-Wackelpudding.

Er verließ sein Büro in der Kuppel. Benz und Paula saßen im Wohnzimmer, das Fernsehen war nicht eingeschaltet. Sie unterhielten sich. Paula strickte an einem Pullover. Das war ihre Lieblingsbeschäftigung in der Freizeit.

„Ich fahre jetzt nach Trier."

„Viel Vergnügen", rief Paula.

„Ich bin bis Mitternacht zurück."

Er setzte sich in den Wagen und startete den Motor.

Wenn Helena-Christine noch im Büro auf ihn wartete, mußte sie ihn tatsächlich lieben. Er ließ es darauf ankommen und fuhr nicht einmal sonderlich schnell nach Trier. Trotzdem hatte er Schwierigkeiten, sich in Trier zurechtzufinden.

Sie saß im Büro und lackierte sich die Fußnägel. „Du kommst fast zwei Stunden zu spät", sagte sie kühl und ließ sich nicht stören.

„Machst du das immer im Büro?"

„Ja", antwortete sie lächelnd. „Immer, wenn wir ein 'sanftes Verbrechen' hinter uns haben, dürfen wir uns die Finger- oder Fußnägel lackieren."

„Und welch 'sanftes Verbrechen' hast du heute begangen?"

„Wir haben bei der Olympic die Ruff-Akte herausgeholt."

„Ging alles glatt?"

„Nein, es passierte eine Panne."

„Welche Panne?" Er nahm ihr das Nagellackfläschchen aus der Hand und zwang sie, aufzuschauen.

„Ich mag das nicht, wenn du redest und dabei deine Fußnägel lackierst."

„Setz dich erstmal, und steh nicht da herum wie der rote Hanuman."

„Wer ist der rote Hanuman?"

„Du kennst den roten Hanuman nicht?" Sie machte sich erneut über ihn lustig. Er akzeptierte es, schließlich war sie immerhin über alle üblichen Wartezeiten hinaus im Büro geblieben, um das Rendezvous nicht zu gefährden.

„Der rote Hanuman ist der nepalesische Gott-Affe vom Hamayama, der bewacht den königlichen Palast Taleju."

„Studierst du außer Jura auch noch Geschichte?"

„Nein, nur Jura."

„Und was hat es dann mit dem roten Hanuman auf sich?"

„Hanuman ist mein Talisman. Er bewacht mich." Sie war jetzt mit dem Lackieren fertig, räumte das Necessaire zusammen und packte es in einen braunen Lederbeutel.

„Neben dem roten Hanuman steht ein 300 Jahre alter Stein mit einer Inschrift in 16 verschiedenen Sprachen. Wem es gelingt, alle 16 Sprachen zu verstehen, der wird erreichen, daß aus dem Stein Milch fließt." Sie sah ihn einen Augenblick verträumt an. „Sieben Sprache habe ich schon entziffert, es fehlen mir noch neun."

„Wie oft warst du in Nepal?" Sie stand jetzt vor ihm, ohne Schuhe, barfuß, und er stellte zum ersten Male fest, daß sie ihm fast bis zu den Augen reichte. Er neigte sich mit dem ganzen Körper ein wenig nach vorn und küßte ihre Stirn. Da sie es geschehen ließ, streifte er mit seinen Lippen über ihren Nasenrücken und küßte sie auf den Mund.

„Ich hab dich was gefragt."

„Zweimal", antwortete sie mit geschlossenen Augen. „Einmal mit der Schule, das zweite Mal nach dem Abitur."

„Mit einem Freund?" fragte er eifersüchtig.

„Mit vier Freundinnen, ein Mann hätte da gar nicht hineingepaßt."

Er küßte sie abermals.

„Du duftest nach Katmandu." Sie lachte. „Ja, wirklich nach Katmandu."

Sie trug ein gestricktes Trachtenjäckchen. Er streifte es von ihren Schultern und bemerkte, daß sie darunter nur eine Seidenbluse anhatte.

„Du kennst Katmandu nicht. Katmandu duftet doch ganz anders."

Er knöpfte ihre Bluse auf und legte die Schalen seiner Hände auf ihre Brüste, so wie die Palme ihre reifen Früchte behütet.

„Du bist sehr schön, Helena."

„Sag jetzt bitte nicht Helena, nenne mich jetzt Christine. Du weißt doch, Helena bin ich im Beruf. Ich nenn dich jetzt schließlich auch nicht mein Knochenbrecherchen."

„Sondern?"

Er streifte ihre Bluse ganz ab und nahm sie in seine Arme. Er spürte den wohligen Druck ihrer Brüste an seiner Haut.

„Soll ich dich Georg nennen?"

„Nein."

„Warum nicht?"

„Von meiner Frau erwarte ich etwas mehr Phantasie."

„Sagtest du 'von meiner Frau'?"

„Ja, das sagte ich."

„Wenn wir ein Paar sind, bist du mein Talisman. Weißt du, wie ich dich dann nenne?"

Georg Ruff hatte lange keine Frau besessen. Er hatte fast

schon vergessen, wie es ist, eine schöne Frau in den Armen zu halten. Er biß sie zärtlich in die Schulter. „Ich fürchte, du wirst mich dann Hanuman nennen."

„Ich werde mir immer große Mühe geben, dich auf deinen Intelligenztrips zu begleiten. Hanuman ist ein Gott-Affe. Sei du lieber mein irdischer Gott und manchmal auch ... hiiii, das war zu doll, du hast richtig zugebissen."

„Nein, Christine, nein. Es blutet doch nicht." Er nahm sie wieder in die Arme. „Ich möchte dich jetzt haben."

„Du hast mich doch."

„Ganz."

Sie löste sich von ihm. Lachte ihn an, küßte ihn, zerwuschelte sein Haar und schließlich legte sie ihre Hände fest auf seine Ohren, und er verstand nicht, was sie flüsterte.

„Noch nicht, mein Äffchen." Sie griff nach ihrer Bluse.

„Was hast du gesagt?"

„Ich habe gesagt, erst nach dem Trittenheimer Altärchen."

„Gut, fahren wir nach Trittenheim."

„Aber zuerst muß ich etwas essen. Ich warte hier seit heute Mittag auf meinen Chicago-Odysseus und verschmachte vor Hunger."

Sie fuhren in seinem Wagen nach Trittenheim und kehrten in eine urige Kneipe ein, in der es auch eine gute Küche gab. Beim Essen blickte sie ihn einmal völlig unvermittelt ganz tief und durchdringend an.

„Hanuman."

„Christine?"

„Hanuman, ist es dir auch ernst?"

„Ja, Christine."

„Schwöre es."

„Hier, in dieser Kneipe?"

„Nein, Hanuman." Sie machte eine Pause und blickte ihn so kritisch an wie der fünfköpfige nepalesische Mahadev seine Anbeter. „Vor dem Trittenheimer Altärchen." Sie schleppte ihn wahrhaftig in die Kirche, und er mußte schwören, sie zur Frau zu nehmen. Sie zündete sieben rote

Lichter an und warf einen größeren Geldschein in die Kerzenkasse. Sie wirkte sehr ernst. Offenbar war ihr die Szene heilig.

Noch wußten beide nicht, daß der Schwur ein Leben lang halten sollte.

Das kleine Hotel, das sie zu später Stunde noch aufgenommen hatte, bot ein reichhaltiges Bauernfrühstück. Sie staunten, wieviele Menschen schon unterwegs waren. Eine Karawane moselaufwärts, eine zweite flußabwärts. Nur auf dem Wasser fehlten noch die buntgeflaggten Vergnügungsdampfer.

Georg Ruff genoß es förmlich, einmal frei zu sein von allen Pflichten, neben dem Frühstückstisch kein Telefon zu haben, morgens nach dem Aufstehen nicht in das Saartal zu blicken, um zu wissen, ob das Stahlwerk arbeitete oder nicht.

Sie sah ihn fast ein wenig spitzbübisch an, als sie ihn dabei ertappte, wie er gedankenverloren aus dem Fenster schaute. In der Ferne sah man die Rauchfahne aus dem Schornstein eines rustikalen Winzerhauses aufsteigen.

„Hanuman, woran denkst du?"

„Mir fiel gerade ein, daß wir zwei Geheimnisse in unsere Hochzeitsnacht mitgenommen haben. Wie alt bist du?"

„Man fragt eine Frau nicht nach ihrem Alter."

„Bist du eine Frau."

„Oh ja, jetzt ja."

„Darf ich dann um die Erteilung einer Ausnahmegenehmigung bitten?" Es war gar nicht so gemeint, aber es klang grob und herrisch.

„Wenn du mich schon vergewaltigst ... 25."

„Als wir uns in der Bahnhofshalle kennenlernten, warst du 19?"

„Stimmt, Rechenmeister."

„Seit sechs Jahren arbeitst du bei der SOCRIM, warum machst du das eigentlich?"

„Das hat einen simplen Grund und einen delikaten Grund. Einmal paßt dieser Beruf blendend zu meinem

Studium. Ich habe bei SOCRIM schon eine ganze Menge gelernt und lerne immer noch etwas dazu. Sobald ich meinen Doktor habe, höre ich allerdings auf."

Ruff sann über die Rauchfahne auf dem Dach des Winzerhauses nach. Sie erinnerte ihn unwillkürlich an seine Chicago-Boys. Die besaßen auch die Indianernatur. Wo Rauch ist, da ist auch Feuer. Er sah eine Feuersbrunst am Himmel, und weit hinten am Horizont sah er aus dem Glutschleier ein Ministahlwerk aufschimmern. Er selbst fühlte sich als eine sonderbare Mischung von Industriemensch und Indianer. Eine Art Unternehmer-Indianer. Er sah Christine an. Mit ihren schön gekämmten Ponyhaaren und dem Pferdeschwanz sah sie eigentlich nicht wie die typische Indianerfrau aus.

„Und der delikate Hintergrund?"

Sie war gespannt, wie er reagieren würde. Sie hatte sich angewöhnt, die Dinge beim Namen zu nennen und sich geschworen, nicht zimperlich zu sein. Nicht mit sich, nicht mit anderen. Also sagte sie locker, wie sie immer sprach: „Ich bin ein uneheliches Kind."

„Weiter."

Jetzt regte sie sich doch auf. Für die Art und Weise, wie er „weiter" und „hast du das?" maschinengewehrartig abfeuerte, hätte sie ihm eine knallen können. Sie nahm sich vor, sich diese Stakkato-Art auch anzugewöhnen und ihn gelegentlich zu fragen: Hast du das? (Soviel Mühe sie sich später auch gab, es zu üben, zu imitieren, sie brachte es nicht fertig. Es mußte einem Menschen wohl angeboren sein.) Sie wartete eine Weile, bis sich ihr Zorn abgekühlt hatte und erzählte dann weiter: „Sagt dir der Name Manta etwas?"

„Nein."

„Meine Mutter ist eine Manta, ihr Vater war Rudolf Manta, mit vollem Namen hieß er Rudolf Xaver Manta, daher der Name REX."

„Wer ist REX?"

„REX war mal eine große Fahrrad- und Motorradfabrik

im Sauerland. Als das Auto groß herauskam, ging als erstes die Motorradfabrik kaputt, die Fahrradfabrik schmolz bis auf zehn oder 15 Mitarbeiter zusammen. Mein Vater wollte meine Mutter nicht mehr heiraten und verschwand. Er zahlte für mich eine bestimmte Summe und die Anwälte handelten eine Vereinbarung aus, daß er nicht mein Vater sei."

„Hast du ihn mal gesehen?"

„Einmal."

„Und?"

„Er war ein großer, gutaussehender Mann. Etwas größer als du."

Georg wartete einen Augenblick. Dann sagte er: „Für die Töchter sind die Väter immer etwas größer als die eigenen Männer. Das ist ein Gesetz."

Sie wurde zornig. „Ich werde herauszufinden suchen, wie groß er ist, damit du seine und deine Größe vergleichen kannst."

„Weiter."

Sie konnte das nicht ertragen. Sie stand auf, stieg die Treppe hinauf und ging in ihr Zimmer. Sie blieb eine Weile im Bad und kühlte ihr Gesicht mit einem Handtuch, das sie mehrere Male ins Wasser tauchte.

Georg Ruff saß schweigend am Tisch. Er bestellte sich noch einen Kaffee. Er sah wieder auf die Rauchfahne über dem Dach. Seine Gedanken schwebten weit über dem Horizont. Er war es nicht gewohnt, daß seine Gesprächspartner mitten in der Unterhaltung aufstanden. Das tat nicht einmal sein Vater. Auch Paula erhob sich nicht plötzlich, von seinen Mitarbeitern ganz zu schweigen. Er erwartete Aufmerksamkeit und Disziplin. Disziplin war vor allem das, was die Welt brauchte. Zu der Disziplin seiner Frau gehörte Hingabe. Das mindeste, was er erwarten konnte, war Hingabe.

Er ließ den Kaffee stehen und ging zum Auto. Er wählte über das Autotelefon verschiedene Nummern. Niemand konnte verstehen, daß er kein Telefonbuch brauchte. Er hatte Hunderte von Nummern im Kopf. Ländernummern, Vorwahlnummern. Wenn er einmal eine Nummer selbst gewählt hatte, blieb sie in seinem Kopf gespeichert. Endlich hatte er ihn an der Strippe.

„Nosso."

„Guten Morgen, Dr. Nosso, ich möchte Sie um einen Gefallen bitten. Sagt Ihnen der Name Manta etwas?"

„Nein."

„Und wie wäre es mit REX?"

„Ich fahre in meiner Freizeit ein REX-Fahrrad, mehr fällt mir dazu im Augenblick nicht ein."

„Es gibt im Sauerland eine REX-Fahrrad-Fabrik, die gehört einer Familie Manta. Der Vater oder Großvater hieß Rudolf Manta. Ich suche Manta. Ich suche eine Auskunftei, die sich mit dieser Familie Manta beschäftigt."

„Hören Sie zu, Ruff, Sie können jetzt – wo stecken Sie überhaupt?"

„In Trittenheim."

„Herr im Himmel, was machen Sie in Trittenheim? Ihre Familie sucht Sie verzweifelt! Die Presse hat sich für ein Meeting in der Kuppel angemeldet, und Sie sitzen ausgerechnet in Trittenheim." Er hatte von Ruff das Wort Meeting übernommen und noch einige andere Wörter aus Chicago, darunter Wörter, die eine Setzerei komplett absetzen würde.

„Was will denn die Presse?"

„Haben Sie die Morgenzeitung noch nicht gelesen?"

Georg sah sich um. „Ich weiß nicht, ob es hier eine Morgenzeitung gibt."

„Ich will Ihnen aus dem 'Kurier am Sonntag' vorlesen: *Ruff im Aufbruch nach Bremerhaven. Stahlkonkurrenz an der Nordseeküste.* Dann der Weser-Spiegel, unternehmerfreundlich. *Der längste Tag: Ruff landet an der Küste. Erfolg einer Stahlwerkskonzeption.*" Pause. „Ich empfehle Ihnen, sich mit Paula in Verbindung zu setzen. Sie haben zu Hause Feuer unterm Dach, wie Sie zu sagen pflegen."

„Hören Sie, Nosso, ich werde in Kürze heiraten."

„Maria und Josef, bitte sprechen Sie heute nicht davon, zwei Sensationen sind für Benz und Paula zuviel. Versuchen Sie erst einmal, die Presse in den Griff zu bekommen."

„Okay. Aber Sie kümmern sich um den Manta-Background. Können Sie das selbst besorgen?"

„Unter keinen Umständen nenne ich der Auskunftei Ihren Namen. Sie müssen jetzt vorsichtig sein, überlegen Sie sich ja jedes Wort."

„Moment, Dr. Nosso. Was ist denn los mit Ihnen? Ich überlege mir doch immer jedes Wort."

„Nun, immerhin – wenn Sie plötzlich zu einer jungen Dama Ja sagen, weiß ich nicht, ob Sie sich jedes Wort überlegt haben."

Da lachten sie beide.

Er mußte lange herumlaufen, bis er einen Zeitungsstand fand. Er kaufte einen ganzen Stapel von Zeitungen und setzte sich wieder in das Restaurant.

Während er die Presse überflog, kam Christine die Treppe herunter und setzte sich zu ihm.

„Verzeih, ich muß mich erst an einiges gewöhnen, dazu gehört unter anderem ... Was steht da? Ruff landet an der Küste? Was bedeutet das?"

„Ich interessiere mich für ein Stahlwerksprojekt in Bremerhaven, und die Presse hat Wind davon bekommen. Wäre es möglich, daß wir jetzt aufbrechen?"

„Natürlich, jederzeit."

„Ich möchte dich meiner Familie vorstellen, einverstanden?"

„Oh ja, sehr einverstanden."

„Ich würde meiner Familie gern sagen, daß wir in vierzehn Tagen heiraten, würde dir das passen?"

Sie war sprachlos.

„Hier in Trittenheim."

„Was, hier? Das wäre wirklich phantastisch!"

Schon als sie den Kommlinger Weg hinauffuhren, bekamen sie einen ersten Eindruck von dem Rummel.

Paula, glücklich und erlöst, daß er erschien, stellte ihn der Presse vor. „Gut, daß du da bist. Das ist für uns zuviel."

„Wo ist Vater?"

„Der ist nach oben gegangen. Hat sich zurückgezogen. Mit einer Flasche Rotwein. Sei nicht böse, du weißt, wie er ist. Für so was hier ist er nicht gemacht."

Innerhalb von drei Minuten wußten die Leute, wen sie da vor sich hatten.

„Georg Ruff."

„Der bin ich."

„Ein paar Angaben zur Biographie. Sie sind geboren in Konz, 28 Jahre alt, waren zwei Jahre Stahlarbeiter in Frankreich (Ruff dachte, die Burschen haben sich gut vorbereitet), vier Jahre Stahlarbeiter in Chicago, sind Begründer des 'Konzer Modells' und Urheber des Ministahlwerkskonzepts, Bauherr des Konzer Stahlwerks – würden Sie das so akzeptieren?"

„Ja."

„Sie kennen die Welt, Sie kennen große, mittlere und kleine Stahlwerke, was hat Sie bewogen, Ihre Initiative auf das Ministahlwerk zu konzentrieren?"

„Das waren praktische Gründe. Sie können ein Ministahlwerk in keiner Hinsicht mit einem integrierten Eisen-Hüttenwerk vergleichen. Das Ministahlwerk ist wirklich nur ein Ministahlprojekt, aber von daher in seiner Betriebsweise und natürlich auch im Markt ungeheuer flexibel." Er wirkte sehr ruhig und konzentriert.

„Haben da auch finanzielle Gesichtspunkte eine Rolle gespielt?"

„Mit Sicherheit. Wenn ich die Absicht habe, freier Unternehmer zu werden, kann ich in einem Menschenalter ja gar nicht das Geld zusammensparen, um ein großes Werk zu bauen. Ich muß mich also auf das Machbare beschränken, und das Ministahlwerk ist machbar."

„Könnten Sie uns die Technologie eines solchen Werkes in groben Zügen skizzieren?"

„In zwei Sätzen. Ein Stahlwerk mit Hochleistungs-Lichtbogenöfen und Schrott oder in Zukunft vielleicht auch Eisenschwamm als Einsatzstoff ist die einzig mögliche Alternative zum Hochofen-Konverterstahlwerk. Die Chance, eine bestimmte Kapazität durch die Zahl und Größe der Öfen bereitzustellen oder bereitzuhalten, macht das kleine Stahlwerk in besonderer Weise marktanpassungsfähig."

„Das sogenannte Werftenkonzept im Lande Bremen ist gescheitert. Muß nicht auch ein Ministahlwerk an der Nordsee scheitern?"

„Ich verstehe Ihre Frage nicht." Georg Ruff hatte nicht die Absicht, sofort alle Karten auf den Tisch zu legen.

„Nun ja, es hat sich mittlerweile herumgesprochen, daß Sie das Terrain in Bremen sondieren. Die heutigen Zeitungen sind voll davon, dpa hatte schon die letzte Nacht eine Menge mit dem Thema zu tun."

„Da sind Sie mir weit voraus. Ich habe, wie es sich für einen Ministahlwerker gehört, einen Minispähtrupp in Bremen, das muß aber nicht heißen, daß ich baue."

„Halten Sie es denn für möglich, daß Sie bauen?"

„Ausschließen soll man ja bekanntlich gar nichts."

„Was versprechen Sie sich davon, gerade dort zu bauen, wo es, eingestandenermaßen, eine nicht zu knappe Wirtschaftskrise gibt?"

„Ich wäre Ihnen dankbar, wenn wir das hypothetisch betrachteten. Ich weiß ja schließlich noch nicht einmal, ob ich baue, aber wenn ich baue, dann einmal, weil sich das Ministahlwerk gerade für Krisengebiete in Industrieländern eignet, zum anderen, und das wäre für mich viel interessanter, weil die Logik der Krise den kleinen Unternehmer verlangt."

„Was bezeichnen Sie als Logik einer Krise?"

„Das bedeutet zunächst einmal, daß eine Krise nicht natürlich, hausgemacht, importiert oder was auch immer ist, sondern daß sie sich aus einer Kette von Fehlentscheidungen der produktiven Faktoren entwickelt. Wenn ich die produktiven Faktoren verbiege, und das ist der klassische Fall, gerate ich automatisch in eine Krise."

„Produktive Faktoren sind Ihrer Meinung nach ..."

Ruff lächelte. „Nicht meiner Meinung nach. Die produktiven Faktoren sind absolute Größen der Produktion, dabei kann man den Rohstoff durchaus als Primärfaktor ansehen, das heißt, ohne Rohstoff geht garnichts. Dann folgen unmittelbar Technologie, Energie, Kapital und Arbeit. Wenn Sie einen dieser Faktoren krebsartig wuchern lassen, produziert die Logik eine Krise."

„Welche Faktoren sind denn nach Ihrer Auffassung ausgeufert. Der Rohstoff wohl nicht?"

„Im Gegenteil, der ist billiger geworden."

„Die Energie?"

Georg Ruff schüttelte den Kopf. „Kaum. Ich meine, der Energiepreis ist nicht *ausgeufert*, aber die Energie müßte billiger sein. Dennoch kann man dem Energiepreis nicht die Schuld geben."

„Die Technologie."

„Oh nein, die Technologie ist laufend verbessert worden und hat sich absolut logisch verhalten."

„Dann bleiben nur noch die Arbeit und das Kapital."

„Exakt", sagte Ruff, „beide sind zu dominant geworden, beide müssen sich wieder mäßigen, um die Krise zu überwinden. Genauer gesagt, Kapital und Arbeit müssen wieder kostengünstiger werden, und das erreiche ich mit dem 'Konzer Modell'."

„Mit dem Kapital läßt sich vielleicht reden, aber die Arbeit steht ja nicht für sich allein da. Meinen Sie nicht, daß Sie mit den Gewerkschaften reden müssen, zumindest in Bremen?"

„Kehren wir zum Ausgangspunkt zurück", meinte Ruff, „Ministahlwerke haben eine Belegschaft von 250 bis 300 Facharbeitern, ich brauche ihre Arbeit, ich benötige das Kapital, für die Unions sehe ich da keinen Raum."

„Sie sind ein Gegner der Gewerkschaften?"

„Ich bin ein Mann des Mittelstandes."

„Meinen Sie damit, daß das eine das andere ausschließt? Sind Sie also ein Gegner der Gewerkschaften aufgrund eines Interessenkonflikts?"

Ruff schwieg. Eine peinliche Pause entstand; jedermann hatte den Eindruck, daß Georg Ruff um eine Antwort verlegen wäre. Schließlich kam doch die Antwort: „Im Schach der Wirtschaft gibt es ungefähr 100 Eröffnungen, aber der König hat nur drei Möglichkeiten, sich zu verteidigen. Er kann entweder zwischen sich und dem Angreifer einen seiner Leute stellen oder den Angreifer selbst vernichten oder durch einen seiner Leute vernichten lassen. Und seine dritte Möglichkeit ist, sich auf ein Feld zurückzuziehen, das nicht gefährdet ist. Alle drei Chancen möchte ich mir offenhalten."

Nach dem Interview fuhr Georg Christine nach Trier zurück.

„Hanuman, wann sehe ich dich wieder?"

„Ich rufe dich an." Ruff machte eine Pause. Dann erinnerte er sich. „Du hast mir noch nicht gesagt, welche Panne es bei den Olympic-Werken gegeben hat. Als wir gestern abend in der SOCRIM waren und du dir die Füße rot lakkiertest."

„Die Nägel, Hanuman, die Nägel."

„Gut, die Nägel, da sagtest du, es wäre bei den Olympic-Werken etwas schiefgegangen. Was war das?"

„Ach ja. Unser Auftrag lautete, die Mappe sei zu kopieren, aber unsere Putzfrau wurde gestört. Sie mußte die ganze Mappe mitnehmen. Ich schicke sie dir übermorgen mit einem Kurier und der üblichen Abrechnung rüber, einverstanden?"

„Okay." Er machte eine Pause. „Kannst du die Mappe eventuell in den Aktenschrank der Olympic zurückstellen lassen?"

„Wenn dir was dran liegt."

„Ich weiß es noch nicht. Ich muß die Akte erst lesen."

„Also gut, warten wir's ab."
„Schlaf gut, Christine."
„Schlaf gut, geliebter Hanuman."

Auf der Schillerstraße stellte er den Wagen ab und ging durch die hell erleuchtete Stadt. Er hatte sich nur den Trenchcoat angezogen und spürte nun außerhalb des geheizten Wagens die Kälte. Er erinnerte sich, daß Benz und seine Mutter von *Adams Eck* gesprochen hatten. Mutter schimpfte immer , wenn Benz angetrunken nach Hause kam. Eigentlich war er nie richtig betrunken. Er war ein fröhlicher Zecher und trank halt wie ein Mann, aber den Weg nach Hause fand er noch jedesmal. Auch gab es seit Paula keine Weibergeschichten mehr. Benz war auf seine Art eben ein guter Kumpel. So war es denn auch kein Wunder, daß die Ruff Eisenhandel GmbH zusammen mit Paula einwandfrei lief. Paula bedeutete ohne Frage die ideale Ergänzung für Benz. Denn sie war im Gegensatz zu Benz eine starke Persönlichkeit, die wußte, was sie wollte und das auch zielstrebig durchzusetzen verstand.

Von *Adams Eck* fuhr er wieder ins Werk. Mitternacht war vorüber. Der Pförtner erkannte den Wagen sofort und öffnete augenblicklich die Schranke. Er ging in die Ofenhalle.
„Wie weit ist die Schmelze?"
„Wir haben die Analyse gerade mit der Rohrpost ins Labor geschickt."
Er rief das Labor an. „Was ist los?"
„Wer ist da?"
„Ruff."
Lieber Gott, Mitternacht vorbei und der Chef in der Ofenhalle! „Moment."
Es dauerte eine Weile. Viel zu lange. Das Labor schlief. Er rief das Labor an. „Arbeitet ihr da oben oder schlaft ihr?"
„Wir arbeiten, Chef."
„Ihr müßt schneller arbeiten. Bei 15 Schmelzen am Tag

müßt ihr euch beeilen!" Er war wütend. „Weißt du, warum ich dich Heini antreibe?"

„Heini" sprach er amerikanisch im Chicagoslang aus. Gottlob verstand der Mann im Labor ihn nicht. Aber was er dann anschließend sagte, verstand der Mann im Labor und alle Leute in der Ofenhalle sehr wohl.

„Ich will's dir sagen, du Heini, weil in diesem Stahlwerk 250 Leute eine Mannschaft bilden, ein Team, verstehst du das, und wenn einer eine so ruhige Kugel schiebt wie du, dann sind 249 die Gelackmeierten, hast du das?"

„Ich hab's, Chef."

„Was hab ich dir gesagt?"

„Daß wir ein Team sind, Chef."

„Was heißt das, Mann?"

„Das heißt ... nun das heißt, daß wir alle eine Mannschaft mit gleichen Interessen sind ..."

Er dachte an Chicago. An seine Boys. Böse sprach er ins Telefon: „Sag deiner Frau, sie soll dich in der Woche in Ruhe lassen, du hast einen harten Job, Mann." Pause. „Hast du das?"

Der Mann im Labor schluckte. „Ich hab's, Chef."

„Jeder ist für die Gesamtproduktion mitverantwortlich, das muß doch zu verstehen sein."

„Ich hab's verstanden, Chef."

Georg Ruff beschloß in dieser Nacht, eine monatliche Ruff-Information herauszugeben. Einfach vervielfältigt und allgemein verständlich in den Nachrichten. Die „RI"-Ruff-Information war geboren. Seine Sorge war, daß seine Mitarbeiter das Mehreinkommen in guten Zeiten nicht anlegten, sondern sich erhöhte Ansprüche an Freizeit und Urlaub erfüllten. Zu einem späteren Zeitpunkt veröffentlichte er in den „RI" eine Rundfrage über Einkommensfragen. Er ließ das Ergebnis bei einer Beteiligung von 79 Prozent seiner Mitarbeiter veröffentlichen. 17 Prozent kamen auch mit dem besten Einkommensergebnis nicht aus und lebten in der Defizitsphäre, 52 Prozent gaben alles aus, verschuldeten sich aber nicht und schränkten sich sofort ein, als die „Produktivität" sank, 31 Prozent sparten, um etwas auf der hohen Kante zu haben. Sie sparten weniger oder gar nichts, als die Produktivität zurückging und damit ihr Einkommen sank, griffen aber das Gesparte nicht an.

Georg Ruff sah auf die Uhr. Es war jetzt zwei Uhr dreißig und Zeit, sich hinzulegen.

Der Mann im Labor fiel ihm wieder ein. Er kannte diese Stimme. Er kannte jede Stimme. Er hatte jeden seiner 250 Mitarbeiter persönlich eingestellt. Wie hieß der Mann? Sein Name ... fing mit A an, mit Ar ... Er ging die Treppe zur Kuppel hinauf und sah sich in seinem Büro den Schichtplan an, der an der Wand hing. Sein Name war Gert Arnold. Ein guter Mann. Er holte die Personalakte aus dem Metallschrank und stellte fest, daß Arnold unverheiratet war. Warum hatte er das so einfach geschluckt?

Deine Frau soll dich in der Woche in Ruhe lassen.

Hast du das?

Ruff sprang die Treppen ins Erdgeschoß runter, schloß die Haustür wieder auf, setzte sich hinters Steuer. Er fuhr den Kommlinger Weg hinab, bog zur Schillerstraße ab und überquerte die Saar Richtung Könen und raste die Valentinstraße entlang. Der Pförtner öffnete überrascht erneut die Schranke. In der Ofenhalle stand ein Ofen unter vollem Dampf und schmolz den Schrott, der andere Ofen wurde mit kleinem Strom warmgehalten. Er sah den Schmelzmeister an. Der zuckte die Schultern. „Keine Analyse vom Labor."

Ruff öffnete die Tür zum Verwaltungsgebäude und nahm drei Stufen auf einmal. Das Labor war hell erleuchtet. Ein Mann saß zusammengesunken auf einem Schemel.

„Arnold?"

„Chef?"

„Was ist los?"

„Mein Magen."

Ruff schob mit ausgestrecktem Arm alle Akten und Berge von Papier vom Tisch und half Arnold, sich hinzulegen. Er steckte ihm einen Aktenordner und das Schaumgummikissen vom Schreibtischstuhl unter den Kopf, öffnete den Kragen weit, tastete den Magen ab. Magen nichts. In der rechten Leistengegend unerträgliche Schmerzen.

„Hast du brechen müssen?"

„Schon mehrmals, Chef."

Ruff hob den Hörer ab, aber niemand meldete sich. Die Telefonzentrale war nachts nicht besetzt. „Im Zimmer von Herrn Lynn bekommen Sie ein Amt." Das Zimmer von Lynn war abgeschlossen. Er warf sich gegen die Tür, bis das Schloß brach. Schaltete das Licht ein. Er wählte den Notruf. „Hier ist das Konzer Stahlwerk in der Valentinstraße auf dem linken Ufer der Saar. Ich brauche sofort einen Krankenwagen mit einem Begleiter."

„Wir kommen in 15 Minuten."

„Können Sie mir sagen, welches Krankenhaus in Trier heute Notdienst hat?"

„Moment."

Pause.

„Das Krankenhaus der Barmherzigen Schwestern."

„Telefon?"

„Warten Sie."

Schließlich bekam er die Zentrale des Krankenhauses und verlangte die Chirurgische Abteilung.

„Sie wünschen?"

„Ich rufe aus Konz an. Sie bekommen in etwa einer halben Stunde einen Mann namens Gert Arnold. Wahrscheinlich Blinddarm. Würden Sie bitte ..."

„Einen Augenblick, ich verbinde mit der leitenden Nachtschwester."

Eine weibliche Stimme meldete sich. „Schwester Elisabeth."

Aus dem Telefonapparat wehte Ruff grimmige Kälte entgegen.

„Hier sind die Konzer Stahlwerke. Mein Name ist Ruff. Es kommt ein Mann zu Ihnen ..."

Die Schwester fiel ihm ins Wort. Wie ein Fallbeil unterbrach sie seine Rede.

„Beruhigen Sie sich, Herr Ruff, zu mir ist noch nie ein Mann gekommen." Ihr Stimme war scharf wie ein Diamantschleifer.

„Alarmieren Sie den Oberarzt, der Mann hat wahrscheinlich einen durchgebrochenen Blinddarm und muß sofort operiert werden."

Schwester Elisabeth meldete sich ein drittes und letztes Mal: „Sehr verehrter Herr Ruff, wenn Sie die Diagnose schon gestellt haben, wird es Ihnen nicht schwerfallen, auch noch die Operation selbst auszuführen." Sie hing ein. Offensichtlich war sie einiges gewohnt. Die Leitung war tot. Alte Krähe, dachte er.

Er wählte ein zweites Mal den Notruf. Die gleiche männliche Stimme meldete sich erneut. „Bitte bleiben Sie am Apparat, ich höre gerade den Krankenwagen vorfahren. Ich melde mich sofort wieder."

Er rannte die Treppe hinunter und bat die beiden Männer, mit der Trage heraufzukommen und Gert Arnold zu übernehmen. Es klappte besser, als er gedachte hatte. „Ich glaube, in Trier hat das Krankenhaus der Barmherzigen Schwestern Notdienst."

„Machen Sie sich keine Sorge, wir stehen mit der Zentrale in Funkkontakt."

„Der Mann muß sofort auf den Operationstisch."

„Darüber entscheiden die Ärzte, beruhigen Sie sich."

Sie verschwanden im Treppenhaus.

Georg Ruff ging an den Telefonapparat. „Hallo? Ja, hier sind wieder die Konzer Stahlwerke. Mein Name ist Ruff. Ich übernehme die volle Verantwortung für das, was ich Ihnen jetzt sage. Unser Mitarbeiter Gert Arnold muß sofort auf den Operationstisch. Sie sagten mir, das Krankenhaus der Barmherzigen Schwestern sei für Notoperationen zuständig. Würden Sie bitte das Krankenhaus anrufen und diesen Notfall ankündigen."

„Machen wir sofort."

„Danke."

„Gute Nacht."

„Ich danke Ihnen sehr, gute Nacht."

Georg Ruff ging zurück ins Labor, öffnete die Kapsel der Rohrpost, legte die Stahlprobe in den Analyseapparat und sah das grüne Licht. Er rief über das interne Netz den Schmelzmeister an. „Die Analyse ist okay. Bitte abstechen."

„Sofort, Chef."

Er übernahm den Labordienst, bis um sechs Uhr morgens die Leute vom Frühdienst kamen.

Seine Nacht war noch nicht zu Ende. Er fuhr nach Trier ins Krankenhaus der Barmherzigen Schwestern. Fuhr mit dem Fahrstuhl in die zweite Etage hinauf und betrat die Chirurgische Abteilung.

„Ich möchte Schwester Elisabeth sprechen."

„Die ist auf der Intensivstation."

„Sie hatten vor drei Stunden eine Einlieferung. Gert Arnold heißt unser Mann."

„Den hat der Oberarzt gerade operiert."

„Wie geht es ihm?"

Die junge, zu seiner Überraschung sehr ansehnliche Schwester sagte: „Auskünfte gibt hier grundsätzlich nur der Oberarzt."

„Dann möchte ich den Oberarzt sprechen."

„Das wird Ihnen vor heute abend kaum gelingen. Sprechstunde von sechs bis sieben."

„Wann haben Sie denn Sprechstunde?"

„Hören Sie auf, mit mir zu flirten, das bringt nichts."

„Könnten Sie mir wenigstens sagen, ob es Arnold gutgeht oder ob es ein schwieriger Fall ist?"

„Sind Sie ein Verwandter von ihm?"

„Ja, sein Bruder."

„Machen Sie sich keine Sorgen. Ein leichter Fall für unsere Künstler."

Als Paula den Kaffee auf den Tisch stellte, ging Georg durch das Wohnzimmer, nahm die Treppe in das erste Obergeschoß und legte sich endlich ins Bett.

Paula verstand nicht, daß er nicht zum Frühstück erschien. Sonst war er doch immer der erste. Sie hatte den Eindruck, daß neue Zeiten angebrochen waren.

„Diesmal scheint es ernst zu sein", sagte sie zu Benz, „doch ich muß sagen, sie gefällt mir." Sie ging mit dem Tablett wieder in die Küche, um Butter, Aufschnitt und mehrere Sorten Marmelade zu holen.

Diese Unsitte mit den verschiedenen Marmeladesorten hatte Benz eingeführt.

Die Zeitungen brachten das Bremen-Projekt groß heraus. *Springt Ruff in Bremen in die Bresche?* lautete ein Headliner. *Wo die Multis kühl passen, präsentiert ein engagierter Mittelständler der maroden Bremer Werftindustrie ein gesundes, überzeugendes Konzept*, hieß es im Lead. Sachlich und kühl der Weser-Spiegel: *Man kann die Konzeption eines Georg Ruff von zwei Seiten betrachten wie die Münzen der alten Römer. Einerseits bietet er neben der vorübergehenden Beschäftigung von 2 000 Fachkräften in der Maschinenbau-Industrie 250 feste Arbeitsplätze, andererseits bringt er kein Kapital ins Haus, das müssen mal wieder die oft gescholteten Banken besorgen. Da nach dem 'Konzer Modell' das Kapital zweimal am Risiko beteiligt ist, einmal bezüglich der Investition überhaupt, zum anderen hinsichtlich der gleitenden Zinsen, fragt sich der erfahrene Finanzmathematiker, wer denn die Zeche bezahlen wird. Die Frage lautet auf einen kurzen Nenner gebracht: Ist ein Unternehmer fast ohne eigenes Kapital noch ein echter Unternehmer? Eine andere Frage ist, wo eine junge, intelligente Führungskraft, die durchaus das Zeug zum Unternehmer haben mag, ein solches, nicht ganz unbeträchtliches Kapital hernehmen soll? Gibt es also einen Markt, auf dem sich junge Unternehmer und das Kapital gegenseitig beäugen? Die Theoretiker, die sich solcher Themen ja nur zu gern annehmen, werden zu analysieren haben, ob das Kapital, das ja investiert sein will, noch nach den unübersichtlichen Plänen der Multis Ausschau hält oder den sicheren Weg des Goldes geht oder gar diesen neuen Unternehmertyp akzeptiert: jung, intelligent, wenig emotional und stets bestrebt, an den Gewerkschaften vorbei im Markt herumzuschwimmen wie der Hecht im Karpfenteich? Die Gewerkschaften werden es in Zukunft schwer haben. Die zunehmenden Arbeitslosenzahlen sind ein deutlicher Beweis: Arbeitsplätze retten konnten die Gewerkschaften nicht. Gerade das aber war ihr Anliegen. Wir warten auf neue Thesen der Theoretiker.*

Georg Ruff kam nicht einmal dazu, sämtliche Presseartikel zu lesen. Den ganzen Nachmittag hing er an der Strippe, nachdem Paula ihn um zwölf Uhr geweckt und ans Telefon gerufen hatte. Als erstes hatte die Konzer Volksbank angerufen und signalisiert, sie werde mit zehn bis zwanzig Prozent wieder dabei sein, vorausgesetzt, eine der großen Banken würde die Mehrheit erhalten. Mehrere Male sprach er mit Hans Kluge und der Kreditabteilung der Deutschen Bankenvereinigung. Im Grunde war klar, daß er die Finanzierung auf der Basis des „Konzer Modells" bekommen würde. Was sich da abspielte, war der übliche Bankenpoker vor der Hochzeitsnacht.

Eines Tages, Mitte Januar, auf dem vorausschaubaren Zenit des Pokerspiels, meldete sich bei ihm telefonisch aus Bonn ein Mann namens Kandler. Ob er ihn, Georg Ruff, am morgigen Vormittag in Konz treffen könne. Ob man zusammen speisen wolle.

Gern.

Wo es in Konz oder in der Nähe von Konz ein Schloßrestaurant gebe, bittschön. Mit a bisserl Tradition.

Im Schloß Kuppel, schlug Ruff gut gelaunt vor. Gute Konzer Hausmannkost und französischen Landwein, wenn es recht sei.

Das sei eine entzückende Idee, sagte Herr Kandler, er werde ein bisserl unpünktlich sein, entweder zu früh oder zu spät, wie's kommt, in jedem Fall unpünktlich, und die Adresse, bittschön ...

Paula arbeitete seit sieben Jahren als Georgs Sekretärin. Sie hatte sich nicht ein einziges Mal beklagt. Diesmal übertraf sie sich. Mitten im gewohnten Trubel des Hauses legte sie ein rustikales Gedeck auf und servierte ein Essen von einfacher Vielfalt.

Der vornehme Herr Kandler war, wie alle Wiener, mit Humor gesegnet. Er fühlte sich wohl und machte es sich gemütlich. Schließlich kam Ruff zur Sache und fragte wie Joffre an der Marne: „Worum handelt es sich?"

„Die österreichische Straßenbauverwaltung möchte den Westen Österreichs mit einem komfortablen Autobahnnetz ausstatten. Der Grund ist, daß Jahr für Jahr Millionen Deutsche, Franzosen, Belgier, Holländer und Engländer nach Österreich kommen, und sobald sie die deutsch-österreichische Grenze erreichen, stockt der Verkehr. Unsere Landstraßen können einfach nicht aufnehmen, was die deutschen Autobahnen hergeben."

„Ich habe das."

„Was haben Sie?"

„Ich meine, ich verstehe das."

„Nun gut, die Autobahnkarte liegt auf dem Papier fest. Das Programm mit etwa 100 Untertunnelungen läuft in fünf bis sechs Jahren ab. Wenn wir davon ausgehen, daß wir zwei Jahre projektieren und vermessen, die Arbeiten ausschreiben, Baufirmen auswählen und mit den Erd- und Sprengarbeiten beginnen, bleiben uns drei bis vier Jahre für die Ausführung. Wir schätzen, daß wir etwa 150 Millionen Kubikmeter Erde bewegen, rund 30 Millionen Kubikmeter Fels sprengen, Flüsse umleiten oder überbrücken müssen, mehrere Ortschaften werden abgerissen und 500 Meter weiter wieder aufgebaut. Bittschön, nehmen S' die Fakten nicht so genau, ich nenn da aus dem Gedächtnis so ein paar Zahlen, wie der Kaiser Franz Joseph im Frieden die Größe seiner Armeen bezifferte. Im Krieg schaut dann alles ganz anders aus." Er machte eine längere Pause, als habe er sich schon verausgabt. Aber nein, er wollte nur das Bild vom Krieg loswerden, was aber mißlang. „Der Finanzminister hat sich von den Experten, Sie wissen's ja, die Experten san die Leut, die vor dem Krieg alle Schlachten gewinnen, und im Krieg stöhnen: ja mei, das Pulver ist ja naß – hat sich also von den Experten sagen lassen, was das alles kostet, und der Finanzminister, der ein ganz Gescheiter ist, hat die Summe verdreifacht und gesagt, dann sollen die Deutschen, die überflüssigerweise eh schon mal da waren, lieber zu Hause bleiben, bittschön, hat er gesagt, sagt er, dös kann sich kein Österreich nicht leisten, nicht das von Kaiser Franz Joseph und nicht das, das wir heut haben."

„Sie haben einen gescheiten Finanzminister", bemerkte Georg Ruff. Sein Kommentar war ziemlich unterkühlt. Seine Augen wurden kleiner und härter, war darauf hindeutete, daß ihn das Geschwätz zu langweilen begann. Andererseits wollte er nicht unhöflich werden.

Herr Kandler verbeugte sich mit einem feinen Lächeln auf den Lippen, das den Spott der österreichischen Intelligenz so seidig und weise macht. „Wir haben lauter gescheite Minister, was uns fehlt, ist eine gescheite Regierung." Er machte wieder eine Pause und blickte tiefsinnig in das Glas, das Ruff erneut mit französischem Wein gefüllt hatte.

„Das alles war aber nicht das, was ich Ihnen, mein sehr verehrter Herr Ruff, sagen wollte."

Es wurde Zeit, daß er zur Sache kam.

„Tja, ich wollte Ihnen sagen, daß wir für das ganze Projekt etwa zweieinhalb bis drei Millionen Tonnen Baustahl benötigen, die wir nicht importieren wollen. Wir möchten diese drei Millionen selbst produzieren."

„Sie haben doch Stahlwerke", bemerkte Ruff.

„Richtig. Wir haben Stahlwerke, aber wir haben im Westen Österreichs auch Arbeitslose und eine Menge Stahlschrott auf den verschiedenen Schrottplätzen, und unsere

Frage ist ganz einfach, ob Sie nicht Lust hätten, bittschön, so in der Gegend von Innsbruck mal eben eins von Ihren famosen Ministahlwerken aufzustellen."

Ruff zeigte sich verblüfft.

Kandler konnte nicht abschätzen, ob er wirklich sehr verblüfft war oder nur überrascht tat.

„Mal eben eins von meinen famosen Ministahlwerken." Ruff mußte sich Mühe geben, Kandlers Tonfall nicht nachzuahmen. „Warum nicht? Natürlich. Warum nicht. Ich nehme Ihr Angebot an. Es wäre für mich durchaus interessant, mit dem 'Konzer Modell' in das grenzüberschreitende Stahlgeschäft einzusteigen."

„Ist das ein Wort?"

„Das ist ein Wort."

Der Herr Kandler staunte. „Wissen S' was, Herr Ruff? Wenn ich dieselbe Frage unserer Regierung gestellt hätte, hätte mir der Geheime Herr Staatssekretär gesagt, er würde meine Eingabe entgegennehmen, und ich sollte doch, bittschön, nochmal vorbeikommen, wenn der Kaiser Franz Joseph seine Audienz wieder eröffnen tät."

Ruff überlegte. „Ich habe gesagt, ich bin bereit, in der Nähe von Innsbruck ein Ministahlwerk nach dem 'Konzer Modell' zu bauen. Ich habe nur eine Gegenbitte. Ich möchte Sie auf die Probe stellen."

„Bittschön, stellen Sie mich nicht auf die Probe, das schaff ich nicht."

Ruff stand zu seiner Absicht. „Wo fahren Sie jetzt hin?"

„Ich fahre jetzt nach Bonn zurück, und morgen früh fliege ich nach Wien."

„Können Sie morgen, bevor Sie abfliegen, eine Pressenotiz lancieren?"

„Natürlich kann ich das. Lancieren ist eh meine Schwäche."

„Können Sie den Reportern sagen, daß Sie mich gefragt hätten, ob ich ein Ministahlwerk in Innsbruck bauen könne nach dem 'Konzer Modell' und ich geantwortet hätte: 'Wenn Sie uns den Auftrag geben, fangen wir morgen an.'?"

„Bittschön, das mache ich. Das ist mir geradezu ein Vergnügen. Da wird die ganze Mischpoke sich wundern."

Kandler winkte noch aus dem Auto überschwenglich zurück.

Am Abend traf die Olympic-Akte in der Kuppel ein, und da sie sehr umfangreich war, bat er Paula, alles zu kopieren. Paula gab die Arbeit sofort an Rachel weiter, die glücklich war, sich ein paar Mark zu verdienen. Um zehn Uhr war es geschafft. Er rief den Nachtdienst der SOCRIM an und bat, die Akte wieder abzuholen und in den entsprechenden Aktenschrank der Olympic zurückzustellen. Der Mann sagte, die Akte werde in einer Stunde abgeholt, es möge doch jemand im Haus sein. Das alles war nur die halbe Wahrheit, die ganze Wahrheit lautete: die Akte wurde noch in der gleichen Nacht nach Bremen gefahren und stand um Punkt acht Uhr morgens an ihrem alten Platz. Die SOCRIM war ihr Geld wert.

An eben diesem Morgen führte Georg Ruff zwei bedeutungsvolle Telefongespräche. Eines privaten Inhalts mit einer Angestellten der SOCRIM, einem gewissen Fräulein Christine Manta, und ein geschäftliches mit dem Patentanwalt der Konzer Stahlwerke GmbH, Dr. Weisenstein. Beide Gespräche zeichnete er über Band auf.

Christine hörte seine Stimme und eröffnete die Fehde. „Wieviel bietest du für eine Nacht, Geliebter?"

„Wie soll ich das verstehen?"

„Wenn wir nicht mehr heiraten, muß ich auf andere Weise Unterschlupf finden", bemerkte sie spitz.

„Warum sollen wir nicht heiraten?" sagte Georg. „Wir haben uns ja gerade erst dafür entschieden." Er wußte, daß sie recht hatte: er machte mal wieder drei Sachen gleichzeitig. Und während Bremen und Innsbruck noch lange in der Schwebe bleiben konnten, war ihrer beider Entscheidung sogar schon vor dem Altar gefallen. Es gab wirklich keinen Grund, die Hochzeit weiter hinauszuzögern. Also fügte er hinzu: „Du hast recht. Keine Entschuldigung. Ich hatte in den letzten Tagen einfach zuviel um die Ohren. Das soll aber keine Ausrede sein."

Ihre Stimme wurde um eine Nuance sanfter und klang fast samtig. „Wenn du so viel um die Ohren hast, geliebter Hanuman, verstehe ich nicht, warum du auch noch die Heureka in meinem Leben herumstochern läßt."

„Wen lasse ich in deinem Leben herumstochern?"

Seine Überraschung klang echt.

Sie stutzte etwas. Sollte sie so getäuscht worden sein? Das konnte sie sich nicht vorstellen. Die Quelle, Walter Grabo, genannt der „Gräber", galt als absolut zuverlässig. Aber Georg blieb dabei, nichts von der Sache zu wissen, und sie beschloß, nicht weiter zu bohren, sondern ihre Information nur zu streifen. „Es gibt irgend jemanden, der sich für mein Leben und meine Familie interessiert. Wenn du es nicht bist – Jaja, ich habe verstanden, daß du von der Sache nichts weißt, dann kann es nur eine berufliche Angelegenheit sein. Ich habe einen Schatten. Jemand verfolgt mich, vielleicht, um mich unter Druck zu setzen."

„Du solltest diesen Beruf aufgeben. Du hattest versprochen, sofort nach der bestandenen Doktorprüfung – Wie lange wird es noch dauern?"

„Ich müßte im Mai oder Juni fertig sein."

„Ich habe mit Paula schon darüber gesprochen. Ich möchte alternativ in einer Großfamilie leben. Das läßt sich ohne große Umstände machen. Wir könnten unser Haus um zwei oder drei Zimmer mit Bad und Küche in Richtung Saar erweitern und leben dann alle unter einem Dach."

„Ich weiß nicht, wie das laufen wird, aber es könnte sehr praktisch und vielleicht auch ganz lustig sein. Brauchst du eine Juristin in deiner Firma?"

Daran hatte Georg noch gar nicht gedacht. Wenn Paulas zehn Jahre um waren, benötigten sie zwar eine neue Sekretärin, aber keine Juristin. Und wenn schon eine Juristin, so mußte sie praktische Erfahrungen aus dem harten Stahlgeschäft mitbringen. „Vielleicht ist es das beste, du arbeitest ein paar Jahre bei Dr. Nosso und trittst dann als juristische Beraterin in unseren Beirat, das heißt, in den Beirat der Ruff Holding."

„Dr. Nosso. Das ist das Stichwort. Ich glaube, wir kommen der Sache jetzt langsam auf die Spur."

„Was heißt das?"

„Dr. Nosso hat die Heureka beauftragt, die Familie Manta zu durchleuchten. Ich wette, der Mephisto im Hintergrund bist du."

„Ich schwöre noch einmal, ich kenne keine Heureka. Aber vielleicht geschieht hinter meinem Rücken etwas, was ich nicht weiß. Das werden wir schnell haben. Wie kommst du übrigens an diese – ja, Heureka heran?"

„SOCRIM und Heureka kooperieren locker, ich kenne da einen Mitarbeiter, der machte mich auf diesen Auftrag aufmerksam."

Georg wurde plötzlich von Eifersucht geplagt. „Kennst du noch mehr Mitarbeiter von der Heureka?"

„Nein, Hanuman."

„Ich liebe dich, Christine."

„Ich dich auch, Hanuman. Ich liebe dich wirklich aufrichtig." Es klang verträumt, als käme ihre Stimme aus den Wolken. Aber dann wurde sie sachlich.

„Aber als ich dachte, nun geht es los, Vorstellung bei deinen Eltern ..."

„Hat stattgefunden."

„Das ging mir verdammt zu schnell, so zwischen den Mikrophonen und den ganzen Presseleuten. Ich möchte deinen Vater und Paula etwas näher kennenlernen. Dann käme der Besuch bei meiner Mutter und schließlich die Bestellung des Aufgebotes – oder was?"

Als er überlegte und schwieg, hakte sie nach. „Oder dachtest du vielleicht an eine Ehe auf amerikanisch, ja, war's das?"

„Sag mal, bist *du* die Unternehmerin, oder bin *ich* Unternehmer?"

„Du bist Unternehmer in Sachen Stahl, ich bin Unternehmerin in Sachen Familie, einverstanden?"

„Einverstanden. Aber, du, ich habe nicht die Zeit für all die Formalitäten."

„Dieses Jahr gibt's ein Schaltjahr. Der 29. Februar fällt auf einen Sonntag. Wir lassen uns am Sonnabend standesamtlich trauen, und am Sonntag gehn wir feierlich in die Kirche."

„Wo?"

„Hier in Konz", sagte Ruff.

„Ich hätte gern bei meiner Mutter geheiratet", wandte sie ein.

Ruff dachte, bei seinem Terminkalender ins Sauerland fahren: unmöglich. Und dann womöglich die ganze gottverdammte Verwandtschaft.

„Keine Sentimentalitäten", sagte er, „ruf sie an, und lade sie ein. Ihr könnt bei uns wohnen oder ins Hotel gehen. Ein großes Hotel fehlt zwar noch in Konz, aber was wir haben, ist schnuckelig. Und wenn du bei mir schläfst, brauchen wir nur noch ein Bett für deine Mutter."

„Zum Standesamt gehe ich mit meiner Mutter aus Trier, mein Lieber. Nach dem Standesamt sehe ich mir natürlich gern dein Schlafzimmer an."

Er wußte, worauf sie hinaus wollte und löckte wider den Stachel. „Ich komme dieses Wochenende nach Tier. Wir brauchen Ringe. Außerdem würde ich mir gern nochmal anschauen, was ich da an der Angel habe."

Sie lachte. „Ich reserviere für dich ein Hotelzimmer ... mit Bad." Sie spottete weiter. „Im Sauerland herrschen noch gewisse Bräuche."

„Ein bißchen altmodisch, wie?"

„Aber sehr", antwortete Christine. „Und dann habe ich noch einen Punkt. Ich will die Gütertrennung."

„Warum denn das?" fragte Georg Ruff verblüfft.

„Ich möchte mein Kleingeld und dein großes Geld fein säuberlich auseinanderhalten. Ein Mischmasch würde mich stören."

Im Grunde konnte es ihm gleichgültig sein. Wenn sie es wollte, warum nicht? Nach einer Pause sagte er: „In der

Regel legen die Mädchen Wert darauf, mit dem Mann auch ..."

„Sie fuhr energisch dazwischen: „Ich bin nicht *die Mädchen*, Hanuman, ein für allemal."

„Okay, okay, beruhige dich. Ich bin schon einverstanden."

„Entschuldige."

„Ist ja gut. Das bringt mich aber auch auf den Gedanken, daß ich noch ein Hochzeitsgeschenk besorgen muß."

„Damit rechne ich fest", sagte sie sanftmütig, nachdem sie ihren Kopf durchgesetzt hatte.

Ihm fiel plötzlich das Weinhaus Marcel Bluhm ein, das sich in finanziellen Schwierigkeiten befand. Der alte Bluhm war bereit, das Haus gegen eine Leibrente abzugeben, aber dann mangelte es immer noch an Betriebskapital.

„Christine, bist du noch dran?"

„Ja, Hanuman."

„Es gibt hier ein Weingut mit Weinhandelshaus. Ganz schlecht geführt. Der Mann heißt Bluhm. War nie ein Unternehmer. Man kann noch Boden dazuerwerben. Wollen wir uns das zur Hochzeit leisten?"

„Das wäre phantastisch, Hanuman."

„Was hältst du davon, wenn wir das 'Weingut Christine Ruff & Co' aufmachen. Es läuft auf deinen Namen."

Sie hörte zum ersten Mal ihren zukünftigen Namen und die Idee gefiel ihr gut. „Ich denke gerade an meine Vorlesungen über Gesellschaftsformen. Wieviel Geld brauchen wir?"

„200 000."

„So viel willst du mir schenken?"

„Nein, so viel habe ich nicht", sagte er ehrlich.

„Wie soll das denn gehen?"

„Jeder von uns 100 000."

„Du bist ganz schön clever."

„Das hoffe ich."

„Dazu muß ich mit meiner Mutter sprechen. Bis Sonnabend in Trier."

„Halt. Wo wohnst du in Trier? Ich kenne bisher nur die Adresse der SOCRIM."

„Hast du denn den Heureka-Bericht noch nicht?"

„Ich kenne keinen Heureka-Bericht."

„Wenn ich dich beim Lügen erwische, lasse ich mich sofort wieder scheiden." Sie nannte ihre Privatadresse. Sie hing ein. Was den Heureka-Bericht anging, traute sie ihm nicht über den Weg.

Kaum war die Verbindung beendet, wählte Ruff die Telefonnummer von Dr. Nosso.

Die Sekretärin sagte: „Einen Moment bitte. Dr. Nosso spricht auf der anderen Leitung."

Georg Ruff nahm sich vor, am kommenden Sonnabend die Olympic-Akte, die er bisher nur flüchtig gelesen hatte, gründlich zu studieren. Er war mit den Akten ins Hintertreffen geraten. Er mußte die nächsten Nächte ein bißchen abkürzen.

Die Sekretärin verband.

„Dr. Nosso."

„Ruff. Guten Tag. Haben Sie eine Firma Heureka mit Auskünften über die Familie Manta beauftragt?"

„Exakt."

„Sie konnten nicht wissen, daß die Heureka mit der SOCRIM zusammenarbeitet, jedenfalls hat meine Braut, Christine Manta, von Ihrem Auftrag Wind bekommen."

„Das ist in diesem Geschäft manchmal unvermeidlich. Tut mir leid, ich kann es nicht ändern."

„Seien Sie so gut, niemandem, wirklich niemandem gegenüber durchblicken zu lassen, daß ich dahinterstecke und mich für die Geschichte der Familie Manta interessiert habe."

„In Ordnung, kein Problem. Ich schicke Ihnen den Heureka-Bericht noch heute rüber. Lesen Sie ihn. Gründlich. Er ist sehr interessant."

„Dann noch etwas: Wir hatten über das Weingut Marcel Bluhm gesprochen. Wie sieht das Gutachten des Wirtschaftsprüfers aus?"

„Der Mann ist ein verdammt guter Weinfachmann, versteht aber nichts vom Verkaufen. Wenig verschuldet, sitzt aber auf riesigen Weinvorräten. Außenstände etwa 100 000. Die müßten sich zu 50 Prozent eintreiben lassen. Bei der augenblicklichen Weinschwemme rate ich Ihnen vom Kauf eher ab. Den europäischen Weinbauern fließen die Fässer über."

Ruff lehnte sich gutgelaunt in seinen schwarzen Bürosessel zurück. Heute morgen stand die „Produktivität" auf 117. Das war eine phantastische Zahl.

Der „kluge Hans" verkaufte im Augenblick mehr Stahl, als sie produzieren konnten. Auch ein Problem, aber ein anderes.

„Wissen Sie, Dr. Nosso, mit wem auch immer ich über Geschäfte spreche, alle sagen mir, um Gottes willen, steigen Sie da nicht ein, die Prognosen stehen auf Sturm. Wenn es danach ginge, gäbe es im Augenblick nur ein gutes Geschäft: Gold kaufen und abwarten. Aber das würde mich langweilen. Also was soll ich machen?"

Dr. Nosso stöhnte. „Irgendwann werden Sie sich das Genick brechen, und ich bin einen agilen Kunden los. Was Sie machen sollen? Das weiß ich nicht. Aber was Sie tun werden, das kann ich Ihnen ganz genau sagen. Sie werden das Weingut kaufen."

„Richtig. Das heißt, mich möchte Sie bitten, mit dem Bluhm in meinem Namen zu verhandeln. Wir zahlen einen festen Betrag, nicht mehr als 50 000, und eine Rente auf Lebenszeit, nicht mehr als 25 000 im Jahr. Wir bauen ihm im Gutshaus eine Zweizimmerwohnung aus, die bekommt er kostenlos, dafür steht er uns mit seinem Weinverstand und Rat und Tat zur Verfügung. Die Firma heißt 'Weingut Christine Ruff & Co'. Alleinige Inhaberin wird meine Frau Christine Ruff, geb. Manta. Machen Sie alle Verträge fertig, wir übernehmen die Geschäftsführung ab 1. März, bis zum Juniende arbeitet Marcel Bluhm aber noch voll mit. Haben Sie das?"

Dr. Nosso kannte ihn nun schon gut genug, um nicht zusammenzuzucken, aber dieses „haben Sie das" konnte einem wahrhaftig einen Schneidezahn ziehen.

„Das Gut kann einige Renovierungsarbeiten vertragen, das Haupthaus muß nachgestrichen werden, das große Schild muß weg, und ein Malermeister sollte zum 1. März die neue Firmenadresse fertig haben. Soll ich einen Architekten bestellen?"

„Einverstanden. Wen schlagen Sie vor?"

Er nannte einen Namen. Ruff kannte den Mann nicht.

„Arbeitet er hier in Konz?"

„Ja. Er ist hier niedergelassen."

„Wie alt ist er?"

„Gute Frage. Über 60."

„Fragen Sie ihn, ob er meinen Bruder Benedikt, der gerade sein Examen macht, als Kompagnon aufnimmt, und wenn ja, zu welchen Bedingungen."

„In Ordnung."

Ruff hing ein.

Bis Freitag traf er eine Entscheidung nach der anderen. Seine Notizen diktierte er auf Kassetten. Paula hatte sich inzwischen daran gewöhnt. Sie hatte mittlerweile über alles einen Überblick, und er dachte mit Entsetzen an den Zeitpunkt, an dem sie aufhören würde. Er müßte sie unbedingt überreden, zu verlängern.

Zunächst telefonierte er mit Christine, und sie beschlossen, sich das Weingut am nächsten Morgen anzusehen. Er würde sie um sieben Uhr in Trier abholen. Er fragte sie, ob die Olympic-Akte wieder an ihrem alten Platz stehe. „Keine Sorge, diesmal gab es keine Panne."

„Dann bis morgen."

Er bat Paula, ihn mit Benedikt zu verbinden. Das dauerte eine Weile, denn Bene war weder in Konz noch auf seiner Studentenbude zu erreichen. Inzwischen meldete sich der von Dr. Nosso empfohlene Architekt und fragte nach einem Termin für die Besichtigung des Weinguts und ein Zusammentreffen mit Bene. Ruff schlug vor, beides in einen Termin zu packen und am nächsten Morgen um sieben Uhr dreißig am Eingang des Weinguts Bluhm zu sein, seinen Bruder habe er noch nicht erreichen können, hoffe aber, daß es klappe. Als Bene schließlich an der Strippe hing, erklärte er ihm alles und Bene versprach, pünktlich zu erscheinen. Die Batterie und der Anlasser seiner „Ente" müßten mal erneuert werden, ob sein großer Bruder aushelfen könne.

„Um welchen Betrag handelt es sich denn?"

Bene überlegte. „Es kommt noch einiges dazu – so vielleicht 800 bis 1 000."

„Kumpel, das ist eine Menge Geld. Ich bring's morgen mit. 500 geschenkt, 500 à conto bestandenes Examen, okay?"

„Super."

„Wie weit bist du?"

„Bisher alles bestanden bis auf Hochbau. Das ist ja mein Examensfach. Der Professor will mich auf 'ne zwei bringen. Das wäre schon saugut."

„Wo liegen denn die Schwierigkeiten?"

„Du weißt ja, im vorigen Jahr hab ich's 'n bißchen locker angehen lassen. Erstens hatte ich nach langer Zeit mal wieder eine echte Freundin, und dann habe ich doch in diesem Jahr drei Bildungsreisen gemacht. Du weißt doch, die Denkmaltouren in Österreich, Griechenland und in der Türkei."

„Und jetzt bist du unglaublich gebildet, hast aber Schwierigkeiten im Hauptprüfungsfach, oder?"

„So ungefähr."

„Bene, meine alte Regel: Arbeiten und nicht verzweifeln."

„Ich arbeite ja."

„Gut, dann bis morgen früh um halb acht. Übrigens, von dem Geld braucht ja niemand etwas zu wissen. Ich gebe dir eine verschlossenen Briefumschlag."

„Danke."

Georg wählte über die Gegensprechanlage Paula an. „Paula, wir haben in unserem Analyselabor einen Mann namens Gert Arnold, du erinnerst dich? Arnold wurde vor drei Wochen operiert, ist aber bis zu seiner Kur wieder im Dienst. Er hatte heute bis 14 Uhr Schicht im Labor. Solltest du ihn zu Hause erreichen, frag ihn doch bitte, ob er mal zu mir kommen kann."

„Mach ich."

„Ist Vater heute zu Hause?"

„Benz wollte um sechs zurück sein, er hat sich ein Steak Tartar gewünscht. Warum?"

„Ich möchte euch zu einer guten Flasche Wein einladen."

„Gibt es einen besonderen Anlaß?"

„Ja, ich heirate am 28. standesamtlich und am 29. kirchlich, das sind der übernächste Sonnabend und Sonntag. Wir werden Gäste haben, vor allem meine zukünftige Frau und meine zukünftige Schwiegermutter Maria Theresia Manta."

„Mich überrascht das nicht bei deinen schnellen Entschlüssen. Und wo möchtest du feiern?"

„In der Kuppel. Das ist der Platz, wo ich mein zweites Leben beginnen möchte."

„Dann mußt du deine Hochzeit aber geheimhalten."

„Ein guter Rat."

„Vergiß es nicht." Mehr als eine Stehparty kann es nicht werden, dachte Paula.

Etwa eine halbe Stunde später trat Arnold ein.

„Herr Arnold, alles verheilt?"

„Sehr gut."

„Keinerlei Beschwerden?"

„Ich bin froh, daß ich's hinter mir habe. Sie können sich nicht vorstellen, wie zerbrechlich und elend man sich plötzlich fühlt, wenn so etwas passiert. Ich glaubte schon, halbtot zu sein, aber der Arzt meinte, es wäre nur ein kleiner Durchbruch."

„Bitte nehmen Sie Platz", sagte Ruff.

Arnold sah sich im Zimmer um.

Sie wurden unterbrochen. Paula klopfte und brachte einen großen Briefumschlag. Er öffnete den Umschlag und zog einen blauen Schnellhefter mit Plastikdeckel heraus.

Vertraulich.
Persönlich.
Heureka-Auskunft.
Bitte halten Sie diesen Ordner
unter Verschluß.

Ruff legte die Auskunftsunterlagen auf seinen Schreibtisch und sah Arnold an. „Diese Meinung hätte der Arzt auch dann noch vertreten, wenn Sie im Himmel gelandet wären. Gottlob sind Sie noch bei uns. Doch nun zur Sache. Als ich Sie damals aus der Lichtbogenofenhalle anrief und nach dem Ergebnis der Analyse fragte, ging es Ihnen doch schon schlecht."

„Das stimmt. Ich konnte mich kaum auf den Beinen halten."

„Warum haben Sie das denn nicht gesagt?" Ruff ließ ihn gar nicht zur Antwort kommen. „In dem Augenblick, als wir miteinander telefonierten, wußte ich nicht, wer am anderen Leitungsende hing. Als ich hier oben in der Kuppel stand, ersah ich aus dem Schichtplan", Ruff zeigte auf einen langen Balkenplan zu seiner Linken, „daß es sich um Gert Arnold handelte und erinnerte mich unseres Einstellungsgesprächs. Den Akten entnahm ich dann, daß Sie gar nicht verheiratet waren, und ich hatte Ihnen angeraten, Ihrer Frau zu sagen, sie solle Sie in der Woche in Ruhe lassen, Sie hätten einen harten Job. Darauf antworteten Sie, das ginge in Ordnung."

Arnold schob den Bürostuhl einen halben Meter zurück und schlug die Beine übereinander. „Ich erinnere mich", sagte er lächelnd, „denn das stimmt und stimmt nicht. Ich bin immer noch nicht verheiratet, habe aber eine Freundin, insofern konnte ich nicht aus vollem Herzen widersprechen. Aber das hatte natürlich überhaupt nichts mit meinem Blinddarm zu tun. Dafür gibt es ganz andere Gründe. Ich wohne bei meinem Bruder. Wenn ich zu weit aushole, bitte stoppen Sie mich. Mein Bruder ist verheiratet und hat zwei Kinder. Einen achtzehnjährigen Sohn, den Paul, und eine sechzehnjährige Tochter, die Sybille. Mein Bruder ist sehr intelligent und hat zweimal promoviert, in Kernphysik und Nuklearchemie. Die nationale Kernforschung ist auf Grund der hohen Staatsverschuldung drastisch gekürzt worden und mein Bruder bekam die Kündigung. Was der Paul ist, der hat sein Abitur praktisch in der Tasche und verdient sich bereits ein saftiges Taschendgeld als Fahrer eines Gabelstaplers in einem „Grünen-Verlag" in Trier. Sie können sich die Debatten nicht vorstellen zwischen einem hochgescheiten arbeitslosen Vater und einem halbstarken Sohn als Gabelstaplerfahrer, der knapp zweitausend nach Hause bringt und große Töne spuckt. Jetzt liegt mein Bruder zweimal in der Woche beim Psychiater auf der Couch. Der ist fassungslos, ja völlig außer sich. Der kann nicht begreifen, daß der Bizeps gegen die Großhirnrinde gewinnt. Die Angst vor der Arbeitslosigkeit ist groß. Weniger die Angst, mit wenig Geld auskommen zu müssen, als die Angst, nicht mehr gebraucht zu werden. Jeder hat Angst, daß einer sagen könnte, dich, so einen wie dich, den brauchen wir nicht. Diese Angst ist für die Selbstbewußten unerträglich."

„Wird im Betrieb darüber gesprochen?"

„Oh ja, sehr viel."

Arnold wurde deutlicher. „Wenn es Ihnen mit dem 'Konzer Modell' gelingt, den Leuten sichere Arbeitsplätze anzubieten, sind Sie König. Wenn auch Sie die ersten Leute entlassen müssen, werden Sie über Nacht nicht nur zum Bettler, sondern werden noch monatelang Spießruten laufen. Doch das war Ihnen ja wohl schon klar, als Sie das Kind in die Welt setzten."

„Wir haben eine gewisse Garantie für die Arbeitsplätze

abgegeben, das müßte doch zunächst einmal beruhigend wirken."

„Nicht sehr. Es liegt keine Erfahrung mit diesem Modell vor, und bis jetzt war ja die 'Produktivität' auch noch nie unter 100."

Georg Ruff war überrascht. „Es wird immer Leute geben, die den Unions das Wort reden, was immer sie sagen."

„Unions?" Arnold sah ihn fragend an.

„Unions sind die Gewerkschaften. In Amerika heißen sie nur Unions, eine alte Angewohnheit von mir."

Arnold wußte nicht, ob er noch weiter gehen sollte. Ruff nahm ihm diese Sorge ab. „Es hört uns hier niemand. Sie können vollkommen frei reden."

„Es gibt bei solchen Diskussionen, meist in der Kantine, drei Parteien. Die größte Partei hält ihr Modell für richtig. Ob diese Partei zusammenschmilzt, wenn die 'Produktivität' bei 80 ist oder 60, bleibt abzuwarten. Die zweite Partei plädiert für die Verstaatlichung der Stahlindustrie, die dritte Partei meint, die Gewerkschaften müßten die Arbeitsplätze schützen."

„Das haben die Unions aber nicht geschafft", wandte Ruff ein. „Wären der Staat oder die Unions erfolgreich gewesen, hätte es eines 'Konzer Modell' doch gar nicht bedurft." Arnold schlug die Hände auf die Armlehne seines Stuhls. „Sie haben mich gefragt, ich habe geantwortet. Meine persönliche Meinung ist, daß wir neue Wege gehen müssen. Und Ihr Modell ist so ein neuer Weg. Darum hoffe ich, daß wir alles, was kommt, durchstehen. Das Elend meines Bruders möchte ich selbst nicht mitmachen."

„Ich danke Ihnen für Ihre Offenheit, und verzeihen Sie, daß ich Sie damals angegriffen habe."

„Das ist schon vergessen."

Ruff gab ihm die Hand. „Erholen Sie sich gut."

Ihm war klar, daß der Beweis noch zu erbringen war. Und wer ihn zu erbringen hatte, war niemand anderes als er selbst. Er konnte nicht mehr genau sagen, warum er das

Modell „Konzer Modell" genannt hatte, vom Ursprung her war es das Ruffsche Modell. Und wenn es dazu kommen sollte, daß er sich mit den produktiven Faktoren Arbeit und Kapital anlegte, würden sie nicht das Modell an die Wand stellen, sondern ihn, Georg Ruff, vor das Peloton. Er hörte sie „Gebt Feuer!" schreien.

Nachdenklich ging er die Treppe von der Kuppel in das Eßzimmer hinunter. Paula stellte für Benz das Steak Tartar auf den gedeckten Tisch, dann ging sie mit ihrem Stakkato-Schritt, den er in seinem Zimmer, in der Kuppel, im Stahlwerk oder auf der Autobahn hörte, in die Küche, um Brot und Aufschnitt zu holen. Christine würde eine Weile benötigen, um sich an diesen Hüftschritt zu gewöhnen.

Als sie im Wohnzimmer saßen und Wein tranken und Georg von seinen Plänen mit Christine sprach, zeigte sich, daß Paula seine zukünftige Frau an jenem Interviewmorgen sehr genau beobachtet hatte. „Man kann dich nur beglückwünschen. Ich bin in einer Fabrik groß geworden und habe mich bis zur Sekretärin in der Produktion hocharbeiten müssen. Heute bekommen die jungen Leute ja ihren Unterhalt vom Staat bezahlt und studieren und sind fein heraus."

„Nun", sagte Georg, „das Geld zum Leben ist ja nur eine Sache, eine andere, ob man auch das Köpfchen zur Juristerei hat."

„Meinst du, das hätte ich nicht gehabt?" fragte Paula fast herausfordernd.

„Keine Ahnung. Es würde dir auch nichts nützen, wenn ich dir bestätigte, daß du das Köpfchen dazu hast, du bist in der Fabrik groß geworden, und ich war anstelle eines Studiums sechs Jahre lange Stahlwerker, mir kann kein Studierter die Butter vom Brot nehmen."

„Deine Tour war die Ochsentour", bemerkte Paula, „meine Ausbildung in der Fabrik war auch härter als die Hörsaalbank einer Juristin, auch eine Ochsentour. Ich meine nur, den jungen Leuten wird's heute leichter gemacht."

Georg zog die Schultern hoch. „Die Zeiten ändern sich. Weinen wir nicht der Vergangenheit nach. Bevor ich zum eigentlichen Thema komme, wollte ich euch sagen, daß Christine und ich hier im Haus wohnen werden. Ich möchte mich nicht von der Kuppel trennen."

Benz war wie immer still. Er versenkte den Blick ins Glas und studierte die Farbe des Weins. Er tat so, als sähe er nicht, daß Paula ihn fragend ansah. Er süffelte einfach vor sich in. Also nahm Paula ihm die Diskussion ab. „Wie stellst du dir das vor?"

„Sehr einfach. Wir wohnen hier." Das war die kürzeste Formel für einen Hausherrn, nur mit dem Unterschied, daß Georg Ruff nicht der Hausherr war. Der saß ihm gegenüber.

Paula wußte nicht, wie ihr geschah. Sie spürte, daß Georg an diesem Weinabend ein besonderes Ziel ansteuerte.

Heute war Pokerabend. Er tat es seinem Vater gleich, hob das Glas unter die Nase und atmete die Blume des Weins ein.

„Seit dem Auszug meiner Mutter, als dieses Haus immer stiller wurde, habe ich mir eine Großfamilie gewünscht, und ich meine, das sollten wir hier verwirklichen."

„Fein", sagte Rachel, die die braunen Locken und die schmale Nase ihrer Mutter geerbt hatte, „dann haben wir viel Leben im Haus."

„Und wer, meinst du, macht die Arbeit?" fragte Paula verblüfft. „Tagsüber bin ich deine Sekretärin, morgens und abends Mutter von Frank und Rachel und in der übrigen Zeit spiele ich Gouvernante der Großfamilie?"

„Christine kann dir die Küche abnehmen, sobald sie ihr Doktor-Examen hinter sich hat. Sie kocht sehr gern." Georg wußte nicht, ob das stimmte, aber jedenfalls hatte Christine das behauptet.

„Das kann ich mir durchaus vorstellen. Sie ist für meine Begriffe etwas zu mollig. Du solltest ihr beibringen, etwas weniger zu essen."

Georg ließ sich nicht aus der Ruhe bringen. „Der Arzt hat

gesagt, nach drei oder vier Kindern gibt sich das von selbst. Auch ohne Diät. Da ist die Mutter so im Trab, daß ihr das Fleisch von den Rippen fällt."

„Außer in einer Großfamilie, wo es andere gibt, die die Arbeit machen." Paula ließ plötzlich ihre Eifersucht brennen. Lichterloh. Sie hatte sich ihr Leben lang abrackern müssen, jetzt kam eine junge Doktorin ins Haus, legte sich die nächsten fünf Jahre ins Bett, um Kinder zu empfangen oder zu gebären, und sie, Paula, sollte zwischen Sekretariat, Küche und Babyzimmer hin- und herhumpeln! „Ihr solltet euch besser eine Wohnung in der Stadt suchen", sagte sie mit leicht frostiger Bestimmtheit.

„Aber Paula", wunderte sich Benz, der die Unterhaltung als fatal empfand, „was hast du gegen Georg und Christine. Willst du sie rausschmeißen?"

„Es sind erwachsene Menschen. Wollen wir denn alle unter einem Dach hausen?" Paula zog nervös ihren Rock über die Knie. Sie trug einen selbstgestrickten roten Pullover, der ihre immer noch gute Figur betonte. Sie war wesentlich schlanker als Christine. Aber Paula und Christine waren ganz unterschiedliche Typen. Paula war fleißig, fix, agil und keine Langschläferin. Und Christine? Er dachte an Mutter Erde. Sie war die gesunde Ur-Mutter. Rubens hätte sie als Modell engagiert. Das war's. Rubens und Molly. Welch ein Paar.

„Beruhige dich, wir werden hier wohnen und nicht hausen."

Paula explodierte. „Ich akzeptiere das nicht. Das Haus ist zu klein für uns alle. Dazu noch der Bürobetrieb in der Kuppel!"

„Solange wir keinen Nachwuchs erwarten, wohnt Christine bei mir."

„Das ist schon recht", meinte Benz.

Paula kreuzte die Arme auf der Brust und machte sich etwas größer, indem sie ihren Oberkörper streckte: „Und wenn ihr Nachwuchs erwartet."

„Dann können wir das Haus zur ehemaligen alten

Scheune hin um zwei Räume, eine kleine Küche und ein Bad, erweitern."

„Ich werde mich mit Händen und Füßen gegen den Einzug dieses Mädchens in unser Haus wehren." Die Männer hatten Paula noch nie so eifersüchtig gesehen. Alle Wetter, das war vielleicht was. Sie bekam einen hochroten Kopf. Im Grunde sträubte sie sich nur gegen Georgs Hochzeit. Sie sah in ihm den stärkeren Benz, ihren zweiten Mann, der sich durchsetzte und einen Konzern aufbaute. Sie wollte ihr Reich behalten und nichts davon an eine andere abtreten. Auch Georg sollte ihr gehören. Sie hatte sich abgerackert, hatte ihren Mann auf die Beine gestellt und ihm ein richtiges Rückgrat eingezogen. Als Georg heimkehrte, stand ihr plötzlich ein Bundesgenosse zur Seite, der ihren Mann um ein Vielfaches übertraf, überragte, und sie konnte sich, unsichtbar für alle, an ihn anlehnen und von seiner Kraft zehren. Er erschien ihr bisweilen in ihren Träumen. Er war ihr eigentlicher Mann.

„Ich habe dieses Mädchen bisher einmal gesehen, und schon soll ich damit einverstanden sein, daß sie hier einzieht und mir deine Kinder zum Füttern in den Schoß legt. Nein, Georg, das kannst du nicht verlangen."

Sie schwieg eine Weile und heftete ihren Blick auf den Boden wie eine Henne, die nach und nach ihr Federkleid verlor.

Als keiner ihr gut zuredete, sie tröstete, ihrer Seele auch nur den geringsten Komfort angedeihen ließ, unterlief ihr in ihrer Verlassenheit ein Fehler. Sie versuchte, ihre Sache zu der Sache der anderen zu machen. Aber wie die Umstände es so häufig wollen, wird die unermüdliche Hausfrau, die Mutter der Kinder, die Säule der häuslichen Weisheit um eines Linsengerichtes wegen verraten, wenn sie sich selbst in einen Widerspruch zu ihrem Manne, dem Vater, begibt, der von allen anders gesehen wird als von ihr, der Mutter, vor allem, wenn diesen Widerspruch niemand begreift, weil die wahren Hintergründe der Eifersucht verschlossen bleiben.

Ein letztes Mal suchte sie Rückendeckung für sich bei Benz: „Ich bin dafür, daß Georg sich eine Wohnung oder ein Haus in Konz sucht. Oder auch hier in Kommlingen oder in Könen, in der Nähe des Stahlwerks. Das wäre doch praktisch. Wofür bist du?"

Benz nippte bedächtig am französischen Rotwein. Warum, Herrgott im Himmel, kam nicht der heilige Antonius ins Zimmer und machte der Diskussion ein Ende!

Sein kurzes, borstiges Haar war so voll wie eh, nur sein Gesicht schien gealtert, die Furchen um den Mund tiefer. Paula lebte als starke Gefährtin an seiner Seite und hatte sich, wie seine Mutter das ausdrücken würde, in jeder Beziehung wirklich bewährt. Georg dagegen, sein älterer Sohn, hatte vor allem ihn, den Vater, aus der Sackgasse des schäbigen Schrotts in die illustre Ära des Ruff-Stahls geführt, hatte die Ruffs zu Stahlkochern gemacht, über die die Zeitungen schrieben. Warum, verdammt nochmal, konnte einem das Schicksal solche Fragen nicht ersparen? Endlich raffte er sich dann doch noch zu einer Antwort auf. „Ich bin dafür, daß Georg und seine Frau hier im Haus bleiben." Er trank das Glas aus und stellte es hart auf den Tisch.

Paula wandte sich an den zwölfjährigen Frank. Es war schon ein Rückzugsgefecht. „Und du Frank, was meinst du?"

Frank hielt die Antwort schon parat: „Mach dir nichts vor, Mama, ohne Onkel Georg ist hier kein Leben mehr im Haus. Ich sage euch, Onkel Georg soll bleiben."

„Und du, Rachel?"

Rachel war immerhin zehn, aber sie konnte, wenn ihr das nützlich erschien, und sie die Lacher auf ihre Seite ziehen wollte, so langsam und einfach und in einer die Wörter verschmelzenden Weise sprechen, daß sie wie ein Kind wirkte und alle sie in die Arme zu nehmen wünschten. „Ich-möchte-Onkel-Georg-mein-Leben-lang-behalten."

Paula stand auf und verließ das Zimmer. An der Treppe blieb sie stehen und sagte mit bitterer Stimme: „Ihr habt euch durchgesetzt. Das, was ihr bis heute besaßt, werdet ihr verlieren. Die Vergangenheit wird der Wirklichkeit der Gegenwart weichen und Unfrieden und Streit bringen."

Georg wartete, bis sie oben die Tür des Schlafzimmers zugeworfen hatte, dann sagte er zu Benz: „Ihr seid heute abend meine Gäste. Vater, ich möchte, daß Paula zurückkommt."

„Laß sie sich einen Augenblick ausweinen. Ich glaube, sie hat eine kleine Schwäche für dich. Du mußt sie auch verstehen. Sie sagte, wenn du genau hingehört hast, was ihr bis heute besaßt, werdet ihr verlieren. Das hat sie zu sich selbst gesagt, Sie verliert dich an Christine."

„Sie verliert nichts. Ich bleibe hier, und sie bekommt noch eine Schwiegertochter dazu."

Benz begriff, daß Georg ihn nicht verstehen konnte, also ließ er das Thema fallen. „Du bist von schnellem Entschluß, mein Sohn. Du hast Paula wenig Zeit gelassen, sich an den Gedanken zu gewöhnen, daß du heiraten wirst und einen Menschen, den wir kaum kennen, ins Haus bringst. Ich habe trotzdem zu deinen Gunsten plädiert, weil mir der Gedanke einer Großfamilie immer besser gefällt. Meine schlimmste Zeit hier im Haus hatte ich, als eure Mutter verschwand und wir beide mit Bene allein zurückblieben. Das Haus wirkte auf mich wie eine Totenhalle."

„Hole jetzt bitte Paula", sagte Georg in seiner besonderen Art, Anweisungen zu geben. Benz erhob sich. Frank und Rachel schlossen sich ihm an. Sie blieben eine halbe Stunde oben, und Georg hörte sie hinter der Tür reden. Sie brachten Paula wieder mit, aber der Abend war allen verdorben. Jeder hütete sich, von Christine oder der bevorstehenden Hochzeit zu sprechen. Bis Georg wieder davon anfing.

„Ich hatte euch zu einem Glas Wein eingeladen, um euch um Rat zu bitten. Ich werde in ein Geschäft einsteigen, von dem ich noch nichts verstehe. Christine und ich kaufen ein heruntergewirtschaftetes Weingut."

„Wo?" fragte Benz.

„In Konz, auf der anderen Seite der Mosel."

„Wer hat denn da sein Weingut heruntergewirtschaftet?"

Benz kannte sie alle. Das Weingeschäft lief im Augenblick schlecht, aber heruntergewirtschaftet?

„Marcel Bluhm."

„Bluhm? Dessen Weine gehören doch zu den besten an der ganzen Mosel. Der hat nur nicht rechnen können. War zu gutmütig. Hat seine Leute immer gut bezahlt, aber der Wein hat's nicht reingebracht."

Benz fuhr sich mit den Händen durchs Haar.

„Ich hab ihn in den Spätsommern oft besucht. Der ganze Hof ist ein altes Gemäuer. Mönchlein, Mönchlein, da gehst du einen schweren Gang."

Georg registrierte die erste Antwort in seinem Gedächtnis. Benz hatte ihn oft besucht, häufig mit ihm gezecht, konnte aber keine Weinmarke nennen. Die Bluhm-Weine waren offensichtlich gut und unbekannt.

„Du kennst dich im Weinanbau doch etwas aus. Was, meinst du, würde dem Verkauf eines guten Weines nutzen?"

Benz war nicht dumm, aber seine Antworten brauchten Zeit wie trächtige Schildkröten vor dem Eierlegen. „Ich würde zwei Dinge tun. Ich würde nur ein Weingut kaufen mit einem Schloß drauf. Bei den Franzosen muß es Tausende von Schlössern geben, ein guter französischer Wein stammt aus einem Schloßkeller, aus einem Château."

„Und zweitens?"

„Von den oberen Klassen abgesehen würde ich den Wein nur auf Literflaschen ziehen. Da denke ich an den Hirten Ikarus. Mit dem hab ich mal am Rhein gezecht. Als er sich am späten Abend hinlegte, sagte er: 'Am besten schlafe ich mit einem Liter Wein im Bauch, und um mich herum stehen lauter Schafe. Ehe ich bis drei gezählt habe, bin ich schon eingeschlafen.'"

„Frank, sei so gut und bring mal das Telefon her."

Paula ärgerte sich grün und blau, daß er jetzt auch noch Frank einschaltete. Sie war es gewohnt, daß er sagte: ich brauche den oder den. Und sie verband ihn. Jetzt war zwar nicht Bürozeit. Trotzdem. Er brachte sie in Rage. Ständig baute er Wettbewerbssituationen auf.

Georg wählte die Nummer von Dr. Nosso.

„Muß das denn sein", fragte sie ungehalten.

„Ja, es muß sein", sagte Georg.

Zu dieser Zeit stand Dr. Nosso vor dem Spiegel des Badezimmers und entledigte sich seines Toupets. Er selbst fand sich ansehnlicher ohne Toupet, aber seine Frau meinte, mit einem Toupet läge er mehr im Trend. Also hatte er sich mit Toupet in den Trend gelegt. Er spülte seine Achselhöhlen, worauf seine Frau großen Wert legte, weil er im Streß des Tagesgeschäftes häufig schwitzte und dann Quelle eines unangenehmen Körpergeruchs sein konnte. Er wusch seine Füße mit Seife und kaltem Wasser, was erfahrungsgemäß der Prozedur seines Einschlafens dienlich war und ging zu Bett. Er rollte sich auf die rechte Seite, wo seine Frau bereits in Morpheus Armen lag. Er schmiegte sich an ihren etwas fülligen, aber noch glatten, warmen Rücken, was sie mit einem wohligen Schnurren quittierte, und gab sich einen Augenblick dem Vergnügen hin, das einem Manne zuteil wird, in dessen ehelichem Schlafzimmer noch die gute Sitte herrscht und der sein Tagewerk ordentlich vollbracht hat. Er überließ sich dem sanften Hinübergleiten in den wohlverdienten Schlaf. Da schrillte das Telefon auf seinem Nachttisch. „Oh nein, oh nein", flüsterte er, „das ist die Feuerwehr oder der verrückte Ruff." Er schaltete die Lampe ein und hob den Hörer ab. „Nosso."

„Ruff."

„Was für eine unchristliche Zeit."

„Ich brauche Sie, Dr. Nosso."

„Das habe ich schon verstanden."

„Können Sie in Erfahrung bringen, ob wir in der Bezeichnung des Weingutes frei sind. Ich möchte das Unternehmen 'Château Christine, Weingut Ruff & Co, Konz' nennen. Haben Sie das?"

„Ich hab's mir notiert. Wollen Sie es wissen, oder wollen

Sie es durchsetzen?" Dr. Nosso sah auf die Schlafzimmeruhr. Es war elf Uhr vorbei, und er hatte morgen einen mörderischen Tag.

„Ich will's durchsetzen."

„Um welchen Preis?"

„Um jeden."

„Gut", sagte Dr. Nosso, „sonst noch was?"

„Nein, gute Nacht."

Nosso fluchte in sich hinein. Er lag noch lange wach. Was für ein Klient.

Georg wollte sich Weinnamen ausdenken, die sich leicht verkaufen ließen.

Wo bekam man Weinnamen her?

Paula scheuchte die Kinder ins Bett.

Georg verabschiedete sich und ging hinauf in die Kuppel. Er setzte sich in sein Büro. Er legte den Heureka-Bericht vor sich hin und schlug die erste Seite auf. Er las die Gliederung – Geschäftsbericht, Familienbericht, Verschiedenes.

Der Bericht stammte zweifelsfrei von einem Fachmann. Die Mantas gehörten zu den ältesten Familien des Sauerlandes. Solide, stockkonservativ. Irgendwann hatten sich die Geschäftswege der Mantas mit denen der Kirchbergs gekreuzt. Ein Manta hatte eine Kirchberg-Tochter geheiratet. Mantas im Handel, Mantas in der Kleinindustrie, im Großgrundbesitz, Mantas im Staatsdienst. Ein Heinrich von Manta war Feldadjutant und Regimentskommandeur in einem der Kriege gegen Frankreich. Und immer erdverbunden. Der einzige Manta, der sich je für die Seefahrt entschied, war mit der „Bismarck" untergegangen. Unter den Auswanderern waren Mantas nicht zu finden.

Zwei Weltkriege hatten die Mantas ausgeblutet. 17 Mantas allein standen auf den Gefallenen- oder Vermißtenlisten des Zweiten Weltkrieges, davon blieben vier auf den Schneefeldern Rußlands. Nach dem Kriege, die wenigen übriggebliebenen Männer saßen größtenteils noch in Gefangenschaft, nahm Maria Theresia Manta die Zügel der

Familie in die Hand. Aber das Glück hatte die Mantas verlassen. Die Welt hatte sich verändert, die Manta-Welt war dahin. Maria Theresia bekam das zu spüren. An die Stelle der Dreifelderwirtschaft trat die intensive Düngewirtschaft. Der Boden wurde mit Chemie vollgepumpt und fand keine Erholung. Die Kälber wurden in kleine Boxen eingepfercht, um keine Muskeln zu entwickeln, das Rindvieh und die Schweine bekamen pharmazeutische Spritzen. Ein Berater empfahl Maria Theresia eine Hähnchenfarm zu bauen, wo die Tiere keinen Auslauf mehr hatten und bei den geringsten Anzeichen von Käfig-Hysterie geschlachtet und tiefgefroren in die Stadt gefahren und in den Großmärkten verkauft wurden. Sie hatten immer Distanz zu den Städtern gehalten, aber sie verstand sie immer weniger. Die ganze Chemie, die auf die Landwirtschaft niederregnete, verdarb das Fluß- und Grundwasser, und als das Ministerium eine Wasseraufbereitungsanlage verlangte, stieß Maria Theresia Manta die ganze Landwirtschaft, die 500 Jahre lang der Stolz der Familie gewesen war, ab und modernisierte mit dem erlösten Geld ihren Fahrrad- und Motorradbetrieb. Als die Umstellung der beiden Werkstätten abgeschlossen war, begann die europäische und japanische Industrie die Länder mit kostengünstigen und doch komfortablen Kleinwagen zu überschwemmen, und die wenigen Motorräder, für die sich die Jugend noch interessierte, kamen zum großen Teil ebenfalls aus Japan. Sie waren trotz des langen Seetransports billiger als einheimische Fabrikate. Daraufhin schloß Frau Manta den Motorradbetrieb und verkleinerte die Fahrradproduktion. Der Heureka-Bericht schätzte den Restwert der Manta AG auf 600 000 mit abnehmender Tendenz. Die Räder waren einfache Kettenfahrräder ohne Gangschaltung und gegen den holländischen Wettbewerb nicht konkurrenzfähig. Die Kooperation mit einer holländischen Firma wurde empfohlen, um der an sich gut eingeführten REX-Marke wieder Auftrieb zu geben.

Soweit der Geschäftsbericht.

Der Familienbericht kam nach ein paar allgemeinen Informationen rasch auf die Hauptfigur der jetzigen Mantageneration, auf Maria Theresia Manta, zu sprechen.

Der Ordner enthielt in einer Plastiklasche acht Diapositive. Georg stand auf und klappte den Bildschirm hoch. Er schaltete den Projektor ein und legte die acht Dias in die Karussell-Kassette.

Das erste Bild gab die Fabrik wieder. Über dem kleinen Verwaltungsgebäude stand in roten Leuchtbuchstaben REX-RÄDER. Das Bild war am späten Nachmittag geschossen worden und zeigte keine besonderen Einzelheiten, vielleicht abgesehen von den beiden Steinlöwen, die links und rechts der Treppe zum Haupteingang lagen. Christine hatte ihm nie etwas von den Mantalöwen erzählt.

Ruff wählte die Nummer von Hans Kluge. Es dauerte eine Weile, bis sich mit verschlafener Stimme Frau Kluge meldete.

„Kann ich Ihren Mann sprechen?"

„Wissen Sie, wie spät es ist?" fragte Frau Kluge schnippisch.

Georg Ruff sah auf die elektrische Wanduhr. „Es ist zwei Minuten vor eins."

„Müssen Sie denn immer nachts telefonieren. Sie wekken meine Kinder auf und –"

„Verzeihen Sie, ich brauche Ihren Mann."

„Mein Mann ist in Köln im 'Bristol' zu erreichen. Lassen Sie ihn bitte schlafen. Er hat morgen oder vielmehr heute einen schweren Tag."

Georg Ruff wurde wütend. „Es scheint eine Eigenart der Männer, mit denen ich zusammenarbeite, zu sein, immer schwere Tage vor sich zu haben. Meinen Sie vielleicht, ich habe heute einen leichten Tag vor mir?"

„Also was wollen Sie?" Ihr Mann würde sie ohrfeigen, wenn er hörte, wie sie hier mit seinem Boß sprach.

„Die Telefonnummer des Bristol-Hotels."

Sie nannte ihm die Vorwahl, die Nummer des Hotels und die Zimmernummer. Dann hing sie verärgert, aber kleinlaut ein. Ruff bekam das Hotel an den Apparat, Kluge war aber nicht auf seinem Zimmer. Wo konnte Kluge sein? In der Bar. Er ließ sich mit der Bar verbinden und schließlich meldete sich Kluge. Er meinte, er sei nüchtern und brauche noch ein Bierchen zum Einschafen. Ruff interessierte sich nicht dafür, was seine Leute zum Einschlafen brauchten. Kluge war einer seiner besten Mitarbeiter, und wenn er zum Einschlafen links und rechts neben sich einen hübschen Engel gebraucht hätte, wäre ihm das auch recht gewesen.

„Können Sie mich gut verstehen?"

„Selbstverständlich", sagte Kluge. „Sie sitzen vermutlich in der Kuppel?"

„Exakt."

„Die elektronische Ausrüstung in der Kuppel ist erste Klasse, selbst das Autotelefon funktioniert am besten mit der Kuppel."

„Hören Sie zu, Kluge. Ich interessiere mich für eine Minderheitsbeteiligung an einer Fahrradfabrik, eine Gelegenheitsofferte. Ich habe zwei Fragen: was erwartet die Fahrradindustrie in den kommenden zehn Jahren? Erstens. Und zweitens: wo bekommen wir eine Lizenz her für eine zuverlässige Dreigangschaltung?"

„Es existiert in Köln ein Institut für Marktforschung, die müßten es wissen."

„Bitte fahren Sie da im Laufe des Tages hin, und lassen Sie sich die Fragen beantworten."

Kluge kannte sich mit diesen Instituten aus. „Eine kleine Anfrage kostet mich 2 000 oder 3 000 Mark oder vielleicht auch gar nichts, und Sie haben die Antwort heute oder morgen abend. Wenn Sie eine fundierte Studie brauchen, ist das einen Angelegenheit von drei Monaten und kostet 100 000. Wie groß ist das Projekt?"

„Meine Beteiligung soll nicht größer sein als 200 000, also genügt erstmal eine kleine Anfrage."

„Verstanden, Chef."

„Haben Sie alles?"

„Ja, natürlich."

„Also, schlafen Sie gut." Er hing ein.

Das nächste Diapositiv zeigte Maria Theresia Manta mit ihrem ersten Mann. Sie standen vor einem pompösen Wohnhaus mit kurzer Treppe und Baldachin in der typischen armseligen Nachkriegskleidung. Maria Theresia hatte sich einen Mann ins Haus geholt, um das kleine Manta-Imperium wieder in Schuß zu bringen, aber dieser Mann war, wie der Heureka-Bericht erläuterte, untüchtig und nur groß im Geldausgeben, und schon nach zwei Jahren war die Scheidung ausgesprochen. Maria Theresia blieb allein mit ihrer ältesten Tochter aus erster Ehe, Christines Schwester Luise, zurück. Gleichzeitig mit der Scheidung nahm die Mutter wieder den Namen Manta an.

Warum hatte Christine ihm die Existenz einer Schwester Luise verheimlicht?

1955 wurde Christine geboren, der Vater, ein gewisser Walter Kettinger, Sohn einer angesehenen Banker-Familie, lehnte die Vaterschaft ab und zahlte 100 0000 Mark unter Verzicht auf alle Pflichten und Rechte, mit der Übereinkunft, seinen Namen nie wieder zu erwähnen. Die nächsten Dias zeigten Mutter Maria Theresia mit ihren Kindern Luise und Christine in verschiedenen Altersstufen. Das vorletzte Dia zeigte Luise allein. Es war eine Polizeiaufnahme. Luise war nach einer Marihuana-Party nachts aufgegriffen worden. Jetzt war ihm auch klar, was Christine mit Katmandu verband. Sie hatte ihrer Mutter angeboten, Luise in Katmandu ausfindig zu machen und nach Hause zu bringen. Sie hatte Luise auch gefunden, aber Luise war nicht mehr in diese Welt zurückzuholen und reiste weiter nach Los Angeles.

Eine andere Reise machte sie ihrer Mutter zuliebe als Lila-Reise, wie sie es nannten, als letzten Versuch, nach Los Angeles. Bevor Christine abflog, hatten sie gegenseitig vereinbart, bei einem Mißlingen nichts mehr zu unternehmen, um Luise zu retten. Da Luise dann und wann um Geld bat, besaßen sie auch ihre Adresse, und Christine fand

Luise gleich am ersten Vormittag. Sie war mittlerweile bei Heroin gelandet, wohnte in einem Zimmer, das als Rattenloch bezeichnet wurde, und war nicht einmal bereit, mit ihrer Schwester zu einem Drogenarzt zu gehen. Bald darauf schrieben Christine und ihre Mutter Luise endgültig ab. Sie beschränkten sich lediglich darauf, von Zeit zu Zeit Geld nach Los Angeles zu schicken. Als Christine ihr Abitur gemacht hatte, verließ sie das Elternhaus und begann mit dem Studium der Rechte. Um das Studium zu finanzieren, bewarb sie sich um eine Anstellung bei der SOCRIM, Abteilung Drogenbekämpfung. Soweit der Familienbericht.

Verschiedenes: Christine Manta hatte kürzlich ihr Referendar-Examen mit Prädikat bestanden und arbeitete an ihrem Dr. jur. Sie führte einen soliden Lebenswandel, arbeitete in einer Firma namens SOCRIM, die Kurierdienste übernahm und Sonderaufgaben für die Industrie ausführte, eine Art Industrieauskunftei. Sie unterhielt ein Sparkonto und ein Girokonto bei der Trierer Kreissparkasse. Nachteiliges sei nicht bekannt. Ein lukratives Angebot des Playboy, sich ablichten zu lassen, habe sie abgelehnt. Sie stehe neuerdings in Kontakt mit einem Konzer Jungunternehmer namens Georg Ruff, der einen guten Namen habe und ein angesehener Bürger sei.

Georg Ruff schaltete das letzte Diapositiv ein. Es zeigte Christine und ihn selbst, wie sie lachend und händchenhaltend über einen Zebrastreifen liefen. Warum hatte Christine ihm das alles nicht gesagt?

Er schaltete den Projektor aus und schob den Bildschirm in den Kasten zurück. Es ging ihm vieles durch den Kopf. Unten im Wohnzimmer hörte er die Standuhr zwei schlagen.

IX

Bene kam etwas zu spät, alle anderen waren pünktlich um halb acht am Eingang zum Weingut Bluhm. Die Weinhänge trugen eine dünne Schneedecke. Der Frost hatte über Nacht zugenommen und blieb auch jetzt noch am frühen Morgen bei minus sechszehn Grad. Sie freuten sich auf einen warmen Raum, ein gut geheiztes Büro und blickten Georg an, als müsse von ihm das Kommando kommen, einzutreten und in Besitz zu nehmen. Georg zögerte jedoch. Er sah sich die massiven Mauern aus Feldstein, die von Hand gehauenen Fensterbalken und Bänke an und schätzte, daß keins der Häuser in diesem Jahrhundert entstanden war. Der Torbogen, üppig und schwer, hatte sich in hundert Jahren nicht vom Fleck gerührt, nicht Halt an den Mauern gesucht, sich nicht müde der Straße zugeneigt. Nur das Eisentor war aus den Angeln gebrochen und hatte sich im Sturz die Schultern ausgerenkt.

Der Bauherr dieses Gutes mußte besessen gewesen sein, besessen von dem Gedanken, dem Berg, den Hängen, den Mulden alle Steine zu entreißen, um die Erde für das Korn oder den Wein zum Vorschein zu bringen, und aus Freude über seinen Sieg über das Berggestein hatte er alle Steine auf diesen Hof gefahren und aus dem Haupthaus, dem Weinkeller, dem Lager, der Rampe, den verschiedenen Schuppen und dem Gästehaus eine Steinburg zusammengefügt wie für alle Ewigkeit. Dieser Hof war ein einziges Siegerdenkmal eines Titanen, der die Kraft des Fels und Stein brechen und zu einem Bauernhof oder Weingut umformen wollte. Dieser Mann hieß Gottfried Bluhm, sie lasen seinen Namen in allen Dokumenten, und lebte von 1841 bis 1913. Er hinterließ das Gut in seiner jetzigen Form, nur die Anzahl der großen Fässer war im Laufe der Zeit von drei auf zwölf gewachsen. Was das vorige Jahrhundert geschaffen, war in diesem Jahrhundert zwar Stein geblieben, doch eine moderne Weinwirtschaft war in diese festen Gemäuer nicht eingezogen. Die Verhandlung fand in einem verwahrlosten Büro statt, über dem ein vergilbtes Schild hing „Wein-Verkaufsbureau". Ein elektrischer Ofen heizte den Raum nur dürftig. Da machte Marcel Bluhm einen erfreulichen Vorschlag.

„Ich habe den Kamin im Probierkeller angezündet, dort ist es gemütlicher, und wenn wir uns einig werden, möchte ich mit Ihnen ein Glas unseres besten Eisweins trinken. 1937er Ernte vom 'Edler von Zewen'."

Eine Kundenkartei hatte er nicht. Eine Kladde mit handgeschriebenen Adressen und ein Notizbuch mit fein säuberlich eingetragenen Einnahmen und Ausgaben. Die letzte Steuererklärung lag zwei Jahre zurück. Da hatte wohl selbst das Finanzamt kapituliert. Ein Lagerbestandsbuch, eine Inventur, die fünfzehn Jahre zurücklag, das war alles.

Sie wurden sich rasch einig. Georg Ruff nannte seine Bedingungen, und als Marcel Bluhm meinte, er wolle seine kleine Wohnung nicht verlassen und könne daher auf ein neues Appartement verzichten, bot Ruff ihm die dafür vorgesehenen 30 000 als Barzahlung bei Vertragsabschluß zusätzlich zur Rente auf Lebenszeit. Dr. Nosso versprach, den Vertrag bis zum Freitag vor der standesamtlichen Trauung fertig zu haben. Sie gingen mit Bene und dem Architekten den Hof und alle Gebäude durch, und Georg bat den Architekten, eine Liste aller notwendigen und aller empfehlenswerten Arbeiten zusammenzustellen und vor allem Pläne zu entwickeln für zwei oder drei Gästezimmer, ein Restaurant mit Parkplatz und Garagen. Sofern sich Garagen einrichten ließen, ohne den Weingutsbetrieb zu stören.

Der Architekt und Bene hatten es eilig, wieder fortzukommen, auch Dr. Nosso verabschiedete sich frühzeitig. Er wollte noch einige Erkundigungen einziehen.

„Vergessen Sie's nicht, Dr. Nosso, Käuferin und alleinige Eigentümerin wird meine Frau."

„Oh nein, das hab ich schon eingetragen."

So blieben zum Schluß nur noch Georg und Christine übrig, um mit Marcel Bluhm in den Probierkeller zu gehen.

Wie man in den Kellern alter Schlösser befürchtete, jeden Augenblick über die Leiche eines Ritters zu stolpern, so glaubten sie hier, der Geist des Weines verlasse das Gemäuer und betäube die Sinne mit der bukolischen Aurora einer weinseligen Gegenwart. Hier, fern jeder Stadt, versöhnte sich das Leben mit einem Dasein in drei Ebenen: die Hügel und Hänge, bewachsen von Reben, der Schutzwall des alten Steinhofes, und im Herzen dieser Versöhnung, tief unten, beschützt und behütet, der Raum, in dem man von dem Weine kosten darf, der vergessen macht und die Freude aus ihrem Stillstand löst.

Sie betraten den Raum, dessen Steinwände sich hinter roten Ziegeln verbargen und rohem Tannenholz, aus dem die Harzperlen quollen. Ein alter, unverfugter Kamin wärmte die Stube so behaglich, daß sie ihre Mäntel ablegen konnten. Über der Theke und den Tischen lag der Duft schweren Weines wie die erregende Süße eines verlockenden Inzests.

Der Eiswein war stark, königlich und voller herbstlicher Reife. Sie dachte an ihren Ausflug nach Positano südlich von Rom, wo die Kunst des dolce far niente zu Hause ist. Sie nahm sich vor, Georg öfter nach Positano zu entführen. Das Château Christine nahm sie schon am ersten Tag gefangen. Dies war ihre Burg.

„Christine, Liebling, nicht träumen. Ich bringe dich nach Trier zurück."

In der folgenden Woche kam Georg Ruff wieder nur stundenweise ins Bett. Die anstehenden Arbeiten hatte der „kluge Hans" erneut hervorragend vorbereitet. Nun saß er mit ihm im Foyer des Hotels.

„Haben Sie im Hotel ein Arbeitszimmer reservieren lassen?"

„Gemacht, Chef."

„Wir brauchen eine erstklassige Sekretärin. In meinem Koffer habe ich große Mengen Briefbogen der Ruff Holding und der Konzer Stahlwerke."

Kluge, immer zu einem Scherz aufgelegt, fragte grinsend: „Was muß die Sekretärin sonst noch können?"

Ruff war nicht zum Scherzen zumute. „Wenn sie Raucherin ist, muß sie drei Tage aufs Rauchen verzichten können."

Hans Kluge war gottlob anpassungsfähig und vergaß für eine Weile seine Witzchen.

„Bevor wir über Bremen sprechen, möchte ich wissen, was Sie in der Manta-Angelegenheit in Erfahrung gebracht haben."

Kluge kam diesmal so schnell nicht mit. „Können Sie mir sagen, was die Manta-Angelegenheit ist?"

„Die Manta AG ist eine sauerländische Fahrradfabrik mit einem Nennkapital von einer Million, alten Fahrradmodellen und einem sehr guten Facharbeiterstamm. Ich beabsichtige, mich an dem Laden zu beteiligen, wenn wir eine holländische Firma finden, die uns eine Lizenz für Dreiganggetriebe gibt, das ist alles."

Kluge schnaufte erst einmal und wiegte wie ein Clown seinen gewaltigen Oberkörper hin und her. „Wenn Sie mir die Angelegenheit in dieser Weise früher erläutert hätten, wäre meine Arbeit nicht unwesentlich einfacher gewesen. Ihre erste Telefonanfrage ist schnell beantwortet. Die Fahrradindustrie geht rosigen Zeiten entgegen. Das Fahrrad wird ein Trimm-dich-Artikel. Sogar die Sechstagerennen werden wieder ganz große Mode. Von da her votieren mehrere Fachleute durchaus für eine Beteiligung. Frage Nummer zwei ist schwieriger. Ich kann Ihnen vier holländische Adressen nennen, die für eine Lizenz in Frage kommen. Der Spaß ist aber nicht billig. Drei Adressen sind große stolze Häuser mit einem gewaltigen Exportapparat, da wird die Lizenz teuer, und auch der Wettbewerb gegen den Lizenznehmer läßt ja keineswegs nach."

„Und die vierte Adresse?"

„Die vierte Adresse hat völlig andere Absichten. Es handelt sich um die Hengeloer Fahrrad-Fabrik, die hat einen komplizierten Namen, nennen wir sie mal HFF. Diese HFF hat, um das gleich zu sagen, außerhalb Hollands keine Verkaufsorganisation, und sucht einen Partner über gegenseitige Beteiligung, also Aktienaustausch ohne Kapitaltransfer. Jeder gibt dem anderen einen gleichwertigen Anteil seiner Aktien."

„Wie hoch ist das Aktienkapital der HFF?"

Kluge grapschte mit seinen Wurstfingern in seinen Akten, losen Papieren und Notizbüchern herum. „Irgendwo hab ich's." Während er wühlte, sprach er weiter. „Was bei dieser HFF besonders gelobt wird, ist das handwerkliche Können in Verbindung mit einer Vielzahl von Patenten. Das sind solche Kleinstadttüftler. Besondere Bremssysteme, ganz leichte Felgen ... Moment, hier ist die Zahl ... eine Million Gulden."

„Die Mark notiert um etwa 12 Punkte höher als der Gulden, das könnte passen. Haben Sie die genaue Adresse, Telefon, Telex vielleicht auch?"

„Nein, nur Telefon und einen Namen. Die Handelskammer meinte, das sei der kaufmännische Geschäftsführer."

Ruff führte mehrere Telefongespräche, bekam den Mann schließlich ans Telefon und verabredete sich zu einer ersten Besprechung in Emmerich. Er trug alles säuberlich in seinen Taschenkalender ein. Kluge beobachtete seinen Chef und schwor, sich zu bessern. An Ruff gemessen war seine Arbeitsweise geradezu chaotisch.

Als Ruff den Kalender zuschlug, fragte Kluge: „Haben Sie die Kopie der Olympic-Akte studiert?"

„Ja."

„Und?"

„Ich würde ganz gern ein Glas Wein trinken. Gehen wir in die Bar."

„Wir können uns Getränke herbringen lassen."

„Das wäre noch besser. Okay. Zurück zum Olympic-Papier. Die Leute haben Geld und würden uns als Partner akzeptieren. Wir sind aber bei Olympic keine Vorzugspartner. Ich finde, das ist der interessanteste Teil der ganzen Akte."

Der Ober kam, und sie bestellten offenen Wein.

Georg setzte seine Olympic-Betrachtungen fort. „Sie unterscheiden zwischen sauberen und schmutzigen Industrien. Ein Eisenhüttenwerk zum Beispiel ist eine schmutzige Industrie, eine Uhrenfabrik gehört zu den sauberen Industrien. Wir, Kluge, sind schmutzig. Nun ist es ja so, daß ein Industrieland seine schmutzigen Industrien nicht in Kanada ansiedeln kann und die sauberen Industrien in Deutschland baut. Auch der Versuch, aus jedem schmutzigen Industriebetrieb eine Molkerei zu machen, ist nicht lohnend, denn das kann kein Mensch bezahlen. Strittig ist die Sache jedoch bei den Kernkraftwerken. Läuft das Kernkraftwerk reibungslos, ist es so sauber wie eine Molkerei, platz der Reaktor oder wirft man eine Bombe rein, ist sofort der Teufel los."

„Haben Sie die Olympic-Papiere hier?"

„Nein", sagte Ruff, „warum?"

Kluge schüttelte seinen feisten Kopf. „Es muß in den Olympic-Akten noch ein Gutachten geben, das sich mit der Frage befaßt, wie man eine schmutzige Industrie, die man braucht und für die man ein Kanada oder eine Kolonie nicht hat, der Öffentlichkeit verkauft."

Ruff nickte. „Sie meinen das Knigge-Gutachten."

„Genau."

„Nun, das Knigge-Gutachten ist ein sehr gescheites Papier. Es empfiehlt, vor jeder Projektvorbereitung die jeweiligen Industrieanlagen so sauber wie nur möglich zu machen, Abgase, Abwasser, Rauchfilter. In dieser Richtung soll man so weit gehen, wie überhaupt nur möglich, bis die Ingenieure sagen: bis hierher und nicht weiter."

„Und dann?"

„Ja, wenn man also alles, im Knigge-Gutachten ist 'alles' dick unterstrichen, getan hat, um eine schmutzige Industrie soweit wie möglich zu reinigen, dann soll man die Bevölkerung aufklären und nicht herumreden und sich vor allem nicht beim Schwindeln erwischen lassen. Dann sagen die Leute zu recht, die hohen Herrschaften lügen wie gedruckt."

„Das habe ich verstanden. Was bedeutet nun das Knippe-Gutachten für uns?"

„Zweierlei Kluge, und jetzt passen Sie bitte auf, damit wir nicht mit verschiedenen Argumenten kommen. Erstens sind wir eine schmutzige Industrie, die noch keineswegs alles getan hat, um so sauber wie möglich zu werden. Ich habe Alfred Lynn beauftragt, zu untersuchen, was alles getan werden muß, um einen höchstmöglichen Sauberkeitsgrad zu erzielen, was das insgesamt und pro Tonne Stahl kostet, das heißt, wie sich unser Verkaufspreis dadurch ändert. Da gibt es für Sie als Verkaufschef noch einen Nebenaspekt. Verkaufen wir die volle Leistung, verteilen sich die 'Umweltschutzkosten' auf 350 000 bis 400 000 Tonnen Stahl im Jahr, verkaufen wir nicht die volle Leistung, kostet der Umweltschutz je Tonne entsprechend mehr. Der Stahl wird also teurer und eventuell unbezahlbar teuer. Aufgabe für Sie: sauberer Stahl bedeutet volle Leistung verkaufen."

„Sie haben's mir soeben verkauft, also werden Sie's anderen auch verkaufen. Und was ist der zweite Punkt?"

„Der zweite Punkt ist, daß ich dem Knippe-Gutachten folgen werde. Ich werde das Problem ganz sachlich darstellen, nichts vertuschen, werde sagen, was wir noch alles tun müssen, um sauberer zu werden, und alles in Bremerhaven tun werden und uns daran messen lassen, Kluge. Wahrheit ist meßbar, Kluge, so einfach ist das."

„Und wie wollen Sie das finanzieren?"

„Für diese Investitionen haben wir einen sehr wichtigen produktiven Faktor: das Kapital."

„Sie meinen, die Banken werden nachfinanzieren?"

„Ja."

„Ich hoffe, Sie haben recht."

Am Mittwochabend waren alle Vereinbarungen für den Bau des Ministahlwerks in Bremerhaven getroffen. Das Land Bremen hatte für die Deutsche Bankenvereinigung und die Bremer Bank für Handel und Industrie eine Bürgschaft gestellt. Die Bürgschaft setzte voraus, daß die Banken das Konzer Modell akzeptierten. Die Banken nahmen an. Hier ging es um neue und sichere Arbeitsplätze, und das Ruffsche Konzept war glaubhaft.

Am Donnerstag brachten sogar die überregionalen Tageszeitungen ausführliche Berichte.

Georg Ruff telefonierte mit Markus Didone. Die „Produktivität" stand auf 123.

Die Verhandlungen in Innsbruck wurden ohne Zweifel von dem Erfolg in Bremerhaven wesentlich beeinflußt. Sie konnten bis Freitag abgeschlossen werden, die Verträge wurden unterschrieben. Die Bürgschaft der Regierung wurde zugesagt und sollte bis Mitte Februar von der Landesbank bestätigt werden.

Als Georg Ruff am Sonnabend mit Christine Manta zum Standesamt ging, war die Sensation perfekt. Die Ruff-Stahl Holding würde sofort mit dem Bau von zwei neuen Stahlwerken anfangen können. Die Presse überschlug sich.

Am Sonntag fand die kirchliche Trauung von Georg und Christine statt. Die Familie Ruff hatte alle ihre Bekannten um Verständnis gebeten, wenn die Hochzeit nur im engsten Familienkreise stattfand. Es gab dafür viele Gründe. Georg selbst lieferte den Hauptgrund. Er wollte sein Privatleben aus jedem Rummel heraushalten. Freilich gab es auch noch andere Argumente, denen sich Benz und Paula anschlossen. In der Kuppel hätte eine größere Gesellschaft nicht untergebracht werden können, man hätte in einem Restaurant einen Raum mieten müssen, an Geld würde es zwar nicht gefehlt haben, doch Georg bestand darauf, diesen so wichtigen Tag in der Kuppel zu feiern. Es wäre klug gewesen, die Lynns und die Didones einzuladen, aber in all der Aufregung unterließ er es. Alfred Lynn und seine kleine tüchtige Frau schickten einen Blumenstrauß in die Kuppel mit einer Glückwunschkarte, die einen Schlüssel enthielt, den Georg Ruff nicht enträtseln konnte. Der Text lautete: Ministahlwerke laß andere bauen, Du, glücklicher Georg Ruff, heirate! Mit allen guten Wünschen Alfred und Marianne Lynn.

Georg rief Lynn an und bat sie rüberzukommen. Lynns hatten gerade ihre zweite Tochter Dominique bekommen, und Ruff gratulierte ihnen herzlich. Nach dem frühen Abendessen fragte ihn Ruff, was seine Botschaft zu bedeuten habe.

„Hatten Sie nicht auf der Schule Latein?"

„Oh ja, aber das ist lange her."

Lynn nahm die Brille ab und putzte die Gläser. „Das lateinische Zitat heißt: bellum gerant allii, tu, felix Austria, nube. Damit wollte ich sagen, heiraten Sie, die Sorgen überlassen Sie anderen."

Ruff ärgerte sich sichtbar. „Tue ich das?"

„Es sieht so aus." Er setzte die Brille auf und zog die Bügel hinter den Ohren zurecht. Dann stellte Lynn eine Gegenfrage: „Wer soll denn die Stahlwerke in Bremerhaven und Innsbruck bauen, Herr Ruff?"

„Sie, Lynn, Sie haben ja auch Konz gebaut."

„Ich habe mit zwei oder drei Ingenieuren und Markus Didone gebaut. Jetzt müssen zu gleicher Zeit zwei Ministahlwerke gebaut werden, Lichtbogenöfen, Stranggießanlagen, Maschinen und Ausrüstungen für etwa 100 Millionen ausgeschrieben und gekauft werden. Wer soll das machen?"

„Sie, Lynn."

„Und dann kommen Sie vielleicht noch mit der Idee, hier im Konzer Stahlwerk einen dritten Lichtbogenofen aufzustellen, um jährlich 600 000 Tonnen Stahl zu produzieren."

„Die Idee habe ich allerdings."

„Dazu brauche ich 20 bis 25 Ingenieure. Wo sollen die herkommen?"

Georg Ruff kannte sich im Ingenieurwesen nicht aus. „Wie machen das denn die anderen?"

„Die haben entweder eine eigene Ingenieurabteilung oder eine Ingenieurgesellschaft innerhalb des Konzerns, oder sie übertragen die Aufgaben einem unabhängigen Ingenieurbüro."

Schließlich fragte Ruff: „Was schlagen Sie vor?"

„Moment. Wir haben zwei Möglichkeiten, die sich für uns besonders eignen. Die leichtere Möglichkeit –"

Georg fiel ihm ins Wort: „Die leichtere Möglichkeit für wen, Lynn?"

„Für mich, Herr Ruff."

„Weiter."

„Diese Möglichkeit sähe vor, mit dem Bau der beiden Stahlwerke eine renommierte Ingenieurgesellschaft zu beauftragen."

„Welche Nachteile hätte das für uns?"

„Ein solches Büro bekäme vollen Einblick in unsere Technik, Informatik und Datenverarbeitung."

Ruff hatte das verstanden. „Und die für uns schwierigere Möglichkeit?"

Lynn überlegte einen Augenblick. Dann sagte er: „Die schwierigere Lösung würde bedeuten, eine solche Ingenieurgesellschaft selbst zu gründen."

„Welche Nachteile hätte das für uns?"

„Keine, außer den üblichen Anlaufschwierigkeiten."

Christine kam hinzu und fragte scherzhaft, ob eine Juristin für das Fachgespräch gesucht würde. Georg gab ihr zur leichten Verblüffung von Marianne Lynn einen zärtlichen Klaps auf den Po und meinte: „Liebling, im Augenblick würde deine bezaubernde Gegenwart nur meine Konzentration für dieses Fachgespräch verwirrren." Worauf Christine mit einem betörenden Lächeln an ihm vorbei zu den anderen Hochzeitsgästen ging. Im Nachschauen sagte er zu Lynn: „Also gründen wir eine eigene Gesellschaft für Beratende Ingenieure, meinetwegen die Konzer Gesellschaft Beratender Ingenieure mbH, Konz, einverstanden?"

„Ja, durchaus."

„Der Hauptgeschäftsführer sind Sie, Lynn. Nun müssen Sie sich nur noch einen kaufmännischen Kollegen suchen, auf den Sie sich verlassen können und der Ihnen den ganzen kaufmännischen Kram abnimmt, haben Sie das?"

Christine, die in der Nähe stand, hörte in seinem Stakkato-Deutsch „haben Sie das", spürte eine Hitzewelle in sich aufsteigen und bat Paula um einen Martini on the Rocks. Nebenan setzte Georg unerschütterlich sein Fachgespräch fort: „Suchen Sie sich in Konz eine Bleibe für Ihre Ingenieurgesellschaft, und handeln Sie mit unserer Stahl-Holding ordentliche Honorare für die Planung der beiden Stahlwerke in Bremerhaven und Innsbruck aus, damit Sie die ersten drei Jahre satt werden und Gewinn machen. Und vergessen Sie nicht das Patentwesen, von dem Sie später leben müssen. Moment bitte. Ach, wissen Sie was, kommen Sie doch einfach mit." Auf der Treppe in die Kuppel sagte er zu Lynn: „Meine Frau und ich fahren gleich nach Trittenheim, da fängt die Hochzeitsreise an. Was bis dahin nicht erledigt ist, muß eine Woche warten."

In der Kuppel setzte er sich auf seinen Kommandostuhl und rief Dr. Nosso an. „Hallo, Dr. Nosso, gut, daß Sie zu Hause sind."

„Herr Ruff, in meiner dienstfreien Zeit bin ich immer zu Hause, weil ich weiß, daß das die Zeit ist, in der Sie anrufen."

„Es ist leider so."

„Wollen Sie noch ein Weingut kaufen oder sich an einem Erdölkonzern beteiligen, oder wollen Sie schon wieder eine neue Firma gründen?"

„Das letztere, Dr. Nosso. Schreiben Sie mit?"

„Natürlich."

„Die Ruff-Stahl Holding gründet eine neunzigprozentige Tochtergesellschaft, die Konzer Gesellschaft Beratender Ingenieure mbH, Sitz in Konz, Adresse wie die Kuppel. Kapital eine halbe Million, Hauptgeschäftsführer und Zehn-Prozent-Gesellschafter Alfred Lynn, Vorsitzender des Beirates bin ich selbst, Syndikus und Mitglied des Beirates Dr. Nosso, haben Sie das?"

„Jawohl."

„Brauchen Sie noch etwas?"

Dr. Nosso überlegte. „Wann soll die Gesellschaft gegründet werden?"

„Sofort."

„Kann Ihr famoser Lynn mal am Montagvormittag zu mir kommen, damit wir den Geschäftszweck formulieren?"

„Der Geschäftszweck ist, Lichtbogenofen-Stahlwerke zu konzipieren und damit Geld zu machen, genügt Ihnen das?"

„Na ja, ein bißchen mehr sollt's schon sein. Sagen Sie ruhig Herrn Lynn, er soll sich nächsten Montagvormittag bei mir sehen lassen."

„Einverstanden. Genießen Sie noch Ihren Sonntagabend." Ruff legte auf und wählte eine neue Nummer. Er hatte Glück.

Dr. Weisenstein war zu Hause. Seine Frau holte ihn ans Telefon.

„Hier ist Ruff, Georg Ruff."

„Herr Ruff, Sie können mich beglückwünschen, ich habe soeben eine Wette gewonnen. Als das Telefon klingelte, habe ich zu meiner Frau gesagt, das kann nur der Ruff sein. Und ich habe recht gehabt, wie immer im Leben."

„Dr. Weisenstein, ich habe heute geheiratet und trete gleich mit meiner Frau die Hochzeitsreise an."

„Herzlichen Glückwunsch, und viele Kinder, Herr Ruff. Alles, was wir hinterlassen, sind unsere Kinder."

„Ich danke Ihnen sehr, Dr. Weisenstein, aber das war natürlich nicht das, was ich Ihnen sagen wollte."

„Das kann ich mir denken, Herr Ruff. Sprechen Sie, ich schreibe mit."

„Sie kennen Herrn Lynn?"

„Herr Ruff, wo werde ich Herrn Lynn nicht kennen? Das ist einer Ihrer begabtesten Leute – gleich nach Ihnen, Herr Ruff."

„Dieser Nachsatz hat Sie gerettet, Dr. Weisenstein." Sie lachten beide. „Doch zur Sache. Wir gründen hier in Konz eine Gesellschaft unabhängig beratender Ingenieure für die Planung von Elektrostahlwerken in Deutschland und im Ausland. Diese Gesellschaft wird heißen 'Konzer Gesellschaft Beratender Ingenieure mbH, Konz', haben Sie das?"

„Habe ich notiert."

„Hauptgeschäftsführer dieser Gesellschaft wird Alfred Lynn. Ich bitte Sie um drei Dinge.

Erstens: Schließen Sie bitte in Zusammenarbeit mit Dr. Nosso zwischen der Ruff-Stahl Holding und der neuen Gesellschaft einen Vertrag ab über kostenlose Mitbenutzung aller Patente. Haben Sie das?"

„Ja, notiert."

„Zweitens: Legen Sie bitte mit Lynn zusammen fest, in welchen Ländern außerhalb Deutschlands die Patente noch angemeldet werden sollen, ich nenne sofort Österreich, Schweiz, Italien, Frankreich, Belgien, Holland. Haben Sie das?"

Langsam begann sich Dr. Weisenstein aufzuregen, aber da das ein fetter Auftrag für ihn war, hielt er lieber den Mund.

„Drittens: Überlegen Sie bitte gemeinsam mit Lynn, was wir noch alles anmelden könnten, um den Nachbau unserer Ministahlwerke durch andere zu verhindern, und melden Sie bitte weitere Patente an. Und das alles natürlich bis vorgestern. Alles verstanden?"

„Ja, ich habe alles verstanden."

„Dann reiche ich den Hörer jetzt Herrn Lynn, damit Sie mit ihm gleich einen Termin vereinbaren können."

„In Ordnung, Herr Ruff."

„Danke, Dr. Weisenstein. Ich werde Sie in meinen Memoiren nicht vergessen."

Georg Ruff ging die Treppe hinunter in sein Zimmer, nahm eine kleine Reisetasche, die Handtasche seiner Frau, belud sich mit einem Pelzmantel und einer Lammfelljacke und brachte alles zum Wagen. Das große Gepäck hatte er schon vorher im Kofferraum verstaut. Obwohl es schon recht kalt war, zog er seine Jacke aus und hing sie an den Haken neben das Fenster der hinteren Tür.

Als er das Haus wieder betrat, stand Maria Theresia Manta wie ein Baum vor ihm und sagte, sie müsse ihn unbedingt unter vier Augen sprechen. Sie sagte das ungeniert vor allen Leuten, und er wußte sofort, daß sie ihm den ganzen Abend verderben würde. Dabei redete sie ihn mit „mein lieber Herr Ruff" an.

Er dachte, zum Teufel mit einer Schwiegermutter, die mich mit „mein lieber Herr Ruff" anredet! In der Küche saß dieses Monstrum von einem Fahrer namens Wotan, fraß sich den Wanst voll, und hier stand seine Herrin und begann, ihm die Zeit zu stehlen und ihre Abfahrt zu verzögern. Nur mühsam gelang es ihm, sich zu beherrschen. Widerwillig begleitete er sie die Treppe hinauf. Wohin mit ihr? Er stand auf dem obersten Treppenabsatz und blickte auf ihr schütteres, glatt nach hinten gekämmtes Haar und den kleinen Knoten am Hinterkopf. Er hatte sich ausgerechnet, daß sie Anfang fünfzig sein mußte, aber sie wirkte auf ihn wie eine Siebzigjährige, eine absolut verbrauchte Frau. Ihr schlichtes grauweiß gestreiftes Kleid unterstrich diesen Eindruck.

Kurzentschlossen bat er sie, noch eine weitere Treppe hinaufzusteigen und führte sie in sein Arbeitszimmer. „Bitte nimm Platz, hier sind wir ungestört." Er wünschte sich, mit seiner Frau im Auto zu sitzen und nach Trittenheim zu fahren.

„Ich erinnere mich nicht, Ihnen gestattet zu haben, mich zu duzen", sagte sie, lehnte sich zurück und schlug ein Bein über das andere. „Bitte nennen Sie mich Frau Manta oder Madame: wir wurden französisch erzogen."

„Ich ziehe Madame vor. Ich mache Sie allerdings darauf aufmerksam, daß ich zur Konsequenz neige. Einmal Madame, immer Madame."

„D'accord."

„Sie haben um dieses Gespräch gebeten, ich überlasse Ihnen die Eröffnung."

„Ich glaube, es erübrigt sich, Ihnen zu sagen, daß Sie nicht mein favorisierter Schwiegersohn sind, ganz im Gegenteil."

Georg Ruff hütete sich, nach dem Warum zu fragen. Er sagte beherrscht: „Fahren Sie bitte fort."

„Die Familie Manta ist eine alte, angesehene, höchst seriöse Familie, Sie dagegen sind ein kleiner Anfänger, um uns beiden den dafür üblichen Ausdruck neureich zu ersparen." Sie machte eine Pause und fügte dann hinzu: „Für uns Mantas ist der Schrotthandel ein ferner Sektor der Wirtschaft."

Ruff lag ein amerikanischer Fluch auf der Zunge, er konnte sich gerade eben noch bremsen. Ruhe, sagte er sich, Ruhe. Nimm's mit Humor. Er fand die Unterhaltung schließlich albern, aber er wollte sie durchstehen. Beinahe hätte er gelacht. Ein galliger Schalk saß ihm im Nacken. „Wie alt schätzen Sie die Familie Manta, Madame?"

Sie mußte nachdenken. „Ich besitze Dokumente aus dem Mittelalter, die auf die Familie Manta hinweisen, ein Kirchenmaler Manta wird bereits im vierzehnten Jahrhundert erwähnt."

„Wissen Sie, Madame, die Ruffs waren immer auf der anderen Seite: Feldarbeiter, Knechte. Wenn's zum Krieg kam, sattelten wir den Rittern die Pferde. Nach der Schlacht wischten wir den Herren, die überlebt hatten, den Schweiß von der Stirn, und denen, die gefallen waren, gruben wir mit unseren Händen ihr Grab. Wir haben immer zur Arbeiterklasse gehört, nicht im Sinne von Klasse, sondern im Sinne einer Gruppe, einer Schicht, die arbeitete, die sich abrackerte. Wir waren dazu verdammt, uns abzurackern. Im Schweiße unseres Angesichts haben wir unser Brot gegessen. Da hat man nicht viel zu verlieren. Einer meiner Vorfahren, ein gewisser Adelmann Ruff, wurde gehängt, weil er einem Burgfräulein zugelächelt und das Burgfräulein huldvoll zurückgelächelt hatte."

Das war blanker Hohn, entsprach aber dem Zirkus, den sie seit Freitagabend veranstaltet hatte.

Es fing an diesem Abend damit an, daß sie den 'Weißen Hirsch' für sich, für Christine und Wotan 'unangemessen' fand und die drei reservierten Zimmer sofort wieder stornierte. Daraufhin fuhr Wotan Frau Manta und Christine, die einer ersten Ohnmacht nahe war, nach Trier zurück, wo sie sich vom Informationsdienst das Hotel Graf Hubertus empfehlen ließ und es sogleich besetzte. Auf die Frage der Rezeption, wie sie zu zahlen gedenke, antwortete sie: „Wir sind Gäste der Familie Ruff in Konz, wenn Ihnen der Name etwas sagt."

„Selbstverständlich sagt uns der Name etwas", antwortete der junge Mann und ließ sich mit der Kuppel verbinden. „Schöne Verwandtschaft", meinte Paula und sagte dann laut in die Muschel: „Es ist zutreffend, Frau Manta ist unser Gast."

„Mit Tochter und Fahrer?"

„Mit Tochter und Fahrer." Paula hing ein. Sie konnte es sich nicht verkneifen, Georg alles brühwarm zu berichten. Aber Georg blieb gelassen.

Als sie dann endlich in einem großen alten, verbeulten BMW vorgefahren waren, stellte er etwas erstaunt fest, daß Christine in einem schwarzen Kostüm zur standesamtlichen Trauung erschien. Wotan repräsentierte dagegen in einem blauen Chauffeur-Anzug mit weißen Handschuhen und einer Schirmmütze, die er bei jeder sich bietenden Gelegenheit vom Kopfe riß wie ein Zirkusdirektor zu Beginn des Tusches.

Er sah Christine an, daß sie nervös war. Das war nicht die Christine, die er kannte, die er in den Armen gehalten hatte. Ihre geröteten Wangen zuckten, und auf ihrer Stirn stand der Schweiß. Ihre Stimme machte eine ungeheure Distanz zu ihm spürbar, und er wußte, daß er sie für den Moment verloren hatte und sich neu erobern mußte.

In Gegenwart ihrer Mutter war sie nicht Christine. Sie war eine Fremde, die ihrer Mutter gehörte.

Er nahm sich vor, an diesem Wochenende alles an Geduld aufzubringen, was er mobilisieren konnte. Sie mußten das eben hinter sich bringen. Erst dahinter wartete ihr gemeinsames Leben.

„Ich weiß, auf welcher Seite die Ruffs gestanden haben und noch stehen. Das ist auch schlichtweg der Grund, weshalb ich diese Hochzeit nicht billige. Aber Christine wollte Sie ja unbedingt haben. Ich habe ihr nur gesagt, sie soll mir später nicht mit Klagen kommen. Wenn sie sich für einen Ruff entscheidet, muß sie mit ihm leben und notfalls mit ihm untergehen."

Das war der Augenblick, da Georg Ruff, äußerlich ruhig, beherrscht, kühl, sich vornahm, sie zu demütigen. Sie hatte den Bogen überspannt. Nun richtete er seinen Pfeil auf sie. „Kommen Sie zur Sache." Das war wieder sein Befehlston, und sie hörte es heraus. „Sie wollten mich sprechen, Madame."

„Sie haben meine Tochter gegen mich aufgehetzt und einhunderttausend Mark für irgendein Weingut verlangt. Was haben Sie sich eigentlich dabei gedacht?" Sie kniff die Lippen zusammen. Der dünne Strich ihres Mundes und das glatte, strähnige Haar machten sie noch älter. Im Grunde genommen tat sie ihm leid.

„Christine und ich ..."

„Sie und Christine! Sie stecken doch hinter allem!"

Er hatte gar nicht die Absicht, sich hinter irgend etwas zu verstecken. Aus Höflichkeit hatte er Christine zuerst genannt, und sie hatte es falsch verstanden. Aber sie war wohl nicht hier, um irgend etwas richtig zu verstehen. „Nun gut", sagte Georg Ruff beschwichtigend, „ich und Christine schenken uns zur Hochzeit ein heruntergewirtschaftetes Weingut auf dem linken Moselufer. Oder ich schenke es ihr, wenn man so will. Leider ist mir der Preis zu hoch. Für meine neureichen Verhältnisse, wie Sie es ausdrücken. Ich fragte daher Christine, ob sie sich an dem Kaufpreis von 200 000 beteiligen könne. Und Christine sagte ja, mit dem halben Preis. Das sind nach Adam Riese 100 000 Mark. So einfach war das."

„Hätten Sie nicht mich fragen können", erwiderte sie empört, „schließlich ist das ein Betrag, den ich nicht in meiner Tasche bei mir herumtrage."

Was Georg dann sagte, tat ihm noch lange leid. „Ich war davon ausgegangen, daß Sie die 100 000, die Christines Vater Ihnen seinerzeit übergab, gut angelegt hätten. Wenn man einmal ..."

Wutentbrannt giftete sie ihn mit sich überschlagender Stimme an. „Was hat Christines Vater mir übergeben?"

Schluß mit seiner Geduld. Jetzt trat das ein, was Georg Ruff in solchen Situationen kennzeichnete. Seine Augen wurden um Millimeter kleiner, und seine Bluttemperatur sank auf Eisenkälte. Es würde Stunden dauern, bis er wieder auftaute.

„Ich glaube, wir müssen einen kleinen Spaziergang in die Vergangenheit unternehmen."

„Mich erstaunt schon jetzt Ihre Phantasie." Sie hielt sich gut unter den gegebenen Umständen.

„Als Sie sich kurz nach der Geburt von Luise von Ihrem ersten Mann trennten und bald darauf scheiden ließen, wagten Sie einen zweiten Versuch mit einem Mann namens Kettinger. Von Herrn Kettinger empfingen Sie das beste Stück der Familie, Ihre zweite Tochter Christine." Er sah Maria Theresia Manta schrumpfen und im Stuhl zusammensinken. Sie schwieg, und noch ihr Schweigen wirkte aufreizend. „Herr Kettinger bereute jedoch offenbar seine Wahl und traf daraufhin mit Ihnen eine notarielle Vereinbarung. Er zahlte 100 000 Mark und war die Vaterschaft los."

Frau Manta fauchte ihn an. „Sie lügen, jedes Wort ist eine Lüge."

„Wenn Sie diese 100 000 vor 25 Jahren gut angelegt haben, sagen wir mal zu sieben oder siebeneinhalb Prozent, stünden Christine etwa 600 000 zur Verfügung, und ich dachte, ein Sechstel davon wäre für ein Weingut durchaus erschwinglich."

„Ich weiß nicht, wer Ihnen diesen ganzen Unsinn erzählt hat, ich versichere Ihnen, ich habe nur Christine ... eine andere Tochter existiert nicht."

Georg öffnete den Leinwandkasten, zog die Projektorwand hoch und steckte die Diapositive in die Karussell-Kassette. Er ließ in kurzen Abständen die Bilder aufleuchten und sagte einmal nur ganz knapp: „Hier sehen Sie sich selbst mir Ihren Töchtern Luise und Christine. Das war noch die gute alte Zeit." Ruff schaltete ab und knipste das Oberlicht wieder an.

„Das kann Ihnen Christine nicht erzählt haben", flüsterte Frau Manta sichtlich betroffen.

„Das hat sie auch nicht."

Georg ließ ihr etwas Zeit.

„Vor allem wußte Christine nicht, daß Sie jeden verfügbaren Pfennig nach Los Angeles schickten. Das war meiner Meinung nach Ihr Schicksal als Mutter, daß Luise inzwischen auf Heroin umgestiegen war."

Sie blickte ihn haßerfüllt an. „Sie wollen mich erpressen, schießen Sie los. Aber ich sage Ihnen gleich eins. Geld ist bei mir nicht zu holen." Ihre ganze Mittelschichttünche war runter. „Sie sind infam."

„Nicht so, wie Sie meinen."

„Sie sind unglaublich rücksichtslos." Ihre Stimme vibrierte.

„Das ja, wenn es sein muß."

Wotan war nicht im Zimmer.

Aber wäre er im Zimmer gewesen, hätte sie jetzt bestimmt gesagt: Wotan, ziehen Sie Ihre weißen Handschuhe aus. Die Zeiten sind vorbei. Unsere Zeiten, Wotan.

Georg Ruff sprach, als habe er einen wildfremden Menschen vor sich. Nun erwies es sich als Vorteil, daß sie gewünscht hatte, nicht geduzt zu werden. Das machte alles einfacher.

„Was ist Ihr Vorschlag?"

„Ich mache Ihnen nur einen einzigen Vorschlag. Sie können ihn annehmen oder ablehnen, zu einem Kompromiß bin ich nicht bereit."

„Diktieren Sie, Herr General – das wären Sie doch gern."

Georg überhörte die absurde Bemerkung. „Das Gesellschaftskapital der Manta AG beträgt eine Million, 10 000 Aktien zu 100 Nennwert, davon sind 400 bereits verloren, bleiben 600 oder 60 Mark Realwert pro Aktie. Ich kaufe Ihnen ein Drittel oder 3 334 Aktien für 200 000 ab, Sie behalten 3 333 Aktien selbst, und das letzte Drittel stellen Sie für einen Aktienaustausch mit einer holländischen Fahrradfirma zur Verfügung. Außerdem wird es mir zustehen, einen Geschäftsführer auszuwählen und die Geschäftspolitik zu bestimmen."

„Sonst noch was?"

„Sehr wohl, Madame."

Er schloß seinen Schreibtisch auf und holte ein Scheckheft heraus.

„Ich werde meine 3 334 Aktien noch heute in folgender Weise bezahlen: Sie bekommen einen Scheck über 100 000, der für Sie persönlich bestimmt ist, und die zweiten 100 000 werde ich in Ihrem Namen auf Christines Konto in Trier überweisen, und Sie werden Ihr Leben lang schwören, das Geld sei tatsächlich von Ihnen überwiesen worden. Ich möchte nicht, daß Christine je erfährt, daß Sie das Geld für ihre Ausbildung in das Heroin für Luise gesteckt haben."

Sie saß minutenlang wie eine Pagode in ihrem Lehnstuhl, blickte starr auf die Bücherwand und schwieg. Sie schien gestorben zu sein. Er befürchtete, sie würde zu Boden fallen, wenn er sie anfaßte. Ihren ersten Tod. Er faßte sie nicht an. Vielleicht hatte diese Pagode Trost verdient, wer konnte das sagen? Ihm war es jedenfalls nicht gegeben, sie zu trösten.

Nach einer langen Zeit, die ihm wie die angehaltene Uhr der Ewigkeit erschien, sagte sie: „Sie haben mich besiegt. Ich gebe mich geschlagen."

Georg Ruff taute langsam wieder auf. Sein Blut begann wieder normal zu zirkulieren. Er hob den Hörer ab und wählte eine Nummer. Es meldete sich Frau Nosso. „Ich brauche ganz dringend Ihren Mann. Sagen Sie ihm: absolut formlos ... er möchte so kommen, wie er gerade ist."

„Das wird nicht ganz einfach sein."

„Warum nicht?"

„Mein Mann liegt in der Badewanne."

Georg Ruff konnte schon wieder lächeln. „Geben Sie ihm vorher einen doppelten Whisky, damit er sich nicht erkältet."

Kurz vor Mitternacht war der Vertrag unterschrieben, und Frau Manta konnte den Scheck einstecken.

Sie stieg die Treppe hinab und sagte zu Christine: „Du bleibst keinen Moment länger in diesem Haus von Neureichen und Ungebildeten. Sie kennen keine Tradition. Man kann mit ihnen nicht verhandeln. Zieh deinen Mantel an: wir fahren nach Hause."

Wotan riß die Haustür auf und die beiden Mantas und ihr Chauffeur verschwanden in der Dunkelheit der Nacht. Nur Christine blickte sich noch einmal um. Ihr Gesicht schien naß von Tränen zu sein.

Die ganze Familie Ruff stand Spalier. Wotan startete den alten BMW. Der Motor keuchte förmlich, bis er sich dann schließlich doch seiner Pflicht entsann und endlich begann, rund zu laufen. Die Haustür fiel ins Schloß, und sie hörten den Wagen auf dem alten Kies wenden.

Die Familie stand immer noch in der Formation einer doppelten Reihe im Wohnzimmer und wartete auf ein entscheidendes Wort. Oder auf ein Zeichen des Himmels.

Bis es an der Haustür klopfte. Georg öffnete. Christine kam herein, trat nahe an Georg heran und sagte: „Hör zu, du neureicher Räuber und Bandit. Wie wär's, wenn du deinem Namen Ehre machtest und mich entführtest?"

Da nahm er sie auf die Arme, trug sie zu seinem Auto und ließ den Motor übermütig aufheulen. „Du wirst deinen Räuber noch kennenlernen."

„Das wünsch ich mir." Sie konnte so richtig herzhaft lachen.

Als sie schwungvoll durch die Garteneinfahrt brausten, schrie Christine: „Himmel, nein, ich habe die Hälfte des Gepäcks noch in deinem Zimmer. Bitte halt nochmal."

„Kann nicht sein, ich habe alles, was auf dem Bett lag, auf die hinteren Sitze geworfen."

„Und die große Tüte mit dem Kaminkleid und dem Baby Doll?"

„Die wird noch oben im Zimmer liegen."

Sie kamen schon an den Stadtrand von Konz.

„Dann wirst du mich die nächsten Tage nur nackig sehern, mein lieber Hanuman."

„Das hatte ich mir für die Hochzeitsreise auch so gewünscht", meinte Georg und fuhr rasch durch Konz auf Trittenheim zu.

Sie blieben zwei Tage in Trittenheim, ab Mittwoch hatten sie sich in Cochem einquartiert. Dies war schon der weiteste Punkt ihrer Reise.

In Cochem begannen sie, sich umzusehen, soweit man bei einem Liebespaar, das im Bett frühstückt, sich nach dem Mittagessen gleich wieder zur Ruhe zurückzieht und abends nicht lange zecht, sondern brav zu Bett geht, von „sich umsehen" sprechen kann. Sie nahmen an Weinproben teil, kauften eine Kiste mit einer sehr guten Spätlese und eine Kiste mit Kabinett-Wein. Auf einer Karnevalsveranstaltung stellten sie fest, daß sie auch beim Tanz sehr gut harmonierten. Einen anderen Abend verbrachten sie auf einem Weinfest, das halb im Saale, halb auf der Straße stattfand. Sie schlenderten an den Weinständen entlang, knabberten geröstete Mandeln, aßen Hähnchenbeine aus der Hand und unterhielten sich mit wildfremden Menschen. Sie kümmerten sich wenig um die politischen Auffassungen, erkundigten sich nach dem Weinverkauf, den Werbemethoden und vor allem nach den Möglichkeiten, mehr Wein zu verkaufen, ohne die Preise zu arg zu drükken. Ein Weinstand war ihnen besonders aufgefallen. Er war von einem jungen Mann besetzt, der eine Melone auf dem Kopf trug, auf einer Weinkiste stand und in das Publikum rief: „Wer von diesem Weine trinkt, schnell in Amors Arme sinkt. Leute, kauft Dr. Kapps Spezialwein, süffig, leicht, unerreicht. Selbst die Konkurrenz kauft bei uns. Großmütterchen, wie wär's mit Amor in der Flasche?"

Die Leute lachten und kauften.

An einem anderen Stand trank man aus handbemalten Gläsern und durfte die Gläser mitnehmen. Sie kauften vier Gläser, davon zwei für Frank und Rachel.

Für Sonnabend hatte sich Christine beim Friseur angemeldet. Sie sagte Georg nichts davon, daß sie den Pferdeschwanz abschneiden lassen wollte. (Sie fand, er störe sie beide im Bett.) Sie stand früher auf, ließ Georg allein frühstücken und bat ihn, sie um zwölf beim Friseur abzuholen.

Im ersten Augenblick war Georg enttäuscht, daß der schöne blonde Schopf der Schere zum Opfer gefallen war, doch schließlich konnte er sich mit der neuen Frisur immer besser anfreunden. Sie trug große blaue Kunststoffclipse an den Ohrläppchen, die lustig und kokett aussahen. Er küßte sie auf offener Straße. Untergehakt gingen sie am Ufer der Mosel entlang, bis sie abseits vom Touristenstrom ein kleineres Restaurant fanden, das rustikal eingerichtet war und einen einladenden Eindruck machte. Die Tische waren mit grobgewebten Decken belegt. Das Steingutgeschirr erinnerte Christine an italienische und holländische Bistros. Sie hatte keinen Appetit und sagte lächelnd zu Georg: „Hanuman, ich glaube, ich bin schwanger."

„Liebling, wie kannst du am sechsten Tage nach der Hochzeit schwanger sein?"

Sie alberte herum. „Erstens wissen Juristen alles besser, vielleicht kannst du dir diese Lebenserfahrung merken, zweitens habe ich so auf dich gewartet, sieben Jahre habe ich auf dich gewartet, da kann es sofort passieren. Es wird ein Cochemer Junge."

„Du hast sieben Jahre auf mich gewartet? Wie kann das sein?"

„Als du damals durch die Bahnhofshalle gingst, habe ich gebetet: lieber Gott, laß diesen Jungen nicht den Drogenhändler sein, gib ihn mir lieber zum Mann. Und was hat der liebe Gott gemacht? Er hat dich mir zum Mann gegeben."

„Liebling, da bin ich ja richtig stolz, daß ich einen solchen Eindruck auf dich gemacht habe. Wenn wir mit dem Essen fertig sind, gehen wir in die Kirche und stellen drei Kerzen auf."

„Hanuman, warum drei?"

Georg wurde einen Augenblick ernst. „Eine Kerze dafür, daß es ein gesunder und starker Junge wird, ein echtes Cochemer Kind, eine Kerze dafür, daß er seiner Mutter keinen Schaden zufügt und ihr nicht wehtut."

„Für diese zweite Bitte darfst du mich im Hotelzimmer gleich wieder haben, wenn du mich willst."

„Und die dritte Kerze dafür, daß er ein leidenschaftlicher Stahlkocher wird."

„Hanuman, es gibt noch andere respektable Berufe. Es muß ja nicht gleich der erste deine Erbschaft antreten."

Der Kellner kam zu ihnen und fragte nach ihren Wünschen.

Als der Mann sich schon wieder anderen Gästen zugewandt hatte, rief Christine ihm zu: „Herr Ober, einen Augenblick bitte!" Er drehte sich erstaunt um und sah sie fragend an. „Wer von diesem Wein trinkt, schnell in Amors Arme sinkt."

„Sie haben mich gestern Abend an Dr. Kapps Weinstand gesehen?"

„Natürlich, wer wird sich den Spruch nicht gemerkt haben?"

Er mochte höchstens Mitte 20 sein, war sehr schlank und stellte sich mit Thomas vor. Sein Beruf sei nicht Kellner, er helfe hier nur aus, vielmehr sei er gelernter Weinbauer und sein Traum gehöre einem kleinen Weinhof, aber selbst jetzt, wo es der Weinwirtschaft schlecht gehe, komme man als Jungwinzer nicht unter.

Georg erwähnte, daß sie bis Montag im Cochemer Hof blieben, er gab sich zu erkennen und erkundigte sich, ob er seine Zeugnisse bis zur Abreise mal sehen könne.

„Gleich heute mittag, Herr Ruff. Ich habe von fünf bis sieben frei."

Als Thomas ihr Essen brachte, waren sie mit einem Mal bei einem ganz anderen Thema. Plötzlich sagte Christine: „Wenn seine Zeugnisse gut sind, sollten wir einen Versuch mit ihm machen, findest du nicht auch?"

„Das finde ich auch, nur muß ich dann noch eine vierte Kerze aufstellen."

„Und wofür die vierte?"

„Daß die Herrin auf Schloß Christine mir nicht mit dem Verwalter durchbrennt."

„Hanumännchen, weißt du, was du bist? Du bist ein Ungeheuer. Bis ans Ende der Welt bleibe ich dir treu."

„Liebling, ich wollt's nur noch einmal von dir hören."

„Willst du von deiner verliebten Frau auch noch etwas anderes hören?"

„Alles will ich hören, alles will ich wissen."

„Da mußt du aber erst einmal drei Einmarkstücke auf den Tisch legen, die will ich als Prämie haben."

Georg legte drei Markstücke auf die Mitte des Tisches.

„Ich verkaufe dir drei Weinnamen für das Château Christine: erstens 'Konzer Himmelbett'."

„Angenommen."

Sie nahm das erste Markstück vom Tisch. „Zweitens: 'Konzer Schlaraffe'."

„Auch angenommen."

Mit mechanischer Gleichmütigkeit hob sie das zweite Markstück auf. „Und drittens: 'Konzer Apotheke'."

„Die 'Konzer Apotheke' ist nicht sehr originell, aber ich nehme den Titel auch. Wir müssen es versuchen."

„Gut", sagte Christine, „von dem dritten Markstück nehme ich nur die Hälfte." Sie suchte aus ihrer Geldbörse fünf Zehnpfennigstücke heraus und gab sie Georg. „Können wir folgendes vereinbaren? Du bringst die 'Konzer Apotheke' als Spätlese versuchsweise auf den Markt und von jeder verkauften Flasche bekomme ich meine 50 Pfennig, die anderen Namen hast du soeben ganz bezahlt."

„Einverstanden."

Sie gaben sich wie beim Pferdehandel die Hand.

Georg Ruff war klug genug, die drei Weinnamen als Markenzeichen schützen zu lassen.

Er konnte freilich nicht ahnen, daß 'Konzer Himmelbett', 'Konzer Schlaraffe' und 'Konzer Apotheke' Jahre später in Westdeutschland, Belgien, Luxemburg und in der Schweiz berühmte Weine sein würden. Noch weniger allerdings konnte er voraussehen, daß er seine Frau mit dem Versprechen, ihr für jede verkaufte 'Konzer Apotheke' 50 Pfennig zu zahlen, zur Millionärin machen würde.

Sie änderten ihr Programm. Da Thomas seinen Arbeitsplatz unmöglich am Sonntag verlassen konnte, am Montag aber Ruhetag war, fuhren sie am Montag an der Mosel entlang nach Konz, um ihm das Weingut zu zeigen und die Pläne zu erläutern.

Thomas sah sich alles genau an und sagte: „Sie haben etwas sehr Solides gekauft, aber Sie müssen mit zehn Jahren harter Arbeit rechnen."

Wie das Weingut heißen werde?

„Château Christine."

Thomas ging nochmals durch alle Räume, das unaufgeräumte Bureau, den Keller mit den zwölf Fässern, die Probierstube – der einzige Raum, an dem es, von einer Dauerheizung abgesehen, nichts zu verbessern gab – und flüsterte unaufhörlich: „Château Christine ... Château Christine ...

„Ich mache das, Herr Ruff, ich mache das."

Sie fuhren wieder nach Cochem zurück und setzten Thomas vor der Tür des Elternhauses ab. „Wir würden deine Eltern gern kennenlernen. Wenn's recht ist, kommen wir nach dem Abendbrot vorbei."

„Das ist schon recht."

Die Eltern waren ganz solide Leute und freuten sich für ihren Sohn.

Als Georg und Christine am Dienstag nach Hause fuhren, hatten sie noch Thomas' Worte im Ohr: Ich mache das ... ich mache das ...

Sie hatten vereinbart, daß Christine bis zur Beendigung

ihrer Doktorarbeit in Trier wohnen bleiben würde. Also brachte er seine Frau am Mittwoch nach Trier und versprach, am Sonnabend ebenfalls nach Trier zu kommen oder sie in die Kuppel zu holen. Ihnen stand ein unruhiges halbes Jahr bevor.

Georg Ruff war sein Leben lang ein schwer beschäftigter Mann. Er hatte sich nichts anderes gewünscht. Aber wenn man ihn fragte, welches seine schwersten Jahre waren, so antwortete er, ohne lange zu überlegen: „Die beiden Jahre nach meiner Hochzeit. Damals bauten wir in das Konzer Stahlwerk einen dritten Lichtbogenofen ein und erhöhten damit die Kapazität auf 600 000 Tonnen pro Jahr. Wir bauten das Stahlwerk in Bremerhaven und ein weiteres in Innsbruck. Dann war da noch der Aufbau der Lynnschen Ingenieurgesellschaft, und am Ende des zweiten Jahres fingen die Verhandlungen mit den Franzosen über ein Ministahlwerk in Marseille an. Thomas Berger, der Verwalter von Château Christine, gab für den Aufbau des Weingutes mehr Geld aus, als wir gedacht hatten und bastelte ein richtiges Château zusammen. Daß wir damit später Millionen verdienten, ist eine andere Sache, aber in jenen zwei Jahren häuften sich die Dinge beängstigend, und alle guckten mich an und fragten mich, wie's denn nun weiterginge. Da saß ich in der Kuppel bis in die Nacht hinein an meinem Schreibtisch und schrieb die Rezepte aus, die die verschiedenen Patienten kurieren sollten. Da merkte ich, daß ein Unternehmer auch immer zugleich Arzt ist."

Die Manta AG brauchte ein ganzes Jahr, um den Vertrag mit der Hengeloer Fahrradfabrik unter Dach und Fach zu bringen und einen erfahrenen Geschäftsführer zu finden. Gottlob waren die Holländer unglaublich kooperativ und halfen auch mit einem stellvertretenden Geschäftsführer aus, bis sich das REX-de-Luxe-Fahrrad wieder im Markt durchzusetzen begann. Christine war ein unerschöpflicher Schatz. Sie machte im Mai ihr Doktorexamen mit einer zwei, was bei den Juristen viel hieß. Am Wochenende nach dem Examen feierten sie das Ereignis in ihrer kleinen Wohnung in Trier. Sie war noch ein bißchen molliger geworden, was ihr gut stand, und er sagte im Scherz „meine geliebte Molly" zu ihr.

Daraufhin umarmte sie ihn und schnurrte zärtlich wie eine Katze: „Nach den neuesten Freudschen Analysen gibt es Frauen, die während der Schwangerschaft keinen Appetit auf ihren Mann haben und Frauen, die dann gerade großen Appetit haben." Sie machte eine bedeutungsvolle Pause. „Ich gehöre zu der zweiten Art."

„Augenblick, Liebling. Hier kommen, so scheint mir, zwei Dinge zusammen. Einmal bist du in anderen Umständen, ist das richtig?"

„Mach das nicht so kompliziert, Hanuman, ich habe eine saftige Cochemer Schwangerschaft, was sollen da die Umstände?"

„Und zweitens hast du Appetit auf mich. Ist das wahr, meine geliebte Molly?"

„Ja, Mann, ich will dich haben."

„Himmel nochmal, dann komm doch!"

Sie liebten sich auf der Stelle, voller leidenschaftlicher Ungeduld, in der Gewißheit, daß sie nie einen anderen Menschen so lieben könnten. Bis Georg in das lange Schweigen des Glücks sagte: „Wenn wir so weitermachen, werden es Zwillinge oder sogar Drillinge, was meinst du?"

„Dummer Mann, wenn man einmal schwanger ist, kann man den Einsatz nicht mehr erhöhen. Vous faisiez votre jeu. Rien ne va plus."

„Ich weiß nicht, irgendwo habe ich mal gelesen, daß das bis zum dritten Monat geht."

„Niemals, Hanuman, niemals."

„Ihr Doktor-Juristinnen lebt zu weit von der Natur entfernt. Hast du mal Vorlesungen über die Genetik gehört? Das ist vielleicht was. In Chicago – "

„Hanuman, Geliebter, erzähl mir das jetzt nicht. Komm zu mir, ich bin deine Genetik."

Er nahm sie in seine Arme und hielt sie fest. Sie würde nach Konz umziehen und endlich zu Hause ankommen.

X

Viele Dinge ihres Lebens begannen sich zu ändern. Hatte er bisher häufig an seine Zeit in Frankreich, an Monique, an Chicago und die dunkelhäutige Venus Vita gedacht, sich in Gedanken mit seinen Lehr- und Wanderjahren beschäftigt, so verfügte er nun über einen neuen Mittelpunkt aller Gleichgewichte, der von Monat zu Monat an Bedeutung gewann. Er hätte es nicht für möglich gehalten, daß eine Frau und dazu noch eine promovierte Juristin das Leben von seinen Nebensächlichkeiten befreite und auf den Kern ihrer kleinen Welt zurückführte, auf den Aufbau seines Konzerns und das Glück seiner Familie. Niemals marschierte sie in Siebenmeilenstiefeln, wie er es in seinen Phantasien und Anweisungen gewohnt war, geduldig tat sie eins nach dem anderen, und das kleine Gespräch war ihr Mittel zum Zweck. Sehr bald brachte sie Paulas guten Willen in eine heimliche Komplizenschaft ein. Wenn Paula ein Problem von ihrem Ufer aus nicht erreichen konnte, bat sie Christine um Hilfe, und Christine schlug eine Brücke von ihrer Seite. Sie vereinbarten, die beiden Haushalte zu trennen und separate Kassen zu führen. Christine bat Georg um einen festen monatlichen Betrag für ihren gemeinsamen Lebensunterhalt, hiervon zahlten Georg und Christine Miete für das Wohnen und Arbeiten in der Kuppel, denn das Haus gehörte Benz und Paula. Diese Regelung sorgte für eine vernünftige Abgrenzung der Ausgaben und erlaubte Paula eine bessere Disposition mit einem größeren persönlichen Spielraum für eigene private Wünsche und kleinere Aufwendungen von Benz.

Christine sorgte dafür, daß Georg seine geliebten Jeans nur noch an den Wochenenden trug. Für die Arbeit im Büro und seine häufigen Reisen wählte sie strapazierfähige einfarbige Anzüge, meist dunkler grauer oder blauer Tönung mit schlichten Krawatten, was seinem Äußeren gut bekam. Sie hielt ihn an, Sport zu treiben und zu joggen und einmal wöchentlich zu schwimmen. Sie vereinfachte seine Kost und achtete auf seine Tischmanieren. Bei allen Heiligen, das war wahrhaftig notwendig. Ihre Château-Buchhaltung stellte eine völlig andere Sache dar. Nahm man die Dinge aber genau, und gerade das tat Christine, so verwaltete sie mit der ihr eigenen Gründlichkeit drei Einnahmequellen: die Quelle des Château, das Gehalt und Wirtschaftsgeld, das Georg vom Konzer Stahlwerk auf ihr gemeinsames Konto überweisen ließ und ihre Einnahmen aus der freien Mitarbeit in der SOCRIM. Diese Mitarbeit erstreckte sich mehr und mehr auf die Rechtsberatung bei dem überaus schwierigen Geschäftszweck. Für das Château suchte sie sich einen neuen Steuerberater, den sie in den ersten Jahren mehrfach wechselte. Diese drei privaten Buchhaltungen bezeichnete Georg als *das Finanzministerium*, in das er immer weniger Einblick nahm. Sein Vertrauen zu Christine war vollkommen, und im Grunde konnte es ihm nur recht sein, wenn sie ihm diese Sachen abnahm.

Georg Ruff stand noch weit vor dem Höhepunkt seines Lebens, aber Christine war der Auffassung, daß ein Mensch so früh wie nur möglich beginnen sollte, seine Kräfte auf das Wesentliche zu konzentrieren. Der Baum konnte nicht endlos weiterwachsen, irgendwo würde er an die Glocke des Himmels stoßen, und benötigte er dann nicht all seine Kraft, sich dort zu halten, gerade wenn die widrigen Winde an seinem Geäst zerrten? Sie glaubte an die ewige Distanz zwischen den Göttern und den Menschen, und es würde in ihren Augen vergeudete Energie bedeuten, diese Distanz überbrücken zu wollen. Sie schätzte es, mit beiden Füßen auf der sicheren Erde zu stehen. Also begann sie, seiner Arbeitsbesessenheit die Zügel der Liebe anzulegen und sie auf die Dinge zu lenken, die ihr wichtig erschienen, für ihn, für sie, für sie beide, für alle, die noch zu ihnen stoßen würden. Auch daran dachte sie.

Ihre juristisch geschulte Systematik ließ sie eines Tages die Frage stellen, wo denn dieses famose Hochleistungs-Elektrostahlwerk mal gründlich beschrieben worden sei, sie würde gern mal etwas über das Fabelwesen lesen. Was sei ein Massenstahlwerk, und was bedeute Konvoi-Technik? Sie ließ solange nicht locker, bis Alfred Lynn einen Fachaufsatz für die *Elektrowärme* schrieb, der kurze Zeit später in der Londoner *Modern Steel Mills* erschien und für einiges Aufsehen sorgte. Hier also konnte sie nachlesen, daß Lynn anstrebte, achtzig Prozent des Werkes zu standardisieren, das heißt reproduktionsfähig zu machen, und zwanzig Prozent für die Anpassung an den jeweiligen Standort zu reservieren. Hiermit würden sich die Investitionskosten konkurrenzlos reduzieren lassen.

„Hast du's jetzt", fragte Georg.

„Ja, Liebling", sagte sie sanftmütig.

„Und was haben wir damit erreicht", fragte er, ein wenig überheblich lächelnd.

„Du hast erreicht, daß Deine Frau versteht, was ihr Männer da eigentlich macht."

„Das ist allerdings eine Menge."

Wie sich bald herausstellen sollte, war dies keineswegs die ganze Menge.

Einzig als wenig erfolgreich, ja als brüchig, erwies sich seine Übereinkunft mit Maria Theresia Manta. Obwohl die Zusammenarbeit mit der holländischen Fahrradfabrik bald Früchte trug, hörte er über Christine das unablässige Rumoren hinter dem sauerländischen Horizont. Es schien sich nicht zu lohnen, wenn er Druck machte. Aber wie sollte ein Unternehmer aussehen, wenn er nicht die Eignung haben durfte, andere unter Druck zu setzen.

Georg war jetzt 29, sein Vater Benz wurde 51, aber er sah älter aus, das machte sein braungebranntes verwittertes Gesicht. Sein kurzes struppiges Haar zeigte eine Menge grauer Strähnen.

Bei der Registrierung wichtiger Ereignisse bezogen sich Georg und Christine häufig auf ihren Hochzeitstag. Paula hatte in ihren Erinnerungen von dieser Methode erzählt, und nun machten sie es in ihrem Glück genauso. Im ersten Jahr nach der Hochzeit wurden die Ingenieurarbeiten für die beiden Stahlwerke in Bremerhaven und Innsbruck fertig, im zweiten Jahr trafen die Lichtbogenöfen, Stranggießanlagen, Walzwerke, Krane, Pfannenbeheizungsanlagen, Entstaubungsanlagen auf den beiden Baustellen ein. Alfred Lynn war in diesem zweiten Jahr Woche für Woche einmal in Bremerhaven und einmal in Innsbruck, um in das Wirrwarr ankommender Maschinen-und Hallenteile Ordnung zu bringen. Seine Familie bekam ihn selten zu sehen, aber die Arbeit gefiel ihm, und so nahm seine Frau es hin, wie Frauen vieles hinnehmen, wenn der Mann nur ihnen gehört. Lynn war ein Mann, der neben seiner Frau und seinen beiden Töchtern nur noch Ministahlwerke im Kopf hatte. Doch um bei der Wahrheit zu bleiben, seine Frau befand sich in diesem Wettbewerb an erster Stelle. Im dritten Jahr gingen beide Werke ordnungsgemäß in Betrieb. Das Innsbrucker Werk gehörte zwar nicht zu der Ruff-Gruppe, es war ein rein österreichisches Unternehmen geblieben, doch die Ruff-Stahl Holding hatte mit ihm einen Betriebsführungsvertrag abgeschlossen und zeichnete für die ordnungsgemäße Arbeit und die Produktion des Werkes verantwortlich. Dazu hatte die österreichische Regionalregierung das „Konzer Modell" übernehmen müssen, das für alle produktiven Faktoren vorschrieb, marktflexibel zu sein. Im Gegensatz zur deutschen hatte sich die österreichische Energiewirtschaft bereit erklärt, auch den Energiepreis marktabhängig gleiten zu lassen, wenngleich nicht unter zwölf Pfennige je Kilowattstunde. Insofern stellte das Innsbrucker Stahlwerk den Idealfall des „Konzer Modell" dar, und Markus Didone bezeichnete das Innsbrucker Modell als das 'optimierte Konzer Modell'. Aus dem Vergleich der Energiepreise in Konz und Innsbruck lernte Georg Ruff die Bedeutung der Energiewirtschaft zu verstehen. Die Österreicher sagten, der Wasserkraftanteil in der österreichischen Stromerzeugung erlaube, stromintensiven Industrien günstige Bedingungen einzuräumen. Er nahm sich vor, mit Alfred Lynn noch einmal das Thema Energie gründlich durchzuarbeiten.

Ohne es zu beabsichtigen, war die Ruff-Gruppe mit der Ruffstahl-Holding, dem Ruff Eisenhandel, der Ruff Baustahlmatten GmbH, dem Konzer Stahlwerk und der Konzer Gesellschaft Beratender Ingenieure zur größten Unternehmensgruppe von Konz aufgestiegen, und Georg Ruff wurde auf Vorschlag des Gemeinderates von Konz zum Präsidenten der Trierer Industrie- und Handelskammer gewählt.

Dies war für ihn in vielerlei Hinsicht ein wichtiger Einschnitt. Sein noch junges Werk gewann öffentliche Anerkennung. Die Presse lobte seine unternehmerische Phantasie und seine Kraft, Projekte nach Konz zu holen und zu verwirklichen. Es gab aber auch kritische Stimmen. Eine Regionalzeitung wies darauf hin, daß die Möglichkeiten der Stadt Konz, Industrie und Gewerbe innerhalb der Konzer Gemarkung zu fördern, begrenzt seien. Der den Grünen nahestehende *Konzer Tagesbote* verlangte ein 'Mehr an Umweltschutz' und beklagte die Belästigung des Stadtgebietes durch den Rauchgasstaub des Stahlwerkes. Bei starkem Südwestwind sei es den Hausfrauen praktisch verwehrt, ihre weiße Wäsche im Freien zu trocknen.

Der Leiter des Trierer Gewerkschaftsbüros veröffentlichte einen giftigen Artikel gegen Ruff. Er schrieb wörtlich: *Es ist ein Irrglaube, anzunehmen, Arbeitsplätze ohne unsere qualifizierte Mitbestimmung seinen sichere Arbeitsplätze. Wir können nur hoffen, daß Georg Ruff frühzeitig erkennt, wo ihn der stärkere Rückhalt erwartet. Wir Metaller jedenfalls sehen den Dingen mit großer Sorge entgegen.*

Ruff ignorierte die Kritik. Ihm selbst waren Neid und Mißgunst fremd. Die Leute sollten sich um ihre eigenen Angelegenheiten kümmern.

Nach der bescheidenen Feier in der Industrie- und Handelskammer traf er sich mit dem Bürgermeister von Konz und seinem Stadtdirektor zu einem Gespräch über seine weiteren Pläne und die Entwicklung des Konzer Handwerks. Es war ihm klar, daß er die Ruff-Gruppe nicht mehr lange von der Kuppel aus dirigieren konnte. Er wollte bauen. Er wünschte sich einen hochmodernen Bürokomplex für etwa 400 bis 500 Mitarbeiter, mit der Möglichkeit, diese Kapazität später zu verdoppeln. Er hielt es für notwendig, Lynn und seine Ingenieurgesellschaft in seiner Nähe unterzubringen, um das zu erwartende sensible Dienstleistungs-Exportgeschäft besser gestalten und überwachen zu können. Der Bürokomplex mußte also die Ingenieurgesellschaft aufnehmen können.

Eine nicht leicht zu beantwortende Frage stellte für ihn die Verkehrseinbindung dar. Er und seine Leute brauchten zu viel Zeit für die Anreise zu den Flugplätzen. Die Projekte Bremerhaven und Innsbruck hatten in dieser Hinsicht viel Ärger bereitet. Häufig waren die Ingenieure 14 bis 16 Stunden unterwegs. Die Betriebsordnung für die Ingenieurgesellschaft schrieb vor, daß jeder Ingenieur uneingeschränkt reisebereit zu sein hatte, und wer bei Ruff Arbeit suchte, wurde hierüber nicht im Unklaren gelassen. Eine so hohe Stundenzahl sollte aber die Ausnahme sein, tatsächlich wurde sie zur Regel. Nun konnte das Unternehmen aber nicht mehr als acht Stunden pro Tag und 40 Stunden pro Woche bezahlen, das heißt, die außertariflichen Gehälter vergüteten 168 Stunden pro Monat, gleichgültig, wieviele Überstunden geleistet wurden. Es gab auch keine Möglichkeiten, diese Überstunden in zusätzliche Urlaubstage umzuwandeln. Hieraus resultierte die Klage, es gehe zuviel Zeit mit Reisen verloren. Ruff hatte versprochen, sich dieses Problems anzunehmen. Er wollte den Eifer seiner Mitarbeiter nicht über Gebühr in Anspruch nehmen, andererseits war an eine Anhebung der Gehälter nicht zu denken. Diese Randbedingungen verlangten eine Lösung durch den Unternehmer.

Als internationale Flughäfen kamen nur Luxemburg und Frankfurt in Frage, dazu konnte für Inlandsflüge der Flugplatz von Saarbrücken benutzt werden. Die Flugverbindungen von Frankfurt aus waren weitaus günstiger, aber die Entfernung bis Frankfurt betrug in der Luftlinie

145 Kilometer. Die Strecken Konz – Luxemburg und Konz – Saarbrücken boten mit 26 und 60 Kilometern Vorteile, denen bescheidene Flugpläne gegenüberstanden.

Ruff schwebte vor, den Bürokomplex mit einem reichlichen Parkplatz und einem Hubschrauberlandeplatz auszustatten. Ein kleiner sportlicher Hubschrauber konnte den Frankfurter Flugplatz in etwa 40 Minuten erreichen. Man mußte zusehen, daß die Effizienz wuchs. Er kannte Unternehmen, die wurden größer und größer, während ihre Effizienz abnahm, bis sie in Schwierigkeiten gerieten. Das sollte ihm nicht passieren.

Die Stadtväter zeigten sich von diesem Projekt begeistert und sagten zu, aus dem Gemeindegrund ein passendes Gelände auszuwählen. Man würde ihm auch hinsichtlich des Preises entgegenkommen. Ruff zögerte nicht, zwei Zahlen zu nennen. Er suchte ein Grundstück von etwa 30 000 bis 40 000 Quadratmetern und konnte dafür nicht mehr als eine Million investieren. Er schätzte das ganze Projekt auf fünf Millionen. Man vereinbarte, schon sehr bald wieder zusammenzutreffen.

XI

In der Ruff-Familie gab es im ersten Jahr nach der Hochzeit am 29. Februar zwei besondere Ereignisse, die nicht unerwähnt bleiben dürfen, obwohl sie für einen Unternehmensbericht keine Bedeutung haben. Pünktlich Ende Oktober wurde Christine tatsächlich von Zwillingen entbunden. Georg Ruff Jr. kam zuerst zur Welt, eine halbe Stunde später Helena Ruff. Georg behauptete, Georg Ruff Jr. sei ein Cochemer Junge, Helena Ruff dagegen ein Mädchen aus Trier.

Christine blieb bei der Version, daß das unmöglich sei: eine Frau könne nicht Anfang März einen Jungen und im Mai noch eine Tochter dazu empfangen. Georg war jedoch nicht davon zu überzeugen.

Georg und Christine baten Benz und Paula, Paten zu werden, und plötzlich, zweites großes Ereignis, war Paula die Großfamilie mehr als recht. Schließlich setzte sie durch, daß eine Nachwuchssekretärin eingesellt wurde, um sich mehr ihren Patenkindern widmen zu können. Also blieben Georg und Christine zusammen mit ihren Kindern, Benz und Paula im Haus, was Benes Architekturbüro einen zweiten, wenngleich nur kleinen Auftrag einbrachte, auf der Rückseite der Kuppel drei Zimmer mit einem Bad und einer Küche anzubauen. Wozu Christine bemerkte: „Bitte ausbaufähig."

XII

Im zweiten Jahr, als sich die Fertigstellung der beiden Werke in Bremerhaven und Innsbruck abzeichnete, gab Georg die Werksleitung der Konzer Stahlwerke an einen Mann namens Birkholz ab. Die Aufgaben der Ruff-Gruppe nahmen immer mehr Zeit in Anspruch. Bereits jetzt geschah es, daß er sich tagelang nicht im Werk sehen ließ, und der bisherige Ablauf der Schmelz- und Stranggießvorgänge drohte seinen Schwung zu verlieren. Der Stadtrat bot Ruff für seinen Bürokomplex zwei Okkasionen an, wie der Rat es ausdrückte, die stillgelegte Konzer Ziegelei und das alte Schützenhaus. Die Ziegelei verwarf er sofort, weil der Abbruch und das Aufräumen des Geländes zu viel Zeit in Anspruch genommen hätte. Das Grundstück des alten Schützenhauses wäre in Frage gekommen, es lag aber sehr verkehrsungünstig und nahe dem Mädchenviertel. Er hatte sich mit Christine selbst umgesehen und an die erste Stelle aller Möglichkeiten den Karthäuser Obstgarten gesetzt. Der Karthäuser Obstgarten war, wenn man von dem alten Obstbaubestand absah, die für einen Neubau wünschenswerte *Grüne Wiese* und eingebettet in die Eichenaue dem Naturpark Hunsrück vorgelagert. Irgendwo hatte er gelesen, daß eine Bürgerinitiative lief mit dem Ziel, den Obstgarten und die Eichenaue in zwei Stufen zum Vogelschutzgebiet und schließlich zum Naturschutzgebiet der Gemeinde zu erklären, aber noch galten beide Flächen als Bauerwartungsland. Das würde sich aber sicherlich regeln lassen.

Der gewichtigste Grund für seine Entscheidung, die Werksleitung in neue Hände zu geben, hieß Eisenschwamm. Auf dem letzten Eisenhüttentag in Düsseldorf, der unter dem Titel „Eisenschwamm – heute und zukünftig" die internationale Fachwelt über den Stand der Eisenschwammtechnik unterrichtete, erfuhr Ruff, daß sich für die Stahlschrottversorgung der Elektrostahlwerke erhebliche Schwierigkeiten abzeichneten. Der Bauboom hielt, der Arbeitslosigkeit zum Trotz, noch an, das zunehmende Freizeitdenken und die immer besseren Autobahnverbindungen ließen die Automobilproduktion ansteigen, ohne daß aus schrottreifen Straßenfahrzeugen sauberer Stahlschrott zurückgeflossen wäre, der Fahrzeugschrott war in hohem Maße mit anderen Metallen, insbesondere Kupfer, und Plastikmaterial verunreinigt. Der Kupfergehalt mußte nach bestimmten Standards begrenzt sein, andernfalls konnte der Stahl brechen, es kam zum Rotbruch. Die Dinge waren komplizierter, als er sich vorgestellt hatte. Versuche, die verschiedenen Materialanteile vor der Schrottpresse wieder voneinander zu trennen, erwiesen sich als unfruchtbar und zu kostspielig. Eisenschwamm dem Lichtbogenofen zuzugeben, stellte einen idealen Stahlschrott-Strekker dar. Es gab eine Vielzahl von Eisenschwammverfahren und Versuchsanlagen im Labor- und halbindustriellen Maßstab, der Durchbruch des Eisenschwamms war bisher ausgeblieben, er stand aber möglicherweise bevor, und wer an diesem Durchbruch teilhatte, durfte eines großen Erfolges sicher sein. Das deutsche Zentrum der Eisenschwammforschung hatte sich an der traditionellen Hochschule für das Eisenhüttenwesen und die Metallurgie in Alt-Kronenburg gebildet, mit erheblicher finanzieller Unterstützung des Landes.

Georg Ruff hielt es für unerläßlich, sich mit diesem Gebiet vertraut zu machen und Kontakt mit der Hochschule aufzunehmen. Er konnte erwarten, daß ihn die technische Entwicklung und Einbindung des besten Eisenschwammprozeßes in das Ministahlwerk sehr in Anspruch nehmen würde. Aber zunächst galt es, die unterschiedlichen Vorschläge zu prüfen. Aber wie stets nahm er sich mehr vor als seine Zeit zu tun erlaubte. Häufig überschlugen sich die Dinge, und er mußte bis in den frühen Morgen hinein arbeiten, um alles in die Reihe zu bringen. Aus dem Besuch der Hochschule wurde jedenfalls vorerst nichts.

Birkholz schien kein sehr glücklicher Griff, wie sich bald

herausstellte, aber für einen Georg Ruff einen Nachfolger zu finden, mußte in jedem Fall ein schwieriges Unterfangen sein. Es hatte aber geheißen, Birkholz sei ein starker Praktiker, den er suchte, in Wirklichkeit lagen seine Stärken in der Theorie, und er ließ sich nur wenig bei den Lichtbogenöfen und Stranggießanlagen sehen.

Man würde Birkholz Unrecht getan haben, hätte man ihn als Fehlbesetzung bezeichnet. Aber die, etwas übertrieben ausgedrückt, schwache Besetzung bewirkte, daß Georg Ruff den größten Teil seiner Mannschaft in Bremerhaven selbst auswählte. In Innsbruck machte er von seinem Beratungsrecht vollen Gebrauch. In Bremerhaven lehnte er zwei Kandidaten, die die Politiker für die Leitung des Stahlwerks vorschlugen, strikt ab. Er gewann den Eindruck, daß der hohe Norden stark von Ideologien und Fundamentalisten durchsetzt war. Damit aber war kein Stahl zu machen. Vielleicht auch kein neues Werftenkonzept. Die Verhandlungen liefen zum Teil in einem ruppigen Ton ab. Zum erstenmal erwähnte Lynn das berüchtigte Nord-Süd-Gefälle. Die Presse, Ruff-freundlich, konnte es nicht lassen, in der Morgenausgabe eine fette Überschrift zu bringen: *Bürgermeister ratlos. Der König schlägt seinen ersten Springer und Turm.*

Ruff wollte einen Mann, der sein Handwerk verstand und aus der Wirtschaft kam. Einen Mann, der nicht bereit war, sich mit den Parteiausschüssen anzubiedern. Stärke nach oben gestattete Führung nach unten. Der Satz war nicht umkehrbar. Verständnis nach oben verhinderte Führung nach unten. Er sah seine Stahlwerker immer noch als Basketballteam. Bevor er Markus Didone mit den Rechnermodellen nach Bremerhaven und Innsbruck schickte, gab es mit Lynn, Didone und Kluge eine zweitägige Klausur in der Kuppel. „Geschlossenes Meeting", sagte er zu Paula. Er wies sie an, keine Verbindungen durchzustellen, sondern zu erklären, er sei am Mittelmeer, „meinethalben in Marseille". Teufel auch, er wußte nicht, was er damit anrichtete.

Im Konzer Stahlwerk stand die „Produktivität" auf 119, und sie diskutierten, ob diese hohe Ziffer auf die Dauer zu halten sei. War es nicht vernünftiger, mit größerer Vorsicht an das Geschäft heranzugehen und 90 für die 100 zu setzen? Das Rechnerprogramm ließ sich leicht ändern. Es war eine Frage des Prinzips, die Mathematik sah dann immer noch etwas anders aus. Didone ließ die Verdunklungsjalousien runter und schaltete den Projektor ein.

„Ich zeige Ihnen in verschiedenen Szenarien die Aufschlüsselung der Produktionskosten, wobei ich die 100 nach oben und unten variiere. Das Beispiel, das vielleicht am einleutendsten ist, finden Sie in der sechsten Rubrik. Der Stahlwerkschef – wir nehmen sein Gehalt als Basisgröße für unsere Betrachtungen – bekommt in diesem Bild 110 000, im zweiten Bild 100 000 und so weiter bis 80 000. Wenn wir im Falle der größten Zurückhaltung auf 80 000 gleich 100 gehen, würde Ihr Stahlwerkchef in Konz heute rund 94 000 verdienen, tatsächlich verdient er aber etwa 170 000, genauso liegen alle anderen Löhne und Gehälter. Dagegen ließe sich nichts einwenden, wenn nicht im negativen Falle die Hundertschwelle sehr rasch unterschritten würde. Das nächste Bild zeigt die Sensibilitätsszenarien. Das Konzer Stahlwerk ist in hohem Maße krisensensibel, wie Sie aus diesen Kurven ersehen, und meine Empfehlung ist, eine Basis-Produktivität zu wählen, die zunächst die optimistischen Erwartungen erfüllt, dann aber krisenrobuster ist." Didone hatte ein neues Wort kreiert. Die Welt des Stahls sollte krisenrobust sein.

„Was schlagen Sie vor", fragte er Didone. Ruff war klar, daß sie hier eine langfristige Erwartungspolitik entwarfen und sie möglicherweise in Konz einen Fehler gemacht hatten. Wenn es irgendwann einmal in der Stahlindustrie kriselte, würden sie das zuerst in Konz zu spüren bekommen.

Didone zeigte ein neues Diagramm. „Auf diesem Bild sieht man die verschiedenen Kurven der maximalen Genügsamkeit und der Grenzakzeptanz nach dem Goldenbergschen Motivationsprinzip."

Lieber Gott im Himmel, diese Theoretiker, dachte Kluge. Da war sein Leben doch einfacher.

Georg Ruff drückte es dann nach einer Atempause auch volkstümlich schlicht aus: „Daraus werde ich nicht schlau."

Didone löschte das Diagramm. „Ich werde es erklären." Er ging ein paarmal auf und ab, wobei er sich mit der freien Hand durch die Haare fuhr. „Du verdienst als Leiter des Stahlwerkes ..."

Georg unterbrach ihn. „Ich habe verdient. Jetzt ist es Birkholz."

„Richtig." Didone fing wieder von vorn an. „Du verdienst als Leiter des Konzer Stahlwerks bei einer 'Produktivität' von 100, das war der Ausgangsdruck, rund 100 000 Mark, das stimmt nicht ganz, aber nehmen wir diese Zahl als Faktum." Er sprach jetzt zu dem Meeting. „Lassen Sie uns ferner davon ausgehen, daß Sie nicht Unternehmer sind, sondern Angestellter, daß Sie bestimmte Forderungen an den Unternehmer stellen, daß Sie einen gewissen unauslöschbaren Argwohn ihm gegenüber hegen, daß Sie von Ihrer Frau ständig zu hören bekommen, daß andere Männer mehr Geld nach Hause bringen, daß die Nachbarn schon wieder für mindestens drei Wochen nach Mallorca fliegen und Sie sich vorher gerade ein neues Auto gekauft haben, das am Tage Ihrer Rückkehr natürlich unbedingt vor der Tür stehen muß, andernfalls Sie dem Autohändler die rote Karte zeigen, und gehen wir einmal weiterhin davon aus, daß der Unterschied zwischen dem Einkommen Ihres Nachbarn, für den Ihre Frau eine gewisse Schwäche zu haben scheint, was Sie seit geraumer Zeit erbost, sobald Sie daran erinnert werden, und Ihrem eigenen Einkommen nur darauf zurückzuführen sein kann, daß Sie von Ihrem Chef schlecht geführt werden und es bei Ihrem Wissen, Ihrer Erfahrung und Ihrer leichten Hand mit Untergebenen nun endlich an der Zeit sei, sich nach einer besseren Stellung umzusehen. Sie sagen sich also: 'Du mußt mit deinem Vorgesetzten endlich mal zur Sache kommen.' So ungefähr müssen Sie sich das vorstellen."

Alles stand genau so vor seinen Augen. Nun war er nicht in Konz, sondern in Chicago.

„Nun gut", fuhr Didone bewußt provozierend fort, „wo meinen Sie, wird bei all diesen emotionalen Aufheizungen durch Ihre Frau, die sich selbst in Ihrer Gegenwart nicht scheut, mit sichtbar einladenden Blicken auf den erfolgreichen Nachbarn zu starren ..."

„Lassen Sie aus Ihren Zutaten den Sex raus, Didone, ich versteh's auch so." Der Gedanke, Christine könnte mit körperlichem Wohlgefallen ihren Nachbarn anblicken, gefiel ihm überhaupt nicht.

„Das sind aber die echten Motivationen fürs Geldverdienen, fürs Stehlen, fürs Totschlagen, für den Raub der Sabinerinnen."

„Wo, meinen Sie, wird die Grundakzeptanz für Ihr Gehalt liegen?"

Alle schwiegen sie, einschließlich Georg Ruff. Es entstand eine Atmosphäre voll knisternder schweigender Erwartung. Didone hatte das wirklich hinbekommen.

Schließlich sagte Ruff: „Nun, ich meine, wenn ich davon ausgehe, daß das von dir dargestellte Bild sitzt ... und es sitzt ... dann würde ich vielleicht bei 70 keine Argumente mehr zugunsten meines Unternehmers haben und mich bei 65 nach einem anderen Job umsehen."

„Danke", sagte Didone. Er schaltete das Diagramm wieder ein. „Wenn Sie dieser Linie folgen, dann sehen Sie, daß die Grenzakzeptanz bei 65 plötzlich stark abfällt, und zwar bei fast allen Einkommensklassen gleich schnell. Die Schwelle ist ein klein wenig verschoben, das heißt, bei den unteren Einkommen beginnt der Fall schon bei 69, 68, 67, bei den höheren Einkommen reicht die Akzeptanz länger. Den oberen mathematischen Grenzfall sehen Sie bei einem Jahreseinkommen von einer Million, der Mann würde in Ihrem Stahlwerk noch eine 'Produktivität' von 45 akzeptieren, weil er so rasch keinen neuen Job findet, der ihn wieder auf eine Million anhebt."

„Was schließt du daraus?" Ruff konnte sich nicht vorstellen, daß die „Produktivität" eines Tages auf 65 fallen würde. Die Sache schien ihm sehr theoretisch.

Didone ließ die Kassette des Projektors zum letzten Bild vorrücken. „Hier erkennen Sie zwei Prozent-Kolonnen, die Ihnen zeigen, bei wieviel Prozent Ihrer Mannschaft die jeweilige Akzeptanz ausklingt. Links haben Sie die Betrachtung für das Stahlwerk in Konz, rechts eine theoretische Aufschlüsselung für den Fall einer 'Basis-Produktivität' von 100 gleich 90 in Konz. Sie sehen, daß die tiefere 'Basis-Produktivität' die Akzeptanz verlängert. Konsequenz: in den Augen des Verdieners ist Geld keine absolute Größe, sondern eine relative Größe. Das aber führt zu der Empfehlung, die 'Basis-Produktivität' von Anfang an niedriger anzusetzen."

„Dann bleiben die Leute länger im Plus."

„Richtig, so einfach ist das." Didone schaltete den Projektor aus und ließ die Jalousien wieder hochlaufen. Das Tageslicht blendete sie einen Augenblick.

Kluge sagte: „Nun, ich schließe daraus, daß es vernünftig wäre, die Basislinie bei 90 oder darunter zu ziehen."

„Wie entscheiden wir das", fragte Ruff und sah der Reihe nach Didone, Kluge und Lynn an.

„Wir entscheiden das nicht", bemerkte Didone, „du entscheidest das."

„Wir können es gemeinsam beschließen", wehrte sich Ruff.

„Nein", sagte Didone, „du bist der Boß."

Ruff überlegte eine Weile. Eine absolute Sicherheit gab es nicht. Einen Sprung um zehn Prozent zwischen Konz und Bremerhaven erschien ihm reichlich hoch. Das bedeutete, auf den Markt bezogen, daß Bremerhaven mit dem Stahlpreis fast um den gleichen Betrag weiter runtergehen konnte, ehe es die Akzeptanzschwelle erreichte. Dafür gab es seiner Meinung nach keinen Anlaß. Also sagte er: „Wir legen die 'Basis-Produktivität' in Bremerhaven um sieben Prozent niedriger als in Konz."

„Und Innsbruck?"

„In Innsbruck gehen wir nochmals um fünf Prozent runter und kommen damit nach meiner Rechnung auf knapp 88."

Didone notierte die Zahlen, denn er mußte die Programme darauf einrichten. „Begründung?"

„Alles darf mir passieren, nur kein Reinfall in Innsbruck."

„Das gibt denen recht", sagte Didone, „die behaupten, Unternehmer würden so gut wie alle Entscheidungen emotional treffen."

„Ich habe mich noch niemals gefragt, wie ich meine Entscheidungen treffe. Ich treffe sie. Das ist die ganze Arbeit."

Ausgerechnet in diesem Augenblick erinnerte er sich, was Monique ihm geraten hatte: 'Ein Mann wie du sollte nicht emotional reagieren. Denke nach.' Er hatte also nachgedacht. Aber nicht lange. Das war nicht seine Art. Außerdem hatte er immer noch nicht verstanden, daß er als Außenseiter der Stahlwirtschaft das besondere Interesse der Medien auf sich zog. Vieles sagte er *nur so zum Spaß*, ohne zu bedenken, daß die Zeitungen aus allem und jedem einen Headliner machen würden. Er konnte von Glück reden, daß die Presse immer noch Ruff-freundlich war. Was hatte Lynn seinerzeit über Napoleons Umgang mit den Medien erzählt? Wenn einen Mann Weisheit und Glück im Stich ließen, half auch das gescheiteste 29. Bulletin nicht. In manchen Dingen war er, wenn man so wollte, schwer von Begriff.

Er hatte also, ohne viel zu überlegen, Paula mitgeteilt, er sei nicht zu sprechen, am Mittelmeer könne man ihn erreichen. Und Paula paßte nicht auf. Sie filterte die Informationen nicht. Am übernächsten Vormittag brachte Kluge einen Packen Zeitungen aus dem Auto in die Kuppel. „Französisch können Sie ja selbst lesen."

Eine Marseiller Tageszeitung schrieb: *Ruff auf dem Vormarsch nach Marseille. Seine intelligenten Ingenieure KOBI ante portas.* Die linke Zeitung Marché erboste sich: *Kommen die Deutschen wieder?*

„Kluge, wer ist KOBI?"

„KOBI ist die Abkürzung von Konzer Gesellschaft Beratender Ingenieure."

„Wer ist auf die Idee gekommen?"

„Ich vermute, ein deutscher Journalist", antwortete Kluge. Er zog die massigen Schultern hoch.

„Wie sehen Ihre Verkaufszahlen aus?" Eine ausgesprochene Leerlauffrage. Selbstverständlich hatte er die Verkaufszahlen im Kopf. Sein Gehirn arbeitete jetzt auf zwei Schienen. Auf der einen Schiene lief die Unterhaltung mit Kluge und Didone, und auf der anderen Seite überlegte er, was er über Marseille wußte und ob ein Projekt in Marseille für ihn sehr wichtig war, und wenn ja, welches der nächste aller vernünftigen Schachzüge sein könnte.

„Wir haben für dieses Jahr eine Kapazität von 400 000 Tonnen geplant. Bisher sind 233 000 Tonnen verkauft, das heißt für sieben Monate Beschäftigung."

Jetzt hatte er's. Zwei Berichte hatte er gelesen. Miramer hieß das Mädchen. Die junge Stahlgesellschaft Miramer ... das könnte ein verlockendes Angebot sein. Könnte. Fünf Prozent Kapitalbeteiligung oder Vergütung für die Mitbenutzung aller Patente ... „Würden Sie mir bitte sagen, wie sich die 'Produktivität' ändern wird, wenn die Wirtschaftsexperten für das nächste Jahr einen Rückgang des Stahlbedarfs um fünfzehn Prozent voraussagen, wir aber voll im Geschäft bleiben wollen?" ... Außerdem sind sie vielleicht bereit, das 'Konzer Modell' ohne Einschränkung zu übernehmen und bieten mir für diesen Fall eine weitere Kapitalbeteiligung von zehn Prozent an ... Ist Dr. Nosso für eine solche Verhandlung der richtige Mann? Vielleicht ...

Didone las die Zahl von seinem Taschenrechner ab. „Vollbeschäftigung vorausgesetzt bedeutet das eine 'Produktivität' von 91."

... Ich müßte Christine fragen, ob sie eine Anwaltspraxis kennt, die sich im internationalen Vertragsrecht auskennt ... Gibt es für Ausländer in Frankreich irgendwelche Investitionshürden ... Ich muß zum EG-Büro nach Brüssel ...

„Und bei einem Rückgang um 30 Prozent?"

„Das wäre eine dramatische Entwicklung innerhalb eines einzigen Jahres."

„Lassen Sie uns mal davon ausgehen."

... Dieses Projekt hat natürlich einen besonderen sozialen Pfiff. Die Fos-sur-Mer hat die Unions am Hals. Der geht dann schnell die Luft aus. Ich müßte ein Mitbestimmungsrecht bei den Einstellungen verlangen ... Ob mein Französisch dafür noch ausreicht?

„Bei minus 30 müssen Sie mit 80 rechnen."

„Das wäre immer noch nicht in der Nähe der Grenzakzeptanz."

„Nein, bei weitem nicht."

... Und die französische Presse soll ihre Schlagzeilen nicht umsonst geschrieben haben. Ich fliege nach Marseille und verhandle mit Miramer ... Ich könnte Christine mitnehmen ... Eine promovierte Juristin kann niemals schaden ...

„Gut", sagte Ruff, „wir bleiben bei 92,5 in Bremerhaven und bei 88 in Innsbruck. Richten Sie Ihre Druckmodelle darauf ein und fangen Sie mit dem Programmieren in Bremerhaven an, und nehmen Sie gleich anschließend Innsbruck vor. Ich fliege nach Marseille. Wenn ich zurückkommen, lasse ich mich in Bremerhaven sehen."

„In Ordnung", antwortete Didone und packte seine Dias wieder ein.

Christine weigerte sich mitzukommen. Sie hatte mit ihren Zwillingen eine Menge zu tun, und wenn sie mal ein paar Stunden erübrigen konnte, fuhr sie auf's Weingut und half Thomas bei der Arbeit. Außerdem war sie im fünften Monat schwanger und ihr Zustand für derartige Blitzreisen wohl ziemlich ungeeignet. Sie rief von sich aus Dr. Nosso an und fragte ihn, ob er sich das vollständige Vertragswerk für Miramer zutraue. Da Dr. Nosso ehrgeizig war, geriet er allein schon bei dieser Frage in Fahrt. Vertragsrecht sei schließlich sein Fach, und französisch spreche er auch. „Sie glauben doch nicht im Ernst, daß ich eine solche Aufgabe einem anderen überlasse."

Als Georg Ruff hörte, daß sie mit Dr. Nosso schon gesprochen hatte, meinte er: „Nun gut, das enthebt mich der Frage, wer es sonst machen könnte. Wenn er's sich zutraut, in Ordnung, wenn nicht, muß ich mir einen anderen Mann suchen. Wir werden uns ohnehin nicht auf Anhieb einig werden in der Finanzierung eines binationalen Projektes."

„Dr. Nosso kann auch ein bißchen auf dich aufpassen", sagte Christine leichthin, obwohl es keineswegs flüchtig gemeint war.

„Wie meinst du das, Molly?"

„Du wirst in diesem Jahr 32, Hanuman, deine Sorte von Mann ist sehr begehrt. Nimm dich in acht, ich bringe dich sonst um."

Er nahm sie in seine Arme und alberte mit ihr herum. „Mach dir keine Sorgen, ich werd mit den Französinnen schon fertig. Ich muß nur zusehen, daß Dr. Nosso auch seine Beschäftigung hat."

„Gottlob, dem trau ich überhaupt nichts zu", bemerkte Christine.

Dieses Urteil gefiel Georg Ruff allerdings auch wieder nicht. Niemand von ihnen war auf ein Abenteuer aus, es ging um ein kompliziertes Geschäft. Bremerhaven und Innsbruck würden mit einem Abstand von drei oder vier Monaten in Betrieb gehen und dann würde seine KOBI-Mannschaft ein neues Projekt gut gebrauchen können. Andererseits war es eine Tatsache, daß er das Projekt in Marseille nicht sehr günstig beurteilte und mit einer gewissen Unlust zum Flugplatz fuhr.

Aber dann mußte er seine Verabredungen um eine Woche verschieben. Er hatte einen Brief von der amerikanischen Midland Steel Corporation erhalten. Die Neubauabteilung der Midland Steel hatte Lynns Fachaufsatz über das Grundkonzept des Konzer Ministahlwerks gelesen und fand diese Lösung für in besonderem Maße kompatibel mit der Midland-Eigenentwicklung eines Eisenschwammverfahrens. Wenn es gelang, ein kleines, kostengünstiges Hochleistungs-Elektrostahlwerk mit einer hochverfügbaren Eisenschwammanlage zu verknüpfen, konnte dies eine ideale Kombination von Lichtbogenofen und Eisenschwamm sein und möglicherweise zum Durchbruch des Eisenschamm für Massenstahl führen. Die Größenordnung beider Anlagen begrenzte das Risiko.

Als Konferenzort schlug Midland Steel Georgetown in South Carolina vor. Georgetown liege am Meer, am Hafen könnte ein Grundstück erworben werden, daher ließe sich die Konferenz mit einer Standortbesichtigung verbinden.

Ob man am Montag anfangen könne? Georg Ruff sagte telefonisch zu. Er beauftragte Paula, für Lynn und sich Flugtickets zu besorgen. Er begann mit den Reisevorbereitungen. Mitten im Kofferpacken erreichte ihn der Telefonanruf des Bürgermeisters.

„Ja, Herr Ruff, der Gemeinderat tagt den ganzen kommenden Freitag, ab 17 Uhr würden wir gern die Grundstücksfrage mit Ihnen erörtern, zu diesem Termin laden wir Sie herzlich ein."

„Ich bin die ganze Woche in den Vereinigten Staaten, Herr Bürgermeister. Ob ich bis Freitag zurück bin, ist ungewiß."

„Dann ginge es erst wieder Ende Oktober."

„Nein, nein", warf Ruff ein, „ich will ja im Frühjahr mit dem Bau beginnen."

„Was schlagen Sie vor?"

„Ginge es am Sonnabend?"

„Hm, Sonnabend."

„Ja, das sagte ich."

„Eujeujeu."

„Warum nicht", faßte Ruff nach.

„Das ist völlig unüblich, Herr Ruff."

Es gibt keine andere Chance, dachte Ruff, den Sonntag habe ich schon reserviert für den Flug nach Marseille. Das kann ich nicht erneut vor mir herschieben. Er sagte so freundlich, wie nur möglich: „Sie tun mir wirklich einen großen Gefallen, wenn Sie den Sonnabend opfern, das wird ein ewiger Stein in meinem Brett sein."

„Ich will's versuchen. Wenn ich mich nicht mehr melde, hat mich der Gemeinderat mit heißen Kartoffeln erschossen."

Aber der Bürgermeister rief wieder an. „In Ordnung. Wir machen ein Arbeitsessen. In der Harmonie. Um zwölf."

„Sie sind meine Gäste", sagte Ruff vom Eise befreit.

„Das geht nur, wenn es ein inoffizielles Arbeitsessen ist, Herr Ruff, sonst wird die Presse von passiver Bestechung sprechen."

„Es ist ein Arbeitsessen", versicherte Ruff, „und es ist absolut inoffiziell."

Das war geschafft. Er fuhr fort, seine Koffer zu packen. Am nächsten Morgen, einem Sonnabend, saß er mit Lynn schon im Flugzeug nach New York, wo sie den Zoll passieren würden. So blieb ihnen der Sonntag für die Vorbereitungen vor Ort. Die Midland Steel hatte im Crest-Hotel zwei Zimmer reserviert, aber als Ruff die Preise sah, löschte er die Reservierung, ließ die Koffer in ein Taxi werfen und fuhr eine Stunde durch Georgetown, bis er sich für das billigere Holliday Inn entschied. Am Montag mußte die Midland Steel zu ihrer Überraschung feststellen, daß die Germans zwar angekommen, aber nicht im Crest-Hotel Quartier genommen hatten. Sie telefonierten eine Weile herum, bis sie die Germans fanden und vereinbarten, um elf Uhr im Konferenzzimmer des Crest-Hotel anzufangen.

Ruff und Lynn verabredeten sich für Sonntagvormittag zum Frühstück und schliefen sich erst einmal richtig aus. Der bewölkte Himmel des frühen September umhüllte Georgetown wie ein diffuser Lichtschleier. Um diese Jahreszeit war es in Georgetown noch wesentlich wärmer als in Konz. Sie kauften sich in der Boutique des Hotels Badehosen und besichtigten den Swimming Pool. Zwei schwarze Angestellte beendeten soeben das Staubsaugen auf dem Boden des Beckens und räumten den Schlauch und das Gerät in eine Kammer nahe einem Gartenhaus. Sie rückten die Liegestühle zurecht und bedeckten sie mit bunten Auflagen.

„Bleiben wir hier, oder fahren wir ans Meer?"

„Ich würde das Meer bevorzugen", antwortete Lynn, „wenn der Strand sauber ist."

„Das kann ich Ihnen nicht versprechen."

„Dann sollten wir's uns ansehen." Lynn hatte Schwierigkeiten mit seiner bifokalen Brille. Das Brillentuch war rasch feucht und schweißfettig. Beim Putzen bildete sich auf dem Glas ein dünner grauer Film. „Wie oft badet man schon im Atlantik?"

„Recht haben Sie." Ruff fragte den Mann an der Rezeption, ob sie einen Wagen zum Strand bekommen könnten und ob der Wagen dort auf sie warten würde. Das Hotel stellte für solche Fälle einen Picknick-Wagen zur Verfügung und brachte die Gäste zu einem ausgewählten Platz, wo sie sicher sein konnten und nicht von Herumtreibern gestört würden. Das schien ein gutes Angebot, und sie mieteten den Wagen für den ganzen Tag. Zwei dunkelhäutige Angestellte brachten Sonnenschirme, Eßkörbe und Getränke und begleiteten sie zum Strand und arrangierten alles für einen relativ kleinen Betrag. Georgetown wirkte am Sonntag ein wenig verschlafen, die Leute schienen daran interessiert zu sein, etwas zu unternehmen.

Ruff und Lynn schwammen eine Weile, ohne eigentlich hinauszuschwimmen, wovon ihnen abgeraten worden war, und legten sich dann unter einen Sonnenschirm, um sich vor dem diffusen, nicht ungefährlichen Licht zu schützen. Ruff rubbelte sein kurzes störrisches Haar trocken. Er streckte seine sportlichen einssechsundsiebzig und machte ein paar Arm- und Beinübungen. Das Wetter und die See waren nach seinem Geschmack, und er fühlte sich gut in Form.

Lynn dagegen bekam Schwierigkeiten mit den Augen und legte ein zu einem Turban zusammengefaltetes Handtuch auf seinen Kopf. „Alles zu grell", sagte er.

„So, dann fangen Sie mal an mit Ihrem Eisenschwamm", forderte Ruff.

Lynn wußte nicht, wieso der Eisenschwamm *sein* Eisenschwamm sein sollte, und einen kurzen Augenblick lang ärgerte er sich, weil der Eisenschwamm in Wirklichkeit *nicht sein Eisenschwamm* war. Aber er nahm's halt hin und suchte nach dem besten Anfang. „Das Hochofenverfahren hat gegenüber dem Stahlschmelzen im Lichtbogenofen den Vorteil, immer nur reines Erz zu verarbeiten, das Eisen, das durch den Konverter geht, ist also jungfräulich. Der Lichtbogenofen schmilzt Stahlschrott, der schon mehrfach gebraucht sein kann, die Massenstähle, die wir in Konz machen, haben ihre Tugend längst verloren. Man kann sie aber auffrischen, indem man neues Eisen hinzugibt. Dies hat zu der Entwicklung einer Vielzahl von Eisenschwammprozessen geführt. Habe ich mich bis dahin richtig ausgedrückt?" Er nahm seine Brille nun ab und steckte sie ins Etui. Er wirkte etwas hilflos. Aber dieser Eindruck täuschte.

Ruff erteilte keine Zensur. Er sagte: „Ich habe Sie verstanden."

„Na schön, dann zum Eisenschwamm selbst", fuhr Lynn fort.

„Wenn ich zu ausführlich werde, sagen Sie's mir."

„Mach ich." Ruff sah auf den Atlantik hinaus und verfolgte mit seinen Blicken einen großen Frachter.

„Erhitzt man hochwertige Eisenerze mit 60 bis 70 Prozent Eisenanteil ... Brasilien und Schweden haben solche Erze ... auf Temperaturen bis 1350 Grad C genügend lange, und zwar unter Zugabe von Kohle oder Gas, so verwandelt der Kohlenstoff den Sauerstoff des Eisenoxids zu Kohlendioxid. Es entsteht ein Eisen mit etwa 3 bis 3,5 Prozent Kohlenstoff in Form von Eisenschwamm. Dieser Eisenschwamm ist Eisen mit Hohlräumen, also genau das, was wir im Lichtbogenofen benötigen. Im Eisenschwamm verbleiben Reste von Siliziumoxid, Kalziumcarbonat oder Kalziumoxid und andere Spurenverbindungen, die schon im Eisenerz vorhanden waren. Diese Anteile betragen etwa fünf bis sechs Prozent. Um den Kohlenstoff bei der Reduktion der Eisenoxide möglichst innig mit dem Eisenerz in Verbindung zu bringen, zerkleinert man das Erz zu Staub und verarbeitet diesen Staub zusammen mit dem Kohlenstoff und einem möglichst natürlichen Bindemittel, zum Beispiel Melasse, zu kugelförmigen Pellets. Vielleicht merken Sie sich den Begriff Pellets, darüber reden wir in den kommen den Tagen."

„Na, hören Sie mal, ich merke mir alles, was Sie sagen."

„Um so besser. Also nochmal. Die kugelförmigen Pellets haben einen Durchmesser zwischen acht und sechszehn Millimeter. Sie werden nun, wie ich anfangs sagte, auf etwa 1350 Grad erhitzt, anschließend abgekühlt und vor den Lichtbogenöfen gelagert. Es ist nicht möglich, Problem Nummer eins, die Kapazität der Reduktionsanlage und der Lichtbogenöfen in einem kontinuierlichen Heißprozeß zu nutzen, das Abkühlen aber bedeutet Energieverlust. Nun geht's weiter. Die Pellets holt man über Förderbänder zum Lichtbogenofen und gibt sie mit Schwingförderern oder auch Kettenförderern zwischen die drei Elektroden zentrisch in den Lichtbogenofen ein. Das Schmelzen kann beginnen. Ist die Schmelze fertig, wird abgestochen, es verbleibt aber ein flüssiger Sumpf im Ofen, um die Lichtbögen bei der Zugabe von Eisenschwamm stabilisieren zu können. Das gilt für beide Fälle, hundert Prozent Eisenschwammbetrieb oder Eisenschwammzugabe zum Stahlschrott."

„Sie meinen also, man kann die Lichtbogenöfen von hundert Prozent Stahlschrott bis hundert Prozent Eisenschwamm mit jeder beliebigen Mischung fahren?"

„Das ist richtig", sagte Lynn.

„Dann hätten wir also kein Problem mit der Produktion, wenn die Eisenschwammanlage mal stillsteht", wollte Ruff wissen.

„Das trifft eben nicht zu."

„Warum nicht?"

„Weil ja niemand das Stahlwerk regelmäßig mit Massenstahlschrott beliefert. Sie machen das ganze ja gerade, um vom Schrottmarkt und von unsauberem Schrott unabhängig zu werden. Fällt die Eisenschwammproduktion aus, können Sie nicht plötzlich den Schrotthandel aktivieren, den Sie vorher ausgeschaltet haben."

„Aber man könnte, wenn man genug Platz hat, ein Schrottlager einrichten."

„Das hilft nur, um eine Woche oder einen Monat zu überbrücken. Entscheiden Sie sich für den Eisenschwamm, dann muß der Eisenschwamm auch unbedingt zum Ofen kommen."

„Verstanden. Fahren Sie fort." Jetzt um die Mittagszeit wurde es ziemlich warm, selbst unter dem Sonnenschirm spürte man die feuchte Hitze, die die Wolken und das diffuse Licht auf die Küste warfen.

„Es fehlt nur noch eine technische Anmerkung", sagte Lynn. „In Konz haben die Lichtbogenofendeckel drei Löcher für die Elektroden, für den Eisenschwamm benötigt man ein viertes Loch für das wassergekühlte Eingaberohr. Die Anordnung erfolgt so, daß die Eisenschwammpellets möglichst gleichmäßig von den drei Lichtbögen der Elektroden aufgelöst werden, und das ist es dann auch schon."

Ruff hatte ein unglaublich gutes Gedächtnis. Er verstand nicht nur alles, merkte sich alles, er erinnerte sich auch sofort des Lynnschen Hinweises auf das Problem Nummer eins, die diskontinuierliche Verknüpfung von Eisenschwammanlage und Stahlwerk. Wo blieben die anderen Probleme? Lynn ärgerte sich darüber, mußte sich aber eingestehen, daß er *weitere Probleme* nicht erwähnt hatte. „Es gibt noch zwei Schwierigkeiten von unterschiedlichem Gewicht. Wir müssen, Problem Nummer zwei, in unserer Kostenrechnung berücksichtigen, daß der Eisenschwamm möglichst etwas billiger sein muß als der Stahlschrott, keinesfalls aber teuerer und daß der Lichtbogenofen mit Eisenschwamm etwa fünf bis sechs Prozent mehr Strom verbraucht als bei Stahlschrott. Und das Problem Nummer drei, und damit bin ich fertig, ist, daß es bisher keine industrielle Eisenschwammanlage für ein Lichtbogen-Stahlwerk gibt, die eine hohe Effizienz aufweist."

„Das ist ja gerade das Reizvolle", sagte Ruff rasch und bestimmt.

„Das finde ich nicht reizvoll", bemerkte Lynn.

„Darin liegt ja unsere Chance, daß wir die ersten sind."

Lynn legte die Hand über die Augen und sah aufs glitzernde Meer hinaus. „Chance und Risiko. Große Chance und großes Risiko. Ich brauche Ihnen doch nicht zu sagen, daß Ihre Kapitaldecke für Experimente zu dünn ist, außerdem ..."

„Hören Sie, Lynn, lassen Sie das Kapital aus dem Spiel, das ist nicht Ihre Sache ... also wirklich das geht Sie doch überhaupt nichts an, na wissen Sie, das ist ziemlich ungehörig."

Lynn erhob sich und wischte den Sand von den Ellenbogen. „Sie sind der Boss, Herr Ruff. Sie müssen das alles allein entscheiden. Aber wenn wir uns mal einen Augenblick von diesem Georgetown-Projekt lösen und in die Fall-Analyse gehen, dann möchte ich daran erinnern, daß es gefährlich ist, bei einem neuen Projekt mehr als eine einzige neue Unbekannte hinzuzunehmen. Wenn Sie Georgetown machen, nehmen Sie gleich drei unbekannte Faktoren in Kauf: zum erstenmal Eisenschwamm, ein unbekannter Partner und ein unbekanntes Land."

„Da muß ich wirklich lachen", spottete Ruff. „Das Eisenschwammverfahren kommt von Midland Steel und diesen Partner werden wir morgen kennenlernen, sehr genau sogar. Midland Steel muß für die Eisenschwammanlage die Verantwortung übernehmen. Und der dritte Punkt ist ja wohl ein Witz. Vier Jahre lang habe ich in den USA gearbeitet, da werde ich das Land ja wohl kennen, oder?" Da machte er sich ohne Zweifel etwas vor. Er hatte die ganze Zeit in Chicago gesessen und von dem Land so gut wie nichts gesehen, aber nun tat er so, als könnte er die ganzen Vereinigten Staaten in seine Hosentasche stecken.

Lynn lief über den heißen Sand und sprang ins Wasser. Er drehte sich auf den Rücken und schwamm hinaus. Ruff wurde kleiner und kleiner. Manchmal ertrinkt ein Mann in einem Fingerhut, dachte Lynn, und dann sah er Ruff überhaupt nicht mehr. Aber das lag auch daran, daß er keine Brille trug.

„My name is Robert Annacona, please call me Robb", sagte der Sprecher von Midland Steel, als sie sich am Montag im Konferenzzimmer des Crest-Hotel trafen. Er war etwas größer als Ruff. Lynn schätzte ihn auf 45.

„Bitte nennen Sie mich George", antwortete Ruff höflich. Es begann mit einem erheblichen Ungleichgewicht, denn auf der anderen Tischseite saßen fünf Männer und eine Juristin von Midland Steel. Man respektierte sich. Von den fünf Männern stellte Annacona drei als Ingenieure vor, die sich am Nachmittag des zweiten Tages zurückzogen. Bis dahin konnte der technische Teil abgehandelt werden. Es machte Annacona sympathisch, daß er nicht angeben, nicht über alles reden wollte, sondern sich auf die Themen konzentrierte, die er beherrschte.

„Ich bin kein Fachmann für die Direktreduktion, für den Eisenschwamm habe ich meine Jungens." Oder er sagte: „Keine Sorge, das machen meine Leute." Er sei zwar Verfahrenstechniker und Betriebswirt, habe aber nach dem Studium an den amerikanischen Botschaften in Madrid und Buenos Aires gearbeitet, um ein bißchen frische Luft zu atmen und sich eine vorteilhafte Auslandspraxis zu verschaffen.

Für das Elektrostahlwerk, das Ruff planen sollte, schlug Annacona anstelle von zwei gleichartigen Kranen nur einen einzigen vor, wodurch sich die Kosten reduzieren ließen. Lynn erhob Einspruch, wurde aber überstimmt. Als sie die Eisenschwammanlage durchsprachen, verlangte Lynn, die Kapazität auf zwei Stränge aufzuteilen, um das Stahlwerk weiter betreiben zu können, falls eine Anlage repariert werden mußte. Diesmal konnte Lynn sich durchsetzen, obwohl zwei Anlagen von halber Kapazität 25 Prozent mehr kosteten als eine einzige Anlage der vollen Kapazität.

„Wir haben bisher mit Nippon Steel verhandelt", erklärte Annacona, „aber die Japaner sind offengestanden nicht so weit wie Sie. Ich meine technisch. Sie haben aber einen sehr günstigen Preis für das Stahlwerk mit zwei Lichtbogenöfen von je 50 Tonnen Fassungsvermögen genannt, nun legen Sie mal Ihre Preise auf den Tisch."

„Bitte, was wollen Sie wissen?"

„Was hat Konz gekostet?"

„Mit zwei Öfen und zwei Stranggießanlagen 48 Millionen", antwortete Ruff nach kurzem Zögern.

„Mark?"

„Ja, natürlich, Deutsche Mark."

Die Juristin führte Protokoll. „Und Bremerhaven?"

„Bremerhaven kam ja einige Jahre später, und wir konnten nicht mehr ganz so gut einkaufen. Diese Umstände führten zu 55 Millionen Deutsche Mark."

Annacona zeigte sich sehr gut informiert. „Ein Jahr später nahmen Sie Innsbruck in Betrieb, wie lief das Projekt?"

„Ich bin nicht berechtigt, Ihnen Einzelheiten über Innsbruck zu nennen, das Werk gehört nicht mir, sondern den Österreichern. Sie können aber davon ausgehen, daß Innsbruck günstiger lag als Bremerhaven, in Österreich konnten wir sehr gut einkaufen, lediglich die beiden Stranggießanlagen kamen aus der Bundesrepublik. Sie müssen aber noch etwas berücksichtigen, was für die drei Werke ausschlaggebend war. Wir haben Bremerhaven und Innsbruck nach dem Konvoi-Prinzip Konz-gleich gebaut und alle Anlagen nach rund drei Jahren eingeschaltet, und nach zwei bis drei Monaten liefen die Werke mit voller Leistung. Das hat sich sehr günstig auf den Kapitaldienst und auf die Betriebskosten ausgewirkt. Hierzu kann Ihnen Herr Lynn noch mehr sagen, er ist mein Chefplaner."

„Wir glauben Ihnen das", sagte Robert Annacona, „und wir sind mit Ihren Zahlen sehr zufrieden. Sie passen genau in das Bild, das wir uns von den Gesamtkosten machten." Annacona lockerte die Krawatte und öffnete den obersten Kragenknopf. Er war, gemessen an Ruffs durchtrainiertem Körper, etwas zu fett und trank ständig Mineralwasser.

„Entschuldigen Sie, George, meine Frau hält mich zur Diät an. Damit das Blut dünn bleibt, trinke ich tagsüber dieses entsetzliche Wasser und nehme zwei Aspirin, mein Hausarzt und meine Frau sagen, das könnte mich vor der Hölle bewahren."

Ruff lachte. „Die Amerikaner scheinen sich sehr vor der Hölle zu fürchten."

„Mag sein. Aber woher wollen Sie das wissen?"

„Ich habe in den Georgetown News gelesen, daß die Amerikaner jährlich 25 000 Tonnen Aspirin schlucken, das wäre fast eine Tablette täglich pro Kopf der Bevölkerung."

„Glauben Sie das, George?"

„Hm, weiß nicht."

„Ich bezweifle das, George. Es gibt ein amerikanisches Sprichwort, das heißt, wer die Statistiker konsultiert, sucht nicht die Wahrheit, und wir Amerikaner lieben es, die Statistiker zu konsultieren."

„Vielleicht, weil ihr die Wahrheit nicht wissen wollt, Robb."

Annacona blickte nach links und nach rechts auf seine Mitarbeiter. „Da habt ihr die Germans. Kaum sagt man etwas, schon legen sie einem den Zeigefinger auf die Seele. Nun gut, machen wir weiter, George."

„Sie könnten jetzt mal Ihre Zahlen auf den Tisch legen, wie denken Sie darüber?"

„Unsere Zahlen sind sehr gesund", fuhr Annacona in seiner scherzenden Art fort, „eine 300 000-Tonnen-Anlage kostet 30 Millionen, der Eisenschwamm ist einwandfrei. Brasilianisches Erz, versteht sich. Wenn wir die Anlage in zwei Stränge aufteilen, wie Alfred Lynn es vorschlägt, erhöhen sich die Kosten auf 40 Millionen, auch alles in Deutsche Mark. Ich denke, ihr könnt euer Stahlwerk mit nur einem Kran und einem kleinen Schrottplatz für 50 bauen, wir kommen mit 40 dazu, plus 10 Millionen Unvorhergesehenes, dann sind wir bei 100 Millionen. Wir schlagen vor, daß wir gemeinsam die Georgetown Steel Mills gründen und jeder ist mit fünfzig Prozent beteiligt, was halten Sie davon, George?"

„Das klingt gut."

„Damit schlagen wir die Nippon Steel. Die Japsen wollen das Stahlwerk als Grundstoffindustrie für ihre Autos bauen, ich mag die Leute nicht. Wenn man hier in diesem Lande mit einer Fliegenklatsche zuschlägt, trifft man drei Fliegen und einen Japsen, das macht uns zu schaffen, George, glauben Sie's mir."

Ruff konnte sich's nicht verkneifen. „Das sagt die Statistik, Robb, und wenn Sie die Statistik konsultieren, geraten Sie in den Verdacht, nicht die Wahrheit zu suchen."

„Da haben Sie recht."

Sie verhandelten vier Tage, am Donnerstagnachmittag sahen Sie sich noch das Gelände an, das die Stadtverwaltung der Midland Steel angeboten hatte. Das Grundstück lag unmittelbar neben dem Hafen. Sie staunten über die Größe der Anlagen, die Holzschuppen und Krane. Die Dinge waren mit Konz nicht zu vergleichen. Alfred Lynn erinnerte sich, in der Kulturbeilage der Koblenzer Zeitung ein Interview mit Arthur Miller gelesen zu haben. Miller erzählte ein bißchen was über „Der Tod eines Handlungsreisenden" und „Blick von der Brücke", das ihm, wenn Lynn sich nicht irrte, den Pulitzerpreis eingebracht hatte. Dann begann Miller eines Tages, ein Drehbuch zu schreiben, das in aller Deutlichkeit das Gangstertum im Hafen von New York schilderte. Es sollte „The Hook", der Haken, heißen. Den Gangstern zur Seite standen die Hafen-Unions. Elia Kazan wollte die Regie für den Film übernehmen, aber Harry Cohn von der Filmgesellschaft bestand darauf, erst das O.K. der Gewerkschaften einzuholen, bevor man gegen die Gewerkschaftsgauner vom Leder zog. Der Gewerkschaftsboss las das Drehbuch und schwor, die ganze Geschichte sei eine Lüge, so etwas gäbe es im Hafen überhaupt nicht. Wenn das Stück aufgeführt würde, müßte die Filmgesellschaft mit dem Boykott der Gewerkschaften rechnen. Die Sache war lächerlich, er leugnete alle Machenschaften in den amerikanischen Häfen und gleichzeitig übte er selbst massiven Druck auf die Filmgesellschaft aus, um das Projekt tot zu machen. Da Miller sich weigerte, das Drehbuch zu ändern, wurde aus dem Stück nichts. Jedenfalls hatte Lynn die Geschichte in dieser Weise in Erinnerung, und hier im Hafen von Georgetown begann er mit Annacona eine Diskussion über die amerikanischen Stahlarbeiter und die Gewerkschaften, bis Annacona schließlich merkte, daß es Lynn gar nicht um den Gewerkschaftseinfluß ging, sondern daß Lynn das Georgetown-Projekt nicht mochte, und er versuchte, Lynn in übertriebener Weise zu beruhigen. Dabei kam Annacona zu Hilfe, daß die amerikanischen Gewerkschaften in den letzten 15 Jahren an Bedeutung verloren hatten.

„Wie das denn", fragte Ruff. Über dem Hafen lag eine warme feuchte Dunstglocke. Er stellte sich in den Schatten eines Schuppendaches.

„Da ist verschiedenes zusammengekommen, ich will damit sagen, daß es eine Vielzahl von Gründen gibt. Für meine Begriffe war es nicht ausschlaggebend, daß nach dem Kriege Kommunisten und Linke die Gewerkschaften unterwanderten, aber auf diese Weise verloren sie jedenfalls die Unterstützung der Regierung. Sie versuchten dann wieder, Boden zu gewinnen, indem sie behaupteten, ihre Politik würde neue Arbeitsplätze schaffen. *'But they were unable to exert any positive influence on the balance of job gains and losses, I think, that was the main reason'*, ich meine, der Hauptgrund für die Verschlechterung ihrer Position war, daß sie keinen positiven Einfluß auf die Gewinn- und Verlustbilanz von Arbeitsplätzen ausüben konnten, denn die Arbeitslosigkeit stieg rapide, die Kriegsgeschäfte hatten aufgehört, die Streiks nahmen ab, weil die Leute Vernunft annahmen, die echten 'work stoppages' gingen innerhalb von fünfzehn Jahren von 400 auf 60 zurück, und dann kam der Chrysler-Fall. Dieser große Autoproduzent machte in einem einzigen Jahr 250 Millionen Dollar Verlust, und es zeichnete sich ab, daß es ein Jahr später 1,1 Milliarden sein würden. Jeder dritte Arbeitsplatz ging verloren. Das Management verlangte, die Löhne und Gehälter für zwei Jahre einzufrieren, und die Gewerkschaften stimmten dem zu. Sie hatten auch kein besseres Konzept, um das Unternehmen zu retten."

„Und wie reagierte die Regierung?"

„That's a good question. Kennen Sie sich im römischen Recht aus?"

„Eindeutig nicht."

„In Madrid habe ich meine Nase in den Code Napoleon gesteckt, der wurde immerhin schon 1804 veröffentlicht und hat immer noch seine Gültigkeit. Dieser Code Civil sagt, daß es zwei Partnern nicht möglich ist, einen Vertrag zu machen, der negative Konsequenzen für einen Dritten hat. Das ist übrigens auch in eurem Old Germany ein Problem. Die zwei Partner, die den Vertrag machen, sind die Unternehmer und die Gewerkschaften, und der Vertrag heißt Tarif-Vertrag. Entstehen aus diesem Vertrag Nachteile, dann sind es die Nachteile für die Regierung und den Staat. Die Regierung soll die Verantwortung tragen, und der Staat soll die Lasten der Arbeitslosigkeit übernehmen. Das ist juristisch nicht machbar. Also muß die Regierung gehört werden. Und wer zahlen soll, wählt die Musik. Diese Situation hat die Gewerkschaftsarbeit auf das Machbare reduziert."

„Bei uns in der Bundesrepublik liegen die Dinge anders. Die Regierung muß sich strikt aus dem Gerangel heraushalten."

Annacona grinste ein bißchen abfällig. „Die Folge ist die ewig deutsche Comedia de capa y espada, ein ewiges Mantel- und Degenstück."

Lynn war immer beeindruckt, wenn jemand viel wußte, und er fand diesen Annacona gar nicht so übel.

„Was Sie hier nicht können", schloß Annacona, „ist die Löhne und den Kapitaldienst ständig gleiten lassen, der Handschuh des 'Konzer Modell' paßt hier nicht auf die Hand. Kommt die Finanzierung Ihrer fünfzig Prozent voll aus Germany, in Ordnung, aber die Leute, die wir hier in Georgetown einstellen, akzeptieren keine erfolgsabhängigen Bezüge."

„Und wenn wir Ihrem Vorschlag folgen, werden wir keine Schwierigkeiten mit den Leuten haben?"

„Ja, das meine ich. Außerdem sollten wir uns nicht überschätzen. Hier werden vielleicht 500 Leute arbeiten, was ist das schon?"

Als sie sich trennten, übergab die Juristin Georg Ruff einen ersten Vertragsentwurf für den gemeinsamen Bau des Eisenschwamm-Elektrostahlwerks Georgetown. Ruff sollte den Vertrag durch seine Leute prüfen lassen und gegebenenfalls Änderungsvorschläge machen.

Dieser Georgetown-Vertrag enthielt folgende Klausel: § 37 Rücktritt und Kündigung. Die Partner erklären, den Vertragsgegenstand nur aus wichtigem Grunde aufgeben zu wollen und vom Vertrag zurückzutreten. Der Rücktritterklärung muß innerhalb von 60 Kalendertagen die ordentliche schriftliche Kündigung folgen. Die Auflösung des Vertrages tritt zwölf Kalendermonate nach dieser Kündigung in Kraft. Der kündigende Partner bietet dem anderen Partner seine Anteile an dem Projekt ohne Einschränkung zur Übernahme an. Der verbleibende Partner erwirbt mit der Übernahme auch alle Rechte an dem Know How des ausscheidenden Partners einschließlich des kostenlosen Mitbenutzungsrechtes an allen Patenten, ohne die Patente selbst. Hierzu wird das Know How eines jeden Partners mit US-Dollar 1 Million bewertet. Dieser Wert geht in den Übernahmebetrag ein. Der verbleibende Partner kann nach Auflösung des Vertrages uneingeschränkt über den Gegenstand des Vertrages verfügen, gleichgültig ob geplant, gebaut oder in Betrieb gesetzt.

XIII

Ruff und Lynn flogen die Nacht über von New York nach Frankfurt. Die Lufthansa-Maschine, eine Boeing 747, kam nonstop pünktlich um 7 Uhr 55 auf dem Rhein-Main-Flughafen an.

Lynn wollte es sich nicht versagen, zu dem Filet-Steak der Bordküche zwei Fläschchen Bordeaux Lufthansaabfüllung zu trinken, dann klappte er seine Brille zusammen und steckte sie in das Etui, bedeckte seine Augen mit der blaugefütterten, schwarzen Kappe, die das Personal zu Beginn des Fluges verteilte, machte sich lang und begab sich in Morpheus Arme. Ruff war wie immer ein beherrschter Esser, trank Tomatensaft und Mineralwasser und studierte, als der Steward das Geschirr abgeräumt hatte, den Vertragsentwurf der Midland Steel.

Als die Boeing 747 sanft wie ein Federflaum auf der Landebahn aufsetzte, machte Lynn einen ausgeschlafenen und frischen Eindruck, wohingegen Ruff jetzt mürrisch und leicht zerknittert wirkte, aber den Vertrag hatte er mit einer Fülle von Randbemerkungen, Fragen oder Fragezeichen und Einschaltungen versehen. Das Büro von Dr. Nosso konnte sich an die Arbeit machen.

Vor dem Flughafenausgang erwartete sie der Werksfahrer. Er packte Koffer und Taschen in den Kofferraum, und innerhalb von Minuten fuhren sie auf der Autobahn nach Darmstadt – Viernheimer Dreieck – Kaiserslautern.

Ruff saß im Fond, Lynn vorn neben dem Fahrer. Ruff hoffte, auf der Fahrt ein bißchen schlafen zu können. Jedenfalls würde es ihm gut tun. Um zwölf begann die Verhandlung mit dem Stadtrat. Morgen fliege ich nach Marseille, dachte er, ich bin jetzt *sandwiched* wie ein richtiger Manager. Sandwiched zwischen Terminen, Konzernen, Reisen. „Nach Marseille nehme ich nur Dr. Nosso mit", sagte Ruff und ließ auf diese Weise offen, ob es sich um eine reine Feststellung oder eine geheime leise versteckte Rüge handelte. „Wir fliegen ja morgen."

„In Marseille ist der Kunde der Bauherr, *er* finanziert. Das ist für Sie leichter", antwortete Lynn.

„Wenn das Projekt Auftrag wird, ist es sogar der ideale Fall."

„Ja", bestätigte Lynn, „da wünsche ich Ihnen wirklich Erfolg."

„Danke, Lynn."

„Ich wollte mit meiner Familie für drei Wochen nach Badenweiler", fuhr Lynn fort, „ich werde ja jetzt nicht gebraucht. Oder genauer gesagt, vorläufig nicht. Weder in Georgetown, noch in Marseille."

„Nichts dagegen", sagte Ruff, „aber hinterlassen Sie Ihre Adresse und Telefonnummer."

„Das mache ich doch immer."

Ruff wedelte mit der Hand. „Ich weiß, ich weiß. Sie sind ein ordentlicher Mensch." Die Brauen über den eingefallenen Augen zogen sich unmerklich zusammen.

Es hätte ein kleines Lob sein können, das war es aber nicht. Lynn fand seinen Chef ziemlich kurz angebunden. Das traf auch zu. Ruff genierte sich nicht, auf den Beifall seiner Mitarbeiter zu warten, und fiel er nicht so aus, wie er es sich gewünscht hatte, so konnte dies durchaus seine Stimmung beeinträchtigen. Wie sehr hatte er sich in Chicago über das Klatschen gefreut, mit dem das Publikum seine Mannschaft bedachte.

Wie konnte ein Mann wie Lynn nicht von der Idee eines Eisenschwammstahlwerkes angetan sein? Er, Ruff, hielt diesen Stahlwerkstyp für einen Teil der neuen Welt. Der Schrott wurde immer schmutziger, wurde immer mehr zu einer Altlast. Eisenschwamm dagegen war sauberes, jungfräuliches Eisen. Es kam wie neugeboren aus brasilianischer Erde. Das faszinierte ihn.

Bevor Ruff und Lynn nach New York flogen, hatte Georg Ruff seinen Vater Benz und Paula über den Sonnabendtermin mit dem Stadtrat unterrichtet und beide gebeten, ihn zu dem Treffen in der Harmonie zu begleiten, weil der Bürokomplex nicht seine Sache allein sein sollte, sondern ein Anliegen der ganzen Familie. Aber Benz Ruff sträubte sich. Im Karthäuser Obstgarten würde vielleicht einmal das Herz der Ruff-Gruppe schlagen, wenn es hoch kam, sogar das Herz des Ruff-Stahl-Konzerns, und wenn man stolz sein konnte, sollten alle stolz sein, und alle, das waren die Ruffs. Benz verstand das sehr wohl, aber er hatte keine Lust, mit Paula in die Harmonie zu gehen. Sie hatten oft über die Harmonie gesprochen, Benz, Paula, Georg, Bene. Benz hatte ihm mal die Story von der Zeitmaschine erzählt, mit der man die Geschichte der Jahrhunderte rückwärts abspulen lassen konnte, und jetzt, im Werkswagen, als Georg Ruff fast schon die Augen zufielen, drang das Bild des Steuerrades durch die Linsen seiner halb geschlossenen Augen, fiel auf die Netzhaut, und das Steuerrad des Wagens verwandelte sich in übermächtigem Halbschlaf in das Steuerrad der Zeitmaschine und Georg Ruff stand davor und ließ die Zeitgeschichte rückwärts laufen. Er glaubte zu schlafen, hörte aber noch die Profile der Gürtelreifen auf die gewellte Fahrbahn schlagen, wähnte sich wieder im Flugzeug, sah die Stewardeß, Lynn redete auf ihn ein. Aber dann übermannte ihn der Schlaf, und durch seinen Kopf lief der Film der Zeitmaschine, und er wunderte sich, daß er die Bilder so deutlich sah. Oder waren es trügerische Halluzinationen. Ja, das mußte es wohl sein. Erinnerungen, Träume, Vorstellungen, Gesichter und Täuschungen gingen ineinander über.

Die Konzer *Harmonie* hatte im Laufe der Jahrhunderte mehrfach ihren Namen gewechselt. Wer an einem Gewässer eine Stadt baut, muß damit rechnen, daß gelegentlich ein Kanonenboot vorbeikommt. Da Soldaten nicht immer nur auf den Kanonen wohnen, sind Quartiere, Herbergen und Kneipen vonnöten. Als die Germanen noch in den tiefen Wäldern hausten und vom Wildbret lebten, bauten die Römer in Konz eine auf Säulen ruhende Vorrats- und Gerätehalle mit einem Pferdestall, einer Poststation und einem Diversorium mit Holzpritschen zum Ruhen und Schlafen. Als Gallien und Germanien erobert waren, richteten die Römer sich häuslich ein und lehrten die Konzer Vieh zu halten. Das römische Scharrhuhn galt damals als Delikatesse, während die Germanen sich mit dem ordinären Wildrebhuhn und dem Reh begnügen mußten. Zur Zeit des Westfälischen Friedens, der Dreißigjährige Krieg hatte soeben seinen Abschluß gefunden, erfüllte die Menschen eine tiefe Sehnsucht nach Eintracht und Harmonie, jetzt taucht in den Annalen der Stadt der Name *Harmonie* auf. Eine Handelsfirma kaufte das Römergrundstück, um die festgefügten Fundamente in günstiger Weise zu nutzen und baute ein Warenhaus, eine Remise und einen Pferdestall. Etwa hundert Jahre später fügte man über dem Erdgeschoß des Warenhauses und der Kneipe einen ersten Stock hinzu mit ein paar Gastzimmern und einer einzigen Suite für Reiche und Adlige, was man zu dieser Zeit als eine neue Hotel-Technologie bezeichnen kann. In dieser Suite stand ein Bett mit Baldachin, das, wie der Stadtschreiber 1816 berichtete, Napoleon auf dem Wege nach Moskau zu benutzen geruhte. Während er sich auf dem Hinwege auszog, badete, speiste und schlief, beschränkte er sich auf dem Rückwege darauf, sich gestiefelt und gespornt auf das Baldachin-Bett zu legen und zu ruhen, bis die Pferde versorgt waren. Da noch die Kriege 1870/71, 1914/18 und 1939/45 folgten, brannte die *Harmonie* bis auf den heutigen Tag zweimal auf die Grundmauern nieder, und dreimal zerstörte das Feuer den ersten Stock. Napoleon hatte zu Recht behauptet, Europa sei ein Maulwurfshaufen, und Maulwurfshaufen haben es an sich, um- und umgepflügt zu werden. Dem Namen Harmonie zum Trotz wurde hierbei auch gelegentlich Blut vergossen. Die Geschichte läßt vieles versickern, auch die Stadtannalen weisen tödliche Lücken auf. Tatsächlich hat es in der *Harmonie* auch Streit und Trauer gegeben, aber das Böse verblaßt, der Mensch erinnert sich gern der schönen Stunden. Für diese Stunden entstand nach dem Zweiten Weltkrieg die *Neue Harmonie* mit einer Gastwirtschaft zur Straße hin, einer modernen Küche mit Kühl- und Tiefkühltrakt, der Moselstube, dem gemütlich eingerichteten eigentlichen Restaurant, dem Jägerzimmer, das als Vereins- und Stammtischraum benutzt wurde, und dem Hochzeitssaal, der sich an dem Platz der ehemaligen Scheune befand. Auch der Hochzeitssaal diente nicht ausschließlich freudigen Ereignissen. Die Sozialpartner fochten hier manche Partie aus, die Parteien hielten Versammlungen ab, der Saal war das Zentrum des jährlichen Schützenfestes und der Zusammenkünfte des mitgliederstarken Vogelschutzvereins. Ein einziges Mal hatte die Kirche den Hochzeitssaal für eine Totenmesse gemietet. Als der alte Heimatdichter Josef Baatsch starb, legten ein paar betrunkene Wirrköpfe Feuer im Kirchenschiff, und der 'Baatschi' mußte im Hochzeitssaal aufgebahrt werden.

Benz Ruff hatte andere Gründe, die *Harmonie* zu meiden. Davon erzählte er nichts, aber der ablaufende Film der Zeitmaschine ließ dieses Kapitel nicht aus. Eine Zeitlang hatte der Besitzer der *Harmonie*, als die Scheune noch stand, auf der Tenne eine Diskothek eingerichtet, in der sich allerlei Volk herumtrieb, das den Konzern fremd war. Die Konzer mieden denn auch die *Harmonie Disko*, sie hielten sie für eine Masche der Zeit. Aber Benz' erste Frau liebte es, dort zu tanzen und zu schwofen, sie ließ sich dort mit Männern ein, bis sie dann eines Tages ganz verschwand. Seit damals hatte Benz die *Harmonie* nie wieder betreten, er wechselte zu *Adams Eck* über, bis er Paula begegnete und sein Bier zu Hause trank. Er hatte wirklich keine Lust, jetzt ausgerechnet in die *Harmonie* zu gehen. Aber Georg war wie immer in Eile, und Paula überredete Benz, Georg den Gefallen zu tun und bei der Verhandlung mit dem Stadtrat dabei zu sein. Was sollte der gutmütige Benz tun, wenn Paula sich mal wieder auf die Seite von Georg schlug. Es war ein Kreuz mit dieser Familie.

Georg Ruff wußte nicht, aus wieviel Mann der Stadtrat bestand. Er war ziemlich überrascht, daß an der breit gedeckten Tafel über zwanzig Männer und Frauen saßen. Benz und Paula nahmen neben dem Bürgermeister Platz, Georg hatte noch eine Weile zu tun, bis der Projektor funktionierte und der Bildschirm richtig stand. Er stellte dem Stadtrat sein Büroprojekt vor. Das fünfgeschossige Gebäude sollte bei einer Breite von 50 Metern und einer Länge von 60 Metern eine Nutzfläche von 12 500 Quadratmetern aufweisen. Auf dem schrägangeschnittenen Flachdach konnte ein Hubschrauber landen. Die Edelstahlblechverkleidung verlieh dem Komplex ein futuristisches Aussehen. Im Untergeschoß war eine moderne Cafeteria angeordnet, in der Mitte des Erdgeschosses, hinter den drei Aufzügen, lag ein üppiges Rechenzentrum mit modernsten Computern. Ihm schwebte vor, mittels einer integrierten Datenverarbeitung den Weltstahlmarkt zu beobachten und seine Ergebnisse über eine EDV-gestützte Jonglerie zu maximieren. In der ersten Ausbauphase sollten 500 Arbeitsplätze geschaffen werden, in einer zweiten Ausbauphase, die den Endausbau darstellte, weitere 500 Arbeitsplätze. „Mit diesem hochtechnologischen Massenstahlzentrum werde ich die Gleichung von Vergangenheit, Gegenwart und Zukunft nach der Zukunft hin auflösen", sagte Georg Ruff, „seien wir ein wenig stolz darauf, daß die technischen Mittel des abschwingenden Jahrhunderts uns dies erlauben." Schließlich stellte er den förmlichen Antrag, ihm das der Gemeinde gehörende Gelände des Karthäuser Obstgarten zu verkaufen.

An diesem Septemberwochenende sagten die Wirtschaftszeitungen ein Jahreskonkursvolumen von 16 000 voraus, die Arbeitslosigkeit würde die Zweimillionenmarke überschreiten. Alle Anstrengungen der Regierung, sie zu drücken, liefen ins Leere. Es zeichnete sich ab, daß der Markt der Europäischen Gemeinschaft den Wettbewerb noch erheblich verschärfen würde. Dies müßte sich auch in Zukunft negativ auf die Bilanz der Arbeitslosigkeit auswirken. Die Regierung drohte, Schaden zu nehmen. Daß kein Arbeitsloser in der Bundesrepublik verhungerte, war eine ganz andere Sache. Die Verfassung garantierte jedem Bundesbürger das Recht auf Arbeit. Wie sollte die Regierung diese Garantie einlösen? Der arg bedrängte Bundesminister für Arbeit und Soziales suchte Entlastung, indem er sich in Chile und Südafrika um die Menschenrechte kümmerte.

Der *Konzer Tagesbote* fragte in einem kritischen Leitartikel: *Sucht der Arbeitsminister eine Lösung an der chinesischen Mauer?* An die Stelle der kühlen Vernunft rückte mehr und mehr die Emotion.

Aus dem Ostblock nahte eine Welle von Aussiedlern, in den Ländern der Dritten Welt packten Hunderttausende von Asylsuchenden ihre Koffer, um sich im freien und offenbar goldenen Teil Europas einer neuen Chance, einem anderen Anfang, einem besseren Leben zu widmen. Die Oststaaten zogen aus dieser Entwicklung Nutzen, indem sie Asylaspiranten Flugtickets der nationalen Luftfahrtgesellschaften bis zum Ostberliner Flughafen verkauften und sie völlig mittellos über den Grenzübergang nach Westberlin abschoben. Die lasche Handhabung all dieser Probleme drohte eine neue Art von Völkerwanderung auszulösen. Was niemanden interessierte, war, daß die Ausläufer dieser Wanderung jeden freien Raum in Konz, Konzerbrück, Könen und Kommlingen füllten. Zwei Asylantenheime platzten trotz ständiger Vergrößerungen aus allen Nähten. Wurden Asylanten, die aus wirtschaftlichen Gründen eine neue Heimat suchten, nicht als politisch Verfolgte anerkannt, wurde ihre Abschiebung verfügt, so blieben sie gleichwohl im Lande. Wo die braven Bürger früher bei mildem Abendwetter durch die Straßen der City flanierten, machte sich Mißtrauen und Angst breit. Allen Anstrengungen zum Trotz wuchs und wuchs der Schuldenberg der Stadt. In was für einem Land lebten sie eigentlich? War dies noch ihre Bürgerheimat, ihre Republik, oder war dieses Land zum Land der fernen Regierung geworden?

Dieser ganze Kladderadatsch regnete auf die Städte und Gemeinden nieder, indessen die Regierungsmitglieder abgeschirmt und in gepanzerten Fahrzeugen durch die Provinzen kutschierten, geschliffene Reden hielten und links und rechts Kulturabkommen unterzeichneten, die allein für sich einen Müllhaufen der Weltgeschichte bildeten.

Solches ging dem anwesenden Stadtkämmerer durch den Kopf, während er mit einem Ohr den Ausführungen Georg Ruffs folgte. Als der Kellner zu ihm kam, bestellte er eine doppelte Weinhefe, um seinen Kreislauf zu harmonisieren. Zur Dämpfung des scharfen Getränkes zerkaute er eine Stange Calcipot. Dann nahm er zwei Dragees Spasmo-Canulase und nach zehn Minuten noch eine Tablette Lexotanil, bis er spürte, daß sich sein Magen warm und wohlig entspannte.

Ruffs Argumente fanden seine Zustimmung, denn sie entsprachen im Prinzip seiner peniblen Dokumentation über die finanzielle Lage der Stadt. Aus der bisher eingegangenen Gewerbesteuer der Ruff-Gruppe hatte er eine Menge finanzieren und subventionieren können. Ein Zahlenspiel? Nein, ein Zahlentheater. Die Bürger glaubten, mit ihrem Steuerbeitrag eine Eintrittskarte in heilige Hallen der Wahrheit zu erwerben, in Wirklichkeit kauften sie sich ein Billet für den ewigen Zirkus der Verteilung, der Umverteilung und der Selbsttäuschungen über die zu verteilenden Mengen. Was er, der Stadtkämmerer, zustande brachte, glich einem Zauberwerk. Er hatte Beiträge für das Weinmuseum, eine Touristenattraktion sondergleichen, geleistet, für den Ausbau der Moseluferstraße, für die Renovierung der Bahnüberbrückung an der Schillerstraße, die Verbreiterung der Niedermenniger Straße, die Gartenanlage am Denkmal, die neuen Sitzbänke im Stadion, das Bürgerzentrum am Markt, das Freibad mit erweitertem FKK-Rasen und kürzlich für das Städtische Parkhaus an der Weinbergstraße größere Summen gezahlt, der Himmel sollte ihn davor bewahren, künftig auf Ruffs Gewerbesteuer verzichten zu müssen.

Er wußte natürlich, worauf das Ganze hinauslief. Und so kam es denn auch. Georg Ruff hob sein Weinglas: „Ich trinke auf Ihr Wohl. Ich trinke auf das Wohl der Stadt Konz, auf das Gedeihen dieser zauberhaften Stadt am Zusammenfluß von Saar und Mosel. Ich wünsche mir, die gute Zusammenarbeit mit Ihnen noch lange fortsetzen zu können. Andererseits bitte ich um Verständnis, wenn ich nicht unterlasse, darauf hinzuweisen, daß ich monatlich einen nicht angeforderten Antrag oder Vorschlag erhalte, den Sitz meines Unternehmens in eine andere Gemeinde zu verlegen. Das letzte Angebot, das mich erreichte, stammt von Ihrer Nachbarschaft Saarburg. Die Saarburger bieten mir ein Traumgrundstück im Osten ihrer Gemeinde an, außerdem würde Saarburg zwei Jahre auf jede Gewerbesteuer verzichten. Ich ziehe diese Offerte nicht ernsthaft in Betracht, hm, ich meine, ich werde das nicht prüfen, weil mir Konz unverändert am Herzen liegt, Sie verstehen, aber immerhin ... so sind die Dinge des Lebens."

Dem Stadtrat verschlug es die Sprache. Ausgerechnet Saarburg. Die Nachbarstadt Saarburg. Träumten sie alle, oder redete dieser Ruff von den wahren Dingen des Lebens?

Die beiden grünen Stadtratsmitglieder faßten sich als erste. „Wir protestieren gegen die versteckte Drohung." Sie erhoben sich und verließen den Hochzeitssaal.

Nur langsam löste sich die Verkrampfung der Gesichter.

„Der Sprecher für das Stadtsäckel plädiert dafür, dem Antrag des Herrn Ruff zu entsprechen", sagte der Stadtkämmerer und hob die Hand, als handele es sich um eine offizielle Abstimmung. Das war es nicht, aber seine erste Pro-Stimme gab den Ausschlag. Ruff konnte den Karthäuser Obstgarten kaufen und dort bauen.

Dieser Ruff, dachte der Stadtkämmerer mit einiger Bewunderung, ist nicht nur ein harter Brocken, er ist auch intelligent.

Ruff erhob sich und bedankte sich artig. „Aber nun, meine Damen und Herren, müssen wir Ihre Entscheidung noch den Bürgern verkaufen. Ich biete Ihnen ein gutes Argument. Ich werde meinen Architekten beauftragen, das alte Schützenhaus zur Seniorenbegegnungsstätte auszubauen, selbstverständlich kostenlos für die Stadt."

Es war jetzt kurz vor 17 Uhr. Der Bürgermeister schloß die Sitzung. Georg nahm Benz und Paula mit in seinem Wagen. Sie fuhren durch die Stadt. Georg Ruff wundete sich über die Ruhe und Leere der Stadt. In Chicago hatte er die lebendigen, bunten und lärmenden Wochenenden der Stadt, die fröhlichen Cafeterias, Bistros und Restaurants, die lachenden Menschen vor den Kinos und in den Parks genossen, und er begriff nicht, daß die deutschen Städte am Wochenende ausstarben und still wurden. Irgendetwas stimmte hier nicht. Er freute sich auf Christine und die Kinder.

„Ich habe die *Harmonie* nicht gemocht", sagte Benz, „jetzt mag ich sie wieder."

„Wie meinst du das?"

„Du hast für die Ruffs einen großen Erfolg errungen. Du wirst den Karthäuser Obstgarten berühmt machen."

„Ich hab so schrecklich wenig Zeit", bemerkte Georg Ruff nachdenklich. „Ich bliebe morgen gern zu Haus, aber der Termin in Marseille ist unaufschiebbar."

„Später wirst du alles nachholen", sagte Paula.

XIV

Die Miramer war in der Spitze mit ausgezeichneten Leuten besetzt, hatte aber anders angefangen als er. Mit der starken Konkurrenz der Fos-sur-Mer in ihrer Nähe wagten sie sich nicht bis zur Stahlkocherei vor. Fos-sur-Mer war etwa dreimal so groß wie die Fortuna, und das hieß schon was. Sie hatten sich der Fos-sur-Mer als Lieferant von Stahlschrott und Eisenschwamm angeboten. Das hatte verschiedene Gründe. Das Edelstahlwerk der Fos-sur-Mer und die verschiedenen Stahlwerke mit hoher Produktion von Edelbaustählen und Massenedelstählen arbeiteten vornehmlich mit Schrott als Basismaterial. Dagegen war das Massenstahlwerk und das Stahlwerk für bestimmte Qualtitätsstähle, vor allem bei den Neuhochbauten an der Mittelmeerküste, an Eisenschwamm als Haupteinsatzmaterial interessiert. Da Fos-sur-Mer keine integrierte Eisenschwammerzeugung besaß, besorgte sich Miramer eine amerikanische Lizenz und erzeugte Eisenschwamm mittels Erdgas. Das lief knapp zehn Jahre gut, dann beschloß Fos-sur-Mer eine eigene Eisenschwammanlage zu bauen. Der Bruch war da. Aus der alten Partnerschaft wurde eine erbitterte Konkurrenz. Miramer nahm soeben den Kampf auf. Entweder gingen sie unter oder sie wurden selbst ein Stahlkonzern.

Ein Wagen der Miramer holte Georg Ruff und Dr. Nosso am Flughafen ab und brachte sie mit französischem Tempo über die Autobahn Richtung Avignon nach Miramas in die Verwaltung der Miramer, die in einem fünfzehngeschossigen Hochhaus saß. Office Boys nahmen ihnen das Gepäck ab. Vom 13. Stock aus sah man über St. Chamas hinweg auf den riesigen Etang de Berre. Das Wasser glitzerte in der Nachmittagssonne des späten September. Sie waren beeindruckt. Das Konferenzzimmer nahm die halbe Länge des Gebäudes ein. Sie schüttelten Hände, hörten Namen, wurden selbst vorgestellt. Zu ihrer Überraschung befanden sich unter den Teilnehmern auch Araber, wie sie sehr bald erfuhren, und zwar Algerier.

Der Präsident der Miramer nahm seinen Platz in der Mitte des Tisches ein und klingelte mit einer feinziselierten Messingglocke, die man nicht überhören konnte. Georg Ruff zählte zwölf Männer. Dr. Nosso und er eingeschlossen, waren es 14. Dazu kamen sechs Sekretärinnen, die, wann immer es ihre Arbeit erlaubte, einnehmend lächelten.

Der Präsident, Georg schätzte ihn auf knapp 55, weißhaarig und sehr elegant, stellte sich als Hercule de Bonne Foi vor. Er verlas nach einer kurzen Begrüßung zwei Papiere.

Das erste Papier befaßte sich mit dem Zweck der Zusammenkunft. „Da sich unsere früheren Geschäftsfreunde des Konzerns Fos-sur-Mer von uns getrennt haben, wird sich die Miramer-Gruppe selbständig machen und hierzu zwei Ministahlwerke bauen, eins am Port de Bouc und eins am Stadtrand von Algier."

Ruff fiel siedendheiß ein, daß er in Algerien keinen Patentschutz beantragt hatte. Er mußte sobald wie möglich mit Dr. Weisenstein telefonieren.

„Unser Wettbewerbsvorteil wird darin bestehen, daß wir, wie wir hoffen, Monsieur Ruff als Partner gewinnen können und damit über eine hochmoderne Technologie verfügen. Der zweite Vorteil wird sein, daß wir prinzipiell ohne den Staat, ohne fremdes Kapital, das uns beeinflussen könnte, und ohne die Syndikate, ohne Dirigeants ... Syndicalistes ... wie Sie sagen ... alors ... ohne die Gewerkschaften arbeiten werden und damit flexible Preise kalkulieren können."

Zu Ruff gewandt fügte er hinzu: „Das 'Konzer Modell' haben wir bis in alle Einzelheiten studiert." Er wandte sich an einen der beiden Dolmetscher und bat, den bisherigen Text ins Deutsche zu übersetzen.

Ruff winkte ab. In einem sehr guten Französisch mit nordfranzösischem Akzent dankte er für das Angebot und schlug vor, die Verhandlungen in Französisch zu führen und auf die Dolmetscher zu verzichten, die später allerdings für die Verträge von Nutzen sein würden. Die ganze Runde klatschte dezent in die Hände. Er war, so schien es, schon recht gut angekommen.

Das zweite Papier befaßte sich mit der Organisation der Konferenz. Hercule de Bonne Foi erklärte, alle Anwesenden seien seine Gäste, die Zimmer im 14. und 15. Stock würden von Miramer kostenlos zur Verfügung gestellt, er rechne mit vierzehntägigen Verhandlungen. Falls sie dafür nicht ausgerüstet seien, würde er sie bitten, sich an die Sekretärinnen zu wenden, die alles besorgen würden. Der deutschen Delegation stünden Denise (ein Lächeln) und Françoise (ein Lächeln) jederzeit zur Verfügung, jeder ihrer Wünsche würde erfüllt. Er, der Präsident, bitte jedoch um eine 'Revanche'. Absolute Geheimhaltung, kein Wort an die Presse. Man merkte seiner Stimme an, daß hier der Spaß aufhörte. Die Journalisten hätten schon Tips bekommen und lägen auf der Lauer, um Sensationen zu schreiben, wo es keine Sensationen gebe, sondern nur nüchterne gesellschaftliche Interessen. Er empfehle auch, die eigene Bewegungsfreiheit einzuschränken und nachts nicht auszugehen, da 'Konfrontationen' nicht auszuschließen seien. Auch sei damit zu rechnen, daß Telefongespräche abgehört würden. Für Ruhepausen während der Verhandlungen stünden ihnen ihre Zimmer zur Verfügung, würden die Verhandlungen länger unterbrochen und wolle jemand in die Stadt fahren, bäte er, die Geschäftswagen zu benutzen und nicht Taxis zu rufen. Die Organisation sei nach dem Ermessen der Miramer perfekt 'et très effective'. Jeder von ihnen sei berechtigt, zu jedem beliebigen Zeitpunkt eine Unterbrechung der Verhandlungen oder eine längere Ruhepause zu beantragen, unabhängig davon sei es Ziel dieser Zusammenkunft, zu einer Einigung zu kommen, à tout prix.

Dr. Nosso fragte in seinem mäßigen Französisch, ob Telex- und Telefonverbindungen in einem separaten Raum hergestellt werden könnten, und der Präsident sagte unbewegten Gesichts: „Aber selbstverständlich, Monsieur Nosso."

Der Präsident gab die Themen der Verhandlungen bekannt. Zwei Tage seien für die Technik des Stahlwerkes Port-de-Bouc vorgesehen, zwei Tage für die ANA-Werke. Er ging an die Tafel und schrieb die vollen Namen auf: Acérie National d'Alger S.A. Daran anschließen würden sich die Schätzungen der Investitionskosten, die Rahmenterminpläne und die Verträge. Ruff machte darauf aufmerksam, daß man für jedes Projekt mit zwei Verträgen rechnen müsse, einem Know-how-Vertrag mit der Ruff-Stahl Holding und einem Ingenieurvertrag mit der KOBI. Die Konzer Stahlwerke GmbH und die KOBI würden im ersten Jahr Hilfe in der Betriebsführung leisten.

Ob man daraus nicht jeweils einen Vertrag machen könne? Leider nicht, da er seine Gesellschaften streng getrennt führe, sowohl organisatorisch als auch kaufmännisch, was sich als vorteilhaft für die Geschäftsführung der Holding erwiesen hätte.

Über diesen Vorschlag debattierten die Franzosen und Algerier eine Weile, dann stimmten sie dem Prinzip der getrennten Verträge zu.

Um 19 Uhr wurden die Gespräche des ersten Tages beendet und im Restaurant das Abendessen eingenommen. Die Miramer hatte sich an dem Bau des Verwaltungsgebäudes beteiligt und konnte auch jederzeit über das in den obersten vier Stockwerken eingerichtete Hotel verfügen. Im 11. Stock lagen der Empfang, eine Bar, eine Boîte mit Unterhaltung, ein Coffee Shop, im 12. Stock ein modern eingerichtetes Restaurant mit Konferenz- und Seminarräumen, im 13. Stock lagen einige Büroräume und das Sitzungszimmer der Miramer, dazu mehrere Übernachtungszimmer, die 14. und 15. Etage waren ausschließlich mit Übernachtungszimmern ausgestattet. Sie unterschieden sich dadurch, daß in der Mitte des obersten Geschosses ein Schwimmbecken untergebracht war, das von allen Zimmern aus betreten werden konnte.

George bat Denise um ein Zimmer im Dachgeschoß und fragte, ob sie ihm zu Badezeug, vielleicht auch zu einem Bademantel verhelfen könne. „Selbstverständlich, mein Herr."

Die Konferenzrunde vereinbarte, am nächsten Morgen um neun Uhr wieder anzufangen und zuvor nach Belieben zu frühstücken. Wer im Zimmer frühstücken wollte, konnte das Frühstück aufs Zimmer bestellen. Der Präsident hatte recht, es war alles „très effective". Ruff führte noch ein Telefongespräch mit Dr. Weisenstein und erkundigte sich nach der Patentsituation in Algier. Die Patente waren dort nicht angemeldet. Das war in so kurzer Zeit auch nicht zu bewerkstelligen. Dr. Weisenstein empfahl ihm, in die Verträge eine Klausel einzubauen, die beiden Gesellschaften, der Miramer und der algerischen Firma ANA S.A. zwingend vorschrieb, das Know-How nicht weiterzugeben, auch nicht an Beteiligungsgesellschaften, sondern ausschließlich für diese beiden Stahlwerke zu nutzen.

Georg Ruff war um sechs Uhr ausgeschlafen. Er rasierte sich und trat in der Badehose vor die Tür des Zimmers. Er erinnerte sich nicht, je einen solchen Traum von Panorama gesehen zu haben. Der Blick erfaßte den ganzen Süden bis Marseille und zum Mittelmeer. Im Westen konnte man das Rhône-Tal ahnen und dahinter die Camargue. Hoch über dem Étang de Berre hing ein taubenblauer Organzaschleier.

Er schwamm genau nach der Uhr eine halbe Stunde. Er hatte ja nie in seinem Leben geraucht und machte sich im Prinzip immer noch nicht viel aus Alkohol, wenngleich er bei gegebenem Anlaß bereit war, anderen mit einem Glas Rotwein oder Weißwein Gesellschaft zu leisten. Mit Christine trank er neuerdings in der Probierstube des Château Christine, wenn sie ihre Wochenenden auf dem Weingut verbrachten, ein Glas 'Konzer Himmelbett' und danach, wenn es hoch kam, ein Glas 'Konzer Apotheke'. In diesem Jahr würden sie ihre zweite Weinlese erleben, und Thomas hatte schon die Hälfte der alten Vorräte verkauft. Im nächsten Jahr würde das Château, wie sie es nannten, zum ersten Mal Gewinn abwerfen. Thomas war ein guter Griff, und seine 'Werbefeldzüge' begannen, die Marken 'Konzer Himmelbett' und 'Konzer Schlaraffe' berühmt zu machen. Die 'Konzer Apotheke' zottelte zwar mühsam hinterher, aber Christine war trotzdem zufrieden. Von den ersten verkauften 50 000 Flaschen hatte sie lächelnd ihre 25 000 Mark eingestrichen. Christine war eine gescheite Frau. Ein glücklicher Griff, dachte er, von der Liebe einmal abgesehen. Komplizierter entwickelten sich die Dinge bei dem Fahrradunternehmen Manta AG. Sie hatten die ganze Fertigung standardisiert und produzierten nur noch Räder mit drei Gängen. Die Standardausrüstung bestand aus Lampe, Dynamo, Gepräckträger, beleuchtbarem Rücklicht und zwei getrennten Bremssystemen. Die Herrenfahrräder heißen REX-de-Luxe, die Damenfahrräder REGINA-de-Luxe. Ihnen fehlte noch eine gute Werbung und die Einsicht von Maria Theresia Manta, daß sie nicht mehr Geschäftsführerin war. Georg war bereit, für eine gute Werbung auch einen guten Preis zu zahlen. Maria Theresia Manta wurde bisweilen lästig. Er mußte einen Weg suchen, sie loszuwerden. Vielleicht konnte Christine sie überreden, ihre Beteiligung zu verkaufen und das Geld in einem anderen Unternehmen anzulegen. Ihre Querelen stahlen ihm nur die Zeit.

Das Schwimmbecken begann sich langsam zu füllen. Einer der Araber war ein hervorragender Schwimmer. Georg fühlte sich an solchen Leistungen gemessen nicht gut in Form. Also nahm er sich vor, wieder öfter zu schwimmen. Christine würde sich, wenn sie das hörte, über ihn lustig machen. Facts, Hanuman, nicht diese leeren Versprechungen. Was du dir schon alles vorgenommen hast. Was ist daraus geworden? Was ist aus den schönen wilden, jungen Jahren geworden? Er hatte all seine Kraft in Büroarbeit umgesetzt, Stahlwerke gebaut, sich mit den Banken rumgeschlagen, die produktiven Faktoren analysiert und kritisiert. Würde er etwas ändern? Nein, es würde alles so weitergehen: er war vernarrt in die Stahlkocherei, und dabei würde er für alle Zukunft bleiben. Sein Vater hatte unter dem Schrotterbe zeitlebens gelitten. Er hatte ihn von diesem Erbe befreit. In Konz waren die Ruffs wer. Der Preis? Alles im Leben hatte seinen Preis. Aber wenn man es richtig anfing, hatte alles im Leben auch seine guten Seiten, zum Beispiel dieser Bürokomplex im Karthäuser Obstgarten. Er würde ihn aus Beton und Edelstahl errichten lassen, und dort würde das Ruffherz schlagen. Sein Herz.

Er hing am Beckenrand und ließ seine Gedanken an der Wäscheleine für gebrauchte Badeanzüge baumeln. Jemand tippte ihn auf seine Schulter.

„Guten Morgen, Monsieur."

„Guten Morgen, Denise." Sie sah ganz entzückend aus, jung, frisch, ausgeschlafen, braungebrannt. Die Sonnenbräune schien noch die Tropfen auf ihrer Haut eingefärbt zu haben. Ihr roter Bikini mit weißer Borte saß wie angegossen. Ihre Bewegungen waren unglaublich natürlich und gelassen. Für einen Mann ist sie ein Schatz, dachte er.

„Wie geht's?"

„Sagen Sie dem Präsidenten, ich kann heute leider nicht kommen, ich bleibe hier im Wasser."

Sie war ganz naß vom Schwimmen, und das Wasser rannte von ihrem Bikini über die Oberschenkel. Sie lächelte. „Wollen Sie einen Tomatensaft oder Apfelsine, alles nature?"

„Apfelsinensaft, wenn sich's machen läßt."

„Bleiben Sie im Wasser, ich bringe das Glas hierher."

Es war kurz nach sieben, und es wurde Zeit, sich anzuziehen. Denise stellte das Glas auf die Marmorplatte der Bekkenumrandung.

„Ich bin heute etwas spät dran", bemerkte Ruff, „der Blick über das Rhônetal kann selbst einen Teutonen sentimental machen."

Sie nahm ihm das Glas wieder ab und umfaßte es mit beiden Händen. „Sie können etwas Zeit gewinnen, wenn Sie im Zimmer frühstücken. Sie können auch bei mir frühstükken, ich gebe rasch die Bestellung auf."

„Sehr verführerisch."

„Also, was wünschen Sie?"

„Zwei Eier im Glas, Toast, Butter, Marmelade vom Pfirsich, wenn es das gibt, Kaffee mit Milch."

„In Ordnung. Mein Zimmer ist das vierte rechts vom Eingang. Vergessen Sie's nicht, sonst landen Sie nicht bei mir, sondern bei einer fetten alten Muselmanin, eingetunkt in Knoblauchsaft."

„Davor bewahre mich der Himmel."

„Kommen Sie, wie Sie sind."

Das Zimmer von Denise war größer als sein eigenes, hatte eine Sitzecke von normaler Höhe und einen Tisch, den man auch als Schreibmaschinentisch benutzen konnte. Auf dem Tisch stand außer der Schreibmaschine das ganze übliche Werkzeug einer Sekretärin mit einem kleinen Wiedergabegerät, Kopfhörer und Fußschalter. Sie hatte alles eilig beiseite geschoben. „Ich schlug vor, so zu kommen, wie Sie sind, weil man hier oben nur im Badeanzug oder Après-Badezeug herumläuft, im Straßenanzug würden Damenbesuche Aufsehen erregen ... gefalle ich Ihnen nicht?" Ihr langes braunes Haar, das noch feucht vom Schwimmen war, trug sie in strenger Eleganz hinter den Ohren zurückgekämmt. Ihren Badeanzug hatte sie gegen weiße Shorts und eine dünne rote Seidenblsue mit offenem, geknotetem Rückenteil ausgetauscht. Zum ersten Mal hatte er Gelegenheit, sie sich ungestört aus der Nähe anzusehen und fand sie sehr attraktiv. Die Personalabteilung der Miramer bewies einen guten Geschmack.

„Sie gefallen mir sehr."

„Schmeckt Ihnen die Pfirsichmarmelade", fragte sie rasch, um ihre Verwirrung zu verbergen.

Er nickte. Eine Weile blickte er sie an, ohne eine Miene zu verziehen. „Haben Sie mich zum Frühstück eingeladen, um mit mir zu frühstücken, oder beabsichten Sie, mir etwas zu sagen?" Nun bog er sich etwas zurück und legte die Arme auf die schulterhohe Schaumgummilehne der Sitzbank, so daß sich sein muskulöser Oberkörper streckte.

„Beides ist richtig", meinte sie unbekümmert. „Sie sagten, Sie seien ein Teutone. Mag stimmen. Aber dann sind Sie der erste sympathische Teutone. Das war der eine Grund, Sie zu fragen, ob Sie mit mir frühstücken wollten. Der zweite Grund hängt mit dem ersten zusammen, aber er ist für mich weniger interessant, aber vielleicht für Sie."

Georg sah sich im Zimmer um, wobei er den Kopf nur wenig bewegte, und untersuchte mit den Augen die Decke und die bunte gläserne Hängelampe.

„Sie brauchen sich keine Sorgen zu machen, es gibt hier keine Abhöranlage."

„Nennen Sie mir den zweiten Grund", sagte er knapp und kühl.

Sie war überrascht. Er konnte mit zwei ganz unterschiedlichen Stimmen sprechen. Eine war sanft, einnehmend, sympathisch, die zweite konnte einen widerstandslos durchbohren. Hercule de Bonne Foi hatte recht. Dieser Georg Ruff war ein außergewöhnlicher Mann.

„Der zweite Grund ist ein kleiner Tip. Sie haben es offenbar weit gebracht. Sie gelten hier als ein Wunder von Stahlfachmann. Man will sich unter allen Umständen mit Ihnen einigen. Man will von Ihnen lernen. Das sollten Sie wissen, bevor Sie an einem gewissen Punkt in Erwägung ziehen, aus dem Projekt auszusteigen."

Georg Ruff erhob sich. In seinem Kopf hatte sich ein Relais eingeschaltet. Er war plötzlich ungeheuer mißtrauisch, als ginge er nachts durch das Schwarzenviertel von Chicago. „Sprechen Sie jetzt leise." Er beugte sich zu ihr nieder. Hatte er nicht gelesen, Marseille sei das französische Chicago? Wiederholte sich die Gefahr der wilden jungen Jahre? War er etwa in die südfranzösische Halbwelt geraten? Wer war dieser Hercule de Bonne Foi wirklich?

Denise hob ihren Mund an sein Ohr. „Bitte beruhigen Sie sich. Ihre Vorsicht ist wirklich überflüssig. Sie sind hier gut aufgehoben. Sie haben es mit seriösen Leuten zu tun. Keine faulen Tricks. Aber etwas anderes wollte ich Ihnen sagen. Das ANA-Werk soll ein unterirdisches Stahlwerk für militärische Zwecke werden. Für Waffen. Für Massenwaffen. Hercule rechnet damit, daß der Golfkrieg zehn Jahre dauert und vielleicht den ganzen Mittleren Osten ansteckt. Das Projekt wird also realisiert, verstehen Sie, diesen kleinen Hinweis wollte ich Ihnen geben."

Georg streifte mit der Hand ihre Wange. Er richtete sich auf. „Ich danke Ihnen sehr für das Frühstück."

„Hercule hat gesagt: ein Krieg von cäsarischen Dimensionen." Sie machte ein ernstes Gesicht, wußte aber offenbar nicht, was sie da sagte.

„Wird das Abendbrot auch auf den Zimmern serviert?"

Georg stand nun an der Tür zum Dachgarten. Er schob den Vorhand langsam zur Seite und blickte nach rechts und nach links. Ein paar Kinder plantschten im Wasser herum. Sonst war niemand zu sehen. Er durchquerte das Zimmer und öffnete die Tür zum Korridor. Niemand. Er blickte Denise an. Sie wirkte jetzt sehr locker und lächelte schelmisch. „Auf den Zimmern wird alles serviert, was Sie wünschen, Monsieur."

Ruff schloß die Tür, ging über den Korridor nach links bis zur Haupttür, die auf den Dachgarten führte und schlenderte am Schwimmbecken entlang zu seinem Zimmer. Er erinnerte sich seiner Spiele mit Bene. Sie mußten raten, was alles auf dem Tisch lag. Er wußte genau, wie er sein Zimmer verlassen hatte. Es lag alles unverändert an seinem Platz. Vielleicht irrte er sich . Aber er nahm sich vor, auf der Hut zu sein. So viele Erfolge lagen hinter ihm, er würde nichts riskieren. Und Waffengeschäfte? Oh mein Gott, nein.

Doch sollten der Präsident und Denise recht behalten. Was Denise aber nicht wußte und daher auch nicht sagen konnte, war, daß die durchaus solide Miramer aus vielerlei Gründen für ihre Projekte keine Unterstützung im eigenen Land fand. Ruff war daher nicht überrascht, als in der zweiten Woche zwei Schweizer Bankfachleute aus Genf eintrafen und bei der Finanzierung halfen. Das schloß die Kette der Kenntnisse auch noch nicht. Denn was weder Hercule de Bonne Foi, noch Denise, noch Ruff wußten, war, daß die Schweizer Banken tief im internationalen Waffengeschäft steckten, und daß die Schweizer Banker bereits das Einverständnis der Banken nach Miramas mitbrachten, die beiden Miramer-Projekte zu finanzieren. Die Miramer-Konten galten als gesichert. Hercule de Bonne Foi gab die Leitung der Verhandlungen in den ersten fünf Tagen an seinen technischen Direktor ab. Der fünfte Tag wurde notwendig, weil das ANA-Werk tatsächlich ein unterirdisches, um nicht zu sagen, bombenischeres Edelstahlwerk werden sollte. So waren die ersten fünf Tage in jeder Beziehung 'Ruff-Tage'. Nachdem der Direktor den Rahmen der beiden Projekte beschreiben hatte, gab Ruff einen allgemeinen Überblick über die moderne Technik seiner Lichtbogenofenstahlwerke. Es gab Diskussionen von zweistündiger Dauer, die allein von dem Direktor und Ruff geführt wurden. Ruff und der Direktor diskutierten die verschiedenen Qualitäten von hochhitzebeständigen Chrom-Nickel- und anderen Edelstählen, wie sie zum Beispiel für Waffen gebraucht würden, fügte Ruff zur allseitigen Überraschung hinzu. Nachdem er die Katze aus dem Sack gelassen hatte, fragte ihn der Direktor, ob er Gründe oder irgendwelche Behinderungen sehe, die ihn zwingen könnten, das ANA-Stahlwerk nicht zu bauen.

„Nein", sagte Georg trocken. Er hatte auf den Dingen herumgekaut und sich mit den Fakten dieser Welt abgefunden. Was die verschiedenen deutschen oder internationalen Stahlgesellschaften mit dem Stahl, der aus seinen Öfen floß, anfingen, war nicht seine Sache. Er fühlte sich nicht zum Moralapostel berufen. Sein Job war es, supermoderne Stahlwerke zu bauen und nicht, irgendwelchen Ideologien nachzuhängen. Sein Gehirn arbeitete jetzt wieder mit dem normalen Quotienten und addierte Zahlenreihen und Zwischensummen. Nach einer Pause fügte er hinzu: „Die Militärhaushalte aller Industrienationen belaufen sich auf etwa 500 Milliarden Dollar, ob wir mit 200 000 oder 300 000 Tonnen Waffenstahl dazu beitragen oder nicht, spielt überhaupt keine Rolle." So war es richtig. Man sollte nicht in die Versuchung geraten, sich zu überschätzen.

„Sehen Sie Schwierigkeiten, das ANA-Werk in einen Berg hineinzubauen?"

„Nein, ... aber ..."

„Was aber?"

Nun bedauerte er, daß er Alfred Lynn nicht mitgenommen hatte. Der hätte das Problem treffender beschreiben können. Er konnte jetzt nur noch improvisieren. „Die Bestimmungen des Umweltschutzes verlangen, die Rauchgase aus den Lichtbogenöfen abzusaugen. In Konz geschieht das auf zweierlei Weise. Wir saugen den Rauch aus den Öfen direkt ab, und außerdem benutzen wir große umgestülpte Blechtrichter über den Öfen, um austretenden Rauch abzufangen. Damit schaffen wir etwa 70 Prozent aller Rauchgase weg. Leider werden die Gesetze Jahr für Jahr verschärft. Es ist ein neues Gesetz in Vorbereitung, das verlangt, das Hallendach zu schließen und die restlichen Rauchgase unter dem Dach abzusaugen und über einen Elektrofilter zu reinigen."

„Ist das technisch möglich?"

„Ja."

„Warum macht man das denn nicht", wollte der Direktor wissen.

„Das Konzer Stahlwerk hat 48 Millionen Mark gekostet. Wenn ich dieses Stahlwerk in der Weise nachrüste, daß kein Rauch die Stadt Konz belästigt, muß ich noch einmal zwölf Millionen investieren, und dagegen wehre ich mich."

„Ihre Zahlen bedeuten, daß der Umweltschutz rund 25 bis 30 Prozent kostet, wenn man die schon vorhandenen Einrichtungen mitrechnet."

„Das ist richtig", bestätigte Ruff.

Der Direktor sah ihn nachdenklich an. „Wir werden das trotzdem machen", sagte er, „aber aus einem anderen Grunde."

„Aus welchem?"

„Das unterirdische ANA-Stahlwerk darf von Flugzeugen aus nicht gesehen werden. Wir müssen es vollständig abdecken und abschirmen. Da spielen die zwölf Millionen überhaupt keine Rolle."

Ruff lächelte. „Bei allem, was mit dem Kriegsgeschäft zusammenhängt, spielt Geld tatsächlich keine Rolle." Er machte eine Pause. „Ich aber arbeite im freien Markt. Mein Handeln bestimmt der Wettbewerb. Will ich überleben, muß ich sparen. Also sträube ich mich gegen einen übertriebenen Umweltschutz."

„Ich habe Ihren Standpunkt verstanden, aber sehen Sie bitte vor, daß man von dem unterirdischen ANA-Werk nichts bemerkt, mag es kosten, was es will."

„Ich notiere es."

Über diese Entscheidung würde sich Lynn später sehr freuen. Da hatte er mal wieder seine Bastelaufgabe. Aber auch Ruff bekam seinen Orden. Es sprach sich herum, daß er für die Araber das erste Elektrostahlwerk der Welt baute, das eine Hallenabsaugung aufwies. Später meldete Lynn: da sieht man mal wieder, daß der Krieg der Vater aller Dinge ist.

Der Direktor wartete ab, bis Ruff mit seiner Notiz fertig war. „Wir haben für die Deutschen viel übrig", sagte er und aus seinem Gesicht las man eine Mischung aus Respekt und eigener Überheblichkeit, „und wir bewundern euch, aber was wir nicht verstehen, ist dies: ihr versucht Vorbild im Umweltschutz zu sein, aber ihr sträubt euch gegen das Bezahlen, ihr propagiert die Wohlfahrt der Menschen, aber ihr sagt nicht, wer sich dafür anzustrengen hat, und alle sollen satt werden, aber der Bauernstand wird bei euch nicht geachtet."

Eben noch hatte Ruff sich vorgenommen, sich nicht mit Ideologien zu befassen, also fand er es besser, auszuweichen. „Darüber zerbrechen sich unsere Philosophen zur Zeit den Kopf", sagte er und gab damit zu erkennen, daß er auf dieses Thema nicht weiter einzugehen wünsche.

Der Direktor konnte es sich nicht versagen, der ersten eine zweite schlechte Zensur nachzuschieben. „Deutsche Philosophen, gibt es die noch?"

„Ich glaube schon", antwortete Ruff, „aber sie beschäftigen sich mit der Vergangenheit und nicht mit der Zukunft."

An dieser Stelle unterbrach sie Hercule de Bonne Foi.

„Wenn Sie mit der Philosophie fertig sind, können wir vielleicht wieder über Stahlwerke reden."

„Pardon."

„Wo waren wir stehengeblieben?"

„Bitte konzentrieren Sie sich", ermahnte sie Hercule. „Wir hatten zwei Entscheidungen getroffen. Das Miramer-Stahlwerk wird ein normales Hochbau-Stahlwerk. Das ANA-Werk dagegen wird ein unterirdisches Stahlwerk. Erstens. Und zweitens müssen Sie eine vollständige Hallenabsaugung vorsehen. Können Sie uns unter diesen Umständen die Fertigstellungszeit für das Miramer-Werk nennen?"

„24 Monate ab Baugenehmigung."

„Und für das ANA-Werk? Bitte gehen Sie davon aus, daß für ANA eine Baugenehmigung nicht gebraucht wird."

Georg Ruff erhob sich und stellte sich an die Tafel. „Wenn wir mal annehmen, daß die Stahlwerkshalle achtzig Meter breit und zweihundert Meter lang wird, dann brauchen Sie entweder einen Fels, der sich über dieser Fläche selbst trägt, das nenne ich ein Kavernenstahlwerk, oder Sie müssen eine Baugrube von ähnlichen Abmessungen öffnen, ausbetonieren und wieder zuschütten, dann haben wir ein Bunkerstahlwerk. Die Frage an unsere algerischen Freunde ist also: Kaverne oder Bunker?"

Die ANA-Leute konnten die Frage nicht beantworten. Sie baten um Unterbrechung der Tagung bis zum Vormittag um elf Uhr. Es war jetzt zwei Uhr morgens. Sie konnten niemanden in Algier erreichen.

„Monsieur", fragte Denise, „wie wäre es mit einem gemeinsamen Frühstück?"

„Sehr einverstanden", sagte Ruff. Ein harter Tag lag hinter ihnen.

„Gehen Sie noch in die Bar?"

„Nein."

„Wann soll ich Sie zum Schwimmen wecken?"

„Sagen wir um neun."

„In Ordnung. Ich wünsche Ihnen eine gute Nacht."

„Gute Nacht, Denise."

Georg Ruff ging auf sein Zimmer, duschte sich und zog sich die Badehose an. Dann öffnete er leise die Tür zum Dachgarten und ließ sich ins Wasser gleiten. Ruhig schwamm er ein paar Bahnen und hielt sich dann an der Chromstange am Wasserüberlauf fest und paddelte mit den Füßen. Über dem Dachgarten lag das herrliche Zelt einer mediterranen Spätsommernacht. Seiner Meinung nach waren es jetzt immer noch über 25 Grad.

„Mein Gott, was sind Sie für ein Ekel", flüsterte eine wohltuende Stimme über ihm.

„Aber Denise", scherzte er, „gefalle ich Ihnen plötzlich nicht mehr?"

„Sie sind gemein."

„Warum?"

Sie tat empört. „Wie können Sie sich ohne mich in den Swimming Pool schleichen?"

„Das war ein Einfall, den ich erst in meinem Zimmer hatte."

Denise zog sich auf der Stelle aus und sprang ins Wasser. Sie schwamm zu ihm und legte ihre Hände auf seine Schultern.

„Mein lieber Teutone, du weißt doch, wo ich wohne, da hättest du doch mal rasch an die Tür klopfen können."

Er hielt sie mit einem Arm fest und küßte sie.

„Was hast du heute Nacht vor", fragte sie mit dem Mund an seinem Ohr.

„Ich habe eine junge Dame in mein Zimmer eingeladen", sagte er und strich mit der Hand über ihren Rücken.

„Wirst du mit zwei Frauen fertig?"

„Ich denke ja."

„Darf ich also dabei sein?"

„Du bist herzlich willkommen."

Sie trennten sich und schwammen zu den Chromleitern.

Die Algerier hatten um elf Uhr noch keine Antwort erhalten. Es wurde 15 Uhr, bis die Konferenz weitergehen konnte. „Es wird ein Bunkerstahlwerk", sagte der ANA-Sprecher.

„Dann müssen Sie mit drei Jahren rechnen, im besten Falle mit zwei Jahren und acht Monaten. Können Sie uns den Standort innerhalb von vierzehn Tagen zeigen, und haben Sie eine Baufirma, die sofort mit dem Öffnen des Baugeländes beginnen kann?"

Sobald alles entschieden war, würde er Paula anrufen und sie bitten, Lynn aus Badenweiler zurückzuholen.

Denise versorgte ihn getreulich mit Hintergrundinformationen. Die Miramer-Direktoren wollten ihn am Risiko beteiligen, was er nach reiflicher Überlegung ablehnte. Er zog sich mit Hercule de Bonne Foi in ein kleineres Konferenzzimmer zurück und machte ihm klar, daß eine Ruff-Beteiligung für die Miramer nichts bringe. Schließlich hatten sie deutsches Geld nicht nötig. Was ihnen nützte, waren Know how und eine zuverlässige ingenieurtechnische Bearbeitung. Die würde er allerdings gewährleisten, dafür würde er haften.

„Mit wieviel?"

„Ich bin bereit, für jedes Stahlwerk eine Planungshaftpflichtversicherung über zehn Millionen Mark abzuschließen, aber ich sage Ihnen gleich, daß ich Ihnen die Prämie dafür in Rechnung stellen muß."

„Wie hoch veranschlagen Sie die Prämie", wollte Hercule wissen.

„Etwa 7,5 Prozent für die jeweilige Bauzeit", antwortete Ruff. Er war sich dessen nicht ganz sicher, er wollte die Frage aber nicht unbeantwortet lassen.

„Packen Sie das alles in Ihr Angebot, Monsieur Ruff", verlangte de Bonne Foi.

„Da sagen Sie was. Wir müssen jetzt ein Angebot ausarbeiten. Wir kommen jetzt zu dem Punkt, wo wir über Zahlen zu reden haben."

„Sie haben recht", bemerkte de Bonne Foi, „nur müssen wir Ihre Zahlen kennen."

Sie erhoben sich.

Ruff hatte mehrere Kalkulationen angestellt. Die Know-How-Gebühr sollte 7,5 Prozent betragen, gegebenenfalls würde er sie auf fünf Prozent reduzieren und ein upper limit von drei Millionen akzeptieren. Das war vor allem für das ANA-Werk wichtig, dessen Investitionskosten ja sehr viel höher lagen.

Die Kalkulation für die beiden Ingenieurverträge war schwieriger, denn er hatte über einen Zeitraum von mindestens drei Jahren, wenn alles gut lief, Ingenieurleistungen zu erbringen, deren Umfang und Dauer nicht genau zu beschreiben waren. Das, was er genau beschreiben konnte, packte er in ein Festpreisangebot, alles andere bot er nach Aufwand an. Den harten Kern für Miramer bezifferte er auf 5,5 Millionen plus zwei, ergab 7,5 Millionen, für das ANA-Werk auf 7,7 plus zwei ergab 9,7 Millionen. Er rechnete damit, daß sich die Miramer- und ANA-Herren nach Nennung dieser Zahlen zur Beratung zurückziehen würden und daß es dann eine längere Diskussion geben würde. Er bat Denise, ihm mitzuteilen, was sie hörte.

„Wir haben Ihre Zahlen notiert", sagte Hercule de Bonne Foi. „In welcher Währung bieten Sie an?"

Blitzschnell setzte Georg Ruff auf den ersten Flash einen zweiten. „Ich gehe wohl recht in der Annahme, daß Sie sich selbst über Schweizer Banken finanzieren. Meine Zahlen basieren daher auf Schweizer Franken." Der Schweizer Franken lag rund 15 Prozent über der Deutschen Mark.

Wie erwartet, löste sich die Konferenz auf, und man vereinbarte, um 17 Uhr wieder zusammenzukommen. Ruff würde schwimmen und sich dann etwas hinlegen. Er gab Denise mit den Augen ein Zeichen.

Dr. Nosso nahm seine Brille ab und rieb sich die Augen. Was für ein Tag. „Nehmen Sie's mir nicht übel, Herr Ruff, ich habe Sie immer für größenwahnsinnig gehalten, aber dies ist die endgültige Bestätigung meiner Befürchtungen."

„Das war erst die Eröffnung des Pokers. Glauben Sie ja nicht, daß wir am Ziel sind."

Nosso putzte einige Minuten lang seine Brille. Als er sie wieder aufsetzte, sagte er: „Sollte ich hier einen Herzinfarkt bekommen, schicke ich Ihnen die Rechnung."

„Trinken Sie einen doppelten Whisky, Nosso, das öffnet die Gefäße." Er ging nach oben, duschte und sprang ins Wasser. Es war jetzt nichts zu tun. Er mußte warten.

Es war ein ziemlich heißer Spätsommernachmittag geworden. Die Luft lag wie ein warmes feuchtes Tuch über den Räumen. Er begnügte sich mit einer kurzen Schlafanzughose und deckte sich mit einem Laken zu. Die Tür zum Dachgarten lehnte er an, für den Fall, daß Denise eine Neuigkeit für ihn hatte. Im Nu war er eingeschlafen. Denise weckte ihn auf ihre Art. Sie zog das Nichts ihrer roten Bluse aus und kroch zu ihm unter das Laken.

„Was sagt der Präsident?"

„Jede Siegesmeldung hat ihren Preis."

Er war bereit, den Preis der Siegesmeldung in jeder gewünschten Währung zu zahlen.

Sie ließ über die Währung keinen Zweifel.

Das Vergnügen war ihm willkommen. Er zahlte. Zum höchsten herrlich aufregenden Kurs.

Anschließend fragte er sie: „Wann geht's wieder los?"

„Wir haben noch eine halbe Stunde Zeit."

„Erzähl."

Das war wieder seine Kommandostimme, die Unterwerfung noch dort verlangte, wo sie sich längst schon unterworfen hatte.

„Sie haben Hercule de Bonne Foi gedankt, daß er dich

ausfindig gemacht und hergeschleppt hat. Das war das erste. Ganz schön bemerkenswert. Das zweite war, daß sie fanden, du seist teuer, was ich innerlich sofort bestätigt habe mit dem Zusatz, du bist mir teuer. Aber sie meinten, da sie mit dir alle ihre Pläne realisieren könnten, wollten sie nicht um fünf oder zehn Prozent feilschen."

„Haben sie wirklich fünf oder zehn Prozent gesagt?"

„Genau diese beiden Zahlen haben sie zitiert."

„Du bist ein Schatz, Denise."

„Und du bist ein wunderbarer Liebhaber. Und ich bin schrecklich traurig, daß unsere Zeit bald vorbei sein wird."

Ruff führte mehrere Telefongespräche und bat schließlich Dr. Weisenstein, sich für ein paar Tage freizumachen. Dr. Nosso rief seinen Assistenten zu Hilfe, um die Verträge auszuarbeiten. Er, Ruff, würde für die Unterzeichnung der Verträge für einen Tag zurückkommen. Ob er am Sonnabend anreisen und am Sonntagvormittag um alle Unterschriften bitten dürfe? Er würde dann am Sonntagvormittag nach Innsbruck weiterfliegen.

Sie stimmten diesem Plan zu.

Aber Hercule de Bonne Foi warf alles über den Haufen. Er lud Georg Ruff für zwei Tage auf sein Schiff, die Daidalos, ein, die in Port Grimaud lag. Dort konnten sie auf die Verträge warten. Er wollte ihm etwas Interessantes zeigen. Vielleicht schafften sie es bis Dienstag, Dienstagabend mußte Hercule nach Genf fliegen. Er würde für ihn in der Abendmaschine der Swiss Air von Nizza nach Genf und weiter nach Frankfurt einen Platz reservieren lassen und ihn nach Nizza im Wagen mitnehmen. Und Georg Ruff wußte natürlich sofort, diese Einladung war ein Muß.

Hercule setzte sich selbst ans Steuer seines großen Peugeot und fuhr mit ihm über Toulon und Hyères zum Port Grimaud. Auf der Daidalos, einer Hochgeschwindigkeitsyacht mit zwei 5 000 PS-Maschinen, ließ Hercule de Bonne Foi erkennen, daß ihm daran lag, den deutschen Manager

Georg Ruff zum Freund zu haben, und Georg zögerte nicht, das Angebot anzunehmen.

„Hercule."

„Georg."

Es war für Georg Ruff einfacher, Hercule zu sagen als für de Bonne Foi den Namen Georg auszusprechen. Die Atmosphäre war jetzt völlig entspannt und sie gewannen Vertrauen zueinander. Da ihnen bis zu dem sehr späten Abendessen zwei Stunden blieben, wäre Georg gerne in den Bordpool gesprungen, um ein paar Runden zu schwimmen, aber Hercule bestand darauf, daß er in der Bar blieb und von dem französischen Sekt kostete. So kam es, daß sie beide ziemlich beschwipst zu dem Tisch schritten, den das Personal reich gedeckt hatte. Als Georg bemerkte, daß auf dem Tisch nur zwei Gedecke lagen, fragte er: „Sind wir unter uns?"

„Ja. Ich habe meine Familie in Genf. Meine Frau und meine vier Kinder. Meine Frau ist leidenschaftliche Gärtnerin, sie kommt nur für die Ferien aufs Schiff, außer, ich würde aus dem Swimming Pool ein Blumenbeet machen. Das mache ich natürlich nicht. Frauen auf einem Schiff bringen Unruhe unter die Besatzung. Also gibt es hier nur männliches Personal. Und einige hochqualifizierte Fachleute für den Betrieb meiner Firma."

„Was ist das für eine Firma?"

„Heute ist's genug. Morgen werde ich dir alles zeigen, und ich hoffe im stillen, du bist dabei."

Sie begannen zu tafeln.

Später bezeichnete Georg diese Begegnung als 'das große Fressen in Port Grimaud'.

Er war Hercule sehr dankbar, daß er ihm erlaubte, auszuschlafen und dann noch die Geduld aufbrachte, mit dem Frühstück zu warten, bis er im Swimming Pool seine Runden gedreht hatte. Der Frühstückstisch stand unter einer Persenning auf dem Sonnendeck. Neben Hercules Teller lag ein Stapel von Briefen und Teletex-Messages, den er sofort beiseite schob, als sich Georg zu ihm setzte. Auch

Hercule wirkte ausgeschlafen, doch machte ihn sein graues Haar älter als 45.

„Kaffee oder Tee?"

„Kaffee, bitte."

Ein farbiger Boy in weißer Hose und Jacke schenkte ein.

„Bevor wir uns ein wenig auf der Yacht umsehen, muß ich noch kurz auf unsere Verhandlungen in Marseille zurückkommen. Unser Technischer Direktor hatte dich auf den Arm genommen mit seiner Kritik an den Fehlern der Deutschen. Du hast dich da übrigens gut aus der Affäre gezogen. Keine Ideologien, du erinnerst dich."

„Sehr genau. Ich sprach von den Philosophen", bemerkte Georg. Es war hier auf dem Deck wärmer als man vermuten konnte. Er benutzte die Serviette, um sich die Stirn abzuwischen.

„Richtig. Und nun möchte ich dir etwas zu unserer Energiephilosophie sagen, das Thema kam ein bißchen zu kurz. Übrigens, warum hast du uns den gescheiten Herrn Lynn vorenthalten?"

„Er wollte endlich mal ausspannen und Urlaub machen. Kennst du ihn denn?"

Hercule schüttelte belustigt den Kopf. „Nein, aber wir haben seinen Aufsatz über die Hochleistungs-Elektrostahlwerke gelesen und freuten uns darauf, ihn hier zu haben. Wir kennen auch deine Arbeiten über das 'Konzer Modell' und die produktiven Faktoren. Zu diesen Faktoren gehören die Technologie, das Kapital, die Arbeit und die Energie. Die Technologie kaufen wir von dir aus erster Hand. Da haben wir keine Sorge. Das Kapital besteht zu einem Drittel aus eigenen Mitteln, zwei Drittel besorgen wir uns günstig aus der Schweiz. Das ist dir ja nicht entgangen. Die Arbeitskräfte in Marseille sind billiger als bei euch, in Algerien sind sie spottbillig, und die Energie, na ja, da muß ich etwas weiter ausholen. Zunächst zu dem Stahlwerk Port de Bouc bei Marseille. Da die europäische Kohle sehr teuer ist, hat die Electricité de France, kurz EdF, mit dem Bau von Kernkraftwerken begonnen. Heute werden etwa 70 Prozent unseres Stroms in Kernkraftwerken erzeugt. Bei euch sind es 35 bis 40 Prozent, also halb so viel. Die Nettoerzeugungskosten betragen in Frankreich weniger als 6,8 Centimes pro Kilowattstunde, bei euch sind es mehr als acht Centimes oder 2,4 bis 2,5 Pfennige. Die Verkaufskosten am Kraftwerkstor sind etwa doppelt so hoch, sagen wir mal fünf Pfennige. Nimmt man die Übertragungskosten hinzu, werden es 7,5 Pfennige. Die französischen Stahlwerke beziehen den Strom für acht bis zehn Pfennige, manchmal auch darunter. Im Süden liegen die Preise dagegen etwas höher, das hängt mit den Übertragungskosten zusammen. Ich weiß, was du jetzt sagen willst. Ja, die EdF ist hochverschuldet, so um die 200 Milliarden."

„Francs?"

„Ja, Francs. Und dazu muß der Staat noch Subventionen zahlen. Aber wie auch immer. Die EdF macht billige Preise. Acht bis zehn Pfennige in eurer Währung. Und da hätte ich doch gern mal gwußt, was ihr für eine Kilowattstunde zahlt."

„Das ist der wunde Punkt", antwortete Georg Ruff, „in Konz zahle ich fast 18 Pfennige, in Centimes sind das 60, also sehr viel höher. In Österreich, genauer gesagt in Innsbruck ... da habe ich ja auch ein Ministahlwerk gebaut, verlangt das Energieversorgungsunternehmen augenblicklich 41 Centimes oder zwölf Pfennige, und damit kommen die Österreicher sehr gut zurecht."

„Davon hatte ich gehört. Ich denke, es ist gut, wenn du weißt, daß eure Energiewirtschaft zu teuer ist und wenn die Länder in Zukunft einen gemeinsamen Markt bilden, habt ihr das Nachsehen."

„Ich kann es mir denken", sagte Georg. Er nahm sich noch einmal fest vor, mit den zuständigen Energieversorgungsunternehmen an der Mosel und in Bremerhaven neue Strompreise auszuhandeln.

„Über das ANA-Projekt haben wir uns ausgeschwiegen, die Araber werden von ihrer Volksregierung verpflichtet, ihren Mund zu halten. Dir im Vertrauen einige Daten. Die Stahlleute in Algerien werden ihr Bunkerstahlwerk südlich des El-Hadjar-Komplexes in der Nähe von Annaba errichten. Das Erz oder Eisenschwamm wird über den Hafen von Annaba importiert und mit schwächeren algerischen Erzen gemischt. Ihre elektrische Energie erzeugen die Algerier in Öl- und Erdgaskraftwerken. Algerien ist der drittgrößte afrikanische Erdölproduzent, die Erdgasreserven werden auf 3 000 Milliarden Kubikmeter geschätzt, davon können wir nur träumen. Das Erdöl kommt über zwei Pipelines von Hassi Messaoud nach Skikda, das Erdgas über eine Rohrleitung aus dem Raum Ghardaia, dem Hauptort des Mzab. Diese Bodenschätze erlauben den Algeriern, die Strompreise so zu kalkulieren, wie es ihnen paßt.

Natürlich fragen wir uns da, wie ihr bei diesem Wettbewerb mithalten wollt. Das ist doch mit Rationalisierungsmaßnahmen allein nicht zu schaffen."

„Wir versuchen es mit immer neuen Produkten, neuen Technologien und einer beständigen Ausweitung des Dienstleistungssektors", antwortete Georg Ruff. „Im übrigen sind wir uns natürlich darüber im klaren, daß wir uns anstrengen müssen."

„Nicht schlecht, aber dann rate ich euch, nicht so viel von der 35-Stunden-Woche zu reden, das verwirrt nur die Ideologen, und sie plappern nach, was sie nicht verstehen." Hercule erhob sich.

„Wir haben selbst Schwierigkeiten, das zu verstehen", sagte Ruff und lachte herzhaft, „wie können wir da erwarten, daß andere alles begreifen."

Sie gingen durch die verschiedenen Decks in den Maschinenraum, und Hercule erklärte ihm stolz die Funktionsweise der beiden Rolls-Royce-Maschinen. Der Kontrollraum war vollgepackt mit automatischen Steuergeräten. „Bei glatter See erreichen wir fast hundert Kilometer pro Stunde. Wenn das Wetter so bleibt, fahren wir morgen ein Stück raus, vor dem Cap Camarat findet man herrliche Badeplätze."

Hercule zog ihn weiter in sein Arbeitszimmer und durch die große Bibliothek in das Computerzentrum. „Dies ist meine Firma", sagte Hercule stolz.

„Und was machst du hier?"

„Das werde ich dir erklären." Er schaltete ein Terminal mit einem großen Bildschirm ein, dessen Schrift und Graphiken sich auf einer eingebauten Leinwand reproduzieren ließen. „Von einer Software-Firma in Genf habe ich mir das Programm WAR 80 erarbeiten lassen. Mit diesem Programm nehme ich die Daten aller militärischen Konflikte der Welt auf. Das Programm gibt dann eine Prognose über die hauptsächlichen Parameter des Konfliktes, die Rahmenbedingungen, die Dauer, den Bedarf an Waffen und natürlich die Waffenart, den Munitionsbedarf, eine Schadensprognose und den Geld- und Ausrüstungsbedarf, um die Schäden wieder zu beseitigen. Danach treffe ich meine Entscheidungen."

„Welche Entscheidungen", wollte Ruff wissen.

„Ob ich einsteige oder nicht."

„Ob du in die Waffenlieferung und die Beseitigung des Schadens einsteigst."

„Exakt."

„Das ist wirklich unglaublich."

„Ich gebe dir ein Beispiel. Der Golfkrieg." Auf dem Bildschirm erschienen lange Zahlenkolonnen. „Hier siehst du's. Vor zwei Jahren ausgebrochen. Dauer: noch acht Jahre. Kosten pro Jahr 40 Milliarden Dollar. Schadensbeseitigung 500 Milliarden. Tote: 1 Million. Verwundete: 4 Millionen. Hauptaufgaben nach Beendigung des Konfliktes: Bautechnik, Haustechnik, Haushaltsgeräte, Energiewirtschaft, Fahrzeuge, Wiederaufbau der Landwirtschaft. Danach richtet sich dann mein Programm."

„Und du steigst ein?"

„Ich bin schon eingestiegen", sagte Hercule. „Je suis déjà de la partie."

„Und das ist ein großes Geschäft?"

„Das größte, Georg, das größte."

„Wirklich toll."

„Der größte Waffenlieferant ist Rußland, gefolgt von den USA. Eure Bundesrepublik liegt mit großem Abstand auf Platz fünf. Ich lade dich ein, mitzumachen. Du bist intelligent, jung, einfallsreich. Deine produktiven Faktoren lassen sich auch auf die Theorie des Konflikts anwenden, wir könnten damit eine noch größere Menge Geld machen."

„Ich bin dir sehr dankbar, Hercule. Ich hab mir mal vorgenommen, nur etwas zu machen, was ich verstehe. Vom Waffengeschäft verstehe ich nichts. Also halte ich mich raus."

„Du mußt dich nicht sofort entscheiden, mein Guter, laß dir Zeit. Die Konflikte kommen und gehen, was bleibt, ist das Geschäft mit Waffen."

Am Dienstag hatten sie herrliches Wetter, der Ausflug vor das Cap Camarat war für Georg Ruff ein Traum. Am späten Nachmittag kamen aus Marseille die Verträge, die sie beide unterschrieben.

Hercule de Bonne Foi händigte Georg Ruff zwei Schecks aus, einen Scheck über eine Million für das Stahlwerk Port du Bouc, und einen Scheck über anderthalb Millionen Schweizer Franken für das ANA-Stahlwerk bei Annaba an der Nordküste Algeriens. Anschließend fuhren sie über St. Raphael und Cannes nach Nizza und nahmen die 20 Uhr 25 Swiss Air-Maschine nach Genf. Da die Lufthansa-Maschine erst am Mittwochfrüh um 7 Uhr 01 nach Frankfurt flog, lud Hercule Georg Ruff ein, bei ihm zu übernachten. So lernte Georg auch die Familie Bonne Foi kennen.

Am Mittwoch, den 6. Oktober, um 8 Uhr fünfzehn traf Georg Ruff in Frankfurt ein. Er nahm einen Mietwagen und fuhr nach Konz.

Die beiden Aufträge der Miramer waren in diesem Jahr Georg Ruffs größter Erfolg. Alfred Lynn würde in den nächsten drei Jahren alle Hände voll zu tun haben.

„Wo hast du so lange gesteckt", frage ihn Christine, glücklich, ihren Mann wieder zu Hause zu haben, „Dr. Nosso kam schon am Sonntag zurück."

„Mein neuer Freund Hercule de Bonne Foi lud mich noch für zwei Tage auf seine Mittelmeer-Yacht ein. Ein toller Kahn. Liegt das ganze Jahr über im Hafen von Port Grimaud, nur zur Verfügung seiner Majestät."

Sie wäre gern dabei gewesen. Eifersucht kam auf. „Und wie heißt das Schiff seiner Majestät?"

„Daidalos. Wir sagen in der Regel Dädalus."

Sie träumte von einem Schiff, von einem Hafen am Mittelmeer, von den ewigen Orten der großen, weiten und reichen Welt. Côte d'Azur, Cannes, Nizza, Monaco, San Remo. „War Daidalos oder Dädalus nicht der Mann, der dem König Minos auf Kreta ein Labyrinth baute?"

„Weiß nicht. Kann sein. Von uns beiden hast du die bessere Bildung."

„König Minos hatte eine Tochter, die verführerische Ariadne. War die auch auf *deinem* Schiff?"

Georg schüttelte den Kopf. Er legte seine Arme um sie. Ihr Körper hatte sich noch nicht verändert, aber wenn er sie an sich drückte, konnte er spüren, daß sie schwanger war. „Es war nicht *mein* Schiff, Molly. Eine Ariadne gab es nicht. Stell dir vor, es gab auf dem Schiff keine einzige Frau. Hercule sagte, Frauen auf einem Schiff brächten nichts als Unruhe. Die ganze Besatzung besteht nur aus Männern und ansehnlichen Schiffsjungen."

„Schlanke französische Matrosen und schöne griechische Jünglinge. Du hast doch nicht etwa die Seite gewechselt?"

„Du weißt doch, Molly, Knaben sind nicht mein Fall."

„Und wer ist dein Fall?"

„Schau in den Spiegel, Molly, dann siehst du genau meinen Fall."

Sie ließ nicht locker. „Hanuman, ich bin schwanger und wahnsinnig eifersüchtig. So richtig eifersüchtig auf hübsche Schiffssirenen und griechische Jünglinge."

„Ich sagte dir doch, es gab kein weibliches Wesen an Bord."

„Schwöre."

„Ich schwöre es."

„Habe ich dich richtig gefragt", wollte sie wissen.

„Ja, du hast mich richtig gefragt. Als Juristin weißt du doch, wenn man richtig fragt, bekommt man auch die richtige Antwort."

Sie umarmte ihn. „Ich könnte ohne dich nicht mehr leben, Hanuman. Ich würde mich aufgeben."

Er wollte sie ablenken. „Es gab nicht nur griechische Jünglinge an Bord, sondern auch großes Geld. Willst du mal Schecks sehen von einer und anderthalb Millionen Schweizer Franken?" Er schloß die schwarze Ledertasche auf und zeigte ihr die Schecks. Sie nahm sie in die Hand und las die Zahlen. „So was hatte ich noch nie in der Hand. Damit kann man eine Menge machen."

„Ich weiß, Molly. Aber ich werde alles investieren. Ich bin einer von diesen geizigen Unternehmern, die jeden Pfennig ins Geschäft stecken. Und ein Teil davon geht in das Grundstück am Karthäuser Obstgarten. Dafür habe ich gekämpft."

„Tust du mir einen Gefallen?"

„Welchen?"

„Gibst du mir 10 000 Mark davon ab?"

„Abgemacht, Molly. Aber was hast du vor?"

„Die SOCRIM beteiligt sich an einem Versuchsprogramm mit Methadon. Sechs schwer Drogensüchtige erhalten dieses synthetische Opiat, um von Heroin loszukommen. Man hat sechs unter vielen Bittstellern ausgesucht, um mit fast verlorenen Opfern der Sucht eine erste systematische Therapie zu beginnen. Die SOCRIM hat sofort mitgemacht und sammelt jetzt Geld. Ich meine, auch wir sollten uns beteiligen."

Er war damit einverstanden. Er hielt nichts davon, wenn Unternehmer Samariterdienste leisteten, aber wenn Christine darum bat, wollte er nicht nein sagen.

Sie gingen in Georgs Büro, während sie ihre Unterhaltung fortsetzten. Im Büro zeigte Christine auf seinen Schreibtisch, wo Paula, die Sekretärin Frau Taska und Christine ausgeschnittene Zeitungsartikel fein säuberlich aneinandergereiht hatten. Georg brauchte eine Weile, um das alles zu verstehen.

Georg Ruff läßt den Stadtrat tanzen
Karthäuser Obstgarten für den Konzer
Naturschutz verloren.

Hercules Traumschiff hatte angelegt. Die Konzer Wirklichkeit hatte ihn wieder.

XV

Im Dezember gebar Christine ihr drittes Kind, einen Sohn. Sie nannten ihn Victor. Sie fragten Paula, ob sie bereit sei, ihnen über die Festtage Georg Jr. und Helena abzunehmen. Paula freute sich darüber. Paula war jetzt 41 und alles in allem glücklich. Die Großfamilie hatte sich als ein richtiger Segen erwiesen. Manchmal stritten sich zwar die Kinder, daß die Fetzen flogen, aber keines von ihnen hätte freiwillig auf das Leben in der Kuppel verzichtet. Sie konnten sich überhaupt nicht vorstellen, daß sie eines Tages aus dem Kindergarten oder aus der Schule kämen, und aus den beiden Schornsteinen der Kuppel würde kein Rauch aufsteigen. Paula hatte noch einen sehr persönlichen Grund, sich auf die Weihnachtstage zu freuen. Zum Jahreswechsel nämlich vollzog Georg Ruff die von ihm vorbereitete Silvesterrochade. Seine Frau Christine sah ihn ungläubig erstaunt an. „Aus deiner Art Schach zu spielen, können selbst alte Meister noch lernen." Später fügte sie hinzu: „Vor dir muß ich auf der Hut sein, sonst wache ich eines Tages bei einem anderen Mann auf, weil du mich im Schlaf ausgetauscht hast."

„Ich tausche dich gegen niemanden aus", wehrte sich Georg leicht verärgert. „Es war die einfachste Sache der Welt." Für ihn war es die einfachste Sache, über alle Köpfe hinweg zu bestimmen.

In der Kuppel arbeitete neben Paula die erfahrene Sekretärin Isolde Taska, in der Industrie- und Handelskammer Trier saß in seinem Vorzimmer die Jungsekretärin Gisela Boehne. Beide immens tüchtig, unterschieden sie sich in ihren Fremdsprachenkenntnissen. Frau Taska hatte er eingestellt, als an ein internationales Geschäft noch nicht zu denken war, es genügte, daß sie außer ihrem guten Deutsch noch ein paar Brocken englisch sprach, gerade genug, um am Telefon zu sagen, ihr Chef sei 'in' oder 'out'. Die Handelskammer im Saar-Mosel-Gebiet verlangte von ihren Chefsekretärinnen gute französische Sprachkenntnisse und die Fähigkeit, sich in englisch zu verständigen. Zwischen Frau Taska und Fräulein Boehne lag eine Nachkriegsgeneration. Die ältere Generation hatte noch ein Stück des harten Wiederaufbaus der Republik durchstehen müssen, die jüngere Generation konnte sich schon wieder Zeit lassen für das Latinum, Kunstgeschichte, Picasso, Existentialismus und zwei Ballettstunden wöchentlich. Im Werk behaupteten einige Leute, *die Taska* sei ein Besen mit scharfem Blick und scharfer Zunge. Paula widersprach dem nicht, aber Georg hatte an ihr überhaupt nichts auszusetzen. Eine gute Sekretärin mußte auch in der Lage sein, ihren Chef vor unnötigen Männergesprächen zu bewahren. Es gab zu viele Leute, die in sich selbst einen Sozialfall erkannten und von da an ständig um Sondervergünstigungen feilschten. Aber mit *der Taska* gab es eine andere kleine Schwierigkeit. Sie begann, nach einiger Zeit den attraktiven großen Georg Ruff zu bemuttern, was Paulas Eifersucht neu entfachte. Wenn jemand Georg bemutterte, seine Interessen bis in den privaten Bereich hinein wahrnehmen durfte, war Paula es, und nebenbei gesagt, Christine natürlich auch, aber niemand sonst. Es war unvermeidlich, daß Paula und Isolde sich des öfteren in die Haare bekamen.

Gisela Boehne hatte die Natur aus anderem Holz geschnitzt. Ein stattlicher Intelligenzquotient befähigte das liebenswürdige, einssiebenundfünfzig kleine Persönchen, die richtigen Zusammenhänge herzustellen und auf den Putz zu hauen, wenn die Umstände es erforderten und ihr lauter Zorn der Sache diente. Und auch nicht im Traum dachte sie daran, ihren Chef zu betuen. Wenn im Zimmer des Kammerpräsidenten Ruff das Chaos herrschte, fauchte sie: „Keine Sorge, ich kriege das alles hin." Eine Minute später konnte sie herzhaft lachen. Georg Ruff wünschte, beide Sekretärinnen zu behalten, da bot es sich an, *die Taska* von der Kammer einstellen zu lassen und *Boehnchen* in die Kuppel zu holen. Er sprach mit beiden, und beide waren einverstanden. Der Wechsel fand zum Jahreswechsel statt. Eine Zeitlang witterte Christine Ungemach, ganz zu Unrecht. Für Boehnchen war Dienst Dienst und Ballett Ballett. Eine Liebelei im Büro, das hatte sie auf der Sekretärinnenschule gelernt, verdarb in der Regel nur das Zeugnis. Und echte Heiratskandidaten waren nicht in Sicht. Oder sollte sie sich in den kreuzbraven Dr. Nosso verlieben, der ihr den Hof machte? Nach der Rückkehr aus Marseille nahm Dr. Nosso sich der Midland-Steel-Verträge an und prüfte auch den § 37. Ruff wollte sich die Möglichkeit offen halten, aus dem Projekt auszusteigen, sollte ihn die Midland Steel in irgendeiner Hinsicht unter Druck setzen. Alfred Lynn bekräftigte seine Bedenken gegen die Kopplung seiner ausgereiften Elektrostahlwerkskonzeption mit einem noch weitgehend unbekannten Eisenschwammverfahren. Ruff war aber unverändert davon überzeugt, daß die Kopplung möglich sein müsse, zumal auch die Miramer und die ANA-Werke Eisenschwamm einzusetzen gedachten und die Eisenschwammanlagen bei Marseille und Annaba einwandfrei arbeiteten, wenngleich auf Erdgasbasis. Dr. Nosso arbeitete ein gründliches Gutachten über den Vertrag und den § 37 aus und gab den Midland-Steel-Vertrag zur Unterzeichnung frei. Im Dezember flog Ruff nach Georgetown und brachte alles unter Dach und Fach.

Im ereignislosen Januar beschäftigte sich die Wirtschaftspresse ausgiebig mit der Entwicklung der Ruff-Gruppe. Außer den schon arbeitenden Stahlwerken würde die zur Ruff Holding gehörende Ingenieurgesellschaft KOBI drei weitere Werke errichten, und zwar alle drei in Verbindung mit Eisenschwamm, ein Werk nahe Marseille, ein Werk im Nordosten Algeriens und ein Stahlwerk zusammen mit der renommierten Midland Steel Corporation in Georgetown. Faßte man die Kapazität der sechs Werke zusammen, so würden Ruff-Anlagen in zwei bis drei Jahren etwa zwei Millionen Tonnen Stahl produzieren und offenbar mit Erfolg im Markt absetzen. Ein Phänomen, wenn man bedachte, daß die europäische Stahlproduktion auf jährlich 60 Millionen Tonnen gefallen war und mit nicht auskömmlichen Preisen arbeitete. Die deutsche Stahlindustrie steckte in einem besonderen Dilemma. Man hatte sich auf den Fleiß und die Arbeitsdisziplin, auf den um jeden Preis erkauften sozialen Frieden verlassen, zum Teil Luxuslöhne akzeptiert, aber versäumt, die alten Werke zu modernisieren und neue Branchen zu entwickeln. Etwa Mitte Januar erschien ein Artikel des Mittelstandsinstituts über die deutsche *Museumswirtschaft.* Der Autor des große Diskussionen auslösenden Berichtes behauptete, ein Drittel der deutschen Wirtschaft stelle ein Museum dar. In dieser Wirtschaft benötigte ein Arbeitsplatz in der Eisenindustrie jährliche Subventionen von DM 9 800,–. In einer anderen Studie, die ebenfalls im Januar veröffentlicht wurde, erklärte der Stahlverband, daß in den kommenden zehn Jahren vierzigtausend Stahlarbeitsplätze abgebaut werden müßten, um die Stahlwirtschaft zu sanieren. Der Stahlbedarf könne bei modernen Ausrüstungen statt mit 180 000 schon mit 140 000 Mitarbeitern gedeckt werden. Ruff las zum ersten Male, welche Subventionsbeträge die großen Stahlwerke jährlich kassierten. Ein Journalist schrieb unverblümt: *Die Großen sind im Vorteil.*

Der Arbeitsminister sagte alle Verpflichtungen ab und bereiste das Ruhrgebiet und das Saarland, um sich vor Ort besser mit den Problemen vertraut zu machen. Das Stahl-Kommittee der Europäischen Gemeinschaft in Brüssel verlangte dagegen den Abbau aller Subventionen, um den freien und wirklichen Wettbewerb des gemeinsamen Marktes vorzubereiten. Wenn die finanzstarken Länder Unsummen für die Erhaltung alter Arbeitsplätze ausgaben, statt neue Technologien und neue Branchen zu fördern, durfte niemand erwarten, daß der europäische Markt jemals dynamisch und schwerelos arbeitete.

Wie konnte unter diesen Umständen ein risikobereiter junger Unternehmer mit hochmodernen kleinen Elektrostahlwerken zwei Millionen Tonnen Stahl produzieren und ohne Schwierigkeiten absetzen, und zwar ganz offensichtlich mit Gewinn?

Als Paula sich bereit erklärte, sich um Georg Jr. und Helena zu kümmern, während Georg und Christine mit ihrem dritten Kind Victor auf das Weingut fuhren, bat Georg Paula, ihm ein paar Bücher über Eisenschwamm zu besorgen. Er wollte sich während der Feiertage mit diesem sonderbaren Stoff eingehend befassen. Dann verlangte er eine Verbindung mit dem Château Christine.

Als Georg jetzt wenige Tage vor dem Fest Thomas anrief und ihm ihre Ankunft im Château zu Weihnachten ankündigte, meinte Thomas, da hätten sie aber Glück gehabt, denn zwei der Gästezimmer seien für vier Wochen vergeben, und auch sonst gebe es viel Trubel. Das Silvesterfest sei überbucht, er wisse nicht, wo er die Leute unterbringen solle. Es würde Zeit, das Château auszubauen.

„Wir werden uns darüber unterhalten."

„In Ordnung."

„Paula trifft schon Vorbereitungen für das Weihnachtsfest in der Kuppel. Da können wir uns nicht davonschleichen. Ich denke, es wird erster Weihnachtstag werden, bis wir bei dir sind."

„Gut, gut."

Es gab keine Weihnachtsfeier im Werk, aber Ruff ging zu den Leuten, um ihnen ein frohes Fest zu wünschen und ihnen zu sagen, daß jeder von ihnen in Übereinstimmung mit der Werkszugehörigkeit eine Gratifikation bekommen würde. Das war die Idee von Benz. Na schön. Benz war sozialer eingestellt als er selbst. Dachte an die Leute. Er dachte an das Reinvestieren. Vielleicht war es vernünftig, an beides zu denken. Die hauptsächlichen produktiven Faktoren bildeten die Arbeit und das Kapital, das stimmte schon, doch mit dem Unterschied, daß man bei rund zwei Millionen Arbeitslosen genügend Arbeiter bekommen konnte, wenn man nicht gerade hochqualifizierte Leute suchte, wohingegen das Kapital knapp war. Die Bank der Republik hatte den Leitzins zwar gerade auf drei Prozent gesenkt, aber das bedeutete für den, der das Kapital brauchte, eine Verzinsung von 6,5 Prozent, bei einigen Banken mußte man sogar sieben Prozent bezahlen. Er blieb eine Weile im Büro des Werksleiters Birkholz, aber sie redeten nur über Maßnahmen an den Stranggießanlagen, wo sich im Herbst einige Probleme eingestellt hatten, und andere Belanglosigkeiten, mit denen Birkholz allein fertig wurde. Georg Ruff gab sich Mühe freundlich zu sein, aber eine persönliche Stimmung kam nicht auf. Man mußte auf Birkholz aufpassen, er war keine starke Persönlichkeit, und wenn es jemals zu einer Krise kommen sollte, würde sich Ruff um alles selbst kümmern müssen. Solche Mitarbeiter lagen ihm nicht. Das beste Beispiel für Leute, die ihm lagen, gab die Suche nach einem kaufmännischen Direktor für die Ruff Holding AG, der in erster Linie ein Finanzfachmann sein sollte.

Benz schlug nicht nur vor, den Männern im Werk eine Weihnachtsgratifikation zu zahlen, er empfahl ihm auch, seinen engsten Mitarbeitern Alfred Lynn, Hans Kluge und Markus Didone einen Scheck zu überreichen über einen Betrag, der schon versteuert war. Er sagte auch gleich, welchen Betrag: 5 000 Mark für jeden. Georg überlegte eine Weile, stimmte seinem Vater dann aber zu. Die in Marseille abgeschlossenen Know-How-Verträge bedeuteten für die Ruff Holding bares Geld, einen kleinen Teil davon konnte er *opfern*. Er selbst begnügte sich mit der Hälfte, Christine wünschte sich Lapislazuli-Ohrstecker, die 800 Mark kosteten, und für die Kinder kaufte Christine in Trier eine Menge einfaches Spielzeug. Etwas mehr brauchten sie für Benedikt, Frank und die quirlige Rachel. Frank war jetzt 14 Jahre alt, Rachel elf, und ihre Wunschliste sah schon sehr viel konkreter aus. Christine warf ihrem Mann verschiedentlich vor, ein alter Geizkragen zu sein, aber das stimmte nur zum Teil, in Wirklichkeit barg sein Kopf eine Menge neuer Ideen, und es schien ihm besser, neue Ideen zu finanzieren, als dieses ganze Wohlstandsspielzeug körbeweise in das Weihnachtszimmer zu schleppen. Als er selbst elf oder zwölf Jahre alt war, hatte sich Benz geweigert, ihm Geld für einen Drachen zu schenken. Er mußte sich von seinem kargen Taschengeld Holz, Papier, Leim und Bindfaden kaufen, um einen Drachen zu basteln und oben vom Kommlinger Berg aus fliegen zu lassen. Es hatte für hundert Meter Schnur gereicht, und er ärgerte sich, daß alle anderen Drachen viel, viel höher flogen. Benz blieb eisern. Er schenkte ihm nicht einen Meter Schnur dazu.

Als sich Georg und Christine am ersten Weihnachtsfeiertag von Georg Jr., Helena und der ganzen übrigen Familie verabschiedeten, nahm der alte Benz seinen Sohn Georg beiseite und sagte ihm, er solle sich im Château Christine mal überlegen, wie er an einen guten Finanzfachmann komme. Dies sei nicht sein Rat allein. Seine Bekannten in der Konzer Vereinsbank hätten ihm schon mehrfach den Tip gegeben, einen Mann einzustellen, der etwas von Geld verstünde.

Nun, Georg ließ die Sache eine Weile liegen, weil er meinte, er selbst verstünde genug von Geld, aber schließlich rief er seine Freunde bei der Frankfurter Verkaufsleiter-Akademie an, um sich Namen geben zu lassen. Einen Headhunter wollte er mit der Suche nicht betrauen, seiner Auffassung nach waren sie alle durch die Bank Halsabschneider, und für einen gesuchten und gefundenen Manager ein Jahresgehalt als Provision zu verlangen, schien ihm zu viel.

Die Verkaufsleiter-Akademie nannte zwei Namen, und beide rief er an. Dr. Kurt Ackermann arbeitete im Rheinland als Freelancer. Er stünde zur Verfügung, wollte aber nicht Angestellter von Ruff werden. Sein Besuch in der Kuppel dauerte nicht einmal zehn Minuten.

„Guten Tag, Herr Ackermann, können Sie mir ein bißchen was von sich erzählen", sagte Georg Ruff.

„Ich bin promovierter Betriebswirt", erklärte Ackermann mit zerknittertem Gesicht, „habe mich mit 30 auf Finanzberatung spezialisiert, zunächst bei der Firma Schmitt und

Schmitt in Düsseldorf, später in Frankfurt am Main, wo die Börse ja eine ganz besondere Bedeutung hat. Aber Frankfurt ist kein Platz zum Leben. Ein entsetzlicher Steinhaufen. Also ging ich zurück nach Düsseldorf."

„Sagen Sie, Herr Ackermann, haben Sie mal im Ausland gearbeitet?"

„Herr Ruff, wie ich schon erwähnte, bin ich promovierter Betriebswirt, und ich würde es sehr schätzen, wenn Sie mich mit Herr Doktor Ackermann anredeten."

Ruff lehnte sich zurück. Das schwarze Leder seines Chefsessels erzeugte ein schleifendes Geräusch. Er blickte Akkermann an, sah sein faltiges, etwas griesgrämiges Gesicht, die dunkelgraue Krawatte, das graue Nadelstreifenjackett und die blassen, glanzlosen Augen hinter der feinen goldgeränderten Brille. Er sagte: „Ackermann, wir beide kommen nicht zusammen."

Eine Woche später stellte sich Rainer Moebius vor, ein Zweizentnermann, einsvierundachtzig groß, kurzes braunes, struppiges Haar, das an einen Terrier erinnerte, 37 Jahre alt, Fachschulbetriebsingenieur, zwei Jahre in Amerika herumgetrieben, zehn Jahre lang für die Firma TELECOM in Brasilien gearbeitet.

„Anfangs haben mich die Brasilianer in brasilianischer Finanzwirtschaft unterrichtet, dann habe ich die Brasilianer in brasilianische Finanzierungsmodelle eingewiesen. Wir haben uns großartig verstanden."

„Warum kamen Sie zurück?"

„Meine Frau bestand darauf, unsere Kinder in Deutschland einzuschulen, und da sind wir."

Moebius hatte die Untugend, mit Kopf und Oberkörper zu sprechen. Wenn er seinen Mund aufmachte, bewegten sich mit den Lippen gleichsam ganze zwei Zentner. „Was wäre für Sie eine Traumposition", fragte Ruff.

„Ich bin kein Konsolidierer, wenn Sie das meinen. Wo konsolidiert wird, halte ich mich raus. Ich suche ein Unternehmen, das expandiert, möglichst international, denn nur, wer expandiert, braucht Geld, und wer Geld braucht, braucht mich. Auf einen einfachen Nenner gebracht."

„Hören Sie zu, Moebius", bemerkte Ruff mit einiger Eindringlichkeit, „wir expandieren jetzt und in Zukunft, und weil wir expandieren, sind wir nicht reich. Und weil wir nicht reich sind, benötigen wir fremdes Geld. Und weil wir fremdes Geld benötigen, suchen wir einen Mann wie Sie. Ich stelle hohe Ansprüche an meine Mitarbeiter und bin in den Gehältern alles andere als üppig, dazu kommt, daß ich Ihnen nur 15 Arbeitstage Urlaub geben könnte, da sind wir hier alle schlechter dran als die großen Konzerne."

„Geld motiviert uns nicht, Herr Ruff, keine Sorge. Die Aufgabe muß uns packen, wenn nicht, laufen wir weg. Und 15 Tage Urlaub, das reicht doch für drei Wochen Rotes Meer."

„Was wollen Sie am Roten Meer?"

„Ich bin Gerätetaucher. Tauchen ist unser Hobby."

„Unser?"

„Ja, meine Frau und ich."

„Was ist ein Gerätetaucher, Moebius?"

„Ein Gerätetaucher ist ein Taucher mit Preßluft-Schwimmgerät, Tauchermaske, Gürtel mit Gewichten, Tauchermesser und Flossen. Ein Gerätetaucher geht auf Tiefe, verstehen Sie, und weil Sie unter Wasser keinen Zeitbegriff haben, brauchen Sie eine Taucheruhr. Sehen Sie, dies hier ist eine Taucheruhr."

„Wo haben Sie das gelernt, Moebius?"

Moebius schaukelte und drehte seinen Oberkörper. Er war ständig in Bewegung, und auf seiner Oberlippe standen kleine Schweißperlen, die er mit dem Handrücken abwischte. „Da kann ich Ihnen was erzählen. Wenn Sie von Sao Paulo aus nach Nordosten fahren, kommen Sie nach Taubaté. Von da haben Sie dann noch ein paar Kilometer zur Atlantikküste, aber eine schwierige Strecke. Mal Sand, mal Stein, mal Sumpf. Doch dann treffen Sie auf ein Paradies. Für mich die schönste Küste der Welt. Man kann sich an zwei Plätzen einquartieren, in Ubatuba oder in Caraguatatuba. In Caraguatatuba sind die Wasserverhältnisse besser. Man trifft dort auch öfter auf Haie. Sie sind noch nicht sehr erwachsen, und man kann auf ihnen reiten. So in fünf bis zehn Meter Tiefe. Wenn man aufsitzt, gehen sie erschrocken auf Tiefe. Man muß ihnen dann den Schenkeldruck geben, das reduziert die durchströmende Wassermenge, und Sie steigen wieder auf."

Die Erinnerung ließ seine Halsschlagadern anschwellen. „Sind Sie schon mal auf einem Hai geritten?"

„Nein", antwortete Ruff mit einer Art Erstaunen und Bewunderung im Gesicht.

„Keine Sorge, das kriegen wir schon hin", antwortete Moebius grinsend und mit wiegendem Oberkörper.

Auf diese Weise stellte Ruff einen Finanzfachmann ein, der die Brasilianer in der Aufstellung von Finanzierungsmodellen trainiert hatte und der auf Haien reiten konnte. Nur einen kleinen Webfehler hätte Georg Ruff gern mit der Zeit ausgemerzt, doch wollte es nicht gelingen. Rainer Moebius redete mit einem etwas eigenartig klingenden *Wir-Sprech*. Keine Sorge, wir kriegen das schon hin.

Schön und gut, dieser Experte würde seine Arbeit am 1. April aufnehmen, vorher aber schon tageweise zur Verfügung stehen. Ruff bat Moebius, über Benedikt mit dem Architekten Kontakt aufzunehmen. Die Ausschachtarbeiten für den Bürokomplex sollten im Mai beginnen. Die Finanzierung stand noch nicht, und die Angebote der Baufirmen enthielten zu viele Aufwandspositionen. Er gedachte den Komplex zu einem absolut verbindlichen Pauschalpreis an einen einzigen Bauunternehmer zu vergeben und den Architekten mit der Objektüberwachung und Qualitätskontrolle zu beauftragen. Es wäre gut, wenn der Architekt Bene für die Qualitätskontrolle auf der Baustelle einsetzte, dann würde er, Georg Ruff, über seinen Bruder Bene die Hände im Teig behalten.

Als Georg und Christine schon im Wagen saßen, um auf das Weingut zu fahren, der kleine Victor in seinem Körbchen auf der Sitzbank im Fond, stoppte Georg den Motor, stieg aus und ging zurück in die Kuppel. Er rief die KOBI an, aber es meldete sich niemand.

„Georg", sagte Paula, „heute ist doch der Erste Weihnachtsfeiertag."

„Na, so was Verrücktes."

„Da hast du recht."

„Rufst du bitte Herrn Lynn aus und richtest ihm aus, ich würde in einer halben Stunde bei ihm sein. Es wird nicht lange dauern."

Er setzte sich wieder in den Wagen, sie fuhren am Denkmal vorbei in den Nordosten der Stadt, wo die Lynns ein Reihenhaus besaßen. Er bat Christine, mit ihm auszusteigen und Victor mit ins Haus zu nehmen, damit sie Lynns ein frohes Fest wünschen und sich ein bißchen aufwärmen konnten.

Frau Lynn war schon unterrichtet und öffnete mit halbwegs guter Laune die Tür. Sie hatten sich im Südschwarzwald für die Festtage ein Appartement reservieren lassen und wollten am darauffolgenden Tag mit ihren Töchtern nach Badenweiler fahren. Gleichwohl gefiel es der kleinen, energischen Frau Lynn, einen Schnabelhieb auszuteilen: „In der Ruff-Gruppe steckt noch ein Stück Leibeigenschaft."

„So ist es, Madame."

„Das Weihnachtszimmer ist freigegeben, wenn Sie sich netterweise nicht an der Unordnung stören wollen."

„Es stört mich nicht", bemerkte Ruff, der die tüchtige Frau schätzte, aber auf jede scharfe Zunge ebenso spitz reagierte, „bei Leibeigenen herrscht immer Unordnung." Alle lachten. „Ich werde mich hüten, noch einmal von Leibeigenschaft zu reden."

„Sie können mir alles sagen, wenn auch ich alles sagen darf." Ruff sah sie streng an. „Also was?"

„Ist ja schon gut. Sie wollen meinen Mann sprechen. Hier

haben Sie ihn." Sie holte Gläser und brachte in einem Korb verschiedene Flaschen mit Sherry, Portwein, Steinhäger und Weinhefe.

„Ich möchte mit Ihnen einen Fachaufsatz über Eisenschwamm und Lichtbogenöfen veröffentlichen. Sie stehen dem Eisenschwamm ja etwas kritisch gegenüber. Machen Sie als Co-Autor mit?"

„Natürlich mache ich mit. Nur muß ich richtigstellen, daß ich nicht dem Eisenschwamm kritisch gegenüberstehe, sondern gewisse Zweifel an dem Midland-Steel-Verfahren habe. Das ist ein großer Unterschied."

„Das Midland-Steel-Verfahren sollten wir nur kurz erläutern und uns auf das beschränken, was darüber schon veröffentlicht wurde."

Lynn prostete Ruff zu. „Völlig einverstanden."

„Ich habe auch schon den Titel", fuhr Ruff fort.

„Dacht ich mir's doch."

„Hören Sie zu: *Die Verarbeitung von Eisenschwamm zu Elektrostahl in Hochleistungslichtbogenöfen."*

Lynn dachte einen Augenblick nach. „Darüber können wir in der Tat schreiben."

„Ich habe jetzt ein paar Tage Zeit. Werde mal die Gliederung entwerfen. Und was machen Sie?"

„Ausspannen und ein bißchen was über die Römer lesen."

„Über die Römer?"

„Ja, die haben doch zweihundert Jahre lang in Badenweiler gebadet und gekurt."

„Darüber müssen Sie mir gelegentlich mal was erzählen." Eine Floskel. Ruff würde keine Zeit haben, sich mit den alten Römern zu beschäftigen. *Aber seine Leibeigenen hatten die Zeit dafür.* Nun fang bloß nicht an, dich selbst zu bemitleiden. Willst du nicht alles so, wie es ist? Ja, sagte er zu sich, so und nicht anders ist es richtig. Dies bedeutet für mich zu leben.

Eine Stunde später trafen sie auf ihrem Weingut ein. Thomas empfing sie mit seiner frischen Herzlichkeit.

Sie konnten sich trotz der vielen Gäste eine Woche lang gut erholen. Das morgendliche Stillen war ein Fest für Christine und den kleinen Victor. Aus unerfindlichen Gründen entkleidete sich Christine dazu, weil sie glaubte, wenn Victor nicht ihre Haut spüre, finge er nicht an zu saugen. Wohlig schmatzend klammerte er sich an seine splitternackte Mutter. Wenn die Zeremonie beendet war, kroch Molly nochmals zu Georg ins Bett. Es war eine wundervolle Zeit.

Anfang Januar mußte Georg Ruff zu einer internen Besprechung in die Konzer Industrie- und Handelskammer. Sie konnten die Zeit im Château verlängern, weil Christine und das Baby im Château blieben und Georg nach der Besprechung auf das Weingut zurückkehrte. Christine saß an ihrem kleinen Schreibtisch und beschäftigte sich mit den Eisenschwammbüchern. Vorher hatte sie die Post durchgesehen, einige Weinbestellungen in die Kommissionskladde eingetragen und eine Liste von Lebensmitteln zusammengestellt, die sie am nächsten Tag nach Trier mitnehmen würde, wenn sie Georg begleitete. Die Mitsubishi-Vertretung hatte eine Menge Prospekte geschickt, darunter Informationen über den starken Geländewagen, den Georg gern für das Weingut gekauft hätte. Er meinte, Christine brauche einen Zweitwagen für das Gut und ihre Besorgungen, und da sie sich nun nach der Geburt von Victor wieder ans Steuer setzen konnte, schien ihm ein günstiger Augenblick gekommen, den Geländewagen zu bestellen. Die Eisenschwammlektüre erinnerte sie an die leidige Diskussion zwischen ihnen beiden. Georg verwirklichte alle seine Träume, stieg höher und höher, sein Unternehmen wuchs, und ihr blieb neben dem Haushalt und den Kindern kaum Zeit für ihre Aufgabe bei der SOCRIM. Sie wünschte sich ein Kindermädchen. Das Mädchen sollte im Haus wohnen, genauer gesagt, in beiden Häusern. Wenn sie während der Woche in der Kuppel lebten, sollte das Kindermädchen dort eine Bleibe haben, fuhren sie auf das Weingut, benötigten sie ein zusätzliches Zimmer mit einem kleinen Duschbad. Aber keines der beiden Häuser bot hierfür

Platz. Es war Zeit, daß angebaut wurde. Und davon war die Rede.

Georg schien in allerbester Verfassung. Was selten vorkam, er pfiff einen amerikanischen Hit. Isolde Taska, die gerade ihren Dienst in der Kammer angetreten hatte, überraschte ihn mit zwei Neuigkeiten. Das Satelliten-Fernsehen SAT-West plante für den Sommer eine Sendung unter dem Titel „Journalisten fragen – Unternehmer antworten" und wollte wissen ob Ruff einer der vier Unternehmer sein wollte. Georg fand, dies sei eine gute Reklame für die Konzer Stahlwerke GmbH und sagte zu. Die zweite Nachricht empfand er als noch sensationeller. An der Fakultät für Eisen-Hüttenwesen der Technischen Universität Alt-Kronenburg war ein Forschungsvorhaben über Eisenschwamm begonnen worden, das sich auch mit der Praxis der Eisenschwammanwendung befassen sollte. Ob Georg Ruff einige Gastvorlesungen halten wolle und das Vorhaben mit seinen Stahlwerken und seiner Ingenieurgesellschaft KOBI zu fördern bereit sei. Er genierte sich nicht, sich geschmeichelt zu fühlen und diktierte Frau Taska einen Brief, mit dem er artig dankte und seine Bereitschaft erklärte, das Vorhaben zu unterstützen und Vorlesungen zu halten. In einigen Jahren würd er ganz oben stehen, da konnte eine Verbindung zu der angesehenen Universität Alt-Kronenburg nur von Nutzen sein.

„Was sagst du jetzt, mein Schatz?"

Sie tolerierte *mein Schatz*, obwohl sie's nicht mochte. „Was soll ich sagen, Hanuman? Ich freue mich für dich."

„Aber ..."

„Du warst mal versessen darauf, Stahl zu kochen", sagte sie und löste ihre blonden Haare, die jetzt wieder bis zu den Schultern reichten. So gefiel sie ihm immer noch am besten. „Was ist geblieben? Ich finde, du entfernst dich immer mehr von deiner Basis."

„Ich fürchte, das ist bei den Unternehmern die Regel, Molly."

„Mag sein, aber gut ist es nicht."

Sie versorgte Victor und legte ihn zurück ins Bettchen.

„Außerdem bin ich nicht glücklich darüber, daß du dich fortwährend weiterentwickelst und ich bleibe stehen, wo ich nach der Hochzeit stand."

„Was soll das heißen, Molly?"

„Ich möchte auch etwas tun."

„Du tust eine Menge, Molly, du tust viel für mich, für die Kinder und für den Haushalt. Hier auf dem Weingut nimmt dir Thomas die Hauptarbeit ab, aber selbst dann bleibt noch eine schöne Portion für dich."

„Aber ich entwickele mich nicht." Sie schüttelte den Kopf, und ihre Haare bildeten während eines kurzen Augenblicks einen schwebenden Pilz. „Ich trete auf der Stelle."

„Bist du irgendwie enttäuscht?"

„Ja, Hanuman."

„Enttäusche ich dich, Molly?"

„Um Himmelswillen, nein. Dein Beruf enttäuscht mich."

„Du magst die Unternehmer nicht, ist es so?"

„Ich habe mir nicht den Kopf darüber zerbrochen, was Unternehmer tun und was sie nicht tun. Aber erwartet habe ich schon mehr. Mehr Zeit für mich. Mehr Zeit für Geselligkeit, mehr Zeit für Freunde."

„Ich hab' 'ne Menge, Molly, aber Zeit habe ich nicht."

„Das weiß ich."

„Also, was wollen wir tun, mein Schatz?" Er ging zu dem Bauernbuffett und entnahm ihm ein Glas. „Sherry?"

„Danke, noch nicht."

Er nahm einen großen Schluck, kniff die Lippen zusammen und spülte mit dem Sherry den Mund. Dann schloß er die Augen und schluckte ihn hinunter. Christine wurde gewahr, daß Georg jetzt älter wirkte. Er hatte immer noch eine blendende Figur und die sportlich breiten Schultern, aber sein Gesicht glich nicht dem eines unbekümmerten dreißigjährigen Mannes. „Hast du Sorgen?"

„Ach, keine Rede. Ich habe große Pläne, viel Arbeit und

keine Zeit, das alles zusammen macht einen Mann nicht jünger."

Mit einem zweiten Schluck leerte er das Glas. Und wieder benutzte er den Sherry, um den Mund zu spülen.

„Ich hatte gehofft, du würdest über Weihnachten mal etwas ausspannen, aber dir geht zuviel im Kopf herum."

„Das wird es wohl sein", sagte er und ertappte sich bei dem Gedanken, daß dieses Gespräch nicht sehr produktiv war. Gut war nur, was produktiv war. Es war ihm doch sehr recht, daß er selbst einen produktiven Faktor darstellte. Technologie, Energie, Arbeit, Kapital, Material. Ihm fiel ein, daß er sich um den Energiepreis kümmern mußte. Und um das Kapital für den Bürokomplex und den Stahlwerksanteil in Georgetown. Fünfzig Millionen. Christine hatte recht. Das war nicht mehr die Basis. Seine Basis war das Stahlkochen, und nun benötigte er zu viel Zeit für andere Dinge. „Was willst du tun, um ein bißchen von der Stelle zu kommen?"

„Wir hatten schon kurz darüber gesprochen. Mit einem Kindermädchen wäre mir sehr geholfen. Ich könnte dich dann und wann auf einer Reise begleiten, wenn's dich nicht stört."

„Das wäre großartig."

„Zum Beispiel würde ich gern mal auf der Daidalos mitfahren, auf dem Luxusdampfer, auf dem es nur Männer gibt."

„Um Himmelswillen, ein Glück, daß dein Paß abgelaufen ist."

„Ich werde einen neuen beantragen."

„Dir steht eine Menge Arbeit ins Haus, nur um einen Dampfer voller Männer zu erleben."

Sie lachte herzhaft. „Und da wäre noch etwas. Ich könnte Anwältin der SOCRIM werden. Sie reden mir jeden Monat einmal zu, wieder bei ihnen anzufangen."

Obwohl er mit seinen Gedanken bei den Millionen war, die er für den Bürokomplex im Karthäuser Obstgarten und das Georgetownprojekt benötigte, legte er den linken Arm um ihre Schultern und drückte sie an sich. „Wenn du dir etwas davon versprichtst, bin ich einverstanden."

Sie zog seinen Kopf nach vorn und küßte ihn. „Danke, Hanuman, danke."

Schön und gut, aber ein Kindermädchen brachte wirklich Probleme. Die Häuser, das Weingut und die Kuppel, platzten aus allen Nähten. Über das Weingut konnte Christine bestimmen, die Kuppel gehörte Benz und Paula. Sie mußten mit ihnen reden.

Bevor sie zur Kuppel zurückfuhren, führten sie eine längere Unterhaltung mit Thomas Berger und akzeptierten zunächst einige Verbesserungen in der Küche und im Restaurant. Sie trafen nun eine weitere sehr wichtige Entscheidung. Das Gästehaus mußte ausgebaut und der Pensionsbetrieb verbessert werden. Dienstleistungen für den Tourismus sagte man eine gute Zukunft voraus. Sie führten eine sehr einfache Preisstaffel ein. Der Preis für die erste und zweite Nacht wurde erhöht, und erst ab der dritten Übernachtung galt der normale Pensionspreis. Diese Maßnahme erwies sich als sehr wirkungsvoll, denn immer mehr Gäste blieben länger als eine Woche im Weingut. So stiegen die Einnahmen aus dem Château, und Christine wurde mit ihrem Fünfzigpfenniganteil an jeder Flasche „Konzer Apotheke" langsam eine gute Partie, wie Georg es nannte.

„Eine gute?"

„Oh nein", antwortete Georg, „eine sehr gute."

„Genau das wollte ich hören."

„Dein Pech, daß du schon verheiratet bist und noch dazu mit einem Unternehmer."

Sie küßte ihn. „Mein Glück, Hanuman, mein Glück."

„Ich werde dem Architekten sagen, er soll in die Erweiterung des Gästehauses eine Einliegerwohnung für das Kindermädchen einplanen. Das alles wird aber erst im Spätsommer fertig sein."

„Sollte ich vorher etwas Passendes finden, miete ich einen Caravan und stelle ihn auf die windgeschützte Giebelseite."

„Das mußt du ihr von Anfang an sagen, sonst ist sie später enttäuscht."

„Mach ich."

XVI

Die Produktivität im Konzer Stahlwerk stand jetzt auf 120. In diesem neuen Jahr, die Stahlwerke in Bremerhaven und Innsbruck waren ebenfalls voll ausgelastet, gewöhnte sich die Presse daran, einmal wöchentlich die Produktivitäts-Tafeln in den drei Stahlwerken zu fotografieren und einen „Ruff-Index" herauszugeben, der lange Zeit ein Wettbewerbsmerkmal für die Stahlbranche blieb. Im März sackte die Produktivität in Konz plötzlich auf 98 ab, in Bremerhaven und Innsbruck lagen die Werte immer noch über 100.

Georg Ruff berief für Dienstag um neun Uhr ein großes Meeting ein. Teilnehmer außer ihm: Benz, Lynn, Kluge, Didone und der Sprecher der Interbank, die mit dreißig Prozent an der Konzer Stahlwerke GmbH beteiligt war. Bisher hatten die Banken außer der Tilgungsrate einen Überzins erhalten, wie die Arbeit auch einen Überlohn erhielt. Zur Zeit bekamen sie noch die normale Tilgungsrate, aber bereits einen Unterzins, und die Arbeit einen Unterlohn. Was war geschehen?

„Wie unser Römer Alfred Lynn einmal bemerkte, hat Heraklit gesagt, der Krieg sei der Vater aller Dinge, aller Dinge König."

„Einspruch", unterbrach ihn Lynn, „Heraklit war kein Römer, sondern ein griechischer Naturphilosoph. Und nicht ich hab's gesagt, sondern Herr Ruff."

Der nüchterne Ruff richtete sich auf und kreuzte die Arme über der Brust. „Schluß mit der Philosophie. Kommen wir zur Sache."

„Für das 'Konzer Modell'", fuhr Didone fort, „ist der Markt der Vater aller Dinge, aller Dinge König, und der Krieg ist der Kampf um Preise und Kosten. Wer nicht um Kosten kämpft, verliert. Mein Programm rechnet nur. Was der Markt der Wirtschaft bringt, können wir nur und ausschließlich vom Markt erfahren. Jetzt ist der 'kluge Hans' an der Reihe."

Kluge griff in seine Jackentasche. Als erstes kam der Autoschlüssel zum Vorschein, dann ein Taschenmesser, Büroklammern, Münzen, Magensalztabletten und die Rechnung eines Kaiserslauterner Restaurants. Auf der Rückseite der Rechnung standen Zahlen, die nur Kluge entziffern konnte. „Eine Baufirma, die Internationale Tiefbau AG in Kaiserlautern hat von der amerikanischen Militärverwaltung einen großen Bauauftrag erhalten und die hierfür notwendigen 50 000 Tonnen Baustahl in Deutschland, Frankreich, Schweiz, Italien, Belgien und Luxemburg ausgeschrieben. Es sind ... Moment ... 72 Angebote eingegangen ... Wir lagen unter den ersten drei und dort auf Platz zwei. Diese drei Bieter wurden zu einer mündlichen Vergabe eingeladen, in der jeder Bieter vor dem ganzen Meeting neue Preise nennen durfte. Als die beiden anderen Mitbewerber keinen Preis mehr nannten, habe ich den billigsten Preis auf den Tisch gelegt und sofort den Zuschlag erhalten." Er blickte sie alle der Reihe nach an, als erwarte er großen Applaus. Aber niemand rührte auch nur eine Hand.

Auch Georg Ruff schwieg.

Schließlich meldete sich Lynn zu Wort. „Die 50 000 Tonnen bedeuten eine Auslastung unseres Konzer Stahlwerkes für anderhalb Monate, also wird die Produktivität anderhalb Monate lang bei 98 bleiben." Er schaltete den Taschenrechner wieder aus. Wer wußte es besser?

„Das ist nicht richtig", bemerkte Didone, „Die 98 sind ein Mischdruck aus alten und besseren Aufträgen und dem Auftrag aus Kaiserslautern. Wenn wir einmal annehmen, daß alle Aufträge nur noch die Preise von Kaiserslautern bringen, rutscht die Produktivität auf 78 bis 80." Didone dachte schon weiter. „Wenn die Fortuna oder die BELGIX oder die ANL auf unseren Kampfpreis einschwenken und wir nochmals einen Abstand zu diesem neuen Preisniveau herstellen müssen, sagen wir von zehn Prozent, dann geht die Produktivität auf 70, das ist, wie Konrad Adenauer sagte, die Situation."

Lynn korrigierte ihn. „Adenauer sagte: die Situation ist da."

„Gut, für das 'Konzer Modell' ist jetzt die Situation da", beharrte Didone, „die Logik des Systems erweist sich eben als absolute Logik."

Lynn hatte ein feines Lächeln auf den Lippen. „Viel wichtiger scheint mir die Tatsache zu sein, daß die absolute Logik zugleich die Logik des Systems ist."

Didone regte sich fürchterlich auf, ohne später sich selbst oder anderen erklären zu können, warum oder worüber er sich aufgeregt hatte. Die Atmosphäre des Meetings war ganz einfach spannungsgeladen. „Was wollen Sie damit sagen?"

Alfred Lynn suchte nach einer simplen Formulierung: „Ich will damit sagen, daß sich die von uns so häufig zitierte Sicherheit des Arbeitsplatzes aus den Zusammenhängen der Logik ergibt. Anders ausgedrückt: in einer Welt von fünf Milliarden Menschen sind Arbeitsmangel und Arbeitslosigkeit ganz einfach unlogisch."

Diesen Satz würde sich Georg Ruff merken und in der Fernsehsendung mit den Journalisten und den Unternehmern zitieren.

Didone sprang auf und giftete Lynn an. Er war völlig aus dem Häuschen. Niemals hatte jemand den kühlen Mathematiker Didone so aufgeregt gesehen. „Wollen Sie damit sagen, es liegt an meinem System?"

Weiß der Teufel, wie das kam, aber plötzlich hatte Lynn eine Schachtel und Streichhölzer in den Händen und zündete sich eine Zigarette an. Man merkte seiner Stimme an, daß auch er erregt war, doch wurde er nicht ausfallend, sondern blieb sachlich. „Es liegt daran, daß Ihr System nicht allgemein durchsetzbar ist, daß die Logik nicht allgemein durchsetzbar ist, denn wäre sie durchsetzbar, wäre auch der sogenannte sichere Arbeitsplatz ein allgemeines, selbstverständliches Gut."

„Um welchen Preis", fragte Didone immer noch aggressiv, „das interessiert mich für mein System!"

Lynn zog an der Zigarette und sog den Rauch tief in die Lungen. „Um welchen Preis? Jeder sichere Arbeitsplatz hat seinen Preis. Das ist die ganze Weisheit. Wenn jemand glaubt, er könne für einen sicheren Arbeitsplatz den Preis selbst bestimmen, dann irrt er. Weil nicht er den Arbeitsplatz bezahlt, sondern der Markt, und der Markt kümmert sich einen Dreck um die Träume des einzelnen Menschen." Er machte eine Pause. „Ich weiß nicht, ob Sie mich verstanden haben. Ihr System stimmt. Ihre Logik ist Logik. Und Ihre Logik ist die Logik des Marktes. Jedoch ... wer's nicht begreifen kann, ist der Mensch. Ihre Logik kann den Menschen nicht überzeugen, weil der Mensch nicht von der Logik überzeugt werden will, er hat eine angeborene Schwäche für die Unlogik. Und das ist die Situation, von der Adenauer gesagt hat: die Situation ist da."

Sie standen wieder ganz am Anfang.

Das war der Augenblick, da Georg Ruff diese arg theoretische Diskussion wieder an sich riß. Er gab sich mit all ihren Erklärungen nicht zufrieden.

„Wir haben für unsere Ministahlwerke mehr die regionalen Stahlmärkte als die großen nationalen oder gar internationalen Märkte ausgewählt. Bremerhaven verkauft Stahl im Raume von Bremen, die Produktivität liegt bei 122. Innsbruck verkauft Stahl an die Autobahnfirmen, die Produktivität lag heute morgen bei 126. Das könnte sich natürlich ändern, wenn die Fortuna zum Beispiel nach Innsbruck fährt und mit Kampfpreisen versucht, unser dortiges Stahlwerk zu unterbieten. Das kann aber auch eine Fortuna auf die Dauer nicht durchhalten."

Kluge hatte einen anderen Markthorizont vor den Augen. „Ich fürchte, wir stehen am Anfang einer größeren Stahlkrise. Hierfür gibt es verschiedene Gründe. Der alte Gelehrtenstreit ist wieder ausgebrochen. Gibt es eine Überkapazität, oder geht die Krise von einem Unterkonsum aus? Ich glaube nicht an eine Überkapazität, es düfte sich schlicht um einen Unterkonsum handeln. Ich komme gleich noch auf Keynes zu sprechen."

„Oh, mein Gott", stöhnte Didone.

Ruff wollte Kluge ins Wort fallen, aber Kluge winkte sehr bestimmt ab.

„Bei einer rapide auf sechs Milliarden anwachsenden Weltbevölkerung, der es an allen Notwendigkeiten mangelt, kann es sich meiner Meinung nach nur um einen Unterkonsum handeln. Wodurch ist dieser Unterkonsum entstanden? Ich bin sofort fertig, Herr Ruff ... einmal sind fast alle afrikanischen Märkte ausgefallen. Die Länder, die sich ihre Selbständigkeit oder besser Freiheit erkämpft haben, wissen damit entweder nichts anzufangen, oder der Ostblock ist bei ihnen gelandet und bildet die Völker für Stammeskämpfe aus. Zweitens, und das ist in volkswirtschaftlicher Hinsicht ein ganz unglücklicher Faktor, hat unsere Regierung entschieden, uns nicht an großen Waffengeschäften zu beteiligen. Das ist Idealismus, aber nicht Materialismus. Denn der Waffenmarkt ist einer der ergiebigsten Stahlkäufer. Drittens kann der Baumarkt die Kosten nicht mehr verdauen und kränkelt. Und letztens sind unsere Preise generell zu hoch, weil wir unsere Produktion mit einer Fülle von sozialen Wünschen befrachten, die nicht einmal der einheimische Markt bezahlt, geschweige denn die armen Länder. An diesem Punkt empfiehlt Keynes: gebt den Leuten Geld, und sie werden kaufen. Also rauf mit den Einkommen."

„Nach Ihrer Theorie ...", Georg Ruff zögerte ... „nach Ihrer Theorie müßte sich bei einem sehr niedrigen Stahlpreis eine Vollbeschäftigungssituation einpendeln, die uns überleben läßt."

„Dem stimme ich vollkommen zu." Kluge sah auf die Rückseite der Rechnung. „Ich habe ... ich muß vorausschikken: vom Markt aus gesehen ... ich habe auf der Basis des heutigen Bedarfs und der Wettbewerbssituation eine Zahl ... hier ist sie, eine Zahl ermittelt, bei der sich diese Situation einstellt. Die magische Zahl ..." Er lächelte Didone ironisch an, weil er wußte, von ihm kam Widerspruch. „Ich nenne Ihnen die Zahl 0,63."

Didone platzte denn auch heraus. „Was bedeutet das? Kommen Sie mir ja nicht mit magischen Zahlen, sondern bitte mit Mathematik."

„Nein, verehrter Didone", sagte Kluge, „Sie sind natürlich Mathematiker, das ist schon recht, ich komme aber tatsächlich mit magischen Zahlen."

„Dann sagen Sie mir, was 0,63 bedeutet."

„Wenn man rein hypothetisch alle Stahlpreise auf 63 Prozent reduziert, bekommen wir Vollbeschäftigung und verkaufen die ganze Stahlproduktion. Wenn Sie aus den 63 Prozent zehn Prozent an nicht rationeller Produktion herausdividieren, was bedeutet, daß man die Kapazität um zehn Prozent reduziert, dann nimmt der Markt das Stahlangebot zu 70 Prozent der heutigen Preise voll an.

Anders ausgedrückt, die Stahlpreise sind um 43 Prozent zu hoch, um die volle Produktion für den Markt attraktiv zu machen. Mit einem derartigen Durchschnittspreis würden wir allerdings auch Märkte erreichen, die uns heute verschlossen sind. Die verschuldeten Entwicklungsländer können unsere normalen Preise doch nicht bezahlen. Würden wir bescheidener werden, könnten wir den Markt bewegen. So, jetzt können Sie ausrechnen, was das für Ihr famoses 'Konzer Modell' bedeutet."

Didone benutzte den Taschenrechner. „Das bedeutet für das 'Konzer Modell', daß wir uns mittel- bis langfristig bei *voller Produktivität* auf eine Bewertung von 68 einzustellen hätten."

Alle schwiegen.

Die Zahl schien ihnen das wahre Desaster.

„Das haben Sie doch vorher gewußt", sagte der Mann von der Interbank kühl zu Georg Ruff.

„Was haben wir vorher gewußt?"

„Sie haben das 'Konzer Modell' als ein marktflexibles Kostenmodell angeboten. Ich sehe noch Ihre Präsentation im Trierer Ratsherrensaal vor mir. Da haben Sie gesagt: der Grenzfall wäre denkbar, daß der Stahlpreis auf 50 fällt, dann gehen auch die Löhne auf ungefähr 50 zurück. Erinnern Sie sich dessen?"

„Ich erinnere mich", bemerkte Georg Ruff.

„Dann verstehe ich nicht, warum Sie bei 98 ein großes Meeting einberufen. Das, was jetzt passiert, haben Sie nicht gewollt, aber Sie haben sich doch von Anfang an darauf eingestellt."

„Das stimmt. Aber was sagen die Banken?"

„Sie haben mit den Banken Verträge. Die Verträge haben das 'Konzer Modell' akzeptiert. Wir stehen zu den Verträgen."

Georg Ruff begriff sofort, daß er nervös geworden war, unnötig nervös. Er mußte lernen, die Ruhe zu bewahren. Das Meeting hatte für ihn einen großen Wert. Aber es blieb eine Art von Mißtrauen. Vielleicht stimmte im Betrieb etwas nicht. Die Theoretiker, Didone an der Spitze, beruhigten ihn, doch er beunruhigte sich. Irgendetwas war nicht in Ordnung.

Der Mann von der Interbank verabschiedete sich. Er hatte noch einen Termin in Luxemburg. Dort tat sich zur Zeit eine Menge auf dem Finanzsektor.

Bevor sie zu dem zweiten wichtigen Punkt der Tagesordnung kamen, wurde Benz ans Telefon gerufen. Paula und Benz hatten vor 15 Jahren geheiratet, sie lebten jetzt in ihrem 16. gemeinsamen Jahr, aber Benz war gerade erst 53 geworden, und Georg fand, daß Benz sich angewöhnte, die Schultern hängen zu lassen. Gemessen an dem Arbeitsprogramm und der Verantwortung von Georg konnte das Leben seines Vaters einen gesunden Mann nicht überfordern, und Benz war gesund, aber Benz lebte eine Spur zu langsam, und das Entscheiden fiel ihm noch schwerer als früher. Paula dagegegen war unverändert eine treibende Kraft. Und belastbar. Wenn man sie belastete, begann sie sofort, die Sielen zu ziehen. Georg Ruff fand, daß sich sein Vater und Paula in ihrer Tüchtigkeit immer weiter voneinander entfernten. Paula mußte alles ausgleichen.

Auch Lynn ging ins Sekretariat und fragte Paula, ob sein

Konstruktionschef mit den Zeichnungen eingetroffen sei, und Paula sagte, er befinde sich in der kleinen Pauserei im Keller, würde aber in einigen Minuten erscheinen.

„Er soll gleich hereinkommen, wir reden jetzt über die Technik der drei Stahlwerke."

„Keine Sorge, Herr Lynn."

Benz und Lynn betraten fast gleichzeitig das Konferenzzimmer. Während Lynn sich hinsetzte, blieb Benz stehen. „Wir haben ein Angebot aus Belgien, 200 000 Tonnen Stahlschrott zu kaufen. Der Preis ist außergewöhnlich gut. Allerdings handelt es sich um *dirty scrap number two*, der Schrott ist in Ordnung, aber er ist schmutzig, leicht verölt, ich muß mich sofort entscheiden."

„Machen wir das, Lynn?"

„Natürlich verarbeiten unsere Öfen dirty scrap number two, doch sollten wir die Chargen mischen, einen Korb schmutzig, einen Korb sauber, sonst zieht zu viel Rauch über das Dach ab."

„Soll er."

„Na ja, es hängt vom Wetter ab. Bei Regen und Nordostwind wird's niemand merken, bei Sonne und einem kräftigen Südwestwind treibt der Staub auf Konz zu."

„Die Konzer sind doch ganz liebe Leute, oder?"

„Das kann man wohl sagen."

Georg Ruff wandte sich wieder Benz zu. „Wir nehmen den dirty scrap."

„Ich mache es perfekt."

„Mach's."

Benz verließ wieder den Raum. Georg brauchte ihn heute nicht mehr. Der Konstruktionschef brachte Zeichnungsrollen und Stöße von Dokumenten herein. Er war ein kleiner Mann mit einer Glatze und Nickelbrille. Er konnte auswendig hersagen, wo in einem Elektrostahlwerk jede Schraube saß.

Lynn trug vor.

Die Ruff Holding AG hatte die KOBI beauftragt, die drei Stahlwerke Port de Bouc, ANA und Georgetown nach dem

Konvoi-Prinzip zu konstruieren, da sie hinsichtlich der Lage der Standorte freie Hand hatten. Die Deckelkonstruktion der Lichtbogenöfen wich von den Konzer Deckeln ab, weil die Deckel auch für das Chargieren von Eisenschwamm geeignet sein mußten. Eine längere Diskussion ergab sich aus der Frage, ob man die Leistung der Transformatoren nochmal erhöhen sollte. Aus dem Konzer Leistungsstandard ergaben sich bei Stahlschrott zwölf Chargen pro Tag, in der Spitze vierzehn, blieb man bei der elektrischen Leistung, konnte man bei Eisenschwamm mit durchschnittlich zehn Chargen pro Tag rechnen, in der Spitze mit zwölf. Lynn riet, die elektrische Leistung nicht weiter zu erhöhen, und Georg Ruff stimmte dem zu.

Der Chefkonstrukteur erläuterte die Grundrisse der drei Stahlwerke und gab technische Hinweise auf die sehr viel kompliziertere Entstaubungsanlage des unterirdischen ANA-Werkes. Als sie die Technik durchgesprochen hatten, übergab der Chefkonstrukteur Lynn und Ruff je ein Exemplar der Spezifikationen für die Öfen mit den Transformatoren, die Stranggießanlagen und die Walzwerke. Es waren insgesamt sechs Öfen, sechs Stranggießanlagen und sechs Walzwerke zu bestellen. Georg Ruff hatte mit Hercule abgesprochen, daß zumindest eine Bestellung nach Frankreich gehen sollte. Als Lieferländer kamen Frankreich, die Bundesrepublik, Belgien, England und Schweden in Frage. Die Konzer Öfen stammten von der DORMAG – Dortmunder Maschinenfabrik AG, und Ruff bestand darauf, daß die DORMAG alle sechs Öfen lieferte, er war nicht bereit, ein technisches Risiko einzugehen. Hinsichtlich der Stranggießanlagen und der Walzwerke für Stabstähle und Stahldraht wollte er die Angebote abwarten und Lynns Angebotsvergleich lesen. Er gab die Spezifikationen für die Ausschreibung frei.

„Wenn wir den Anbietern zwei Monate Zeit für ihre Arbeit lassen und einen Monat für die Herstellung der Vergleichbarkeit der Angebote benötigen, haben wir Anfang Juli einen ersten Angebotsvergleich. Die Verhandlungen mit den Anbietern werden uns mindestens einen Monat kosten, im Oktober müssen wir bestellen. Ich möchte Sie bitten, daß Sie im September verfügbar sind, Ende September fallen die Würfel."

Ruff überlegte. „Ich werde mich Anfang September mit Hercule de Bonne Foi zusammensetzen und die Port de Bouc und ANA betreffenen Pakete durchsprechen, es geht auch für ihn um große Beträge."

Lynn schob die Zeichnungen beiseite, und der Chefkonstrukteur begann, die Pausen und die großen Blätter zusammenzurollen und zu verpacken. „Die Lichtbogenöfen liegen am Anfang der Montage. Sie haben eine Lieferzeit von etwa zwölf Monaten. Für den Atlantik- und Mittelmeertransport kommen noch eimal vier bis sechs Wochen dazu. Im Spätsommer des übernächsten Jahres können die drei Stahlwerke in Betrieb gehen." Lynn sagte, daß er personelle Engpässe haben werde, die nicht nur eine sehr präzise Planung erforderten, sondern auch den Rückgriff auf das Stahlwerkspersonal von Konz und Bremerhaven. Vielleicht waren auch die Österreicher bereit, mit ein paar guten Schmelzern, Gießern und Walzwerkern auszuhelfen. „Keine einfache Sache", bemerkte Lynn abschließend.

Ruff war davon überzeugt, daß Lynn einen guten Job machen würde. „Die einfachen Sachen überlassen wir den Schwestern vom Heiligen Geist, Lynn", meinte er leichthin.

„So ist es", antwortete der Ingenieur.

„Geben Sie mir gelegentlich eine Liste der Firmen, bei denen Sie die Ausrüstungen anfragen werden."

„Die habe ich hier."

Ruff überflog die Namen. Die meisten Firmen kannte er nicht. Die DORMAG, ja. Auch die schwedische SCANTA. Von der französischen CEE – Compagnie Équipement Électromécanique hatte er gelegentlich gehört. Na gut, das war Lynns Angelegenheit, er würde sich mit den Bestellungen nicht befassen.

„Ich danke Ihnen."

Schon in der Tür drehte der „kluge Hans" sich um und fragte seinen Boss. „Haben Sie einen Jagdschein?"

„Nein, Kluge, hatte noch keine Zeit."

„Sollten Sie aber machen, heutzutage gibt es eine Menge Geschäfte, die werden bei der Jagd eingefädelt."

„Werd dran denken, Kluge."

Am Mittwochvormittag setzte sich Ruff in den Wagen und fuhr in das Architekturbüro. Während der kurzen Fahrt erinnerte er sich des Streits, den Christines Wunsch ausgelöst hatte, ein Kindermädchen einzustellen. Benz sträubte sich gegen den gemauerten Anbau im Hochparterre, Paula ging es mehr um den überflüssigen Zuwachs an Personal. Sie meinte, sie würde mehr und mehr zur Oberaufseherin einer riesigen Herberge. Als sie merkte, daß Georg mal wieder seinen Kopf durchsetzen würde, lenkte sie ein und überredete Benz, dem *Schwalbennest* zuzustimmen.

Das Architekturbüro befand sich in der dritten Etage eines alten Bürohauses in der City. Es gab keine Aufzüge, und Georg Ruff empfand die steilen Treppen als eine unzeitgemäße Zumutung. Er schätzte den Architekten auf 65, und wenn Bene daran interessiert war, das Büro zu übernehmen, würde er ihm zureden, eine moderne Etage zu mieten. Bene war seit zwei Jahren mit einer Architekturstudentin namens Gabriela Heinemann befreundet, eine in seinen Augen günstige Beziehung, wenn man die Dinge des Lebens von der praktischen Seite sah. Bene war jetzt 28, Gabriela 22, in zwei Jahren konnte sie die ihr noch fehlenden vier Semester mit der Diplomarbeit schaffen. An diesem Punkt fiel ihm ein, daß er sich verpflichtet hatte, im Sommersemester sechs Gastvorlesungen in Alt-Kronenburg zu halten, davon die ersten im kommenden Mai, und er benötigte von Lynn noch eine ziemliche Menge von Zeichnungsfolien, an Hand derer er die Prinzipien der Ministahlwerke erläutern wollte. Lynn hatte eine Reihe sehr guter Leute und konnte ihm einen jungen Ingenieur nennen, der ihm bei den Vorbereitungen der Vorlesungen half.

Seine nächste Besprechung bei der Midland Steel würde er dazu benutzen, sich von den Amerikanern Zeichnungen und Beschreibungen über das Eisenschwammverfahren geben zu lassen, um vor den Studenten auch die Eisenschwammanlage abzuhandeln. Er hatte das ungute Gefühl, daß die Amerikaner noch nicht genau wußten, wie ihre Anlage letztlich aussehen würde. Er mußte Robert Annacona anrufen.

Er begrüßte den Architekten und Bene und blieb dann überrascht vor dem Tisch mit den beiden Modellen stehen. Auf den Holzplatten war zweimal das ganze ihm gehörende Gelände des Karthäuser Obstgartens abgebildet worden. Auf der einen Geländeabbildung erhob sich ein Bürokomplex, der aus zwei Blöcken bestand, bei dem zweiten Modell hatte der Architekt die Bürokapazität auf vier Häuser aufgeteilt.

„Wir sind, wie von Ihnen gewünscht, von 1 000 Mitarbeitern ausgegangen. In einem Falle sehen Sie vier Blöcke je 250 Mitarbeiter, im anderen Falle zwei Blöcke für je 500 Mitarbeiter. Wir müssen mit einer Nutzfläche von 25 Quadratmetern pro Kopf rechnen, mindestens aber 22,5 Quadratmetern. Die Etagenhöhe beträgt rund vier Meter. Jeder Kubikmeter ist mit 650 Mark anzusetzen, daraus ergibt sich bei dem Zweiblockmodell eine Erstinvestition von 32 Millionen Mark, bei dem Vierblockmodell sind es nur 16 Millionen, ohne Grundstück und Außenanlagen."

Das war das Vierfache von dem, was er selbst geschätzt hatte. Da er im äußersten Falle Eigenmittel von vier Millionen aufbringen konnte, schied das Zweiblockmodell sofort aus. Er mußte sich in der ersten Ausbaustufe mit einer Bürokapazität von 250 Mitarbeitern begnügen und notfalls vorhandene Büroräume in der Stadt weiterbenutzen. Eine andere Möglichkeit war, das ganze Vorhaben abzublasen. Aber er hatte so viele Emotionen, Träume und Energie in das Büroprojekt eingebracht, daß es ihm unmöglich schien, sich von diesem Lieblingsvorhaben zu trennen. Wie hatte er sich so irren können? Wo kamen die falschen Zahlen her?

War er von Phantasten umgeben? Wer hatte ihm die fünf Millionen für 500 Arbeitsplätze genannt? Auf die Menschen war kein Verlaß. Wenn man nicht alles und jedes selbst machte und hundertmal überprüfte, verlor man den Boden unter den Füßen. Daraus würde er Lehren ziehen. Von nun an würde er jeder Kalkulation mißtrauen. Wie gestern die Produktivität. Die Zahl war auch nicht in Ordnung. Was, zum Teufel, ging hier eigentlich vor? Dieser Didone war satt geworden und lief den Röcken hinterher. Er würde seine ganze Organisation auf Schwachstellen hin abklopfen. Und diesen unfähigen Birkholz würde er feuern. Die Gedanken jagten wie Blitze durch seinen Kopf, aber er war gefangen in seinen festen Absichten.

„Na schön", sagte er und gab sich Mühe, gelassen zu wirken, „ich entscheide mich für das Vierblockmodell."

Der Architekt notierte sich nach jeder Entscheidung Einzelheiten. „Das Bauvorhaben besteht aus etwa 40 Losen. Wenn Sie das Marktpotential ausschöpfen und vor allem die Konzer Handwerker ein wenig begünstigen wollen, empfehle ich Ihnen, alle 40 Lose auszuschreiben. Eine Alternative wäre die Vergabe des vollständigen Projektes an eine große Baufirma."

„Wo liegen die Unterschiede?"

„Von einer großen Baufirma können Sie einen Pauschalfestpreis bekommen, schreiben wir dagegen 40 Lose aus, erzielen Sie nicht von Anfang an einen Pauschalfestpreis, werden aber im Endeffekt günstigere Gesamtkosten haben. Ich als Ihr Architekt muß dazu sagen, daß ich Ihnen für die Bearbeitung eines jeden Loses 5 000 Mark in Rechnung stellen muß, das ist ein Durchschnittssatz, einige Lose sind teurer, andere billiger."

Der Architekt war überaus seriös, und Georg freute sich, daß Bene bei einem solchen Mann sein Handwerk lernte.

„Wozu raten Sie mir?"

„Eine Vergabe in 40 Losen mit einem kleinen Risiko, das sich erfahrungsgemäß als Vorteil auswirkt."

„Kein Risiko", sagte er brüsk. „Bitte schreiben Sie das ganze pauschal aus."

Der Architekt machte einen letzten Einwand. „Es gibt in Konz keine große Baufirma, die das Projekt pauschal anbieten kann. Der Auftrag wird also nach draußen gehen. Eine Begünstigung des Konzer Handwerks ist dann nicht möglich."

„Es ist nicht meine Aufgabe, das Konzer Handwerk zu begünstigen", sagte Ruff schroffer als notwendig. Der Architekt hatte ihm einen guten Rat geben wollen. Er aber wurde den Gedanken nicht los, daß einige Dummköpfe sein ganzes Vorhaben gefährdeten. Ruffs Entscheidung war falsch. Aber sie war getroffen. Ein winziger Fehler, könnte man meinen. Doch Ruff hatte mehr losgetreten, als er zu diesem Zeitpunkt ahnen konnte. Er stand von nun an am Rande jenes Fingerhuts, in dem auch große Männer ertrinken.

„Jeder der vier Büroblöcke wird zu klein werden für das Landen eines Hubschraubers, ich denke, der Landeplatz sollte besser neben den Parkplätzen liegen."

„Damit bin ich einverstanden. Aber rücken Sie den Landeplatz so dicht wie möglich an den ersten Büroblock heran, im dritten Stock des ersten Blockes werde ich mit meinem Vorstand arbeiten."

„Hier etwa?"

„Ja, sehr gut."

Als sie alle Fragen des Bürokomplexes durchgesprochen hatten, bat Ruff den Architekten noch um zwei kleinere Arbeiten. „Meine Frau wünscht sich ein Kindermädchen. Dem habe ich zugestimmt, aber nun benötigen wir in der Kuppel und im Hauptgebäude des Château Christine je ein kleines Appartement mit Minibad. Dazu planen wir auf dem Weingut eine Erweiterung der Herbergskapazität. Bitte erarbeiten Sie für beide Vorhaben eine Spezifikation, und wenn Sie die Baufirma gefunden haben, die den Auftrag für den Bürokomplex erhalten soll, sagen Sie ihr, daß sie zu dem Bürokomplex die beiden kleinen Arbeiten ausführen muß, ohne einen Mehrpreis zu berechnen. Dafür verlange ich keinen Sondernachlaß bei der Leistung meiner Unterschrift."

„Keine Sorge", sagte der Architekt, „so was ist im Baugeschäft üblich." Es war üblich, aber es gefiel ihm nicht. Das war nicht sein Stil.

„Das weiß ich", bemerkte Ruff und verabschiedete sich von dem Architekten und von Bene.

Im April mußte Georg Ruff mehrmals nach Marseille und Georgetown fliegen und Lynn bei wichtigen Entscheidungen unterstützen. „Ich habe, ich glaube, ich sagte es schon, einen Finanzfachmann eingestellt, Rainer Moebius heißt der Mann. Er zieht in diesem Monat um. Er kann die ersten Wochen in der Kuppel arbeiten, dann müssen Sie ihn in der KOBI unterbringen, bis der Bürokomplex fertig ist."

„Bei uns ist es auch sehr eng geworden", wandte Lynn ein.

„Ich kann's nicht ändern, Lynn, in zwei Jahren ist das Bürohaus fertig, bis dahin müssen wir uns alle einschränken."

„Unser größter Engpaß tritt im nächsten Jahr auf. Danach wird's besser, weil unsere Ingenieure dann auf die drei Baustellen gehen. Als erstes werden wir Port de Bouc in Betrieb nehmen, dann Georgetown, anschließend ANA."

„Warum liegt ANA an letzter Stelle?"

„Der Bunkerbau erfordert viel Zeit", sagte Lynn.

„Haben Sie alles unter Kontrolle?"

„Ich denke schon", meinte Lynn.

XVII

„Willkommen, Moebius, ich wünsche Ihnen viel Erfolg."

„Danke."

„Nicht einfach, die Arbeit in meinem Stall."

„Wir bekommen das schon hin, Herr Ruff. Zunächst müssen wir mal alle Zahlen zusammenstellen und in den Computer eingeben, dann sehen wir, wo wir liegen."

„So ist es recht", sagte Ruff, der von Anfang an alle Zahlen im Kopf hatte, wie es sich für einen mittelständischen Unternehmer gehörte. Doch war er froh, nun, wie er sich eingestand, für seine etwas komplizierte Finanzwirtschaft einen Fachmann zu haben.

„Ich möchte Ihnen für den Anfang folgende Aufgaben stellen: mein Architekt hat den Bürokomplex neu berechnet und die Kosten ermittelt. Der erste Block soll jetzt statt 7,5 ... na, sagen wir mal rund 15 Millionen kosten. Meine Eigenmittel reichen bis vier, die fehlenden elf sind also von den Banken zu beschaffen. Sie schreiben nicht mit? Haben Sie das?"

„Das haben wir schon mal", antwortete Moebius. Der Betrag schien ihm so unbedeutend, daß es keiner Notiz bedurfte. Außerdem war sein Gedächtnis auch nicht gerade schlecht. „Das müßte für unsere Hausbank ein Leckerbissen sein. Dingliche Absicherung durch das Grundstück und den fortschreitenden Bau."

„So sehe ich das auch."

„Ihr Stahlwerk in Konz haben die Konzer Vereinsbank, die Interbank und die Deutsche Bankenvereinigung finanziert. Wir sollten mit diesen elf Millionen zunächst zur Konzer Vereinsbank gehen."

Ruff hob abwehrend die Hand und sagte: „Langsam, Moebius. Einmal kommt es auf die Konditionen an, hm, ich meine, in erster Linie auf den Zinssatz. Da müssen wir aufpassen."

„Und außerdem?"

„Auf die zweite Finanzierungsaufgabe. Vielleicht kann man das eine mit dem anderen günstig verknüpfen."

„Vielleicht, Herr Ruff", bemerkte Moebius, „aber ich bin kein Freund der Verknüpfungen. In der Regel ist es vernünftiger, jedes Ding für sich zu betrachten. Der Rastelli hat in seinen besten Zeiten elf Bälle zu einem Auftritt verknüpft, aber ein Rastelli wollen wir ja nicht sein, oder ...?"

Dieser Vergleich gefiel Ruff, aber er ließ es sich nicht anmerken, er ging nicht darauf ein. „Sie können ja mehrere Modelle ausbaldowern und miteinander vergleichen."

„Das machen wir. Aber wie sieht nun die zweite Aufgabe aus?"

„Tja, das ist so. Ich baue zusammen mit der amerikanischen Midland Steel in Georgetown an der Atlantikküste ein Stahlwerk für Eisenschwamm. Wird 90 bis 100 Millionen kosten. Davon muß ich 50 aufbringen."

„Ich verstehe", meinte Moebius. Er lehnte sich zurück und sah seinen Boß an. Wenn er aus dieser Position zum Fenster hinter Ruffs Schreibtisch hinausblickte, konnte er die dünne Rauchfahne beobachten, die über das Dach der Stahlwerkshalle abzog. Er erinnerte sich der ständigen Rede seines Vaters: die Schornsteine müssen rauchen. Sieht man nichts, verdient man nichts. Damals sah man im Ruhrgebiet viel Rauch, und man verdiente viel Geld.

„Genauer gesagt bin ich an dem Vorhaben mit 50 Prozent beteiligt."

„Das dürfte für uns ein großer Unterschied sein", meinte Moebius.

„Oh ja, ein gewaltiger Unterschied. Kostet das Stahlwerk weniger, umso besser. Kostet es mehr, teilen sich die Mehrkosten auf jeden Partner auf, das Risiko halbiert sich."

„Welches Risiko", wollte Moebius wissen.

„Das Risiko höherer Investitionskosten."

„Beim Stahlwerk gibt es dieses Risiko doch nicht. Wir haben unsere Kosten doch im Griff, oder was?"

„Sie haben recht. Aber bei der Midland Steel gibt es auch kein Risiko. Die Eisenschwammanlage kann 30 maximal 40

Millionen kosten, mit Unvorhergesehenem 50, dann sind wir pari, verstehen Sie?"

„Haben die Leute von Midland Steel ihre 30 maximal 40 Millionen belegen können, zum Beispiel mit ähnlichen Referenzanlagen und Bezugskosten?"

„Nein."

„Das scheint uns dann aber doch ein Risiko zu sein."

„Meine Sekretärin, Boehnchen, gibt Ihnen Kopien der Verträge. Sehen Sie sich die mal an."

„In Ordnung."

Ruff schlug einen Ordner auf und entnahm ihm die Kopie einer Kalkulation. „Meine Ingenieurgesellschaft, die KOBI, beansprucht für die Planung und die Bauleitung zehn Prozent, also fünf Millionen, die Midland Steel benötigt die gleichen zehn Prozent für das Engineering der Eisenschwammanlage. Meine fünf Millionen möchte ich gar nicht erst in die Georgetown Steel Mill einzahlen und dann hierher zurückfließen lassen, das kostet nur Bankspesen. Außerdem braucht Lynn das Geld sofort, ergo sind fünf Millionen rasch und hier und 45 Millionen drüben entsprechend dem Projektfortschritt zu finanzieren, das wäre Ihre zweite Aufgabe."

„Haben wir", fragte Moebius in seinem typischen *Wir-Sprech*, „haben wir für die fünf plus 45 eine dingliche Absicherung?"

„Ich denke nein."

„Keine?"

„Keine", wiederholte Ruff gelassen, „eine dingliche Absicherung wäre meines Erachtens auch sehr viel weniger wert als das Projekt. Schauen Sie auf die hochmoderne Stahlwerkstechnologie. Auf der Grundstoffseite bringen wir bestes brasilianisches Eisenerz nach Georgetown und schmelzen es zu Stahl. Das wird allersauberster Stahl. Keine Spuren von Kupfer, Messing, Aluminium. Das Reinste vom Reinen. Wir können praktisch jeden Preis dafür verlangen, natürlich innerhalb der Handelsspannen für Massenstahl. Das ist meine Auffassung."

„Das klingt gut, Herr Ruff."

Endlich ein Mensch, der mich versteht, dachte Ruff. Moebius gefiel ihm immer besser. „Sollten wir die Finanzierung, aus welchen Gründen auch immer, nicht schaffen, so steigen wir *quickly* aus. Achten Sie in dem Bauvertrag mit Midland Steel auf den § 37, ist gleichbedeutend mit einer last-exit-Klausel, ein Notausgang, aber so eine Vollbremsung möchte ich nur erwägen, wenn uns kein anderer Weg bleibt."

Moebius hob beide Hände, als wollte er Ruff segnen. „Nein, nein ... das war nicht meine Frage. Nur ... wenn wir keine Eigenmittel haben und keine dingliche Absicherung anbieten können, müssen wir in eine Wagnisfinanzierung eintreten."

„Na und?" Ruff sah ihn herausfordernd an.

„Dazu müssen wir in den Vereinigten Staaten Anleger suchen, die bereit sind, ein gewisses Risiko einzugehen. Für Risikogeld interessiert man die Broker und nimmt sich einen Lead Manager. Da kenne ich einen sehr guten. Der Mann heißt James Hill."

„Na schön", kommentierte Ruff diesen Vorschlag, und er bediente sich jetzt des Moebius'schen *Wir-Sprech*, „dann lassen Sie uns das machen."

Der dicke Moebius schaukelte seinen fülligen Oberkörper. „Eine Wagnisfinanzierung ... dazu in den Staaten ... noch dazu von Konz aus ... verstehen Sie mich richtig ... wir kriegen das hin ... ja, wir kriegen das wirklich hin, aber das ist, wie wenn wir auf dem Hai reiten."

Er lachte ein wenig verlegen. Es tat ihm leid, daß er seiner Meinung in dieser Weise bildhaft Ausdruck verliehen hatte. Rasch fügte er hinzu: „Na gut, wir machen das schon."

„Dafür habe ich Sie eingestellt, Moebius. Die einfachen Sachen ... bisher habe ich die einfachen Sachen ja alle selbst gemacht." Pause. „Verstehen Sie, Moebius?"

„Ich verstehe das", antwortete Moebius trocken und hielt für einen Augenblick mit dem Schaukeln seines Oberkörpers inne. Der seltene Fall trat ein, daß seine Rede in die *Ich-Form* fiel.

„Gut, gut."

„Aber für eine Wagnisfinanzierung in den Staaten benötige ich mehr Zeit. Ich muß auch rüberfliegen."

„Fliegen Sie, Moebius, fliegen Sie."

„Na schön, dann fliege ich erst einmal nach New York. Das ist der beste Platz für Geld, das profitable Anlage sucht."

„Ja", meinte Ruff, dessen Gedanken schon wieder in eine andere Richtung galoppierten, „das ist ein guter Platz."

„Ich rufe Sie von drüben an", versprach Moebius, „wir müssen uns auf dem Laufenden halten."

„Sagen Sie den Leuten, daß die Ruff-Gruppe bald an die Börse gehen wird. In Frankfurt und in New York. Sobald Georgetown produziert, gehen wir an die Börse. Das ist eine attraktive Zusage an Leute, die an einem kleinen Risiko ihren großen Spaß haben."

„Das stimmt."

„Und andere Leute brauchen wir nicht."

„Da haben Sie recht."

XVIII

Als Lynn die Ausschreibungen verschickt hatte, rief ein gewisser Christian Knudson, Wirtschaftsattaché der Schwedischen Botschaft in Bonn, in der Kuppel an und bat Boehnchen um einen Termin bei ihrem Chef. Als sie wie üblich fragte, worum es sich handelte, sagte Knudson, die skandinavische Stahlindustrie interessiere sich für die Technik des Konzer Stahlwerks, insbesondere für die Computer-Ausstattung der Lichtbogenöfen, und er, Knudson, sei gebeten worden, eine Besuchserlaubnis zu erwirken. Bei einer solchen Gelegenheit würde man natürlich gern Georg Ruff kennenlernen, der in schwedischen Fachkreisen einen ausgezeichneten Ruf genieße.

„Wenn Sie Herrn Ruff dabei haben wollen, wird es in diesem Monat eng", sagte Gisela Boehne.

„In der zweiten Junihälfte können Sie praktisch jeden Tag auswählen", antwortete Knudson.

„Gut, sagen wir Sonnabend, den 25. Juni."

„Einverstanden. Uhrzeit?"

„Zehn Uhr vor dem Stahlwerk. Wir können Ihnen um zwölf Uhr einen Imbiß anbieten. Wieviele Herren werden kommen?"

Er würde wieder anrufen. Ein paar Tage später meldete sich Knudson nochmals und sagte, es würden fünf Besucher sein, vier Ingenieure und eine Dame, und wenn möglich, käme er selbst mit, dann kämen sie zu sechst. Er bedankte sich überschwenglich und schwätzte dann noch eine Weile mit Boehnchen herum. Er fragte auch, ob Georg Ruff Jäger sei, und sie antwortete, er sei sehr daran interessiert und werde noch vor der Jagdsaison seinen Jagdschein machen. Bei diesem Knudson schien es sich um einen netten Menschen zu handeln. Sie alberten noch ein bißchen herum, und dann legte sie auf.

Ihr Chef hielt sich ein paar Tage in Genf auf, um mit Hercule de Bonne Foi über die nächsten Schritte für Port de

Bouc und ANA zu sprechen, und wenn sie nur das Vorzimmer zu hüten hatte, schien die Uhr der Firma mit halber Drehzahl zu laufen.

Sie räumte das Chefzimmer auf und trat dann ans Fenster hinter Ruffs Schreibtisch. Sie sah nach Könen zum Stahlwerk hinunter und über die Reithalle hinweg ins Luxemburgische. Auf das Saartal schien die Frühlingssonne, und ein leichter Südwestwind trieb Wolkenschleier wie luftige Organzaschals über Konz hinweg in Richtung Trier. In westlicher Ferne suchten ihre Augen die Skyline der Hauptstadt Luxemburg. Während ihrer Schulzeit hatte sie häufig Bildungsreisen nach Luxemburg und Paris bis hinunter nach Burgund unternommen, und ihre erste Liebe war ein Luxemburger Student der neueren Geschichte. Während sie ins Träumen geriet, verdunkelte sich das Saartal Richtung Konzerbrück und Bahnhof Konz. Über dem Hallendach des Ruffschen Stahlwerks erhoben sich schwarze und tiefbraune Rauchballen, die in etwa zweihundert Meter Höhe langsam nach Nordosten abzogen. Sie verloren über Konz ein wenig an Höhe, wurden luftiger und leichter und lösten sich vor Trier schon wieder auf. Doch das Hallendach spieh neue Rauchwolken aus, und das Schauspiel von Natur und Technik wiederholte sich.

Es verging erstaunlich viel Zeit, bis die Konzer begriffen, was sich da plötzlich tat. Die erste Rebellion ging von den Hausfrauen aus, deren Wäsche im Garten an der Leine hing. Auf den weißen Bettüchern, Hemden, Blusen und sonstiger Wäsche klebten Rußflocken, die sich nicht einfach abschütteln ließen. Sie mußten die Wäsche abermals in die Waschmaschine stecken und im Hause trocknen lassen. Anrufe erreichten die Kuppel, das Rathaus meldete sich, das Gewerbeaufsichtsamt drohte mit einer Untersuchung, falls das Problem nicht sofort behoben würde. Gisela Boehne rief die KOBI an und verlangte Alfred Lynn zu sprechen. Man holte Lynn aus einer Besprechung mit algerischen Ingenieuren. Sie konnte ihn überreden, sich in den Wagen zu setzen und ins Stahlwerk zu fahren. Birkholz stand schon bei den Lichtbogenöfen, aus denen rabenschwarzer Rauch aufstieg. Ein Teil des Rauches wurde aus den Öfen, ein anderer Teil von den Trichtern über den Öfen abgesaugt und den Elektrofiltern zugeleitet. Aber die Rauchmenge überforderte beide Systeme. Große Rauchballen strömten an den Trichtern vorbei zum Dach hinauf, zwängten sich durch die Lüftungsschlitze des Dachfirstes, wo sie von dem schwachen Südwestwind erfaßt wurden. Es sah weißgott nicht lustig aus.

„Was ist mit dem Schrott los", fragte Lynn den Werksleiter.

Birkholz schob den gelben Schutzhelm aus der Stirn. „Der Schrott ist in Ordnung", sagte er, „aber es handelt sich um den verdammten *dirty scrap number two*, und davon haben wir 200 000 Tonnen. Reicht für vier Monate."

„Können Sie ihn nicht mit sauberem Schrott mischen?"

Birkholz schüttelte den Kopf. „Könnten wir, aber dann benötigen wir die doppelte Zeit für das Chargieren der Körbe. Die Krane auf dem Schrottplatz arbeiten ohnehin am Rande ihrer Kapazität."

„Trotzdem sollten Sie's tun, bis der Boß kommt, der soll dann entscheiden", schlug Lynn vor.

„Wir haben die berühmten zwei Möglichkeiten. Jagen wir den dirty scap ohne Mischung durch die Öfen, haben wir rund vier Monate Rauch über'm Dach. Mischen wir halbehalbe, werden's acht Monate."

„Es ist Ihr Bier", sagte Lynn und wandte sich zum Gehen, „ich bleibe bei meinem Vorschlag."

„Ehe wir die 'Produktivität' drücken, werde ich etwas anderes tun. Tagsüber werden wir halbehalbe fahren, nachts arbeiten wir volle Pulle." Er grinste. „Nachts sind alle Katzen grau."

Die Metallgewerkschaft wandte sich telefonisch und schließlich schriftlich an die Grünen im Stadtrat und an das Gewerbeaufsichtsamt, sie forderten eine Immissionsuntersuchung an den Arbeitsplätzen, um festzustellen, ob der Rauch die Gesundheit der Arbeiter gefährdete. Die Grünen setzten durch, daß sich Birkholz mit der Untersuchung einverstanden erklärte. Birkholz bat Gisela Boehne, den Boß über den ganzen Vorgang zu informieren, was einige Tage lang nicht möglich war, denn Georg Ruff und Hercule de Bonne Foi hatten nach Algier fliegen müssen, wo es Probleme mit der Überweisung der ersten Zahlungsraten gab. Diese Schwierigkeiten mußten ausgeräumt werden, bevor an die Bestellung der Ausrüstungen zu denken war. Birkholz fühlte sich in seiner Haut nicht wohl, aber er hatte keine andere Wahl. Im *Konzer Tagesbote* erschien ein außergewöhnlich aggressiver Artikel unter der Überschrift *Problem, Dein Name ist Ruff.* Georg Ruff beginnt, das gute alte Konz zu verändern. Müssen die braven Bürger von Konz für den Fortschritt büßen?

Kurz vor der Rückkehr von Georg Ruff fuhr der Meßwagen der INSUMU – Institut Soziale Umwelt Union vor und begann mit umfänglichen Messungen innerhalb und außerhalb des Stahlwerks. Die INSUMU-Fachleute verteilten Flugzettel an die Arbeiter, in denen die Bedeutung des MAK, der maximalen Arbeitsplatz-Konzentration, erläutert wurde. Die Fachleute wollten die effektiven Werte mit dem Metaller-Standards vergleichen und bewerten. Sie würden ein sachliches Urteil abgeben. Die Arbeiter lasen die Metaller-Standards, aber sie konnten damit wenig anfangen und mußten sich auf das Gutachten der Fachleute verlassen.

Sauerstoffgehalt der Luft	normal 23 % zulässiger Mindestwert 21,8 %
Stickstoffgehalt der Luft	maximal 78,5 %
Gehalt an Stickoxiden	maximal 0,0005 %
Gehalt an Kohlenmonoxid	maximal 0,005 %
Gehalt an Kohlendioxiden	maximal 0,5 %
Gehalt an Schwefeldioxid	maximal 0,0005 %
Staub, nur radiopassiv	maximal 0,15 Milligramm pro Kubikmeter

Radioaktiver Staub nicht zulässig

Schwefelwasserstoff	maximal 12,5 Milligramm pro Kubikmeter
Dioxin	0,000125 Milligramm pro Kubikmeter
Cancerin	0,0001 Milligramm pro Kubikmeter

Lynn und vor allem Birkholz hatten erwartet, Georg Ruff würde die ganze Aktion verwünschen, aber der Boß sah den Ergebnissen gelassen entgegen. Tatsächlich stellte sich dann auch heraus, daß alle Metaller-Standards mit einer Ausnahme unterschritten wurden. Die Ausnahme bildete der Sauerstoffgehalt der Luft. An keiner Stelle der Lichtbogenofenhalle erreichte der Sauerstoffgehalt der Luft den Normalwert 23 Prozent, dicht bei den Öfen betrug der Gehalt nur noch 22,4 und über den Öfen, wo allerdings keiner der Arbeiter etwas zu suchen hatte, lag der Wert unter 21 Prozent. Die Lichtbogenöfen fraßen Sauerstoff. Eine Gefährdung der Leute konnte mit Sicherheit ausgeschlossen werden, da die Rauchgase und der Staub durch die natürliche Aufwärtsbewegung der Luft nach oben geschoben und über das Dach abgesaugt wurden.

Aber es gab noch einen weiteren Grund, die INSUMU-Aktion im Sande verlaufen zu lassen. Der Architekt wartete, um Zeit zu gewinnen, nicht den Septembertermin für die Vergabe des Bürokomplexes an eine potente Baufirma ab, sondern beauftragte ein kleineres Straßenbau- und Planierunternehmen mit der Herrichtung der Baustelle im Karthäuser Obstgarten und den Bau eines asphaltierten Zuweges dorthin, da es außer einer schmalen Landstraße und verschiedenen Wanderwegen keinen Zugang zum Obstgarten und dem Naturschutzpark gab. Unterließ man aber den Bau eines festen Zuweges, so würden die Baufahrzeuge der Baufirma im weichen Lößboden versinken. Ein zweiter, ebenfalls kleinerer Auftrag ging an eine Elektrofirma, die ein Kabel verlegen und einen Schaltschrank errichten mußte, um die Baustelle mit Strom zu versorgen.

Als sich die Aufregung über die Rauchgas- und Staubemission am Stahlwerk etwas gelegt hatte, begannen die Vorbereitungen im Karthäuser Obstgarten. Die Planierfirma fällte 3 000 Obstbäume, Kirsch-, Birnen-, Äpfel- und Mirabellenbäume, die teils noch in Blüte standen und in ihren Ästen eine große Menge brütender Vögel aufgenommen hatten. Die Konzer Bürger wanderten in Scharen zum Karthäuser Obstgarten, um dieses traurige Schauspiel anzusehen, und am ersten Sonntag formierte sich unter der Führung der Grünen Stadträte um die ganze Baustelle herum die berühmte *Konzer Bio-Kette*, die noch monatelang im ganzen Land ein großes Gesprächsthema darstellte. Der *Konzer Tagesbote* schrieb: *Ruff rodet Karthäuser Obstgarten. Größte Wunde der Natur seit Menschengedenken. Verheerende Auswirkungen auf die Vogelwelt. Niederwild auf der Flucht.*

Paula empfahl Georg, zu den Bürgern von Konz zu sprechen und ihnen seine weiteren Pläne zu erläutern. Sie meinte, er könne sich auf die Dauer nicht an den Problemen des Umweltschutzes vorbeidrücken. Schon war die Rede davon, sein Stahlwerk bedrohe die Welt der Fische in Saar und Mosel. Lynn müsse sich mit der Abwasserwirtschaft des Werkes beschäftigen und vielleicht auch einen Zeitungsartikel schreiben. Ruff hatte ein längeres Gespräch mit Lynn. Lynn erklärte, daß man das Kühlwasser des Werkes im Kreislauf fahre. Da der Kreislauf zu einer immer höheren Salzfracht führe, müsse man in bestimmten Abständen Regenwasser oder Zusatzwasser aus der Saar beimischen und das salzhaltige Kühlwasser hinter einer Wasseraufbereitungsanlage in die Saar zurückgeben. Diese zurückfließende Menge sei chemisch inaktiv und biologisch unbedenklich.

„Das sagen Sie mal den Leuten", meinte Ruff.

„Sie sind der Boß."

„Was empfehlen Sie?"

„Ihre Stiefmutter Paula hat recht. Sie müssen die Leute aufklären, und Sie müssen was tun."

„Aufklären ist meine Sache", sagte Ruff, „was zu tun ist, müssen Sie mir erklären."

Lynn nahm diese Aufforderung, wie es seine Art war, sofort sehr ernst. „Wir haben im Werk Abgase, Abfälle und Abwasser. Für die Abgase müßte man eine Dachabsaugung mit einem zusätzlichen Elektrofilter installieren. Für die Abfälle einschließlich des Staubes und aller Reststoffe benötigen wir eine werkseigene Deponie, und für das Abwasser würde ich ein Mischbecken einrichten mit freiem Zulauf zur Saar. Da kann man jedes Jahr 30 000 Jungfische aussetzen, die werden dick und fett, und die Angler freuen sich."

„Das Abwasserproblem ist offenbar das geringste."

Lynn nickte. „In Zahlen ausgedrückt: das Abwasserproblem ist ein Ein-Millionen-Mark-Problem. Die Reststoffdeponie ist ein Zwei-Millionen-Mark-Problem. Die Dachabsaugung ist ein Zwölf-Millionen-Mark-Problem."

„Zusammen fünfzehn Millionen."

„Richtig."

„Dann wollen wir das alles rasch vergessen. Ich rede erst einmal mit den Leuten."

„Tun Sie das, Herr Ruff. Ich möchte Sie aber an das Knigge-Gutachten erinnern. Sie sprachen darüber mit Hans Kluge. Damals in Bremerhaven. Sie sagten, Sie würden ein Maximum für den Umweltschutz tun."

„Schließlich muß ich es bezahlen können, Lynn. Und wenn ich das Maximum nicht bezahlen kann, halte ich mich an die Gesetze."

Lynn sah seinen Chef vorwurfsvoll an. „Es ist eine Frage des Gewissens, Herr Ruff."

„Ich habe ein gutes Gewissen, Lynn."

„Ein gutes Gewissen ist ein schlechtes Gewissen, das schlechte ist das gute."

„Das stammt aber nicht von den Römern", pflaumte Ruff seinen Chefingenieur an.

„Nein", bemerkte Lynn, „das hat Albert Schweitzer gesagt."

„Ach was, Sie mit Ihrem Urwaldphilosophen."

Es blieb bei den großen Vorsätzen. Die Zeit schien die Wunden heilen zu können. Die Bio-Kette um den Karthäuser Obstgarten löste sich am Ende des zweiten Wochenendes wieder auf. Die Männer, die im Stahlwerk arbeiteten, machten den Frauen in der Stadt klar, daß die Entstaubungsanlage im Prinzip richtig arbeite und die eingekauften 200 000 Tonnen des dirty scrap number two zum Ende des Sommers zu Stahl verarbeitet sein würden. Im Konzer Handwerk hatte sich herumgesprochen, daß Ruff auf dem Gelände des Karthäuser Obstgarten ein Bürokomplex von vier Gebäuden für insgesamt tausend Arbeitsplätze errichten würde, und wer von der Sache etwas verstand, der konnte sich ausrechnen, daß dieses Projekt im Endausbau eine Investition von 60 bis 70 Millionen bedeutete. Das Konzer Handwerk rechnete sich für die nächsten fünf bis sechs Jahre gute Geschäftschancen aus. Auf der einen Seite waren diese knallharten Unternehmer ganz verdammte Hundesöhne, andererseits setzten sie Handel und Gewerbe in Bewegung, und da Konz vom Weinanbau allein keinen Fortschritt und keine Zukunft erwarten durfte, mußte man sich mit diesem Ruff, verdammt nochmal, arrangieren.

Erwartungen dieser Art wurde genährt durch Besuche aus anderen Ländern, die einen Hauch von Internationalität nach Konz brachten. Franzosen nahmen Quartier in den Zimmern der *Harmonie*, Algerier tauchten wiederholt auf und wohnten in Konz und Trier, jetzt hieß es, eine schwedische Delegation werde am 24. Juni anreisen, um sich am 25. Juni über die moderne Technologie des Konzer Elektrostahlwerks zu unterrichten. Sah man sich auf Boehnchens Terminkalender das Tagesprogramm an, so ließ man sich leicht überzeugen, daß die Ruff-Gruppe ein aufstrebendes Unternehmen und Konz eine Stadt im Aufbruch war. Was die Konzer zudem beeindruckte, war die unverkennbare Bescheidenheit der Ruffs. Sie hielten Georg Ruff für einen vermögenden Mann, der ohne Zweifel in der Lage war, sich ein angenehmens Leben zu machen und die schönen Seiten des Reichtums zu genießen. Aber nichts davon bekamen die Bürger von Konz zu sehen. Ruff hatte sich einen Land Rover gekauft, und wenn es seine Zeit erlaubte, mit Christine und den Kindern auf das Weingut zu fahren, ließ er den großen Werkswagen in der Garage der Kuppel oder in der Werkstatt des Stahlwerkes stehen, nahm den Geländewagen, machte am Sonnabend Einkäufe in der Stadt und fuhr auf die andere Seite der Mosel zum Château Christine. Ja, einen bescheidenen Komfort leisteten sie sich, aber wen interessierte das schon. Sie kauften zwei Kinderwagen, einen für die Kuppel, einen zweiten für das Weingut, und an beiden Plätzen richteten sie Kinderzimmer mit Betten, Wäsche und Ställchen ein, um möglichst wenig mitnehmen zu müssen, wenn sie am Wochenende zum Château fuhren. Paula ließ sich jetzt häufig von einer Zugehfrau helfen. Was diese Frau in der Stadt erzählte, ließ Luxus und Verschwendung nicht erkennen. Man konnte eigentlich sicher sein, daß die Ruffs weiter investierten. Was konnte Konz besseres passieren?

Vielleicht würde in der Vorstandsetage des Bürokomplexes im Karthäuser Obstgarten manches anders werden, die Büroräume größer, heller, eleganter eingerichtet, aber bis dahin würde noch viel Wasser die Mosel hinabfließen. Erst einmal mußte der Rohbau errichtet sein, da hatte das Handwerk anderthalb Jahre lang Hochbetrieb, und erst in diesem häufig erwähnten „Ruff-Palast" vielleicht würde man die Ruffs von einer neuen Seite kennenlernen. Na schön, leben und leben lassen, das wollte man akzeptieren. Dieser Georg Ruff war wer. Tüchtig, fleißig, zäh, schlagfertig, ein ordentlicher Mann und ein guter Ehemann. Hatte sein Handwerk in Chicago gelernt, einer der unerbittlichsten Städte der Welt, und hatte sich nicht unterkriegen lassen. Es entstand so etwas wie ein Ruff-Mythos. Man begann sich zu fragen, wie lange die Ruffs schon Konzer waren. Seit ewigen Zeiten. Viele Konzer schienen aus solchem Holz gemacht.

Am 24. Juni reisten sieben Schweden an, sechs Männer und eine Frau, und nahmen in der *Harmonie* Quartier. Georg Ruff persönlich führte sie am Sonnabend, den 25. Juni, durch das Werk und unterrichtete sie über die Funktionsweise der Öfen, der Stranggießanlagen und der Walzwerke. Mittags lud Ruff die Gäste zum Essen ein, man wollte die Möglichkeiten einer Kooperation erkunden. Ruff zeigte sich interessiert, gemeinsam mit schwedischen Partnern ein hochmodernes Elektrostahlwerk in Schweden zu bauen. Schweden verfügte über vorzügliche Eisenerze und billigen Wasserkraftstrom, ein dritter günstiger Faktor könnte Ruffs neue Technologie sein. Was dagegen sprach, waren die hohen Löhne und das teure Kapital. Der Wirtschaftsattaché meinte, daß Schweden mit dem Export von gutem Erz bessere Geschäfte machen könne als in der Stahlproduktion. Was die hohen Löhne anbetreffe, so sei dies kein erstrangiges Thema, weil die schwedische Wirtschaft einen hohen Beschäftigungsgrad aufweise, die Arbeitslosigkeit stelle für die Regierung kein Problem dar. Trotzdem würde man es sehr schätzen, wenn Georg Ruff einen Vortrag an der Universität Uppsala halte, wenn irgend möglich in englisch. Vielleicht entschloß sich die schwedische Stahlindustrie doch, ein paar moderne Werke zu errichten.

„Die Einladung nehme ich gern an", sagte Ruff.

Aber da gab es noch ein anderes Interesse. „Wir wissen, daß Sie drei neue Elektrostahlwerke planen und dafür hochwertige Ausrüstungen benötigen. Unsere Industrie möchte Ihnen einen Überblick über ihre Leistungsfähigkeit geben, ich denke, Sie werden das eine oder andere für Ihre Projekte bevorzugen."

Ruff reagierte zurückhaltend. Er wollte sich nicht festlegen. Als die Schweden sich verabschiedeten, sagte der Attaché, von Uppsala komme man leicht in das nördliche Jagdgebiet, eine Elchjagd ließe sich einrichten, seine Einladung, einen Royal Elk zu erlegen, gelte für den Herbstanfang. Er werde wieder anrufen.

Ruff war von diesen Versuchungen nicht sehr angetan, aber er dankte artig, denn der Schwedenbesuch war, im Ganzen gesehen, eine positive Begegnung. Vielleicht ließ sich mit seiner neuen Technologie in Schweden wirklich etwas anfangen. Man konnte so etwas schwer im voraus abschätzen. Sogar im Ostblock wurde man auf ihn aufmerksam.

„Wozu haben sie dich eingeladen", wollte Christine wissen. Sie trug ihr langes Haar offen und warf es unablässig über die Schultern.

„Die Einladung ist eine freundliche Geste, aber ganz unwichtig."

„Ach ja. Und was ist wichtig?"

„Es könnte sich ergeben", und während er das sagte, witterte er, daß Knudson ihn in erster Linie für die schwedischen Produkte gewinnen wollte, „es könnte sich ergeben, daß wir in Schweden mal so ein modernes Elektrostahlwerk aufstellen."

„Mir wäre die Einladung zur Elchjagd wichtiger", bemerkte Christine mit leichter Hartnäckigkeit, „und so ein breitschaufliges Elchgeweih in unserem Château hätte schon seinen Reiz."

„Wenn es dir wirklich so viel Spaß machen würde, rufe ich diesen Christian Knudson an und sage ihm, daß wir die Einladung annehmen. Der Vortrag an der Uni von Uppsala ... na ja, der kostet mich ein Wochenende. Aus den Vorlesungen in Alt-Kronenburg schreibe ich das rasch zusammen."

„Also abgemacht?"

„Abgemacht", antwortete Georg, darauf bedacht, ihr mal einen Gefallen zu tun.

Christine dachte, mein Mann ist jetzt 31 und bekommt leichte Geheimratsecken. Sie mußte sich um sein Haar kümmern. Auch arbeitete er zu viel. An den Wochenenden hatten sie kaum Zeit füreinander. „Bist du Millionär", fragte sie.

„Ich denke schon." Er lächelte seine Frau an. War es

wichtig, Millionär zu sein? „Doch, wenn du glaubst, ich hätte viel Geld in der Tasche, irrst du. Alles, was ich besitze, steckt in meinem Unternehmen."

„War es dein Ehrgeiz, Millionär zu werden", fragte sie beharrlich.

„Daran habe ich überhaupt nicht gedacht."

„Und woran hast du gedacht", wollte sie wissen.

„Ich wollte den Schrottmakel der Ruffs loswerden", antwortete Georg, „ich wollte mit dem Schrott Schluß machen und Stahl produzieren, ich wollte aus den Ruffs einen Stahl-Clan mache und das will ich immer noch."

„Das hast du doch schon geschafft", meinte sie mit dem Unterton des Vorwurfs, „du hast in der Bundesrepublik und in Österreich Werke gebaut, und jetzt planst du Stahlwerke in Frankreich, Algerien und Georgetown. Schweden wäre auch nicht schlecht. Und was kommt nach Schweden?"

„Ich weiß nicht, worauf du hinaus willst", sagte Georg und sah Christine fragend an.

„Da wäre noch Dänemark, Irland, Spanien und Portugal. Und Marokko nicht zu vergessen. Worauf ich hinaus will? Ich frage mich, wo das aufhört, Hanuman?"

„Es hört nicht auf, Molly."

„Oh, mein Gott, willst du damit sagen, daß das immer so weiter geht?"

„Ja, Molly."

Plötzlich hatte sie Tränen in den Augen. „Ich wünsche mir es würde aufhören, Hanuman. Als du aus Chicago zurückkamst, warst du 22, jetzt sind bald zehn Jahre vergangen und du hast unglaublich viel geschafft. Laß uns anfangen zu leben."

„Ich lebe, Molly, und wie!"

„Du willst so weiterleben bis in alle Ewigkeit?"

„Ja, Molly, so ist es."

„Ich glaube, das nennt man Besessenheit", bemerkte sie und wischte sich mit einem Taschentuch die Augen trokken.

„Es ist Besessenheit, Molly." Er machte eine Pause. „Ohne Besessenheit bringt man im Leben nichts zustande."

Und wieder warf sie ihr schönes Haar in den Nacken. „Vielleicht liebe ich den verkehrten Mann."

„Du liebst den richtigen Mann, Molly. Männer, die von nichts besessen sind, das sind Wischi-Waschi-Männer, und den Typ wolltest du doch nicht, oder ..."

Sie ging auf die Frage nicht ein. „Ich werde von nun an gegensteuern, Hanuman. Mehr in Richtung Leben, etwas weg von deiner Stahlbesessenheit. Mehr zur Freude hin, weg von Öfen, Stranggießanlagen und Walzwerken."

„Da irrst du dich."

„Wieso irre ich mich, Hanuman?"

„Öfen, Stranggießanlagen und Walzwerke sind meine Freude, Molly."

„Wir bringen's nicht auf einen Nenner."

Er legte seine Arme um ihre Schultern und drückte ihren Kopf an sich. „Du hast recht, man bringt es nicht auf einen Nenner."

Sie hatten den ganzen Sonntag für sich. Zum erstenmal nahmen sie alle drei Kinder mit auf das Weingut. Christine hatte einen Tragekorb aus blauem Zeltstoff gekauft, den sie im Land Rover auf die Sitzbank stellte. Georg freute sich, die Familie um sich zu haben. Obwohl auf das Moseltal und die Weinfelder links und rechts des Flusses ein feiner Nieselregen niederging, machten sie Spaziergänge und besichtigten ihre Weinfelder jenseits der Eisenbahnlinie nach Luxemburg.

„Heute Nachmittag wird sich ein Mädchen vorstellen, das Sozialamt rief mich an und empfahl sie. Zuerst habe ich nein gesagt, aber dann ließ ich mich überreden, sie mir anzusehen. Sie sei ein echter Sozialfall."

„Ansehen kostet nichts", meinte Georg. Er war mit seinen Gedanken bei einer anderen Empfehlung. „Wie verkauft sich dein Wein?"

„Gut. Die Literflaschen in der Landweinqualität sind ein Renner."

„Vor dem Zewener Turm bietet ein Bauer seinen Weinhof zum Verkauf an, der Boden liegt günstig zu unserem Zipfel, wir sollten uns das mal ansehen."

„Vielleicht. Aber du solltest dich um deinen Jagdschein kümmern. Weißt du, das Ehepaar aus Dortmund, das uns letztes Wochenende besuchte, hat im Hunsrück in der Nähe von Kirchberg eine kleine Jagdhütte, sie sprachen von ihrem 'Haus Hubertus' und fragten, ob du einen Jagdschein hast. Solche Gelegenheiten sollten wir nutzen."

„Nutzen ... wozu?"

„Um unter Menschen zu kommen. Du mußt dich ein bißchen mit den Leuten beschäftigen.

„Wie war der Name des Ehepaares?"

„Ein ausgefallener Name. Rappaport. Sie werden uns bestimmt einladen."

Georg winkte gleich ab. „Es interessiert mich nicht, Molly."

Sie würde ihn ändern und manches andere dazu. Sie würde alle Kräfte mobilisieren und ihr gemeinsames Leben auf einen neuen Weg bringen. In den Zeitungen stand so viel geschrieben über die Mitbestimmung der Frau und Parität und Quotenregelung, sie würde *ihre Quote* neu regeln. Die Ruffs waren schließlich nicht die Mantas. Die Mantas hatten eine lange, erfolgreiche Familiengeschichte. Sie wollte ihren Kindern nicht nur das Ruffblut mit auf den Weg geben, sondern auch das Mantaerbe übertragen. Sie blickte auf die unter dem Nieselregen träge dahinfließende Mosel. Sie würde von nun an den Rubikon überschreiten. Sie wollte nicht wie Caesar einen Bürgerkrieg oder einen Kampf der Geschlechter beginnen, aber sie würde ihre Mantahand auf die Ruffhand ihres Mannes legen und mit ihm gemeinsam das Ruder halten. In ihrer Phantasie nahm die Alleinherrschaft ihres Mannes bald ein Ende.

„Hörst du noch ab und zu etwas von der SOCRIM", fragte Georg unvermittelt.

„Oh ja."

„Und was sagen Sie?"

„Vieles, was dich nicht interessiert. Aber eine ganze Kleinigkeit wird dich interessieren."

Der Nieselregen konzentrierte sich auf einen schmalen Streifen über dem Fluß. Hier oben im Weinfeld hingen ein paar Nebelfetzen zwischen den Reben. Christine schloß den Regenschirm.

„Und das wäre?"

„Das Geschäft mit den holländischen Fahrrädern läuft immer besser. Fahrräder sind Mode geworden."

„Aber Molly, das ist doch nicht das, was du mir sagen wolltest."

„Nein, Hanuman. Ich wollte dir etwas anderes sagen. Deine Schwiegermutter Maria Theresia Manta gibt das Geld, das sie mit den Rädern verdient, nicht aus, sondern sie legt es an. Wie die Unternehmer das so machen." In ihrer Rede lag ein Hauch von Spott.

„Nun komm schon, wie legt sie es an?"

„Sie kauft den Holländern Paket für Paket ihrer Aktien ab, Hanuman."

„Das kann sie nicht." Georg wirkte plötzlich ganz aufgeregt.

„Vielleicht schaust du mal in den Vertrag, den du damals in einer wilden Nacht zusammengezimmert hast. Deine Schwiegermutter hat da scheinbar eine Lücke entdeckt."

„Warum sagst du *meine Schwiegermutter,* sie ist *deine Mutter.*"

„Beides ist richtig, Hanuman." Sie lachten. Ein Ruff, eine Manta und zwei halbblütige Ruff-Manta lachten und scherzten den ganzen Nachmittag. Nur der jüngste, das Halbblut Victor, hielt sich aus der Alberei heraus. Er wußte noch nicht, worum es überhaupt ging.

Am Nachmittag kurz nach fünf stellte sich die Portugiesin vor. Regennaß, strähniges schwarzes Haar, mager, einer zerzausten Wildente gleich, verharrte sie im Türrahmen, fragte nach Donna Christina, trat schließlich ein, zog mit der linken Hand ihr Kind hinter sich her und blieb vor ihnen stehen und sagte nichts. Dann erinnerte sie sich, daß ihr aufgetragen worden war, einen Brief zu übergeben. Sie grub ihn aus der Tasche aus und überreichte das nasse Etwas mit der zerlaufenen Tinte Christine. „Ich bin die Beatrix."

„Und wer ist das Mädchen."

Sie konnte noch nicht lange in Deutschland sein, denn sie suchte nach Worten: „Meine Tochter Maria Rosa."

„Fehlt noch der Mann", meinte Christine. Sie öffnete den aufgeweichten Briefumschlag. Bei den Bewegungen ihrer Hände klirrten die Goldbänder an ihrem Unterarm. Das Mädchen Maria Rosa blickte Christine verwundert an und schaute dann auf ihre nassen Schuhe.

„Mein Mann ... mein Marido ... ich meine, wir sind noch nicht verheiratet. Er hat mich nach Deutschland geholt ... ich sollte hier arbeiten. Aber mein Marido keine Arbeit ... ich keine Arbeit. Und mein Marido jetzt weg. Keine Wohnung ... kein Geld." Es war ein Mischmasch aus deutsch und portugiesisch und regennasser Verzweiflung, ein Zwillingshäufchen Unglück, das da vor ihnen stand.

„Wo ist deine Heimat, Beatrix?"

„Coimbra. Ich komme aus Coimbra."

„Wie alt bist du?" Christine schätzte sie auf über 40 und war erstaunt, als Beatrix sagte, sie sei 32.

„Und deine Tochter Maria Rosa?"

„Sieben."

„Kannst du hier wohnen? Ich meine, kannst du alles, was du hast, hierherbringen und hier im Haus bleiben?"

„Das kann ich. Und alles, was wir haben, trage ich in dieser Tasche."

„Was willst du verdienen, Beatrix?"

„Das weiß ich nicht, was Sie mir geben."

Christine stellte eine letzte Frage, dann hatte sie verstanden, was ein „Sozialfall" ist. „Wann kannst du anfangen?"

„Sofort", antwortete Beatrix, und über ihr Gesicht zog ein Hauch von halber Erwartung und Hoffnung, „jetzt, Donna Christina, sofort."

Christine gab ihr ein Notquartier im ersten Stock, Dekken und trockene Kleidung für sie und das verängstigte Kind. „Drüben auf der anderen Seite ist das Bad. Wenn ihr fertig seid, kommt herunter, ich zeige dir dann die Küche."

„Danke."

Sie hatte gelernt, danke zu sagen, und sie würde dieses Wort noch oft gebrauchen. Da Christine Ruff auch häufig danke sagte, schätzte sie Menschen, die Freude empfanden, wenn man ihnen ein Stück von der eigenen Wärme gab.

„Wenn du einverstanden bist", sagte sie zu Georg, „bleibe ich noch bis morgen hier, um ihr zu erklären, welche Arbeiten auf sie warten. Ich glaube, ich muß auch das Sozialamt verständigen. Damit könnte ich morgen früh am Telefon beginnen. Weißt du zufällig, ob ein siebenjähriges portugiesisches Kind hier zur Schule gehen muß?" Es brach so eine Art mütterlicher Aktionismus aus. „Wir müssen jetzt den Wohnwagenanhänger kaufen, was meinst du?"

„Davon rate ich ab."

„Aber wir haben doch darüber gesprochen, Hanuman."

Gewohnheitsgemäß zog er seinen Taschenkalender aus dem schwarzen Lederbeutel. „Heute ist der 26. Juni, in drei Monaten vergeben wir den Auftrag für den Bürokomplex. Die Firma, die den Auftrag bekommt, muß noch vor dem Winter mit dem Umbau hier und dem Anbau an der Kuppel beginnen. Diese Arbeiten müßten bis April zu schaffen sein. Von Juni bis April sind es neun Monate. Für ein knappes Jahr sollten wir den Wohnwagenanhänger nicht kaufen, sondern mieten. Ich sag's dem Werksfahrer. Der soll das organisieren."

„Bitte vergiß es nicht."

„Oh nein."

„Danke", sagte Christine.

Ruff hatte Schwierigkeiten, den Namen Beatrix richtig auszusprechen. Er gewöhnte sich daran, sie „Wildente" zu nennen und auch nach der Wildente zu rufen, und die Wildente verstand, daß sie gemeint war. Auch Maria Rosa wurde nicht so gerufen, sie nannten sie Rosita.

Rosita zeigte mehr Interesse für Christines Kinder als für die Schule. So wurde Rosita mehr und mehr zur Spielgefährtin und Aufpasserin der Kinder, während Beatrix sich im Haus und in der Küche nützlich machte.

Während in der Kuppel Paula regierte und Beatrix in ihren Mitarbeiterstab einbezog, bot das Château der Portugiesin mehr Freiheiten, und sie lebte auf, wenn es hieß, sie würden das Wochenende auf dem Weingut verbringen. So nutzte Beatrix jede Gelegenheit, um Christine davon zu überzeugen, daß die Kinder auf dem Weingut besser aufgehoben waren, und sie empfahl, die Zeiten auf dem Gut zu strecken. Nach und nach sah Beatrix in dem Weingut ihre neue Heimat, und sie kümmerte sich um die Familie Ruff wie um ihre eigene Kinderschar.

XIX

Am Mittwoch, den 13. Juli, gab die Regierung der Republik der Stahlindustrie und den Stahlverbänden einen informellen Empfang. Im Nachrichtendienst des Fernsehens und des Rundfunks hieß es, es handele sich um eine routinemäßige *Stahlrunde beim Kanzler*. Verschiedene Anlässe kamen zusammen. Die Stahlkrise hielt an, nahm eher noch zu. Für zwei große Eisenhütten und Konverter Stahlwerke im Ruhrgebiet drohte die Stillegung. In den Tageszeitungen sprach man unverblümt von der Entlassung von 10 000 Metallarbeitern in einer ersten Stufe. Diese Nachricht schockte den Kanzler ebenso wie den Bundesminister für Arbeit und Soziales, denn die Marke der Arbeitslosigkeit schwappte soeben über die 2,2-Millionen-Grenze. Die Regierung des Landes Ruhr bot großzüge Hilfen an, wenn die Unternehmen auf Stillegung und Entlassungen verzichteten, die Gewerkschaften unterstellten der Regierung wieder einmal die *absolute Unfähigkeit*, das Problem der Arbeitslosigkeit zu lösen und erinnerten den Regierungschef in penetranter Weise an sein Wahlversprechen, die Arbeitslosigkeit drastisch zu senken. Gleichzeitig propagierten die Gewerkschaftsbosse erneut und mit Vehemenz ihre These, daß das Arbeitsvolumen umverteilt und zugleich die Kaufkraft erhöht werden müsse. Da sich die Menge der Arbeit nicht vergrößern ließ, so die Behauptung der Gewerkschaftsbosse, müsse man die Arbeitszeit zum Beispiel auf 35 und letztlich auf 30 Stunden pro Woche reduzieren, und damit den Weg frei machen für die Einstellung Unbeschäftigter.

Außerdem verlangten die Gewerkschaften vom Staat neue Arbeitsplätze für beamtete Diener des Staates, ohne zu sagen, womit man diese Beamten beschäftigen könne und woher das Geld kommen solle, um sie zu bezahlen. Der Boß der Metaller, Max Hufschmied, von seinen Leuten mit Respekt „strammer Max" genannt, entwickelte eine neue

Theorie über das Defizit-Spending der Öffentlichen Hand bei einer nur unwesentlichen Erhöhung der Inflationsrate. Der Boß würzte seine Theorie mit der Forderung einer dynamischen Gestaltung der Solidargemeinschaft, die stets einen Teil der eigenen Beschäftigung abtrete, wenn ein anderer keine Arbeit habe. Dies sei eine andere Art von Umverteilung von der Mitte nach unten. Einen weiteren wesentlichen Teil des Gewerkschaftspaketes stellten voller Lohnerhalt bei ebensolcher Arbeitszeitverkürzung und eine Lohnerhöhung von acht Prozent dar. Außerdem sollte die Regelurlaubszeit von 30 auf 33 Tage pro Jahr erhöht werden. Zum ersten Mal sprachen die Gewerkschaften von vorgezogenem Ruhestand bei 75 Prozent des letzten Gehaltes. Wer wollte, sollte mit 53 Jahren in Rente gehen können, um seinen Arbeitsplatz für Jüngere zu räumen. Der Bundesminister für Arbeit und Soziales rechnete aus, daß alle diese Forderungen zusammengenommen selbst dann nicht finanzierbar seien, verfügte die Bundesrepublik über eine gesunde Bevölkerungspyramide, was seit langem nicht mehr zutraf. Hierauf forderten die Gewerkschaften, den Finanzminister auszuwechseln. Zu eben dieser Zeit nahm der Kanzler der Republik, kein teutonischer Haudegen, vielmehr ein hochgebildeter besonnener Mann des Ausgleichs, auf seine Weise zu den Problemen Stellung. Er zitierte aus dem Stegreif Immanuel Kant, den angesehenen deutschen Philosophen der Logik und der kritischen Vernunft. Kant hatte über die *wahre Schätzung der lebendigen Kräfte* geschrieben, und der Kanzler rief zur *wahren Schätzung der arbeitenden Kräfte* auf, was von den Sozialpartnern als Aufforderung verstanden wurde, die Lösung der Schwierigkeiten nicht in einem Weniger an Arbeit, sondern in einem Mehr an persönlichem Engagement zu suchen. Während die Arbeitgeber diesen Aufruf lobten, scholten die Gewerkschaften das Zitat als Einmischung von unberufener Seite. Sie wollten für die Arbeitnehmer mehr Geld, weniger Arbeit, mehr Freizeit, mehr Wohlfahrt und das unverzüglich. Durch die Straßen zogen Menschen mit kämpferischen Parolen. Zwei Losungen wiederholten sich in den großen Städten: *Einstieg in die 35-Stunden-Woche,* und *wir fordern eine soziale Regierung.* Alle Parteien empfanden die Lage als außerordentlich ernst.

Am vergangenen Sonntag, den 10. Juli, schossen Terroristen der außerparlamentarischen Opposition auf den Wagen des heimkehrenden parlamentarischen Staatssekretärs Dr. Spiller. Sie töteten den Fahrer mit einer Salve aus einer Maschinenpistole, dann versagte ihre Berretta, wie sie später in einem Bekennerschreiben mitteilten. Ihre Spur verlor sich auf der rechten Rheinseite.

Das Ziel ihres Attentates, Dr. Spiller, war bekannt für seine flotten Sprüche gegen die Freizeitgesellschaft. Ein Slogan, der wie Uhu-Extra an ihm klebte und angeblich nur für das Parteivolk bestimmt gewesen war, machte die Runde in den Stehbierhallen des geplagten Nordens: *Schnabel halten – arbeiten.* Die Mitte-links-Demokraten forderten den Kanzler unverhohlen auf, sich von diesem Mann zu trennen. Die Sozialisten behaupteten, der Kanzler werde die Trennung nicht vollziehen, weil er den Slogan so unpassend nicht fand. Arbeitete der Kanzler nicht selbst 60 Stunden und mehr in der Woche?

Als Georg Ruff mit seinem Werkswagen vor dem Kanzleramt erschien, wurde er von Grenzschützern aufgefordert auszusteigen und nach Waffen untersucht. Das Kanzleramt erweckte den Eindruck einer gut bewachten Festung. Vor dem Portal standen zwei Panzerspähwagen, umgeben von bewaffneten Soldaten, die die Presse und das Fernsehen auf Distanz hielten. Jeder Gast passierte mehrere elektronische Sperren, bevor er den Saal betreten durfte. Sein Schweizer Armeemesser mußte Ruff gegen eine Empfangsmarke eintauschen. Die Szene wirkte düster und deprimierend.

Man konnte keine klare Linie der Politik erkennen. Der Präsident der Republik erwog coram publico die Begnadigung von zwei Polit-Mördern, während die frei herumlaufenden Banditen auf hohe Beamte schossen, die von Sonntagsausflügen zurückkehrten.

Wie die Dinge wirklich standen, wurde deutlich, als die Unternehmer im Konferenzsaal des Kanzleramtes leitenden Gewerkschaftlern begegneten, die offenbar in letzter Minute eingeladen worden waren, um zu einem breiteren Consensus beizutragen. Auf diese Weise mochten etwa hundert handverlesene Gäste zusammengekommen sein.

Der Kanzler betrat den Raum durch eine Doppeltür an der schmalen Seite der rechteckigen Halle. Mehrere Beamte begleiteten ihn. Ruff sah den Kanzler zum ersten Mal auf diese kurze Entfernung, bemerkte dem Ernst der Situation zum Trotz sein gewinnendes Lächeln, den forschenden Blick hinter den nicht sehr starken Brillengläsern.

Im Stillen dankte Georg Ruff seiner Frau, daß sie darauf bestanden hatte, er müsse die Stahlrunde beim Kanzler in allerbester Kleidung antreten. Die Wahl seines Anzugs erwies sich als absolut zutreffend. Er fragte sich, wie Christine dies voraussehen konnte. Vielleicht hatten die Juristen in dieser Hinsicht einen geschulten Geschmack. Der Kanzler trug ein einfarbiges hellblaues Hemd, eine dunkelblaue dezent gestreifte Krawatte und einen dunkelblauen einreihigen Blazer. Er wirkte viel schlanker und sportlicher als im Fernsehen, was wohl mit seiner Größe zusammenhing. Bevor der Kanzler sich setzte, stellte er seine engsten Mitarbeiter vor, den schwergewichtigen fetten Wirtschaftsminister (der Kanzler nannte die volle Bezeichnung Bundesminister für Wirtschaft, Handel und Industrie, Technologie und Energie, aus den Anfangsbuchstaben bildete die Presse das Kürzel WHITE und taufte das Wirtschaftsministerium *Little White House*), dessen parlamentarischen Staatssekretär Dr. Spiller, den Generalsekretär der Regierungspartei und den Leiter des Bundesinformationsamtes, einen Mann namens Roessner, von dem es hieß, er biete auf der Pressekonferenz jede Nachricht als ein besonders schönes Mädchen an, und sei es die eigene Großmutter.

Der Kanzler zeigte sich brillant vorbereitet. Er sagte, daß ihm die Lage der Stahlwirtschaft große Sorge bereite und er die Stahlmanager und die Vertreter der Metallarbeitnehmer zu dieser Aussprache eingeladen habe, um auszuloten, ob und wo etwa Handlungsbedarf für ihn oder für die Regierung bestehe. Er bat um eine offene und freimütige Aussprache unter der Voraussetzung, daß alle seine Gäste bereit seien, die Stahlrunde strikt vertraulich zu behandeln. Wer dies nicht wünsche, möge sich freundlicherweise erheben. Er wartete einen kurzen Augenblick, und als niemand aufstand, fuhr er fort: „Lassen Sie uns mit ein paar Zahlen beginnen. Vor vier Jahren betrug die Weltrohstahlproduktion rund 750 Millionen Tonnen, sie hat sich leicht erhöht, meine Fachleute rechnen für dieses Jahr mit 765 Millionen Tonnen. Stimmen diese Zahlen mit Ihren Daten überein?"

„Exakt", sagte ein Stahlunternehmer aus der ersten Reihe.

„Eine Prognose habe ich nicht", bemerkte der Kanzler, „ich höre nur, daß sich der leichte Aufwärtstrend fortsetzen könnte. Stimmen Sie dem zu?"

Es handelte sich um eine rhetorische Frage. Selbstverständlich wußte der Kanzler besser als jeder andere, daß die Belebung des Stahlmarktes anhalten würde.

„Der Verband der Stahlunternehmer stimmt dem zu", antwortete ein Funktionär aus der Mitte des Saales.

„Können Sie vielleicht eine Zahl nennen?"

„Wir rechnen mit einem dreiviertel Prozent pro Jahr."

Der Kanzler hob den Kopf, um die Reihen der Gäste besser überblicken zu können. „Optimistisch oder konservativ?"

„Konservativ. Es hängt von dem Konsum an Kraftfahrzeugen ab. Mehr Autos, mehr Stahl."

„Wo kommen wir denn da hin", wollte der Kanzler wissen.

„Gegen Ende des Jahrzehnts werden wir in der Weltproduktion bei etwa 800 Millionen Tonnen liegen."

Der Kanzler lehnte sich ein wenig zurück. „Warum haben wir unter diesen Umständen eine Stahlkrise?"

Ein Stahlmanager aus den hinteren Reihen erhob sich. Er schien aufgeregt und sprach etwas zu laut. „Es gibt keine Weltstahlkrise, es gibt aber eine europäische und vor allem eine deutsche Stahlkrise."

„Können Sie das mit wenigen Worten erklären", forderte der Kanzler. Er hob beide Hände zu den Schläfen und rückte mit den Fingerspitzen die Brille zurecht.

„Während wir früher ein klassisches Stahlland waren, ist unser Produktionsanteil in den letzten Jahren kontinuierlich gesunken. Zur Zeit liegt unsere Produktion mit 35 bis 40 Millionen Tonnen Rohstahl jährlich bei etwa fünf Prozent des Rohstahlausstoßes der Welt. Das reicht eben nicht für die Vollbeschäftigung."

„Warum ist unser Anteil gesunken", wünschte der Kanzler zu wissen.

„Die Billigländer haben ihre Anteile erhöhen können, und wir müssen befürchten, daß diese Entwicklung anhält", bemerkte der Stahlmanager. „Dies nennen die Fachleute einen Strukturwandel."

„Wollen Sie damit sagen, unsere Wettbewerbsfähigkeit hätte nachgelassen?" Der Kanzler legte seine rechte Hand auf den Arm des Wirtschaftsministers. Er wollte nicht den Wirtschaftsminister hören, sondern die Industriellen.

Doch nun erhob sich der „stramme Max", um das Gespräch in seine Richtung zu lenken. Sein gewaltiger Schädel mit dem vollen roten Haar überragte die ganze Runde. „Unser Hauptproblem ist die Überproduktion. Wir sagten das Dilemma voraus. Aber die Unternehmer haben ihre Kapazität auf Teufelkommraus ausgebaut."

Georg Ruff stand auf. „Es gibt keine Überproduktion", sagte er mit Bestimmtheit.

„Wer sind Sie", wollte der Wirtschaftsminister wissen.

„Mein Name ist Ruff."

„Oh ja, danke. Fahren Sie fort."

Der stramme Max ließ ihn nicht zu Wort kommen. „Sie

sehen doch, daß uns die Produktion aus allen Ohren läuft."

Ruff versuchte, nicht seine Ruhe zu verlieren. „Und ich sage Ihnen, daß es keine Überproduktion gibt. Wir haben es mit einem kräftigen Unterkonsum zu tun."

„Dann verstehen die Unternehmer nicht zu verkaufen", witzelte Max Hufschmied.

„Die Unternehmer verkaufen, was der Markt aufnimmt", bemerkte Ruff, „aber einen Teil der Produktion nimmt der Markt nicht auf."

„Also doch Überproduktion."

„Nein."

„Die Unternehmer gehen die Märkte nicht richtig an", schimpfte der Gewerkschaftler.

„Nein", sagte Ruff, „der Markt nimmt einen Teil der Stahlproduktion nicht auf, weil der Stahl zu teuer geworden ist."

„Der Stahl zu teuer? Was ist denn das für eine Klamotte", lachte der stramme Max. „Die Unternehmer sollten besser rationalisieren, statt Golf zu spielen." Das war schon ein Stück Polemik, aber so argumentierte Max Hufschmied.

Georg Ruff ging nicht darauf ein. „Meine Betriebswirte haben ausgerechnet, daß sich auch das letzte Gramm Stahl verkaufen ließe, und noch mehr, wenn der Preis um 43 Prozent niedriger läge. Bei diesem Grenzpreis könnten auch die Entwicklungsländer wieder Stahl kaufen, die uns im Augenblick überhaupt nichts abnehmen."

Ein anderer Stahlunternehmer fragte ungläubig: „43 Prozent? Wie soll das funktionieren?"

„Ich sage nicht", fuhr Ruff fort, „daß die gesamte Stahlproduktion zu diesem Preis angeboten werden müsse, ich behaupte nur, daß wir bei einer Preisflexibilität bis zu 43 Prozent unsere Stahlproduktion gut los würden und sogar noch erhöhen könnten, weil der Markt dann größer würde."

„Ich hoffe, der Wirtschaftsminister hat Sie richtig verstanden", meinte Max Hufschmied sarkastisch, „der muß die Differenz ja subventionieren."

„Wenn Sie den Markt für Stahl ausweiten wollen", erwiderte Ruff unbeirrt, „haben Sie nur zwei Möglichkeiten, Sie können den Preis für Stahl senken oder Sie geben den Entwicklungsländern Kredite, die wir nie wiedersehen, wie es sich gerade eben erweist. Einigen wir uns aber darauf, den Stahlpreis zu senken, dann ist es nicht erforderlich, den Finanzminister zu rufen, das können wir selbst bewerkstelligen. Wenn Sie's erfahren wollen ... ich lade Sie nach Konz ein. Das 'Konzer Modell' ist ein flexibles Preis-Kosten-Verfahren, in dem allerdings die Kapitalkosten und ebenso die Löhne gleiten können, und darum geht es natürlich auch."

Max Hufschmied wurde richtig böse. „Ich habe von diesem Unsinn gehört. Das kommt für uns überhaupt nicht in Frage. Unser Markt braucht Kaufkraft, das heißt, die Löhne müssen rauf. Andere europäische Länder tun das schon. Frankreich hilft seiner Stahlindustrie ganz massiv. Entweder direkt oder über billige Energie und Steuererlaß. Wenn wir das auch haben, müssen wir nur noch die Arbeitszeit verkürzen, dann werden die Stahlunternehmer gezwungen sein, Leute einzustellen und nicht zu entlassen."

„Das hätte nur dann einen Sinn", meinte Ruff kühl, „wenn Sie proportional zur Arbeitszeit die Löhne kürzen, andernfalls wird die Arbeit noch teurer und Sie produzieren weitere Arbeitslose."

Das verschlug dem Gewerkschaftler die Sprache. „Sagten Sie, ich produziere Arbeitslose", fragte Max Hufschmied schließlich aufgebracht.

„Ja, das sagte ich."

„Nochmal."

Ruff spürte, er geriet aufs Glatteis der Polemik. „Arbeitslosigkeit kommt nicht aus heiterem Himmel. In einer freien Wirtschaft wird sie produziert wie alles andere auch. Sie ist ein Produkt, hören Sie!"

„Wollen Sie das im Ernst behaupten?"

Ruff wurde noch deutlicher. „Die Arbeitslosigkeit wird

von den Sozialpartnern produziert, und unter diesen Partnern sind Sie der Hauptproduzent." Ruff erinnerte sich des Gesprächs in Georgetown, und er wußte, er war jetzt genau auf der Linie von Robert Annacona.

Der stramme Max bekam einen entsetzlich roten Kopf. Einen solchen Vorwurf hatte sich noch niemand erlaubt. Er wandte sich an den Kanzler. „Hier wird von Unternehmerseite behauptet, die Gewerkschaften seien der Hauptproduzent von Arbeitslosigkeit. Sie, Herr Bundeskanzler, haben zu dieser Stahlrunde eingeladen. Ich fordere Sie auf, von den Unternehmern zu verlangen, dies zurückzunehmen."

„Dies ist eine freie Aussprache", sagte der Kanzler laut und deutlich, „ich hatte zu Anfang darum gebeten, daß wir freimütig und offen diskutieren, es steht Herrn Ruff zu, seine Meinung zu sagen."

„Ist dies auch Ihre Meinung, Herr Bundeskanzler?"

„Eine Gegenfrage, Herr Hufschmied." Der Kanzler versuchte, Zeit zu gewinnen. „Was ist Ihre Auffassung? Glauben Sie, daß die Arbeitslosigkeit von selbst entsteht oder daß sie von den Menschen gemacht wird?"

„Sie wird gemacht", und jetzt wurde Max Hufschmied sehr laut, „sie wird gemacht. Die Unternehmer sind es, die sie machen." Er hatte den Spieß einfach umgedreht. Das war vielleicht doch ein bißchen zu einfach. Nach einer kurzen Pause fügte er hinzu: „Die Unternehmer sind es. Aber die Unternehmer sind es nicht allein. Die Regierung ist auf ihrer Seite."

„Sie wissen, daß dies nicht wahr ist."

„Es ist die volle Wahrheit."

„Wir können nicht jede Unverfrorenheit hinnehmen, Herr Hufschmied, ich muß Ihnen wirklich sagen, daß Sie mit solchen Thesen nur Emotionen und Feindschaft gegenüber meiner Regierung aufbauen."

Max Hufschmied verließ seine Sitzreihe und trat ein paar Schritte nach vorn. „Ich wiederhole. Es ist hier von der Unternehmerseite behauptet worden, die Gewerkschaften seien einer der Produzenten von Arbeitslosigkeit. Wird dieses Wort zurückgenommen oder nicht?" Die Eiseskälte seiner Stimme breitete sich aus.

Der Kanzler sah ihn ruhig an. „Ich habe es nicht behauptet. Ich nehme es nicht zurück."

Georg Ruff streckte den Arm aus und zeigte energisch auf Max Hufschmied. „Ich bin es, der es behauptet hat. Ich bleibe dabei."

Max Hufschmied sah seine Leute an, und jeder wußte, was jetzt kam. Sein Gesicht war so rot wie sein Haar. Er versuchte, sich zu beherrschen, was ihm nur mit Mühe gelang. „Sie sind ein ehrenwerter Mann, Herr Bundeskanzler, aber Sie unterschätzen offenbar unsere Organisation. Bleibt nur zu hoffen, daß die Unternehmer Ihnen etwas Gleichwertiges zu bieten haben. Mit unserer Hilfe können Sie nicht mehr rechnen." Er gab ein Zeichen, worauf sich etwa zwanzig Männer erhoben und den Konferenzsaal verließen. Als die Tür ins Schloß fiel, herrschte eine Minute betretenes Schweigen. Dann brach der Kanzler das Eis. Er wurde, wie es später hieß, *historisch*. „Wir sollten die Dinge nicht dramatisieren", sagte er mit seiner ruhigen, tiefen Stimme, „unsere Wirtschaft hat Inflationen, Währungsreformen, Zusammenbrüche und schwarze Freitage erlebt und ist immer wieder auferstanden. Hierbei hat eine deutsche Eigenschaft stets eine besondere Rolle gespielt, der Fleiß. Solange Sie mich als Kanzler haben, werde ich den deutschen Fleiß nicht unterpflügen lassen. Der Arbeitslosigkeit ist mit Organisationen und Subventionen nicht beizukommen. Wir müssen uns aber anstrengen. Und es wäre gut, würden wir die Stiefel von 45 wieder anziehen."

Er schlug eine Pause vor und lud zu Kaffee und Tee ein. Dann folgte eine sehr sachliche Erörterung der produktiven Faktoren. Regierung und Unternehmer waren sich darin einig, daß neue, kostengünstige Werke gebaut werden mußten. Auch in der Stahlherstellung ließen sich neue Technologien einsetzen, die Wettbewerbsvorteile versprachen. Hauptfaktoren blieben die Arbeit, das Kapital und die Energie. Die Arbeitskosten ließen sich nur durch Rationalisierung senken, der Wirtschaftsminister sah wenig Chancen, die Lohnnebenkosten zu senken. Für den Kapitalbedarf gab es einen freien Markt, hier sahen die Stahlproduzenten das geringste Problem. Dann entzündete sich das Feuer der Debatte an dem Thema Energie. Hierzu trugen alle Unternehmer und Verbände bei, auch Ruff. Erdgas und Erdöl ließen sich günstig einkaufen, doch klagten alle über die hohen Preise für Kohle und Elektrizität.

„Die einheimische Kohle wird meine Regierung auch in Zukunft subventionieren, daraus soll Ihnen kein Nachteil erwachsen. Wir stehen zu dem Tatbestand, daß diese heimische Kohle ein kostspieliger Reichtum ist. Den wird die Volkswirtschaft pflegen. Anders der Strom. Der muß sich selbst tragen. Die Elektrizität werden wir nicht mit Steuergeldern unterstützen. Da gilt die Regel: Dinge, die für wenig weggehen, achtet der Mensch gering. Elektrizität ist etwas sehr Wertvolles für eine moderne Volkswirtschaft."

„Schön und gut", sagte Ruff, „aber es ist ein unerträglicher Nachteil, wenn die französische Stahlindustrie weniger als zehn Pfennig für eine Kilowattstunde bezahlt, und ich muß für diese Energiemenge achtzehn Pfennige bezahlen. Die österreichischen Stahlwerke kaufen den Strom für zwölf Pfennige, daran ist bei uns nicht zu denken."

Der Kanzler bat den Wirtschaftsminister und dessen Staatssekretär Dr. Spiller, sich die Stromtarife zu notieren und schlug vor, eine Studie in Auftrag zu geben, um sich ein besseres Bild von dem Einsatz der Elektrizität in der stromintensiven Industrie machen zu können. „Bitte sprechen Sie in dieser Angelegenheit Staatssekretär Dr. Spiller an." Im übrigen machte er darauf aufmerksam, daß Sparsamkeit ein gutes Mittel sei, die Kosten zu senken. Die Regierung bereite zur Zeit ein Immissionsschutzgesetz vor, das für die Elektrizitätswirtschaft drastische und teure Bestimmungen hinsichtlich des Umweltschutzes mit sich bringen werde. „Wir können nicht Wohlstand auf Kosten der Umwelt wollen."

Was aus dieser Stahlrunde auf Ruff nachwirkte, war die Auffassung, daß auf die Wirtschaft eher neue Belastungen als Erleichterungen zukommen würden. Neue Technologien hatte er schon, die Rohstoffpreise konnte er nicht beeinflussen, außer er würde nur noch dirty scrap number two kaufen, die Löhne hatte er flexibilisiert, da waren die anderen viel schlechter dran, blieb als einzige Chance ein besserer Energiepreis.

Am Ausgang kam Staatssekretär Dr. Spiller auf ihn zu. „Ich lasse mich gelegentlich bei Ihnen sehen, Herr Ruff. Ihr 'Konzer Modell' würde ich gern mal in der Praxis sehen."

„Sie sind herzlich willkommen."

„Was für einen Eindruck haben Sie von der Stahlrunde beim Kanzler?"

Ruff lachte. „Haben Sie nach dem Gefecht mit Max Hufschmied noch etwas Humor?"

„Aber natürlich", antwortete der Staatssekretär.

„Mein Eindruck ist, daß wir der Regierung helfen müssen und nicht die Regierung uns."

„Da haben Sie recht. Wir sind eine Industrienation. Da kann die Regierung ganz oben nur die Richtlinien geben, die Kraft der ständigen Erneuerung muß aus der Tiefe der Nation kommen."

„Das hört sich gut an, Herr Staatssekretär. Aber wissen Sie auch, was das für uns alle bedeutet?"

„Natürlich", meinte der Staatssekretär, und jetzt lachte er auch. „Es bedeutet, was schon Theodor Heuß sagte: *nun arbeitet mal schön."*

„Da hatte ich doch gehofft, die Regierung böte uns armen Unternehmern etwas mehr Weisheit."

Über das Gesicht des Staatssekretärs flog ein Schatten des Ernstes. „Wir leben in geordneten Verhältnissen, wir und auch die Unternehmer. Ist das nicht alles in allem eine Menge Weisheit?"

„Sie sagen das so", meinte Ruff, „ein Mann des Staates, den man soeben hatte töten wollen. Ich meine, die Verhältnisse sind so geordnet nicht."

„Keine Sorge, Herr Ruff, wir sehen uns wieder." Der Staatssekretär ging zu seinem Wagen. Der Fahrer riß die Tür auf. Mit dem Staatssekretär stiegen zwei Leibwächter in den Wagen.

Das ist ein Stück von meinem wilden Chicago, dachte Ruff und hielt Ausschau nach seinem Werkswagen.

XX

Boehnchen kam zum Diktat. Sie trug, wie so häufig, eine dunkelbraune Bluse, die im Uniton fast dem Braun ihrer Haare glich, hoch geschlossen, mit einem enganliegenden Bündchen. Ihr Haar hatte sie streng nach hinten gekämmt und in einer kräftigen Kunststoffspange gefaßt. Sie kleidete sich stets dezent. Die Stelle, wo sie Ausschnitt trug und vornehmlich männlichen Besuchern einen Einblick in ihre Vorzüge gewährte, ließ sich mit hohem Intelligenzquotient und Charme treffend kennzeichnen. Väter von erwachsenen Söhnen gerieten, sofern Ruff sie ein wenig warten lassen mußte, in Versuchung, sie in einer gewissen Weise einzuplanen. Das Sekretariat war stets aufgeräumt, und wenn ein Gast an ihren Tisch herantrat, schaltete sie sofort den Bildschirm aus und wandte sich aufmerksam dem Besucher zu. Bei ihr waren selbst die harmlosesten Informationen nicht zu beschaffen, wenn man von den Wetteraussichten für das Wochenende absah.

„Hercule de Bonne Foi. Schreiben Sie." Er unterrichtete seinen Freund Hercule über den Stand der Anfertigung der Spezifikationen für die Lichtbogenöfen, Stranggießanlagen und Walzwerke und bat um Entscheidungsfreiheit, in welches Land welche Aufträge gehen sollten. „Ich meine, wir sollten die Angebote mit den günstigsten Konditionen auswählen, unser Gewinn liegt im Einkauf. Mit herzlichen Grüßen. Dein Georg." Er machte eine Pause. „Haben Sie das?"

„Ja."

„Dann ein Brief an Professor Mueller, Alt-Kronenburg. Die Adresse müßte im Speicher sein. Text: Sehr geehrter Herr Professor, für Ihre Hinweise zum Schmelzablauf bin ich Ihnen sehr dankbar. Ich hatte Gelegenheit, an der Stahlrunde beim Kanzler teilzunehmen. In dieser Runde herrschte die Meinung vor, daß die Energiewirtschaft der verschiedenen Stahlverfahren noch der Verbesserung bedarf. Dieses Thema sollten wir aufgreifen, gegebenenfalls durch Beauftragung von Diplomanden oder Doktoranden. Die Kandidaten müssen sich in der Mikroprozessortechnik auskennen, mit konventionellen Mitteln werden wir kaum weiterkommen. Ich erkläre mich ausdrücklich bereit, derartige Forschungsvorhaben zu unterstützen, an Synergieeffekten Stahlgewinnung – Energieeinsparung – Mikroprozeßtechnik ist mir sehr gelegen. Haben Sie das?"

„Ja", sagte Boehnchen und zog auf dem Stenoblock einige Linien nach.

„Also dann, mit freundlichen Grüßen undsoweiter, *Ihr ergebener.*"

„Wirklich *Ihr ergebener*?"

„Ja, wirklich."

„Der gute Mueller scheint ja wichtig zu sein", bemerkte Boehnchen.

„Er ist Dekan der Fakultät für das Eisen-Hüttenwesen. Immens wichtig. Wir müssen die Stahlwirtschaft umkrempeln. Modernisieren. Er ist der Wissenschaftler, ich bin der Praktiker. Solche Typen sollten sich zusammentun."

„Sie sind kein *Typ*", meinte Boehnchen, „und wenn man kein *Typ* ist, soll man auch nicht so tun, als sei man ein *Typ.*"

„Was bin ich denn, Boehnchen?"

„Sie sind ein hochkarätiger Unternehmer."

„Das stammt doch nicht von Ihnen?" Ruff legte die Papiere auf den Schreibtisch. „Nun sagen Sie's schon."

„Das sagte Herr Rappaport."

„Von der DORMAG?"

„Ja, stimmt. Der kam hier vorbei und wollte mal sehen, wie's bei uns aussieht."

Ruff zwinkerte mit den Augen. „Hat er Ihnen ein hübsches Werbegeschenk mitgebracht?"

„Das auch."

„Seien Sie vorsichtig, Boehnchen. Hüten Sie sich vor den

Männern. Die machen Ihnen ein Geschenk, und haben ganz was anderes im Sinn."

„Was soll der Herr Rappaport im Sinn haben?"

„Der will mir die Ausrüstungen verkaufen, die wir für die drei Stahlwerke brauchen."

Gisela Boehne begriff den Zusammenhang. „Hoffentlich zieht sich das noch lange hin. Ich meine, der Geschenke wegen."

„Verstanden. Wenn die Tinte unter dem Auftrag trocken ist, gibt's keine milden Gaben mehr für die *bezaubernde Sekretärin.*"

„Wenn Sie sowas sagen, könnte ich wirklich meinen, ich sei bezaubernd."

„Das sind Sie doch auch."

„Und Sie sind ein Ekel, Herr Ruff."

Ruff lehnte sich zurück und spielte mit dem grünen Plastiklineal.

„Wie reden die Leute eigentlich über mich?"

„Das geht quer durchs Feld. Von ganz schlecht bis ganz gut."

„Das schlechte zuerst, Boehnchen."

„Sie sind ein Ekel."

Ruff schlug mit dem Lineal auf die Tischkante. „Das sagten Sie schon."

„Na schön, dann mal was Gutes. Sie sind ein Top-Boß. Es müßte mehr von Ihnen geben."

„Tut mir richtig gut, Boehnchen. Und nun was Respektloses."

Sie holte tief Luft. Sie platzte vor Ehrlichkeit. „Aus dem Bauch des neuen Schmelzmeisters."

„Moment. Haben wir einen neuen Schmelzmeister?"

„Ja."

„Na schön, was hat er gesagt?"

„Er hat gesagt, Sie führen Ihr Unternehmen wie ein griechischer Berghirte seine Milchziegen."

„Wie bitte?"

„Ja, das hat er gesagt."

„Wahrscheinlich hat er mal in Griechenland Urlaub gemacht."

Boehnchen versuchte sich zu erinnern. „Er fährt jedes Jahr mit Freundin und Motorrad auf den Balkan."

„Da hat er Ihnen aber viel erzählt."

„Er ist ein flotter Redner", sagte sie, und das war er in ihren Augen auch.

„Hoffentlich ist er auch ein flotter Arbeiter", meinte Ruff.

„Weiß ich nicht. Er sagte nur, hier gäb's ne Menge zu organisieren."

„Gut, er nannte uns ein feines Stichwort", sagte Georg Ruff und schien ganz unbetroffen, „vergessen Sie's, Mitarbeiter meckern immer. Ich denke, in gewisser Weise hat der Mann recht. Ich mache zuviel selbst. Ich stecke zu sehr in den Einzelheiten. Schau ständig auf meine Milchziegen." Der Vergleich schien ihm zu gefallen. „Das muß ich rasch ändern. Meeting am Sonnabend."

„An diesem Sonnabend?"

„Ja."

„Da sollten Sie mittags aber fertig sein."

„Warum?"

„Um vierzehn Uhr beginnt das Fußballspiel England – Deutschland."

„Das stört mich nicht. Fangen wir an. Thema: Organisation Ruff-Holding. Schreiben Sie." Er hatte schon alles im Kopf.

Gisela Boehne fragte sich bei solchen Gelegenheiten, ob ihm das alles zufiel oder ob er nachts wach lag und sein Gehirn zermarterte, um am nächsten Morgen gute Einfälle unter seine Leute zu streuen. Er unterbrach ihre Gedanken, denn was er da diktierte, erforderte ihre ganze Aufmerksamkeit. Er beschrieb sieben zentrale Funktionen und nannte auch gleich die Besetzung.

Produktion	Georg Ruff
Verkauf	Hans Kluge
Anlagenplanung und Technik	Alfred Lynn

Finanzen, Rechnungswesen und Recht	Rainer Moebius Rechtsanwalt Dr. Nosso als Berater
Rohstoffe und Betriebsmittel	Benz Ruff
Energie	Alfred Lynn
Personal	N.N.

Er überlegte, ob „Personal" nicht eine Aufgabe für eine Frau war. Vielleicht für eine Juristin. Er konnte sie über eine Anzeige in *Die Republik* suchen. „Es ist nicht so eilig", beendete er das Diktat. „Haben Sie das?"

„Das Personal kommt bei Ihnen an letzter Stelle, nicht wahr?" Sie faltete den Block zusammen.

„So ist es, Boehnchen, Personal ist ein nobler produktiver Faktor, aber eben nur ein Faktor."

„Schämen Sie sich."

„Mach ich, Boehnchen. Wenn ich mal Zeit habe. Wie wär's mit einer Tasse Kaffee?"

„Um zehn Uhr kommt Herr Moebius. Wollen Sie so lange warten, oder soll ich den Kaffee gleich kochen?"

„Gleich. Wenn der Moebius kommt, trinke ich ihm zur Gesellschaft noch eine Tasse."

Das Telefon klingelte. Sie hob den Hörer ab und drückte auf die Direkttaste. „Die schwedische Botschaft." Sie gab den Hörer weiter.

„Ruff."

„Ja, Herr Ruff, hier spricht Attaché Knudson. Ich möchte zwei Termine mit Ihnen abstimmen. Für den 23. September lädt die Universität Uppsala Sie zu dem Vortrag über Eisenschwamm und das Lichtbogenofenverfahren ein, Mittagessen in der City von Uppsala, nachmittags fliegen wir mit dem Hubschrauber nach Norden Richtung Söderfors, eine Jeepfahrt schließt sich an. Das Jagdgebiet ist eine Traumlandschaft."

„Ich freue mich sehr. Wann werde ich zurück sein?"

„Sie können am Montag von Stockholm aus um 11 Uhr 50 die Lufthansa-Maschine nehmen oder um 17 Uhr 05 die SAS. Wir würden es natürlich schätzen, wenn Sie die Scandinavian Airlines nähmen."

Ruff überlegte nicht lange. Christine würde sich sicher gerne noch Stockholm ansehen.

„Die Nachmittagsmaschine ist uns recht. Ich möchte meiner Frau die Stadt zeigen. Sollten wir schon am Sonntagabend von der Jagd zurück sein, buchen Sie doch bitte ein Doppelzimmer in Stockholm."

„Kein Problem", antwortete Knudson, „ich schicke Ihnen rechtzeitig das ganze Programm, und eine Woche vor der Abreise bringt mein Fahrer Ihnen die beiden Tickets. Sie sind Gäste der Botschaft, und es ist nicht notwendig, einen Jagdschein zu haben. Aber wenn Sie den Schein besitzen, wäre es gut, wenn Sie ihn dabei hätten."

„Machen Sie sich bitte keine Sorge, bis dahin habe ich ihn. Was mir aber in jedem Falle fehlen wird, ist ein für einen Royal Elk geeignetes Jagdgewehr."

Attaché Knudson versprach, sich um das Gewehr zu kümmern. Es hörte sich alles so an, als würde Knudson als Maître de Plaisir der Schwedischen Botschaft einen Sonntagsspaziergang vorbereiten. Alles schien einfach, leicht und mühelos, das reinste Vergnügen. Es gab nichts unkomplizierteres, als ein gewisses Ehepaar Ruff aus Konz zur Elchjagd in die Gegend von Söderfors zu schaffen, einen Royal Elk zu erlegen und ihnen nach der Jagd Stockholm zu zeigen. *Mein Fahrer wird Ihnen die Tickets bringen.* Georg Ruff war beeindruckt. Die Einladung schmeichelte ihm. Er hatte die Worte noch einige Tage lang im Ohr. Doch dann gab es großen Ärger, und er vergaß den Königselch.

Er legte den Hörer auf die Gabel und sagte zu seiner Sekretärin: „Benachrichtigen Sie Lynn. Er muß heute Nachmittag dabei sein. Wann haben wir den Termin bei der WEW in Koblenz?"

„Um 16 Uhr."

„In Ordnung, er soll um 14 Uhr hier sein."

Während Ruff eine Tasse Kaffee trank, telefonierte er mit Christine und erzählte ihr, was er mit Knudson besprochen hatte. Christine meinte, die Elchjagd würde ihren Preis haben. Natürlich würde sie das. Die Schweden wünschten sich eine Bestellung von ihm. Lynn hatte für Anfang Juli die Angebotsvergleiche versprochen, aber die technischen Gespräche mit den Ausrüstern kosteten mehr Zeit, als Lynn erwartet hatte. Ruff kannte den Grund. Lynn war ein unverbesserlicher Perfektionist. Jedes Telefongespräch, jede Besprechung, jeder Besuch bei den Ausrüstern oder ihre Besuche in Konz führten auf eine magische Weise zu technischen Verbesserungen, und es gab nichts, was sich nicht noch verbessern ließ. Er drückte auf die Sprechtaste. Boehnchen meldete sich. „Sagen Sie Lynn, er soll die Angebotsvergleiche mitbringen. Wir können sie im Wagen durchsehen."

„Das erledige ich. Haben Sie den Fahrer mit dem Werkswagen weggeschickt?"

„Nein."

„Besorgt er etwas für Ihre Frau?"

„Keine Ahnung."

„Ich werde im Werk nachfragen."

Es dauerte eine Weile. Boehnchen kam ins Zimmer. „Heute tagt der Betriebsrat, und die Leute haben den Fahrer in den Betriebsrat gewählt."

Ruff antwortete nicht. Er lehnte sich zurück. Nach einer Weile sagte er: „Ich wußte gar nicht, daß es eine Betriebsratswahl gab."

„Ich wußte es auch nicht", meinte seine Sekretärin. „Sie waren allerdings auch viel unterwegs, und wer unterwegs ist, weiß nicht alles."

„Boehnchen, was schwätzen Sie da?"

„Ich schwätze nicht, Herr Ruff, aber wenn Sie sich in der neuen Organisation die Schuhe der Produktion anziehen, wäre es vielleicht ganz gut, wenn Sie sich etwas mehr um die Produktion kümmerten."

„Können Sie nicht etwas deutlicher werden?"

„Nein, Herr Ruff, kann ich nicht."

„Gibt es Probleme?"

„Weiß nicht, Herr Ruff. Aber mir ist ein Sprichwort eingefallen, das mein Vater mir beigebracht hat."

Durch die offene Tür zum Sekretariat sah Ruff die massige Gestalt von Rainer Moebius auftauchen. „Und wie lautet das Sprichwort Ihres Vaters?"

„Große Probleme löst man am leichtesten, wenn sie noch klein sind."

„Ich werde mich um die Produktion kümmern, Boehnchen, und nun lassen Sie mal den weitgereisten Moebius herein."

Moebius brachte gute Nachrichten mit. Die Midland Steel besaß das Vertrauen der Börse, und da die Ruff-Gruppe das Vertrauen der Midland Steel besaß, erklärte sich James Hill bereit, das Lead Management für die Finanzierung zu übernehmen. Er würde nicht-börsengehandelte Genußscheine ohne Stimmrecht ausgeben, zu einem Kurs von 96 für 100. Die Schwierigkeit lag im Zins. Während Bankdarlehen in der Bundesrepublik zu einem Zins zwischen 5,5 und 6,5 Prozent zu haben waren, mußte man in den Staaten für eine Wagnisfinanzierung neun Prozent zahlen. Daran würde sich nur etwas ändern lassen, wenn es später zu einer Wertpapieremission über die Börse kam. Daran war aber erst zu denken, wenn das Werk Georgetown lief und Gewinn abwarf. Moebius ließ keinen Zweifel daran, daß sich Besseres nicht herausholen ließ. „Take it or leave it, das ist das, was James Hill unterm Strich gesagt hat."

„Was bleibt uns anderes übrig", fragte Ruff.

„Wenn wir Georgetown machen wollen, bleibt uns nichts anderes übrig. Auf einen einfachen Nenner gebracht heißt das: sagen wir zu Georgetown ja, müssen wir auch zu dieser Finanzierung ja sagen."

Moebius schaukelte seinen Oberkörper hin und her, während Ruff nachdachte. Er hatte so große Pläne, so viele

Träume, er wollte noch höher hinaus. Die Staaten hatten ihm immer imponiert, hatten ihn von Anfang an fasziniert. Er dachte an seine wilden Jahre in Chicago,, an seine persönlichen *roaring twenties*, an Vita und den Jubel in der Sporthalle. Allem war er gewachsen, die Welt schien ihm zu gehören. *The world is yours* stand fettgedruckt auf dem Luftballon. Er wollte zugreifen, wieder und wieder. Später erinnerte er sich häufig daran, sich an diesem Tag des Moebius'schen *Wir-Sprech* bedient zu haben, und er fragte sich, was ihm da wohl eingefallen sei. Es war ihm nicht eingefallen, er sagte es nur einfach so: „Wir wollen Georgetown machen, Moebius, wir wollen es machen."

„Ich werde James Hill telexen. Er soll sofort damit anfangen." Moebius stoppte für einen Augenblick seinen Oberkörper. Er legte seine Pranke auf die Sessellehne, als bereite er sich auf einen Sprung vor.

„Sie sagten noch nicht, um welchen Betrag es geht", meinte Ruff. Er fühlte sich irgendwie befreit. Die Herausforderung war angenommen.

„Die Konzer Vereinsbank ist bereit, uns fünf Millionen für die Planung zu geben. Diese fünf Millionen gehen an die KOBI."

„Ich werde Lynn sagen, daß er zehn Prozent davon an uns zahlen muß. Wir haben ihm den Auftrag beschafft."

„In Ordnung", fuhr Moebius fort, „es bleiben dann von den 50 Millionen, die uns Georgetown kostet, 45 Millionen, das sind zum Tageskurs rund 23 Millionen Dollar, berücksichtigt man den Emissionskurs und die Abgaben, so brauchen wir mindestens 25. Wir sollten Hill beauftragen, 30 Millionen Dollar zu beschaffen und zwar in mehreren Paketen, so wie das Geld gebraucht wird, damit wir nicht unnötig Zinsen zahlen müssen."

„Machen Sie bitte einen detaillierten Finanzierungsplan und treffen Sie alle Vereinbarungen mit Hill. Und noch etwas. Halten Sie mich auf dem Laufenden. In den Staaten darf uns nichts passieren."

„Machen wir", sagte Moebius und stieß sich mit seinen kräftigen Händen von den Sessellehnen ab.

„Reservieren Sie sich den Sonnabend, Moebius, es gibt ein Meeting über unsere Organisation."

„Schon gebucht", antwortete Moebius.

Im Wagen nach Koblenz gingen Ruff und Lynn die Angebotsvergleiche durch. Wie Lynn vorausgesagt hatte, kamen die qualifiziertesten Angebote von der DORMAG, der CEE und der SCANTA. Ein vierter Anbieter, die belgische Firma ACOM – Atelier de Constructions Mécaniques de la Belgique bot nur die Stranggießanlagen und die Walzwerke an. In der Rangfolge lag die ACOM an erster Stelle, gefolgt von der SCANTA, DORMAG und der CEE. „Lassen Sie eine Kurzfassung des Angebotsvergleichs ins französische übersetzen. Ich muß Hercule de Bonne Foi unterrichten, auch wenn wir davon ausgehen können, daß er uns weitgehend freie Hand lassen wird."

Lynn verpackte die Unterlagen in seinem Aktenkoffer. „Für die KOBI wäre es das einfachste, wir könnten alles bei der DORMAG kaufen."

„Wieso?"

„Es gibt Schwierigkeiten mit den Sprachen. Die Ausrüstungen für Port de Bouc und ANA müssen französisch beschriftet werden, die Bedienungsanleitungen sind in französischer Sprache vorzulegen, in Georgetown können wir nur mit englisch arbeiten. Die DORMAG und wahrscheinlich auch die SCANTA werden mit beiden Sprachen fertig, aber daß die Franzosen und die Belgier englische Unterlagen nach Georgetown liefern, kann ich mir nicht vorstellen."

Der Fahrer stoppte an einer Ampel-Kreuzung. Ein Touristenbus fuhr sich fest, und sie mußten eine Weile warten.

„Bevor es einen funktionierenden europäischen Markt gibt, müssen wir uns in der Sprachenfrage zusammenraufen. In den letzten 15 Jahren haben wir uns auf das Englische konzentriert, jetzt liest man in den Zeitungen, daß die

Jugend die französische Sprache wiederentdeckt, und sogar das Interesse an Latein nimmt zu."

„Stimmt", sagte Lynn, „auch ich habe den Eindruck, daß wir, was die Ablehnung der Bildung anbetrifft, langsam über den Berg sind."

Als sich der Stau auflöste, fing Lynn ein anderes Thema an. „Sie haben doch an der Stahlrunde beim Kanzler teilgenommen, was ist denn dabei herausgekommen?"

„Ach, wissen Sie", erwiderte Ruff, „ich habe gelernt, die Dinge nicht so ernst zu nehmen. Ein bißchen Palaver, ein bißchen Diskussion mit den Gewerkschaftsbossen, einerseits Genugtuung, daß wir es so weit gebracht haben, andererseits eine gewisse Lust, die Stiefel von 45 wieder anzuziehen, als jeder die Ärmel hoch krempelte, ohne nach seinen Rechten und seinen Ansprüchen zu fragen, hier das Vergnügen am Wohlstand, dort die Befürchtung, daß die Dinge so nicht mehr lange weitergehen können, alles in allem läßt der Tanz um das goldene Kalb keine echte Freude aufkommen."

„Aber der Kanzler muß den Stahlunternehmern doch eine Parole mit auf den Weg gegeben haben, oder?"

„Hat er, Lynn, hat er."

„Und wie lautet die?"

Ruff überlegte. „Ja, wie lautet die? Wenn ich mich recht erinnere, wollte er wohl sagen: hilf dir selbst, dann hilft dir Gott."

„Na, das ist ja schon was."

Ruff dachte, natürlich war das schon was, aber es galt wohl in erster Linie für die kleinen Unternehmen und den Mittelstand, die Großen hatten es dagegen besser. Gerieten die Großen in Gefahr, öffnete der Staat das Füllhorn des Finanzministeriums, Subventionen und Sozialpläne, Arbeitslosengeld und letztlich Sozialhilfe für die, die durch die Maschen rutschten, und das war denn auch schon die ganze Politik. „Übrigens habe ich den Parlamentarischen Staatssekretär Dr. Spiller vom Wirtschaftsministerium kennengelernt. Sie erinnern sich. Vor kurzem hat man ihn ermorden wollen. Der Mann will sich unsere Werksanlagen ansehen und sich über das 'Konzer Modell' informieren. Würde mich freuen. So einen Mann kann man in Zukunft vielleicht mal gebrauchen. Kommt er, bringe ich Sie mit ihm zusammen. Schließlich sind die Stahlwerke, die Sie bauen, ja eine Top-Technologie, und Port de Bouc, ANA und Georgetown sind meines Erachtens schon ganz hübsche Exporterfolge."

Lynn genierte sich nicht, sich geschmeichelt zu fühlen. Er steckte so viel Arbeit in die drei neuen Stahlwerke, und manchmal befürchtete er, Ruff würde von all dem nichts merken. Aber er schien doch zu wissen, was da lief, wenn er die Dinge natürlich auch aus einem anderen Blickwinkel betrachtete.

„Wenn Sie sich die produktiven Faktoren ansehen", fuhr Ruff fort, „ich meine das Kapital, die Technologie, die Rohstoffe, die Arbeit und die Energie, so hat die Regierung tatsächlich nicht so viel Spielraum. Die Hauptfaktoren sind Arbeit und Energie. Die Kosten der Arbeit bestimmen die Sozialpartner, die Kosten der Energie werden bestimmt von den Energiequellen und vom Staat, der die Energie besteuern oder entsteuern kann.

Zu meiner Überraschung meinte der Kanzler, die Energie müßte eigentlich teurer sein, sie sei ein nobles Gut und belaste die Umwelt. Gespart würde aber nur, wenn etwas teuer sei."

„Das will ich nicht bestreiten", antwortete Lynn, „aber man kann, auch wenn man spart und die Umwelt geschützt werden muß, der energieintensiven Industrie bessere Preise geben als zum Beispiel den Haushalten, dem Handel, den öffentlichen Einrichtungen oder der Landwirtschaft. Ich meine, man müßte da differenzieren."

„Haben Sie das schon mal den Hausfrauen gesagt oder den Bauern?"

Lynn verzog das Gesicht. „Heute bei den WEW haben wir doch nur dann eine Chance, wenn der Vorstand bereit ist, uns zu helfen, *denn wir sind eine energieintensive Industrie,* das können Sie nicht oft genug sagen."

„Ich hab's verstanden, Lynn."

Der Vorstand der WEW wußte natürlich auch, wovon sie redeten. Die WEW hatten vor ein paar Jahren im Norden von Koblenz ein neues Verwaltungsgebäude mit zehn Stockwerken errichtet. Der Bau glich eher einem Luxushotel als einem Bürokomplex. Ganz so wird meine Verwaltung im Karthäuser Obstgarten nicht ausfallen, dachte Ruff, aber er würde seine Gäste dann auch angemessener empfangen können als jetzt in der Kuppel. Die Eingangstüren öffneten sich automatisch, beim Portier mußten sich sich eintragen und sich weiße Schilder für ihren Namen anstecken. Sie fuhren in den achten Stock. Das Konferenzzimmer schmückte graublauer Marmor, vor den Fenstern hingen beige Stores eingerahmt von dunkelblauen Schals. Ein Mädchen im weißen Kittel schob einen Servierwagen mit Geschirr, Kaffee- und Teekannen und Tellern mit Gebäck herein.

Das Vorstandsmitglied stellte seine Mitglieder vor und Ruff hörte ... zuständig für die Industrietarife ... zuständig für den Verkauf ... zuständig für Verträge. Man kam sofort zur Sache. Ruff erklärte, er habe um die Unterredung gebeten, um der WEW einen Einblick in die Energiewirtschaft seines Werkes in Konz zu geben und den Antrag zu stellen, den Strompreis zu senken. Er zahlte zur Zeit 18 Pfennige pro Kilowattstunde, das Stahlwerk in Innsbruck zahlte zwölf Pfennige, die französischen Stahlwerke wie auch die Aluminiumhütten würden über den Energiepreis stark subventioniert, in Frankreich zahle ein Elektrostahlwerk weniger als zehn Pfennige, er kenne einen Fall, wo die Kilowattstunde nur rund sechs Pfennige koste, also ein Drittel dessen, was er zu zahlen habe.

Den Herren der WEW waren diese Dinge natürlich geläufig. „Wir sollten Österreich aus unserer Diskussion ausklammern, Österreich hat sehr viel billige Wasserkraft, unser Wasserkraftanteil an der Bruttostromerzeugung in der öfffentlichen Elektrizitätsversorgung liegt bei 4,5 Prozent, eine quantité négligeable. Vergleichen wir die Bundesrepublik und Frankreich. Unsere wichtigsten Energieträger sind Stein- und Braunkohle mit 52,4 Prozent der Stromerzeugung, die Kernenergie bringt 36 Prozent ein. In Frankreich liegen die Dinge völlig anders. Dort kommen rund 70 Prozent der Elektrizität aus außerordentlich kostengünstigen Kernkraftwerken, kleinere Anteile tragen Steinkohle, Braunkohle und Erdgas. Das sind die Fakten, Herr Ruff. Hinzu kommt, daß die Steinkohlenförderung bei uns immer teurer wird und daß sich die Bevölkerung mit Händen und Füßen gegen neue Kernkraftwerke sträubt. Der Bau des von uns geplanten Kernkraftwerkes im Rhein-Mosel-Dreieck ist ja leider auch gestoppt worden. Wäre das alles nicht der Fall, sähe unser Verhältnis Kernenergie zu Kohle schon sehr viel günstiger aus."

„Sie bestätigen nur", bemerkte Ruff, „daß die Bundesrepublik energiebenachteiligt ist. Der Herr Arbeitsminister versucht, diesen Nachteil dadurch aufzulösen, daß er die großen Vorteile des deutschen Ausbildungswesens herausstreicht. Alles gut und schön. Energie ist sehr teuer. Ausbildung sehr gut, das war's, auf einen kurzen Nenner gebracht."

„Das ist richtig."

„Meine Mannschaft ist ausgebildet und fleißig, da bringe ich nichts mehr zuwege. Die französischen Arbeiter sind nicht schlechter. Womit kompensieren wir den Energienachteil?"

Die WEW-Runde warf an dieser Stelle mehrere Diagramme auf die Projektionswand. „An der Struktur der Verbrauchergruppen hat sich in den letzten Jahren wenig geändert. Da die Bedeutung des Dienstleistungssektors wächst, also die volkswirtschaftlichen Anteile von Handel und Gewerbe sowie öffentlichen Einrichtungen, hat der Strombedarf dort am stärksten zugenommen, im letzten Jahre elf Prozent. Aber das hat die Verbrauchsstruktur kaum berührt. Nun kommt die Industrie gern zu uns und sagt, gebt uns billigere Tarife und belastet die Wenig-Verbraucher mehr."

„Das wollte ich ebenfalls vorschlagen", sagte Ruff und gab sich Mühe, gewinnend zu lächeln.

„Na, sehen Sie. Die Industrie wünscht sich eine Meistbegünstigung."

„Nicht die ganze Industrie", schränkte Ruff ein. „Ich meine, man müßte da ein wenig differenzieren. Wer viel verbraucht, zum Beispiel bezogen auf ein Kilogramm des Endproduktes, sollte auch einen besseren Tarif bekommen."

„Wie wollen Sie das begründen?"

Ruff zeigte auf das letzte Diagramm. „Die Industrie ist mit 45 Prozent des Stromverbrauchs aus dem Netz der öffentlichen Versorgung Ihre wichtigste Kundengruppe, das sollte man würdigen. Von dieser Gruppe wiederum ist etwa ein Drittel stromintensiv, hier läge die Chance zu helfen."

Zu Ruffs Überraschung zeigte sich die WEW kompromißbereit. „Wir bieten Ihnen einen neuen Drei-Tarif-Vertrag an. Am Tage zahlen Sie statt bisher 18 nur noch 16 Pfennige. In den Nächten der fünf Arbeitstage, also von 20 Uhr abends bis 6 Uhr morgens müßten Sie nur noch zwölf Pfennige zahlen und in den Nächten Sonnabend bis Montag früh räumen wir Ihnen einen Sondertarif von zehn Pfennigen ein."

„Das ist schon was", bemerkte Ruff, „leider kann ich an den Wochenenden nicht so arbeiten, wie ich gern möchte."

„Was meinen Sie damit?"

„Ist die Energie in den Nächten des Wochenendes besonders billig, müßte ich an den Wochenenden ganz intensiv arbeiten, ohne zu höheren Löhnen verpflichtet zu sein."

„Sie haben mit dem neuen Vertrag zwei Chancen", sagte das Vorstandsmitglied. „Die Energie ist in den Wochenendnächten sehr billig. Nun müssen Sie mit Ihren Leuten vernünftige Verträge machen, damit die höheren Löhne nicht den Energievorteil auffressen."

„Und die zweite Chance", fragte Ruff.

„Die zweite Chance liegt in Ihren Automatisierungsmöglichkeiten. Sie müßten Ihren Betrieb so organisieren, daß Sie am Wochenende mit weniger Personal auskommen."

„Ja", sagte Ruff, „das stimmt. Aber das gilt auch generell. Automatisieren heißt ja Personal einsparen, und das bedeutet, die Zahl der Arbeitsplätze reduzieren. Ich hatte im stillen gehofft, daß das mal aufhört, aber ich sehe schon, die Gesetze der Wirtschaft ändern sich nicht."

Auf der Rückfahrt gab er Lynn den Auftrag, das ganze Werk zu durchforsten und eine neue Automatisierungswelle zu starten. Das sind die Gesetze, dachte er. Der Kanzler hatte recht. Hilf dir selbst, dann hilft dir Gott.

XXI

Christine wünschte sich, schon am Freitagabend zum Weingut zu fahren und dort bis Sonntagabend zu bleiben. So beauftragte Ruff das Boehnchen, dem Fahrer zu sagen, er solle den Land Rover volltanken und den Werkswagen in der Garage abstellen, er werde am Sonnabend vom Weingut aus mit dem Geländewagen zur Kuppel kommen. Das Meeting sollte um zehn Uhr beginnen, und Boehnchen bat er, etwas früher zu kommen, um Kaffee zu kochen und zur Mittagszeit ein paar belegte Brötchen zu richten. Seine Sekretärin protestierte schwach. „Sie glauben doch nicht im Ernst, daß Ihre Leute hier in der Kuppel bleiben, wenn der Schiedsrichter um 14 Uhr das Fußballspiel anpfeift."

„Das werden Sie erleben."

„Am Sonnabend?"

„Das sind doch alles Führungskräfte", sagte Ruff mit einer Portion Spott, „die sollten ein privates Wochenende nicht kennen."

„Das tun sie aber."

„Eines Tages werden Sie einen jungen, ehrgeizigen Manager heiraten, und dann werden Sie das alles erleben. Da kommt Ihnen die Erfahrung aus der Kuppel zugute", meinte der gut aufgelegte Chef, „warten Sie's nur ab."

„Lieber bleibe ich ledig als einen Manager zu heiraten", sagte sie ein bißchen schnippisch. „Mit Managern und Politikern will sich eine Frau nicht abgeben."

Bevor Ruff sein Büro abschloß und die Treppe hinunterging, um Christine beim Schleppen der Taschen und Plastikbeutel mit den Einkäufen für das Château zu helfen, überflog er die letzten Ausdrucke der „Produktivität". Es gab keinen Zweifel, die Produktivität fiel.

Es wurde Zeit, daß er sich um die Produktion kümmerte, die in Zukunft einzig und allein sein Ressort sein würde. Bald nach der Inbetriebnahme des Werkes konnte er jeden seiner Mitarbeiter mit dem Namen anreden, das war nun schon lange vorbei. Er mußte Christine recht geben, seine vielen Pflichten hatten ihn von der Basis entfernt. Aber welche seiner Pflichten sollte er aufgeben? Sogar die Vorlesungen in Alt-Kronenburg bereiteten ihm Freude. Der Jagdschein? Na schön, das war vielleicht ein bißchen überflüssig, aber wenn die Besitzer oder Pächter von Jagden in Zukunft zum edlen Waidwerk einluden ... pourquoi pas? Während eines solchen kleinen Wochenendvergnügens konnte ein Mann seine Sorgen vergessen und die Gedanken mit den Frühnebeln durch den Wald ziehen lassen. Christine würde an diesen Ausflügen und Wanderungen durch die Natur Vergnügen empfinden. Der Einladung, ihn nach Uppsala zu begleiten, hatte sie ohne zu zögern zugestimmt.

Nun ja, er mußte versuchen, alles unter einen Hut zu bekommen, und unter *allem* war vor anderem die Produktion zu verstehen. Das ist die Schuld von Birkholz, dachte er. Birkholz war der Werksleiter, der seine Leute wie ein *griechischer Berghirte seine Milchziegen* führte. Dieser Vorwurf traf genau auf Birkholz zu.

Der Land Rover erwies sich als ein wenig zu eng, wenn sie, wie an diesem Freitagabend, allesamt zum Château fuhren. Vorn saßen Christine und Georg am Steuer, auf der hinteren Bank die portugiesische Wildente mit ihrer Tochter Rosita, die Tragetasche mit Victor auf dem Schoß, während die kleine Rosita Georg Jr. und Helena umklammerte. Sie quälten sich durch den Feierabendverkehr der Stadt auf die nach Nordosten führende Karthäuser Straße. Je weiter sie sich von der Kuppel am Kommlinger Weg entfernten, desto leichter wurden die Dinge des Lebens. Was blieb, waren ein paar Themen dieses Freitags, die wie Zeitungsüberschriften in der Wärme des Asphalts vor Georg Ruff verschwammen. Das Sonnabend-Meeting, die neue Organisation, die Vergabe des Bauauftrags, die Anbauten an der Kuppel und auf dem Weingut, die Elchjagd, die Frage, ob er das Personalressort einem Manne oder einer Frau anvertrauen sollte.

„Wenn du einer Frau den Vorzug gibst, solltest du zunächst Paula fragen."

„Paula?"

„Warum nicht. Es ist eine Stellung von Verantwortung und Vertrauen, für das fachliche Wissen kannst du ihr einen jungen Personalleiter zuordnen."

Georg hatte niemals an Paula gedacht. „Glaubst du, sie übernimmt das?"

„Nein, das glaube ich nicht. Aber du mußt so fair sein, sie zu fragen", sagte Christine mit einiger Bestimmtheit, „etwas anderes ist es, wenn du in erster Linie einen Mann für den Posten suchst. Da würde es sie nicht kränken, käme sie gar nicht erst in die engere Wahl. Aber sobald du von einer Frau redest, na ja, du weißt ja, wie sie ist."

„Wie ist sie denn?"

„Na ja, eben so."

„Was heißt das", fragte Georg weiter.

„Sie hat in euer Leben Ordnung gebracht ... oder?"

„Schon gut", meinte Georg. Er hatte verstanden. Da ihm der Gedanke, eine Frau auf den Personalsessel zu setzen, immer noch gefiel, würde er Paula das Ressort anbieten.

Am Sonnabend fuhr er nach dem Frühstück zur Kuppel zurück, wo Boehnchen schon das bescheidene Konferenzzimmer lüftete und Kaffee kochte. „Da sehe ich meinen Chef doch mal wieder in Sporthemd und Jeans. Ein gutaussehender Mann."

„Ihre Aubergine-farbige Bluse macht Sie ganz schön attraktiv, Boehnchen.„

Sie freute sich über das Kompliment, blieb aber sachlich. „Nachdem wir die Honneurs hinter uns haben, können Sie mir vielleicht noch die Tagesordnung diktieren", sagte seine Sekretärin. Sie setzte sich mit einem Block an den rechteckigen Tisch. Und Ruff diktierte:

Tagesordnung für das Meeting am 23. Juli

1. Die neue Organisation
2. Stand der Ausschreibungen für Port de Bouc, ANA und Georgetown
3. Die Finanzierung von Georgetown
4. Besprechung bei der WEW, Energiepreise und Rationalisierungsmöglichkeiten
5. Bericht über die Stahlrunde beim Kanzler

Während Boehnchen die Tagesordnung schrieb, wählte Ruff über das Haustelefon die Nummer seines Vaters.

„Georg?"

„Ja, Vater. Ich bin schon im Konferenzzimmer. Können wir pünklich anfangen?"

„Ich bin fertig."

„Kann Paula mitkommen?"

„Warum nicht, wenn dir daran liegt. Sie braucht aber noch zehn Minuten."

„Das reicht. Die anderen sind auch noch nicht da."

„Also bis gleich."

Georg Ruff stellte sich ans Flip-Chart und zeichnete die Organisation auf den Papierbogen. Als er hinter das sechste Ressort Energie Alfred Lynn und hinter Personal N.N. geschrieben hatte, betrat Lynn den Raum. „Wie Sie sehen, bekommen Sie außer der Anlagenplanung und Technik noch die Verantwortung für die Energie, das scheint mir so wichtig, daß ich Ihnen einen neuen Vertrag geben werde, der Sie zufriedenstellen soll."

„Gut, gut", meinte Lynn, „aber ich kann Ihnen noch nicht sagen, wie das Wochenendprogramm aussehen könnte. Wenn wir die Personalkosten fürs Wochenende dadurch auffangen wollen, daß wir mit weniger Personal mehr Stahl produzieren, müssen wir den Betrieb rationeller gestalten und neue Schmelzrechner in die Ofensteuerung einbauen."

„Machen Sie Vorschläge, Lynn. Diese Chips sind nicht

teuer und wirken Wunder", sagte Ruff leichthin, „da können wir uns immer das Beste leisten."

„Da stehen wir erst am Anfang. In fünf Jahren vielleicht, da gibt es den 1-Megabyte-Chip, die reinste Zauberwährung, die kleinen Stahlwerke können sich am ehesten an die neuen Technologien anpassen." Lynn ging auf die Fensterseite und suchte sich einen Platz auf dem linken Flügel. Er legte seinen Aktenkoffer auf die Tischplatte und packte Dokumente, Papier und Kugelschreiber aus. „Nach dem ersten Vergleich der Angebote beginnen die Klärungsgespräche mit den Anbietern. Ich würde das gern meinen Leuten überlassen und Urlaub machen. Ende August könnte ich zurück sein, dann geht es in die Schlußrunde. Mitte bis Ende September können wir bestellen, etwas früher, als geplant."

„Ich bin einverstanden. Wo geht's denn diesmal hin", wollte Ruff wissen.

„Meine Frau macht Pläne für den Wörther See, und wenn meine Frau sich den Wörther See in den Kopf gesetzt hat, dann geht's auch dahin. Sie will die beiden Mädchen langsam ans Segeln gewöhnen."

Hans Kluge und Rainer Moebius trafen ein. Als letzte kamen Benz und Paula ins Zimmer, ein kleiner Kreis, aber jeder von ihnen würde eine wichtige Führungsrolle in seiner Unternehmensspitze innehaben, vorausgesetzt, Paula akzeptierte das Personalressort.

Rainer Moebius wollte wissen, wann sie etwa fertig sein würden. Er hatte zwei Karten für das Fußballspiel, und wenn die Zeit für die Fahrt ins Stadion fehlte, so wollte er das Spiel zumindest am Fernseher verfolgen.

„Wir haben fünf Tagesordnungspunkte", beruhigte ihn Georg Ruff, „ich denke, wir sollten gegen ein Uhr fertig sein."

Georg Ruff kam rasch zur Sache. Er erklärte die Pflichten der neuen Ressorts und sagte ihnen, daß sich das Unternehmen gut entwickelt habe und er Wert darauf lege, die Verantwortung für die neuen Aufgaben in ihre bewährten

Hände zu legen. „Ihnen, Moebius, vertraue ich das Ressort Finaznen, Rechnungswesen und Recht an, da gibt es noch eine Menge Aufbauarbeit zu tun, aber ich bin sicher, daß Sie es schaffen werden."

„Wir sollten das Recht dem Personal-Ressort zuschlagen", wandte Moebius in seinem klassischen *Wir-Sprech* ein, „erstens verstehe ich nichts vom Recht, zweitens dürften sich Personal und Recht verwandter sein, als Geld und Recht, wenn wir das ganz nüchtern sehen."

„Wir sehen es nüchtern", erwiderte Georg Ruff, und er wurde gewahr, daß er auch hätte sagen können, *ich* sehe es ganz nüchtern, daber das *wir* war so schlecht nicht. Bildeten sie alle zusammen nicht ein *wir*? „Wir sehen es nüchtern", wiederholte Georg Ruff, „und um eine komplizierte Verknüpfung einfach aufzulösen, geben wir das Recht zum Personal, und Sie, Moebius, übernehmen das Ressort Finanzen und Rechnungswesen."

„Das schaffen wir." Moebius zog ein großes hellblaues Tuch aus der Tasche und wischte den Schweiß aus seinem Fett-Gesicht. Als er auch die Augenhöhlen abgetupft hatte, nahm er wieder dieses lässige Schaukeln seines Oberkörpers auf. „Wir schaffen das."

„Gut", sagte Ruff und wandte sich seinem Vater und Paula zu. Meist traf er seinen Vater nach Dienstschluß, wenn der Abend dämmerte und tiefe Schatten die herbe Skulptur seines Kopfes auflösten. Jetzt, um diese frühe Tageszeit des sonnigen Juli-Sonnabend, schälte das helle Licht das Gesicht seines Vaters aus dem gewohnten Schleier. Sein Vater war keineswegs ein alter Mann, aber er wirkte alt. Er schien von Jahr zu Jahr zu schrumpfen, das Leben begann ihn zu beugen. Was sich nicht geändert hatte, war sein volles kurzgeschnittenes Haar, das immer noch eine halbe Handbreit über den buschigen Augenbrauen wie ein kräftiger Wulst aus der Stirn wuchs. „ Dir, Vater, möchte ich das Ressort Rohstoffe und Betriebsmittel übertragen."

Sein Vater blickte ihn schweigend an. „Ich weiß, was du

sagen willst, Vater, doch soll die Leitung deines Eisenhandels deine Hauptbeschäftigung bleiben, ich hätte dich nur gern in meinem Holding Team."

„Ich habe nichts dagegen. Wenn's mir zu viel wird, mußt du mir eine 'rechte Hand' geben." Genau diese beiden Sätze sagte Benz Ruff und dann nichts mehr, bis sein Sohn Georg die Konferenz beendete.

„Es wird dir nicht zu viel werden, Vater, und wenn, gib mir Bescheid. Aber ich möchte, daß du in der neuen Verwaltung im Karthäuser Obstgarten eine Stimme und einen Sitz hast."

Benz nickte. Schon recht, drückte seine Miene aus. Diese modernen Organisationen waren nicht seine Sache.

Georg wandte sich an Paula, er lächelte sie an, und Paula lächelte zurück. Sie war immer seine Hilfe, immer auf seiner Seite, was sollte er viel reden. „Ich biete dir das Ressort Personal und Recht an, das Personal wäre dein Gebiet, das Recht kann Dr. Nosso für dich verwalten."

„Erstens: ich nehme das Ressort", antwortete Paula und sah nicht nur Georg, sondern auch die anderen Männer an, „ich meine, es ist nicht schlecht, wenn zumindest eine Frau in dieser Männerwirtschaft mitarbeitet."

Nach einer kleinen Pause fügte sie hinzu: „Und zweitens: den Nosso nehme ich nicht." Sie erhob sich und hinkte zum Flipchart.

Georg fand, sie war etwas fülliger geworden, aber im ganzen eine gepflegte Frau. Über der hochgeschlossenen weißen Bluse hing eine üppige Lapislazuli-Kette, in den Ohrläppchen trug sie Lapislazuli-Steine von der Größe eines Zehnpfennigstücks. Vor dem Flipchart drehte sie sich um und strich mit dem Blick auf die Männer den Namen Dr. Nosso durch.

„Und warum nicht?"

„Nosso ist ein Wirtschaftsjurist, das weißt du selbst. Wenn aber das Recht zum Personal kommt, sollte der Jurist ein Arbeitsrechtler sein. Das darf dich nicht daran hindern, weiter die Dienste von Dr. Nosso in Anspruch zu nehmen, ich suche mir meinen Juristen selbst." Sprachs und humpelte zu ihrem Stuhl zurück.

„Einverstanden", sagte Georg. Er fand es gut, daß Paula eigene Ideen einbrachte. Er hatte sich bisher mit dem Recht nicht so sehr befaßt, und Anwalt war für ihn Anwalt, sofern der Anwalt auf seiner Seite stand. Der beste Anwalt taugte nichts, wenn er sich von der gegnerischen Seite bestechen ließ. Dr. Nosso hatte sich wacker auf seiner Seite geschlagen, er würde ihn auch in Zukunft konsultieren, ihn gar als Syndikus der Ruff-Gruppe bestellen. Mit der Zeit konnte man daran denken, ein paar Orden zu verleihen.

Paula fuhr mehrere Male zum Arbeitgeberverband nach Koblenz und ließ sich Fachleute empfehlen, die sich auf Arbeitsrecht spezialisiert hatten und die richtige Weltanschauung mitbrachten. Ein Wischi-Waschi-Jurist durfte es nicht sein. Sie ging die Auswahl mit Geduld an und stellte schließlich nach einer längeren Unterredung mit Georg einen Dr. Rostrum ein. Rostrum hatte in Tübingen ein Einserexamen gemacht und sich im Unternehmerausschuß der Regierungspartei Sporen verdient.

Damit war Georg Ruffs Mannschaft komplett.

Er schloß den Tagesordnungspunkt neue Organisation und gab einen Überblick über den Stand der Ausschreibungen für die Beschaffung der Ausrüstungen. Im wesentlichen wiederholte er, was Lynn auf der Fahrt nach Koblenz berichtet hatte. „Wir bekamen vier brauchbare Angebote. Die Anbieter, Lynn, sind ...?"

„DORMAG, Bundesrepublik, SCANTA, Schweden, CEE, Frankreich und ACOM, Belgien. Die ersten drei Anbieter liegen preislich ungefähr gleich, die ACOM ist sehr viel billiger, ich kann nicht sagen, warum. Technisch ist an der ACOM nichts auszusetzen. Vielleicht wird die ACOM von der belgischen Regierung subventioniert." Lynn machte eine Pause, und da Ruff den Gesprächsfaden nicht aufnahm, fügte er schließlich noch hinzu: „Vielleicht sollten Sie noch wissen, daß die ACOM keine Lichtbogenöfen angeboten hat, ihre Spezialität sind Stranggießanlagen und Walzwerke, dagegen haben DORMAG, SCANTA und CEE alle drei Pakete angeboten, Öfen, Stranggießanlagen und Walzwerke. Wir könnten also bei einer dieser drei Firmen alles bestellen, wir könnten aber auch jedem Unternehmen nur ein Paket geben zum Beispiel der DORMAG die Öfen, der CEE die Stranggießanlagen und der SCANTA die Walzwerke."

Für Paula waren das böhmische Dörfer, aber fragen würde ihr von nun an ja wohl erlaubt sein. Sie drehte unentschlossen an den Lapislazuli-Perlen, aber dann sagte sie: „Wie wollt ihr unter diesen Umständen entscheiden, wer was bekommt?"

„Zunächst nehmen wir die ACOM aus dem Spiel heraus." Georg Ruff hätte selbst nur in Georgetown Vorteile von dem billigen ACOM-Angebot gehabt, für den Preis der Stahlwerke Port de Bouc und ANA war er nicht verantwortlich. Aber belgische Ausrüstungen nach Georgetown zu bringen, kam nicht in Frage. Dazu kannte er die ACOM zu wenig und die DORMAG zu gut. „Bei der ACOM würden wir zwar ein bißchen Geld sparen, aber dieser Vorteil ginge an die MIRAMER und die ANA. Gibt es irgendwelche Probleme mit der Zuverlässigkeit der ACOM-Maschinen, wird mir mein Freund Hercule de Bonne Foi vorwerfen, ich hätte nicht die richtigen Angebote besorgt. Nein, da gehen wir auf Nummer sicher."

„Und was machst du mit den drei Hauptanbietern, die sich preislich wenig unterscheiden?" Paula brachte das Thema rasch auf den Punkt.

„Der Hunger treibt die Wölfe auf den Hof", meinte Georg Ruff.

„Was heißt das?"

„Wenn wir frei sind in der Auswahl unserer Lieferanten, und das lassen wir auch erkennen, dann müssen wir nur zuwarten. Dann werden die Leute nervös und verbessern Woche um Woche ihre Angebote. Ich will damit sagen, wir schüren die Nervosität und lassen uns Zeit mit der Entscheidung. Wir haben einen Rahmenterminplan für die drei Werke. Nach diesem Plan müssen die Kaufverträge im Oktober unterschrieben sein. Ende September machen wir die Schlußverhandlungen und entscheiden. Bis dahin wird die KOBI auch noch ein bißchen an der Technik feilen. Habe ich deine Frage damit beantwortet?"

„Nicht ganz", sagte Paula. „Ich weiß immer noch nicht, ob du dahin tendierst, die drei Ausrüstungspakete bei einer Firma zu bestellen, also zum Beispiel bei der DORMAG, oder ob du vorhast, die Pakete in je ein Land zu geben, also Bundesrepublik, Schweden und Frankreich."

„Ich glaube, letzteres ist besser, gäbe man der DORMAG alles, würde sie fett und träge und uns, dem Bauherrn gegenüber, auch zu stark. Der ideale Maschinenlieferant ist immer etwas hungrig, schlank, flink und zuverlässig. Das ist die alte Zirkusnummer mit den Tigern. Und dann mußt du noch mit der Peitsche knallen, damit sie durch den Ring springen."

Paula hatte den Eindruck, daß Georg sich wohl fühlte, wenn er mit der Peitsche knallen konnte. Aber wahrscheinlich gehörte das zu den Regeln des Spiels. Und zu den Tugenden der Manager.

„Damit kommen wir zur Finanzierung des Eisenschwammstahlwerks in Georgetown. Moebius, wie wär's? Wollen Sie diesen Punkt vortragen?"

Der dicke Moebius setzte seinen Oberkörper in Bewegung. „Die Investitionskosten für die Anlage in Georgetown wurden auf knapp 100 Millionen Mark geschätzt. Diese Kosten schließen zehn Prozent für Unvorhergesehenes ein. Damit liegen wir auf der sicheren Seite." Er blickte einen nach dem anderen an und sprach ruhig und direkt. Wenn man die Schaukelei des Fleischbergs hinnahm, war seine Art vorzutragen gut und angenehm. Er machte den Eindruck eines Mannes, der nicht aus dem Gleichgewicht zu bringen war. Paula achtete nicht auf jedes Wort. Geldprobleme lagen hinter ihr. Sie hatte gemeinsam mit Benz und mehr als er so viele Klippen umschiffen müssen, daß es Homer leicht gefallen wäre, eine zweite Odyssee zu schreiben. Geld hatten sie jetzt genug. Natürlich war ihr bewußt, daß Georgs Stahlwerke in Konz und Bremerhaven den Hauptteil ihres Geschäftes ausmachten, jede Tonne Schrott, die in den Lichtbogenöfen geschmolzen wurde, brachte Geld in die Kasse der Ruff Eisenhandel, aber sie trug nur wenig davon in der Schürze aus dem Haus, und auf den Namen ihrer Kinder Frank und Rachel liefen mehrere Bausparverträge und Ausbildungsversicherungen. Frank war jetzt fünfzehn und Rachel zwölf Jahre alt, also hatten Benz und sie noch mindestens zehn Jahre vor sich, in denen die Kinder auf sie angewiesen sein würden. Aber sie waren gesund. Ihr Leben und ihre Arbeit gefielen Paula. Hier schien ein neuer Abschnitt zu beginnen, und sie war überrascht, was für eine gute Mannschaft Georg im Laufe der Jahre aufgestellt hatte. Dieser Moebius war eine Marke für sich, aber offenbar genau richtig für die Aufgabe.

„Unser Vertrag mit der Midland Steel besagt, daß Midland und wir je 50 Prozent halten, es geht also um die Finanzierung von 50 Millionen zuzüglich der Bauzinsen und der Betriebskosten." Moebius schwelgte noch eine Weile in großen Zahlen. „Wir haben Millionen von der Konzer Vereinsbank aufgenommen und finanzieren den Löwenanteil von 45 Millionen zuzüglich der Zinsen, Beschaffungs- und Betriebskosten durch den Verkauf von Genußscheinen in den USA. Für diese Aufgabe haben wir den Lead Manager James Hill in New York gewonnen. Anzumerken wäre noch, daß die Zinsen in den Staaten um zwei Punkte höher liegen, weil das aufgenommene Geld ja nicht dinglich abgesichert werden kann. Es handelt sich um eine klassische Wagnisfinanzierung." Moebius schloß seinen Vortrag mit den ebenfalls klassischen Worten: „Wir haben, wie wir sehen, die Dinge im Griff."

Georg Ruff blickte auf die Uhr. Es war 12 Uhr 30. Er schlug eine kleine Pause vor und bat Gisela Boehne, den Imbiß zu servieren und neuen Kaffee und Tee einzuschenken. Sie öffneten alle Fenster und ließen die warme Juli-Luft durch das Obergeschoß der Kuppel wehen. Das war die beste Seite des Kommlinger Weges. Selten stand die Luft hier oben still. Stolz sah Ruff auf das Stahlwerk hinunter. Über den Dachgiebel zog eine dünne Rauchfahne. Die Entstaubungsanlage arbeitete einwandfrei, die Konzer konnten sich nicht beklagen. Seine Leute setzten an den Wochenenden nur noch sauberen Schrott ein und reservierten den dirty scrap numer two für die Wochentage und die Nächte, was man allerdings nicht immer genau auseinanderhalten konnte. Aber was war denn schon ein bißchen Rauch. Er verließ das Zimmer und ging zum Telefon. Er rief Christine an und sagte ihr, es laufe alles zu seiner Zufriedenheit und Paula habe den Posten angenommen. Christine fand das großartig. Georg sagte, sie würden gegen zwei Uhr fertig sein, und er wollte noch für ein paar Minuten ins Werk. Ob sie sich im Freibad treffen könnten. Christine meinte, es sei so herrlich ruhig auf dem Weingut, eine wunderbare Erholung, *auch für dich, mein lieber Mann,* diese Ruhe würde sie nicht eintauschen gegen den Wirbel im Sportbad. Und Beatrix komme mit den Kindern wunderbar zurecht. „In Ordnung, ich komme nach Hause, wenn ich im Werk fertig bin." Sie erinnerte sich später immer wieder dieser Worte: *Ich komme nach Hause.*

Es wurde dann doch noch etwas später, und Moebius sah erst die zweite Halbzeit des Fußballspiels. Zunächst uferte Georgs Bericht über die *Stahlrunde beim Kanzler* aus. Aber noch mehr Zeit verschlang der vorletzte Tagungsordnungspunkt: *Besprechung bei den WEW in Koblenz, Konsequenzen und Rationalisierung.*

Bevor Georg Ruff Lynn aufforderte, noch einmal die Eckdaten zu erläutern, gab er einen kurzen Überblick über die Situation der industriellen Energiewirtschaft. „Der Strom ist ganz einfach zu teuer. In dieser Hinsicht hat uns Frankreich längst überholt. Einmal haben die Franzosen einen hohen Anteil Kernenergie, zum anderen subventioniert der Staat die staatliche Stromversorgungsgesellschaft EdF –

Electricité de France. Auf einen einfachen Nenner gebracht heißt das, der französische Steuerzahler muß die Stromversorgung der Industrie subventionieren. Ergebnis: die Franzosen können Stahl und Aluminium billiger herstellen als wir und machen im Export das Rennen.

In Zahlen ausgedrückt: der deutsche Anteil an der europäischen Stahlproduktion ist in den letzten acht Jahren von 34 auf 31 Prozent gesunken, und dieser Trend hält an. Nun, dieser Prozeß hat die deutsche Stahlindustrie im gleichen Zeitraum 63 000 Arbeitsplätze gekostet, und auch diese Entwicklung setzt sich fort. Wir sind nicht hier zusammengekommen, um zu philosophieren. Der Kanzler sagt: in einer freien Wirtschaft lautet die Parole: hilf dir selbst, dann hilft dir Gott. Also laßt uns das tun.

Die WEW in Koblenz beabsichtigte, im Rhein-Mosel-Dreieck ein Kernkraftwerk zu bauen, dieser Plan ist von der Bevölkerung nicht akzeptiert worden. Kernenergie ist zwar vernünftig, aber zur Zeit kein Thema. Es bleibt also bei einem Kernkraftanteil von 36 Prozent an der Brutto-Stromerzeugung. Gleichwohl räumen uns die WEW drei neue Tarife ein, 16 Pfennige für die Wochentage, zwölf Pfennige für die Nächte der Arbeitstage und zehn Pfennige für die Nächte der Wochenenden, ist das richtig, Lynn?"

„Das stimmt", erwiderte Lynn. Für einen kurzen Augenblick hob er seine Brille über die Stirn und blickte Ruff an, um seinen Einsatz nicht zu verpassen. Er hätte jetzt gern eine Zigarette geraucht, aber er befand sich mitten im Abgewöhnen, dem zweiten Versuch, und diesmal wollte er durchhalten.

„Theoretisch hätten wir die Möglichkeit, an den Wochenenden günstiger zu produzieren als während der Woche, wenn wir mit den Leuten eine Vereinbarung treffen könnten, daß der Drei-Schicht-Betrieb rotiert, so daß jeder einmal am Wochenende arbeiten muß, ohne dafür einen höheren Stundenlohn zu bekommen. Die Flexibilisierung der Arbeitszeit darf also den Energievorteil nicht auffressen. Das wird Didone mal genau ausrechnen, und dann reden wir mit den Leuten."

„Und mit dem Betriebsrat."

„Ja, natürlich auch mit dem Betriebsrat."

Ruff machte eine unwillige Handbewegung. „Eine zweite Möglichkeit bestünde darin, den Wochenendbetrieb effektiver zu gestalten. Lynn, wie könnte das gehen?"

Lynns Brille hing jetzt wieder auf der Nase, und er las aus seinen Papieren ein paar Zahlen vor. „Die Werksstatistik sagt aus, daß wir am Dienstag, Mittwoch und Donnerstag den besten Schmelzablauf erzielen. An diesen drei Tagen geben die Schmelzdrucker folgendes Bild:

Energieverbrauch	
Schmelzen mit 6 % Frischkalk	420 kWh
Fertigmachen ohne Pfanne	130 kWh
Gesamtverbrauch	550 kWh

Zeitlicher Ablauf	
Chargieren der Öfen	10 Minuten
Schmelzen	60 Minuten
Fertigmachen	30 Minuten
Abstechen	8 Minuten
Gesamtzeitbedarf	108 Minuten oder 1,8 Stunden für 50 Tonnen

Damit erreichen wir theoretisch und zeitweise eben auch praktisch 13,3 Schmelzen in 24 Stunden. An den übrigen Tagen geht die Schmelzenzahl auf zehn bis elf zurück, am Sonnabend und Sonntag sind es häufig nur acht bis neun Schmelzen. Bei einem Strompreis von zehn bis zwölf Pfennigen an den Wochenenden könnten wir die Überlastungsfähigkeit der Ofentransformatoren nutzen, um die Schmelzzeit um zehn Prozent zu senken, vorausgesetzt, daß der Betrieb diese Zeit nicht beim Chargieren und Fertigmachen vertrödelt. Das Chargieren könnte man rationeller gestalten, indem man mehr Körbe anschafft und auf dem Schrottplatz eine Mehrzahl von Körben für das Wochenende füllt. Platz dafür haben wir. Das ist also nur eine Frage der Organisation. Daß die Leute am Wochenende, aber natürlich auch an den Montagen und Freitagen mehr Schmelzen schaffen, ist eine Frage der Arbeitsdisziplin. Das ist Sache der Werksleitung."

„Nennen Sie ruhig den Namen. Das ist die Sache von Birkholz."

Lynn nickte.

„Da ich für die Produktion zuständig bin", folgerte Ruff, „werde ich mit Birkholz, dem Betriebsrat und den Leuten sprechen. Wir müssen erreichen, daß das Angebot der WEW genutzt wird."

Als sie mit allen Themen fertig waren, hatte Paula noch eine Frage. „Wann tritt die neue Organisation in Kraft?"

„In diesem Augenblick", sagte Georg Ruff. Damit war die Konferenz beendet. Gisela Boehne räumte den Tisch ab, verschloß die Tür des Besprechungszimmers und gab den Schlüssel ihrem Chef. „Den Besuch im Stahlwerk sollten Sie sich schenken. Ihre Frau freut sich, wenn Sie nach Hause kommen."

„Will nur mal wieder in der Anlage gewesen sein. Ein paar Minuten, wissen Sie."

„Ich weiß", antwortete seine Sekretärin und blickte ihn spöttisch an. Dann verschwand sie im Erdgeschoß. Er hörte sie wegfahren.

Mit einem „Hoppla" ließ sich Georg Ruff auf den Fahrersitz seines Land Rover fallen. Er zog die Hosenbeine der Blue Jeans ein wenig hoch und startete den Motor. Er war mit dem Ergebnis der Konferenz, mit seinen Führungskräften zufrieden. Er hatte jetzt fünf gute Helfer in der Unternehmensleitung, die sich auch mal den Kopf zerbrechen konnten. Es mußte nicht immer alles nur auf seinen Schultern ruhen. Ihm schien, der Aktenkoffer auf dem Beifahrersitz wog plötzlich weniger. Er lenkte den Land Rover auf den Kommlinger Weg und bog nach rechts ab, bis er auf die

Niedermenniger Straße gelangte. Hinter dem Zentrum von Konz überquerte er die Saar. Von der Konzer Brück aus konnte er schon die Einfahrt zum Stahlwerk sehen.

Der Wachmann, der übers Wochenende die Pförtner-Funktion ausübte, überblickte von seiner Loge aus die Konzer Brück und fast die ganze Valentinstraße bis zur Kläranlage auf der anderen Seite. Das Fußballspiel England – Deutschland war jetzt in vollem Gange. Sein Kofferradio verdiente gelegentlich neue Batterien. Aber wenn er das Kästchen näher heranrückte, konnte er den Reporter sehr gut verstehen und gleichzeitig die vier Monitoren der Sicherheitsanlage und das verschlossene Tor im Auge behalten. Er zog seine Halbschuhe aus und legte die Füße auf den schäbigen Hocker. Auf der Konzer Brück herrschte so gut wie kein Verkehr. Nur gelegentlich flitzte ein Personenwagen vorüber. Ausgenommen der Jeep oder ... nein, es war wohl ein geschlossener Geländewagen, der da langsam von Konz kommend heranrollte. Aber der wollte wohl nicht ins Stahlwerk ... oder doch ... na was denn ... beinahe wäre das erste Tor gefallen ... „Nein, oh nein", brüllte der Reporter, „so ein Pech."

Der Fahrer fuhr den Geländewagen bis vor das Gatter und hupte mehrmals. Der Wachmann winkte ab. „Alles zu", rief er laut. Als der Fahrer die Huperei fortsetzte, erhob sich der Wachmann, zog seine Halbschuhe wieder an und ging zur Tür des Pförtnerhäuschens. „Was will der blöde Kerl", sagte er zu sich. Mißtrauisch blickte er zum Fahrer, der im schwarzen Marc O'Polo Sporthemd und Jeans neben seinem Fahrzeug stand. „Machen Sie doch auf." Der Kerl stellte noch nicht mal den Motor ab.

„Heute können Sie hier niemanden erreichen, alles dicht."

„Ich verlange, daß Sie öffnen, mein Name ist Ruff."

Der Wachmann hörte immer noch mit einem Ohr auf die Stimme des Sportreporters. „Das kann doch jeder sagen", wies er Ruff ab.

„Ich bin wirklich Georg Ruff."

„Dann stellen Sie mal Ihr Vehikel ab, und kommen Sie mit Ihrem Ausweis rein."

Ruff spürte in seinem Nervensystem die Bildung von Affektstauungen. Aber es half nichts, der Wachmann tat als Aushilfspförtner Dienst, weder kannte Ruff ihn, noch hatte ihm irgendjemand gesagt, an diesem Sonnabendnachmittag könnte womöglich der Unternehmer persönlich am Werkstor erscheinen. Es folgte die unerbittliche Zeremonie des Ausfüllens eines Besucherzettels. Rubrik: Wer wird besucht? „Heute kommen nur die Arbeiter rein, und dafür werde ich bezahlt, müssen Sie wissen. Also zu wem wollen Sie?"

„Zum Werksleiter Birkholz."

„Ist heute Nachmittag nicht da. Müßten Sie eigentlich wissen, wenn Sie der Ruff sind."

Als Ruff nach einem passenden Namen suchte, sagte der Wachmann: „Ich gebe Ihnen einen gutgemeinten Rat. Fahren Sie nach Hause, spannen Sie mal gemütlich aus. Sehen Sie sich das Fußballspiel an. Seien Sie mal locker."

„Rufen Sie das Labor an, vielleicht hat Herr Arnold Dienst. Ich will ihn sprechen."

Ruff sah durchs Fenster auf das Pommes-Frites-Mobil und die beiden offenen Würstchenbuden. Ein Junge mit weißer Mütze legte zerbrochenes Palettenholz aufs Feuer. Über dem Feuer hing an einem Dreifuß ein Kessel. Zwei Meter neben dem Feuer stapelten sich Cola-Kästen. Es roch nach Knoblauch und Gulaschsuppe. Die Düfte erinnerten ihn an das leidige Thema: es fehlte eine ordentliche Kantine. Immerhin arbeiteten jetzt schon 600 Mann im Werk, wenn auch im Schichtbetrieb. Das Bild erinnerte ihn an das Stahlwerk von Chicago. Sie hatten zwar rund um die Uhr Küchenbetrieb in der Kantine, aber es gab meist nur fast food und das nicht eben billig. Jeder mußte mit dem Cent rechnen. Da kam es günstiger, wenn man sich selbst versorgte. Manchmal kamen die Frauen ans Tor und brachten ihren Männern das Essen. Die ledigen Stahlarbeiter rissen Witze. Noch ein paar Jahre und sie würden auch ihre

Frauen haben, die Blechnapf und Brot über den Zaun reichten. Taschengeld in Chicago? Das war so gut wie ein Fremdwort.

„Arnold am Apparat."

„Hier ist Ruff."

„Ja, Chef."

„Ich stehe am Eingang zum Stahlwerk und habe Schwierigkeiten, eingelassen zu werden. Der Wachmann kennt mich nicht. Sagen Sie ihm bitte, er soll mich hereinlassen."

„Mach ich, Chef. Sofort, Chef. Aber Sie müssen jetzt nicht ins Werk kommen, Chef. Herr Birkholz ist nicht da, und Sie können niemanden sprechen."

„Ich will niemanden sprechen. Ich will das Werk mal wieder von innen sehen."

„Am Sonnabend?"

„Ja, Arnold, am Sonnabend", sagte Ruff ungeduldig.

„Moment, Chef."

Was soll das Theater, dachte Ruff. „Ich komme ins Werk, Arnold, haben Sie das", sagte er schließlich mit einer überflüssigen Schärfe.

„Ich hab's, Chef", krächzte Arnolds erschrockene Stimme im Hörer.

Ruff gab dem Wachmann den Apparat, und dann ging alles ganz rasch. Ruff betrat das Erdgeschoß des Werksgebäudes auf der Kopfseite der Stahlwerkshalle. Man mußte in die zweite Etage hinaufgehen, um die Lichtbogenofenbühne betreten zu können. Darüber lag das Labor. Er blieb einen Augenblick im Korridor stehen. Auf der anderen Seite des Korridors unterhielten sich ein paar Leute, aus dem Aufenthaltsraum drang balkanische Musik. Menschen lachten. Er ging den Korridor entlang und trat auf die Leute zu. „Was machen Sie hier?"

„Wir poltern", antwortete einer der Männer.

„Was heißt, Sie poltern", wollte Ruff wissen.

„Die Luise heiratet morgen den Jan Hanczeck vom Ofen zwei. Heute ist Polterabend, da geben die beiden einen aus."

Hanczeck ... Hanczeck ... Ja, den hatte er eingestellt, Wer war Luise? Ja, eine Maschinenschlosserin vom Instandhaltungstrupp. Luise sah ihren Chef und kam strahlend auf ihn zu. „Da freu ich mich aber, Herr Ruff. Hat sich das in der Kuppel rumgesprochen, daß wir morgen heiraten. Ich möchte Ihnen meinen Gatten vorstellen, den Hanczeck vom Ofen zwei. Jan, hör doch mal einen Moment auf ..." Sie half ihrem Bräutigam, die serbische Sackpfeife abzunehmen und zog ihn auf den Korridor. „Sie waren schon so lange nicht mehr im Betrieb." Ruff wußte nicht, daß die beiden ihn eingeladen hatten zu der kleinen Feier, nun stand er mit leeren Händen da und murmelte eine Entschuldigung. Er gratulierte herzlich und verabschiedete sich rasch. Das Spiel der Sackpfeife setzte wieder ein.

In Wirklichkeit war er wütend. Wir *poltern*. Konnte das wahr sein? In seinem Werk wurde *gepoltert*. Hätte er es gewußt, er würde es untersagt haben. Oder nicht? Oder doch? Er kannte seine Lektion. Die Ausbildung und Motivation der Mitarbeiter waren ganz wichtige produktive Subfaktoren, sie spielten im Faktor Personal eine Rolle. Aber *poltern*? Er bekannte vor sich selbst, daß er keine Personalpolitik betrieben hatte, mit der Einstellung der Leute und ihrer Einweisung in die Arbeitsplatzfunktionen glaubte er, seine Aufgabe gelöst zu haben. Offenbar hatten sich die Dinge verselbständigt.

Er sprang die Treppenstufen in den dritten Stock hinauf. Er begann zu ahnen, warum die „Produktivität" in der letzten Zeit so stark gefallen war. „Ohne Sie wäre ich nicht in mein eigenes Stahlwerk gekommen", sagte er zu Arnold. Der Mann hatte Ordnung in seinem Labor. Sogar die Rohrpostkapseln lagen nebeneinander auf Kante. „Wie sieht es aus? Haben Sie den Sommerurlaub noch vor sich?"

„Daran ist noch nicht zu denken, Herr Ruff. In diesem Jahr schließen wir uns einer Jugendgruppe an, die in den Herbstferien in den Dolomiten wandern will."

„Das wird aber ein teurer Spaß", meinte Ruff. Er war ein

bißchen außer Atem von der Treppenstürmerei. „Die Dolomiten sind ja ein begehrtes Ferienrevier."

„Keine Spur, Chef. Wir ziehen uns ganz bescheiden an, und jeder nimmt einen Schlafsack mit. Da wächst eine Generation heran, die möchte das einfache Leben ausprobieren. Die jungen Menschen halten nicht so viel vom Wohlstand, wenn er Selbstaufgabe und Maloche bedingt."

„Glauben Sie mir, Arnold, das sind alles nur Sprüche." Ruff dachte, jeden Moment müßte aus der Lichtbogenofenhalle die Rohrpost mit der Stahlprobe eintreffen, aber es blieb merkwürdig still. Wenn man in die Tiefe des Werksgebäudes horchte, hörte man die Sackpfeifenmusik und balkanischen Gesang. „Am Mittwoch vergangener Woche nahm ich an der Stahlrunde beim Kanzler teil. Im Verlauf der Konferenz kam es zu einer Diskussion über die Bedeutung der Arbeit für eine Industrienation und die Produzenten der Arbeitslosigkeit. Ist es richtig, daß der Kanzler Geschichte studiert hat?"

„Keine Ahnung", bekannte Arnold. Woher sollte er wissen, was der Kanzler studiert hatte, wenn nicht einmal Ruff es wußte.

Ruff lachte. „Ich habe mit 16 die Schule verlassen und bin von zu Hause ausgebüchst. Als ich mit der Eisenbahn über die Moselbrücke nach Luxemburg fuhr, warf ich meine Schulbücher in den Fluß. Da müßten sie heute noch zu finden sein, wenn die Salze der Mosel das Papier nicht zerfressen haben. Nun gut, das ist der Grund, warum ich so wenig über den Kanzler weiß. Ich dachte nur, er sei Historiker, weil er im Kanzleramt sagte, die Deutschen müßten sich wieder die Stiefel von 45 anziehen."

„Und was bedeuten 'die Stiefel von 45'?"

„Eine gute Frage, da war ich noch gar nicht auf der Welt. Ich vermute, es war ein bißchen was von einem dolomitischen Leben. Viele Steine, wenig Brot, eine Menge Arbeit, und wenn es hoch kam, ein Schlafsack, um sich zu wärmen. Halt das einfache Leben. Ich will's nicht besingen, aber ich meine, die Menschen hätten etwas davon in ihr ewiges Gepäck tun sollen, um nicht zu vergessen, wie alles wieder anfing." Ruff hielt inne und horchte. „Sagen Sie, Arnold, wird heute nicht gearbeitet?"

„Doch, Chef."

„Warum kommt denn keine Stahlprobe aus der Ofenhalle?"

„Weiß nicht, Chef."

„Ich geh mal runter, Arnold", sagte Ruff und wandte sich zur Tür.

„Wir werden uns noch sehen, und wenn nicht, viel Glück für die Dolomiten."

Arnold stand auf und begleitete Ruff zur Tür des Labors. „Alles, was wir brauchen, ist gutes Wetter."

„Die Dolomiten sind voll davon", antwortete Ruff. Wie so häufig, war er mit seinen Gedanken schon wieder dem Jetzt voraus. Durch das Treppenhaus zog warme Juliluft vermischt mit dem Geruch gedünsteter Knoblauchzwiebeln. Er stieg in den zweiten Stock hinunter. Mit jeder Stufe wurde die Sackpfeifenmusik vernehmlicher. Sie poltern, ging es Ruff durch den Kopf. Boehnchen hatte gesagt, große Probleme löse man am besten, solange sie klein seien. Dies war ein kleines Problem. Seine Leute waren drauf und dran, sein Stahlwerk in einen Prater zu verwandeln. Hm, mal sehen, wo in diesem Monat die „Produktivität" landet. Wahrscheinlich im Keller. Ich muß mich nach einem neuen Birkholz umsehen. Im zweiten Stock öffnete er die Tür, die zur Ofenhalle führte, und betrat die Ofenbühne. Der linke Lichtbogenofen war hochgefüllt mit Stahlschrott. Der Deckel befand sich etwa anderhalb Meter über den Ofenrand, die drei rotglühenden Graphitelektroden lagen auf dem Schrottbauch auf. Ruff konnte nicht erkennen, warum die Leute den Deckel nicht herunterließen und den Ofen einschalteten, es schien alles zum Schrottschmelzen fertig zu sein. Der rechte Ofen arbeitete ebenfalls nicht. Die Tragarme hielten die drei Elektroden in einer hohen Position, so daß der glühende Graphit noch aus den Deckelringen herausragte. Aus den wabbernden und zuckenden Rauchgasen konnte man schließen, daß im Ofen das Stahlbad kochte. War die Elektrotechnik nicht in Ordnung? Hatten die Schutzrelais der Transformatoren angesprochen und die Leistungsschalter ausgelöst? Wo waren seine Leute? Ruff ging zur rechten Leitstandkabine und entdeckte schon von außen den Grund. Die Schmelzer saßen um den Fernsehapparat herum und verfolgten das Fußballspiel England – Deutschland. Das war denn doch zuviel! Ruff betrat die Kabine, riß die elektrische Schnur heraus, packte den Fernseher am Handgriff und schleppte ihn schnurstracks zum rechten Ofen. Während er das Gerät mit der linken Hand auf das hochgezogene Knie setzte, drehte er den Hydraulikgriff nach rechts, so daß die Hydraulikzylinder die Ofentür nach oben öffneten. Ruff mußte die Augen zusammenkneifen, um nicht von der Stahlschmelze geblendet zu werden. Mit dem linken Arm ausholend warf er das Fernsehgerät in das brodelnde Stahlbad. Es machte nicht sehr laut 'baff – baff', dann sah man nur noch eine schwarze Haut auf der Schmelze. Aber diese Haut löste sich rasch auf und dann war von dem Häutchen gar nichts mehr zu sehen. Auch das Fußballspiel ging sang- und klanglos in der Schmelze unter.

„Sie sind absolut verrückt ... Sie ... Sie."

Ruff betätigte erneut den Hydraulikhebel, worauf sich die wassergekühlte Tür wieder schloß. „Dies ist ein Stahlwerk und kein Spielplatz. Machen Sie die Schmelze fertig, und stechen Sie den Ofen ab. Sagen Sie den Gießern, daß sie die Stranggußanlage vorbereiten. Los, los, worauf warten Sie?"

„Einen Dreck werde ich tun", sagte der Schmelzmeister. Der Mann war etwa zwei Meter groß, er überragte Ruff um mehr als einen Kopf, und seine klobigen Hände hingen wie Schraubstöcke unterhalb der Hosentaschen. „Einen Dreck, hören Sie ... einen Dreck, bevor Sie sich nicht entschuldigen ... Herr!"

„Entschuldigen?" Ruff versuchte, Ruhe zu bewahren. „Reden Sie keinen Unsinn. Setzen Sie Ihre Leute ein!

Nur für Ihre Arbeit werden Sie bezahlt, nicht fürs Fernsehen."

„Was für eine Anmaßung! Mein Fernseher ... mein Fernseher ... ich habe die Leute eingeladen, mal eine kleine Pause zu machen ... nur Malochen kann keiner nicht ... nur ..."

„Los, an die Arbeit", befahl Ruff jetzt laut und energisch.

„Sie ... Sie sind ein kleiner mieser Schweinstreiber ... Sie!"

Nun war es heraus. Alles war schon geschehen. Ein Fernsehgerät im Ofen verglüht, der *Schweinstreiber* flatterte noch eine Weile wie eine aussätzige Fledermaus unter dem stählernen Dach der Halle. Die Luft war verpestet, entsetzte Gesichter blickten sich an. Wo war die gute alte Welt der Arbeit geblieben?

„Was erlauben Sie sich? Wer sind Sie?"

„Ich bin der Erich Kropp, mit mir können Sie das nicht machen."

„*Herr* Kropp." Was gab es Schlimmeres. „*Herr* Kropp", sagte Ruff. Er wähnte sich in Chicago, und seine Sprache fiel in den Bronzeville-Slang, wie in seinen röhrenden Zwanzigern, als er jeden Tag neu um sein Leben und den Respekt seiner Männer kämpfen mußte. „I hate you", sagte er wütend, „ich hasse Sie, ich verachte Sie, get out of here. Verlassen Sie mein Werk. Sie sind entlassen. Hören Sie. Fristlos. Verlassen Sie die Halle. Ich gebe Ihnen fünf Minuten, das Werk zu verlassen. Hören Sie ... fristlos ..." Er wußte selbst, er war ganz und gar außer sich. Er brachte einen derart furiosen Rausschmiß fertig, daß der fassungslose Schmelzmeister sofort Leine zog. Einer der Schmelzer trug ihm seine Tasche hinterher. Sie alle sahen den großen verstörten Mann durch die Tür im Hallenportal verschwinden. Georg Ruff brauchte zwei Stunden, um alles in die Reihe zu bringen. Dann war der Takt wiederhergestellt. Die Leute stachen den Ofen ab, die Pfanne brachte den fertigen Stahl zur Stranggießanlage, die Schere schnitt die gegossenen Stränge, die Walzwerke nahmen den Stahl auf und walzten ihn zu Stangen und Draht. Georg Ruff war zufrieden. Er verstand sein Handwerk noch. Und die Leute machten willig mit. Er war ihnen in jeder Beziehung über.

Georg Ruff hatte den Gipfel noch nicht erreicht. Aber die Kurve seines Aufstiegs wurde jetzt merklich flacher. Eines Tages würde dies alles hinter ihm liegen, nach guten und schlechten Zeiten, nach Jahren der Mühe und Arbeit, eines Tages. Dann würde seine Frau Christine ihn fragen, warum er am Nachmittag dieses 23. Juli, als sie im Hof des Weingutes eine Tasse Tee tranken, nicht von der Entlassung des Schmelzmeisters Erich Kropp gesprochen hatte. „Es war für mich nicht so wichtig. Ich hatte die Ordnung ja wiederhergestellt. Dieser Kropp verdarb meine Leute. Ich war ihn los."

„Du glaubtest ihn los zu sein, aber du warst ihn nicht los."

„Das stimmt."

Aber bis zu diesem Gespräch mit seiner Frau blieben ihm noch fünf Jahre, alle Jahre Unternehmerjahre.

Kein Wort also über den Ärger im Werk. Aber über die Kuppel-Konferenz fand er eine Menge Stoff. Er sagte, die Konferenz sei gut gelaufen, und jedermann habe seine neue Aufgabe akzeptiert. Jedermann? Nun gut, auch Paula. Von nun an hatte er eine leitende Mitarbeiterin, das war sein Thema, hier zeichneten sich die Linien der Ruff-Gruppe ab, fast geriet er ins Schwärmen. Sie sprachen eine Weile angeregt über Paula, und der Paula-Faden führte sie unversehens zu dem Vier-Kinder-Problem. Nach Gesetz und Konventionen hatte Paula zwei Stiefkinder, Georg und Benedikt, und zwei eigene Kinder, Frank und Rachel, das waren drei Söhne und eine Tochter. Christine fand, vier Kinder seien eine ideale Zahl, aber es sollten zwei Söhne und zwei Töchter sein, das behaupteten auch die Psychoanalytiker, die ihre Finger ja in jeden Brei steckten.

„Hercule hat vier Kinder", sagte Georg, „zwei Jungen und zwei Mädchen, und als ich ihn fragte, wie das geschehen sei, antwortete er, er habe das Rezept von den schriftgelehrten Kalifen."

„Kann man das bekommen", fragte Christine lachend und balancierte auf der rechten Fußspitze den roten Schuh.

„Aber natürlich", antwortete Georg, „bevor wir die Bestellungen an die Ausrüster geben, muß ich mich mit Hercule treffen, wenn's irgend geht, in Genf."

„Genf interessiert mich nicht so sehr", meinte Christine, „solltet ihr euch in Port Grimaud verabreden, käme ich gern mit."

„Oh, das ist, glaube ich, nicht so einfach. Du weißt doch, die Daidalos ist für Frauen tabu."

„Du kannst ihn ja danach fragen."

So brachte sie der Paula-Faden unwillkürlich zu dem Tagesordnungspunkt: *Ausschreibung und Bestellung der Ausrüstungen.* Georg erzählte, wie Lynn die Beschaffung der Angebote angepackt hatte und daß nun vier qualifizierte Angebote vorlägen. Der billigste Anbieter sei ein belgisches Unternehmen, die ACOM, sagte Georg Ruff beiläufig, aber die ACOM habe keine Chancen, auch wenn sich gegen die Ausrüstung nichts einwenden lasse. Sie seien auch nicht darauf angewiesen, das Billigste vom Billigen zu kaufen, und so gehöre Lynns Vertrauen und Präferenz der DORMAG, SCANTA und der französischen CEE.

„Sie werden dir alle auf die Pelle rücken", sagte Christine voraus. „Die Schnellsten waren die Schweden. Dieser Knudson von der Botschaft besorgte dir eine Vorlesung in Uppsala und verspricht dir einen Königselch nördlich von Söderfors."

„Bist du nicht damit einverstanden", fragte Georg, dem der kritische Unterton nicht entging.

„Oh doch, ich freue mich auf die Schwedenreise. Ich meine nur, was die Schweden können, können die anderen auch. Ich habe dir doch von dem Rappaport erzählt. Der ist von der DORMAG. Dieser Konzern besitzt im Hunsrück ein Jagdhaus Hubertus, wart's nur ab, da kommt auch ein Elch auf dich zu."

Georg hob abwehrend die Hände. „Im Hunsrück gibt's keine Elche."

„Keine Sorge, Hanuman, denen wird schon irgendein Tier einfallen, was sich schießen läßt."

„Na schön. In vier Wochen habe ich meinen Jagdschein, von mir aus kann's dann losgehen. Aber das ändert nichts an meiner Entscheidungsfreiheit für jeden beliebigen Maschinenbauer."

„Bist du sicher?"

„Absolut."

In Christines Augen war Spott zu sehen. „Vor ein paar Tagen geriet ich zufällig in ein SOCRIM-Seminar über *Verkaufspraktiken und unfaire Marktdominanzen,* das hättest du hören müssen."

„Ach, deine SOCRIM."

„Hast du mal etwas vom Prinzip Aphrodite gehört", fragte Christine ein wenig herausfordernd.

„Nein."

„Interessiert es dich?"

„Aber ich bitte dich, schieß los."

Beatrix schlug vor, sie würde zusammen mit Rosita schon anfangen, die Kinder zu füttern, anschließend wollten sie das Spielzeug einräumen, Thomas habe ihnen gesagt, es könne in der Nacht regnen.

„Ja, danke, Beatrix."

Als das Kindermädchen im Haus verschwand, fragte Georg: „Bist du mit ihr zufrieden?"

„Aber sehr. Sie ist fast beängstigend gut."

„Wieso beängstigend?"

„Sie rührt sich nicht aus dem Haus, außer sie bringt Rosita zur Schule oder holt sie von der Schule ab. Die Portugiesen sind offenbar sehr anhängliche Menschen."

„Du kennst doch nur zwei davon, Molly."

Sie nickte so kräftig mit dem Kopf, daß ihre blonden Haare ins Gesicht fielen. „Und von den zweien schließe ich auf alle, Hanuman, das wolltest du doch sagen, und dann kommt noch: typisch Frau." Sie blickte ihn an.

„Is was, Molly?"

„Es ist nichts", sagte sie plötzlich wieder beherrscht.

Aber es war natürlich etwas. Sie wußte nicht genau, was es war, aber ihr Unterbewußtsein sagte ihr, daß sie eifersüchtig auf Paula war. Christine wäre nicht daran interessiert gewesen, in der Ruff-Gruppe ein Ressort zu übernehmen, schon gar nicht das Personalfach, aber sie wäre doch gern von Georg dafür geworben worden. Taugte sie als Juristin nicht gerade für die Personalarbeit? Natürlich waren alle Gelegenheitsjobs in der SOCRIM für sie bequemer, und schließlich hatte sie drei kleine Kinder. Thomas nahm ihr die Verwaltungsarbeit für das Weingut weitgehend ab, aber es blieb auch dann noch genug für sie übrig, zumal sie ja nicht jeden Tag hier sein konnte. Alles zutreffend und richtig. Und doch. Paula hatte sich da einen schönen Posten geangelt. Das war's. Noch schlimmer, Georg hatte ihr die gebratene Taube ins Maul geschoben, ohne daß Georg sie flehentlich, eindringlich und beharrlich gebeten hatte, sie möge doch für die Aufgabe zur Verfügung stehen. Das alles ging ihr durch den Kopf, aber das brachte sie hinter sich. Was Georg getan hatte, war richtig. Außer Paula war da noch Benz, der Vater, und Georg hatte sie alle unter einen Hut gebracht, ihre Interessen zusammengeführt, sie konnte zufrieden sein, denn sie war seine Frau und Georg gehörte ihr. Also war doch wohl alles im Lot, oder?

„Ich wollte dir die Geschichte von den Verkaufspraktiken und unfairen Marktdominanzen erzählen."

„Ja, du erwähntest das Prinzip Aphrodite", bestätigte Georg, der nicht wußte, was in ihrem Kopf vor sich ging, aber bemerkt hatte, daß sie träumte. Ihre Gedanken schienen weit fort zu sein.

„Die Geschichte spielt in Griechenland."

„Da war ich noch nie", unterbrach sie Georg. „In Chicago hatte ich mal einen Kumpel, der bereiste jedes Jahr eine griechische Insel, wollte sie alle kennenlernen, damals nahm ich mir vor, das auch zu tun. Wer weiß, ob ich je die Zeit haben werde."

„Welche Insel es war, kann ich dir nicht sagen." Christine wurde für einen Augenblick von dem Kindermädchen abgelenkt. Sie mußte sich beeilen, sie konnte Beatrix nicht alles machen lassen. „Der Seminarleiter berichtete nur über die griechische Hochzeit, ein großes Fest, das die Griechen feierten, als sich Thetis und Peleus vermählten. Sie luden viele Gäste ein, strichen aber das Mädchen Eris von der Liste, weil sie schon manches Fest verdorben hatte und gern Zwietracht säte. Aber man kann die Zwietracht nicht einfach ausladen. Eris sann auf Rache. Sie warf auf der Höhe des Festes einen goldenen Apfel unter die Gäste. Der Apfel sollte ein Geschenk sein für die Schönste unter den drei anmutigen Frauen Hera, Athene und Aphrodite. Man bestimmte Paris zum Schiedsrichter und bat ihn um sein Urteil. Um ihre Chance in diesem Wettbewerb zu erhöhen, versprach Aphrodite Paris den Besitz einer göttlichen Frau, eines herrlichen Wesens, wenn er nur Aphrodite den Preis zuerkenne. Das Angebot bezauberte Paris, und nur zu gern wurde er Aphrodite gefällig. Also siegte Aphrodite, und Paris erhielt zum Dank die schöne Helena."

„Das war das Urteil des Paris, ich erinnere mich."

„Ja, sie ist bekannt. Woran man weniger denkt, und das gehört zum Prinzip, die schöne Helena gehörte schließlich nicht Aphrodite, sie konnte nicht über sie verfügen, sie war in Treue mit dem König Menelaos verheiratet. Paris mußte sie also auch noch entführen. Aber das ist eben das Prinzip Aphrodite. Wenn du etwas verkaufen willst, mußt du noch einen Zugewinn, etwas Zusätzliches versprechen, das Blaue vom Himmel, einen glühenden Mund, die schöne Frau eines anderen, einen Traum zum Greifen nahe, das verhilft dem Verkäufer zum Auftrag."

„Und nun meinst du, die ACOM wird mir eine schöne Frau versprechen."

„Ich weiß nicht, was sie dir versprechen wird. Aber wenn das Prinzip Aphrodite Gültigkeit hat, wird die ACOM wiederkommen, Hanuman, wird dir ein zusätzliches Angebot machen, und du wirst dahinschmelzen."

Georg schüttelte den Kopf. „Eine nette Geschichte, Molly. Ich habe der ACOM schon abgesagt. Sie wird nicht wiederkommen, und ich werde meine Absage nicht zurücknehmen, ich falle nicht um."

„Jedenfalls finde ich die Aphrodite-Geschichte ganz hübsch", sagte Christine.

„Das ist sie ohne Zweifel. Auf den Verkaufsseminaren gibt es eine Menge dieser Geschichten. Wer heute auf der Käuferseite sitzt, muß aufpassen. Die Angebote sind verlockend."

„Das wollte ich dir sagen." Sie erhob sich. Sie mußte sich um die Kinder kümmern. Sie stellte die Tassen und die Kanne auf ein Tablett und trug alles ins Haus. Georg sah ihr nach. Seine Frau war jetzt 28 und reifer und noch ansehnlicher geworden. Er hatte den Eindruck, daß sie sich mit Hilfe von Thomas zu einer tüchtigen Geschäftsfrau entwikkelte. Das Château Christine warf Gewinn ab. Daß sie ihm die Geschichte von der schönen Aphrodite erzählen wollte, hatte seinen Grund. Sie beschäftigte sich mit den Gesetzen und den Tricks des Verkaufs. Produzieren war eine Sache, verkaufen eine andere. Er hatte seinen Hans Kluge, sie den Thomas, der Wein am Stand verkaufen konnte, aber das genügte nicht. Um das Weingut zu unterhalten, mußte man ein paar große Abnehmer haben und den Versand organisieren. Und das waren Aufgaben des Verkaufs. Ihr schien das Prinzip Aphrodite nicht zu gefallen, aber insgeheim würde sie überlegen, was sie selbst damit anfangen konnte. Natürlich gab es auch auf der Produktionsseite Möglichkeiten, sich Vorteile zu verschaffen. Die Weinernte fiel in die Monate September und Oktober. In dieser Zeit benötigten sie etwa zehn Helfer, und die billigsten Kräfte waren die polnischen Studenten, für die Thomas in dem Wirtschaftsgebäude ein paar Pritschen aufstellte, auf die sie ihre Schlafsäcke legten. Georg hatte den Verdacht, daß die Studenten schwarz arbeiteten, aber er fragte nicht danach. Es schien ihm nicht notwendig, alles zu wissen.

„Wollen wir morgen Vormittag mit den Kindern ins Freibad fahren", fragte Christine.

„Ich bin dabei."

„Bist du einverstanden, wenn wir Beatrix und Rosita mitnehmen?"

„Kein Problem."

Georg und Christine kamen sehr gut miteinander aus. Jeder hatte seinen Aktionsradius, und wenn sie den Tag hinter sich hatten, blieb nicht mehr viel Kraft für große Debatten. Es ist gut, daß er viel zu tun hat und erfolgreich ist, dachte Christine. Sie fand, ein Mann war dazu da, tagsüber „große Steine" zu schleppen.

Es ist gut, daß sie ihren Job hat und beschäftigt ist, fand Georg. Er meinte, daß Christine die Arbeit bekam und sie ausfüllte und daß eine Frau nicht zuviel Zeit haben sollte, ihren Kopf aus dem Fenster zu stecken und den Leuten hinterherzuschauen.

In einem Punkt gab es häufig Differenzen. Streitpunkt war das Weekend Management by Telephone. Leute, die Georg Ruff sprechen wollten, ihn aber während der Arbeitstage nicht an den Apparat bekamen, riefen an, um ihre Sorgen loszuwerden und von Georgs Erfolgssträhne einen Zipfel abzubekommen. Aber ebenso häufig rief Georg die Leute an, die am Wochenende am leichtesten an die Strippe zu bekomen waren. Zu diesen Männern gehörten Hercule de Bonne Foi und Robb Annacona. Manchmal betrugen die monatlichen Telefonrechnungen mehr als zweitausend Mark. Die Telefonrechnung der Kuppel wurde automatisch auf das Geschäftskonto gebucht. Auf dem Château ging es in dieser Hinsicht viel sparsamer zu, und Christine mußte häufig laut werden, bevor die Kasse Georgs Anteil beglich.

War es denn wirklich nötig, am Wochenende so viel zu telefonieren?

XXII

Sie meinte es nicht als Vorwurf. Sie wollte lediglich und leichthin etwas feststellen. Aber sie traf ihre Feststellung doch mit erhobenem Zeigefinger. Am Montag führte Georg verschiedene Gespräche, die ihn an Christines Worte erinnerten, und im stillen gab er ihr recht. Er hatte sich von der Basis entfernt. Wäre dies nicht der Fall gewesen, hätte es einen 23. Juli nicht gegeben. Aber auch die Gewerkschaften hatten sich ein beachtliches Stück von der Basis entfernt, sonst hätte sich Georg Ruff nicht so lange in der Sicherheit seiner Entscheidung wiegen können.

Die Gewerkschaften hatten ihre Strategiekommission in der Nobelherberge *Fiesta*, einem Konferenzhotel am Tegernsee, versammelt, um die zweiten Aktionstage vorzubereiten. In dieser Woche mußten die Kontakte zu den regionalen und lokalen Gewerkschaftsbüros zwangsläufig auf das unerläßliche Minimum beschränkt bleiben, sonst wäre eine Klausur von dieser Bedeutung gar nicht zustande gekommen. Las man das Klausurprogramm mit Aufmerksamkeit durch, konnte man nicht umhin, dem Aktionshorizont Bewunderung zu zollen. Der Vorstand stellte an das Protestpotential erhebliche Ansprüche. Die Proteste sollten sich gegen die in Aussicht genommene Gesundheitsreform, gegen die Rentenreform, gegen die Postreform, gegen Änderungen des Betriebsverfassungsgesetzes, gegen eine Modifizierung der Mitbestimmung, gegen Einsparungen bei Weiterbildungsmaßnahmen, gegen die geplante Verkürzung der Anspruchsdauer auf Arbeitslosengeld für Jugendliche unter 25 Jahren, gegen das neue Beschäftigungsförderungsgesetz, gegen die Novellierung des Streikparagraphen 116, generell gegen Sozialabbau und gesellschaftspolitischen Rückschritt, gegen die Verringerung der Bearbeitungstiefe, gegen die Forderung nach einer Lohnpause, gegen eine Änderung des Ladenschlußgesetzes, gegen eine Ausweitung der Wochenendarbeit, gegen die von der Regierung geforderte Reform des § 218 über die Abtreibung, gegen die Einmischung des Kanzlers in die Debatte über die 35-Stunden-Woche wie überhaupt gegen die Angriffe auf den sozialen Besitzstand der Gewerkschaften richten.

Diese Dinge des Lebens erforderten sorgfältige Vorbereitungen. Es ging um nicht mehr und nicht weniger als eine neue umfassende Standortbestimmung der Gewerkschaften im Fürsorgestaat.

Zunächst vollzog Georg Ruff die Entlassung des Schmelzmeisters Erich Kropp, indem er sie schriftlich bestätigte und den Kündigungsbrief von seinem Werksfahrer überbringen ließ. Die Kündigung regelte sie sofortige Beendigung des Arbeitsverhältnisses bei voller Lohnfortzahlung bis zum 31. Dezember dieses Jahres. Die beigefügte Abrechnung enthielt auch die geldliche Abgeltung der Urlaubsansprüche und das Weihnachtsgeld. Ein entsprechender Scheck lag bei. Die Fortzahlung des Beitrages zur gesetzlichen Krankenkasse bis zum Jahresende wurde zugesagt. Der Werksfahrer bat Erich Kropp, die Kündigung gegenzuzeichnen und den Erhalt des Schecks zu quittieren. Kropp kam dieser Bitte nach. Der Werksfahrer lieferte die Dokumente im Personalbüro ab. Der Fall konnte als abgeschlossen gelten.

Georg Ruff bat Paula um ihren Rat. Seit langem mit Birkholz unzufrieden, ja, seiner überdrüssig, wollte er die Ereignisse des 23. Juli zum Anlaß nehmen, sich von Birkholz zu trennen. Der früheste Kündigungstermin war der 1. Oktober zum 31. Dezember. Sofern man einen tüchtigen Nachfolger schon vor dem Jahresende einstellen konnte, blieb es Birkholz überlassen, sich vorzeitig Urlaub zu nehmen, um in Ruhe einen neuen Job suchen zu können. Birkholz hatte sich nichts zuschulden kommen lassen, dessen war sich Ruff bei kühler Betrachtung sicher, man würde sich im gegenseitigen Einvernehmen trennen und den Rat des Werksleiters auch nach seinem Ausscheiden noch gern in Anspruch nehmen. Paula hatte an dieser Absicht und Regelung nichts auszusetzen und sagte, sie würde eine Annonce für die großen Tageszeitungen vorbereiten. Da Birkholz für die ersten drei Tage dieser Woche Urlaub genommen hatte, mußte Ruff bis Donnerstag, den 28. Juli, warten, um ihm seine Absicht zu eröffnen.

Als der kleine kahlköpfige Birkholz dann vor ihm saß und er ihm sagte, er wollte sich von ihm trennen, war er doch überrascht über die Gelassenheit, mit der Birkholz diese Verkündung hinnahm. „Dies mußte früher oder später geschehen", bemerkte Birkholz, nahm seine goldgeränderte Brille ab und rieb sich beide Augen. „Wir haben einen unterschiedlichen Härtegrad, Herr Ruff. Hinzu kommt, daß ich hier in der Bundesrepublik von der permissiven Welle getragen wurde, während Sie in den Staaten lernten, daß nur ein unnachgiebiger Unternehmer sein Ziel erreichen kann. Wer letzten Endes erfolgreicher sein wird, bleibt abzuwarten, ich würde da mein Geld nicht verwetten."

„Waren Sie einmal in den Staaten, Birkholz?"

„Nein."

„Dann wissen Sie auch nicht, wie die Dinge laufen", sagte Ruff, und während Birkholz nickte, fuhr er fort. „Die deutschen Arbeiter sind sehr gut ausgebildet und zuverlässig, aber die Unternehmer haben's gern soft. Wenn Sie jetzt die amerikanischen Unternehmer mit den deutschen Arbeitern zusammenbringen, haben Sie sofort eine unschlagbare Mannschaft, und genau das spielt sich ab. Die amerikanischen Großunternehmen kaufen eine deutsche Firma nach der anderen auf, nicht weil unsere Gesellschaften und Fabriken besser und attraktiver wären, nein, sie wollen an die Arbeitskräfte heran, und wenn sie die kassiert haben, sind die Amerikaner fast unschlagbar. Die Frage ist nur, ob es uns gefällt, uns aufkaufen zu lassen. Und da sage ich, ich brauche die Amerikaner nicht, hart sein kann ich selbst."

Birkholz lächelte, und es war wie immer bei ihm ein leichtes feines Lächeln. „Sie wollten nicht hart sein, Sie sind hart, Herr Ruff. Sie sind wie Sie sind, hart."

„Danke."

„Ja, das ist ein Lob", sagte Birkholz, „leider muß ich Essig in Ihren Wein schütten."

„Wieso?"

„Die Entlassung von Erich Kropp wird Ihre Härte auf die Probe stellen."

„Ich kann mir das nicht vorstellen. Die Entlassung ist vollzogen. Es ist schon alles in den Akten."

„Schön wär's."

„Also was?"

„Am 13. Juli, während Ihrer Stahlrunde beim Kanzler, fand im Werk die Wahl des neuen Betriebsrates statt. Erich Kropp wurde nicht nur gewählt, er erhielt auch die meisten Stimmen. Er *ist* der designierte Vorsitzende des Betriebsrates. Und Sie wissen genau so gut wie ich, daß man einen solchen Mann gar nicht entlassen kann, außer Sie würden das Betriebsverfassungsgesetz aus den Angeln heben, und das werden Sie nicht schaffen."

„Entlassen ist entlassen", sagte Ruff mit großer Bestimmtheit.

„Ich würde ihn an Ihrer Stelle so schnell wie möglich wieder einstellen."

Diesen Vorschlag von Birkholz empfand Ruff als so absurd, daß er gar nicht darauf einging. „Dieser Kropp war noch gar nicht so lange bei uns, wie war es möglich, daß er auf Anhieb so viele Stimmen bekam?"

„Er ist ein alter Metallgewerkschaftler, ich hab's auch zu spät erfahren. Die Leute sind die Zuchtrute Ihres 'Konzer Modells' leid, sie wünschen sich ein festes Einkommen und keine erfolgsabhängigen Löhne. Dieser Kropp rannte in einen Trend hinein. Man kann nicht ergründen, wie sowas kommt, aber plötzlich war der Trend da."

„Sie hätten herausfinden müssen, daß Kropp geschulter Metaller ist. Sie haben geschlafen, Birkholz, ist Ihnen das klar?"

„Doch, das ist mir klar."

Was sollte Ruff mit so einem Menschen anfangen. Hatte der Kerl denn gar keinen Stolz?

Am Nachmittag dieses 28. Juli erhielt Ruff den Anruf der Sekretärin von Staatssekretär Dr. Spiller. Sie bezog sich auf die kurze Begegnung am Ausgang der Stahlrunde beim Kanzler. Am 30. Juli fände bei dem saarländischen Ministerpräsidenten eine kleine Kohle-Strom-Runde statt, an der teilzunehmen Herrn Dr. Spiller auferlegt worden sei. Ruff hatte den Zusammenhang schon aus der Zeitung erfahren. Die deutsche Kohle mußte in diesem Jahre mit zwanzig Milliarden subventioniert werden. Von dieser unvorstellbaren Summe sollte das Land an der Saar 100 Millionen und das Land an der Ruhr 300 Millionen selbst aufbringen, was die Finanzlage beider Länder schlicht nicht gestattete. Die beiden Länderpräsidenten befürworteten den hohen Subventionsbetrag, lehnten es jedoch ab eigenes Geld beizusteuern. Der Grund war sehr einfach. Die Kassen waren leer.

Der Herr Staatssekretär würde es sehr schätzen, auf der Durchreise nach Saarbrücken in Konz Station machen und sich das famose Konzer Stahlwerk ansehen zu können. Ob sich das einrichten ließe?

„Sagen Sie bitte dem Herrn Staatssekretär, er ist hier herzlich willkommen", antwortete Ruff.

„Gut, paßt es Ihnen um 15 Uhr?"

Georg Ruff gab die Adresse der Kuppel an und sagte, er werde in der Kuppel eine Tasse Tee oder Kaffee anbieten und eine kleine Dia-Show über das Stahlwerk zeigen.

„Gut. Bewahren Sie bitte Stillschweigen", sagte die Sekretärin. „Mein Chef ist kein ängstlicher Mann, aber er liebt es nicht, wenn auf ihn geschossen wird."

„Wer mag das schon", antwortete Ruff. „Keine Sorge, wir halten den Mund."

Am 30. Juli kurz vor der Zeit jagte eine in Staub gehüllte Wagen-Kavalkade den Kommlinger Weg hinauf. Vier starkmotorige Dienstfahrzeuge stoppten in kurzen Abständen vor der Kuppel. Ein halbes Dutzend Leibwächter riegelten die Landstraße ab und sicherten den Zuweg zum Haus.

Der Staatssekretär kam auf Georg Ruff zu, als seien sie alte Freunde. Er trug das dunkelblaue Jakett über der linken Schulter. Bevor er Georg Ruff die Hand reichte, schob er mit der rechten Hand die Tolle seiner Löwenmähne aus der kurz geratenen Stirn. „Wollte doch mal sehen, wie Sie hier leben", sagte er und war trotz der langen Autofahrt frisch wie ein Fisch.

„Eine bescheidene Hütte", antwortete Ruff höflich, „willkommen, Sie sind ein seltener Glanz."

„Ihre Argumente in der Stahlrunde beim Kanzler haben mir gefallen. Ich habe zu meiner Frau gesagt, will doch mal sehen, wie sich so einer durch's Leben schlägt."

Ruff führte den Staatssekretär und fünf seiner Mitarbeiter in das Besprechungszimmer, um Kaffee und Tee anzubieten. Christine und Paula hatten angeboten, sich um die Begleiter zu kümmen. „Ich habe eine Dia-Show vorbereitet, kompakter Stoff über die Konzer Stahlwerke GmbH." Er ließ Boehnchen Zeit zum Einschenken.

„Bitte nicht", sagte der Staatssekretär und lachte abwehrend. „Dia-Shows haben wir alle Tage. Und mir scheint, wir haben noch etwas gemeinsam."

„Und das wäre", fragte Ruff. Da alle Besucher ihre Jacke ablegten, knöpfte auch er den Blazer auf und warf ihn auf die Lehne seines Sessels.

„Wir kommen auch am Wochenende nicht zur Ruhe."

„Leider ist das die Regel."

„Zum Leidwesen unserer Familien", fuhr der lebhafte Staaatssekretär fort, „aber wir habens ja nicht anders gewollt, oder hat man Sie etwa gezwungen, Unternehmer zu werden?" Seine lockere Art forderte Ruff heraus, und Ruff gab seine förmliche Haltung auf. „Ich hab's mir gewünscht, Herr Staatssekretär."

„Lassen Sie doch bitte den Titel."

„Herr Dr. Spiller."

„So ist's recht. Und warum?"

„In der Schule hat man mich 'Schrottheini' gerufen", erklärte Ruff und versuchte, sich kurz zu fassen, „da habe ich mir geschworen, Stahl zu machen, und sei es um den Preis, einer von diesen rücksichtslosen Antreibern zu werden."

Spillers Art zu fragen war außergewöhnlich direkt. „Würden Sie's wieder werden wollen?"

„Ja, aber nicht in der Bundesrepublik", antwortete Ruff.

Spillers Gesicht wirkte für einen Augenblick ernst und abweisend. „Und warum nicht in der Bundesrepublik?"

„Bei uns muß alles perfekt sein. Perfektion erreicht man nur mit Vorschriften. Wir ersticken in Paragraphen. Für junge und kleine Unternehmer, wie ich es bin, ist unser Land ein schlechter Standort geworden. Diesem Paragraphendickicht sind nur Elefanten gewachsen."

„Ein leidiges Thema, mein lieber Ruff. Aber es gehört nun mal zum Unternehmer, sich von jedem Laib Brot die dickste Scheibe abzuschneiden. Und tatsächlich, mir wurde gesagt, Sie hätten in Ihrem Stahlwerk eine hohe Pro-Kopf-Produktion ... können Sie mir und meinen Mitarbeitern ein paar Zahlen nennen?"

Ruff stand auf, reckte sich, trat an die Wandtafel und nahm von dem schmalen Bord den hölzernen Zeigestock. „Mit den Hochleistungslichtbogenöfen und den sehr starken Transformatoren erreichen wir kurze Schmelzzeiten. Unser Produktionsprogramm ist schmal und auf den hauptsächlichen Stahlbedarf ausgerichtet: Massenstahl. Die Produkte sind Stabstahl als Betonstahl und einfacher Walzdraht für die Konzer Baumatten. Wir produzieren 1 250 Tonnen Stahl pro Mann und Jahr, der Branchendurchschnitt liegt bei 250 Tonnen. Auf diese Weise wurden wir Kostenführer in diesem Geschäft. Da zu den produktiven Faktoren Technologie, Energie, Kapital und Rohstoffe auch und nicht zuletzt die Arbeit gehörte, möchte ich meine Stahlarbeiter loben. Als wir anfingen, hatten wir unter den gewerblichen Mitarbeitern 20 Prozent Fachabeiter, heute haben 70 bis 75 Prozent eine Fachausbildung. Das von uns entwickelte 'Konzer Modell' berücksichtigt den Faktor Arbeit durch eine erfolgsorientierte Lohnstaffel. Wir ermitteln mit dem Computer Tag für Tag die Produktivität, aus dem Monatsdurchschnitt errechnet sich der Lohnkoeffizient."

Einer der Beamten des Wirtschaftsministeriums unterbrach ihn. „Das pendelt ja auch mal nach unten ... ich meine, die Flexibilität nach oben ist immer willkommen, sackt der Koeffizient ab, gibt es lange Gesichter ... oder?"

„Ein Utopia gibt es nicht", antwortete Ruff gelassen, „wir haben unser Unternehmen zur Sicherheit des Arbeitsplatzes hin optimiert, jeder meiner Männer weiß, an erster Stelle steht der Arbeitsplatz, an zweiter der Lohn. Der Lohn errechnet sich aus einer Formel, die auf den Lohnzettel aufgedruckt ist. Die Leute können das überprüfen, wir haben keine Geheimnisse."

„Ihre Leute können sich fortwährend über die Produktivität informieren, damit stehen Sie aber auch ständig unter Erfolgsdruck, ist das richtig?"

„Wer das verneint, bestreitet die treibenden Kräfte der freien Marktwirtschaft."

„Wie hoch ist in Ihrem Unternehmen die Fluktuation?"

Ruff zeigte auf die Mitarbeiterstatistik. „Hier sehen Sie die Bilanz der Kündigungen und der Einstellungen, die Fluktuation ist außergewöhnlich niedrig, für Personalanzeigen geben wir nicht viel Geld aus."

„Herr Ruff", schaltete sich der Staatssekretär ein, „Herr Ruff, leider bleibt uns nicht viel Zeit, wir würden uns jetzt gern noch Ihr Werk ansehen."

„Sofort, Herr Dr. Spiller. Vor vierzehn Tagen erhielt ich einen Brief aus Ost-Berlin. Das Wirtschaftsministerium der DDR beabsichtigt, in Henningswald ein Hochleistungs-Stahlwerk zu errichten und wünscht zu wissen, ob wir in der Lage sind, die Anlage zu planen und zu bauen. Würde Ihr Ministerium ein solches Projekt befürworten?"

„Natürlich. Sie haben da vollkommen freie Hand. Nur Geld werden wir nicht dazugeben."

„Gut, gut", bemerkte Ruff, „alles, was ich an Mitteln beschaffen kann, stecke ich in das Georgetown-Projekt. In Henningswald werde ich mich nicht binden. Ich werde nur die Planung, also die ingenieurtechnische Bearbeitung anbieten, vielleicht ist ein Unternehmen wie die DORMAG an den Ausrüstungen interessiert."

„Bilden Sie doch eine Arbeitsgemeinschaft, mit der DORMAG oder der Fortuna ... die können so was."

„Die Fortuna scheidet aus, Herr Dr. Spiller, die ist für mich ein unerbittlicher Konkurrent."

„Ich kann mir nicht vorstellen, daß Sie die Konkurrenz fürchten", sagte der Staatssekretär, und alle Anwesenden wußten, das war eine große Anerkennung.

Die Besichtigung des Stahlwerkes dauerte eine knappe Stunde. Die Fahrer bereiteten die vier Tourenwagen für die Abfahrt vor. Die Leibwächter standen vor dem Pförtnerhaus und beobachten die Straße. Einer blickte mißtrauisch auf das Fritten-Mobil.

„Sie fahren von der Valentinstraße auf die Saarburger Straße, in Saarburg biegen Sie links ab auf die Bundesstraße 268, dann kommen Sie auf die Autobahn nach Saarbrücken."

„Ich wünsche Ihnen viel Glück, Herr Ruff, und sollten Sie mich einmal brauchen, rufen Sie mich an oder kommen Sie zu mir, junge und aktive Unternehmer liegen uns sehr am Herzen."

Der Staatssekretär öffnete dann noch einmal die Wagentür. Er stieg aus und ging auf Georg Ruff zu. „Noch ein Wort, mein lieber Herr Ruff. Unter vier Augen."

„Ja, bitte."

„Sie wissen natürlich, daß Sie ganz hübsch gegen den Strom schwimmen."

„Ich denke, ein erfolgreicher Unternehmer sollte das tun", sagte Ruff.

„So was verbraucht viel Kraft", meinte der Staatssekretär.

Ruff hob die Hand und ließ sie wieder fallen. „Der Mensch wird dazu geboren, seine Kräfte zu verbrauchen. Wohin sonst damit, wenn nicht für unternehmerische Ziele."

„Träume?"

„Ja, auch Träume."

„Viel Glück, Herr Ruff."

Georg Ruff war von dem Besuch sehr angetan. Er sah der Autokavalkade noch ein Weilchen nach. Dieser Staatssekretär schien ein patenter Mann zu sein. Offensichtlich hatte der Kanzler gute Leute. Im Nachhinein störte es ihn, daß er einem guten Mann des Kanzlers Zahlen genannt hatte, die nicht mehr aktuell, wenn nicht gar falsch waren. Er stieg die Treppe zum Birkholz-Büro hinauf, fand aber die Tür verschlossen. Er ging ins Labor und wählte die Privatnummer von Markus Didone. „Frau Didone?" Über die Saar hinweg blickte er auf den Steinbergwald und den Kommlinger Hügel, aus dessen Gärten das Dach der Kuppel aufragte. Auf der Steinbergstraße gingen die Leute in der Julisonne spazieren. Es war jetzt einige Minuten nach fünf Uhr.

„Ja bitte."

„Kann ich Ihren Mann sprechen?"

„Moment."

Markus Didone meldete sich. „Kannst du mir einen Gefallen tun?"

„Schieß los!"

„Komme bitte ins Rechenzentrum der Kuppel, ich denke, wir werden in etwa zwei Stunden fertig sein."

Das schafften sie auch. Der Schrottpreis hatte sich so gut wie nicht bewegt. Der Energiepreis lag mit 18 Pfennigen pro Kilowattstunde zu hoch, sobald der neue Tarifvertrag unterschrieben war, würden sie zwei Pfennige pro Kilowattstunde einsparen. Hieraus ergab sich eine kleine Reserve. Wenn das Stahlwerk so weiter arbeitete wie in den letzten Monaten, würde die Produktion nicht 1 250 Tonnen pro Mitarbeiter und Jahr erreichen, sondern mindestens 100 Tonnen weniger. Die Produktivität, die vor einigen Monaten noch bei 98 gelegen hatte, betrug in dieser Woche 85, einen derartigen Einfluß übte die Demotivation der Mitarbeiter aus. Sie bewegten sich auf einem Teufelskreis. Die

Demotivation der Mitarbeiter drückte die Produktionsmenge, die verringerte Produktivität drückte den Grad der Motivation. Ruff erkannte, daß sein „Konzer Modell" ein schwingendes System darstellte, das sich aufschaukelte, aber auch abschaukeln konnte. Über diese sozioökonomischen Schwingkreise hatte er bei den Chicago Boys einiges gehört, doch der grauen Theorie keine Bedeutung beigemessen. Damals fiel der Name Schumpeter. Es war die Theorie der wirtschaftlichen Entwicklung und der Möglichkeiten des Wandels. Für diesen Wandel bedurfte es der *die Entwicklung vorantreibenden Kräfte des Unternehmers,* die eher mit den Willenseigenschaften zusammenhingen als mit dem Intellekt. Statt *neue Kombinationen* zu entwickeln und durchzusetzen, hatte er sich mit der Organisation beschäftigt, mit dem Bau von Stahlwerken in Frankreich, Afrika und in den Staaten. Christine erklärte den Grund. Die Distanz zur Basis war zu groß geworden. Konz war die Perle in seinem kleinen Reich, und die Perle verlor ihren Glanz. Es wurde Zeit, sich wieder mit Konz zu beschäftigen.

Markus Didone legte einen Computerausdruck auf den Tisch. Der Break-even-Point für die Spanne zwischen dem Schrottpreis und dem Nettoverkaufserlös lag im Augenblick bei knapp 280 Mark je Tonne, davon verbrauchte das Werk im vergangenen Juni 278 Mark. In den besten Monaten waren sie mit weniger als 245 Mark ausgekommen.

„Du mußt die Anlagen besser auslasten, der neue Energietarif bringt nicht viel. Andere Möglichkeiten hast du nicht", sagte Didone trocken. „Und noch etwas. In Bremerhaven sieht es nicht anders aus."

„Wir haben tatsächlich keinen großen Spielraum", bemerkte Ruff mit sichtbarer Enttäuschung, „wir müssen die Produktion auf den alten Höchststand bringen. Und noch etwas sollten wir erreichen: einen besseren Schrottpreis. Tut mir leid für meinen Vater. Er ist alt geworden und schwunglos. Der Stahlmarkt ist kaputt, wir haben 2,3 Millionen Arbeitslose, den Schrott bekommt man fast geschenkt, tut mir leid", er genierte sich nicht, vor Markus Didone ungezogen zu werden, „aber in Chicago würde das jeder halbblütige Zirkusvoltigeur besser machen." Nun hatte er alle Schuldigen beisammen. Dieser verrückte Schmelzmeister, Erich Kropp, ein den Metallern angehörender Pharisäer, hatte den Leuten vorgemacht, er, Georg Ruff, *sei ein kleiner mieser Schweinstreiber*, der die Arbeiter ausbeute und mit der verdammten Produktivität unter Druck setzte, wo in anderen Werken ordentliche Tarifgehälter und mitbestimmte Löhne gezahlt würden. Birkholz, ein gutmütiger Ignorant, hatte die Zügel schleifen lassen, in seinem Stahlwerk feierten die Leute Hochzeit, und durch die Korridore wehten Knoblauchfahnen. Sein Vater aber kaufte den Schrott ein, wie er ihm angeboten wurde, statt hart zu verhandeln und das Blatt auszureizen. Zahlten die Ruffs nicht bar? Wußte der Schrotthandel in dem Vierländereck Bundesrepublik, Luxemburg, Belgien und Holland nicht, daß er im Begriff war, einen Stahlkonzern aufzubauen und seinen Anteil am europäischen Stahlgeschäft zu vergrößern? Hatte sich denn noch immer nicht herumgesprochen, daß die Ruffs auf dem Stahlmarkt mitredeten und Preise machen konnten. „Ich muß Benz klar machen, was Sache ist", sagte Georg Ruff.

„Tu das", meinte Didone, „aber ich würde nicht bei Benz anfangen."

„Bei wem denn sonst?"

„Bei dir selbst", sagte Didone, und er wunderte sich über seine Offenheit, aber er fand Benz einen prima Kerl, und Benz hatte, Zögern hin – Zögern her, immer zu Georg gehalten, „du bist der Leiter der Produktion, Birkholz ist nur dein Gehilfe. Was wäre das für eine Hoffnung, Birkholz könnte besser sein als du selbst."

„Du bist ganz verdammt ehrlich, Partner", sagte Ruff in seinem Chicago-Slang.

„Ehrliche Partner haben ihren Wert", antwortete Didone.

„Das weiß ich."

Sie machten für heute Schluß. Es war acht Uhr, und der Sonnenball baumelte eine Handbreit über den bewaldeten Hügeln, hinter denen Luxemburg lag.

Christine schimpfte wie ein Rohrspatz. „Du hättest wenigstens anrufen können."

„Es gab Ärger."

„Kein Grund, mich hier im Château sitzen zu lassen."

„Ich hab dich doch nicht sitzen lassen. Du wußtest ja, daß der Staatssekretär das Werk sehen wollte. Da darf man die Zeit nicht zählen", verteidigte sich Georg.

„Papperlapapp. Der Staatsekretär gab vor einer Viertelstunde im Saarbrücker Rundfunk ein Interview. Darin erklärte er, er habe sich so um fünf herum von dir verabschiedet."

Ruff lachte. „Du hast gesiegt."

„Kommst du gleich zum Abendbrot?"

„Nein, muß erst mal duschen. Hat jemand angerufen?"

„Ja", antwortete Christine, „zweimal war Genf am Apparat. Ich habe gesagt, du seist verreist. Hercule solle dich am Montag im Büro anrufen."

„Mir scheint, meine Frau bekommt hier langsam die Oberhand."

„Das stimmt", meinte Christine, „du mußt aufpassen, so ist das nun mal im Leben."

Als er am Montagmorgen ins Büro kam, hatte Boehnchen schon mit Genf telefoniert. Das Sekretariat Bonne Foi ließ Georg Ruff ausrichten, er und Alfred Lynn möchten sich Visa für Algerien besorgen. Monsieur de Bonne Foi benötige beide Herren in Annaba. Der Termin würde folgen. Da sich Lynn mit seiner Familie noch im Urlaub befand, würde Ruff die Reise allein machen müssen.

Er beschäftigte sich den ganzen Vormittag mit der Betriebswirtschaft seiner Werke in Konz und Bremerhaven. Gab es neue Möglichkeiten für einen Wandel, neue Kombinationen für die produktiven Faktoren? Ließen sich in der Ofenführung, der Pfannenwirtschaft, dem Strangguß, den

Warmhalteöfen, den Walzwerken und der Lagerung neue Technologien, Mikroprozessoren und Computer einsetzen, die die unternehmerischen Willenseigenschaften unterstützen oder erlaubten, einen Wandel zum Neuen einzuleiten? Er dachte an die Vorwürfe Markus Didones, an Christines Cassandraworte 'du mußt aufpassen. Hüte dich vor Mitarbeitern, die loben, was du tust. Häufig verderben die Schmeichler alles'. In der Bonner Stahlrunde hatte der Kanzler gesagt, vielleicht würde es nötig sein, die Stiefel von 45 wieder anzuziehen. Das konnte auch für ihn gelten. In der Wirtschaftsbeilage der Zeitung *Republik* wurden für dieses Jahr 17 000 Konkurse vorausgesagt, vornehmlich Pleiten jüngerer Unternehmer, die die Bedeutung des Kapitals unterschätzt hatten und die vor allem glaubten, es genüge, sein Handwerk zu verstehen, um Unternehmer zu werden. Ein angesehener Wirtschaftsjournalist schrieb unter dem Titel *Der Unternehmer und die Innovation*, es sei nicht die Aufgabe des neoklassischen Unternehmers, sein Wissen anzuwenden, sondern es umzusetzen zur Verdrängung des Bestehenden. Er hatte den Artikel rot umrandet. Ach ja, die alte Regel. Ohne Boehnchen war er nur die Hälfte wert. „Suchen Sie doch mal den Artikel aus der *Republik* heraus. Die Überschrift hieß ..."

„Weiß schon."

„Wenn ich Sie nicht hätte."

Er nahm sich die Zeit, den Hinweis auf den Unterschied zwischen Innovation und Invention, zwischen der Durchsetzung neuer Kombinationen und der Erfindung von wissenschaftlich Neuem noch einmal zu lesen. Ja, auf die neuen Kombinationen kam es an. *Mit Innovation ist keineswegs bloß der eine Aspekt der Schaffung neuer Produkte gemeint, sondern ein ganzes Bündel von insgesamt fünf verschiedenen Kategorien, die entweder isoliert oder in den vielfältigsten Kombinationen auftreten können:*

1. *Erzeugung und Durchsetzung neuer Produkte bzw. neuer Qualitäten von Produkten*
2. *Einführung neuer Produktionsmethoden*

3. Schaffung neuer Organisationsformen (Fusionen, Konzernbildungen)
4. Erschließung neuer Absatzmärkte
5. Erschließung neuer Beschaffungsmärkte

Ganz gleich um welche dieser fünf Varianten es sich auch handeln mag, wird die Innovation am Anfang doch meist klein und unbedeutend beginnen und zunächst parallel zu Althergebrachtem bestehen. Erst mit der Zeit wird sie dann an Bedeutung gewinnen und schließlich das Bestehende verdrängen.

45 hatte der größte Innovationsschub dieses Jahrhunderts eingesetzt. Kein Paragraphendickicht hatte diesen Schub behindert. Die Kräfte des Wandels hatten sich frei entfalten können, und die ganze Basis wirkte daran mit. Also mußte er seine Stiefel von 45 wieder anziehen und auf die Basis zugehen. Das war's. Aber dafür brauchte er Zeit. Und Zeit konnte er nur dann gewinnen, wenn er andere Pflichten abwarf. Welche Pflichten konnte er abwerfen? Sein Intellekt führte ihn zu der Erkenntnis, daß er alle seine Kräfte auf die Stahlwirtschaft konzentriert hatte und die Zeitwirtschaft außer acht ließ. Dabei schien ihm die Zeitwirtschaft das Wichtigste im Leben eines Menschen. Er nahm sich vor, der Zeit künftig eine größere Bedeutung zu geben. Die Schwierigkeit lag allerdings darin, daß er in dieser Phase nicht mehr Herr der Zeit war, sondern die Zeit ihn beherrschte, und daß es durchaus über seine Kräfte gehen konnte, diesem Prozeß einen Wandel aufzuzwingen. Immerhin, es bestand kein Zweifel an seiner Einsicht: dieser Wandel kam vor dem Wandel, den er meinte. Er nannte es das Sisyphus-Problem.

Sein Terminkalender erinnerte ihn daran, daß ihn am Mittwoch, den 3. August ein Gewerkschaftler namens Vennemann besuchen würde. War es notwendig, sich auf dieses Gespräch vorzubereiten? Er verließ sein Büro und ging in den Wohntrakt, wo sich Christine und ihre 'Wildente' mit den Kindern beschäftigten. Paula hatte die Privatpost aussortiert und legte einen Stapel von Briefen und

Zeitschriften auf den Tisch in dem kleinen Aufenthaltsraum. Christine fischte einen Briefumschlag mit italienischen Briefmarken heraus. Absender: *Hotel National, Monte Grotto.* Maria Theresia Manta schrieb an Christine, sie habe von der Drogenabteilung der Polizei von San Francisco die Nachricht erhalten, daß Luise, Christines Schwester, bereits im Juni an einer Überdosis Heroin gestorben sei.

„Bist du bereit, nach San Francisco zu fliegen, um ein bißchen mehr zu erfahren, wie Luises Leben endete und wo man sie beigesetzt hat? Du kannst mich hier im Hotel anrufen. Ab 20 Uhr bin ich auf meinem Zimmer." Die Schwestern hatten wenig voneinander gehabt und sich seit Jahren nicht mehr gesehen. Georg konnte nicht verstehen, daß seine Frau losheulte und eine Weile brauchte, um sich zu fassen.

„Ich verstehe den Wunsch deiner Mutter", sagte Georg schließlich, „aber ich sehe keinen Sinn darin, in San Francisco Geschichtsforschung zu betreiben."

Es wäre besser gewesen, er hätte geschwiegen und ihre Reaktion abgewartet, aber wie üblich übersah er die Dinge sofort und gab sein Urteil ab, während andere die Dinge noch abwägten. „Ich kann das meiner Mutter nicht versagen. Wir haben uns um Luise nie gekümmert, wir haben nicht einmal den Versuch unternommen, ihr zu helfen, jetzt holt uns die Vergangenheit ein, die Dinge sind so, Hanuman."

„Du bist hier nicht entbehrlich."

„Dann mußt du hin, Georg", sagte sie und brach erneut in Tränen aus.

„Ausgeschlossen. Ich weiß ohnehin nicht, wo mir der Kopf steht. Jeden Moment kann Hercule anrufen und mir einen Termin für Algerien durchgeben, soll ich ihm etwa sagen, ich müsse erst nach San Francisco fliegen, um die Angelegenheiten meiner verstorbenen Schwägerin zu regeln?"

„Du bist gemein."

„Ach ja."

„Mein englisch ist nicht mehr so gut, mir fehlt die Übung. Dir fallen Sprachen leicht, die Staaten sind fast deine zweite Heimat", fuhr sie hartnäckig fort, „außerdem könntest du in Georgetown Station machen und deinen Freund Robb Annacona treffen. Einige eurer Telefongespräche sind teurer als ein Flug mit der Concorde."

„Robb ist nicht mein Freund. Hercule ist mein Freund", bemerkte er abwehrend.

Ihre weibliche Logik war umwerfend. „Das wäre dann doch eine gute Gelegenheit, einen Freund dazuzugewinnen."

„Robert Annacona ist nicht mein Fall."

Hier brachen sie das Gespräch ab. Es führte zu nichts, sich gegenseitig weiszumachen, der andere müsse nach San Francisco fliegen. Ihnen beiden war klar, daß ihnen nur zwei Möglichkeiten blieben. Entweder lehnten sie das Ansinnen von Maria Theresia Manta ab oder einer von ihnen beiden mußte sobald wie möglich die Koffer packen. Die Reise verschlang mindestens eine Woche. Entweder überließ Georg seine Firma sich selbst, oder Christine übergab ihre Kinder der 'Wildente' und stürzte sich in dieses Abenteuer. Spätestens an diesem Punkt wurde beiden klar, daß er abkömmlicher war als die Mutter von drei kleinen Kindern.

Als sie abends nochmal in Ruhe über die Reise sprachen, brachte Georg Paula ins Spiel. „Ich hatte schon darauf gewartet", sagte Christine. „Paula könnte für eine Woche die Kinder übernehmen, Beatrix hat sich ja ganz gut eingearbeitet."

Sie wußten beide, es war Georgs Rückzugsgefecht. Aber Christine konnte es sich nicht versagen, ein bißchen Gift zu streuen. „Paula ist deine ideale Allzweckfrau."

„Es ist genug", bemerkte Georg mit einer guten Portion Resignation. Er hatte sich vorgenommen, ab sofort eine bessere Zeitwirtschaft zu betreiben, und dieser Montag sollte der erste Tag sein, seine Absichten in die Tat umzusetzen. Vielleicht war der morgige Dienstag ein besserer Tag für seine guten Vorsätze.

Gisela Boehne empfahl, den Fahrer nach Bonn zur algerischen Botschaft zu schicken, um den Antrag auf Eintragung des Visums auszuhändigen. Besser, man hatte eine Quittung in der Hand als vom Telefon aus nachforschen zu lassen, wo Ruffs Paß herumlag. Kaum hatte sich der Fahrer abgemeldet, bat Ruff, den Werksleiter Birkholz an den Apparat zu holen. „Hören Sie zu, Birkholz. Lassen Sie den bisherigen Betriebsratsvorsitzenden zu sich kommen und erklären Sie ihm, daß er weiterhin der Vorsitzende ist, bis wir die Nachfolge geregelt haben."

„Ich kann das nicht anordnen, er muß dem zustimmen", wandte Birkholz ein.

„Sorgen Sie dafür, daß er dem zustimmt", meinte Ruff mit der üblichen Lautstärke.

„Hm, weiß nicht."

„He, Birkholz, haben Sie das?"

„Ich werd's versuchen, Herr Ruff."

Georg Ruff warf den Hörer auf die Gabel. Er ging ein paarmal im Zimmer auf und ab, dann öffnete er die Tür zum Sekretariat. „Fräulein Boehne!"

„Herr Ruff." Die Sekretärin sprang erschrocken auf.

„Verbinden Sie mich mit Genf. Ich muß Hercule de Bonne Foi sprechen."

„Kein Problem."

Aber Monsieur de Bonne Foi war nicht in Genf.

„Wo ist er?"

„Sein Sekretariat sagt, in Port Grimaud."

„Rufen Sie die Daidalos, Kind."

Sie fand die Nummer nicht sofort.

„Was ist los, Boehnchen? Nicht in Form heute?"

„Moment." Sie wählte Frankreich, Port Grimaud, die Daidalos. „Sie werden jetzt verbunden", sagte sie.

„Allô! Hercule? Ich habe ihn. Comment ça va?"

„Ça va bien. Hör mal zu, alter Junge. Es gibt da ein paar Probleme mit den ANA-Leuten. Wir müssen uns in Annaba sehen lassen. Wir können das Projekt nicht vom Schreibtisch aus abwickeln."

„Alors, was schlägst du vor?"

„Ich habe den ANA-Leuten gesagt, daß ihr ein Visum braucht." Die Verbindung war miserabel. Georg Ruff mußte den Hörer ans Ohr pressen, um alles mitzubekommen.

„Wer ist ihr?"

„Ihr ... nun, das bist du und dein Ingenieur Lynn."

„Lynn macht Urlaub in Österreich, den kann ich nicht zurückholen."

„Dann kommst du allein", brüllte Hercule. „Die Botschaft weiß Bescheid. Du nimmst am Sonnabend um 13 Uhr 15 die Lufthansa von Frankfurt nach Zürich. In Zürich hast du um 15 Uhr 40 Anschluß mit der Swiss Air nach Nizza. Um 16 Uhr 50 hole ich dich in Nizza ab."

„Ja, das habe ich notiert. Aber wie kommen wir nach Annaba?"

„Mit der Daidalos, mein Junge. Wir werden die beiden Tage auch auf dem Schiff wohnen, die algerischen Hotels sind grauslich."

„Du bringst mein ganzes Programm durcheinander."

Das ging noch eine ganze Weile so weiter. Man konnte meinen, er telefonierte von der Kuppel aus direkt mit der Bibliothek auf dem Schiff. Hercule erklärte ihm, sie würden in der Nacht vom Dienstag auf Mittwoch nach Port Grimaud zurückkehren, und Georg konnte am Mittwoch, den 10. August, abends von Nizza nach Frankfurt fliegen.

„Wo ist mein zweiter Paß, Boehnchen?"

„Im Safe, Herr Ruff."

„Ich glaube, beide Pässe haben ein amerikanisches Visum, aber sehen Sie zur Sicherheit nochmal nach. Heute Nachmittag rufen wir die Sekretärin von Robert Annacona von der Midland Steel an. Erstens kann sie mir ein Hotelzimmer in San Francisco reservieren, und zweitens will ich versuchen, Annacona in Washington zu treffen, damit die Reise einen Sinn bekommt."

„Meinen Sie wirklich, der Herr Annacona fliegt Ihretwegen nach Washington?" Sie wußte, Ruff schätzte diesen Robb Annacona nicht sehr.

„Er kann sich auch mal in Bewegung setzen. Hier in Konz war er noch nie."

„Dann laden Sie ihn doch mal herzlich ein", sagte Gisela Boehne mit einem spöttischen Grinsen.

„Einen Teufel werde ich tun."

„Warum mögen Sie *Ihren* Robb eigentlich nicht?"

„Der reitet nur hohe Rösser, Boehnchen."

„Tun Sie das nicht?"

„Nun ist's genug. Kommen Sie zum Diktat." Als sie sich an die andere Seite des Tisches setzte und Block und Bleistift vor sich hinlegte, sagte er: „Schreiben Sie. An das Wirtschaftsministerium der Deutschen Demokratischen Republik, Berlin. Sehr geehrte Herren! Für Ihre Einladung, in Ihrem Haus das Stahlwerksprojekt Hennigswald zu erörtern, sage ich Ihnen Dank. Ich bin bereit und in der Lage, das Know How aus Konz nach Hennigswald zu transferieren, hierzu wird es eines Know How und eines Ingenieurvertrages bedürfen. Die Planung und Bauleitung wird die KOBI Konzer Gesellschaft Beratender Ingenieure übernehmen. An der Lieferung irgendwelcher Ausrüstungen bin ich nicht interessiert, die KOBI wird Spezifikationen erarbeiten, Angebote der Ausrüster hereinholen und Sie bei der Beschaffung beraten. Von dieser Vorgehensweise abweichend würde ich eventuell die Computerausstattung Ihres Werkes selbst übernehmen, da ich die neueste von mir entworfene EDV-gestützte Schmelz- und Gießführung nicht aus der Hand geben möchte. Ich halte mich bis zum 22. August in den Vereinigten Staaten auf und stehe daher erst gegen Augustende zur Verfügung. Mein Sekretariat ist in der Lage, Termine mit Ihnen abzustimmen. Und dann das übliche." Er wartete ab, bis sie das Blatt des Stenoblocks umschlug. „Die Regierung hat eine Novelle zum Bundesemissionsschutzgesetz herausgegeben, so etwas steht immer im Bundesanzeiger. Telefonieren Sie mal herum und besorgen Sie das. Am besten gleich zweimal. Für mich und für Lynn. Und dann bringen Sie mir bitte den Sommerflugplan der Lufthansa. Meines Wissens gibt es einen Nonstop-Flug nach San Francisco." Er beklagte mal wieder sein Schicksal. „Die Berberfürsten in Algerien wollen mich sehen, weil sie hoffen, mir ein paar Teppiche andrehen zu können, und in San Francisco liegt meine drogentote Schwägerin und wartet drauf, von mir auf den letzten Trip gebracht zu werden."

„Vielleicht tröstet Sie *Ihr* Robb Annacona ein bißchen", flachste seine Sekretärin.

„Er ist zu groß für Sie, Boehnchen, sonst würde ich Sie eigens für dieses Spektakel mitnehmen."

Es erwies sich als unmöglich, Robert Annacona an den Apparat zu bekommen. Er mußte sich mit der Sekretärin begnügen, die das Vorhaben jedoch perfekt *handelte*. Sie hatte eine Menge im Kopf und kannte die Hotels, wo „unsere Jungens" in der Regel wohnten. Das war in San Francisco das Park Hyatt in der 333 Battery Street, einige Minuten von Chinatown entfernt, und in Washington das Marriot in der 1331 Pennsylvania Avenue, zwei Blocks vom Weißen Haus entfernt. „Sie können morgens den Präsidenten beim Rasieren beobachten." Am Sonntag gab es den Lufthansaflug 454 ab Frankfurt um 10 Uhr 10, an Frisco 12 Uhr 35, und ab Washington konnte Ruff die LH 419 nehmen, die um 17 Uhr 45 abflog und am Sonnabend nonstop um 17 Uhr 30 in Frankfurt ankam.

„War's das?"

Ihre freundliche Gefälligkeit verleitete ihn, noch eine Bitte auszusprechen. „Meine Schwägerin ist in San Francisco an Heroin gestorben."

„Oh my God."

„Das soll schon im Juni geschehen sein."

„Sie hieß wie?"

„Luise Manta."

„Poor girl", sagte sie aufrichtig berührt. So hatte er die Amerikaner in Erinnerung, voller Mitgefühl, Anteilnahme und Hilfsbereitschaft. „Die Drogen verschlingen uns alle."

„Können Sie die Drogenabteilung in Frisco ausfindig machen und ihnen sagen, ich träfe am 15. August ein, um alles zu regeln. Natürlich werde ich auch die Unkosten übernehmen ... na ja, Sie wissen schon."

„Seien Sie beruhigt, ich kümmere mich um die Angelegenheit und rufe Sie an, sobald ich mehr weiß."

„Ich bin vom 6. bis 10. August in Algerien, Sie können die Informationen meiner Sekretärin anvertrauen."

„Machen Sie sich keine Sorgen."

„Danke."

Später würde Georg Ruff behaupten, je günstiger sich die Dinge entwickelten, desto schwieriger sei das Wirtschaften mit der Zeit geworden. Aus dieser Version leitete er seine Lieblingshypothese ab, es habe ihm an Zeit gemangelt, um das Ganze zu vollenden. Doch war er intelligent genug, um die Wahrheit zu kennen. Selten gibt es Unternehmer, die Generalisten sind, auch wenn viele Unternehmer zu dem Irrglauben neigen, sie seien es. Es treten Menschen auf die Bühne der Wirtschaft, die sind für Erfolge geboren, für das Neue, für den Fortschritt, für die Revolution, die Gründung, den Bau von Konzernen, die Sanierung, die Konsolidierung, für das Konspirative, das dem Kapital innewohnt, insbesondere für dies, aber nicht für alles zugleich. Georg Ruff wußte, er wirtschaftete gut, wenn er aus der Fülle seiner Ideen wirtschaften konnte und auf die Zeit nicht achten mußte. Mit der Zeit sparsam umzugehen, war seine Sache nicht. Zudem hätte ihm die Kunst des Delegierens eigen sein müssen, denn zur Zeitwirtschaft der Führungskräfte gehörte die Delegationswirtschaft. Aber er wollte alles selbst machen, und wer alles selbst machen will, zieht selten Menschen an, die sich anbieten, Verantwortung zu übernehmen. Wer aber die Kunst des Delegierens beherrscht, muß sich, und dies ist eine weitere Kunst, mit dem Unvollkommenen begnügen und nicht in allem das Vollkommene fordern, von dem er glaubt, es sollte das Abbild seines Geistes sein.

Am Mittwoch nun, einem warmen sonnigen Sommertag, meldete Gisela Boehne Herrn Vennemann, den angekündigten Mitarbeiter aus dem Stab des Metallvorsitzenden Max Hufschmied. Herein kam ein mittelgroßer, schlanker Mann, den Ruff auf knapp 30 schätzte. Er trug einen Zweireiher aus grauem Nadelstreifentuch mit korrekter Ärmellänge und knapp sichtbaren Manschetten. Er übergab Georg Ruff seine Visitenkarte. „Mein Name ist Vennemann."

Er legte mit einer lässigen Handbewegung seinen Aktenkoffer auf Ruffs Schreibtisch, ohne ihn zu öffnen. Die Höhe des Koffers gab zu vermuten, daß Vennemann nicht viel Akten mit sich herumschleppte. „Mir scheint, Sie haben hier keine Klimaanlage, stimmt's?"

„Das ist richtig", sagte Ruff, „das Haus meines Vaters und Großvaters hat bald hundert Jahre auf dem Buckel, da läßt sich das Klima nicht mehr regeln. Wir bauen im Karthäuser Obstgarten einen neuen Bürokomplex, da wird dann alles besser. Wenn Sie Ihre Jacke ablegen wollen, so tun Sie's bitte."

„Gern", antwortete Vennemann. Unter der Jacke kam ein hellgraues Hemd mit angesetztem weißen Kragen zum Vorschein, zu beidem passend eine blaurotgestreifte Krawatte.

„Nehmen Sie bitte Platz."

Vennemann machte den Eindruck, als käme er soeben aus der Fabrik des neuen Menschen in Fontainebleau. Er hatte gelernt, Gespräche von Anfang an zu führen und seine Rede nicht führen zu lassen. „Ich bin juristischer Assistent von Herrn Hufschmied. Mein Chef sagte mir, Sie hätten sich an der Stahlrunde beim Kanzler kennengelernt, Sie wissen also, worum es sich handelt."

„Ich höre", bemerkte Ruff.

„Was heißt, Sie hören?"

„Ich will damit sagen, daß ich nicht weiß, worum es sich handelt", sagte Ruff.

„Sie haben einen Schmelzmeister namens Erich Kropp entlassen. Herr Kropp genießt unseren Rechtsschutz."

Ruff tat verwundert. „Das hat aber mit der Stahlrunde beim Kanzler nichts zu tun, oder ...?"

„Nicht unmittelbar. Mein Chef sagte mir, Sie hätten in dieser Stahlrunde die Klingen gekreuzt, und das werden wir ja nun wieder tun." Vennemann machte eine Pause. „Mein Chef sagte übrigens auch, Sie hätten behauptet, die Gewerkschaften seien Produzenten von Arbeitslosigkeit, und Sie können sich vorstellen, daß dieser Scherz in unseren Büros die Runde macht."

„Es war kein Scherz, Herr Vennemann."

Vennemann wiegte den Kopf. „Wir lösen den Fall Kropp nicht, wenn wir hier unsere Gegensätze ausbreiten. Lassen Sie uns versuchen, Frieden zu schließen." Er öffnete den Aktenkoffer und entnahm ihm das Friedenspapier. „Sie stellen den Kollegen Erich Kropp wieder ein und lassen ihn ungehindert seinen Posten ausfüllen. Bei mehr als 300 Mitarbeitern verlangt das Betriebsverfassungsgesetz, daß zumindest der Betriebsratsvorsitzende von jeder gewerblichen Arbeit in Ihrer Anlage freigestellt wird. Er soll sich seinen Betriebsratspflichten widmen können. Verstehen Sie? Weiterhin werden Sie mit uns einen Lohn- und Tarifvertrag abschließen, der den flexiblen Löhnen Ihres Konzer Modells ein Ende macht. Wir fordern feste Löhne nach den Regeln der Tarifpartner und die übliche Urlaubsstaffel von 20 bis 30 Urlaubstagen pro Jahr. Sie erklären sich bereit, Verhandlungen über den Einstieg in die 35-Stunden-Woche zu führen und entsprechende Einstellungen vorzunehmen, um die Arbeitszeitverkürzung auszugleichen, und damit widerlegen wir nicht nur Ihr Argument, wir würden Arbeitslosigkeit produzieren, sondern wir schaffen sogar noch neue Arbeitsplätze. Hierauf möchte Sie mein Chef besonders herzlich aufmerksam machen."

Ruff hob an dieser Stelle ein wenig die rechte Hand, als

wolle er sein Gegenüber sanft abbremsen. „Wissen Sie, Herr Vennemann, ich bin in Chicago groß geworden."

„Sie sind hier nicht ..."

„Ich weiß, ich weiß, Herr Vennemann, wir sind hier in der Bundesrepublik. Aber auch hier gibt es Regeln für das Produzieren von Stahl. Und zu meinen Regeln als Unternehmer gehört unter anderem, daß ich eine fristlose Entlassung nicht rückgängig mache. Entlassen ist entlassen."

Vennemann fiel ihm ins Wort. „Es ist gegen das Gesetz. Wir sind auf Ihrer Seite, Herr Ruff, wir wollen Ihnen helfen."

„Das Gesetz schreibt vor, daß die Wahl des Betriebsrates mit der Unternehmensleitung vereinbart wird, das ist nicht geschehen."

„Die Wahl haben der alte Betriebsrat und Herr Birkholz festgelegt."

Ruff sah keinen Anlaß, seinen Werksleiter zu stützen. „Der Birkholz ist nicht die Unternehmensleitung, er hat gerade eben Handlungsvollmacht, das reicht nicht für die Wahlvereinbarung. Für mich ist der alte Betriebsrat der rechtmäßige Betriebsrat, und Erich Kropp ist fristlos, aber ordentlich entlassen."

„Wenn Sie nicht einlenken, Herr Ruff, läuft das ganze auf einen Prozeß hinaus. Da geht Ihnen ganz rasch die Luft aus, wenn unsere Organisation die Käseglocke über Ihr Unternehmen stülpt."

„Hat das auch Ihr Chef gesagt?"

„Nein, Herr Ruff, das waren meine eigenen Worte."

„Na schön. Es bleibt bei dem, was ich erklärt habe. Kropp ist entlassen, und um die nächste Betriebsratswahl kümmere ich mich selbst."

So begann der Prozeß. Die causa perpetua adversus Georg Ruff beziehungsweise gegen die Konzer Stahlwerke GmbH. Er sollte durch alle Instanzen der Arbeitsgerichte gehen, die Akten füllten schließlich Regale. In Georg Ruffs Leben zählte der Prozeß zu den unvollendeten Dingen dieser Welt, zu den Dingen, die zu einem Abschluß zu bringen dem Menschen versagt ist. Er meinte, er sei im Recht. Aber Recht haben, ist bekanntlich eine Sache, Recht bekommen eine andere. Wie immer, er bekam sein Recht nicht. Es gehörte zu seinen Tugenden, sich in das unvermeidliche zu fügen. Es ließ sich schließlich auch mit einer causa perpetua leben, vor allem dann, wenn ein Unternehmer Mühe hatte, alle seine *Prioritäten* auf einer Schreibmaschinenseite unterzubringen.

Das Gespräch mit des strammen Max Assistenten Vennemann weckte in Georg Ruff den Argwohn, *hier habe Mephisto den Faden durch das Nadelöhr gezogen.*

Am Freitagabend brachte er die Familie mit Beatrix und Rosita im Land Rover auf das Weingut, wo sie seine Rückkehr von der Côte d'Azur abwarten sollten. Den Werkswagen mit Fahrer bestellte er für Sonnabend früh neun Uhr zu sich, um sich zum Frankfurter Flughafen bringen zu lassen. Als sie am Abend bei einem Glas Wein auf dem Hof saßen, fragte Georg seine Frau, ob sie einen Auftrag für die SOCRIM weiterleiten könne.

„Aber ja, wir sind immer noch gut", antwortete Christine.

„Das weiß ich. Doch diesmal wird's kompliziert", meinte Georg. Christine hatte ihren Mann selten so ernst gesehen. Was ging in der Firma vor?

„Ich habe einen Schmelzmeister namens Erich Kropp fristlos entlassen. Der Grund ist belanglos. Er hatte seine Leute eingeladen, in der Arbeitszeit das Fußballspiel England – Deutschland im Fernsehen zu verfolgen. Die Metallgewerkschaft behauptet, Kropp sei wenige Tage zuvor in den Betriebsrat gewählt worden und mit den meisten Stimmen so gut wie sicher der gewählte Vorsitzende des Betriebsrates. Dieser neue Betriebsrat hat seine Aufgabe aber noch nicht übernommen. Ich habe von der Wahl nichts gewußt. Soweit die Vorgeschichte. Ich möchte gern drei Dinge wissen, und das wäre das Thema für die SOCRIM: erstens: warum kündigte der Schmelzmeister, den ich seinerzeit für den Ofen eins eingestellt habe, und bei welcher Firma hat er eine neue Stellung angetreten? Hast du das?"

„Ich hab's, Hanuman", sagte sie mit betonter Geduld. Gleichwohl wirbelte ihre rechte Hand den Filzstift hin und her. Das alte Lied.

„Zweitens: von welcher Firma kam der Erich Kropp zu uns, und welchen Werdegang hat er? Ausbildung, soziale Orientierung, politische Aktivitäten, Tätigkeiten in Betriebsräten, Mitwirkung in der Mitbestimmung? Sein Metaller-Lebenslauf wäre für mich wichtiger als seine Stahlwerksschule."

„Ich hab's", beeilte sich Christine zu sagen, bevor er sein hartnäckiges 'hast du das' abschoß. „Und drittens?"

„Der dritte Punkt ist: wer hat diese verdammte Betriebsratswahl veranlaßt? Sie war jetzt gar nicht zwingend notwendig gewesen, irgendjemand hat sie gewollt, Birkholz hat das toleriert, aber warum?"

„Da brauchst du doch nur deine Leute zu fragen", sagte Christine.

„Das wäre das einfachste, Molly. Aber ich bin nicht mehr sicher, daß man mir die Wahrheit sagt."

„Wie kommst du darauf?"

„Die Menschen beginnen, die Dinge auf den Kopf zu stellen, und es hat eine babylonische Sprachverwirrung eingesetzt."

„Na, na, jetzt übertreibst du aber", mahnte sie Georg.

Ruff sah sie nachdenklich an.

„Vielleicht übertreibe ich, vielleicht auch nicht. Vor kurzem hat mich einer gefragt, ob ich mich als Arbeitgeber verstehe."

„Und was hast du geantwortet?"

„Ja, natürlich, hab ich gesagt."

„Warum solltest du nicht Arbeitgeber sein", erkundigte sich Christine.

„Er würde seine Arbeit hergeben, und ich würde daraus ein Geschäft machen. Also sei ich der Arbeitnehmer, und er der Arbeitgeber."

„Ich bin Juristin. Gib mir 100 000 Mark, und ich mache daraus ein Projekt des Arbeitsrechts."

„Nein, nein, es ist nicht eine Frage der Arbeit oder des Rechts, es geht um die Lust am *pourquoi pas.* Warum sollte es nicht erreichbar sein, daß der Hausmann das Kind austrägt? Vielleicht bringts der Gen-Chip zuwege, von dem die Wissenschaftler reden."

„He, Hanuman, bist du verbittert", wollte sie wissen, ging auf ihn zu und legte die Handflächen auf seine Ohrmuscheln.

„Nein, Molly, aber da ist etwas, was ich nicht verstehe. Ich hatte mir vorgenommen, Stahl zu machen. Jetzt mache ich alles mögliche andere und Stahl am wenigsten."

„So ist das, geliebter Mann, der Mensch will geradeaus fahren, und plötzlich befindet er sich in einer großen Kurve. Ich geb deinen Auftrag an die SOCRIM, es darf ja was kosten, oder?"

„Es darf, Molly."

Jetzt, da die Würfel gefallen waren, reagierten die Metaller rasch. Am Sonntagmorgen fuhren aus verschiedenen Himmelsrichtungen kommend fünf Busse vor dem Stahlwerk vor und entfalteten Transparente. Etwa 150 Gewerkschaftsmitglieder protestierten gegen die Entlassung des Kollegen Erich Kropp. Journalisten erschienen, machten Aufnahmen und animierten die Metaller zu Interviews. Ein Sprecher der Metaller erklärte, Ruff habe am vergangenen Mittwoch die Schlichtungsvorschläge der Metaller abgelehnt. Die Verweigerungshaltung der Unternehmer paßte *in das Bild dieser Regierung.* Führe dieser erste Prozeß nicht weiter, werde man weiter ausholen und einen Beugestreik beginnen. Ruff erhielt aus dem Werk und von Freunden Telefonanrufe, die ihn veranlaßten, auf dem Wege zum Frankfurter Flughafen am Werk vorbeizufahren und sich die Protestaktion anzusehen. Mehr Zeit blieb ihm nicht. Er ließ den Fahrer auf dem Parkplatz der Kläranlage halten und ging das Stück zum Werk zu Fuß. Von weitem konnte er die Texte der Transparente lesen. *Arbeit ja – Entlassung nein!* und *Wer hat Angst vor Georg Ruff? Wir nicht, wir dreschen druff.* Ruff ging zu einer Gruppe von Metallern, die vor dem Fritten-Mobil standen. „Na, was macht ihr denn hier?"

„Wir bestreiken das Stahlwerk."

„Streik, nein, noch nicht. Wir protestieren. Vielleicht wachen die Bosse noch auf."

„„Und der Grund", wollte Ruff wissen.

„Keine Ahnung. Irgend so ein verrückter Unternehmer hat Mist gebaut. Du weißt ja, wie die Bosse so sind."

„Ja, das weiß ich", meinte Ruff. Er ging zum Parkplatz zurück und setzte sich in den Werkswagen. Er sah zum Himmel hinauf. Heller Sonnenschein. Kein Wölkchen unter dem blauen Zelt. Leichter Südwestwind. Aus dem Luxemburgischen wehte leichter Großstadtdunst herüber. Ruff wünschte sich einen kräftigen Regenguß. Aber das trockene Wetter hielt an. „Nach Frankfurt", sagte er.

Die Swiss Air-Maschine, eine MD 81, landete pünklich auf dem Flugplatz von Nizza. Schon als er das Flugzeug verließ, schlug ihm die Augusthitze der Côte d'Azur entgegen. Daß die Menschen hier arbeiten konnten. Sie taten's wohl nicht. Jedenfalls die Reichen nicht. In der Halle wartete der Chauffeur mit dem Kennzeichen der Miramer. Sie nahmen bei Biot die Umgehungsautobahn bis zur Ausfahrt La Napoule und brauchten dann eine ganze Weile bis zu der Bucht Port Grimaud – St. Tropez. Kaum hatte ihn Hercule an Bord begrüßt, zogen die Matrosen die Leinen ein, und sie verließen langsam den Liegeplatz. Sie standen auf dem Achterdeck unter der Persenning und blickten zurück auf den Hafen. Die Signalstation wurde rasch kleiner, dann konnte man sie gar nicht mehr erkennen. Nur der Leuchtturm grüßte noch eine Weile zu ihnen herüber. „Wir müssen noch etwa eine Stunde langsam fahren, um die Küstenboote nicht zu gefährden. Dann werden wir schneller." Er machte einen Scherz, indem er in seine französische Sprache englische Worte einflocht. „Du kannst jetzt wählen.

Was für ein Abendessen willst du haben: slow food oder fast food?"

„Fast food habe ich noch nie gemocht", antwortete Georg, „ich wünsche mir ein ganz langsames gemütliches Abendessen, aber bei hoher Geschwindigkeit."

„Kompliment", sagte Hercule, „das ist eine neue Ruff-Kombination."

Am Sonntag, den 7. August, liefen sie gegen Mittag in den Hafen von Annaba ein. Da sie sich, von den Besprechungen mit den ANA-Leuten und den gemeinsamen Mahlzeiten abgesehen, an Bord aufhielten, strapazierte sie das Klima immer nur während einiger Stunden. Doch die zentrale Schiffsklimaanlage hatte den ganzen Tag über zu tun, die Kabinentemperatur auf 24° zu halten. In der ANA-Verwaltung war die Hitze schon unerträglich, aber auf der Baustelle wurde dann noch deutlicher, daß sie über Nacht in Afrika gelandet waren. Er fragte sich, wie die Leute in dieser Sonnenglut ein Hochleistungsstahlwerk fahren wollten, hätten sie es sich nicht als Bunkerstahlwerk gewünscht, wenngleich aus einem ganz anderen Grund. In dem schlichten Konferenzzimmer lagen die Pläne aus, die Alfred Lynn nach ihren und seinen Ideen hatte erarbeiten lassen. Zu diesen Plänen gab es eine Fülle von Fragen, die sie während der zwei Tage diskutierten. An der Baustelle führte vom Süden her eine 66-Kilovolt-Freileitung vorbei, die für die Transformatoren des Stahlwerkes genutzt werden sollte, die aber nicht die ganze Leistung übernehmen konnte. Es gab zwei Lösungen, eine neue 110-Kilovolt-Leitung oder eine zweite 66-Kilovolt-Leitung, möglichst auf den vorhandenen Masten. Ruff bat zu untersuchen, ob man nicht von Norden oder von Westen her eine neue 66-Kilovolt-Leitung bauen könne, um die Versorgungssicherheit zu erhöhen. Die ANA-Leute zogen einen Ingenieur der staatlichen Energieversorgungs-Abteilung hinzu, der versprach, innerhalb von vierzehn Tagen eine Entscheidung herbeizuführen. Bei der Beschaffung der Tansformatoren solle man bis dahin von 66 Kilovolt ausgehen. Diese Lösung sei finanziell günstiger, außerdem habe das Ministerium eine Art Serienfertigung für 66 Kilovolt-Maste eingerichtet, so daß die Lieferzeiten kürzer seien. Am Dienstagnachmittag blieb noch eine Frage übrig: ob sich die Längsachse des Werkes um 16 Grad gegen den Uhrzeigersinn drehen lasse?

„Natürlich, aber warum?"

Die ANA-Werke waren aufgefordert worden, neben der im Bunker einzurichtenden Kantine eine Moschee zu bauen, da das Werk auch an den Feiertagen nicht abgeschaltet werden könne. Die Hauptachse der Moschee führe leider an Mekka vorbei, drehe man aber die Längsachse des Stahlwerks um eben diese 16 Grad, würde die Mittellinie der Moschee in Mekka zur Ruhe kommen.

Ruff war einen Moment sprachlos. Er versetzte sich in die alte und immer noch strenge Kultur dieser Menschen, und nach einer Weile fand er Gefallen an der religiösen Verknüpfung von Leben, Arbeit und Glauben. Ihre Dreiecksharmonie ließ sich nicht mit der europäischen Vielecks-Harmonie vergleichen, aber das Dreieck machte ihr Leben schlichter und leichter überwindbar als die komplizierte, anspruchsvolle und bisweilen bizarre Art der europäischen Anspruchswelt. In einem weiten Bogen kehrten seine Gedanken in das Konferenzzimmer zurück. Die Algerier sahen ihn an, als erwarteten sie von ihm den Schiedsspruch eines weisen Mannes. Einen Augenblick lang blickte er gemeinsam mit ihnen über die Mittellinie der im Bunker zu errichtenden Moschee nach Mekka, und er meinte, das blaue Leuchten der Weltruhe wahrzunehmen. „Wir machen das", sagte er, „verlassen Sie sich auf mich, meine Ingenieure werden das machen."

Ohne es zu wissen, hatte er den Grundstein für einen seiner größten Erfolge gelegt.

Der Tag hatte Hercule de Bonne Foi und Georg Ruff Kraft gekostet. Sobald sie an Bord waren, suchten sie ihre Kabinen auf. Georg Ruff duschte sich und legte sich dann in die Koje. Es war nicht seine Absicht zu schlafen, aber als die

Motoren summten und die Daidalos in den kurzen Wellen außerhalb der Annaba-Bucht zu zittern begann, fielen ihm die Augen zu, und er schlief tief bis kurz vor Mitternacht. Er duschte sich erneut, zog Sporthemd und eine graue Hose an und ging in den kleinen Speisesaal. Hercule stand an der Bar und kostete einen roten Bordeaux. „Holà, mon ami, comment ça va?"

„Danke. Mir scheint, wir fahren."

Hercule lachte. „Aber ja. Ein Glück, deine Intelligenz ist auch um Mitternacht noch recht ordentlich."

„Das ist nicht gerade ein Kompliment."

„Das sollte es auch nicht sein, mein lieber Georg, ich mokiere mich ein bißchen über dich. Es kommt so selten vor, daß ich einen Gast an Bord habe, der auf halbem Wege nach Port Grimaud feststellt: mir scheint, wir fahren."

„Auf halbem Wege ... das müßte Sardinien sein", meinte Georg Ruff und sah Hercule fragend an.

„Ich komme gerade von der Brücke. Vor einer halben Stunde befanden wir uns auf der Höhe von Iglesias, jetzt fahren wir vor Oristano, um halb drei erreichen wir die Küste vor Sassari. Ein bißchen zu schnell. Wir haben Zeit, und die See ist glatt. Die Daidalos macht im Augenblick 65 Kilometer in der Stunde, das reicht, um gegen neun Uhr den Leuchtturm von St. Tropez auftauchen zu sehen."

„Die Bar ist offen. Aber hat die Küche auch noch etwas zu bieten?"

„Geduld, Stahlkocher. Es geht gleich los. Von Mitternacht bis drei Uhr früh, das wird ein echtes maritimes Arbeitsessen." Geräuchertes Forellenfilet. Hähnchenbrust mit Atlas-Reis und frischem Salat. Walnußeis mit Eierlikör und französische Käseplatte. Bordeaux und Château de la Font du Loup aus dem Weingebiet von Avignon.

Sie sprachen über das Ergebnis der Ausschreibungen, die Investitionskosten, die Termine. Hercule ließ Ruff freie Hand bei der Auswahl der Ausrüster, machte aber darauf aufmerksam, daß jeder Bauherr seine Bestellungen selbst unterschreiben müsse. Miramer werde die Aufträge für das

Stahlwerk Port de Bouc erteilen, die ANA-Werke müßten für ihre Aufträge für das Bunkerstahlwerk bei Annaba geradestehen. Daß Ruff gleichzeitig Ausrüstungen für drei Stahlwerke beschaffe, bringe jedem der drei Bauherren preisliche Vorteile, man müsse aber die Verpflichtungen, Verantwortungen und Gewährleistungen fein säuberlich trennen. Hercule ging davon aus, daß die KOBI eine ordentliche projektbezogene Buchhaltung betreibe. Man werde das zu gegebener Zeit in Konz überprüfen.

„Mach dir mal keine Sorgen, Hercule, das läuft alles nach alter deutscher Gründlichkeit", meinte Ruff. In Gedanken nahm er sich vor, Moebius auf diesen Punkt besonders hinzuweisen.

„Kennst du dich am Genfer See aus", wollte Hercule wissen.

„Nicht gut. Das übliche. Ein Flugplatz, ein Hotel, ein paar Konferenzzimmer, das Privathaus eines gewissen Hercule de Bonne Foi. Was ein Manager so von der Welt sieht."

Sie waren bei der zweiten Flasche Château de la Font du Loup angelangt, und für Hercule schien der offizielle Teil des Arbeitsessens beendet zu sein. „Das Nordufer des Genfer Sees gehört der Schweiz, das Südufer Frankreich."

„Das war mir bekannt. Und keine der beiden Nationalitäten hat Kanonenboote auf dem See. Wie macht ihr das bloß, daß ihr ohne Grenzzwischenfälle auskommt?"

„Grenzzwischenfälle gibt es nur, wenn man hingeht. Die Schweizer und die Franzosen sind zu faul, um hinzugehen. Aber das ist nicht das, was ich dir erzählen wollte. Vor kurzem hatten wir in Evian einen kleinen Eisenhüttentag, da wurde auch über Eisenschwamm gesprochen. Und dein Name fiel. Jemand zitierte dich aus deinen Vorlesungen in Alt-Kronenburg. Sieht so aus, als würdest du noch Professor werden. Ich war stolz, sagen zu können, du seist mein Freund."

„Danke, Hercule. Aber du erinnerst mich an meine Sünden. Ich habe zu viel zu tun, und es kommt immer noch mehr dazu."

Hercule hob das Glas. Ruff fand, sie tranken ein bißchen zu viel und Hercules Zunge wurde schon schwer. „Mach es wie ich, alter Junge. Halbiere das Produzieren, und verdoppele den Handel."

„Nein, nein, das paßt mir gar nicht. Mein Vater betreibt den Schrotthandel, ich produziere den Stahl. Das läßt sich auch nicht ändern."

„Ich halte das Waffengeschäft für dich offen, Georg." Hercule trank aus und schenkte nach.

„Oh nein, das werd ich nicht tun, Hercule. Nimm's mir nicht übel, aber ich bleibe bei dem, was ich kann, und das ist der Stahl." Er versuchte Hercule von dem Waffentrip runter zu bekommen, aber Hercule schwärmte noch eine Weile von den vielen hübschen kleinen Kriegen, die sich so wunderbar in seinen Bilanzen ausmachten. „Wie geht's deiner Familie, Hercule?" Es war zwei Uhr vorbei, und wenn die Navigation stimmte, mußten sie so allmählich auf die Höhe von Sassari kommen. Ruff wäre gern aufs Deck gegangen, um sich frischen Wind um die Ohren wehen zu lassen. „Was machen die Kinder?"

Hercule hatte ein gutes Gedächtnis. „Ich habe zwei Buben und zwei Mädels. Du hast zwei Buben und ein Mädchen, die kleine Helena, stimmt's, und wie geht's nun weiter?"

„Wir hätten gern noch ein Mädchen, Hercule, und du schuldest mir das Rezept der schriftgelehrten Kalifen."

Ruff war froh, das Thema Waffengeschäft umschifft zu haben. Aber er hatte nicht damit gerechnet, daß Hercule sich erhob und mit schweren Beinen in die Bibliothek ging. Er kam mit einem Briefbogen seines Namens und einem goldenen Füllhalter wieder, schob Gläser und Servietten beiseite und schrieb mit unsicherer Hand das Rezept nieder. So kam es, daß Georg Ruff zum Ende eines mitternächtlichen Arbeitsessens an Bord der Yacht Daidalos zwischen Sardinien und Korsika auf dem Briefpapier des Monsieur Hercule de Bonne Foi, Geschäftsmann in Genf, ein altes Rezept der schriftgelehrten Kalifen erhielt. Das Rezept erlaubte einem in Zeitharmonie lebenden Ehegespann, zwischen einem männlichen oder weiblichen Nachfahr zu wählen.

XXIII

Die Stadt San Francisco, Metropolitan Area, mit Berkeley, Oakland und San José hat zu diesem Zeitpunkt 6 350 000 Einwohner, davon sind rund 200 000 ständige und etwa 150 000 temporäre Stoff-Käufer. Hauptprodukte des Stoffs sind Marihuana, Kokain und Heroin, neuerdings auch *diese gottverdammten designer drugs*, wie zum Beispiel das Carfentanil. Die natürlichen Drogen stammen vorwiegend aus Mexiko, Kolumbien, Peru und Bolivien. Dem Drogenschmuggel über die Halbinsel Baja California sind so gut wie keine Grenzen gesetzt. Den Drogenmarkt muß man sich als eine Pyramide vorstellen. An der Basis, im Parterre, leben 350 000 *kids of dreams*, Kinder der Träume. Sie werden versorgt von 30 000 Händlern, zum Teil jugendlichen Banden, Pennern, Straßen- und Ladendieben, die selbst konsumieren und weitergeben. Aus den Fenstern der Basis und der ersten Etage fällt täglich mindestens ein Toter. Während Parterre und erster Stock bei der Polizei von San Francisco als unübersichtlich und kriminell gelten, herrscht im Stockwerk darüber, der zweiten Etage, die Profession, das straff organisierte mittlere Management, das absolut clean ist, es verfügt über 3 000 zuverlässige und ehrenwerte Oberdealer, in der dritten Etage arbeiten ganz geschäftsmäßig 300 Commandantes, in der vierten Etage sind es nur noch fünf oder sechs „gran jefes", die sich in ihrer Kleidung und ihrem Auftreten kaum von den Vorstandsmitgliedern der Bank von San Francisco unterscheiden. In der fünften und obersten Etage der Pyramide sind das strategische Kommando und das Computerzentrum untergebracht, hier wird die Drogenpolitik der nächsten zwanzig Jahre entworfen.

„Wir befinden uns im Krieg", sagte der fette Leiter der Drogenabteilung in Chinatown zu Georg Ruff, „unsere Gegner sind die Drogen, die konventionelle Kriminalität, der Smog und der Müll. Und glauben Sie mir, Mister, in zehn Jahren haben Sie in Europa genau den gleichen *shit*."

Er hatte vor kurzem das Rauchen aufgegeben und versuchte nun, sein vegetatives Nervensystem durch das Dauerkauen von Zahnstochern zu beruhigen.

„Meinen Sie?"

Der Fettkloß, dem der Bauch mächtig über den Gürtel hing, ging auf die rhetorische Frage nicht ein. „Mit einem Unterschied. Wir hier in San Francisco wissen heute schon alles, und wir wissen vor allem auch, daß dieser Krieg unser zweites Vietnam wird. Die Europäer dagegen wissen noch gar nichts, und wenn sie davon hören, glauben sie, der Kelch ginge an ihnen vorüber. Good luck, Sir." Er balancierte den Zahnstocher von einem Mundwinkel in den anderen, was schließlich gelang.

Sie kamen dann rasch zum Thema. Der Beamte erklärte, er werde gern helfen, aber so schnell gehe das nicht. „Am besten, Sie schauen morgen früh nochmal rein."

„Sorry, aber ich habe am Donnerstag einen Flug nach Washington und kann mein Programm nicht ändern."

„Sagte ich Ihnen nicht, daß wir hier jeden Tag eine neue Leiche finden ... etwa eintausendachthundert unaufgeklärte Fälle haben wir im Speicher, und jeder Vater sagt, es sei eililg."

„Es ist eilig", bemerkte Ruff leise und sehr freundlich, „vielleicht lassen Sie schon mal den Namen raussuchen. Luise Manta." Er schob eine Hundert-Dollar-Note unter einen Aktenordner.

„Na schön", sagte der Fettkloß. „Fangen wir mal an." Der Zahnstocher rutschte zurück.

„Ich bin daran interessiert, daß wir am Donnerstag alles hinter uns haben, und wenn Sie Unkosten haben, sagen Sie's mir, ich bin nicht hierhergekommen, um mit Ihnen zu scherzen."

„Ihre Art, die Dinge anzupacken, gefällt mir", meinte der Fettkloß und erhob sich. Er zog die Dollarnote unter den Akten hervor und steckte den Schein in die Brusttasche seines hellblauen Hemdes. „Ich sympathisiere mit den Deutschen, müssen Sie wissen."

Luise Manta hatte lange in einem stillgelegten Speicher an den Hafenanlagen gelebt. Der Rest ihrer Clique trieb sich noch heute dort herum. Ein bißchen Gelegenheitsarbeit, von Zeit zu Zeit ein Freier, immer häufiger Diebstähle, Einbrüche und andere Speicher, wo sie sich an die Kisten heranmachten. Überfälle auf offener Straße. Vor zwei Jahren wurde sie zum erstenmal geschnappt und eingesperrt. Aber auch in San Francisco ist ein Gefängnis kein Obdachlosenasyl. Wenns nicht unbedingt notwendig ist, hält man die Leute nicht lange fest. Ab einem bestimmten Zeitpunkt erkennen die Beamten vom Drogendezernat, daß die Rutschpartie nicht aufzuhalten ist, ab da handhabt man die Dinge leger. „Wissen Sie, Mister, bei 350 000 leichten und schweren Fällen kann ich nicht aus jeder ausgeflippten Lady einen Therapiefall machen. So ein Mädchen weiß doch schon beim ersten Schuß, wohin die Reise geht. Sagen Sie selbst, bin ich Drogenfahnder oder ihr guter Daddy?" Er nahm den Zahnstocher aus dem Mund und tippte auf die Stirn. „Irgendjemand rief vor ein paar Wochen an und sagte einem meiner Männer, im Speicher sei eine Leiche abzuholen."

Ruff bat um eine Kopie des Protokolls. „Hat das Mädchen was hinterlassen?"

„Keine Ahnung. In der Regel haben die Kids nur noch eine Tasche für ihr Handwerkszeug. Wenn nichts Geschriebenes dabei ist, wird alles mitverbrannt. Manche verkaufen auch noch ihren Paß ... für nen Schuß, Mister."

„Sie meinen, Luise Manta ist eingeäschert worden?"

„So ist es, Mister." Er schnipste den Zahnstocher in den hölzernen Papierkorb und zog die Hose ein Stück über den Bauch.

„Und die Asche ... ich glaube, ihre Mutter ..." Ruff zückte einen weiteren Schein.

„Hören Sie, Mister, es ist sehr freundlich von Ihnen, mir alle naslang eine von Ihren kleinen hübschen Noten zuzustecken, aber ich kann Ihnen wirklich nicht mehr viel sagen. Wir brauchen noch einen ganzen Tag für die Formalitäten, am Mittwoch oder Donnerstag wird Ihnen die Urne ausgehändigt, Sie brauchen dann noch ein Papierchen für die Sanitärkontrolle am internationalen Flughafen, und wenn Sie die Rechnungen bezahlt haben, schließen wir die Akte."

„Sie sind sehr freundlich."

„Danke, Mister. Das ist doch wirklich nicht nötig."

„Es ist schon gut."

„Wenn Sie sich das Quartier im Hafenspeicher ansehen wollen, kann ich Ihnen zwei meiner Männer mitgeben."

„Nein, das möchte ich nicht."

„Wie Sie wollen, Mister ... Sie sind sehr großzügig."

Am Mittwoch gab es nichts zu tun, er mußte warten. In der Passage des Park Hyatt erstand er eine Plastiktasche mit Reißverschluß. Anschließend betrat er den Supermarkt und nahm sich, ohne etwas zu kaufen, ein halbes Dutzend von den großen braunen Papiertüten. Er hatte noch nie in seinem Leben eine Urne in der Hand gehabt. Er hoffte, sie würde in die Tüten passen. Am Zeitungskiosk las er ein paar Überschriften, nahm zwei Tageszeitungen und bezahlte.

Verändern die Chips die Industriegesellschaft? Die Mikroelektronik in der Stahlindustrie. Edward Feigenbaum sagt: „Eines Tages werden die Maschinen denken können." Ruff brachte alles auf sein Zimmer und bat den Portier um ein Halbtagstaxi.

„Fahren Sie mich nach Palo Alto. Ich will mir die Stanford Universität ansehen."

„Da ist jetzt nichts los, Semesterferien, verstehen Sie?"

„Sind Sie Student?"

„Ja, muß mir ein paar Piepen verdienen."

„Sagt Ihnen der Name Edward Feigenbaum etwas?"

„Aber klar. Der arbeitet an Computern, die die natürliche Sprache verarbeiten werden."

Als Georg Ruff und der Taxi-Student ein paar Korridore durchwandert waren und sie sich wieder in den Wagen setzten, sagte Ruff: „Mitten durch San Francisco läuft ein wundersamer Graben. Diesseits eine hochkünstliche Intelligenz, jenseits des Grabens die tief heroinistische Traumsucht, die selbstmörderische Hoffnung, allem entfliehen zu können."

„Den Graben gibt es, Sir, Sie haben recht. Vor ein paar Jahren habe ich auch eine Zeitlang jenseits gelebt. Jetzt lebe ich diesseits. Jeder kann die Seite wechseln. Das ist der große amerikanische Traum, du kannst dich für die Seite des Grabens entscheiden." Er machte eine Pause und sprach dann weiter, aber es hatte den Anschein, daß er mehr mit sich selbst redete und den Fahrgast mit dem Akzent für eine unwichtige Randfigur hielt. „Tja, gut oder nicht gut, es gibt hier eine Menge mixed people, Mischlinge, Farbige, wenn Sie wissen, was ich meine, die kommen aus dem Nichts, sie bestehen nur aus Haut und Knochen und haben diese großen hungrigen Augen und sind verrückt danach, die Leiter hochzuklettern. Sie schwören darauf, daß sich der Mensch aus eigener Kraft aus dem Elend seiner Geburt hochrackern kann, wenn er nur in einem freien Land geboren wird und nicht in einem Dikkicht von Gesetzen. Diese Menschen mit dem *real hunger*, diesem richtigen mörderischen Hunger, glauben an das Urgesetz der Natur, daß der Mensch es schaffen kann, wenn er will. Und eines Tages haben sie die erste Stufe geschafft. Können zufrieden sein und mal die Beine ausstrekken. Aber sie rackern weiter. Sie wollen auf die zweite. Sie lassen sich von nichts und von niemanden ablenken, und wenn sie oben sind, sagen sie: jetzt sehe ich dieses herrliche Amerika."

„Ich kenne diese Leute", sagte Ruff.

„Wenn Sie sie kennen, wissen Sie, was ich sagen will."

„Ich weiß es genau."

„Eines Tages werden sie uns überholen. Sie sind verdammt schneller als wir."

Am übernächsten Tag unterschrieb Georg Ruff ein Dutzend Papiere, dann händigte man ihm die Urne aus. Er verbrachte eine schlechte Nacht. Er hatte noch nie mit einer Urne das Zimmer geteilt.

Im Washington Marriott in der Pennsylvania Avenue erwartete ihn ein Telex von Robb Annacona. „Anreise Freitag morgen. Vorschlage Meeting gegen elf Uhr und gemeinsames Mittagessen. Muß nachmittags zurückfliegen. Beste Grüße Robb Annacona."

Zu diesem Zeitpunkt wußte die Midland Steel noch nicht darzustellen, wie ihre zweisträngige Eisenschwammanlage im einzelnen aussehen würde. Es lagen dem Vorstand lediglich eine genaue Funktionsbeschreibung und ein Konzept mit den hauptsächlichen Schaltungen und Abmessungen vor. Die Detailausführungsplanung fehlte. Zudem mangelte es an einem regen technischen Gedankenaustausch mit kompetenten amerikanischen Ausrüstern, wie es in der Bundesrepublik bei neuen Technologien die Regel ist. Georg Ruffs Wunsch, sich mit Robert Annacona zu treffen, kam für die Midland Steel zu früh. Da sie ein Zusammentreffen mit dem Vertragspartner Ruff aber schlecht ablehnen konnten, wurde Robert Annacona vorgeschickt, um eine Schattendiskussion zu führen. Lediglich zwei vorläufige Erkenntisse sollte Annacona andeuten: die Bauzeit würde sich verlängern, und bezüglich der Kosten waren geringfügige Erhöhungen nicht auszuschließen. Im äußersten Falle, so die Midland-Steel-Version in Washington, müßte ein Teil der zehn Millionen für Unvorhergesehenes in Anspruch genommen werden, wofür die Position Unvorhergesehenes ja letztlich gebildet worden war.

Mit anderen Worten, Ruffs Partner für die Eisenschwammproduktion war ins Schwimmen geraten. Midland sah darin zu diesem Zeitpunkt noch keine Gefährdung für das Projekt, weil das Hochleistungsstahlwerk ja genau so gut mit Stahlschrott arbeiten konnte. Ließ sich der Zeitverlust nicht aufholen, mußte man sich um die Schrottbeschaffung kümmern.

„Das Verfahren, die Technologie, ist absolut ausgereift und gesund", sagte Annacona, „wir machen uns da gar keine Sorgen, und Sie, George, brauchen sich auch keine Sorgen zu machen."

Das klang sehr beruhigend.

Die *Marriott*-Küche hat in Washington einen guten Ruf. Das Fleisch war vorzüglich, die Pfeffersoße genau richtig abgeschmeckt, die in Folie gebackenen Kartoffeln erinnerten Ruff an ein Mittagessen, zu dem der Vereinsvorstand in Chicago ihn eingeladen hatte, nun kam noch hellroter kalifornischer Landwein dazu, von dem man zurecht sagte, schon das zweite Glas glätte die Seele.

„Es handelt sich um unsere erste Anlage", fuhr Annacona mit leiser, aber eindringlicher Stimme fort, „eine erste Anlage, verstehen Sie, da kann von einem Konvoi-Prinzip natürlich noch keine Rede sein."

„Na gut, da braucht ihr für die Optimierung ein bißchen mehr Zeit, vielleicht müßt ihr die eine oder andere Ausschreibung wiederholen, aber wenn man den Druck auf den Ingenieuren hält ..." er stemmte mit dem linken Daumen mehrmals auf das feine Tischtuch, „wenn man den Druck hält, kommen sie auch zu Entscheidungen. Ihr müßt den Entscheidungsprozeß in Gang halten. Natürlich geht es auch mit Schrott, aber Eisenschwammstahl erzielt einen höheren Preis und das Verfahren läuft kontinuierlicher."

Annacona war ein wenig pikiert über das von Ruff gemalte Bild. „Unser Entscheidungsprozeß ist top, George, du machst dir wirklich zuviel Sorgen, wir haben ein ausgezeichnetes Management."

„Woran liegt es dann", wollte Ruff nichtsdestotrotz wissen. Er mußte warten, bis Annacona das Glas Mineralwasser ausgetrunken hatte.

„Unsere Ingenieure entwarfen zu Beginn acht Konzepte ... ich meine Varianten, diese Zahl erwies sich als zu groß. Wir sind jetzt bei zwei Alternativen, der Weg von acht auf zwei hat zuviel Zeit gekostet."

„Wir haben mit zweieinhalb Varianten begonnen." Als

Annacona schwieg, fuhr Ruff fort: „Wir sind dann rasch zur Lösung gekommen. Mehr als zehn Prozent der Zeit darf das Konzept nicht kosten."

„Sie müssen bedenken, daß wir eine ziemlich tiefe Entscheidungshierarchie haben, während Sie allein entscheiden."

„Die Entscheidungshierarchien dienen nur dazu, daß die Manager sich auf Papiersäulen abstützen." Ruff wurde gewahr, daß er begann, Annacona zu belehren. Das wollte er nicht. Aber die Geschichte roch nicht gut. Er leistete sich einen letzten Schnabelhieb. „Eure Akademien verbreiten die besten Thesen. Ein Manager ist umso besser, je weniger er sich irrt. Verläßt er sich auf zuviele Leute, hat er alle Irrtümer seiner Leute im Sack."

„Als wir uns in Georgetown trafen, sagte ich Ihnen, ich sei kein Eisenschwammfachmann. Also verlasse ich mich auf meine Ingenieure."

„Wann werden eure Ingenieure aus den beiden verbliebenen Varianten die wirkliche Lösung ermitteln?"

„Also wissen Sie, George, es sollte uns jetzt auf vier Wochen mehr oder weniger nicht ankommen. Wichtig allein ist doch, daß wir die richtige Variante haben und dann gut produzieren können."

Ruff war diese Art von Verlegenheitsgerede nicht gewohnt. Aber Annacona hatte, wie man so sagt, einen guten Vortrag, er konnte gut überzeugen und Argumente entwickeln, die gar keinen Kern besaßen. Hinzu kam, daß Ruff, wie er sich später eingestand, die Größe und Power der Midland Steel für die beste Grundlage einer Partnerschaft hielt, wie die Kleinen ja häufig die Großen nur um ihrer Größe willen umwerben und bewundern. Er mußte wohl etwas Geduld haben, dachte er, die Midland Steel würde es letztlich wohl schaffen, wenngleich das, was Annacona da von sich gab, wirklich nicht von einem Projektmanagement des Grand Design, des straffen großen Wurfs zeugte. Wenn die Großen nicht nur in wasserdichten Siebenmeilenstiefeln marschierten, wurden sie den Kleinen ähnlicher, ein Trost, ein schwacher, für den viel belächelten Landadel.

Der Gedanke, seine Partner würden ihn, Georg Ruff, wenn sie selbst in Bedrängnis gerieten, über das Holzkohlenfeuer halten, kam ihm nicht. In Chicago lernte er sein Handwerk an der Basis, die Kälte in den hohen Etagen hatte er nicht zu spüren bekommen, aber er bewegte sich schon auf sie zu, ohne es zu wissen.

Die DC 10 der Lufthansa nonstop von Washington kommend, landete am Sonnabend fast pünktlich um 7 Uhr 50 auf dem Rhein-Main-Flughafen. Georg Ruff ging durch die Paßkontrolle und stürzte auf einen der wenigen freien Telefonapparate. Wie so häufig, hatte er nur wenige deutsche Münzen bei sich und mußte haushalten. Er opferte ein Fünf-Markstück und wählte die Nummer der Kuppel. „Paula?"

„Ja, Georg. Hattest du einen guten Flug?"

„Gut, gut", sagte Ruff hastig. „Ist der Fahrer hier am Flughafen?"

„Ja, unmittelbar am Ausgang der Gepäckausgabe Ausland."

„Perfekt. Kannst du mich mit Christine verbinden?"

„Christine ist ins Château gefahren."

Das war nicht vorgesehen. Sie hatten vereinbart, nach seiner Rückkehr zu entscheiden, wo sie das Wochenende verbringen wollten. Am Sonntag fand ein Flugtag in Saarbrücken statt, und Georg wollte sich die Hubschrauberausstellung ansehen und einen Rundflug mit einem Sporthubschrauber unternehmen.

„Wieso denn das", fragte er kurz angebunden.

„Frau Manta kam zu Besuch aus Italien. Christine meinte, das wäre ein bißchen viel für die Kuppel."

„Meine Schwiegermutter?"

„Richtig, deine Schwiegermutter."

„Gute Nachrichten gibt's wohl gar nicht mehr", bemerkte Georg sarkastisch.

„Doch, Georg."

„Dann schieß mal los."

„Der Rektor der Universität Alt-Kronenburg schreibt dir, du möchtest den 4. Dezember für die Uni reservieren. Es ist der Tag der heiligen Barbara."

„Hat er geschrieben, warum?"

„Die Fakultät des Eisen-Hüttenwesens wird dir den Doktor-Ingenieur honoris causa verleihen."

Ehe er antworten konnte, unterbrach der Automat das Gespräch. Die fünf Mark waren verbraucht.

Natürlich freute er sich. Seine Vorlesungen an der Uni waren vornehmlich auf die Praxis ausgerichtet, auch die Gastvorlesung in Uppsala würde sich mehr mit dem Betrieb von Hochleistungs-Lichtbogenöfen befassen als mit der Theorie des elektrischen Schmelzens, und die Diplomarbeiten, die er der Fakultät angeboten hatte, wurde mehr von Birkholz als von ihm betreut, vielleicht fiel dagegen seine Eisenschwamminitiative ins Gewicht. Auf der Fahrt von Frankfurt nach Konz ging viel durch seinen Kopf, und am Ende entstand so etwas wie ein Eisenschwammkomplex. Er entwickelte das Gefühl, *er mußte Georgetown mit Eisenschwamm betreiben, Georgetown war sein persönlicher Prüfstein.* Gegen elf Uhr erreichte er Konz. Bevor er sich in der kleinen Wohnung unter die Dusche stellte, wählte er die Nummer des Château. „Hallo, Molly."

„Oh, Hanuman, ich bin so glücklich, daß du da bist. Wie ist es dir ergangen?" Sie wartete eine Antwort gar nicht erst ab. „Mama ist da, bitte rege dich nicht auf."

„Aber Molly, ich rege mich überhaupt nicht auf, deine Mutter wird sich aufregen."

Sie begann zu weinen und konnte einen Augenblick lang nicht sprechen. „Es ist alles so fürchterlich, Hanuman. Mama erzählt mir dreimal am Tag, unsere Kinder seien verkorkst."

„Beruhige dich, Molly, ich habe schon alles hinter mir. Und was deine Mutter über unsere Kinder sagt, läßt mich völlig kalt."

„Was hast du hinter dir, Georg?"

„Nun, ich habe deiner Mutter die Tochter zurückgebracht."

„Was hast du?"

„Molly, hör jetzt mal einen Moment gut zu."

Sie weinte und weinte. „Ich höre ja gut zu."

„Paß mal auf, Molly, der Fahrer wird jeden Augenblick bei euch eintreffen. Er gibt dir eine Plastiktasche, diese Tasche wirst du nicht öffnen, Molly, die Tasche wirst du deiner Mutter übergeben, hast du das, Molly, he Molly, hast du das? Die Tasche ist für deine Mutter bestimmt, Molly, hast du das?"

„Warum sprichst du so laut, Georg? Was ist in der Tasche?"

„In der Tasche ist eine Urne, und in der Urne ist die Asche deiner Schwester Luise."

Es verschlug Christine die Sprache. „Hanuman ... Hanuman ... du kannst doch nicht den Chauffeur mit der Urne herschicken ... oh mein Gott, warum machst du das nicht selbst?"

„Weil ich mich jetzt lange dusche, Molly, sehr lange, so lange, bis ich mir ganz San Francisco von der Seele gewaschen habe, und dann werde ich ein Glas Wein trinken und ein Nickerchen machen, geliebte Molly, meinst du nicht, ich hätte es mir verdient?"

„Sei so gut und hol mich hier weg, Hanuman."

„Sobald deine Mutter abgereist ist, komme ich dich holen."

„Meine Mutter möchte mit dir über die Fahrradfirma sprechen, Georg. Sie behauptet, sie hätte schon mehr als 50 Prozent."

„Na und?"

„Sie will dich ausbooten."

„Das soll sie, verdammt noch mal, schriftlich machen." Er warf den Hörer auf die Gabel. Christine rief innerhalb einer Minute zurück. „Georg?"

„Ja."

„Der Fahrer ist da, Georg, er kommt mit der Tasche zu mir. Ich bin ganz sicher, ich werde jetzt sterben. Ich fühle, ich bin schon ganz kalt und tot. Ich will dir nur sagen, ich habe dich immer geliebt, vom ersten Augenblick an, und ich liebe dich immer noch, Hanuman."

„Ich liebe dich auch, Molly, aber ich muß jetzt unter die Dusche."

„Du bist der stärkere von uns beiden. Jetzt, wo ich sterbe, weiß ich es."

„Ich denke, das ist auch richtig so", sagte Georg trocken und ließ den Hörer ganz langsam und sanft auf die Gabel fallen. Nun sollte sich die alte Krähe Maria Theresia Manta mit ihren beiden Töchtern mal ein Weilchen allein beschäftigen. Sollte *die Manta* ihn nicht nur ausbooten, sondern sich auch bei ihm bedanken wollen, so konnte sie das alles per Post erledigen. Er wollte sie nicht sehen. Und bis in alle Ewigkeit wollte er keine Freundschaft mit ihr schließen. Sie war eine abscheuliche Frau. Wie konnte sie behaupten, ihre drei Enkelkinder seien total verkorkst. War sie denn nicht fähig, sich darüber zu freuen, solche Enkelkinder zu haben?

Als er am Nachmittag die Post durchsah, stieß er auf den Schriftsatz des Arbeitsgerichts. Man wollte ihn zwingen, den Schmelzmeister Erich Kropp wieder einzustellen. Sobald Christine wieder ansprechbar war, mußte er die Erkundigungen der SOCRIM vorantreiben. Er fragte Paula, wann Dr. Rostrum seine Arbeit aufnehme und ob sich feststellen ließ, wie man den Prozeß anpacken konnte. Wenn er dafür eine Anwaltspraxis in Anspruch nehmen mußte, sollte es eine Sozietät sein, die einen Namen hatte und dafür bekannt war, daß sie gute Arbeit leistete. Er richtete sich auf einen langen Kampf ein und bat Paula, die Sache möglichst selbständig zu verfolgen. Wenn sie Entscheidungen brauchte, stand er jederzeit zur Verfügung, aber für das Studium von Schriftsätzen hatte er keine Zeit.

„Was ist aus der Protestaktion der Metaller geworden?"

„Sie haben gesagt, sie kommen wieder."

„Sie kommen immer wieder, Paula, das ist ihr Geschäft."

XXIV

Im September verabschiedete die Regierung eine Novelle des Bundesemissionsgesetzes, das auch emissionsmindernde Maßnahmen der Eisenhüttenindustrie betraf. Diese Maßnahmen mußten nicht sofort getroffen werden, aber das Gesetz machte deutlich, daß die Unternehmen verpflichtet waren, die Emissionen zu messen und aus den Ergebnissen Konsequenzen zu ziehen. Das Gesetz legte neue Grenzwerte fest. Man konnte nicht sofort sagen, was das alles bedeutete, aber der Umweltschutz bekam erste Konturen. Begriffe wie Stickstoffdioxidminderung, Anstieg des Kohlendioxidgehalts der Luft, Treibhauseffekt und Waldsterben wurden in der Presse ausführlich behandelt. Die Automobilindustrie begann Testreihen mit Katalysatoren, die Erdölraffinerien prüften, unter welchen Randbedingungen sich bleifreies Benzin herstellen ließ. Die Motorenfabriken erhoben Bedenken gegen bleifreies Benzin, aber man hörte schon heraus, daß Kraftfahrzeuge auch ohne Blei funktionieren würden. Es war eine Frage des Umdenkens, und das Gesetz erfüllte zunächst einmal den Zweck, Verständnis für die Belange der Natur zu wecken.

Ruff entschied, die Dinge auf sich zukommen zu lassen und nichts zu unternehmen, was Gesetze nicht verlangten.

Mitte September bat der Architekt um eine Entscheidungskonferenz über die Vergabe des Bürokomplexes Karthäuser Obstgarten an eine der beiden erstplazierten Baufirmen.

Georg freute sich, seinen Bruder Benedikt zu sehen, der sich zu einem großen sportlichen Mann entwickelt hatte. Benedikt war jetzt 28 Jahre alt, die Arbeit bei dem Architekten gefiel ihm, und Georgs Bürokomplex würde das erste Projekt sein, das er in eigener Verantwortung abwikkelte. Sie gingen noch einmal die Pläne und die Kosten durch und erörterten auch die Umbauarbeiten im Weingut und den Anbau an der Kuppel, in dem Beatrix mit ihrer Tochter wohnen sollte. „Na gut", sagte Georg Ruff, „ich bin damit einverstanden, daß die RHEBAG – Rheinische Bau AG, den Auftrag bekommt." Der Gesamtpreis belief sich auf rund 16,5 Millionen Mark. Nach dieser Entscheidung diskutierten sie noch ein paar Fragen, die das ökologische Bauen, die heutige Stadt- und Dorferneuerung sowie die Berücksichtigung der Ortsrandlage betrafen. Der Bürokomplex würde der Harmonie mit dem Naherholungsgebiet architektonischen Ausdruck verleihen. Zwei Landstraßen sollten zu dem Bürohaus führen, und da man mit öffentlichen Verkehrsmitteln nicht rechnen konnte, mußte der Parkplatz eine überdurchschnittlich große Zahl von Stellplätzen haben. Neben dem Parkplatz lag die Hubschrauberlandefläche, die in einem Umkreis von 50 Metern keine Baumbewuchs gestattete. Vor dem Eingang zur Kantine, die im Kellergeschoß untergebracht war, ordnete der Architekt einen Wendehammer für Lastwagen an. Dies alles vergrößerte natürlich den Flächen- und Geldbedarf der ersten Ausbaustufe, man konnte aber davon ausgehen, daß sich die zweite Ausbaustufe kostengünstiger gestalten ließ, da der Hauptteil der Infrastruktur dann schon existierte. Es vergingen vierzehn Tage, dann erschienen in den lokalen Tageszeitungen erste kritische Artikel über das Bauvorhaben und die Vergabe an die RHEBAG. Der *Konzer Tagesbote* schrieb einen vehement scharfen Artikel über das Thema „Neue Unternehmen – Heimrechte und Pflichten", in dem der Autor die Vergabepraktiken der Öffentlichen Hand und der Industrie anprangerte. Vergebens protestierte die Handwerkskammer gegen die Beauftragung einer außerregionalen Baufirma, von der seit Jahren behauptet wurde, sie wickele den größten Teil ihrer Aufträge mit ausländischen Saisonarbeitern ab, um ihre Lohn- und Gehaltsliste in den beschäftigungsarmen Wintermonaten drastisch zusammenstreichen zu können. *Wird dies in der Bauwirtschaft die Regel, können wir uns heute schon auf Europa freuen*, endete der bissige Kommentar.

Ebenfalls um diese Zeit erhielt Ruff Briefe der Gewerbeaufsichtsämter Trier und Bremerhaven mit der Aufforderung, zu erklären, wie die Stahlwerke in Konz und Bremerhaven nachgerüstet werden sollten, um den Bestimmungen des Umweltschutzes gerecht zu werden. Ruff ließ die Briefe bis zu seiner Rückkehr aus Schweden liegen und gab sie dann an Alfred Lynn weiter mit dem Vermerk: *Bitte gelegentlich Rücksprache*.

Während sich Ruff in San Francisco um den Todesfall Luise Manta kümmerte, erhielt Gisela Boehne den unangemeldeten Besuch eines ACOM-Mannes aus Brüssel. Es war ein sympathischer Mann mit guten Manieren und einem lustigen Akzent in seiner deutschen Sprache. Er plauderte mit der Sekretärin, bat um eine Tasse Kaffee und einen Besprechungstermin bei Georg Ruff und revanchierte sich für die freundliche Aufnahme mit einem batteriegespeisten komfortablen Radiowecker.

„Sie hätten ihn wegschicken müssen, Boehnchen."

„Er ist eine Art Mann, die man nicht einfach wegschikken kann."

Georg Ruff machte sich über sie lustig. „Ich dachte, Sie sind viel zu intelligent, um einem Mann auf den Leim zu gehen, der nicht mehr kann als freundlich lächeln."

„Daß er von mir nichts will, weiß ich", sagte sie mit aufkommendem Zorn, „aber was will er denn von Ihnen, Chef?"

„Er will einen Auftrag über die Stranggießanlagen und Walzwerke für Port de Bouc, ANA und Georgetown, und er bekommt die Aufträge nicht."

„Soll ich ihn anrufen und ihm sagen, daß Sie ihn nicht empfangen werden?" Sie senkte den Kopf und kritzelte auf ihrem Block herum.

„Ich verzeihe Ihnen, Boehnchen", sagte er gönnerhaft. „Wir wollen nicht unhöflich sein. Schließlich hat sich die ACOM mit den Angeboten große Mühe gemacht, und man weiß nicht, wozu man die Firma nochmal brauchen kann. Das ist aber nicht der Hauptgrund."

„Und was ist der Hauptgrund?"

„Ich möchte gern mal den Mann sehen, der Ihnen gefällt und der es fertig bringt, Sie zu einem Termin bei mir zu überreden."

Da stand seine Sekretärin auf und warf mit großem Krach die Tür hinter sich zu.

Der ACOM-Mann erschien am Mittwoch, den 21. September, einem Tage, der in Georg Ruffs Leben eine gewisse Bedeutung erlangen sollte. Boehnchen hatte recht, er war ein ansehnlicher Mann mit kurzem blonden Haar, das er er sich wie einen Schrubber in die Stirn kämmte und einem kratzbürstigen kurzen Oberlippenbart. Ruff schätzte ihn auf Mitte 30. Er wohne nicht in Brüssel, sagte der junge Mann, vielmehr auf dem Lande südwestlich der Stadt, die Wohnungen in der Stadt seien auch für einen besser verdienenden unerschwinglich, und da er nicht täglich nach Brüssel müsse, mache ihm die Bahn- oder Autofahrt nichts aus.

„Haben Ihre Eltern einen Hof? Ich las neulich in der Zeitung, daß die Landwirtschaft in Belgien keine große Rolle mehr spielt und daß so eine Art Landflucht eingesetzt hat."

„Mein Vater ist Forstbeamter in der Nähe von Belle Alliance, wo wir 1815 gemeinsam die Franzosen geschlagen haben", sagte der Mann mit einem listigen Lächeln.

„Ach, wissen Sie, wenn man durch Europa wandert, gibt es alle Naslang einen Ort, wo eine Völkerschlacht stattgefunden hat, man fragt sich manchmal, was zum Teufel nochmal die Europäer so streitlustig macht, ist es die Politik, die Religion oder sind es die Ideologien?"

„Es sind die Sprachen", meinte der ACOM-Mann, „wir haben auf diesem kleinen Kontinent zu viele Völker mit zu unterschiedlichen Sprachen. Da bereitet es Schwierigkeiten, einander zu verstehen."

Ruff wollte zur Sache kommen. „Sie sprechen ein gutes Deutsch", bemerkte er.

„Wer in Deutschland Geschäfte machen will, muß deutsch sprechen", sagte der liebenswürdige Mann, „wir kennen uns in Ihrem Lande aus, der Markt ist gut, und die Eisen-Hüttenindustrie muß unter allen Umständen modernisiert und nicht subventioniert werden, das ist natürlich auch für die ACOM eine Chance. Um so mehr bedauern wir, daß Ihnen unser Angebot nicht gefällt."

„Ich will nicht sagen, daß mir Ihr Angebot nicht gefällt", erwiderte Ruff, „Sie müssen aber bedenken, daß die drei Stahlwerke in Frankreich, Algerien und in den Staaten gebaut werden und ich damit eine immense Verantwortung übernehme."

Der junge Mann lehnte sich ein wenig zurück und sah Ruff unbekümmert an. „Verstehe ich Sie recht, daß Sie in Ihrer Haftungsverantwortung eine Entlastung suchen?"

„Ja, ich glaube, das ist gut formuliert", sagte Ruff. „Die Ausrüsterindustrie legt das Risiko immer auf die Schultern der Bauherren."

Ehrlicherweise hätte der ACOM-Mann sagen müssen, daß das Risiko beim Bauherrn richtig liege, aber er hütete sich, den Dialog zu stören. „Wir können Sie in dieser Hinsicht sehr beruhigen", bemerkte er mit großer Bestimmtheit, „wirklich, die ACOM-Gruppe verfügt über eine bemerkenswert gute Versicherung, die praktisch jedes Risiko bis zur Höhe des Auftragswertes abdeckt."

„Das haben Sie bisher nicht angeboten oder nicht deutlich gemacht", sagte Ruff.

„Ich biete es Ihnen hiermit an", antwortete der ACOM-Mann, „und ich denke, daß diese Vereinbarung Ihr Problem löst, wenn Sie dabei berücksichtigen, daß unsere Versicherung an 70 Orten der Welt Niederlassungen oder Vertretungen hat, selbstverständlich auch in Algerien."

„Das scheint mir ein großer Vorteil zu sein", sagte Ruff, „wenngleich dieser Vorteil natürlich in erster Linie der Miramer und den ANA-Werken zugute kommt." Der ACOM-Mann konnte ihm allerlei erzählen, vielleicht war er ein Versicherungsspezialist, aber das brachte ihm noch kein Geld in die Kasse. Wenn die ACOM-Ausrüstungen so gut waren, wie die ACOM behauptete, konnte er sich für die Gewährleistung nicht das geringste kaufen, weil es dann wahrscheinlich gar keinen Gewährleistungsfall gab, und wenn es ihn geben sollte, würde die Versicherung ja nur den Schaden übernehmen, aber keinen Vorteil für Ruff bringen.

Es war für den ACOM-Mann nicht schwer, Ruffs Gedanken zu erraten. Der Gast erhob sich ein wenig und rückte den Lehnstuhl von Ruffs Schreibtisch ab. Dann schlug er die Beine übereinander und faltete die Hände über dem oberen Knie. „Wo, Herr Ruff, liegt Ihr Hauptinteresse bei diesem Kauf von Ausrüstungen für die drei Stahlwerke?"

„Es gibt kein Hauptinteresse", antwortete Ruff, „Sie müssen sich vorstellen, daß mich drei Gesellschaften beauftragt haben, ihnen hochtechnologische Stahlwerke zu bauen. Dafür werde ich bezahlt. Oder genauer gesagt, die KOBI, meine Ingenieurgesellschaft, wird dafür vergütet. Kaufe ich preisgünstig ein, haben meine Kunden den Vorteil, abgesehen vielleicht von Georgetown, da bin ich ja mit fünfzig Prozent beteiligt. Das bewegt aber nicht die Welt."

„Was bewegt Ihre Welt, Herr Ruff?"

Da brach Ruff in ein Lachen aus, das in ein emsiges Kopfnicken überging. „Ja", sagte er etwas zu laut, „was bewegt meine Welt? Diese Frage hat mir noch niemand gestellt. Lassen Sie mich einen Augenblick nachdenken. Da wäre an erster Stelle die Disziplin meiner Leute, an zweiter Stelle das Lohnniveau. Dann kommt der Energiepreis. Und ebenso wichtig ist der Schrottpreis. Das ist mein Vierecksproblem."

„Das ist eine Menge, Herr Ruff", sagte der ACOM-Mann.

„Stimmt."

„Eine Ecke davon könnte ich bewegen."

„Wollen Sie mir ein privates Geschäft vorschlagen", fragte Ruff, „da machen Sie mich aber neugierig."

„Ob es ein Geschäft ist, weiß ich nicht." Der ACOM-Mann spürte, daß er Ruffs Interesse geweckt hatte, aber er mußte ihn noch über den Tisch ziehen. „Zur ACOM-

Gruppe gehören die Sparte 'Versicherungen' und der ACOM-Handel. Der Handel befaßt sich mit Export/Import, Termingeschäften, Metallen, Eisen und Schrott. Wir verfügen im Augenblick über ein großes Termin-Los Antwerpener Speckschrott, das könnten wir in den kommenden zwei Jahren zum Festpreis mit dreißig unter pari gegen harte Valuta abgeben, was halten Sie davon?"

„Langsam, junger Mann, was ist dieser Antwerpener Speckschrott?"

„Es handelt sich um Stahlschrott einer Qualität, die in der EG-Klassifikation zwischen dirty scrap number two und three liegt."

„Damit habe ich schlechte Erfahrungen gemacht", sagte Ruff und hob abwehrend die Hände. „Die Leute in Konz sind ohnehin nicht gut auf mich zu sprechen."

Der ACOM-Mann tat, als habe er Ruffs Einwände nicht gehört. „30 unter pari ist ein ACOM-Ausdruck, die Bezeichnung bezieht sich auf den ECU." Er zog einen kleinen, sehr flachen Rechner aus der linken Tasche seines Oberhemdes. Er tippte ein paar Werte ein und las dann ab. „30 unter pari bedeutet, daß Sie an jeder Tonne etwa 69 Mark sparen."

„Sie wissen so gut wie ich, daß es ein solches Angebot nicht gibt", meinte Ruff verärgert. „Vielleicht treiben Sie ein paar Tonnen von diesem Schrott auf, aber für ein größeres Los können Sie den Preis nicht zwei Jahre lang halten."

„Sie bekommen es schriftlich, Herr Ruff", sagte der ACOM-Mann kurz und sachlich.

„Wie groß ist das Los?"

„Wir gehen bis zu 500 000."

„Tonnen?"

„Natürlich Tonnen."

„Würden Sie die Lieferung auch über einen Zeitraum von drei Jahren strecken?"

„Das ließe sich einrichten", antwortete der ACOM-Mann.

„Ich muß das Angebot mit meinem Vater besprechen",

sagte Ruff, „er ist der Geschäftsführer der Ruff Eisenhandel. Sie hören von mir innerhalb einer Woche."

Er war erstaunt, wieviel Schrott schlechter Qualität der europäische Markt anzubieten hatte. Gewiß gab es noch schlechtere Qualitäten, und wenn man Sauerstoff in die Öfen einblies, konnte man fast alles verbrennen, vorausgesetzt, es existierte eine Hallenabsaugung mit ausreichend dimensionierten Elektrofiltern. Er bezweifelte nicht, daß die Regierung die Emissionschutzgesetze von Jahr zu Jahr verschärfen würde, und die Gewerbeaufsichtsämter hatten nichts anderes zu tun, als die Gesetze zu vollziehen und die Bestimmungen anzuwenden, doch wer sollte das alles bezahlen? Er hatte die Rechnung so oft angestellt, daß er sie im Kopf wiederholen konnte. Die Hallenabsaugung würde in jedem der beiden Werke Konz und Bremerhaven zwölf Millionen kosten, mit neuen Sozialräumen, Kantine und der erforderlichen Verbesserung der Wasserwirtschaft kam man auf rund 15 Millionen und bei zwei Werken bedeutete das 30. Etwa den gleichen Betrag konnte er mit dem Antwerpener Speckschrott erwirtschaften, leider hatte das Geschäft eine schmutzige Kehrseite. Auch wenn er, wie schon geübt, normalen Schrott zumischte, würden die Konzer Bürger bei Südwestwind einiges von dem Dreck abbekommen. Also brauchte man drei Jahre lang kräftigen Nordostwind. In Gedanken erweiterte er sein Vierecksproblem zu einem Fünfecksproblem. Alles, was er brauchte, waren tüchtige Leute bei günstigen Löhnen, billige Energie, billigen Schrott und ständigen Nordostwind.

Den Jagdschein hätte er sich sparen können, es wäre vorteilhafter gewesen, zu lernen, den Hai zu reiten. Aber nun hatte er den Jagdschein, und am Donnerstag flog er mit Christine nach Uppsala und hielt in der Universität eine Gastvorlesung über Hochleistungs-Elektrostahlwerke und den Eisenschwamm als Einsatzstoff. Am frühen Sonntagmorgen schoß er einen kapitalen Royal Elk. Die schwedische Botschaft hatte ein Jahr später die Freundlichkeit, den ausgestopften Kopf mit Geweih von einer Spedition in das Château Christine bringen zu lassen.

Aus Stockholm zurückgekehrt, sprach Georg mit Benz über das ACOM-Angebot. Benz riet davon ab, den Speckschrott in Konz einzusetzen, stimmte aber schließlich dem Vorschlag zu, das ACOM-Los in zwei gleich große Partien aufzuteilen und eine Partie für Konz und die andere für Bremerhaven vorzusehen. Er verlangte für das Geschäft, falls Georg es über die Ruff Eisenhandel abwickeln wollte, einen 50-Prozentanteil. Georg fand das zu hoch. Er versuchte, seinem Vater klarzumachen, daß er einen größeren Anteil von der Einkaufsspanne benötige, um die beiden Stahlwerke nachrüsten zu lassen. Aber diesmal blieb Benz hart und Georg mußte sich wohl oder übel mit 50 Prozent begnügen. Wenn sich das Geschäft wie vorgesehen abwikkeln ließ, würde das Geld nur für die Nachrüstung eines Werkes ausreichen, und sie mußten zu gegebener Zeit entscheiden, ob sie mit Konz oder mit Bremerhaven anfingen.

In der letzten Septemberwoche entschieden Georg Ruff und Alfred Lynn, die Walzwerke für Georgetown bei der schwedischen SCANTA zu bestellen und die ACOM mit der Lieferung der Walzwerke für Port de Bouc und ANA zu beauftragen. Was die Lichtbogenöfen und die Stranggießanlagen anbetraf, kamen noch zwei erstklassige Lieferanten in Frage, die DORMAG und die französische CEE. Die Entscheidung sollte im Oktober fallen.

Ende September erhielt Christine einen Anruf von Frau Rappaport. Die Rappaports wollten das Wochenende zum Erntedankfest an der Mosel verbringen, ob Christine ein Doppelzimmer reservieren könne. Christine war etwas erstaunt, daß Frau Rappaport in der Kuppel anrief und nicht im Château, wo Thomas oder die Assistentin die Reservierungen vornahmen, aber sie erfuhr dann auch gleich den Grund. Herr Rappaport würde sich sehr freuen, ihren Mann näher kennenzulernen, die Jagd habe begonnen, und man sei doch für das Hunsrückhaus Hubertus schon so gut wie verabredet. Christine fand Rappaports etwas aufdringlich, da sie die Zusammenhänge nicht kannte, und um nicht Gefahr zu laufen, etwas zu verderben, sagte sie zu, sich um das Zimmer zu kümmern und mit ihrem Mann zu sprechen.

Die Protestaktionen vor dem Stahlwerk hatten zu der niedrigsten Produktivität seit Bestehen des Werkes geführt. In den letzten Septembertagen kündigte Didone für den ablaufenden Monat eine Produktivität zwischen 84 und 85 an. Es zeichnete sich ab, daß der Werksleiter Birkholz daran nichts mehr ändern würde, zumal er noch Urlaubsansprüche hatte und nicht bereit schien, diese Ansprüche gegen Geld an die Konzer Stahlwerke abzutreten. Der neue Werksleiter, den Paula eingestellt hatte, ein Ingenieur namens Wilhelm Moorbach, konnte vor dem 2. Januar die Arbeit nicht aufnehmen. Die Produktivität der letzten Monate drohte das Betriebsergebnis des Jahres auf Null zu drükken. Wenn es nicht gelang, außerbetriebliche Ergebnisse in die Bilanz einzubringen, würde es Ärger mit den Banken geben. Die Deutsche Bankenvereinigung würde noch am ehesten ein Verlustjahr in Kauf nehmen, die Konzer Vereinsbank und die Inter Bank dagegen würden ausführliche Erklärungen verlangen, eine mittelfristige Ergebnisprognose fordern und ein zeitraubendes Controlling einrichten. Während Georg Ruff sich jeden Tag mindestens einmal vornahm, wieder näher an die Basis heranzurücken, begannen verschiedene Zentrifugalkräfte auf ihn einzuwirken, die ihn wieder von der Stahlproduktion entfernten. Der Gedanke, sich selbst die Stiefel von 45 wieder anzuziehen, gefiel ihm sehr, doch hatte es den Anschein, daß seine Füße für diese Stiefel zu groß geworden waren. Da konnte ein günstiger Schrotteinkauf viel bewirken, aber er machte sich natürlich nicht vor, ein niedriger Schrottpreis sei ein guter Ersatz für die freifallende Produktivität. Auch der niedrigere Energiepreis würde nicht Wunder wirken. Der Faktor Arbeit hatte unter allen produktiven Faktoren sein eigenes hohes Gewicht.

Er freute sich, daß Christine ihn überredete, mal wieder innezuhalten und ein verlängertes Wochenende im Château zu verbringen.

Einer seiner letzten Gesprächspartner war Rainer Moebius. Sollten die Kosten der Midland Eisenschwammanlage über die eingeplanten 50 Millionen ansteigen, würde die Hälfte davon auf Ruff entfallen, und James Hill hätte die Aufgabe, eine zusätzliche Portion von Genußscheinen zu verkaufen. Wie aber sah bei höheren Kosten die Gewinnerwartung aus? Er beauftragte Moebius, gemeinsam mit Didone mehrere Modellrechnungen durchzuführen und sich auf eine Reise zur Midland Steel vorzubereiten. Ein weiterer Auftrag lautete, die Kosten der KOBI für die Planung und Bauleitung des Georgetown Stahlwerkes zu überprüfen. Ruff meinte, die der KOBI hierfür zugestandenen viereinhalb Millionen müßten ausreichen, für die Konzer Anlage hatten sie fünfeinhalb Prozent für die Planung und zwei Prozent für die Bauüberwachung und Inbetriebsetzung benötigt. Natürlich gab es da einen kleinen Unterschied. Konz verarbeitete Schrott, Georgetown würde mit Schrott beginnen und dann auf 100 Prozent Eisenschwamm übergehen. Bis die Anlage ihre volle Leistung mit Eisenschwamm erreichte, konnte ein halbes Jahr vergehen.

Damit nicht genug, gab er seinem Finanzchef einen dritten Auftrag. Der Architekt, der für den Bürokomplex verantwortlich war, rechnete seine Leistung nach dem effektiven Aufwand ab. Da die Investitionskosten jetzt bekannt waren, sollte der Architekt in der Lage sein, eine Honorarpauschale zu kalkulieren und ein Festpreisangebot an die Ruff-Holding abzugeben. Ein Pauschalfestpreisvertrag war abzuschließen. Die Bauzeit betrug 23 Monate, im August des übernächsten Jahres würden die Ruff-Verwaltung und die KOBI in den Karthäuser Obstgarten umziehen. Ruff verlangte, daß dieser Termin gehalten würde. „Verabreden Sie sich mit dem Architekten, und kümmern Sie sich darum."

„Ja, natürlich, das machen wir", sagte Moebius, und da das Gespräch beendet war, stand er auf und schaukelte hinaus.

Ruff sah ihm hinterher. Er hielt Moebius für einen guten Mitarbeiter. Moebius war intelligent und faul. Er verfügte über eine Menge Erfahrungen in der Finanzierung und überblickte die Chancen und Risiken. Was ihm fehlte, war der innere Motor. Aber Ruff kam mit Mitarbeitern, denen der innere Motor fehlte, zurecht. Sein Motor reichte für mehrere. Dessen ungeachtet war die Behauptung Erich Kropps, er sei ein Schweinstreiber, eine Unverschämtheit. Er wartete mit einer gewissen Neugier auf die erste Reaktion des Arbeitsgerichts in Trier. Wenn er gewann, und davon war ja wohl auszugehen, würden die Gewerkschaften Gift und Galle spucken. Vieles ging ihm durch den Kopf. Er hatte den Jagdschein gemacht, aber die Jagd faszinierte ihn nicht so sehr. Vielleicht sollte er den Flugschein erwerben und sich auf Hubschrauber spezialisieren. In Schweden waren sie mit dem Hubschrauber in das nördliche Elchgebiet geflogen. Er hatte sich neben den Piloten gesetzt und den Flug außerordentlich genossen. Auf dem Rückflug aus dem Jagdgebiet nach Uppsala scheuchten sie ein Rudel Rotwild auf, und Ruff bat den Piloten, eine Schleife zu fliegen, um ein paar Aufnahmen machen zu können. Er fand, das Steuern eines Hubschraubers sei ein schöner Sport, und es erforderte nicht so viel Geduld wie das Ansitzen und das Warten auf das Wild, das zur Jagd freigegeben worden war. Vor ein paar Tagen hatte er sich mit Alfred Lynn getroffen, der sich in seiner Freizeit immer noch mit den Römern beschäftigte. In diesem Gespräch zitierte Lynn Julius Caesar, der gesagt hatte, das Leben eines Mannes erfülle sich, wenn er ein Haus baue, einen Sohn zeuge und ein Buch schreibe. Hm, das Haus baute er zur Zeit, und was für ein Haus, einen Sohn, nein, zwei Söhne hatte ihm Christine schon geschenkt, und ein Buch würde er nicht schreiben. Er dachte so für sich, ein Haus, ein Sohn, ein Männer-Hobby, das war doch besser, als ein Buch.

Aber wahrscheinlich war Caesar nicht darauf gekommen, weil er keinen Hubschrauber fand. Der Ärmste mußte seinen ganzen Bellum Gallicum zu Fuß und zu Pferd absolvieren.

Er fragte Christine, ob sie fahren wolle, und als sie nickte, warf er ihr die Land Rover-Schlüssel zu. Als sie Konz hinter sich hatten, sagte Christine, sie wolle am morgigen Sonnabend mit dem Wagen nach Trier fahren. In der SOCRIM liege jetzt der fertige Erich-Kropp-Bericht, den er in Auftrag gegeben habe. Für das Wochenende sei zwar Regen angesagt, aber sollte das Wetter erträglich sein, könne er mitfahren, um sich in der Stadt ein bißchen umzusehen. Georg antwortete, er werde in jedem Fall mitkommen. Vielleicht liege in der Industrie- und Handelskammer Post für ihn. Das Gespräch erinnerte ihn wieder an den Entlassungs-Prozeß, denn gegenüber der Kammer, auf der anderen Straßenseite, lag das Arbeitsgericht Trier, die erste Instanz.

Am Sonnabend Abend trafen sie sich mit dem Ehepaar Rappaport, die Unterhaltung war so vergnügt und locker, daß Christine zwei große Flaschen Konzer Schlaraffe spendierte. Wie sich sehr schnell herausstellte, gehörte Rappaport zur Verkaufsabteilung der DORMAG, und die Jagdeinladung bezweckte, Georg Ruff für die Bestellung der Lichtbogenöfen bei der DORMAG zu erwärmen. Bevor Rappaport den Verkauf in der Bundesrepublik übernahm, hatte er Maschinenbauprojekte im mittleren und fernen Osten akquiriert. Er sprach fließend englisch und wußte gut zu fabulieren. „Das Jagdhaus Hubertus liegt ja nicht aus der Welt. Es ist sehr komfortabel. Wir sind in der Nähe an einem Rasthof beteiligt, da bringen wir die Fahrer unter und stellen die Wagen ab. Spannen Sie mal richtig aus."

„Warum nicht", sagte Ruff, „ich bin kein leidenschaftlicher Jäger, aber gute Gesellschaft schätze ich sehr. Nur müssen wir uns darauf verständigen, daß Jagd Jagd ist und Geschäft Geschäft."

„Aber ich bitte Sie", antwortete Rappaport mit gespielter

Entrüstung, „ich kenne Ihr Haus so gut, wir waren so häufig hier im Château Gäste, nun seien Sie mal unsere Gäste und lassen sich verwöhnen."

„Na schön. Abgemacht. Und wann soll das sein", erkundigte sich Ruff.

„Am übernächsten Wochenende. Wir haben in diesem Jahr vier Hirsche frei, den kapitalsten sollen Sie bekommen."

Als Ruff nach einem Blick in seinen Taschenkalender zugesagt hatte, brachte Rappaport das Gespräch schnurstracks auf ein anderes Thema. „Sie wissen sicher, daß die Königin von Saba den König Salomo zur Löwenjagd einlud."

Ruff lachte. „Nein, das weiß ich nicht."

„Auf Ihr Wohl", sagte Rappaport mit einem freundlichen Blick auf Christine, „die Jagdgeschichte ist rasch erzählt. Die Königin hatte in den Löwenbergen, die Ärchäologen streiten, ob es die Tibesti-Berge waren, ein Zeltdorf errichten lassen. Während der Jagd versprach sie Salomo ein königliches Geschenk, wenn er ein Rätsel löse. Wie heißt das Rätsel, fragte Salomo. Die Königin antwortete: sieben gehen, neun kommen, zwei laben zwei und einer trinkt, wer sind diese? Der König dachte eine Nacht nach, dann hatte er das Rätsel gelöst. Die Königin hielt ihr Versprechen und schenkte Salomo einen Sohn, die königliche Gabe."

„Oh, nein", platzte Christine los und fixierte Georg mit ihren Blicken, „sie gingen auf die Löwenjagd, und die Königin von Saba revanchierte sich mit einem Sohn."

„Ja, so war es. Habe ich etwas verkehrtes gesagt", fragte Rappaport etwas unsicher.

„Sie haben nichts verkehrtes gesagt", beruhigte ihn Georg Ruff, „wir wünschen uns noch ein viertes Kind, aber es soll eine Tochter sein, weil mein Freund Hercule de Bonne Foi meint, wenn vier Kinder, dann zwei Pärchen. Nun haben wir aber schon zwei Jungens und ein Mädchen, die kleine Helena, also soll es eine Schwester für Helena werden."

„Seien Sie unbesorgt", bemerkte Rappaport mit gespieltem Ernst, „wir gehen nicht auf die Löwenjagd, unsere Einladung gilt nur für einen kapitalen Hirsch."

„Nur", meinte Ruff, „hast du das gehört, Christine?"

Christine hatte in der Kuppel vorgeschlagen, mal innezuhalten. Das taten sie auch. Und bei dieser Gelegenheit begossen sie sich ganz schön die Nase.

Am Sonntag, dem Tag des Erntedankfestes, schliefen sie aus und frühstückten spät. Bevor sich Georg mit dem Studium des SOCRIM-Berichtes befaßte, unterhielten sie sich über den Abend mit den Rappaports, über die Jagd und über Hercule de Bonne Foi's Rezept. „Meinst du nicht, wir sollten das mal in Ruhe angehen", fragte Georg.

„Pourquoi pas, Hanuman?"

„Gut, gut, warum nicht."

Dann beschäftigte er sich mit dem SOCRIM-Bericht.

Selbst als die Produktivät unter 90 sank, hielt die Vollbeschäftigung der Stahlwerke in Konz und Bremerhaven an. Hans Kluge verkaufte alles, was produziert wurde, der Rückgang der Produktivität bewirkte lediglich, daß die Stahlwerke weniger ausstießen, der Umsatz also zurückging. Bremerhaven geriet niemals unter 90, auch nicht, als die Produktivität in Konz unter 85 sank. Georg Ruff brachte das Problem auf einen kurzen Nenner. Die Leute in Bremerhaven hatten jahrelang durch die bitteren Täler der Arbeitslosigkeit marschieren müssen und gewannen auf diese Weise ein feineres Gefühl für die Notwendigkeit oder Unnötigkeit von Protestaktionen oder Streiks. Er war der Überzeugung, daß die Arbeitslosigkeit im Norden, die in einigen Städten auf über 20 Prozent anstieg, eine bessere Arbeitsmoral induzierte, als eine sehr geringe Arbeitslosigkeit und die Gewißheit, sofort wieder Arbeit zu finden, wenn man seinen Arbeitsplatz verlor oder eine Firma Konkurs anmelden mußte. Die Konkursgeographie der Bundesrepublik war unübersichtlich und ließ keine sicheren Schlüsse über die Verknüpfung von Anzahl und Region zu. Ganz allgemein konnte man vielleicht sagen, daß im Norden mehr neue Unternehmen gegründet wurden, die Menschen hatten größere Probleme und gaben sich mehr Mühe, wieder auf die Beine zu kommen als im Süden, wo der Mittelstand stärker vertreten war, ein flexibler und innovativer Mittelstand mit einer soliden finanziellen Basis. Die SOCRIM-Studie kam aber zu dem erstaunlichen Ergebnis, daß sich neue vom Konkurs bedrohte oder besser vom Konkurs begleitete Unternehmen im Norden länger über Wasser hielten als im Süden. Es schien, als würden sich Menschen in Regionen mit hoher Arbeitslosigkeit verbissener in neue Unternehmungen stürzen und sich länger an die ihnen gegebene Chance klammern als im Süden, wo die Arbeitslosenbezüge mehrerer Familienmitglieder häufig ausreichten, sich über Wasser zu halten und wo die Arbeitslosigkeit kein Mengenproblem darstellte. Hinzu kam allerdings, daß im Süden junge Menschen leichter zu bewegen waren, ihren Beruf zu wechseln und eine neue Ausbildung zu beginnen. Infolgedessen lag die relative Ausbildungsquote im Süden über dem Durchschnitt, was die Arbeitslosigkeitsstatistik verfälschte, um nicht zu sagen verschönte.

Die Optimierung des „Konzer Modells" zur Sicherheit der Arbeitsplätze hin hatte die Kündigungsrate oder, wie es in der Personalwirtschaft hieß, die Fluktuation auf einen extrem niedrigen Wert gedrückt. Von Erich Kropp abgesehen hatten die Konzer Stahlwerke so gut wie keine Kündigungen aussprechen müssen, es hatten aber einige Arbeiter gekündigt. In allen Fällen hatte das kleine Personalbüro nach dem Grund der Kündigung gefragt, die Leute antworteten, sie hätten persönliche Gründe. Manchmal lagen diese Gründe bei den Männern, zum Teil aber auch bei den Frauen. In einem Fall hatte eine Frau von ihren Eltern ein Eisenwarengeschäft geerbt, und die Eheleute beschlossen, den Laden zu übernehmen und weiterzuführen. In einem anderen Falle verunglückte der Bruder eines Gießmeisters in seinem Sägewerk, und der Gießmeister wurde von der Familie verpflichtet, die Firma zu leiten. Vor etwa einem

Jahr gab es zwei Kündigungen, die etwas aus dem Rahmen fielen. In kurzen Abständen kündigten aus persönlichen Gründen Ruffs bester Lichtbogenofenmeister und ein Walzwerksmeister, und in beiden Fällen empfahlen die ausscheidenden Fachleute ihre Nachfolger. Birkholz hatte die Empfehlungen offenbar geprüft und die beiden Männer eingestellt. Der kündigende Lichtbogenofenmeister ging zur Fortuna, sein Nachfolger kam von der Fortuna. Der Walzwerksmeister wechselte zu einem großen Eisenhüttenbetrieb an der Ruhr, sein Ersatz kam von dort. Die SOCRIM hatte sodann untersucht, in welchem Maße die Fortuna und die Eisenhütte an der Ruhr mitbestimmt waren, und sie kam zu dem Ergebnis, daß beide Konzerne nach außen als paritätisch mitbestimmt galten, in Wirklichkeit waren sie überparitätisch mitbestimmt. Georg Ruff las seiner Frau ein kurzes Kapitel aus der SOCRIM-Studie vor, dann sagte er: „Du mußt doch zugeben, sie haben keinen Charakter. Sie sagen, sie leben und arbeiten für das Wohl der Menschen, in Wirklichkeit geht es ihnen um die Macht. Sie wollen in der Wirtschaft mitreden. Und wenn es notwendig ist, tauschen sie die Menschen aus."

Christine trank in Ruhe den Tee aus. „Sie machen, wenn es ihnen nützt, genau das, was du auch machst, mein lieber Mann."

„Du willst doch nicht im Ernst behaupten, daß ich Menschen austausche?"

Sie sah ihn belustigt an. „Ich behaupte es nicht. Ich erinnere dich schlicht an die Tatsache, daß du, wenn es in deinen Kram paßt, die Frauen austauschst."

„Frauen", fragte er verblüfft.

„Ja, Frauen. Die Isolde Taska hast du zur Industrie- und Handelskammer gegeben und dein geliebtes Boehnchen hast du in die Kuppel geholt."

„Erstens ist das ganz etwas anderes, und zweitens ist Fräulein Gisela Boehne meine Sekretärin und nicht *mein geliebtes Boehnchen.*"

Das war eine alte Rechnung, und Christine nutzte den

Augenblick, mit dem Zeigefinger in der Wunde zu bohren. „Wenn du etwas tust, ist es recht, wenn andere das gleiche tun, wird es zum Unrecht. Wenn du als Unternehmer deinen Mitarbeitern die Wirbelsäule herausnimmst, ist das die natürlichste Sache der Welt, geht dir einer an die Wirbelsäule, dann gibst du nolens volens geschäftliche Rücksichten oder übergeordnete Gesichtspunkte an."

„Zum Teufel nochmal, wovon redest du eigentlich", brauste Georg Ruff auf.

„Ich rede davon, daß du von deinen Mitarbeitern ein hohes Maß von Nachgiebigkeit verlangst, so was kostet immer ein Stück Wirbelsäule, ich denke, du verstehst, was ich sagen will. Im umgekehrten Falle geht es nicht um Rückgrat, sondern um geschäftliche Belange."

Er legte den SOCRIM-Bericht auf seine Knie und rieb sich die Augen. Unter seiner Schädeldecke hing ohne Zweifel noch ein Rest von der Konzer Schlaraffe. „Was meinst du genau?" Er versuchte, so ruhig wie möglich zu sein.

„Als ich mit *deinem geliebten Boehnchen* telefonierte, sagte sie mir, der ACOM-Mann sei bei dir, inzwischen weiß ich von Paula, daß du einen Teil der Ausrüstung bei der ACOM bestellen wirst, obgleich du vorher laut getönt hast, die ACOM wäre definitiv out."

Er nahm die SOCRIM-Studie wieder in die Hände. „Das waren in der Tat übergeordnete Gesichtspunkte", bemerkte er trocken.

„Natürlich waren sie das, aber für mich ist das ein gutes Beispiel für das Aphrodite-Prinzip, von dem du ja behauptest, es wäre für dich nicht anwendbar."

„Ich verstehe", erwiderte er trocken. Er war überrascht, daß sie es fertigbrachte, ihn auf diese indirekte Weise zu verletzen. Er mußte sich eingestehen, daß er sich mit dem Aphrodite-Prinzip gar nicht weiter beschäftigt hatte, aber Christine erinnerte sich an alles und machte im richtigen Augenblick genau die zutreffende Schublade auf. „Wollen wir uns wieder vertragen?"

„Aber ich bitte dich", sagte Christine, „wir waren doch gar nicht zerstritten. Ich mag es nur nicht, wenn du das, was andere tun, auf die Goldwaage legst, und bei deinen Schandtaten genügt dir die Betonwaage auf dem Hof."

„Und von welchen Schandtaten sprichst du jetzt?"

„Ich spreche ein letztes Mal von deinem Frauentausch, das hat mir nicht gefallen", sagte sie eigenwillig und lächelte ihn an, aber das Lächeln wirkte gefroren.

„Können wir das jetzt vergessen?"

„Ja, Hanuman." Sie erhob sich und begann, den Tisch abzuräumen. Wenn sie den Kopf nach vorn beugte, fielen ihr die blonden Haare ins Gesicht. „Ich kümmere mich um die Kinder, ich empfehle dir, in Ruhe weiterzulesen, denn die Hauptsache des SOCRIM-Berichtes kommt ja erst."

Froh, das Aphrodite-ACOM-Thema hinter sich zu haben, schlug er die Studie wieder auf und las das Kapitel *Das Instrument der Mitbestimmung.* Der Prozeß diene nicht der Wiedereinstellung des Schmelzmeisters Erich Kropp. Die Fortuna hatte Kropp bereits übernommen, Kropp arbeitete seit der Entlassung in einem Fortuna-Werk am Niederrhein. Auf der Gegenseite seien zwei Abteilungen mit dem Prozeß befaßt, die Rechtsabteilung und die Tarifabteilung. Es gehe um die Durchsetzung der einfachen Mitbestimmung, um mit der Ruff-Gruppe Tarifverträge mit festen Löhnen und Gehältern abschließen zu können. Daß in der Ruff-Gruppe die Sicherheit der Arbeitsplätze an erster Stelle stehe und daß Georg Ruff dies mit gleitendem Einkommen der Arbeiter auch erreiche, werde als eine Fehlentwicklung der Industriegesellschaft angesehen. Weiterhin sagte der Bericht, daß die Gegenseite an großen Unternehmen mehr interessiert sei als an Mini- und Midi-Gesellschaften, da große Firmen eine bessere Chance böten, über die paritätische Mitbestimmung zur überparitätischen Mitsprache zu kommen. Es folgte eine streng vertrauliche Information aus der Kulisse der Strategiekommission. Die Kommission habe ein sogenanntes Prozentpapier ausgearbeitet, das die amerikanischen Erfahrungen verwerte (die man zu diesem Zweck sehr genau analysiert hatte). Dieses Papier besage, eine Arbeitslosenquote von 3,5 bis 4,5 Prozent der Gesamtbevölkerung sei gesellschaftsverträglich und finanzierbar und gewährleiste, daß der Einfluß der Organisation und die Möglichkeiten, Druck auf die Regierung auszuüben, bestehen blieben. Wenn man, so laute eine Schattenrechnung, die industrielle Unternehmensgröße theoretisch in Richtung Mini- und Midi-Betriebe optimiere und die Einkommen marktabhängig flexibilisiere, wie Ruff das vorexerziere, so könne die Arbeitslosigkeit drastisch zurückgehen und mit ihr der Einfluß der Organisation. Die SOCRIM führte ein Beispiel an, das ihr durch den gleichen Maulwurf-Tunnel zugetragen worden war. Die theoretische Betrachtung der Kommission befaßte sich mit einer repräsentativen Randgruppe der arbeitenden Bevölkerung, den Schwarzarbeitern. Die Menge der Schwarzarbeit nahm zu, die Zahl der Schwarzarbeiter stieg kontinuierlich, ihr Einkommen war marktflexibel, und sie waren für die Organisation nicht zu gewinnen, noch interessierte sich die Organisation für sie.

Es folgte umfangreiches statistisches Material. Die Arbeitslosigkeit belief sich zur Zeit auf knapp 2,3 Millionen, war theoretisch gesellschaftsverträglich, und die Sozialpartner unternahmen keine drastischen Schritte, um die Zahl der Arbeitslosen zu senken. Über dem Arbeitsmarkt hing ein hartnäckiges Patt.

Die DORMAG hatte das Jagdhaus in L-Form und ganz aus Holz bauen lassen. In dem längeren Flügel waren die Schlafräume untergebracht, in dem kürzeren Baukörper befanden sich ein Wohnzimmer mit Kamin, ein geräumiges Eßzimmer und die Wirtschaftsräume. Über dem Eingang hing eine Holztafel mit eingeritzter Schrift: *venor ergo sum* – ich jage, also bin ich. Sie waren vier Ehepaare, zwei leitende Mitarbeiter der DORMAG mit ihren Frauen, zu denen die Rappaports gehörten, dann ein argentinisches Ehepaar und die Ruffs. Als sie sich alle zu dem ersten Abendbrot versammelten, überraschten sie die DORMAG-Angestellten mit einem üppig gedeckten Tisch. Neben den Tellern der argentinischen Dame und Christine Ruff lagen ganz bescheiden verpackt Platinarmbanduhren mit Diamanten-besetzten Kronen um das Ziffernblatt. Herr Rappaport sagte artig, es handele sich um ein kleines Begrüßungsgeschenk aus der Produktion einer DORMAG-Tochter, der DORMINA. „Die DORMINA ist eine Perle in unserer Gruppe, sie stellt mikroelektronische Geräte, Kommunikations- und Navigationsbausteine und Ausrüstungen für die Luftfahrt her. Es ist kein Geheimnis, daß wir diversifizieren, und das heißt im Maschinenbau, daß die Geräte kleiner werden, kleiner, feiner, kostbarer, hier sehen wir einen Markt im zukünftigen Europa."

Das DORMAG-Personal erschien in Lederhosen, Stulpenstiefeln, weißen Hemden und roten kurzen Hubertus-Jacken. Nach einem Krabbencocktail gab es gefülltes Rehkotelett mit Klößen aus Pellkartoffeln und Preiselbeerkonfitüre. Dazu servierte der Küfermeister französischen Rotwein. Den Kognak trank die Jagdgesellschaft am offenen Kaminfeuer. Man beschloß, bald schlafen zu gehen, um am frühen Morgen nach einer schnellen Tasse Kaffee mit dem Jeep ins Jagdrevier zu fahren.

Kurz nach Mitternacht schlug das Wetter um, der Himmel bedeckte sich, einem kräftigen Sturm folgten Niederschläge, die zeitweise als Schneeregen über den Hunsrück hinwegfegten. Um vier Uhr klopfte der Angestellte an die Tür und sagte, daß das Wetter die Jagd unmöglich mache und man die Gäste um neun Uhr zum Frühstück erwarte.

„Is was, Liebling?"

„Das Wetter ist schlecht", flüsterte Georg, „die Jagd fällt aus."

„Ach, ist das schön", antwortete Christine, „keine Pflichten, kein Haushalt, keine Kinder, kein Telefon ..." Sie drehte sich langsam und legte sich wohlig in seine Arme. „Wunderbar, Liebling, man kann sich so leicht an den

Luxus gewöhnen." Und sie genossen die herrliche Stunde, das tiefe Glück des Augenblicks.

Der Landregen hielt das ganze Wochenende über an. Am Sonnabendnachmittag entschied sich das argentinische Ehepaar für die Abreise, und während der Dienstwagen der DORMAG sie nach Koblenz brachte, unternahmen die DORMAG-Damen mit Christine eine Fahrt auf der Moselweinstraße nach Traben-Trabach und Cochem.

Die zurückgebliebene Herrrenrunde nahm vor dem Kaminfeuer Platz und unterhielt sich über Politik, Wirtschaft und den Strukturwandel in der Industrie. Da die sinkenden Ölpreise die Kaufkraft des nahen und mittleren Ostens weiter schwächten und die Schuldenlast der lateinamerikanischen Länder in beängstigender Weise stieg, suchte ein Schwermaschinenunternehmen wie die DORMAG einen Ausgleich in Europa und auf dem einheimischen Markt. Rappaport kam dann zum Thema: „Können wir nicht mit Ihnen ins Geschäft kommen, Herr Ruff?" Die Partie war eröffnet.

Ruff antwortete mit einem Understatement, das einem englischen Geschäftsmann Ehre gemacht hätte: „Ich kann Ihnen da nicht viel bieten."

Die DORMAG-Herren lächelten. „Sie bauen zur Zeit drei Elektrostahlwerke, dazu kommt in Georgetown eine zweisträngige Eisenschwammanlage, und wie wir aus Ost-Berlin hören, haben Sie in Hennigswald die Nase vorn, weil Sie in Konz eine hochmoderne Referenz vorzeigen können, da würden wir uns Ihnen gern anschließen."

Ruff erkannte sofort, daß sie gut unterrichtet waren, und Fragen und Antworten wurden ständig konkreter. „In Hennigswald könnte ich Sie mitnehmen, zum Beispiel in einer Arbeitsgemeinschaft, in der ich die Planung übernehme und Sie die Ausrüstungen. Sie müßten mich da aber von jedem Risiko freistellen." Rappaport holte einen Schreibblock und machte sich Notizen.

„Ihr Angebot gilt?" fragte er.

„Mein Angebot gilt", antwortete Ruff.

„Wir haben Ihnen für die drei Stahlwerke die Lichtbogenöfen, die Stranggießanlagen und die Walzwerke angeboten, und wir sind sicher, daß unsere Angebote in technischer und kommerzieller Hinsicht Ihren Erwartungen entsprechen", fuhr Rappaport fort.

„Über die Walzwerke können wir nicht mehr reden, die habe ich nach Schweden und Belgien gegeben. Für die Lichtbogenöfen kommen die Bundesrepublik und Frankreich in Frage, das ist noch völlig offen." Ruff lehnte sich zurück und schlug die Beine übereinander.

„Sie haben zwei Ausrüster, die für Elektrostahlwerke erste Adressen sind, in Deutschland ist es die DORMAG, in Frankreich die CEE. Beabsichtigen Sie, Ihre Bestellungen zu halbieren und jedes Land mit einer Hälfte zu berücksichtigen?"

Ruff schätzte diese Ausfragerei nicht. Er zögerte seine Antwort ein wenig hinaus, um seinen Unmut zu kühlen. Die DORMAG hatte sie hier im Jagdhaus fürstlich aufgenommen, die Damen kümmerten sich rührend um Christine, da hieß es, Geduld zu bewahren. „Ich habe das noch nicht entschieden, und ich muß Ihnen ganz offen sagen, daß mir die Miramer freie Hand gelassen hat, wo ich welche Ausrüstungen bestelle."

Jetzt meldete sich der Partner von Rappaport zu Wort. „Wollen Sie damit andeuten, daß Sie auch bereit wären, in einem Land alles zu bestellen?"

„Ja", antwortete Ruff, „das könnte ich tun."

„Gibt es für diesen Fall bestimmte Voraussetzungen", wünschte Rappaport zu wissen.

„Von meiner Seite nicht", antwortete Ruff. Einer der Hausangestellten reichte ein marokkanisches Messingtablett mit Rauchwaren herum, und obwohl Ruff Nichtraucher war, nahm er sich ein dünnes, feines Zigarillo und hielt die Spitze über die Flamme des dargebotenen Feuerzeuges. „Sie kennen sich in dem Geschäft ja besser aus als ich. Es eilt nicht mit den Bestellungen, wissen Sie, wir liegen bis jetzt genau im Plan und können in Ruhe verhandeln." Er spürte, daß sie ihm langsam, aber ständig auf die Pelle rückten, und wenn sie pokern wollten, sollten sie ihr Pokerspiel haben.

„Sie wären aber in der Lage, jederzeit zu bestellen?"

„Das ist richtig", meinte Ruff. Er war jetzt ganz cool.

Rappaport schluckte. „Ich meine, es wäre möglich, daß Sie an diesem Wochenende eine definitive Zusage geben?"

„So ist es." Ruff ließ sie zappeln. Er ließ das Zigarillo aufglimmen und blies den Rauch vor sich hin.

„Verzeihen Sie, Herr Ruff, es würde sich doch um einen Riesenauftrag handeln, wenn wir alles, was Sie für die drei Stahlwerke brauchen, in einen Korb tun?"

„Ich sagte bereits, daß die Walzwerke bestellt sind."

„Das war vielleicht ein Viertel, das weitaus größere Paket liegt noch auf dem Tisch, das interessiert uns natürlich brennend." Man merkte Rappaport an, wie gierig die Wünsche durch seinen Schädel jagten. „Hat unsere Technik Sie überzeugt, oder gibt es da noch Fragen?"

„Nein, ich denke nicht."

„Worum geht es dann?" Die Art, wie Rappaport die Frage stellte, ließ erkennen, daß sich seine Erwartungen aufzustauen begannen.

„Es geht um den Preis, meine Herren."

„Um den Preis?" Rappaport verlor etwas die Fassung. „Wir liegen doch günstiger als die Franzosen", platzte er heraus. Woher wollte er das wissen? Nach einem kurzen Augenblick fügte er hinzu: „Jedenfalls in der Regel."

Ruff drückte das Zigarillo im Aschenbecher aus. „Die CEE hat mir für den Fall, daß sie alles bekommt, einen Nachlaß von zehn Prozent angeboten, eine solche Offerte müßten Sie erstmal überbieten."

„Lieber Gott im Himmel", stammelte Rappaport fassungslos, „zehn Prozent für alles." Sein Gesicht hatte alle Farbe verloren.

„So ist es, meine Herren", sagte Ruff gelassen. Jetzt, da er die Karten auf den Tisch gelegt hatte, wunderte er sich selbst über seine Courage. Er versuchte, sich mit der Tatsache zu beruhigen, daß sie es waren, die die Jagdeinladung zu einer Auftragsverhandlung nutzen wollten. Aber hatte er im Ernst etwas anderes erwartet?

„Nehmen Sie's mir nicht übel, aber zehn Prozent halte ich für völlig ausgeschlossen", sagte Rappaport mit schwerer Zunge, „das ist ganz einfach zu viel."

In Gedanken nahm Ruff die Karten wieder auf und mischte sie neu. „In Ordnung, machen wir Schluß", sagte er ruhig. Er traf Anstalten, sich zu erheben.

„Nein, nein", wehrte Rappaport ab, „bitte bleiben Sie. Aber Sie müssen verstehen, daß ich heute am Sonnabend nachmittag niemanden finde, der mich autorisiert, unseren Preis um zehn Prozent zu senken."

„Das würde auch nicht viel bringen, denn mit zehn Prozent liegen Sie ja erst auf gleicher Höhe mit den Franzosen. Ich brauche 12,5 Prozent, und zu diesem Preis halte ich den ganzen Auftrag für Sie offen ... sagen wir bis zu meiner Abreise morgen Nachmittag."

Bis Sonntag nachmittag stand das Telefon dann nicht mehr still. Die DORMAG zeigte, wozu sie in der Lage war. Rappaport trommelte in Dortmund die Leute zusammen, die er für die Entscheidung brauchte, und machte ihnen verständlich, daß man das Preisangebot annehmen könne oder nicht, aber einen Verhandlungsspielraum gebe es nicht.

Am Sonntag mittag erhielt er die Vollmacht, den Auftrag zu dem gebotenen Preis anzunehmen.

Das Wetter blieb schlecht. Zur Jagd kam es nicht.

„Wie waren eure Männergespräche", wollte Christine wissen.

„Sie haben meine Forderungen akzeptiert", erwiderte Georg Ruff, „ich glaube, Molly, wir schaffen es."

„Warum solltest du es nicht schaffen?"

„Na ja", sagte er nachdenklich, „es gibt auch gewisse Probleme." Aber darauf ging er nicht näher ein.

Am Montag, den 17. Oktober, rief Georg Ruff seinen Freund Hercule an und teilte ihm mit, daß er den Auftrag plaziert habe und daß nun alle Bestellungen erteilt seien. Die KOBI konnte mit der Überwachung der Auftragsabwicklung und der Projektoberleitung beginnen und gegen Ende kommenden Jahres auch die Baustellenleitung auf den drei Plätzen ausüben.

XXV

Anfang November rief die Programmleitung des Senders SAT West an und fragte, ob Georg Ruff am 16. November zur Aufnahme der Sendung *Journalisten fragen – Unternehmer antworten* nach Mainz kommen könne. Er nahm den Termin an.

Die Sendung erforderte einen größeren Aufwand, als er vermutet hatte. SAT West schickte sehr bald eine Tagesordnung mit einer Kurzfassung der Themen, die Liste der Gäste, die Sitzordnung, die Anzugswünsche. Vom VdU, Verband deutscher Unternehmer, rief der Geschäftsführer Dr. Born an und schlug eine Vorbesprechung in Frankfurt vor, was Ruff ablehnte. Es konnte doch nicht so schwierig sein, ein paar Fragen der Journalisten zu beantworten oder Gegenfragen zu stellen.

„SAT West sendet am 16. live", warnte Dr. Born, „vergessen Sie's nicht."

„Machen Sie sich keine Sorgen, Dr. Born", antwortete Ruff eine Spur zu flott, „ich bin kein Konservenmensch. Lassen Sie uns live reden, das hält die Zuschauer wach. Haben Sie eine Ahnung, wer der Überraschungsgast ist?"

„Nein", antwortete der VdU-Mann, „das hätte auch keine Bedeutung, denn bis zum Sendetermin kann sich der Name noch zehnmal ändern. Von uns weiß ja auch niemand, ob er an dem Tag tatsächlich dabei sein wird."

„Ich bin dabei", sagte Ruff.

Im Scheinwerferlicht des Senderaums sah die Sache dann aber schon ganz anders aus. Georg Ruff wurde ein Platz zwischen dem Sprecher des Hüttenkonzerns Fortunato und Dr. Bataille, Mitglied des Vorstandes der Kernkraftwerke AG zugewiesen. Dr. Born kam auf den rechten Flügel. Ihnen gegenüber saßen zwei Moderatoren von SAT West und zwei Journalisten, die offenbar in solchen Sendungen erfahren waren. Sie stellten Ruff gleich eine der ersten Fragen: „Welche Eigenschaften kennzeichnen einen Unternehmer?"

„Den freien Markt muß man sich als eine unendliche Maschine vorstellen", antwortete Ruff, „diese Maschine hat einen Motor, der Motorname lautet *Unternehmer.*"

„Wollen Sie damit sagen, der Unternehmer sei der Motor der Wirtschaft?"

Ruff empfand das grelle Scheinwerferlicht als gräßlich. Die Temperatur war zu hoch. Hätte er doch nur sein Jackett ausziehen können, wie es in der Kuppel seine Gewohnheit war. „Ich halte ihn für den Hauptmotor in einer freien Wirtschaft."

„Sie haben offenbar keine hohe Meinung von der Arbeit", attackierte ihn der zweite Journalist.

„Im Gegenteil, Arbeit ist ganz wichtig. Ich arbeite ja selbst. Aber Arbeit ist nur einer der produktiven Faktoren. Diese Faktoren rollen bekanntlich nicht von allein." Ruff sprach höflich und verbindlich. Er zögerte nicht zu antworten, das machte Tempo.

„Wer bringt sie ins Rollen, Herr Ruff", fragte der erste Journalist.

„Der Unternehmer und der Arbeiter, oder, wie man im Sozialsprech sagt, der Arbeitgeber und der Arbeitnehmer."

„Bringt nicht auch das Kapital die produktiven Faktoren ins Rollen, Herr Ruff?" Die fragenden Journalisten lösten einander ab.

„Das Geld ist eine kalte Materie", bemerkte Ruff, „nur wenn man es aufnimmt, wird es handwarm und erfüllt seine Pflicht. Antwort daher: das Kapital allein bringt nichts ins Rollen, der Unternehmer und der Arbeiter müssen her."

Es gab in der Achterrunde auch andere Meinungen, also drehte sich die Unterhaltung ein paar Minuten lang ums Geld. Dann wandte sich der erste Journalist wieder an Ruff: „Sie haben mehrere Ministahlwerke gebaut, ist das Ministahlwerk für Sie eine Lebensweisheit, oder würden Sie gern auch große Eisenhütten oder Konverterstahlwerke bauen?"

„Der Ausdruck Ministahlwerk stammt nicht von mir", sagte Ruff.

Der Journalist unterbrach ihn. „In der Presse werden Ihre Anlagen in Konz, Bremerhaven und Innsbruck als Ministahlwerke bezeichnet."

„Lassen Sie uns unterscheiden zwischen den kleinen und Mittelstandsanlagen und den großen Konzernen. Erstere halte ich für intensivwirtschaftlich und temperamentvoll, die großen Stahlkonzerne zähle ich zu den dahinschwindenden Elefanten."

„Aber ich bitte Sie", protestierte der Journalist und schlug mit den flachen Händen auf die Tischplatte, „die Elefanten wachsen ja noch."

„Ja", antwortete Ruff unverändert ruhig und beherrscht, „die Leute machen immer noch größere Konzerne. Sie gießen den Kapitalismus mit Beton aus, und wenn sie keinen Sauerstoff mehr haben, fordern sie von Tag zu Tag höhere Subventionen, weil der erstarrende Wohlstand nur noch von den Regierungen bezahlt werden kann. Doch der Schwung ist raus."

„Was hat denn Ihrer Meinung nach auf den Weg zu den großen Konzernen geführt", fragte der Journalist. Dr. Born sah zu Ruff herüber, aber Ruff ließ sich nicht ablenken.

„Ich möchte vorausschicken, daß ich mein Handwerk in Chicago gelernt habe. Die Entwicklung, die wir heute bei uns beobachten, erlebten die Amerikaner vor 20 Jahren. Damals begann der Streit der Sozialpartner um mehr Geld, mehr Freizeit, weniger Arbeit, kürzere Arbeitszeiten, es kamen die ersten Intensivstationen für Kreislaufpatienten. Das hat den Markt ruiniert. Der Ruin provozierte Vergleiche, Konkurse, Prozesse. Es folgte eine riesige Arbeitslosigkeit. In Chicago gab es damals einen großen Hüttenkonzern, die Michigan Steel, die hatten so ungefähr 80 000 Leute. Total überverwaltet, die Organisation war ein einziger Drahtverhau. Die Michigan Steel drohte zu kippen, da griff der Staat ein und legte großes Geld auf den Tisch. 80 000 Arbeitslose hätten für Chicago das Aus bedeutet. Das Unternehmen, bei dem ich in die Lehre ging, verfügte über eine Handvoll kleinerer Stahlwerke, meist Elektrostahlwerke, aber auch Sonderstähle, die haben die Krise leicht überstanden."

„Und was hätte Ihrer Meinung nach die Michigan Steel retten können, wenn nicht die Regierung?"

Ruff spürte, daß er den Journalisten in der Ecke hatte. „Die Schule der Chicago Boys analysierte das sehr genau. Es gab zwei große Möglichkeiten, die eine bedeutete die Rationalisierung der Organisation, also weniger Verwaltung und kürzere Kommandowege. Die zweite Möglichkeit lautete: alle Gehälter um 20 Prozent kürzen. Dagegen haben sich die Unions gesperrt, und sie machten der Regierung Dampf. Die Ironie der Geschichte liegt darin, daß die Michigan Steel sich durch Zukäufe aufgeblasen hatte, um Macht im Markt und Kraft gegen die Gewerkschaften zu gewinnen, aber die Macht im Markt nützt nichts in der freien Wirtschaft, und die Unions, gegen die man sich stark machen wollte, mußte man als Nothelfer zur Regierung schicken."

„Nochmal bitte", warf der Journalist ein, „Sie wollen doch nicht sagen, daß die Politik der Konzerne unter anderem darauf abzielt, ihre Positon gegenüber den Gewerkschaften zu verbessern?"

„Ich sagte Ihnen doch, daß die ewigen Arbeitskämpfe und Streiks, die ja immer ein Vermögen kosteten, den Markt ruiniert haben. Die Produkte verteuerten sich. Die Preise stiegen. Es wurde weniger verkauft, und die Arbeitslosigkeit nahm weiter zu. Gleichzeitig entfernten sich beide Seiten von der Basis und versuchten krampfhaft, ihre Positionen zu stärken. Das ist hier in der Bundesrepublik ja nicht viel anders. Doch geht unsere Wirtschaft den *dritten Weg*, den wir verschämt den sozialen Frieden nennen, in England und in den Staaten nennt man die Dinge beim Namen, es ist die *appeasement policy*, die famose Beschwichtigungspolitik. Auch sie ist natürlich teuer."

Der Journalist hob beschwörend beide Hände. „Aber der soziale Frieden hat doch einen hohen Stellenwert, Herr Ruff."

„Das stimmt. Einen hohen Stellenwert und einen hohen Preis. Einen hohen Stellenwert für die Soziologen, einen hohen Preis für die Regierung."

„Ich verstehe nicht, von welchem Preis Sie sprechen", wollte der Journalist wissen.

„Wir haben knapp zweieinhalb Millionen Arbeitslose, für die die Regierung aufkommen muß, und die Regierung, das ist doch bei uns das Volk, oder nicht?"

Der Journalist wollte etwas sagen, aber Ruff ließ ihn nicht zu Wort kommen. Die Moderatoren bekamen es mit der Angst zu tun. Die Brisanz des Themas nahm zu, und der Überraschungsgast war noch gar nicht erschienen. Einer der Moderatoren gab dem Kameramann ein Zeichen, und die Kamera nahm ein *long-run take* von dem Tisch der vier Unternehmer. Dann tauschte er mit dem Sendeleiter Spickzettel aus. Der Sendeleiter hatte die Sache im Griff und befahl *ungeniert weiterzumachen.* Inmitten der Sendung setzte eine nicht für möglich gehaltene Zuschaltung ein. Die Einschaltquote übertraf alle Zahlen, die SAT West jemals erreicht hatte. Erste telefonische Gratulationen trafen ein. Was für ein Thema! Dies war doch wirklich ein Land, in dem man alles sagen konnte. Die ganze Technik von SAT West starrte gebannt auf die Szene. Man hätte eine Stecknadel fallen hören können. „Lassen Sie mich bitte ausreden, ich brauche noch eine Minute." Ruff erinnerte sich, was Robert Annacona ihm in Georgetown erzählt hatte. „Als die Michigan Steel mit den Geldern der Ministerien für Wirtschaft und Arbeit wieder zum Durchatmen kam und ihre Organisation zu straffen begann, da brach im Norden ein neuer Fall los, die berühmte Affäre der Chrysler Corporation in Detroit, eins der drei großen Kraftfahrzeugunternehmen. Damals auch einer der dahinschwindenden

Elefanten. Die Bosse setzten sich mit den 'gran jefes' der Unions in ihre Karossen und fuhren nach Washington. Aber jetzt sagte die Regierung nein. Es konnte ja nicht die Aufgabe der Regierung sein, sich im Wildgatter eine Elefantenherde zu halten. Das Management einigte sich ... Moment ... Moment ... das Management einigte sich mit den Unions auf einen Lohnstopp für zwei Jahre, und das rettete Chrysler. Und nun der letzte Satz: das ist der Grund, warum ich von den großen Kolossen abrate. Mein Unternehmenskonzept ist die kleine bis mittlere Anlage oder generell der Mittelstand."

„Na schön, akzeptieren wir das mal als Ihre Auffassung. Aber was für die Großen gilt, gilt auch für die Kleinen und Mittleren. Die Mitbestimmung macht ja nicht halt vor den Kleinen", sagte der Journalist.

Georg Ruff schickte seine Gedanken gerade auf die Reise nach Chicago. Jetzt wurde er gewahr, was er in den Staaten alles gelernt hatte. „Über die Mitbestimmung läßt sich lange diskutieren", bemerkte er, „ich bin nicht Experte für die Mitbestimmung und gebe das Wort gern weiter. Vielleicht ist mein Kollege von der Fortunato so freundlich, das zu erklären."

Es trat eine kurze Pause ein, ehe die Moderatoren die Frage wiederholten. In diese Pause schob Ruff, fast ohne es zu wollen, eine blitzschnelle Zusatzbemerkung ein. „Pilgern Sie mal durch das Land der unbegrenzten Möglichkeiten, und erklären Sie, was Mitbestimmung ist."

Das war alles, aber dieser Abschnitt sollte später noch oft wiederholt werden, weil Politiker und Verbände scharf gegen die Sendung protestierten. Was war geschehen? Ruff hatte seine Meinung gesagt. War das untersagt? Nein. Aber in einer SAT-West-Sendung? Auch nicht. Oder doch? SAT West arbeitete ohne Mitbestimmung. Die Ruff-Gruppe ebenfalls. Gab es ein SAT-West-Ruff-Komplott?

Die Moderatoren zogen sich aus der Affäre, indem sie das Thema wechselten. Die Energie kam an die Reihe. Aber da tauschten sie nur den Löwen gegen den Tiger aus.

Auf dem Energiesektor nämlich redeten Fortunato, die Kernkraftwerke AG und Ruff mit absolut gleichen Zungen.

Frankreichs verstaatlichter Aluminium-Konzern AF-Aluminerie Française hatte im Oktober verkündet, er werde Arm in Arm mit dem staatlichen Stromversorger in dem völlig verarmten Dünkirchen eine neue große Aluminiumhütte bauen. Da die Aluminiumproduktion ähnlich der Stahlgewinnung einen hohen Energieverbrauch aufweist, hatte der Bau einer großen Aluminiumelektrolyse nur einen Sinn, wenn das Unternehmen über billigen Strom verfügte. Diesen billigen Strom konnte Frankreich aus seinen Kernkraftwerken anbieten. Hinzu kam, daß sich Kernenergie extrem umweltfreundlich einsetzen ließ, sofern man einen hohen Sicherheitsstandard zugrunde legte und aufrecht erhielt. Da die Verstromung der Kohle mit einem hohen Kohlendioxidausstoß verbunden war, der den Treibhauseffekt eskalieren ließ, standen sich in heftigen Debatten die Befürworter der Kernenergie und des Kohlestroms gegenüber. Die Grünen plädierten für den *dritten Weg*, der auch hier sozialen Frieden verhieß. Sie forderten in großem Stile den Einsatz erneuerbarer Energien, zu denen in erster Linie die Sonne gehört. Währenddessen klagten die in Existenzsorgen treibenden deutschen Metallproduzenten über die zu hohen Strompreise in der Bundesrepublik. Der Streit verschärfte sich durch die Forderung der Regierung, den *Kohlepfennig* für die Verstromung heimischer Kohle drastisch anzuheben, woraufhin die Wirtschaftsvereinigung Metall eine weitere Einengung der Produktion und Entlassungen signalisierte. Mitten in diesen Kostenstreit platzte die Feststellung der Gewerkschaften, die Kernenergie sei nichts anderes als eine Übergangstechnologie, die über das atomare Risiko den Profit der Elektrizitätswirtschaft in astronomische Höhen geführt habe. Die Gewerkschaft Kohle und Bergbau forderte auf der Basis eines nationalen Konsenses den planmäßigen Ausstieg aus der Kernenergie, den Zubau neuer Kohlekraftwerke und fortschrittliche Verfahren für die Behandlung und Aufbereitung der Rauchgase. Während Dr. Bataille die Anstrengungen der Kernkraftwerksausrüster erläuterte, das Restrisiko weiter zu reduzieren, forderten Fortunato, Ruff und Dr. Born ein neues Konzept für die Stromversorgung. Es müsse möglich sein, die deutsche Industrie mit einem Strom zu versorgen, der ebenso kostengünstig sei wie die französische Elektrizität.

Es blieben jetzt noch 15 Minuten für die Diskussion mit dem Überraschungsgast. Die SAT West-Moderatoren schlugen daher vor, die Energiedebatte abzuschließen und den Gast hereinzubitten.

Max Hufschmied trat ein. Er trug eine Halbbrille. Er stellte sich hinter das für ihn aufgebaute Pult und klopfte mit dem Fingernagel gegen das Mikrophon. Das Mikrophon verstärkte das Geräusch. Das kann ja heiter werden, dachte Ruff. Der stramme Max hatte sich die Haare schneiden und dunkel färben lassen, er sah jünger aus, als Ruff ihn in Erinnerung hatte. Die Moderatoren gaben einen kurzen Überblick über den bisherigen Verlauf der Sendung und stellten ihre erste Frage: „Herr Hufschmied, in unserer Sendung *Journalisten fragen – Unternehmer antworten* haben die Unternehmer die Härten in der deutschen Wirtschaft dargestellt, insbesondere verweist die Industrie auf die wenig elastischen Tarifverträge, auf die Kosten der Arbeitsplatzsicherung im Kohlebergbau, auf die zu teure Energie und verlangt vor allem, daß die Arbeitszeit nicht verkürzt, sondern besser flexibilisiert wird, zum Beispiel durch Einbeziehung des Sonnabends. Welche Ziele verfolgt die Metallgewerkschaft?"

Hufschmied lächelte, wie es schien spitzbübisch. „Ich höre immer nur Argumente für den Nutzen der Unternehmen. Darüber reden wir doch gar nicht. Es geht ausschließlich um den Nutzen der Arbeiter."

Der erste Journalist schaltete sich ein. „Die Unternehmer sagen ja wohl nicht ganz zu Unrecht, daß nur gesunde Unternehmen, die Gewinn abwerfen, auf Dauer Arbeitsplätze anbieten können."

„Die Unternehmen wollen ihre Gesundheit vor allem dadurch erreichen, daß sie auf den Buckel der Arbeiter mehr draufpacken als draufgeht. Wir sind uns sofort einig, wenn Sie mir zustimmen, daß die Unternehmer sich erstmal selbst anstrengen müssen. Die Wirtschaft braucht den Arbeiter, Gott sei's gedankt, an ihm werden wir nicht sparen, aber da gibt es ja noch manch anderes, was Gewinn macht.

Da wären die Technologien ... die Unternehmen müssen ihre Mottenkisten entrümpeln, daran liegt's doch ... die Unternehmer müssen die Produkte verbessern oder sich neue Produkte ausdenken, und nicht zuletzt müssen die Unternehmer die Verkaufswege verkürzen, Verkauf und Handel haben zuviel Speck angesetzt, das läßt sich doch alles viel besser organisieren. Und dann natürlich runter mit der Arbeitszeit. Das schafft neue Arbeitsplätze. Wenn wir die Arbeitszeit auf 35 Stunden reduzieren, geht die Arbeitslosigkeit um 20 Prozent zurück, da liegen doch die Chancen, meine Herren, an dieser Stelle müssen Sie sich anstrengen."

Ein Journalist nahm seine Brille ab, faltete sie zusammen und legte sie vor sich auf den Tisch. „Haben Sie für Ihre Behauptung, eine Verkürzung der Arbeitszeit schaffe neue Arbeitsplätze, eine wissenschaftliche Formel, Herr Hufschmied?"

„Eine Formel?" Hufschmied blickte direkt in die Kamera. „Wir befassen uns nicht mit Formeln, wir sind Praktiker. Die Dinge liegen doch auf der Hand. Wenn Sie für ein Produkt eine bestimmte Anzahl von Stunden benötigen, dann brauchen Sie umso mehr Arbeiter, je kürzer sie arbeiten. Gibt es etwas noch einfacheres?"

„Was sagen die Unternehmer dazu", wollte der Journalist wissen.

„Die Rechnung geht doch überhaupt nur auf, wenn Sie den Lohn proportional zur Arbeitszeit kürzen", sagte Dr. Born.

„Einspruch, Euer Ehren", höhnte Max Hufschmied, „die

Arbeitszeit muß bei vollem Lohn runter, sonst geht die Kaufkraft verloren."

„Man könnte einen kleinen Kostenvorteil erzielen", sagte Georg Ruff, „wenn man den verbilligten Wochenendstrom nutzte. Das hieße aber, die Wochenarbeitszeit auf mindestens sechs Tage zu verteilen, bei unseren Hochtemperaturprozessen sogar auf sieben."

„Papperlapapp, meine Herren, der Sonntag gehört der Besinnung und der Kirche. Nun, und den Sonnabend, den freien Sonnabend, um den die Gewerkschaften lange kämpfen mußten, werden wir nicht der Profitmaximierung der Unternehmer opfern, da läuft mit uns überhaupt nichts." Er sah zu Ruff hinüber und erinnerte sich des jungen Mannes, der ihn schon mal attackierte. „Sind Sie nicht der Konzer Ruff, der uns in der Stahlrunde beim Kanzler vorgeworfen hat, wir würden Arbeitlose produzieren?"

„So ist es, Herr Hufschmied", antwortete Ruff, „und ich bin Ihnen sehr dankbar, daß Sie uns soeben Ihr Rezept verraten haben."

„Welches Rezept", bellte Hufschmied, „sagen Sie, welches Rezept Sie meinen."

„Wenn wir Ihnen all das zugeständen, was Sie sich soeben gewünscht haben, würden wir bald drei Millionen Arbeitslose haben, und der Industriestandort Bundesrepublik verlöre seine Bedeutung."

Hufschmied schlug mit den flachen Händen auf den Deckel des Stehpultes. Dann wandte er sich an die Journalisten und Moderatoren: „Meine Herren, bin ich als Gast verpflichtet, mir diese Unverschämtheiten anzuhören?"

„Wir müssen leider zum Ende kommen", erwiderte der ältere Moderator, „die Zeit ist um, die Technik mahnt. SAT West dankt Ihnen allen für das interessante Gespräch."

Dieser 16. November war der Bußtag, religiöser Feiertag im Lande. SAT West hatte eine Sternstunde gegriffen, andere Sender verärgerten ihr Publikum mit Programmen der Langeweile, und viele Fernsehzuschauer schalteten auf der Suche nach Unterhaltung die Reihe der Sender durch und blieben schließlich bei der SAT West-Runde.

Der Bekanntheitsgrad von Georg Ruff stieg über Nacht. Am 4. Dezember verlieh die Fakultät des Eisenhüttenwesens der Universität Alt-Kronenburg Georg Ruff die Würde eines Doktor Ingenieur honoris causa. In der Laudatio des Dekans hieß es, Dr. Georg Ruff habe die Technik des Hochleistungselektrostahlwerkes und die Möglichkeiten des zukünftigen Einsatzes von Eisenschwamm in außergewöhnlicher Weise gefördert. Er stand nun kurz vor der Höhe seines Berufsweges. Die Menge seiner Bewunderer nahm ebenso zu wie die Zahl seiner Neider. Der Slogan *Machen Sie's wie Ruff* brachte viele Unternehmer in Rage.

XXVI

In den folgenden beiden Jahren verschlechterten sich die Beziehungen der Stadt Konz zu ihrem prominenten Stahlkocher. Obwohl Ruff den dirty scrap number two der ACOM auf Konz und Bremerhaven aufteilte, ließ sich eine starke Belastung der Luft, vor allem an trockenen Tagen mit leichtem Südwestwind, nicht vermeiden. Es gab Tage, da lag ein beißender Qualm in den Straßen, und die Hausfrauen fanden Rußflocken auf der zum Trocknen ausgelegten weißen Wäsche. Der *Konzer Tagesbote* schrieb einen Leitartikel unter der Überschrift *Wiederholt sich Pompeji? Aschenregen verschüttet Konz.* Die unternehmerfreundliche *Die Republik* brachte die Schlagzeile: *Ist weiße Wäsche denn wirklich wichtiger als Arbeitsplätze?* Die Koblenzer *Neue Union* schlug einen eher schlichtenden Ton an und empfahl Ruff, die beiden Stahlwerke in Konz und Bremerhaven mit einer Rauchgashallenabsaugung auszustatten. Ruff beauftragte Lynn, die Nachrüstung beider Werke zu planen und die Kosten noch einmal zu schätzen. Die Betriebsräte bestanden darauf, daß in einer Nachrüstung die Kantinen und verschiedene Sozialräume einzuschließen seien. Die KOBI arbeitete Vorprojekte aus, die für beide Ruff-Werke einen Mittelbedarf von 28 Millionen erbrachte. Ruff entschied, die Dinge zurückzustellen und nach dem Verbrauch des ACOM-Schrotts, der etwa zwei Jahre in Anspruch nahm, eine Phase guten, das heißt sauberen Schrotts, folgen zu lassen. Die Ruff-Gruppe begann, sich finanziell etwas zu erholen, denn der billige ACOM-Schrott vergrößerte die Gewinnspannen für Benz Ruff und die Stahlwerke. Dem neuen Werksleiter Wilhelm Moorbach gelang es zudem, seine Leute besser zu motivieren und die Produktivität wieder nahe an 100 heranzubringen. Daß Ruff den Prozeß beim Arbeitsgericht in Trier verlor, wirkte sich zunächst nicht weiter aus, denn er ging postwendend in die Berufung beim Landesarbeitsgericht in Mainz.

Georg Ruff beschloß, sich mit den Konzern auszusöhnen. Er bat die Presse in die *Harmonie* und gab bei einem Glas Sekt und kaltem Buffet eine Konferenz, in der er nach einem Überblick über die Unternehmensentwicklung verkündete, er werde die Einweihung des Bürokomplexes im Karthäuser Obstgarten, die für Sonnabend, den 24. August, vorgesehen sei, dazu benutzen, den Bürgern von Konz ein Fest zu geben. Es werde ein Tag der offenen Tür sein, der um elf Uhr beginne und Mittagessen und Getränke einschließe.

Er fragte Bene, ob er Lust habe, das Fest zu planen und zu gestalten, und Bene sagte sofort ja. „Ich will da auch nicht geizig sein. Du kannst bis zu 100 000 verbrauchen." Er beauftragte seine beiden Sekretärinnen Gisela Boehne und Isolde Taska, Adressen herauszusuchen und Einladungen zu verschicken. Als sie alles beisammen hatten, sagte Bene zu Georg: „Es kommen 3 000 Gäste in Frage, davon wird vielleicht die Hälfte erscheinen. Ich schlage vor, alle Dispositionen für 1 500 Erwachsene und Kinder zu treffen." Bene, der sich gern mit Kindern beschäftigte, wollte auf der Parkfläche einen Sandkasten aufstellen und mit dem übriggebliebenen Sand des Bauvorhabens füllen. In einer Tombola sollten die Kinder Spielzeug, Schaufeln und Förmchen gewinnen können. Außerdem mietete er drei brave Ponies und heuerte Studenten an, die den Kindern beim Aufsitzen und Reiten behiflich sein sollten. Ihm fiel eine Menge ein, und es kam immer noch etwas dazu. Er rief die Trierer Künstleragentur an und fragte nach einem Musikclown. Er erhielt ein Angebot und bestellte den Spaßmacher mit seiner ganzen Ausrüstung. Die Konzer sollten sich auf dem Karthäuser Obstgartenfest gut unterhalten. Es durfte an Nichts fehlen. Als Benes Vergnügen, den Erfolg des Festes durch immer neue Maßnahmen abzusichern, ausuferte, schlug Georg ein Meeting vor, um das Programm festzuschreiben, und sie vereinbarten ein *freezing date*. Zu diesem Datum legte Bene seine Diposition für 1 500 Gäste vor:

Fleischkäsbrät	300	Kilo
Frikadellen	1 500	Stück
Fleischpasteten	4 500	Stück
Rote Wurst	750	Stück
Grillbratwurst	900	Stück
Grillhühnerbrust	500	Stück
Grillhühnerbein	500	Stück
Kartoffelsalat	500	Kilo
Senf	5	Eimer
Gulaschsuppe	300	Liter
Hefezöpfe à 4,5 kg	60	Stück
Kaffee	3 000	Portionen
Speiseeis	150	Kilo
Brötchen	3 000	Stück
Konzer Brezel	1 000	Stück
Radbrot	10	Stück
Bier	3 000	Flaschen
Weißwein	500	Liter
Rotwein	300	Liter
Kindergetränke, verschiedene	1 000	Büchsen
Papierservietten	5 000	Stück

Bene bat die Koblenzer Garnison um Hilfe. Die Militärverwaltung erklärte sich bereit, eine Motor-Feldküche zur Verfügung zu stellen, die die Gulaschsuppe kochen und warmhalten würde, denn die Kantine des neuen Verwaltungshauses konnte man doch nicht in Betrieb nehmen. Eine fünfköpfige Kapelle sollte die Gäste unterhalten. Den größten Posten in Benes Budget nahm das Zelt ein, das die halbe Fläche des Parkplatzes überdachen würde. Das Koblenzer Metereologische Institut sah sich außerstande, für den 24. August eine Wetterprognose abzugeben. Es war besser, sich auf Regenschauer einzustellen.

Georg Ruff beabsichtigte, von der Kuppel aus mit dem Hubschrauber zum Karthäuser Obstgarten zu fliegen und um Punkt elf Uhr auf dem dortigen Landeplatz aufzusetzen. Christine würde ihn begleiten. Er wollte nur eine kurze Rede an die Konzer halten, nicht viele Worte machen, sich für die Unbill in den vergangenen Jahren entschuldigen und mit ein paar Sätzen auf seine weiteren Pläne eingehen. Reden verfassen war nicht seine Sache. Gisela Boehne zählte später Ruffs-Redeversionen. Er schrieb acht Fassungen, und noch im Hubschrauber vermerkte er mit dem Kugelschreiber ein paar Änderungen. Wie sollte er seine Konzer anreden? Er wollte ihnen gleich zu Beginn ein wenig schmeicheln. Vor allem würde er ihnen versprechen, in dem Konzer Stahlwerk keinen „dirty scrap number two" mehr einzusetzen, und was davon übrig war, ließ er nach Bremerhaven bringen, wo die nahe beim Hafen wohnende Bevölkerung mehr Dreck in der Luft gewohnt war als die Konzer Bürger, die ihre Stadt sauber hielten und den Fremdenverkehr förderten.

Die Luftaufsichtsbehörde in Saarbrücken gab für das Landen des Hubschraubers nahe der Kuppel keine Erlaubnis. Georg und Christine mußten daher am 24. August morgens mit dem Werkswagen zum Flugplatz Saarbrücken fahren und von dort aus zum Karthäuser Obstgarten fliegen. Das war nicht weiter tragisch. Die Flugzeit würde sich auf eine knappe Stunde ausdehnen, und Christine versicherte, sie habe keine Angst vor dem Hubschrauber, er werde ja nicht gleich bei ihrem ersten Flug herunterfallen.

Georg Ruff saß am Tage vor dem Fest in seinem Büro und ließ sich noch einmal das ganze Programm durch den Kopf gehen. Mitte des Monats hatte es einige Tage lang heftig geregnet, aber nun löste sich die Bewölkung mehr und mehr auf. Ein Hoch vom Balkan führte milde Festlandluft heran, die Temperaturen betrugen um die Mittagszeit 26° im Schatten. Die weiteren Aussichten wurden als gut und stabil bezeichnet.

Christine bestand darauf, für Georg einen neuen mittelblauen Anzug und für sich selbst ein fröhliches Sommerkleid zu kaufen. Sie wählten für ihre Einkäufe Saarbrükken, weil Georg die Fahrt dazu nutzen wollte, sich den Saarbrücker Flugplatz anzusehen und sich von dem privaten Lufttaxi-Unternehmen den Flug am 24. August bestätigen zu lassen. Als er im Geschäft für Damenoberbekleidung saß und Christine verschiedene Kleider anprobierte und vorführte, wurde er gewahr, daß er sie wie am ersten Tag liebte und sehr stolz auf sie war. Eine wunderbare Zeit lag hinter ihnen. Im Herbst vor zwei Jahren hatten sie im Hunsrücker Jagdhaus Hubertus das verlängerte Wochenende verbracht, und da das schlechte Wetter die geplante Jagd auf den „kapitalen Hirsch" nicht zuließ, fanden sie Zeit füreinander, genossen das Nichtstun, und sie beschäftigten sich, halb Scherz, halb Ernst, mit dem Rezept der schriftgelehrten Kalifen, das Hercule de Bonne Foi ihnen so ans Herz gelegt hatte. Als Christine schwanger wurde, meinten sie, alles recht gemacht zu haben und dachten sich an jedem freien Wochenende neue Mädchennamen aus. Vor dreizehn Monaten gebar Christine ihr viertes Kind, einen gesunden Jungen, und sie nannten ihn Hubertus. Sie hatten jetzt drei Jungens und ein Mädchen, und wenn Georg, wie er es gern tat, von seinen Plänen, Vorhaben und Prognosen sprach, bremste ihn Christine mit der Mahnung: „Bleib mit den Füßen auf der Erde. Auch die schriftgelehrten Kalifen sind nicht mehr das, was sie mal waren", und später, als er nach neuen Sternen Ausschau hielt, sagte sie: „Ach ja, mein geliebter Kalif", und er wußte, er mußte aufhören, für alles ein Patentrezept bereitzuhalten.

Am 24. August übergab Christine ihre vier Kinder dem Kindermädchen Beatrix, und sie ließen sich vom Werksfahrer nach Saarbrücken bringen. Sie waren bereit für das Fest, auf das sich Georg seit langem freute. Dieser Augusttag würde der Anfang eines neuen Lebensabschnittes sein. Der Bürokomplex am Karthäuser Obstgarten sollte von nun an der Sitz des kleinen Ruff-Imperiums sein, vierzehn Tage nach dem Tag der offenen Tür würde er selbst mit seiner Verwaltung umziehen, in einer weiteren Woche sollte die KOBI mit Alfred Lynn folgen. Sie bestiegen den Hubschrauber, der Motor heulte auf, die Rotorblätter erhöhten ihr Tempo, und die Maschine hob ab. Sie sahen die Leute vom Bodenpersonal kleiner werden, und dann sahen sie nichts mehr, denn der Pilot flog eine Kurve und drehte dann ab nach Norden.

Was für ein herrlicher Tag.

In leuchtendem Grün und Braun lag der Karthäuser Obstgarten unter ihnen. Voller Stolz nahmen Ruffs Augen das Bürogebäude, das Zelt und die Bänder der Zufahrtsstraßen wahr.

Endlich setzten die Kufen des Hubschraubers auf dem achteckigen Landeplatz auf. Georg und Christine stiegen aus und gingen auf die wartenden Menschen zu. Benz und Paula Ruff, deren groß gewordene Kinder Frank und Rachel, Bene, Markus Didone, Alfred Lynn, Hans Kluge, Rainer Moebius, der Anwalt Dr. Rostrum. Georg sah die drei Ponies und die Studenten, die Musikanten und den Clown, „aber wo sind die Leute?"

„Welche Leute", fragte Paula, nur, um etwas zu sagen.

„Die Gäste, die Konzer Bevölkerung?"

„Wir sind die Gäste", antwortete Vater Benz, „andere Gäste gibt es nicht."

„Aber ich habe mich doch nicht im Datum vertan", sagte Georg bockig. Sein Gesicht hatte alle Farbe verloren.

„Das Datum stimmt", antwortete Benz, „aber die Konzer sind nicht gekommen."

Christine bekam einen Weinkrampf. Paula ging auf sie zu und legte die Arme um sie. Niemand rührte sich.

Der Clown trat an die Gruppe heran und fragte: „Kann ich jetzt mit meinem Programm beginnen?"

„Das Fest ist verloren", sagte Georg Ruff. Und nach einer Weile fügte er hinzu: „Es gibt kein Programm." Er löste Christine aus Paulas Armen und führte sie zu dem Hubschrauber. „Können Sie uns wieder mitnehmen?"

„Aber ja", sagte der Pilot. Er startete den Motor, und die Rotorblätter begannen sich zu drehen. Der Hubschrauber setzte ab, ein Windstoß fegte in die mit Essen beladenen Tischreihen und tausende Papierservietten wirbelten durch die Luft. Als der Hubschrauber nach Süden abdrehte, blickten sie auf den mit weißen Tüchern gesprenkelten Karthäuser Obstgarten.

XXVII

Boehnchen stellte einen Anruf von Hercule de Bonne Foi aus Genf durch. „Hallo, wie geht's bei euch?"

„Ici ça roule. Hier klappt es", antwortete Hercule.

„Alors, laissez les bons temps rouler. Was gibt es Neues?"

„Hör zu, Georg." Man hörte Hercules Stimme an, daß er guter Dinge war. „Ich habe dir nicht viel zu sagen, aber was ich sage, wird dich erfreuen. Das Stahlwerk Port de Bouc ist in Betrieb gegangen. Die Miramer ist voll des Lobes. Du kannst die letzte Rechnung schicken."

„Mach ich, Hercule."

„Wann sehen wir dich in Genf, mein Lieber?

Ach, dachte Georg Ruff, an Genf war vorerst nicht zu denken. Er mußte sich um Georgetown kümmern. „Nicht so bald, Hercule."

„Laß von dir hören, mein Guter, und grüße deine Familie."

„Ja, danke."

Er hatte einen Termin beim Gewerbeaufsichtsamt. Die Dinge spitzten sich zu. Die Entscheidung über die Nachrüstung der beiden Stahlwerke ließ sich nicht weiter aufschieben.

„Wir verlangen, daß Sie die Staubemission auf die gesetzlichen Grenzwerte reduzieren."

„Für die Nachrüstung, wenn sie denn sein muß, benötige ich Geld und Zeit", versuchte sich Ruff zu entschuldigen.

„Geld, das ist Ihr Problem. Zeit? Na schön, wir setzen eine letzte Frist. Am 31. Dezember kommenden Jahres müssen die Grenzwerte erreicht sein."

Sie bestätigten die Auflage mit einem amtlichen Schreiben. Es führte kein Weg an der Investition vorbei.

„Meeting", sagte er zu Gisela Boehne.

„Um wieviel Uhr", wollte die Sekretärin wissen.

„Sofort. Ich brauche Moorbach, Lynn und Moebius."

Sie legten das Programm für die Nachrüstung beider Stahlwerke fest. Die Stahlwerkshallen mußten am First und an den Giebeln geschlossen werden, starke Rauchgasgebläse mußten die sich unter den Dächern fangenden Rauchgase abziehen und durch Elektrofilter jagen. Ruff bat Lynn und Moorbach, einen Terminplan auszuarbeiten und beauftagte Moebius, sich um die Finanzierung zu kümmern.

„Machen wir", sagte Moebius.

Aber die Banken zogen nicht mehr mit. Ruff und Moebius setzten sich in den Wagen und klapperten die Konzer Vereinsbank, die Interbank und die DEUBAG ab, ohne eine eigene Beteiligung, ohne Ruff-Mittel, wollte sich kein Kreditinstitut in der Finanzierung der Nachrüstung engagieren.

Georg Ruff trommelte ein neues Meeting zusammen. Moebius legte eine ernüchternde Bilanz vor. Außerdem wies er darauf hin, daß der Mittelbedarf für Georgetown weiter steigen würde, genaue Zahlen waren von der Midland Steel nach wie vor nicht zu bekommen.

„Können wir den Karthäuser Obstgarten noch mit einem Darlehen belasten", wollte Ruff wissen.

„Der Bürokomplex enthält 50 Prozent Eigenmittel und 50 Prozent Mittel der Konzer Vereinsbank. Wir können die eigenen 50 Prozent sicher noch etwas belasten, aber das bringt nicht genug für die Nachrüstung der beiden Stahlwerke", bemerkte Moebius.

„Also, was schlagen Sie vor", fragte Ruff.

„Wir müssen irgendetwas abstoßen", sagte Moebius. Sein schaukelnder Oberkörper wirkte auf Ruff wie eine noch unentschlossene Lawine.

„Aber was", fragte Ruff.

„Den Karthäuser Obstgarten", antwortete Moebius. Die Lawine konnte sich jeden Moment lösen.

„Den Karthäuser Obstgarten", wiederholte Ruff mechanisch. Er sollte seinen Bürotraum hergeben? Den Platz, wo das Herz seines Unternehmens schlagen sollte? Er saß zusammengesunken in seinem schwarzen Schreibtischsessel. Moebius und Lynn dachten, es wäre nicht verwunderlich, wenn sein Herz plötzlich aufhörte zu schlagen. Er wirkte klein, alt, verschimmelt. Den Karthäuser Obstgarten? Wie hatte er um das Gelände gekämpft, welchen Fleiß hatte er in das Bauvorhaben gesteckt. Konnte man einem Mann aus Energie, Fleisch und Blut das alles plötzlich nehmen?

„Na schön", flüsterte er, „bieten Sie der Konzer Vereinsbank den ganzen Karthäuser Obstgarten an, und fordern Sie im Gegenzug die Finanzierung der Nachrüstung."

„Machen wir", sagte Moebius ebenso leise. Er erhob sich. Ihm war daran gelegen, das Meeting so schnell wie möglich zu verlassen. Die Lawine setzte sich mit kleiner Anfangsgeschwindigkeit in Bewegung.

Die Konzer Vereinsbank veräußerte den Karthäuser Obstgarten und den darauf errichteten Bürokomplex und finanzierte die Nachrüstung der Stahlwerke von Konz und Bremerhaven. Käufer des Projektes Karthäuser Obstgarten war ein Eisenhüttenunternehmen namens Fortuna.

XXVIII

Zu seiner Überraschung machte die Veräußerung des Karthäuser Obstgartens außerhalb von Konz und Trier keine Schlagzeilen. Natürlich wußte Georg Ruff sehr gut, daß seine Kapitaldecke für alle seine Pläne viel zu kurz war, aber er hoffte, dieses Problem in naher Zukunft lösen zu können. Hierfür bot die konventionelle Unternehmenspraxis zwei Wege. Er mußte eine Partnerschaft eingehen, die das Ende seiner Alleinherrschaft bedeutete hätte, oder er konnte die Börsenzulassung erwerben und sich über Aktien finanzieren. Er führte eine Reihe von Gesprächen mit Moebius und bat ihn, weitere Informationen einzuholen und Untersuchungen anzustellen, aber diese Dialoge brachten ihn der Lösung nicht näher. Er unterschätzte den Zeitbedarf für die Beschaffung von solidem Geld. Und er überschätzte seine Position in der Gesellschaft. Von seiner überaus zielstrebigen Arbeit in der Trierer Industrie- und Handelskammer abgesehen, trug ihm die SAT West-Sendung *Journalisten fragen – Unternehmer antworten* auch von denen Anerkennung ein, die gern um jeden Preis gegen die Gewerkschaften opponierten, und manch falscher Prophet schmeichelte ihm und sagte ihm eine gewichtige Stimme im Konzert der deutschen Wirtschaft voraus. Ja, da waren einige, die meinten, er sei mit seiner Vorbildung und seinen Sprachkenntnissen prädestiniert für Führungsaufgaben im sich abzeichnenden europäischen Markt. Der Arbeitgeberverband bat ihn um seine Mitarbeit im Tarifausschuß und ließ durchblicken, daß man an seiner Wahl in den Beirat arbeite, aber seine Führungsphilosophie war zu individuell geprägt, seine Unternehmensleitung zu eigenwillig, als daß er sich in das Kommittee der Fundamentalisten eingefügt hätte. Zudem erkannte er, daß der Arbeitgeberverband verschiedene Flügel hatte, nicht allein zwei wie ein weit fliegender Albatros, aber zwei Flügel waren besonders charakteristisch und einprägsam. Er nannte sie die *Konservativen* und die *Progressiven*. Die Konservativen suchten ihre Positionen zu bewahren, arbeiteten ständig an Kompromissen, fabrizierten Freundschaften vor allem mit den Vertretern der Arbeitnehmerorganisationen und suchten Verbündete in der Regierung, um aus dem Subventionstopf einen möglichst großen Nutzen zu ziehen. Sie sagten bei jeder sich bietenden Gelegenheit: „Wir vertreten die Sache von 100 000 Arbeitern, wir dürfen nichts riskieren." Sie stellten bei den Tarifverhandlungen den *weichen Flügel* dar. Viele von ihnen sympathisierten offen mit den Gewerkschaften und bewirkten mit ihrer Stimme eine überparitätische Mitbestimmung. Die Unternehmen schickten sie gern zu öffentlichen Auftritten, weil von ihnen keine Gefahr und kein Skandal ausging. Sie hielten ihre Emotionen unter Kontrolle, wo immer sie erschienen, fand sich ein Saaldiener, der ihnen den Besen in die Hand drückte und die Teppichecke anhob. Die Progressiven vertrauten auf die Prinzipien des Marktes, auf das freie Spiel der Kräfte, ja, sie waren diese Kräfte, sie scheuten sich nicht, die Dinge beim Namen zu nennen und die Wahrheit zu sagen und philosophierten über die inneren Werte der Arbeit. Sie kannten sich in der modernen Unternehmensführung aus, im Sales Management, im Marketing, in Hardware, Software, in New Technologies, in Computer-Zentren, in Mikroprozessoren, Spin Offs und Megabyte-Chips. Sie waren selbstbewußt und der Gegenwart immer einen Schritt voraus. Sie suchten ihre Unternehmen in den Dimensionen des Mittelstandes zu halten und disponierten Expansionen so vorsichtig, daß sie nicht zum Klotz am Bein wurden. Die Größe war nicht ihre Sache, sie beschäftigten sich unablässig mit der Zukunft und der Erhöhung des Eigenkapitals. Unter ihnen waren Unternehmer zu finden, die die seltenen Jahre, die Verluste auswiesen, mit den Zinsen ihrer Rückstellungen überbrückten. Auch der beste Finanzminister war ihnen ein Greuel, weil ein Finanzminister sich nur zu gern mit denen beschäftigt, die Geld haben, und die verabscheut, die in seine Tasche zu fassen trachten, weil er es für sein gutes Recht hält, ebendies bei den Unternehmern zu tun.

Diese beiden Flügel waren nicht auf einen Nenner zu bringen, und wenn der Arbeitgeberverband auf alle Attakken der Gewerkschaften gemäßigt reagierte und Kompromißbereitschaft zu erkennen gab, so in erster Linie, weil die verschiedenen Flügelkämpfer des Verbandes gelegentlich einander an die Kehle sprangen.

Georg Ruff nahm vor allem in den kommenden Monaten mit Ausnahme der Zeit, die er in Algerien verbringen mußte, an Sitzungen des Verbandes teil, aber er lehnte es ab, sich in den Verbandsbetrieb einspannen zu lassen.

Noch im späten Herbst weiteten sich der Einstieg in die 35-Stunden-Woche, die Gleitzeitfrage und das Ladenschlußgesetz zu großen Themen in Politik, Presse und Fernsehen aus. Es kam zu Bummelstreiks, spontanen Arbeitsniederlegungen, Warnstreiks, Sympathiestreiks, Protestaktionen und Sternfahrten. Obwohl die Automobilindustrie nicht unmittelbar betroffen war, führte die Bestreikung der Zuliefererwerke zu Schwierigkeiten in der PKW-Fertigung und zu ärgerlichen Lieferverzögerungen. Die Sofort-Verkäufe französischer und japanischer Wagen nahmen rapide zu. In der Stahlindustrie entschlossen sich verschiedene Belegschaften zu Sympathiekundgebungen, was in der Unternehmerschaft neue Diskussionen auslöste und zu verwirrenden Fernsehinterviews führte. Schließlich erklärten die Unternehmer die Streiks für illegal und drohten mit Aussperrung, die Gewerkschaften forderten von der Regierung ein striktes Verbot der Aussperrung, weil Aussperrung undemoraktisch sei und den sozialen Besitzstand der Arbeitnehmer gefährdete. Das Kabinett, vor allem aber der Arbeitsminister, geriet ins Schußfeld beider Parteien, man warf dem Kanzler, wie so häufig in den letzten Jahren, Führungsschwäche vor. Jede Seite verlangte Härte gegenüber der anderen. Schließlich sprach der Kanzler ein Machtwort und wiederholte, er werde nicht jede Unverfrorenheit der Kampfhähne hinnehmen. Nach einer kurzen Pause der Verblüffung klagten beide Seiten den Kanzler an, er mische sich zugunsten der anderen Seite in den Zwist der Sozialpartner ein.

In dieser Zeit sank die „Produktivität" im Konzer Stahlwerk auf 89 Punkte, in Bremerhaven auf 92. Als das Feuer der Streiks auf die Energiewirtschaft übersprang, mußte über das europäische Verbundnetz Strom zugekauft werden. Der Kampf um den Einstieg in die 35-Stunden-Woche kostete, wie eine Tageszeitung schätzte, täglich 270 Millionen, der *Konzer Tagesbote* schrieb einen Leitartikel unter der Überschrift: *Streik – demokratische Kampfmaßnahme*. In dem Artikel errechnete der Autor Gesamtkosten von zehn Milliarden für die Volkswirtschaft und äußerte die Auffassung, daß diese Milliarden besser ausgegeben seien als eine Milliarde für Waffen.

Isolde Taska schnitt verschiedene Artikel aus und legte sie mit dem Magazin *Der Unternehmer* auf Ruffs Schreibtisch. Als Ruff die Zeitschrift überflog, fiel sein Blick auf eine Nachricht über die sauerländische Fahrradfabrik Manta, die den Familien Manta, Ruff und einer holländischen Firma gehöre und die seit Jahren Qualitätsfahrräder REX herstelle. Die Manta AG habe sich mit drei holländischen Firmen zu einer neuen Gruppe zusammengeschlossen, NVU – Niederrheinische Velo-Union, die den europäischen Fahrradmarkt zum Ziele habe.

Das Manta-Komplott traf Georg Ruff völlig unvorbereitet. Es hatte seinen Ursprung in der außerordentlich günstigen Entwicklung des Fahrradgeschäftes in der Bundesrepublik Deutschland, den Niederlanden und Belgien. Soeben erfolgten erste Lieferungen nach Dänemark und Nordfrankreich, um für den Frühjahrsverkauf gerüstet zu sein.

Die kommunalen Behörden begannen, sich vor allem an den Wochenenden der Autoflut zu erwehren. Die Rechnung mehr Autos, mehr Straßen, mehr Parkplätze, mehr Besucher, größerer Umsatz ging nicht mehr auf. Zu drastischen Geschwindigkeitsbegrenzungen kamen härtere

Katalysatorbedingungen, um die gefährlich hohen Emissionen von Stickoxiden einzudämmen. Forstverwaltungen ließen an den Durchgangsstraßen Schranken errichten und gaben die Wege durch die Erholungsgebiete nur noch für Fußgänger und Fahrradfahrer frei. Unerwarteterweise zeigte die Bevölkerung Verständnis für die Notwendigkeit, die Natur zu schützen, und rüstete sich mit Fahrrädern aus. Ein Werkstattmeister der Manta AG entwickelte die leicht zu montierende windschnittige Regenhaut für Fahrradfahrer, die „Mantawabe", die unter der Abkürzung MA-WA ein Verkaufsschlager wurde. Plötzlich fuhr das einfache, leichte, regenfeste Fahrrad voll im Trend.

Maria Theresia Manta hatte schließlich ein Marketingunternehmen in Iserlohn beauftragt, eine Strategie *Organisation der Fahrradindustrie und Verkauf in Europa* zu entwerfen, das Ergebnis lag nun vor. Das Unternehmen empfahl, sich mit anderen Fahrradfirmen zusammenzutun und der Produktion und dem Verkauf eine europäische Dimension zu geben.

„Was seid ihr Mantas eigentlich für Leute", fragte Georg Ruff erbost, „deine Mutter und wir sind Partner, ich habe ihr damals aus der Patsche geholfen, und jetzt dieses heimtückische Komplott. *Deine* Mutter arbeitet gegen mich."

„Warum rufst du *deine* Schwiegermutter nicht mal selbst an", erwiderte Christine, die soeben ihr Haar gewaschen und in ein Handtuch eingerollt hatte.

„Es ist schließlich *deine* Mutter", sagte Georg mit Entschiedenheit.

„Ich glaube, meine Mutter ist wieder ganz die alte. Sie hat unter Luises Drogenabhängigkeit furchtbar gelitten. Das scheint nun hinter ihr zu liegen. Ihre Stimme klingt sicher und energisch. Sie weiß wieder, wovon sie redet."

„Ach ja."

„Ja", bestätigte Christine.

„Ihr habt miteinander telefoniert, und ich erfahre nichts davon", schimpfte Georg. „Diese alte Krähe fällt mir in den

Rücken, und meine Frau stützt die Hand, die das Messer hält."

„Nun beruhige dich mal, mein Lieber." Christine löste das Handtuch und schaltete den Föhn ein. Georg ging auf sie zu, nahm ihr den Fön aus der Hand und schaltete das Gerät wieder aus. „Also was ist los?"

„Du mußt mit ihr selbst reden. Sie wollen eine neue Aktiengesellschaft gründen mit neuem Kapital von vier oder fünf Millionen Mark. Jeder Partner erhält einen Anteil von 25 Prozent und muß außer den Sacheinlagen entsprechende Werterhöhungen vornehmen. Meine Mutter kann das erforderliche Kapital aufbringen, sie hat die volle Unterstützung der sauerländischen Banken. Wenn du für deinen Drittelanteil mithalten kannst, bist du dabei. Wenn nicht, geht dein Anteil auf fünf Prozent zurück."

„Was für ein Komplott."

Christine hatte ihren Mann schon lange nicht mehr so aufgebracht gesehen. Zunächst erschrak sie, aber dann amüsierte sie seine Aufregung. „Sie wollen später noch andere Firmen dazunehmen und eine Societas Europaea gründen, eine europäische Aktiengesellschaft, und sich über Aktien finanzieren, da kannst du ja dann wieder einsteigen."

„Stammt dieser hämische Vorschlag auch von deiner Mutter?"

„Mutter hat mir allerhand vorgerechnet", sagte Christine, „und ich glaube, rechnen kann sie."

Georg Ruff ging im Zimmer auf und ab. Wieder und wieder stieß er die linke Faust in die flache rechte Hand. „Im Augenblick kann ich keinen Pfennig investieren", meinte er schließlich, „ich muß mein Geld zusammenhalten. Ich werde Dr. Nosso sagen, er soll mit deiner Mutter sprechen und ihr bei den Verträgen helfen, nicht, daß da etwas schief geht."

„Mach dir keine Sorgen, mein geliebter Mann, im Sauerland gibt es genug tüchtige Anwälte."

„Lynn hatte recht", bemerkte Georg nach einer Weile.

„Womit hatte er recht, Hanuman?"

„Lynn machte im Urlaub einen Abstecher nach Rom. Ihn interessieren ja die Römer. Er meinte, auch in Rom gebe es einen Manta-Clan. Eine uralte Familie. Sogar im römischen Senat habe ein Manta gesessen. Vielleicht waren die Mantas am Mord Caesars beteiligt. Ja, ich bin sicher, die Mantas gehören zu der Rasse der Königsmörder, nur so kann es ein."

„Hast du das Gefühl, die Mantas und die Welt sind gegen dich", fragte Christine spöttisch.

„Ja, sie machen mir das Leben schwer."

„Da nimm mich bitte aus, lieber Georg, ich bin auf deiner Seite."

„Das beruhigt mich", sagte Georg nachdenklich. Er kam nicht dazu, sich weiter mit den Eigenarten der Mantas zu beschäftigen, denn am nächsten Morgen rief Hercule de Bonne Foi an, der soeben aus Algerien zurückgekehrt war.

„Georg?"

„Ja, am Apparat."

„Ich habe sehr schlechte Nachrichten für dich, mon ami", sagte Hercule.

„Eh bien, soit. Schieß los", erwiderte Georg Ruff.

„Dein Stahlwerk in Annaba arbeitet nicht. Die ANA-Leute behaupten, die Anlage sei völlig falsch konzipiert, ihr habt irgendetwas verkehrt gemacht."

„Was bedeutet das, Hercule?"

„Was das bedeutet? Mon dieu, es bedeutet, daß die Leute am Anfang Schrott hineingeben und am Ende kommt Schrott heraus, verstehst du?"

„Das ist völlig unmöglich. Ich habe Lynns Bericht über die Montage und die Inbetriebsetzung gelesen, meine Ingenieure haben gute Arbeit geleistet, die Maschinen sind erste Qualität, wenn sie den richtigen Schrott in die Öfen kippen, muß am Ende Baustahl herauskommen."

„Aber Georg, ich sage dir doch, sie produzieren Schrott. Deine Planung war falsch."

„Das kann nicht sein, Hercule."

„Du mußt selbst dorthin, Georg, es steht zu viel auf dem Spiel. Und unterrichte deine Versicherung. Es kann dich Millionen kosten. Schau dir die Verträge an, du haftest mit allem, was dir gehört." Hercule schien völlig aus dem Gleichgewicht geraten zu sein. „Glaub mir, Georg, es ist eine große *merde*!"

„Vor Weihnachten komme ich hier nicht weg, Hercule, mein Terminkalender quillt über."

„Laß alle Termine sausen, Georg, wirklich, ich gebe dir den guten Rat. Sie werden eure Botschaft einschalten und Krach machen. Ils feront du chahut, verstehst du, sie machen Radau, sei auf der Hut."

Es ging noch eine Weile hin und her, dann legten sie auf. Ruff drückte den Knopf der Wechselsprechanlage.

„Ja, Chef."

„Meeting, Boehnchen. Sofort. Lynn als erster. Und Dr. Nosso soll sich hier sehen lassen und noch etwas. Suchen Sie die Miramer-Verträge raus, haben Sie das?"

„Ich hab's, Chef."

Lynn bestätigte, was er in seiner Notiz dargelegt hatte. Nach der Fertigmontage des ANA-Stahlwerkes hatten sie mit dem Probebetrieb der einzelnen Aggregate und Systeme begonnen und schließlich das ganze Werk in Gang gebracht. Es hatte nichts zu beanstanden gegeben, die Protokolle wurden unterzeichnet, und Lynn hatte seine Leute zum Flugplatz von Algier geschickt. Dr. Nosso machte darauf aufmerksam, daß mit der vorläufigen Übernahme das Garantiejahr begonnen habe und daß Ruff noch bis zum November des kommenden Jahres in der Gewährleistung hänge. Er empfahl, die Reklamation gründlich zu untersuchen und Mängel, wenn es welche gab, abzustellen. Er übernahm es, die Versicherung über das Haftpflichtbegehren der ANA-Werke zu unterrichten.

Am nächsten Tag rief er seinen Freund Hercule an und sagte ihm, daß er bereit sei, im Januar nach Annaba zu fliegen und sich den Betrieb des Stahlwerkes anzusehen.

„Mais non, Georg", erwiderte Hercule aufgebracht, „das

Stahlwerk steht still, du mußt dich sofort ins Flugzeug setzen."

„Ich tue dir jeden Gefallen, Hercule, aber diesen nicht."

Hercule de Bonne Foi sagte, er werde in einer halben Stunde wieder anrufen und hing ein. Es vergingen jedoch zwei Stunden, bis er sich wieder meldete. „Ich gerate jetzt selbst in Schwierigkeiten, Georg, du mußt mir helfen. Ich bin zu jeder Revanche bereit, hörst du?"

„Ich habe dich verstanden, Hercule, was schlägst du vor?"

Hercule de Bonne Foi hielt es für unerläßlich, daß Ruff sich sofort mit ein paar Ingenieuren nach Annaba begab und versuchte, die Fehler zu beheben und das Stahlwerk in einen ordnungsgemäßen Betrieb zu bringen. Er war bereit, mitzukommen. Er stellte für die Reise und einen nicht zu langen Aufenthalt in Annaba seine Daidalos zur Verfügung und wollte wissen, mit wieviel Leuten Ruff kommen würde.

„Ich komme mit Lynn, zwei Ingenieuren, einem Schmelzmeister, einem Gießmeister, einem Walzwerker, wir sind also zu siebt. Außerdem werde ich veranlassen, daß von der DORMAG und der ACOM je ein Ingenieur kommt."

„Das hört sich gut an, Georg."

„Wir treffen am Sonnabend nachmittag in Cannes ein und könnten die Nacht über schon fahren. Bitte melde uns bei den ANA-Werken an und sage, sie sollen ihre Botschaft in Bonn unterrichten, wir brauchen alle ein Visum. Ist das in Ordnung?"

„Ja, ich habe alles mitbekommen."

„Gut, Hercule, noch zwei Fragen. Christine wollte schon immer mal die Daidalos kennenlernen, wie wär's, lädst du Simone ein, bringe ich Christine mit, was meinst du?"

„Bitte bleibe am Telefon." Ruff hörte, wie Hercule auf einem zweiten Apparat sprach. Das war eine wunderbare Gelegenheit. Christine würde an die Decke springen. Das Kindermädchen Beatrix konnte für ein paar Tage die Kinder übernehmen, ihre Tochter Rosita würde ihr helfen. Und Paula würde auf die „Wildente" aufpassen. Er war sicher, daß sich die Probleme im ANA-Werk rasch lösen ließen. Alles, was er zu tun hatte, war, mit Paula zu sprechen. „Allô, Georg?"

„Qui, voilà."

„Simone ist einverstanden. Gottlob ist es jetzt nicht sehr heiß in Algerien, Simone hat die Hitze nie vertragen, aber nun haben wir Winter. Simone und Christine können einige Landausflüge machen, während wir arbeiten, was denkst du?"

„Das ist in Ordnung, Hercule. Noch eine letzte Frage unter uns Freunden. Wie sieht es mit der Bezahlung aus?"

„Mit welcher Bezahlung?"

„Nun, was wir da unternehmen, kostet eine Menge Geld. Uns liegt kein Auftrag der ANA-Werke vor. Können wir beide uns darauf verständigen, daß wir unsere Kosten selbst tragen, wenn wir das Dilemma verursacht haben." Er machte eine Pause.

„Hörst du noch?"

„Aber natürlich, Georg."

„Sollte uns aber keine Schuld treffen, zahlst du oder die Miramer oder die ANA-Werke, ist das ein Wort?"

„Mach dir keine Sorgen, mon ami, in diesem Fall bekommst du dein Geld von mir. Aber ich bin sicher, daß ihr schlecht gearbeitet habt, und das werden wir schon in einer Woche wissen."

„D'accord, Hercule. Abgemacht."

Er sagte alle Termine ab, und Christine packte die Koffer. Georg sprach mit Paula, die, wie stets, bereit war einzuspringen. Ja, sie würde sich um alles kümmern, um Frank, Rachel, Beatrix, deren Tochter Rosita, Helena, Georg Jr., Victor und den kleinen Hubertus. Und um Benz natürlich, der sich gern vernachlässigt und verlassen vorkam, obwohl er glücklich war, wenn die Kinder ihn aufforderten, mit ihnen zu spielen. Sein Ruff-Eisenhandel lief gut und Paula hielt Ordnung in dem Stab seiner Mitarbeiter und achtete darauf, daß sie seinen Sanftmut nicht ausnutzten.

Am Montag begann Georg mit den Ingenieuren und Meistern die Arbeit in dem ANA-Stahlwerk. Auf dem Mittelmeer hatte die Daidalos sie über die Klimagrenze getragen. Hier an der algerischen Küste war es noch angenehm warm, tagsüber lag die Temperatur zwischen 23 und 25 Grad, die Luft war trocken, und bei Südwind nahmen sie den erdigen Duft der Atlasberge wahr. Nur in der unterirdischen Stahlwerkshalle war es um fünf bis sechs Grad kühler, und die Männer mußten während der Arbeit Winterjakken tragen.

Bei dem ersten Rundgang kam Ärger auf. Georg Ruff wollte ein paar Leute sprechen und sie befragen, aber es hieß, sie seien in der Moschee beim Gebet. Georg sagte höflich „bitte", aber seine Rede war direkt und herrisch, wie er es von Chicago her gewohnt war, und die Stahlwerker brauchten ein paar Tage, um sich an diesen Ton zu gewöhnen. „Bitte sagen Sie Ihren Leuten, daß sie vor der Arbeit beten und nach der Arbeit, und während der Arbeit wird gearbeitet, haben Sie das?"

Hercule de Bonne Foi gab dem Manager ein Zeichen, und der Mann beherrschte sich, keine Seite konnte daran interessiert sein, mit Krach zu beginnen. Als die meisten jungen Leute aus der Bunkermoschee kamen, änderte sich die Stimmung schon ein wenig. War das nicht der Allemand, der ein Stahlwerk in die Sonnenachse von Mekka drehen konnte? Ja, natürlich, das war der Allemand, er würde das Stahlwerk reparieren und alles richten, und der Manager würde aufhören, auf seinen Leuten herumzuhakken.

Georg Ruff fragte die jungen Männer nach ihren Berufen, die meisten von ihnen kamen aus den Atlasbergen, dort hatten sie das Vieh getrieben und das Heu gewendet, sie hatten in die Stadt gewollt, an die Küste, wo das Leben abwechslungsreicher und fröhlicher war, und als die ANA-

Werke Arbeiter einstellten, hatten sie sich gemeldet. Sie waren gesund, stark, zäh, hatten aber keine Ausbildung, und Georg Ruff wußte sofort, daß er ganz von vorn anfangen mußte. „Ihre Leute haben keine Lehre absolviert, es sind keine Handwerker", machte Ruff dem Manager zum Vorwurf.

„Das stimmt", sagte der Manager, „aber sie sind die feine Blüte unserer Jugend, Monsieur le Docteur. C'est la fine fleur de notre jeunesse."

„Alors", antwortete Ruff, „bringen wir ihnen das Handwerk bei."

Er beauftragte Lynn und die beiden KOBI-Ingenieure, das Werk durchzuprüfen. Dabei stellte sich heraus, daß die KOBI ordentliche Arbeit geleistet hatte. Auch die Ausrüstungen der DORMAG und ACOM entsprachen den vertraglichen Bedingungen. Er bat den Manager, die Leute in vier Schichten einzuteilen und aus jeder Schicht ein Team für die Lichtbogenöfen, ein Team für die Stranggießanlagen und eine Mannschaft für die beiden Walzwerke zusammenzustellen. Er ließ sich eine Woche Zeit, die Arbeiter in die Handhabung der Ausrüstungen einzuweisen und gab den wenigen Fachkräften, die die ANA angeheuert hatte, die Verantwortung für die sensiblen Steuergeräte. Sie arbeiteten sieben Tage in der Woche, nur am Freitag widmeten sie sich mehr dem Gebet als an den anderen Tagen.

Georg bat Hercule auf der Daidalos, nach einer Trillerpfeife zu suchen, und Hercule trieb sie auf. Am Montag früh ließ Ruff einen alten Gabelstapler auf die Ofenbühne fahren und auf den beiden Gabeln eine Holzplatte befestigen und darüber einen einfachen Bauernstuhl stellen. Er setzte sich auf den Stuhl und ließ die Gabeln hochfahren, und die Arbeiter sahen ihn alle wie einen hohen Mufti. Er wies den Elektroingenieur an, die Transformatoren einzuschalten, und als dies geschehen war, sagte der Mann: „Qui, Monsieur le Docteur."

„Ofen eins chargieren."

„Qui, Monsieur le Docteur."

Ruff rief: „Ofen eins einschalten."

Der Leiter des Teams antwortete: „Qui, Monsieur le Docteur."

Ruff stand auf und stellte sich breitbeinig auf das Holzbrett: „Sagt nicht, qui Monsieur, sagt, was ihr getan habt, also: Transformator eingeschaltet ... oder ... Ofen eins chargiert ... habt ihr verstanden, was ich meine?"

„Qui, Monsieur le Docteur."

Ach, sie waren seine liebenswerten, eifrigen, hoffnungslosen Fälle. Sie folgten getreulich seinen Anweisungen und immer wieder dröhnte ihre Antwort in seinen Ohren: „qui, Monsieur le Docteur."

„Pfanne eins aufheizen."

„Aufgeheizt."

„Stranggießanlage eins aufheizen."

„Aufgeheizt."

Als der Schrott geschmolzen war, begann Ruffs Lichtbogenofenmeister den Stahl mit den verschiedenen Zuschlägen fertigzumachen, und Ruff befahl, eine Probe zu nehmen und ins Labor zu schicken. Sie warteten eine viel zu lange Zeit, aber Ruff blieb geduldig und nutzte die Pause, um die Pfanne vom Kran an die Schnauze des Lichtbogenofens eins heranfahren zu lassen.

Die Analyse war nicht akzeptabel, und sie mußten den Stahl noch weiterkochen lassen und mit der Schaufel Zuschläge ins Bad geben, bis die Zusammensetzung stimmte und der Meister Zustimmung signalisierte.

Ruff stand auf und blies in die Trillerpfeife. „Abstechen. Lichtbogenofen kippen."

„Qui, Monsieur le Docteur", riefen die Heuwender folgsam und voller Erwartungen.

„Langsam, Leute, langsam."

„Qui, Monsieur le Docteur."

Der Stahl ergoß sich in die Pfanne. Als der Stahl überzuschwappen drohte, pfiff Ruff erneut und dirigierte die Pfanne zur Stranggießkokille, und die zweite Pfanne näherte sich der Schnauze des Ofens.

Von der Stranggießanlage wanderten die Stränge zu den Warmhalteöfen und von dort zu den beiden Walzwerken. Am Ende der Halle stapelten die Arbeiter die Baustähle und sahen den Gabelstaplern nach, die die Stähle und Drähte zur Bunkerhalle hinausfuhren.

„Es ist Stahl", schrien sie. Sie dachten, nun sind wir Stahlwerker geworden.

„Ja, es ist richtiger Stahl", antworteten andere Männer, und Jubel erfaßte die jungen Arbeiter, und in ihrer Freude dankten sie Allah. „He, schaut mal, was wir da machen."

„Ihr seid wunderbar, Leute", sagte der Manager, „es ist wahrhaftig Stahl."

Ruff und seine Ingenieure blieben noch 14 Tage im Werk, um den Leuten zu zeigen, was Takt bedeutet. Und als sie alles verstanden, erhöhte Ruff die Anzahl der täglichen Schmelzen, bis sie zum ersten Male die garantierte Tagesmenge produzierten.

Am Sonnabend der letzten Woche bereitete der Manager den Deutschen und seinen eigenen Leuten ein Fest.

„Ich gratuliere euch allen", rief Georg Ruff auf französisch, „ihr habt das ganz phantastisch gemacht."

„Merci, Monsieur le Docteur."

Noch in der Nacht legte die Daidalos ab. Hercule und Simone de Bonne Foi brachten ihre Gäste zum Flugplatz nach Nizza.

„Zufrieden, Hercule?"

„Mir ist ein Stein vom Herzen gefallen, Georg. Mach's gut, mein Freund, und vergiß nicht, die Rechnung zu schikken. Du hast gewonnen, wer zahlt, das bin ich."

„In Ordnung. Du zahlst."

„Verlaß dich drauf, mein Freund."

XXIX

Er hatte den Berg erklommen. Er wußte, dies war der Gipfel, er war ganz oben. Die Leute feierten mit dem Erfolg sich selbst, zugleich feierten sie einen Mann namens Georg Ruff, der gelernt hatte, in Lichtbogenöfen Stahl zu kochen, ihn in kontinuierlich arbeitenden Gießanlagen zu Strängen zu gießen und in Walzwerken auszuwalzen. Mit Lynns Hilfe hatte er begonnen, hochmoderne Elektrostahlwerke zu bauen, die wie geölte Maschinen des Jahrhunderts arbeiteten. Er wollte frischen Wind in die Museen des Eisenhüttenwesens blasen. Er würde die Stahlproduktion wieder wettbewerbsfähig machen und neue, viele neue und sichere Arbeitsplätze schaffen. Die ganze Welt brauchte Stahl. Sie mußte ihn nur kaufen können, das war's. Aber Ruff-Stahl war preiswert, er hatte es bewiesen. Die ANA-Leute sangen, und Ruff hörte bis in den Abend hinein ihren Gesang, und er dachte: das ist mein gewonnenes Fest. Er hatte knapp vier Wochen daran gesetzt, im ANA-Stahlwerk Ordnung zu schaffen. Am Freitag, dem 10. Januar, betrat er zum erstenmale im neuen Jahr sein Büro in der Kuppel. Gisela Boehne erklärte die Bedeutung der verschiedenen Postberge. Da lagen hunderte von Weihnachts- und Neujahrskarten. Der Stapel konnte warten. Daneben lag die normale Post, rechts von der Schreibunterlage die rot gekennzeichnete dringende Post, obenauf mehrere Briefe des Gewerbeaufsichtsamtes und Notizen seiner Mitarbeiter.

„Kurz das Wichtigste, Boehnchen." Sie trug, was sie besonders schätzte, eine blaue Kosakenbluse mit einem schmalen Stehkragen und darüber eine graue Weste. „Sie schauen gut aus, waren Sie im Schnee?" Er erinnerte sich der Einladung Hercules, nach den 70-Stunden-Wochen in Annaba ein paar Tage in Moritz oder Davos Pause zu machen. Auf solche Ideen konnte nur ein Waffenhändler kommen.

„Nein, Chef, nicht im Schnee."

„Was haben Sie denn gemacht, daß Sie so erholt wirken?"

„Ich habe hier die Stellung gehalten, wenn Sie wissen, was das bedeutet."

Er sah ihrem Gesicht an, daß es nicht ganz einfach gewesen sein konnte.

„Also zur Sache, Boehnchen."

„Das gute zuerst. Dr. Rostrum war in Mainz beim Landesarbeitsgericht. Er meint, daß Sie gute Aussichten haben, den Prozeß in der Berufung zu gewinnen."

„Na schön. Und was ist das weniger gute?"

„Da müssen Sie die Post vom Gewerbeaufsichtsamt lesen. Es sind neue Vorschriften erlassen worden, ziemlich kompliziert. Ich habe der KOBI Kopien zugestellt."

„Gut. Das kann allenfalls Geld kosten. Weiß Moebius davon?"

„Der hat auch Kopien. Er will Sie sprechen. Er meint, für öffentlichkeitswirksame Investitionen gibt es jetzt zinsgünstige Kredite."

„Rufen Sie ihn mal."

„Herr Moebius ist bis zum 19. Januar in Urlaub. Am besten lesen Sie erst seine Notiz."

„Welche Notiz?"

„Die Moebius-Notiz über Georgetown", antwortete Gisela Boehne.

„Na schön. Wie wär's mit einer Tasse Kaffee?"

„Kommt sofort, Chef."

Während seines Annaba-Aufenthaltes hatte Moebius nach USA fliegen müssen. Er hatte eine ganze Woche mit dem Midland-Managment verhandelt. Der Grund war schlicht der, daß Midland die Ausführungsplanung und die Spezifikationen abgeschlossen hatte, die Investitionskosten für die ganze Anlage konnten als erste zuverlässige Schätzung gelten. Während Ruffs Elektrostahlwerk mit 56 Millionen Mark den Kostenvoranschlag bei Vertragsabschluß einhalten würde, mußte Midland mit 154 Millionen für die beiden Eisenschwammstränge rechnen. Die Fertigstellung des Georgetown-Werkes würde sich um 14 bis 16 Monate verzögern.

Ruffs erster Gedanke war: Lynn hatte recht, mich vor diesem Abenteuer zu warnen. Sein zweiter Gedanke war: ich brauche Moebius. Moebius ist der einzige Mann, der die Aufstockung meines 50 Prozentanteiles zuwege bringt. Und Dr. Nosso muß kommen. Ein glücklicher Unternehmer ist, wer unterzeichnete Verträge nicht wieder studieren muß. Niemand vertraue sein Heil auslegungsfähigen Paragraphen an. Er drückte den Zeigefinger auf die Ruftaste der Wechselsprechanlage. „Boehnchen?"

„Ja, Chef."

„Meeting mit Moebius."

„Aber ich sagte doch schon, Herr Moebius ist im Urlaub."

„Wir haben doch wohl seine Adresse, Boehnchen."

„Er ist mit seiner Frau zu Freunden nach Sao Paulo geflogen. Sie wollten mit dem Jeep an die Küste fahren und fischen."

Wie hieß das Nest? Hoffentlich hatte Moebius seine Anweisung befolgt, die Urlaubsadresse zu hinterlassen. Sao Paulo. Taubaté. Caraguatatuba. Hotel Ermelinda. „Rufen Sie zunächst in Sao Paulo an." Sie brauchte zwei Tage, um Moebius ausfindig zu machen, vier Tage benötigte Moebius, bis er in der Kuppel stand.

Am Dienstag, den 14. Januar, fand die Konzer Krisensitzung statt, sie währte den ganzen Dienstag und noch einen großen Teil des Mittwoch, am Mittwoch abend saßen Moebius und Dr. Nosso in der Nachtmaschine nach New York. Ruff würde nachkommen, falls Moebius die Midland Steel nicht bewegen konnte, ihren Anteil an dem Projekt über einen Zusatzvertrag zu erhöhen. Blieb es bei der 50 Prozent-Vereinbarung, mußte Ruff 55 Millionen aufbringen, um sein Paket an den Gesamtkosten von 210 Millionen abzudecken. Diese 55 Millionen konnte nur James Hill beschaffen. Ruff wußte, es war fraglich, ob es Hill gelang, das Volumen der Risikofinanzierung mehr als zu verdoppeln.

Ruff wußte, daß für ihn alles auf dem Spiel stand, was er bisher geschaffen hatte. Er wirkte während der ganzen Konferenz sehr ernst und bedrückt. Nur Moebius verlor nicht seinen Humor. „Je größer die Haie sind", sagte er, „desto schwerer lassen sie sich reiten."

„Sind Sie in Caraguatatuba wieder auf den Haien geritten, Moebius?"

„Natürlich, warum nicht, Herr Ruff?"

„Und ... haben Sie's geschafft?"

„Das schon, aber wenn man die Übung verloren hat, weicht man den großen Haien aus."

„Sind 55 Millionen ein großer Hai, Moebius?"

„Das bestimmt der Markt des Geldes. Dieser Markt beurteilt immer das ganze Riff. Der Markt sucht sich die aussichtsreichste Beute. Wir werden bald wissen, wie der Markt uns einschätzt. Generell gilt: you can't trust the stock market."

Am Montag, den 3. Februar, stieg die Midland Steel aus dem Projekt aus. Unter Berufung auf den § 37 kündigte sie den Vertrag. Jetzt fehlten Ruff nicht mehr 55, sondern 160 Millionen. Die Ruff-Gruppe geriet in eine Überlebenskrise. Gleich zu Beginn dieser Krise wurde Ruff gewahr, daß eine solche Situation die Unternehmensspitze über Monate hinweg vollständig blockieren kann. Obwohl er sich immer wieder vornahm, näher an die Basis heranzurücken, wurde die Distanz in Wahrheit größer. Die überzeugendsten Erfolge erzielte das Konzer Modell, so lange er sich um die Menschen kümmern konnte. Als sich Management und Mitarbeiter aus den Augen verloren, schwanden die Triebkräfte des Modells, die Spannung der Feder gab nach. An die Stelle seiner straffen Unternehmensführung trat die appeasement policy von Werksleitung und Betriebsrat. Alleingelassen mit seinen Aufgaben und Schwierigkeiten begann Wilhelm Moorbach zu lavieren. Markus Didone hatte den Stahlwerken hierfür Meßgrößen gegeben. Die Produktivität lag jetzt in Bremerhaven bei 90, in Konz darunter. Dies wirkte sich in den Löhnen aus, gefährdete aber nicht die Arbeitsplätze. Georg Ruff suchte Trost in der Tatsache, daß das Konzer Modell im Prinzip arbeitete und wie geplant die Sicherheit der Arbeitsplätze gewährleistete. Das schien ihm eine Menge, wenn man bedachte, daß die Arbeitslosigkeit zum Jahresende 2,4 Millionen betrug und die Anzahl der Konkurse bei 19 000 eingefroren zu sein schien. Im Kohlerevier der Saar wurde der Verlust von 5 000 Arbeitsplätzen angekündigt, an der Ruhr mußte eine große Eisenhütte nach langjährigen Sanierungsversuchen geschlossen werden, in einem Maschinenbaukonzern fielen allein 4 000 Arbeitsplätze der Rationalisierung zum Opfer. Das Welt-Nord-Süd-Gefälle wuchs weiter. Der Reichtum des Nordens nahm zu, die Armut des Südens erreichte nicht vorhergesehene Ausmaße. Der Kanzler trennte sich von seinem Wirtschaftsminister, der ein Jurist war, und betraute einen Technokraten mit dem Amt. Die Gewerkschaften wiederholten ihr Verlangen, die 35-Stunden-Woche einzuführen, um das konstante Arbeitsvolumen gerechter verteilen zu können. Eine Lösung, die allen Seiten gerecht wurde, gab es offenbar nicht.

XXX

Am Donnerstag, den 13. Februar, legte Rainer Moebius seinen Midland-Bericht vor. Georg Ruff hatte alle seine engsten Mitarbeiter eingeladen, Alfred Lynn, Hans Kluge, Moebius natürlich, Paula Ruff und Vater Benz. Er gab einen Überblick über die Produktions- und Verkaufszahlen im zurückliegenden Jahr, erwähnte kurz die Inbetriebnahme der beiden Stahlwerke in Port de Bouc und Annaba und kam dann auf das Midland-Problem zu sprechen. Nach einigen Sätzen sagte er: „Moebius, tragen Sie jetzt mal die Einzelheiten vor."

Der dicke Moebius ließ seinen Oberkörper schaukeln. „Die Midland Steel hatte offenbar große Schwierigkeiten, das von ihr entwickelte Eisenschwammverfahren in einer Anlage von industriellem Maßstab zu verwirklichen. Die Planung zog sich hin, und mit jedem kleinsten Fortschritt stiegen die Kosten. Mister Robert Annacona sagt nun, man könne zwar sicher sein, daß die Anlage einwandfrei arbeiten werde, doch der Kapitaldienst und die Betriebskosten stimmen nicht mehr mit dem früheren Ansatz überein. Der Vorstand der Midland Steel beschloß gegen den Vorschlag von Annacona, aus dem Projekt auszusteigen."

„Haben Sie alle Zahlen mitgebracht, die wir brauchen, um die Gesamtbetriebskosten zu ermitteln?"

„Das haben wir. Und wir meinen", fuhr Moebius fort, „wir meinen, daß der Vorstand der Midland Steel das richtig sieht. Doch das ist nicht die größte Schwierigkeit."

Benz Ruff meldete sich zu Wort. „Wo liegt das eigentliche Problem?"

„Nun", antwortete Moebius, „das eigentliche Problem ist unseres Erachtens, daß James Hill keine Möglichkeit sieht, Genußscheine in der Größenordnung von 160 Millionen Mark oder 90 Millionen Dollar für eine Risikofinanzierung unterzubringen, außer ..."

„Außer was, Herr Moebius?"

„Außer, wir würden als Vertrauensbeweis einen substantiellen Eigenanteil in diese Finanzierung einbringen."

Benz brauchte eine Weile, ehe er fragte: „Was verstehen Sie unter substantiell, Herr Moebius?"

„Nicht wir, Herr Ruff, sondern James Hill. Was versteht James Hill unter einem substantiellen Eigenanteil? Ich habe ihm diese Frage ebenfalls gestellt. Er hat sie auch beantwortet. Substantiell heißt 50 Prozent, mindestens aber 40 Prozent."

Georg Ruff beugte sich vor und griff nach seinem Taschenrechner. Aber Benz hob die Hand und bat schweigend, ihm das Wort zu lassen. „Sagen wir mal 40, Herr Moebius. Das wären in unserer Währung 64 Millionen, stimmt das?"

„Das stimmt, Herr Ruff", antwortete Moebius und sah den alten Benz an.

„Wenn wir dieses Geld nicht auftreiben, was wäre Ihrer Auffassung nach eine vernünftige Alternative?"

„Wir schlagen in einem solchen Falle vor", sagte Moebius, und stockte dann, um seine Antwort zu wiederholen, „wir schlagen in einem solchen Falle vor, die Veräußerung des Projektes ins Auge zu fassen."

Jetzt kam die nächste Frage von Benz Ruff sofort: „Wen meinen Sie mit wir?"

„Mit wir?"

„Ja, Sie sagten, wir schlagen vor. Wer sind diese wir", wollte Benz wissen.

„Nun, ich habe mit James Hill darüber gesprochen", bemerkte Moebius mit einiger Verlegenheit, denn er hatte das Gefühl dafür verloren, daß sein *Wir-Sprech* bisweilen Verwirrung stiftete. „Ich würde sagen, James und ich, ja, das trifft zu, James und ich meinen, bei einer zu knappen Finanzierung sollte man sich besser von einem Risikoprojekt trennen."

„Letzte Frage, Herr Moebius, kennen Sie eine Firma, die als Käufer in Frage käme?"

„Dafür gibt es nur eine einzige Adresse, Herr Ruff."

Benz Ruffs Gesicht gab jetzt ein kleines Lächeln her. „Eine einzige Adresse genügt, sofern sie kauft. Also kauft sie?"

„Das weiß ich nicht, Herr Ruff."

„Wie lautet die Adresse?"

„Es ist die Nippon Steel", antwortete Moebius. In die Stille hinein gab er noch eine Anmerkung. „Die Japaner haben mehr Risikokapital, und sie machen eine sehr aggressive Wirtschaftspolitik. Und noch etwas. Sie wollen in den Staaten mit einem eigenen Stahlwerk Fuß fassen."

Georg Ruff hatte seinen Vater nicht unterbrechen wollen. Doch nun sagte er mit der ihm eigenen Entschlossenheit: „Dies ist keine Verkaufskonferenz, Vater, wir reden hier über die Möglichkeiten der Finanzierung."

„Ich habe keine Fragen mehr", sagte Benz Ruff und lehnte sich zurück. Er fand, Moebius sei ein guter Mann. Ja, dachte er, Georg und Moebius hätten sich früher begegnen müssen. Nun war der Berg der Schwierigkeiten schon zu hoch geworden. Als sie die Konferenz am späten Mittwoch abend abbrachen und Georg Ruff bat, am Donnerstag um neun Uhr wieder hier zusammenzutreffen, ging Georg auf seinen Vater zu und bat ihn um ein Gespräch am Kamin. „Vielleicht bringst du Paula mit", sagte er eingedenk der Tatsache, daß Paula für ihn all die Jahre sein guter Geist im Elternhaus gewesen war. Sie mußten sich etwas gedulden, denn Paula ging noch durchs Haus und schließlich stellte sie eine Kristallschale auf den Tisch, die das letzte Weihnachtsgebäck enthielt. „Du hast das ja in Algerien sicherlich entbehren müssen."

„Wir können Moebius vertrauen", begann Georg das Gespräch und entnahm der Schale einen Oblatenpfefferkuchen, „er sieht die Dinge richtig, und ich denke, es wird uns nicht erspart bleiben, die 40 Prozent zusammenzubringen oder 50. Aber natürlich fangen wir mit 40 an und verbinden dieses Eigenkapital mit einer guten Werbung, dann packen wir's. Schließlich ist ein Eisenschwamm-Elektrostahlwerk eine Zukunftstechnologie, die diese Geldanlage rechtfertigt."

Benz schwieg eine Weile, dann sagte er: „Ich sehe nicht, wie du das schaffen willst. Du selbst hast doch offenbar nichts mehr zuzusetzen." Benz war jetzt 56 Jahre alt, aber sein faltiges Gesicht und die struppigen grauen Haare ließen ihn älter erscheinen. Georg sah seinen Vater an und dachte: wir sind doch sehr verschieden. Vater liebt es nicht, zu reden, und wenn er spricht, spricht er langsam und stokkend, und seine Gedanken fließen wie ein breiter, träger Fluß. Er nahm sich vor, geduldig zu sein und Paula in das Gespräch einzuschließen. „Ich rechne mit eurer Hilfe", sagte er und sah sie beide nacheinander an.

„Ach ja, du rechnest mit unserer Hilfe", bemerkte Benz, aber er sagte es mehr zu sich selbst als zu Georg. „Das wußte ich nicht."

„Ich habe eine Menge Pläne, Vater, wenn Georgetown läuft, sollten wir eine solche Anlage auch hier in der Republik aufstellen, Eisenschwamm ist der Stoff der Zukunft. Und die Pläne für Henningswald beginnen sich zu konkretisieren."

Paula erhob sich auf eine etwas umständliche Art und hinkte zu dem Getränkeschrank rechts vom Kamin. Sie stellte ein Weinglas vor Benz und füllte es mit tiefrotem Bordeaux. Der Flammenschein des Feuers brach sich in dem bauchigen Glas und Lichtpunkte zuckten durch den Rebensaft. „Was möchtest du trinken, Georg?"

„Hast du einen Chantré?"

„Natürlich."

Benz trank und stellte das Glas zurück auf die Kacheln des Tisches. „Mein Geschäft ist der Eisenhandel und nicht das Erz. Von deinem Eisenschwamm habe ich nichts, und Henningswald liegt auf der anderen Seite."

„Es ging mir um die Perspektive, Vater."

„Das habe ich schon verstanden."

„Wir müssen diesen Geldengpaß überwinden", kam Georg wieder zur Sache. Ihm fiel auf, daß er den *Wir-*

Sprech von Moebius kopierte. „Ich denke, dein Ruff-Eisenhandel ist ein gesundes Unternehmen, das ließe sich doch sicher ein wenig belasten."

„Ja, es ist gesund", bemerkte Benz trocken.

„Wenn du bei meinen Banken eine Bürgschaft hinterlegst, bekomme ich das Geld, das ich brauche." Er wandte sich Paula zu. „Es stimmt doch, daß auf euren Konten Geld liegt, und Beteiligungen habt ihr auch gekauft, ich meine, ihr solltet nicht irgendetwas verkaufen müssen, eine Bürgschaft würde genügen für den Kredit."

„Eine Bürgschaft kommt nicht in Frage, Georg, das schlag dir aus dem Kopf", sagte Paula schroff. Sie kannte Benz und wollte verhindern, daß er etwas sagte, was man nicht mehr zurücknehmen konnte. Aber ihre Sorge war überflüssig.

„Weder eine Bürgschaft noch sonst was", fügte Benz hinzu.

„Ihr seid mein einziger Schrottlieferant", gab Georg zu bedenken, „allein an dem ACOM-Schrott habt ihr Millionen verdient, jetzt solltet ihr etwas für mich tun."

„Das Loch, das du stopfen mußt, ist für uns zu groß", sagte Paula, und Georg wußte in diesem Augenblick, daß sie recht hatte und daß es vernünftig war, sie nicht in seine Probleme hineinzuziehen, aber er hatte doch eine gewisse Dankbarkeit erwartet. Schließlich war Vaters Eisenhandel mit seinen Stahlwerken gewachsen. „Ich finde, ihr seid ganz schön undankbar. Diese Diskussion hatte ich überhaupt nicht erwartet. Ich dachte heute im Konferenzzimmer, darüber sprichst du gleich mit Vater und Paula, und da schließt sich die Familie zusammen und hilft mir über die Hürde hinweg. Aber nein. Ihr meint, euch ginge die Sache nichts an." Seine Rede klang bitter und vorwurfsvoll. „Aber sie geht euch eine Menge an. Wenn ich meine Werke verkaufen müßte, werden die neuen Herren ihren Schrott kaufen, wo sie wollen." Gegen seine Absicht begann er, Benz und Paula unter Druck zu setzen . Das hatten sie nicht verdient.

Benz reagierte so, wie er immer reagierte, wenn er angegriffen wurde. Zunächst schwieg er. Dann trank er langsam das Rotweinglas leer und erhob sich. „Ich an deiner Stelle würde den morgigen Tag dazu nutzen, andere Finanzierungsmöglichkeiten zu sucheh. Moebius wird dir helfen."

„Welche Finanzierungsmöglichkeiten, Vater?"

„Ich weiß es nicht, Georg. Du mußt kämpfen, mein Sohn, ich habe in meinem Leben auch kämpfen müssen." Er ging zur Treppe, die ins Obergeschoß führte. „Rechne morgen nicht mit mir, ich habe meine Arbeit, die will getan sein."

Paula leistete ihm noch eine Weile Gesellschaft. „Du mußt Vater verstehen. Wir drehen uns im Kreise. Wir reden immer nur über das Geld, das *wir* haben, aber das löst nicht das Problem. Du brauchst Geld von draußen. Rede mit den Banken. Vielleicht redest du auch mal mit diesem Staatssekretär, der so begeistert war von deinen Plänen."

„Du meinst den Dr. Spiller?"

„Ich weiß nicht, wie er heißt, ihr habt euch in der Stahlrunde beim Kanzler kennengelernt."

„Ja, das ist ein guter Hinweis."

Am Donnerstag abend unterhielt er sich mit Christine über die fehlenden Millionen und Paulas Vorschlag, Dr. Spiller anzusprechen.

XXXI

„Das Unglück verändert die Menschen und die Sitten", höhnte Christine kopfschüttelnd, „dieser Tatbestand wirkt bei den Göttern und im deutschen Recht strafmildernd."

Ein schwerer Tag lag hinter ihm. Sie hatten mehrere Finanzierungsmodelle erörtert, die alle den gleichen Schönheitsfehler aufwiesen: sie bedurften eines bestimmten Eigenkapitals. In eines der Modelle baute Moebius den Verzicht auf Georgetown ein, aber diese Entscheidung war gleichbedeutend mit einem tödlichen Verlust. Seine Ausrüstungen für das Georgetown-Stahlwerk befanden sich größtenteils schon auf der Baustelle, Rechnungen der DORMAG und SCANTA waren bezahlt. Zur Not konnte er das Stahlwerk mit Schrott betreiben und erst später die Eisenschwammanlage in Betrieb nehmen, aber das blieb ein Invalidenwerk.

Für ein anderes Modell schlug Moebius den Verkauf des Konzer Stahlwerks vor, aber dagegen sträubte sich Georg Ruff mit Händen und Füßen. Der Verkauf von Bremerhaven wurde nicht in Erwägung gezogen, denn er würde nichts bringen. Das Geld war damals von den Banken gekommen, das Land Bremen leistete für das ganze eine Staatsbürgschaft.

„Ich verstehe deinen Spott nicht", sagte Georg. „Wie habe ich mich denn verändert?"

„Du bist auf deine Tage naiv geworden."

„Naiv?"

„Ja", sagte Christine. „Hast du wirklich gehofft, Paula würde Benz überreden, die Ruff Eisenhandel mit 50 Millionen oder mehr zu belasten, um dir in Georgetown aus der Bredouille zu helfen?"

„Davon war ich fest überzeugt", antwortete Georg mit ehrlicher Offenheit. „Familie ist Familie, wenn wir nicht füreinander da sind, wer denn sonst?"

Die alte Eifersucht überwältigte Christine. Ihre Augen

sprühten vor Feuer. „Paula hat in dir immer den alternativen Ehemann gesehen, vielleicht hattest du auch mehr für sie übrig, als es sich für einen Stiefsohn gehört, aber diese morganatische Schmalspur kannst du doch nicht mit 50 Millionen belasten."

„Ich habe nicht Paula um Hilfe gebeten, sondern meinen Vater."

„Aber Paula hat für deinen Vater geantwortet, und zwar ganz anders, als du gehofft hattest. Würdest du mich vorher gefragt haben, ich hätte dir von dem Gespräch abgeraten. Ich kenne *deinen* Vater, und ich kenne *deine* Paula."

„Du bist ziemlich unverschämt, weißt du das?"

Sie ging auf diesen Vorwurf gar nicht ein, sie wußte, sie befand sich in einem Ausnahmezustand. „Noch naiver ist es, auf Hilfe von diesem Dr. Spiller zu hoffen, das sind doch nichts als lausige Versprechungen." Sie redete sich in Rage. „Die Fortuna bekommt von der Landesregierung an der Ruhr eine massive Strukturhilfe, so ein Elefant darf nicht sterben. Einen Teil dieses Strukturgeldes steckt die Fortuna in neue Anlagen, eine davon war dein Bürokomplex im Karthäuser Obstgarten. Wenn du jetzt nicht aufpaßt, kauft die Fortuna auch noch zwei High-Tech-Stahlwerke."

„Und das wären?"

„Konz und Bremerhaven", sagte Christine.

Er sah sie entgeistert an. Dann zischte er: „Es ist besser, wir brechen hier ab. Ich möchte mir von dir den Mut nicht nehmen lassen."

„Oh, geliebter Hanuman, die SOCRIM hat sich für ihr Archiv einen Turm bauen lassen, die Leute in Trier nennen ihn den Babelturm. Er ist so hoch, daß sein Dach an die Wolken stößt. In dem Turm stapelt die SOCRIM die lausigen Versprechungen hochgestellter Staatsdiener ... turmhohe Versprechungen. Kürzlich wollte die SOCRIM die untersten hundert Meter von dem Stapel als Altpapier verkaufen, aber kein Händler nimmt das Zeug. Sie sagen, es handele sich um ungewöhnlich lausiges Papier."

„Na schön", lachte Georg plötzlich, „das sind die Politiker, aber der Parlamentarische Staatssekretär ist anders. Du kennt ihn nicht. Der hat mir gesagt, wenn Sie mich brauchen, Ruff, rufen Sie mich an. Ich bin für Sie da. Und ich bin sicher, der steht zu seinem Wort."

„Pourquoi pas", sagte Christine spitz, „probier es. Sonst heißt es später, ich sei deine intime Cassandra."

Obgleich er schon am Freitag versuchte, Dr. Spiller zu erreichen, gelang es erst am Dienstag, ihn ans Telefon zu bekommen. Ruff sagte in wenigen Sätzen, worum es ging.

„Ich werde Ihnen helfen, Dr. Ruff, aber ich bin gewissermaßen die letzte Instanz. Sie müssen in Brüssel anfangen. Brüssel hat für solche Fälle einen Zugriff auf das EG-Vermögen." Er nannte Ruff zwei Namen und bat ihn, sich die Telefonnummer zu notieren. „Besuchen Sie die Leute. Die können was für Sie tun. Lassen Sie sich von meinem Sekretariat einen Termin geben, nach Möglichkeit Freitag nachmittag, das ist mein Jour fix für meine Freunde."

Gottlob hatte er recht behalten. Seine intime Cassandra irrte sich. Spiller würde das Problem lösen. Er malte die Adresse aufs Papier. *Little White House.* Das Super-Ministerium für Wirtschaft, Handel, Industrie, Technologie, Energie, Bonn, Konrad-Adenauer-Allee 172. Er suchte aus seinen Unterlagen den Haushaltsplan der Regierung heraus. Das Industrieministerium verfügte in diesem Jahr über einen Etat von knapp acht Milliarden. Davon seien, so hieß es, rund zehn Prozent für Strukturhilfen und flankierende Maßnahmen in der Industrie vorgesehen. Na also, sagte er laut. Er dachte, so schlimm könne es nicht werden. Obwohl er sich noch eine Weile mit dem Haushaltsplan beschäftigte, fand er keine Kommentare zu den Hilfen und flankierenden Maßnahmen. In den Stromkosten, hieß es an einer Stelle, gebe es eine *europäische Diskrepanz* von bis zu sechs Pfennigen je Kilowattstunde, was 30 bis 36 DM je Tonne Stahl bedeutete und einem Gesamtnachteil von über einer Milliarde Mark jährlich entspreche. Würden flankierende Maßnahmen diesen Nachteil auflösen? Er machte sich eine Fülle von Notizen, die er schließlich unter fünf Titeln zusammenfaßte. Er würde diese Fragen mit nach Brüssel nehmen und diskutieren, und was davon übrigblieb, konnte er anschließend mit Dr. Spiller persönlich besprechen.

Das Verwaltungsgebäude der Europäischen Gemeinschaft in Brüssel behielt er sein Leben lang als eine hohe Zitadelle in Erinnerung, umgeben von einem breiten Wassergraben, über den zwei Zugbrücken führten. Auf der einen Brücke fuhren Schwerlastwagen, beladen mit Bergen von leerem Aktenpapier hinein, auf der anderen Brücke verließen übermotorisierte Trucker die Zitadelle, sie hatten den Auftrag, das von den beamteten Euro-Rittern beschriebene und bedruckte Papier über den Kontinent zu verteilen. Es mußte in den Mitgliedsländern offenbar Hunderttausende von Schriftgelehrten geben, die diese Berichte und Dokumente studierten, mit Randbemerkungen versahen, beantworteten, weiterleiteten, in Aktentaschen stopften, in ihre Wohnungen trugen und am Wochenende weiterlasen oder von ihren Frauen lesen ließen, um sich sagen zu lassen, ob es notwendig sei, sie selbst zu bearbeiten oder ob es genügte, sie abzuheften. Aus diesem Papier-Perpetuum-Prozeß schloß Ruff, daß es in Brüssel berufsmäßige Papierbeschreiber, Papiervervielfältiger, Papierversender, Papierlocher, Papierwiedervorleger, Papierableger, Papierabhefter, Papierträger, Papierverleger, Papierverlierer, Papiersucher, Papierzerkleinerer, Papiervernichter und Neupapiereinkäufer geben müßte. Die Zitadelle dünkte ihm eine Fabrik des europäischen Papiers, und er dachte, wenn man sie lange gewähren läßt, wird sich Europa in eine Papiersahara verwandeln. Er hielt sich zwei Tage in Brüssel auf, um die beiden Euro-Beamten zu besuchen und ihnen zu erklären, für welches Problem er ihrer Hilfe bedürfte, und sie versprachen, eine Besprechungsnotiz anzufertigen, diese Notiz an den Verteiler zu geben, der Verteiler würde die Notiz an alle kompetenten Stellen weiterleiten, sie würden die Kommentare sammeln und den Vorgang im Auge behalten. Er solle sich keine Sorgen machen, einmal in Gang gebracht, bliebe der Vorgang *auf der Rolle*. Es sei nicht erforderlich, daß er, Ruff, in Brüssel anrufe, vielmehr werde Brüssel ihn anrufen, da könne er sicher sein. Eine der Haupttätigkeiten der Euro-Sekretariate sei die Wiedervorlage, eine Profession, die sich bewährt habe. Das Prinzip der Wiedervorlage garantiere, daß die Dinge der Europäischen Gemeinschaft wieder auf den Tisch kämen, wenngleich sich die Intervalle mehr und mehr vergrößerten, aber die Planstellen seien eben leider ausgeschöpft. Ein Antrag auf Vermehrung der Planstellen liege jedoch *auf der Rolle*, man werde sehen, wirklich, seien Sie unbesorgt.

Zurück in der Kuppel rief er das Industrieministerium an und ließ sich mit Staatssekretär Dr. Spiller verbinden. Die Sekretärin, eine Frau Johta, sagte, sie bedauere sehr, der Herr Staatssekretär sei auf Dienstreise, aber sie wolle gern einen Termin vormerken. Ob Freitag, der 14. März, um 12 Uhr recht sei, es werde sich einrichten lassen, daß der Herr Staatssekretär seinen Gast zu einem kleinen Essen in das Kasino einlade.

Obwohl für seine zunehmenden Schwierigkeiten viel zu spät, nahm Georg Ruff den Termin dankbar an. „Boehnchen!"

„Ja, Chef."

„Merken Sie den 14. März für eine Fahrt nach Bonn vor, ich brauche den Wagen, und vergessen Sie nicht, diese Frau Johta anzurufen und den Termin noch einmal zu bestätigen."

„Sie haben doch schon zugesagt, Chef."

„Hm, nein, ich meine, ein paar Tage vorher nochmal ... auf englisch sagt man reconfirm ... ist doch nicht so schwer zu kapieren, oder?"

„Muß ja unglaublich wichtig sein."

„Das ist es auch, Boehnchen."

Die Tage vor dem Freitag waren ausgefüllt mit Besuchen und Besprechungen bei den Banken. „Was wir brauchen, Herr Dr. Ruff, ist alles und nicht viel. Es würde das Industrieministerium keinen baren Heller kosten. Die Luxemburger Interbank und die Deutsche Bankenvereinigung sind bereit, ein neues Finanzierungskonzept zu tragen, sie fordern dafür lediglich eine Bundesbürgschaft. Wir haben mal im Archiv nachgegraben, so was hat es verschiedentlich gegeben, warum nicht auch diesmal?"

„Ich kann Ihre Frage nicht beantworten, Moebius, ich werde mein Bestes tun, es hängt, glaube ich, von der kritischen Größe ab. Wir sind ja noch kein Elefant. Sie wissen doch, die Kleinen entläßt man in die Hölle, die Großen läßt der Staat nicht verkommen. Haben Sie mit Nippon Steel gesprochen?"

„Ja, mehrfach."

„Was sagen sie, würden sie kaufen?"

„Nein."

„Warum nicht?"

„Nicht jetzt, sagen sie."

„Was heißt das, Moebius, nicht jetzt?"

„Sie spekulieren darauf, daß Georgetown jeden Tag billiger wird. Die Japaner machen eine koordinierte Industriepolitik. Bei denen muß jeder Zukauf ins Mosaik passen. Und billige Steine passen in jedem Falle besser."

„Sie reden um den heißen Brei herum, das ist doch sonst nicht Ihre Art. Sagen Sie's auf deutsch."

Moebius zögerte und schaukelte eine Weile seinen Oberkörper.

„Die Japaner kaufen besonders gern neue oder fast neue Anlagen, sofern sie aus einer Konkursmasse kommen, sowas läßt sich dann in nullkommanichts abschreiben."

„Sagten Sie Konkursmasse, Moebius?"

„Davon sprachen wir, Herr Ruff."

„Davon rede ich nicht, Moebius."

„In Ordnung, Herr Ruff, Sie sind der Boß." Moebius hielt im Schaukeln inne. Er hatte plötzlich traurige Augen. Für ihn waren das alles nur Rechengrößen. Und im Grunde der Sache war selbst ein Konkurs nur eine wirtschaftliche Rechengröße. Man schob sie wie eine Kennkarte in den Computer und las auf dem Bildschirm den Wert ab. Mit diesem Wert ging man in die nächste Rechenoperation. Der Unterschied lag in den Rechenoperationen. Japanische Rechenoperationen hatten einen besonderen Charakter.

Am Vormittag des 14. März lag Bonn unter einer dichten Schneedecke. Der Rhein wälzte seine schmutzigen Wassermassen durch das Tal. Die Soldaten des Bundesgrenzschutzes forderten den Fahrer auf, sich außerhalb des Sperrbezirks eine Parklücke zu suchen, da die Schneemassen auf dem Hof viel Platz wegnahmen und die Durchfahrt für die höheren Beamten freibleiben mußte. Ruff stieg aus und betrat das Wachgebäude. Den Soldaten hingen die Pistolen locker und griffbereit im Koppelholster. Der Tagesportier nahm Ruffs Paß entgegen und gab ihm einen Passierschein. Dann kontrollierte er den Inhalt des Aktenkoffers und ließ eine elektronische Schleife über den Anzug gleiten. Er mußte sein Schweizer Armeemesser vorzeigen, das ihm Hercule in Genf geschenkt hatte. Schließlich brachte ihn ein Bote in den Block B, da er sich hier nicht auskannte. Frau Johta nahm ihn in Empfang und bugsierte ihn in ein mit Akten vollgestopftes Zimmer. „Sie müssen sich etwas gedulden", sagte die Sekretärin.

„Keine Sorge", erwiderte Ruff, „ich sitze seit heute früh im Auto und werde mich etwas bewegen." Das Türfutter trug ein Plastikschild mit dem Namen des Beamten. Professor Dr. Peters. Darüber hing ein Zettel. Dienstlich abwesend. Vertreter Dr. Ehrlichmann, Zimmer 504. Ruff schlenderte den Korridor entlang und achtete auf die Zimmernummern. Vor dem Zimmer 504 blieb er stehen. Das Schild trug den Namen Dr. Ehrlichmann. Darüber sagte ein Zettel: dienstlich abwesend, Vertreter Prof. Dr. Peters. Hm, dachte Ruff, das ist wohl das Peters-Prinzip. Nach etwa einer Stunde fragte ihn Frau Johta, ob er nicht schon allein in das Kasino, oder, wenn er Geselligkeit liebe, in die Kantine gehen wolle, um mit dem Essen zu beginnen. Anschließend werde sie Ruff eine Tasse Kaffee ins Zimmer von Professor Peters bringen. Der Herr Staatssekretär nähme an einer Kompetenzkonferenz teil, das könne noch etwas dauern. Übrigens werde sie heute Nachmittag gleiten, an ihre Stelle rücke ihre Vertreterin Frau Lamda, die ihn betreuen werde, bis der Herr Staatssekretär zurück sei.

„Nein, ich danke Ihnen sehr, aber ich bin nicht hungrig, so sehr viel mache ich mir aus dem Essen nicht. Die Begegnung mit Herrn Dr. Spiller wird ja nicht viel Zeit in Anspruch nehmen. Ich esse dann in der Stadt eine Kleinigkeit."

Daß er von Dr. Spiller sprach, brachte ihm eine spürbare Rüge ein. „Herr Staatssekretär Spiller wird seine Verspätung sehr bedauern, ich habe mich extra erkundigen müssen, was das Kasino heute anbietet, er ist ein brillanter Gastgeber."

„Ich weiß", bemerkte Ruff, „ich weiß, ich kenne Herrn Staatssekretär sehr gut." Na schön, er war in Gnaden wieder aufgenommen.

Nach einer halben Stunde verabschiedete sie sich in Hut und Mantel und sagte: „Frau Lamda wird gleich kommen, Sie sind bei ihr gut aufgehoben."

„Haben Sie etwas von Herrn Staatssekretär gehört?"

„Ich sprach ihn kurz. Die Kompetenzkonferenz schloß vor zehn Minuten. Der Minister nahm ihn gleich mit zu einer Pressekonferenz." Sie streifte sich die Lederhandschuhe über und zog sie mehrfach glatt. „Wir arbeiten an einer neuen Energiekonzeption, da läßt uns die Presse einfach nicht in Ruhe." Sie nickte höflich und verschwand.

Er ging mehrmals um den Schreibtisch von Professor Dr. Peters und ließ seine Blicke über die Titel der Aktenordner wandern. Peters schien Strukturexperte zu sein. Auf jedem Deckel gab es ein Strukturthema von Strukturanalyse bis *Synergieeffekte im industriellen Strukturwandel.*

„Möchten Sie jetzt eine Tasse Kaffee?"

„Sie sind Frau Lamda, nicht wahr?"

„Ja."

„Können Sie mir einen kleinen Gefallen tun, Frau Lamda?"

„Aber gern", sagte die hübsche mollige Frau und faltete die Hände über dem Bauch.

„Ich bin von Konz hierhergereist, um Staatssekretär Dr. Spiller zu sprechen. Würden Sie mich bitte mit ihm zusammenbringen?"

„Natürlich tue ich das. Nur nicht im Augenblick. Ich kann ihn jetzt nicht erreichen, aber ich bin sicher, er wird jeden Moment auftauchen. Er ist ein unglaublich höflicher Mann."

Die Stunden vergingen. Frau Lamda brachte noch einmal Kaffee und sagte: „Es ist gleich Feierabend. Ich muß noch mit meinen Kindern Schularbeiten machen. Der Herr Staatssekretär vergißt Sie nicht."

„Ich bin Ihnen sehr dankbar."

Es war schon vor einer Weile dunkel geworden, die Lampen auf dem großen Hof warfen ihr diffuses Licht auf die Spuren im Schnee. Der Tag war gelaufen, der Abend kündigte sich an. Wagen verließen das Sperrgebiet. Die Soldaten verriegelten schon das stählerne Einfahrtgatter. Nun durfte nur noch herein, wer eine Sondererlaubnis hatte. Die Soldaten wechselten auf die Ausfahrtseite und gaben die Pässe und Personalausweise zurück, die sie den Besuchern abgenommen hatten. Auf beiden Gattern brannte eine rote Lampe. Öffnete oder schloß sich ein Gatter, blinkte das Rotlicht.

Endlich wurde Georg Ruff erlöst. Jemand öffnete weit die Tür von Professor Peters Arbeitszimmer und blickte ihn erstaunt an: „Ich die Putzfrau, du verstehn?" Die pummelige Matka mit dem grauen Kopftuch stellte ihren Eimer auf den Teppich und wischte mit einem nassen Tuch um die Akten herum, die sich auf den Tischen türmten. „Haus leer, du zu Frau, verstehn?"

„Ja", sagte Ruff zögernd, „ich verstehe."

Er zog seinen dunkelblauen Wollmantel an, in die eine Hand nahm er seinen schmalen Aktenkoffer, in die andere den Besucherzettel. „Leben Sie wohl, meine Liebe", sagte er mit bitterer Ironie, „es war mir kein Vergnügen."

„Armer Mann, du vergessener Mann."

„Schon gut, schon gut." Er ging über den langen Korridor zu den Aufzügen. Als einziger Gast im Fahrstuhl fuhr er ins Erdgeschoß. Es schneite große dunkle Flocken, die nur aufleuchteten, wenn sie in den Lichtschein der Hoflampen gerieten. Der Nachtportier sah ihn durch den Schnee staken. „Was machen Sie denn hier?"

„Ich möchte das Ministerium verlassen", sagte Ruff.

„Das haben Sie schon verlassen."

„Ich möchte jetzt hier durch die Sperre."

„Da kann ja jeder kommen", bemerkte der Nachtportier. Als Ruff immer näher herankam, sagte der Portier: „Zeigen Sie mir mal Ihren Besucherzettel, ja."

„Bitte."

„Der Zettel trägt ja keine Unterschrift des Besuchten, lieber Mann. Bei wem waren Sie denn, wen haben Sie gesprochen?"

„Niemanden. Ich hatte einen Termin beim Staatssekretär Dr. Spiller, aber er hat mich nicht empfangen."

„Sie heißen Ruff, Georg?"

„Ja."

„Wissen Sie, was das bedeutet?"

„Nein."

„Ich muß den Sicherheitsbeauftragten rufen, sonst bekomme ich Scherereien, und wenn der Sicherheitsbeauftragte nicht mehr im Ministerium ist, müssen Sie die Nacht über hier bleiben. Oh Gott, oh Gott, kommen Sie erstmal rein, hier draußen erfrieren wir beide."

Die Soldaten patrouillierten vor dem Gatter.

Der Nachtportier nahm seine Dienstmütze ab. Im Lichte der Deckenlampe kamen rote Haare mit Bürstenschnitt und eine Unmenge Sommersprossen zum Vorschein. Die Pförtnerei bestand aus mehreren Räumen, zu denen ein Ruheraum gehörte, denn die Richtlinien sahen vor, daß der Nachtportier, der von sechs bis sechs Dienst hatte, während der Nacht bis zu vier Stunden ruhen durfte, allerdings mußte er angezogen und dienstbereit bleiben. „Ich brauche den Schlaf nicht. Man kommt erst langsam dahinter, ich arbeite lieber. Nehmen Sie Platz."

„Was arbeiten Sie denn", wollte Ruff wissen. Der Schnee an den Schuhen schmolz und bildete nasse Flecken auf dem Kunststoffboden. Der Nachtportier wählte verschiedene Telefonnummern. Schließlich meldete sich jemand, und er sagte: „Marienhagen, Pförtnerei. Ich suche den Sicherheitsbeauftragten. Nein, ich werde das nicht allein entscheiden. Schafft ihn her." Der Nachtportier namens Marienhagen telefonierte noch eine Weile weiter, dann legte er den Hörer auf. „Dieses Ministerium", sagte er zu Ruff gewandt, „ist ein riesiger Verschiebebahnhof, Sie können nicht raten, was hier verschoben wird. Hier, dieser Stuhl ist für Sie. Setzen Sie sich. Das geht nicht auf die Schnelle."

Ruff zog den dunkelblauen Mantel aus, faltete ihn zusammen und legte ihn auf die Fensterbank. „Was wird hier verschoben?"

„Verantwortung und Geld."

„Das ist eine Menge", bemerkte Ruff.

„Ich bin dafür verantwortlich, daß niemand ohne Unterschrift den Sperrbezirk verläßt, da sagt mir doch eben ein Beamter, ich solle das nicht so genau nehmen."

„Darf ich 'Herr Marienhagen' sagen?"

„Sie dürfen", antwortete der Nachtportier.

„Sie sind nicht Beamter, Herr Marienhagen?" Ruff setzte sich auf einen schwarzen Kunststoffstuhl und verschränkte die Arme vor seinem Brustkasten.

„Nein, ich bin angelernter Nachtportier."

„Und was sind Sie von Beruf?"

„Mein Beruf ist Lehrer. Ich bin Oberschullehrer für Mathematik und Physik, und weil die Oberschüler schon sehr früh Mathe und Physik abwählen, bin ich arbeitslos. Können Sie sich vorstellen, daß junge Menschen, die in der Schule von Mathematik, Physik und Chemie nichts wissen wollen, später den Ehrgeiz haben, die Ingenieurwissenschaften zu studieren? Viele Mädchen machen heute ihr

Abitur mit den Fächern Musik, Gymnastik und grüner Biologie, und schließlich werden sie Sekretärin oder Fremdsprachenkorrespondentin und holen alles nach, was sie auf der Schule einfach nicht wissen und lernen wollten."

„Wirklich schlimm", sagte Ruff, „aber es ist so. Die Wohlstandsgesellschaft ist eine Gesellschaft von Spätentwicklern. Der Mensch übt seinen Beruf immer später aus. Ich glaube, es hängt damit zusammen, daß Ausbildung für den Auszubildenden zu billig geworden ist, und was nichts kostet, wird auch nicht geschätzt."

Das Telefon klingelte, und Marienhagen nahm den Hörer ab. „Ja, das Terminal arbeitet. Schön, mache ich." Er ließ den Hörer auf die Gabel fallen. Dann setzte er sich auf den Drehstuhl an seinem Nachtarbeitsplatz und schaltete das Terminal ein. „Die Pförtnerei ist an den zentralen Computer angeschlossen, damit wir Namen sofort überprüfen können. Da bin ich doch mal gespannt, ob wir den Namen Ruff führen."

„Wollen Sie damit sagen, daß Sie von hier aus an die EDV-Anlage des Ministeriums herankommen?"

Der Nachtportier klimperte mit unglaublicher Geschwindigkeit auf der Tastatur herum. „Gute Frage. Wissen Sie, es gibt einen geheimen Speicher und einen streng geheimen Speicher. Beide Speicher sind durch Paßwörter gesperrt. Die Paßwörter haben die höchste Geheimhaltungsstufe. Top Secret. Das Paßwort für den geheimen Speicher benötige ich aber, weil dieser Speicher Teil der Gefahrenmeldeanlage ist. Also bekam ich's. Das Paßwort für den streng geheimen Speicher brauche ich als Nachtportier natürlich nicht, ich kenne es aber ebenfalls, weil es für einen studierten Mathematiker reizvoll ist, die mathematische Kombinatorik einzusetzen, wenn die Nächte allzu langweilig sind." Diese Darstellung war schlicht falsch. Das Entschlüsseln des Paßwortes *Katarakt* hatte ihn nächtelang große Mühe gekostet. Es war nicht reizvoll, die mathematische Kombinatorik einzusetzen, sondern er brauchte den streng geheimen Speicher für seinen Nebenberuf als Anlageberater. Aber natürlich hütete er sich, über seine Schwarzarbeit zu reden. Er konzentrierte sich wieder auf die Tastatur. „Jetzt gehe ich erst einmal an den Speicher der Gefahrenmeldeanlage ran und suche Ihren Namen." Er rief das Ergebnis ab, es war negativ. „Sie werden bei uns nicht geführt, Herr Ruff."

„Würde mich interessieren, wie so ein Paßwort heißt, wenn ich Sie als Angestellter des Ministeriums damit nicht in Verlegenheit bringe."

„Keine Spur", antwortete der Nachtportier, „das Paßwort kennt hier jede Putzfrau. Wie finden Sie Damokles?"

„Klingt gut, Herr Marienhagen."

„Na sehen Sie. Jetzt gehe ich an den zweiten Speicher. Sie nehmens mir nicht übel, wenn ich das Paßwort für mich behalte, Sie können ja eh nichts damit anfangen."

„Nein", entgegnete Ruff, „ich brauche es nicht."

„Nun sehen Sie mal, was wir da haben. Da ist erstens ein Ruff Benz, Geschäftsführer der Ruff Eisenhandel GmbH."

„Das ist mein Vater."

„Dann kommt ein Ruff, Georg, Unternehmer, Stahlbranche."

„Das bin ich", kommentierte Ruff das Ergebnis der Suche.

„Stimmt auch mit Ihrem Paß überein. Da bin ich aber aus dem Schneider." Er schien erleichtert. Es lag jetzt in seinem Ermessen, den Nachtwanderer abzuschieben. „Wenn Sie wollen, können Sie gleich gehen."

„Danke, Herr Marienhagen, nun bringen Sie's auch zu Ende. Was weiß Ihr famoser Computer denn noch über die Ruffs?"

„Da gibt es eine Ruff, Christine, geborene Manta, Geschäftsführerin einer Weinfirma."

„Stimmt. Das ist meine Frau."

„Château Christine", fuhr der Nachtportier fort, „mit Tips über Weinnachfragen habe ich mal viel Geld verdient. So was müssen Sie machen, der Wein ist in. Die Japaner suchen Weinobjekte in Europa, vor allem in Frankreich, da bringt ein Château gute Preise. Moment. Die Sanaraku-Gruppe hat für das Château Reysson in Haut Médoc 50 Millionen Franc bezahlt, Suntory hat das Château Citran gekauft. Dai Nippon das Château Lascase und Oroshi Otami das Château Lagarosse, alle etwa zu gleichen Preisen. Das Geschäft heißt Handel, Herr Ruff."

Georg Ruff hatte einen abenteuerlichen Gedanken, verwarf ihn aber wieder. Die französischen Weinschlösser hatten doch wohl einen wertvolleren Namen als das noch sehr junge Château Christine. „Haben Sie nicht einen anderen Tip für mich?"

Der Nachtportier hielt inne. Er drehte sich mit dem Stuhl zu Georg Ruff und sagte: „Ich sagte Ihnen doch, dies ist ein Verschiebebahnhof. Aber wo was abfährt, wo sich ein Geldzug in Bewegung setzt ... das alles sind Informationen, die ich *verkaufe*."

„Ich habe nicht die Absicht, Ihnen Informationen abzukaufen, Herr Marienhagen, ich will halt nur mal wissen, wie so ein Geschäft aussieht."

„Na schön, für Sie gebe ich den besten Tip dieser Nacht. Fürs Geschmäckle. Unter der Leitung der Deutschen Bundesbank werden morgen mehrere europäische Nationalbanken 200 Millionen Dollar verkaufen, um den Dollarkurs zu drücken."

„Und was bringt Ihnen ein solcher Tip?"

„Den Tip habe ich gerade eben verkauft. Der Dollar fällt morgen um etwa 2,5 Prozent, das heißt, es geht um 5 Millionen. Mein sicherer Anteil sind 14 Tage West-Samoa mit türkisfarbenen Lagunen und formidablen Unterwasseraufnahmen. Mit meiner Frau, versteht sich." Voller Freude rieb sich der Nachtportier die Hände.

„Das ist schon Vergangenheit", sagte Ruff, „was sagen Ihre Karten über die Zukunft?"

„Das wäre bares Geld, Herr Ruff."

Georg Ruffs Spannung löste sich allmählich. Er gewann seinen Humor wieder. Er zog seine Taschenbörse und entnahm ihr ein Fünfmarkstück.

„Einen Taler auf die flache Hand für den nächsten Tip, Herr Marienhagen."

Der Nachtportier sah ihn lange nachdenklich an. „Sie werden mich doch nicht verraten?"

„Machen Sie sich keine Sorgen."

„Unsere Gewerkschaften kämpfen hartnäckig um die 35-Stunden-Woche. Die Schweizer werden in absehbarer Zeit entscheiden, ob sie diesen Zirkus mitmachen oder bei ihrer 42-Stunden-Woche bleiben. Mein Tip lautet: die Schweiz bleibt fleißig, wir werden fauler. Konsequenz: der Schweizer Franc wird gegenüber der Deutschen Mark stärker. Also Schweizer Franken kaufen und nach der Abstimmung Gewinn mitnehmen."

Ruff erhob sich. „Pech für mich. Ich habe kein Geld, um in so ein Geschäft groß einzusteigen."

„Sie haben nicht ...?"

„Nein, ich bin in Zahlungsschwierigkeiten", sagte Ruff wahrheitsgemäß.

„Moment." Der Nachtportier drehte den Lehnstuhl zurück zur Tastatur und begann wieder, auf den Tasten zu klimpern. „Oh ja, Sie haben recht. Hier steht unter Bemerkungen: keine Rücklagen, zunehmende finanzielle Schwierigkeiten. Zwischenbericht am 11. März an Dr. Sp., was bedeutet, daß der Staatssekretär genau wußte, weshalb Sie kamen, und um Sie nicht zu kränken, ist er Ihnen ausgewichen."

„Das wird es wohl gewesen sein, Herr Marienhagen, aber ich hätte ihm ja nicht den Kopf abgerissen, hätte er mir erklärt, er könne mir nicht helfen."

„Das Ministerium hilft ja, es hilft, wo es kann, warum in Ihrem Fall nicht, Herr Ruff?"

„Ich kann es Ihnen nicht erklären."

„Warten Sie." Der Nachtportier gab Befehle und Fragen in die Tastatur. Auf dem Bildschirm erschien eine ganz neue Maske in grüner Schrift mit Kurzzeichen und Hinweisen. „Wieviele Mitarbeiter haben Sie in der Ruff-Gruppe?"

„Weniger als 7 000, Herr Marienhagen."

„Das ist der Grund", sagte der Nachtportier, „könnten Sie mit 100 000 Arbeitslosen drohen, hätten Sie Aussicht auf eine Staatsbürgerschaft. 7 000 Leute reichen dafür nicht."

„Das ist etwas, was ich nicht verstehe", beklagte Ruff.

„Es ist ganz einfach", versuchte ihn der Nachtportier zu trösten. „Der Mittelstand und auch der Beinahe-Mittelstand sind immer schneller gelaufen als die Großindustrie. Wer sportlicher ist, kann sich selbst helfen. Gerät die Großindustrie in Atemnot, spendiert die Regierung Sauerstoff."

„Ich könnte jetzt auch Sauerstoff gebrauchen", sagte Ruff.

„Der Staatssekretär kennt Sie?"

„Ja."

„Dann wird er der Auffassung sein, daß Gott Ihnen hilft, weil Sie sich selbst helfen."

„Da irrt der Staatssekretär."

„Wieso?"

„Ich werde mir nicht mehr selbst helfen können", sagte Ruff.

Der Nachtportier sah ihn mitleidig an. „Tja, wissen Sie, so ist das im Leben. Der Markt gibt, der Markt nimmt, gelobt sei der Markt."

„Das tröstet mich leider nicht", bemerkte Ruff.

Die Soldaten öffneten das Gatter, Ruff passierte die Sperre. Während er durch den Schnee stapfte, sah er rückblickend die rote Lampe blinken.

Sein Fahrer hatte fast den ganzen Sprit verbraucht, um den Wagen von Zeit zu Zeit aufzuheizen.

XXXII

Georg Ruff nutzte die letzten 14 Tage vor dem Konkursantrag, um die wichtigsten Dinge zu regeln. Zu diesen Dingen gehörte sein Besuch bei dem Vorsitzenden des Aufsichtsrates der Industrie- und Handelskammer Trier, dem er seine Demission als Präsident der Kammer übergab. Sie wurde mit Bedauern angenommen. Tags darauf erschien im *Konzer Tagesbote* ein längerer Artikel:

Ruff-Gruppe in Zahlungsschwierigkeiten. Von da an beschleunigte sich die Talfahrt. Die Konzer Vereinsbank alarmierte die Luxemburger Interbank und die DEUBAG, die drei Banken bildeten einen ad-hoc-Ausschuß, den sie beauftragten, eine voraussichtliche Konkursbilanz aufzustellen und einen vorsorglichen Antrag an die KOKA – Kondolenzkasse für den Verlustausgleich aus Vergleichen und Konkursen zu stellen. Der Wettlauf mit der Zeit war in vollem Gange.

Georg Ruff hatte quälende Schwierigkeiten, einzuschlafen, er schlief nur noch vier, wenn es hoch kam, fünf Stunden, dann saß er wieder an seinem Schreibtisch und machte sich Notizen, schrieb und grübelte. Er machte sich nichts vor, ihm waren Fehler unterlaufen. Der Gedanke, daß der Staat und die Banken dem Unternehmer nicht helfen würden, war ihm gar nicht gekommen. Wenn man von der finanziellen Ausstattung mal absah, war ihm doch fast alles gelungen. Und Mittel mußten doch zu beschaffen sein, wenn man sie brauchte. Wahrscheinlich hatte er die Dimensionen verkannt. Für seinen größten Fehler hielt er es aber, daß er sich von der Basis so weit entfernt hatte, von der Basis, die ihn groß gemacht hatte. Das wurde fast schon zur fixen Idee. Die Basis, die Basis. Oh, du mein Sohn Absalom, dachte er.

Christine war anderer Auffassung. „Hast du Freunde gewonnen, hast du Freundschaften geschlossen?"

„Nein, außer vielleicht Hercule."

„Er hat deine Freundschaft gesucht, nicht du seine. Hör auf, dich selbst zu täuschen."

„Ich fürchte, du hältst mich für naiv, Molly."

„Das tue ich, Hanuman."

Er verlor die Orientierung und vertat seine Zeit mit nutzlosen Anstrengungen.

Plötzlich fing er an, sich bei seinen Mitarbeitern zu bedanken. „Ich bin Ihnen sehr dankbar, Kluge", sagte er zu seinem Verkaufsleiter. „Sie haben Ihre Sache sehr gut gemacht, Moebius", lobte er seinen Finanzvorstand, „niemand konnte den Hai so reiten wie Sie." Boehnchen heulte abends, bevor sie nach Hause ging. Benz mied jedes Zusammentreffen mit seinem Sohn Georg. Paula beobachtete Georg, sie wollte wissen, wie ihr Held unterging. Im stillen hoffte sie, es würde im letzten Augenblick eine Rettung geben. Aber es gab sie nicht. Einmal fuhr wie ein Schemen Maria Theresia Manta vorüber, blickte ihn verächtlich an, schien zu sagen: na bitte, ich hab's doch gewußt. Christine schob sie weiter, begleitete sie, ein neuer Krach wäre ihr jetzt zu viel gewesen. Es kam alles so überraschend. Seit sie Georgs Frau geworden war, hatte sie sich in Sicherheit wiegen können.

Georg Ruff klagte über Appetitlosigkeit, er verlor ständig an Gewicht. Anfang April, als das Gröbste hinter ihm lag, bestand er nur noch aus Haut und Knochen, ein Schatten seiner selbst. Er wirkte verbraucht und alt. Mitten in Besprechungen spürte er kalten Schweiß ausbrechen. Ihm wurde übel. Er mußte sich konzentrieren, aber es bereitete im Schwierigkeiten, das Maß seiner Aufmerksamkeit aufrecht zu erhalten. Seine Anweisungen schrumpften, der Leerlauf wucherte. Doch sein Intellekt arbeitete wie eine Schweizer Uhr, zuverlässig, kontinuierlich, sicher, überzeugend. *Sein* Römer Alfred Lynn versuchte, ihn in einem der letzten Meetings abzulenken, ihn auf andere Gedanken zu bringen, und er brachte ihn auf einen bestimmten Gedanken. „Sie wissen ja, ich habe viel über Rom und die Römer gelesen."

„Ich weiß, Lynn. Das hat Ihnen manchen Spott eingebracht. Es tut mir leid. Ich muß mich entschuldigen, Lynn."

Lynn verwirrte die Tatsache, daß sich sein Boß plötzlich bei ihm entschuldigte. Das hatte der große Ruff noch nie getan. Nein, das war nicht mehr der große Ruff, den er kannte. Die Ereignisse veränderten alles.

Lynn schlug seinen Chefkalender auf. „Ich wollte von dem, was ich gelesen habe, etwas zitieren. Ein Satz, der dem römischen Historiker Marcellinus zugeordnet wird."

„Ja, das interessiert mich", sagte Ruff mechanisch. Er wußte nicht, was er in Zukunft tun würde, aber vielleicht sollte er sich auch mal mit den Römern beschäftigen, mit den Griechen oder mit den Ägyptern. Als er vor langen Jahren über die Moselbrücke fuhr, hatte er seine Bücher in hohem Bogen in den Fluß geworfen. Vielleicht sollte er dort wieder anfangen. Vielleicht waren das *seine* Stiefel von 45. „Ja, das interessiert mich sehr", wiederholte er.

„Marcellinus schrieb: hoc tempore in humanam intelligentiam cécidit ut imperium periretur. Nihilominus principes de tempum operae bipartiendo gloriabantur, et vita servorum tenebat diutius."

„Und was heißt das", fragte Ruff.

„Zu dieser Zeit zeichnete sich ab, daß das Römische Reich untergehen würde. Gleichwohl rühmten sich die ersten Männer im Staate, die Arbeitszeit halbiert zu haben, und das Leben der Sklaven währte länger", übersetzte Lynn.

In diesem Augenblick, da sein Hobby-Römer Alfred Lynn den Römer Marcellinus zitierte, verknüpften sich in Ruffs zerquältem Hirn drei Erinnerungen zu eben jenem Gedanken, der den Anstoß zu einer Reise nach Genf gab. Auf einen arabischen Freund ist Verlaß. Hercule mußte es auf französisch gesagt haben, jetzt erinnerte er sich aber nur seiner englischen Version, der Version von Annaba: *you can put your trust in an arabic friend.* Die Gedanken-Kette begann bei dem Hinweis des Nachtportiers, es werde ein absehbarer Zeit ein Arbeitszeitgefälle zwischen der

Schweiz und anderen europäischen Staaten geben, führte weiter zu dem Marcellinus-Zitat Lynns, setzte sich fort in der Tatsache, daß die KOBI nur zu zehn Prozent Alfred Lynn gehörte und zu neunzig Prozent ihm und daß sein Konkurs die KOBI mit ins Verderben reißen würde, und endete bei Hercule de Bonne Foi, der gesagt hatte, auf einen arabischen Freund sei Verlaß und mit dem er vereinbarte, falls die Schuld nicht bei Ruff liege, werde die Miramer alle Kosten seiner Reise zu den ANA-Werken tragen. Fast bekam er Selbstzweifel, daß es des Marcellinus bedurfte, dieses so einfache Netz zu knüpfen.

„Boehnchen?"

„Ja, Chef."

„Versuchen Sie mal, Hercule de Bonne Foi ans Telefon zu bekommen."

„Mach ich, Chef."

Hercule hielt sich in Genf auf, Ruff erreichte ihn aber erst am Nachmittag. „Kann ich dich an diesem Wochenende sprechen, Hercule?"

„Schlecht, mein Freund. Wo drückt dich der Schuh?"

„Ich bin in Schwierigkeiten, Hercule. Erinnerst du dich, auf einen arabischen Freund ist Verlaß."

„Ah ja, natürlich. Paß mal auf. Wie wär's mit dem 30. März, Sonntag vormittag."

Ruff nahm sofort an. „Kann deine Sekretärin mir ein Zimmer im Hotel Ascot, Rue Rothschild, besorgen?"

„Das erledigen wir, Georg." Hercule bedeckte das Mikrophon und sprach mit jemand anderem. „Ich hätte dich gern bei uns zu Hause gehabt, aber Simone veranstaltet mit ihren Freundinnen ein Wochenende bei uns, da findet sich kein Platz für uns Männer."

„Herzlichen Dank, Hercule, ich treffe Sonnabend abend in Genf ein. Ich rufe dich an."

Was Georg Ruff nicht wußte, an eben diesem Wochenende fanden in der Schweiz drei Volksbegehren statt, die das Volk, wie die Regierung es vorschlug, ablehnte. Das Volksbegehren der Gewerkschaften, die Höchstarbeitszeit von 42 auf 40 Stunden pro Woche zu senken, fand nur in den Kantonen Tessin und Jura eine Mehrheit. Die Volksinitiative der 'Nationalen Aktion' zur Begrenzung der Einwanderung und die sogenannte Stadt-Land-Initiative gegen die Bodenspekulation lehnten die Einwohner von mindestens 13 kleineren Kantonen ab.

Georg Ruff erläuterte Hercule de Bonne Foi seine heikle Situation und bat ihn um Hilfe. Das Hauptpaket dieser Hilfe sollte die Vergütung der Inbetriebsetzung des ANA-Stahlwerkes sein.

„An welchen Betrag denkst du?"

„500 000, Hercule."

„Währung?"

„Schweizer Franken."

Hercule überlegte eine Weile. „Kein Kamelhandel unter Freunden, Georg, du bekommst das Geld."

„Ich brauche das Geld jetzt, und ich werde dir keine Rechnung mehr schicken können, das, Hercule, wäre die Hilfe, die ich brauche."

Am Sonntag nachmittag kam Hercule noch einmal ins Ascot und händigte Ruff einen Scheck aus. „Du kannst ihn gleich morgen früh einlösen. Kopf hoch, Georg, du gehst nicht unter. Wir sehen uns wieder."

„Mille mercis, Hercule."

Daß 60 Prozent der Schweizer gegen die landesweite Einführung der 40-Stunden-Woche per Gesetz gestimmt hatten, machte sich bereits am Montag bemerkbar. An den Börsen von Zürich, Frankfurt, Luxemburg und Paris kam es zu turbulenten Szenen. Die Devisenschalter in hunderten von Banken verbuchten Rekordumsätze. Der Schweizer Franken, der in der zurückliegenden Woche in Frankfurt noch mit 116,22 notiert wurde, lag jetzt bei 117,86. Mit einer weiteren Kursverbesserung war zu rechnen. Ruff konnte aber nicht mehr warten. Er löste den Scheck ein und kaufte 589 300 Deutsche Mark. Mit der Nachtmaschine flog er nach Frankfurt und nahm sich dort einen Leihwagen. Da das Rhein-Main-Moselgebiet immer noch von starken Schneefällen und für die Jahreszeit zu tiefen Temperaturen heimgesucht wurde, benötigte er für die Fahrt von Frankfurt nach Konz fast fünf Stunden. Kurz vor ein Uhr nachts klingelte er bei Dr. Nosso. Der Anwalt öffnete persönlich. Er verlor nicht seinen Humor. „Meine Frau hatte mal wieder recht. Als Sie klingelten, sagte sie, das kann nur der verrückte Ruff sein." Er lachte. „Kommen Sie rein."

Ruff behielt 89 300 Mark in seiner Brieftasche und legte 500 000 in Tausend-Mark-Scheinen auf den Wohnzimmertisch. „Bitte nehmen Sie 450 000 davon als Lynns Geld in Obhut, und kaufen Sie mir damit 90 Prozent des Gesellschaftskapitals der KOBI ab. Damit gehört die KOBI zu 100 Prozent Alfred Lynn, und ich habe mein Geld wieder. Dann nehmen Sie die ganzen 500 000 und bringen Sie sie nach Amsterdam. Dort kaufen Sie Aktien der NVU-Niederrheinische Velo-Union auf Ihren Namen, aber auf meine Rechnung und verwalten die Wertpapiere für mich. Bitte beeilen Sie sich. Leiten Sie noch heute alles in die Wege. Ich muß wahrscheinlich in dieser, spätestens in der nächsten Woche Konkurs anmelden, dieses Geschäft bleibt aber aus dem Verfahren heraus. Lynn kann die KOBI auch ohne mich führen. Wenn alles vorbei ist, werde ich mich vielleicht wieder darum kümmern. Haben Sie das?" Das war noch einmal die alte scharfe Frage: „Haben Sie das?" Nosso nickte. Er hatte alles verstanden.

Der Konkursverwalter wollte nicht in die Kuppel kommen. Er kannte Benz Ruff, wenn auch nur flüchtig, und mochte nicht die ganze Familie Ruff in das Debakel hineinziehen. So was gab häufig Ärger, und wenn die Familie groß war, hatte der Konkursverwalter viele Streitgespräche zu führen. Also mußte Georg Ruff mit dem Land Rover zur *Harmonie* fahren und dort seinen Antrag unterschreiben.

„Tut mir leid, Herr Dr. Ruff."

„Schon gut. Es ist meine Schuld", bemerkte Georg Ruff. Und er wußte, daß genau das den Tatsachen entsprach. Es hätte auch nichts gebracht, die Schuld bei anderen zu suchen, wie er es gern tat.

„Sie haben das schlimmste hinter sich, Herr Dr. Ruff, spannen Sie mal aus. Ich brauche hier und da noch Unterlagen, aber dann bin allein ich am Zuge."

„Ja, ausspannen, das wäre nicht schlecht."

Der Konkursverwalter war freundlich und voller Anteilnahme. „Vor vier Wochen sagte mein Hausarzt, wenn Sie so weitermachen, mein Lieber, dann garantiere ich Ihnen in zwei bis drei Jahren die ersten Herzrhythmusstörungen. Fahren Sie mal aufs Land, Herr Doktor, oder unternehmen Sie eine Wandertour an der Mosel. Da hat meine Frau so ein altes Gemäuer aufgetan, das kann ich Ihnen empfehlen. Warten Sie, wie hieß das doch? Château ... irgendwas mit Château ... ganz in der Nähe von Konz."

„Château Christine?"

„Richtig. Es war eine herrliche Zeit. Als wir abfuhren, sagte meine Frau: hast du das Himmelbett eingepackt? Ich frage: was für ein Himmelbett? Na, das 'Konzer Himmelbett'. Meine Frau hat hundert Flaschen gekauft. Das ist ein Tröpfchen, sage ich Ihnen. Aber wie kommt so ein Weinbauer auf einen solchen Namen?"

„Das Château Christine gehört meiner Frau", sagte Georg Ruff.

„Hab ich mir's doch gedacht. Gerochen hab ich's. Leben Sie mit Ihrer Frau zusammen?"

„Aber selbstverständlich und in Gütertrennung, was dachten Sie denn?"

„Na, da sind Sie doch gut aufgehoben, Herr Doktor Ruff."

Georg Ruff lächelte. Es war ein bitteres Lächeln. „Gut aufgehoben bin ich da, mein Herr, aber was soll ich da unternehmen?"

BIOGRAPHIEN

Guillaume de Bertier
de Sauvigny

Metternich

Staatsmann für Österreich
und den Frieden

564 Seiten,
zahlreiche Abbildungen
geb. mit Schutzumschlag
ISBN 3-925825-11-8

Metternich hat über sein Leben geschrieben: „Meine Biographie wird mich möglicherweise in ungünstigem Licht beschreiben, aber sie wird zumindest nicht langweilig sein."
Sein Morgengebet war Franz I. und Österreich. Sein Glaubensbekenntnis war die Diplomatie, seine Waffen Feder und Tintenfaß, sein Schutzschirm seine beständige Ausdauer, sein Fleiß ist Legende. Er bekämpfte alles, was dem Zusammenhalt Österreichs gefährlich werden konnte: Revolution, Eroberung, Krieg, Unruhe, Aufruhr und nationalistische Bestrebungen.
Es entsteht vor unseren Augen ein Bild des Fürsten Metternich, das ihn emotionslos, allen Flitters entkleidet, als Menschen darstellt, das kaum der Vorstellung entspricht, das man gemeinhin von ihm hat.

Casimir Katz Verlag

HISTORISCHER ROMAN

Jerg Haas

Die Pfefferstadt

Historischer Roman

416 Seiten,
Gebunden, 1989
ISBN 3-925825-31-82

Der exotische Schauplatz dieses historischen Romans ist die ostasiatische Handelsmetropole Malakka, ein bedeutender Umschlagplatz für Stoffe und Gewürze im 15. und 16. Jahrhundert. In dieser Stadt treffen sich Händler aus China, Indien, Malaysia und Java; auch aus dem Abendland kommen Kaufleute hierher.

Das bunte Stimmengewirr, das die Straßen beherrscht, der Geruch der asiatischen Garküchen, die müßige Stimmung der Teestuben dringen durch das Buch zu uns.

Jerg Haas entwirft vor unseren Augen das Panorama einer reichen und bedeutsamen Hafenstadt, eines Anziehungspunktes nicht nur für Händler und Seeleute, sondern auch für Glücksritter und Krieger. Mitreißend und spannend erzählt der Autor, wie die Stadt auf dem Höhepunkt ihrer Macht von den Portugiesen erobert wird.

Casimir Katz Verlag

WIRTSCHAFTSGESCHICHTE

Hans P. Mollenhauer

Von Omas Küche zur Fertigpackung

Aus der Kinderstube der Lebensmittelindustrie

253 Seiten,
sw.- und farb. Abbildungen
ISBN 3-925825-09-6

In mehr als 100 Jahren ist das Lebensmittelhandwerk zu einer schlagkräftigen Industrie herangewachsen. Im Mittelpunkt der Darstellung steht jedoch die Pionierleistung der Branche: Sie gehört zu den ersten in Deutschland, die die Massenherstellung und -verarbeitung eingeführt hat. Sie war führend in der Erarbeitung von Werbekonzeptionen und Marketingstrategien. Es entstanden Markennamen, die heute ebenso erfolgreich sind wie vor 100 Jahren.

Durch die ansprechende Aufmachung mit antiquarischen Werbeplakaten und Fotos aus den Gründerjahren ermöglicht dieses Werk einen fundierten Rückblick in die Anfänge der Industrie, deren politisches und gesellschaftliches Umfeld und darüber hinaus ein Blättern in nostalgischen Darstellungen der Jahrhundertwende.

Casimir Katz Verlag